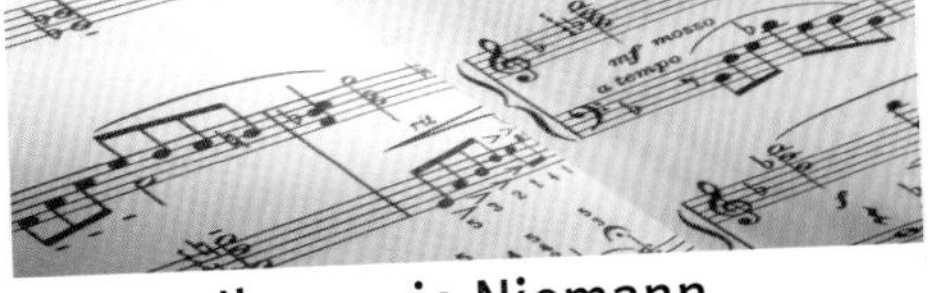
mf mosso
a tempo

Ernst-Ulrich von Kameke • Lebensreise in Dur und Moll

Ernst-Ulrich von Kameke

Lebensreise in Dur und Moll

FOUQUÉ LITERATURVERLAG
Egelsbach • Frankfurt a.M. • München • New York

Die Deutsche Bibliothek – CIP-Einheitsaufnahme
Ein Titeldatensatz für diese Publikation ist bei
Der Deutschen Bibliothek erhältlich.

Autor und Verlag unterstützen das Albert-Schweitzer-Kinderdorf in Hessen e.V.,
das verlassenen Kindern und Jugendlichen ein Zuhause gibt.
Wenn Sie sich als Leser an dieser Förderung beteiligen möchten, überweisen Sie bitte
einen – auch gern geringen – Betrag an die Sparkasse Hanau, Kto. 19380, BLZ 506 500 23,
mit dem Stichwort »Literatur verbindet«, Autor und Verlag danken Ihnen dafür!

Medien- und Verlagsgruppe Dr. Hänsel-Hohenhausen AG
Egelsbach • Frankfurt a.M. • München • New York
Boschring 21-23 • D-63329 Egelsbach bei Frankfurt/M.
Fax 06103-44944 • Tel. 06103-44940

ISBN 3-8267-4858-1
2001

Lektorat: Heike Margarete Worm
Satz: Elmar Honemann, Barbara Schmitt
Titelillustration: Karin Aalders
Illustrationen: Marie Mathilde Freifrau von Thüngen
Satz der Notenbeispiele: Gerd Scharstein

Abb. *Ernst Barlach: „Der Geistkämpfer“, Bronze 1928*
mit freundlicher Genehmigung
der E.- und H. Barlach GBR Lizenzverwaltung – Ratzeburg

Printed in Germany

Musik und Eisenbahn
Kindliche Vorfreuden – Entdeckungsreisen

Meistens nahmen wir den Personenzug 16.19 Uhr vom Stettiner Bahnhof, um mit dem »Sechs-Uhr-Zug« in Falkenberg anzukommen. Dort erwartete uns eine der großen und außergewöhnlichen Frauen, die in meinem Leben von meiner frühesten Kindheit an bis hinein in die Thüngener Flüchtlingsjahre eine bedeutende Rolle gespielt hat: Anna von Hochstetter, geb. von Bredow, 1863 geboren und in erster Ehe mit meinem Großvater Georg Albrecht von Kameke in Biziker in Pommern verheiratet.

Schon ihre stattliche Erscheinung, ihr volles, schwarzes Haar, ihre gütigen, schönen Augen, voller Anteilnahme mit Herz und wachem Verstand auch an dem kleinen Enkelsohn, ihr aufrechter Gang, dem man die täglichen Wanderungen nach Uchtenhagen oder zu ihrer tauben Schwester nach Bad Freienwalde anmerkte, sowie ihre gepflegte Kleidung – niemandem stand das dunkle Samthalsband mit einer wertvollen Brosche besser als ihr – machten sie zu einer Altersschönheit, deren Ausstrahlung all' die vielen Menschen, Prediger, Pastoren, Lehrerinnen, Schwestern, Schülerinnen, Alte, Kranke, eigentlich Menschen jeden Alters bis hin zu dem Jüngsten ihrer vier Potsdamer Enkelkinder erreichte.

Kein Wunder, daß man sich die zwei Stunden der Hinreise auf sie freute, denn nach der Umarmung auf dem Bahnsteig von Falkenberg ging es weiter in dem Postomnibus, dessen Fahrer sie natürlich kannte, bis man in der Dämmerung vor diesem schönen Waldtal, am westlichen Rande des Oderbruches, der Malche, ausstieg und ihren rüstigen Schritten die in den Waldboden eingelassenen Holzstufen hinauf zur ersten Etage des »alten Hauses« folgte. Dort erwartete uns ein köstliches Abendessen, von Schwester Selma, einer der Diakonissinnen der Malche, liebevoll gedeckt. Über dem Tisch hing eine gemütliche Zuglampe, die Großmutter so tief gezogen hatte, daß wir uns gerade noch sehen konnten, das Eßzimmer aber in gemäßigtem warmen Licht schon von Anfang an die Atmosphäre verbreitete, die auch Kinder im Alter zwischen drei und zehn Jahren anzog und faszinierte.

So ist für mich eine der ersten Erfahrungen, daß Reisen etwas besonders Schönes ist, wenn es mit Vorfreude auf Menschen verbunden ist. Es sollte mir später nicht anders bei den Fahrten in die Ferien nach Süddeutschland, in die Heimat meiner Mutter, Thüngen in Unterfranken oder nach Wrangelsburg in Vorpommern oder vor allem auch nach Kratzig in der hinterpommerschen Heimat meiner Familie väterlicherseits ergehen.

Zur Vorfreude auf Menschen kam ja auch diejenige auf die Umgebung, in der sie lebten und wohin man reiste. War die Malche schon mit ihren vier in das Tal verteilten Häusern, dem alten Haus, der Villa, dem Blockhaus und dem neuen Haus auf der rechten, dazu dem Gärtnerhaus und der Scheune auf der anderen Seite des durch einen großen Obstgarten verbundenen Tales ein Kinderparadies, so war das in den anderen Orten nicht minder der Fall, handelte es sich doch um Güter mit alten, zum Teil sehr alten Herrenhäusern und vielen Wirtschaftsgebäuden, von der Schmiede über die Stellmacherei zu all' den Ställen, die es damals noch gab, hatte man doch noch auf fast jedem Hof Pferde, Kühe, Schafe und alles Erdenkliche an Geflügelarten, die zusammen mit den Menschen, die sie betreuten, ganz eng zum Leben auf den Höfen gehörten. Dichter und persönlicher habe ich das Zusammenleben von Mensch und Tier nie erlebt wie in dieser frühen Kindheit.

Vorfreude also auf Mensch und Tier, vertraute Häuser, Gärten, Parks, Seen, Wälder und eine gänzlich andere Lebensform, als man sie in der städtischen Umgebung von Babelsberg und Potsdam gewöhnt war.

Möglich, daß dieses alles dazu beigetragen hat, schon auf den Zugfahrten ein besonderes Wachsein in mir zu entwickeln und die Neugierde, alles, was das kindliche Auge damals zu sehen bekam, möglichst intensiv aufzunehmen und zu erfassen. Daher wird das übernächste Kapitel noch notwendigerweise dem Thema Eisenbahn zu widmen sein.

Zuerst jedoch muß deutlich werden, daß früheste Erinnerungen bei mir noch mit etwas anderem verbunden sind, das ähnlich große Spannungen und Vorfreude erzeugte und Ergänzungen in die kindliche Erlebniswelt brachte: die besondere Art, in der in meinem Elternhaus Weihnachten gefeiert wurde.

Franziska von Kameke, geb. Freiin von Thüringen,
Mutter des Autors (1933)

Erfüllte Weihnachten
Spannung und Entspannung

Diese zentralen Grundsätze, auch jeglichen Musizierens, habe ich als Kind vielleicht am schönsten an all' den unvergessenen Potsdamer Weihnachten – wenn auch sehr unbewußt – gelernt.

Können Kinder ihren Eltern, auch wenn sie selbst Eltern oder gar Großeltern geworden sind, in der Erinnerung ein schöneres Zeugnis ausstellen als durch die Behauptung: »Bei uns wurde weit und breit Weihnachten am schönsten gefeiert!«

Ich muß dazu vorausbemerken, daß meine Eltern, aus welcher überkommenen Tradition auch immer, ein so reichhaltiges Programm für den 24. Dezember hatten, daß auch in einem christlichen Elternhaus an diesem Tag kein Platz für einen Kirchgang war. Dieser fand dann in entspannter familiärer Weihnachtsrunde am 1. Feiertag statt. In bezug auf den Heiligen Abend war es einfach so, daß niemand einen so gekonnt auf die Folter spannen konnte, und dadurch ein unnachahmliches Gefühl kindlicher Vorfreude, die mit Zuhause, Eltern und Familie, aber auch mit dem lieben Gott zu tun hatte, entwikkelt wurde.

Aber nicht nur das Begriffspaar Spannung–Entspannung ähnelt musikalischen Abläufen, sondern auch der Trugschluß, d.h. vorübergehendes Moll und der erst am Schluß einsetzende Dur-Akkord (mit großer Terz in der Mitte) gehören hierher.

Mit trauriger Miene, ihrem schauspielerischen Talent entsprechend, erwähnte etwa drei Wochen vor Weihnachten Nanna, so nannten wir meine Mutter, daß sie nichts von dem, was wir uns wünschten, hätte bekommen können. Wir mögen nicht zu enttäuscht sein. Dann bürgerte sich ein, daß man von ihr in Zeichensprache eine Andeutung dessen, was man erwarten durfte, erhielt. Nichts, aber auch mit der größten kindlichen Phantasie nichts zu Erwartendes verrieten ihre Gesten.

Dann kam der 22. Dezember. Mit Tagesanbruch war die Glastür zum Eßzimmer in das Wohnzimmer mit großen Laken zugehängt, ein Spannungsverstärker wie eine große Septime oder die kleine None, zwei qualvolle lange Tage der Auflösung harrend, der wir Kinder entgegenfieberten. Nichts durften wir sehen.

Meine Eltern machten sich einen Sport daraus, uns auch den Weihnachtsbaum zu verheimlichen. Nanna liebte es zu jammern: Dieses Jahr habe es leider gar keinen schönen Baum gegeben. Wir dürften nicht zu traurig sein. Natürlich wurden wir dann am Heiligabend von einem Traumungetüm von vier Metern Höhe überrascht, dem meistens noch die Spitze abgeschnitten werden mußte, damit der goldene Stern aufgesetzt werden konnte. Viele Lichter und Lametta, dazu eine große Zahl von eßbarem Weihnachtsgebäck mit Äpfeln und Nüssen gaben ihm sein festliches Aussehen, das meine Eltern viele Stunden der Vorarbeit gekostet haben mußte. Kein Kind durfte mithelfen. Überraschung war alles.

Um sechs Uhr nachmittags, am 24., versammelte sich die Familie mit der aus der Malche angereisten Großmutter, von uns allen innig geliebt, in der Mitte der Wohnung, einer Diele, von der später der Weg über das Eßzimmer, sodann links durch eine Garderobe an eine Tür führen sollte, von der aus man durch zwei große Wohnzimmer am Ende den Weihnachtsbaum strahlen sah.

Zuvor sangen wir in der Diele Weihnachtslieder. Dann trugen wir Kinder die Weihnachtsgeschichte vor. Ich mußte immer bei Vers 8 (Lukas 2) beginnen: »Und es waren Hirten in derselben Gegend...«, was mir später ein besonders inniges

Verhältnis zur Hirtenmusik in Bachs Weihnachtsoratorium beschert haben mag. Dann wurde nach einem freien Gebet meines Vaters das Licht ausgemacht. Meine Mutter verschwand mit vielsagendem Lächeln, um den Weihnachtsbaum anzuzünden, und mein Vater improvisierte im Dunkeln auf dem Harmonium über Weihnachtslieder – gekonnt erzeugte Hochspannung in erwartungsvollen Kinderzen, bis endlich das erlösende Glöckchen ertönte und wir in feierlichem Zug den eben beschriebenen Weg zum Weihnachtszimmer schritten.

Erst viel, viel später ist mir der tiefe Sinn dieses häuslichen Szenariums deutlich geworden. Dunkelheit, Ausgangspunkt der Erwartung, Spannung und Vorfreude, aber auch Symbol für alles, was wir eben aus der Bibel gehört hatten: »Mache dich auf, werde Licht. Denn dein Licht kommt und die Herrlichkeit des Herrn geht auf über dir! Denn siehe, Finsternis bedeckt das Erdreich und Dunkel die Völker; aber über dir geht auf der Herr und seine Herrlichkeit erscheint über dir.«

Über dieses Wort hatte mein Vater nicht etwa gepredigt. Das Wort war zu Anfang unserer Andacht verlesen worden, und er hatte es in sein freies Gebet einbezogen, indem er regelmäßig alle Jahre für Menschen betete, die Weihnachten in Finsternis, Armut oder Krankheit erleben mußten, oder für die Teile der Welt, in denen es dunkel war. Daß er dabei auch an das Dunkel gedacht haben mag, das uns selbst in jenen schicksalsschweren Jahren in Deutschland umgab, wurde mir erst später deutlich.

Dunkelheit – auch ganz einfach als Voraussetzung, die inzwischen von unserer Mutter entzündeten Kerzen am großen Baum und unsere Gabentische als ganz neues, unsere Herzen durchwärmendes Licht zu empfinden. Für ein Kind ist es ein ganz großer Unterschied, ob es aus einem hellen »Wartezimmer« in ein kerzenerleuchtetes Weihnachtszimmer kommt oder aus absoluter Dunkelheit.

Man sieht das Kerzenlicht mit ganz anderen Augen. Die Dunkelheit wird hier zu einer Pforte, die man auf dem Weg vom »Alltag zum Sonntag« durchschreitet. Sie ist nicht Endstation, sondern Symbol der Verwandlung. Wer es möchte, kann diesen Gedanken für sich und alle Fragen, die sich angesichts des Tode stellen, weiter meditieren.

Es war aber keine »absolute« Dunkelheit, denn mein Vater erfüllte sie mit seinem leisen Spiel. Leise Musik, bekannte Melodien, die wir mitsummten, hineingespielt in das Dunkel der Diele unserer Potsdamer Wohnung. Das war gekonnte Psychologie und Kinderpredigt ohne Worte.

Das Glöckchen, von weitem leise erklingend, war dann einer der köstlichsten »Störenfriede«, den man sich vorstellen kann, der das Spiel meines Vaters augenblicklich zum Schweigen brachte. Der nächste Akt begann.

Feierlicher Einzug. Man nahm sich paarweise an die Hand, ging durch die ebenfalls dunkle Garderobe zur geöffneten Doppeltür, von der man durch das große Wohnzimmer meiner Mutter durch eine weite Öffnung in das Weihnachtszimmer blicken konnte. Da ich die Maße beider Zimmer – jedes umfaßte 8 x 8 m – erinnere, sah man den Lichterbaum in einer Entfernung von mindestens 12 Metern.

Man mußte aus der Dunkelheit kommen, um das ferne warme Licht wirklich in sich aufnehmen zu können. Nun aber war kein Halten mehr. Alles bisher Beschriebene war doch nur mehr oder weniger eine Momentaufnahme, der sich als neues Kontrastprogramm eine Art Sturmwind kindlicher Freude mit allen Merkmalen ungezügelten Temperaments anschloß.

Im Nu war das liebevoll aufgebaute Zimmer verwandelt in ein Chaos aus gewisser Verpackung und an den unpassendsten Stellen sogleich auf dem Boden aufgebauten Schienen, Autobahnen und Baukastenteilen.

Daß wir selbst wochenlang irgendwelche Handarbeiten oder Basteleien hinter uns hatten, mit denen wir unseren Eltern, der Großmutter und uns untereinander Freude machen wollten, versteht sich von selbst.

Nach dem festlichen Abendessen wurden dann für jeden von uns Spielreviere eingeteilt. Es wurde aufgeräumt und mit sehr viel Nachdruck alle Verpackungen beseitigt. Unsere Mutter achtete streng darauf. Dann begann die nächste, uns sehr autoritär erscheinende Anordnung: Wir hatten sofort aufzuschreiben, von wem wir was geschenkt bekommen hatten, denn Nanna legte großen Wert darauf, daß alle Paten und Verwandten Dankespost von uns bekamen. Wie alle Kinder stöhnten auch wir über diese gar nicht angenehme Folge der uns bereiteten Weihnachtsfreude.

Monopoly

Dieses bis heute in der ganzen Welt und vielen Sprachen beliebte Spiel spielt in der Geschichte unserer Weihnachten insofern eine besondere Rolle, als es das einzige Spiel war, das an einem Heiligabend nach dem Essen von der gesamten Familie, also sechs Personen, gespielt und auch durch einige Jahre wiederholt wurde. Gesellschaftsspiele waren sonst vielleicht am Nachmittag des 1. oder 2. Feiertages üblich, und da war es»Sag nix über Pullock«, der Vorläufer von »Scrabble«, das uns als Familienspiel in Anspruch nahm. Unter den Bann von Monopoly geriet selbst mein Vater, nachdem es auf dem Gabentisch meines ältesten Bruders gelegen hatte. Nach meiner Erinnerung habe ich beim ersten Male jämmerlich verloren, ebenso meine Eltern und meine Schwester. Es war *das* Spiel meiner älteren Brüder, die sofort erkannt hatten, daß man so schnell wie möglich mit »Verhandlungen« beginnen mußte, um zu den berühmten Duos, Terzetten oder dem Quartett von vier Bahnhöfen zu kommen, um dann durch Haus- und baldigen Hotelbau den Mitspielern entsetzliche Mietforderungen mit allergrößter Herzensfreude mitzuteilen. Der brüderlichen Rhetorik, daß mir mit dem Angebot, die Chausseestraße plus 2000 Mark in bar eine Geste größtmöglicher brüderlicher Fairness zuteil wurde, wenn ich nur die Schloßstraße, ein sehr viel wertvolleres Grundstück, dafür herausgeben würde, war ich geistig nicht gewachsen. Zwei Runden später durfte ich eben dort 40.000 Mark als Hotelmiete entrichten und erlebte die erste Kinderpleite in meinem Leben.

Eine erste Störung unserer Weihnachtsidylle rollte regelmäßig am 1. Feiertag auf uns zu:

Tante Frieda

Aus irgendeiner von uns Kindern unerfindlichen Gutmütigkeit heraus luden unsere Eltern diese Dame jedes Jahr zum 1. Feiertag zum Essen ein. Vermutlich war sie vom »Stamme nimm« – solche Verwandte gibt es wohl in jeder Familie – und sorgte durch wiederholte Anrufe ab September jeden Jahres für erneute Einladung. Es handelte sich um eine etwa 75-jährige Patentante meines Vaters.

Besonders schien ihr an der Aktivteilnahme an dem weihnachtlichen Gänsebraten, von meiner Mutter zugegebenermaßen besonders hervorragend mit Apfelfüllung und schmackhaftem Rotkohl zubereitet, zu liegen. Weniger begabt schien sie zu sein, sich an der Tischunterhaltung zu beteiligen. Entweder sagte sie gar nichts oder schimpfte auf irgendwelche Leute, die ich nicht kannte. Ich glaube, daß sie an sieben bis acht Weihnachtsbesuchen nicht ein einziges Wort an mich gerichtet hat. Ich schien ihr nicht zu liegen, oder es mag sein, daß sie nichts von Kindern verstand und nie in ihrem Leben Gelegenheit gehabt hatte, sich mit dem reizvollen Thema weiblichen Beitrages zu unser aller Menschwerdung zu beschäftigen.

Ihr Gesichtsausdruck mit üppiger Backenknochen- und Faltenbildung und herausragendem Doppelkinn glich dem, was die heutige Jugend mit »Null Bock« bezeichnen dürfte. Alle Linienführungen, von den Augenwinkeln über die ausgeprägten Tränensäcke bis zu den Mundwinkeln, verliefen ebenmäßig und halbmondförmig nach unten zeigend. Unvorstellbar, daß dieses Gesicht sich je zu einem Lächeln durchgerungen hätte. Kurz, das Erscheinungsbild dieses Antlitzes war von Melancholie bestimmt. Auch gehörte sie zu den Menschen, deren Schuhwerk ich bis heute erinnere – irgend eine merkwürdige Gedächtnisbegabung scheine ich in früher Kindheit entwickelt zu haben, mir Schuhe anderer Leute wie auch Fahrplanzahlen zu merken. Es waren 20 cm hohe braune Schnürstiefel, nach vorne erweiternd, als hätten sie ein umgekehrtes Metronom zu beherbergen. Dazu ständiges Knarren und Quietschen, also nur bedingt frohstimmende Weihnachtsbegleitmusik. Über zu viele Bekleidungsdetails will ich mich nicht äußern, lediglich das streng nach hinten frisierte, pflegebedürftige graue Haar mit Mittelscheitel und Dutt ist mir in Erinnerung. Aus diesem ragten beiderseitig Einzelhaare über den weißen Kragen, die ihr bei der Morgentoilette entglitten zu sein schienen.

Beim Eintritt in die Weihnachtsstube stolperte sie regelmäßig über die Spur-0-Schienen meines ältesten Bruders, sodann über die Autobahn des mittleren, und nach ein paar trockenen Worten des Bedauerns ging sie zielstrebig auf die Gleisanlage meiner Märklin-H0 zu und richtete dort besonders im Bahnhofsbereich ein absolutes Schienenchaos an.

Zugegeben – viel Platz zum Laufen war in unserer Weihnachtswohnung nicht, besonders für Tanten mit vermutlichem Dioptrien von links minus 8 und rechts minus 12. Ihr Lebendgewicht dürfte zwischen 2,2 und 2,5 Zentnern betragen haben.

Natürlich hatte Tante Frieda auch gute Seiten. Da sie mit einem damals namhaften Tennisspieler verwandt war, erzählte sie gelegentlich auch für uns Kinder Interessantes über dieses Sportidol.

Märklin-Uhr

Ein völlig anderes, sehr viel positiveres Ereignis war der Besuch des besten Freundes meines Bruders, Adolf-Heinrich, der zu meinem großen Jubel eine Uhr, aus Märklin-Baukästen gebaut, mitbrachte. Sie war so konstruiert, daß sie in sechs Minuten eine Stunde durchlief und es ermöglichte, daß wir einen absolut der Wirklichkeit entsprechenden fahrplanmäßigen Zugbetrieb durchführen konnten. So lernte ich spielend Anschlußregeln oder die verschiedenen Zugtypen der Bahn, vor allem auch den unvergessenen beschleunigten Personenzug kennen, der z.B. jeden Morgen um 7.36 Uhr Potsdam verließ, von einer 01 gezogen wurde, d.h. der größten und imposantesten Schnellzuglok der Reichsbahn, und bis Aachen fuhr, wo er immerhin 21.17 Uhr ankam, ausgestattet mit jenen verlängerten vierachsigen Abteilwagen, die das Aus- und Einsteigen so viel bequemer machten, weil für jedes Abteil mit seinen sechs bis acht Plätzen eine Tür zur Verfügung stand.

Adolf-Heinrich war ein Systematiker, der uns half, den Fahrplanbetrieb mit Anschlüssen und vor allem genau bemessener Geschwindigkeit unserer Züge, den richtigen Haltezeiten, der Beachtung von Pünktlichkeit oder Berücksichtigung von Verspätungen aufzubauen. Zugrunde lag das Kursbuch. An jedem Tag wurde eine andere Strecke gespielt. Aber doch am meisten die Pommern-Strecke Berlin – Eberswalde – Angermünde – Stettin – Stargard (hier Lokomotivwechsel) – Belgard – Köslin. Die Herkunft meiner Familie aus Pommern mag für die Präferenz dieser Strecke eine Rolle gespielt haben. Auf jeden Fall kann ich die Dorfbahnhöfe von Berlin bis Köslin noch heute auswendig.

Eine gewisse diabolische Wirkung dieser Märklin-Uhr ist bei mir durch mindestens zwei folgende Jahrzehnte haften geblieben, indem sich das Bedürfnis, alles »nach Fahrplan« zu machen, auf alle Bewegungsarten übertrug. Lief ich zur Schule, geschah das auf zweierlei Weise: Hatte ich genug Zeit, etwa 15 Minuten, konnte ich »Personenzug« spielen, mit einigen Unterwegshalten, bei denen ich mir »pro forma« – d.h. damit es nicht zu sehr auffiel – die Strümpfe hochzog, den Schuh zuband oder die Nase putzte, denn die »Reisegeschwindigkeit« war ein recht schneller, permanenter Laufschritt, dem modernen Jogging-Kult nicht unähnlich. Wenn ich »Schnellzug« fuhr mit nur einem Halt unterwegs und dafür 12 Minuten brauchte, mußte ich in der Laufgeschwindigkeit noch etwas zulegen.

Diese kindliche Laufpraxis nach Fahrplan hat mich für spätere Jahre zu einem recht guten Langstreckenläufer gemacht. Ein guter Kontrapunkt zu der vielen Musik, die in zunehmendem Maße auf dem Tagesprogramm stand. Auch gab es erst kürzlich in späten Jahren, ich mag 63 gewesen sein, ein lustiges Kompliment, als einer meiner Pastoren an der Hamburger Hauptkirche St. Petri von einem Gast, der mich zur Kirche hatte laufen sehen, die Bemerkung erhielt »Ihr Küster kann aber noch schnell laufen!«

Noch intensiver geschah damals der Ausbau eines »Eisenbahnnetzes« mit dem Fahrrad durch Potsdam. Sonntagnachmittag war die einzige Zeit, die ich hierfür zur Verfügung hatte. Es gab Schnellzugstrecken von der Seestraße über die Glienikker Brücke nach Babelsberg, über den neuen Garten zum Pfingstberg oder das Nauener Tor, Brandenburger Tor, über die Kastanienallee zum Luftschiffhafen. Zwischenhalte wurden bei dieser Strecke genau nach Entfernung ausgemessen und in den »Fahrplan« eingebaut. Die Kontrolle meiner Fahrplan-Geschwindigkeit verlief ähnlich der Märklin-Uhr hier in einem bestimmten Maßstab, d.h. einmal herumtreten = 5 m entsprach einer 30-m-Schiene der Bahn. Trat ich eine Drehung in der Sekunde, entsprach das einer Schnellzuggeschwindigkeit von 108 km/h, während ich im Durchschnitt 18 km per Stunde auf dem Rad zu fahren hatte. Für die damalige Zeit war das ziemlich realistisch und gab mir auch die Möglichkeit, Verspätungen, die bei zu vielen Rotampeln oder wenn das Hinterrad aufgepumpt werden mußte, eintraten, wieder reinzuholen. Der Ehrgeiz bestand nun darin, die Seestraße etwa 15.37 Uhr zu verlassen und am Luftschiffhafen mit vier Zwischenhalten – Garde-du-Corps-Kaserne, Viktoria-Gymnasium, Brandenburger Tor, Bahnhof Charlottenburg – pünktlich 16.18 Uhr am Ziel zu sein.

Ich gestehe, daß ich dieses Spiel auch noch als Student gerne getrieben habe. Wenn ich mit dem Fahrrad von Heidelberg nach Eberbach ca. 30 km fuhr, rechnete ich nicht langweilige zwei Stunden, sondern eine Stunde und 54 Minuten. Darauf kam es an. Auch mit meinem ersten »Luxusfahrzeug«, einer NSU-Quick (Vorläufer des Mopeds) machte es mir Freude, mich bei meinem Freund und Vetter in der Rhön in der Nähe von Bad Brückenau um 16.21 Uhr und nicht um 16.30 Uhr anzumelden und diesen Fahrplan von Eberbach über 137 km genau einzuhalten. Hier war der einzubauende Aufenthalt, der einem Lokomotivwechsel der Dampfzeit entsprach, der notwendige Halt, um die Zündkerze, die nach 80 km regelmäßig verrußt war, herauszuschrauben und zu reinigen.

Erst im hohen Alter von ca. 30 Jahren bin ich einigermaßen zur Vernunft gekommen.

Kinderbild des Autors (rechts)
mit seinem Bruder Hasso (links)

Potsdamer Straßenbahn

Es war einfach so: Alles, was sich vor meinen Augen bewegte, faszinierte mich. Es begann mit der Potsdamer Straßenbahn, deren zwei Hauptwagentypen man bei jeder Fahrt von der Mangerstraße zum Hauptbahnhof erlebte. Denn zuerst fuhren wir auf der Linie 2, mit der es bis zum Alten Markt ging, also jenem unvergeßlich schönen Platz zwischen Stadtschloß und Nikolaikirche, geprägt von der Architektur Knobelsdorffs und Schinkels, bei dem man umzusteigen hatte – entweder auf die Linie 1, Luftschiffhafen-Hauptbahnhof, oder 3, Alleestraße-Hauptbahnhof. Beide wurden von den älteren Wagentypen bedient mit offenem Führerstand und einfachen Strombügeln. Ehrensache war, daß man »den Wagen nicht in der Mitte durchtrat«, wie das Schaffnerkommando bei Überfüllung zu lauten pflegte, sondern ehrfurcht- und andachtsvoll beim Fahrer stehen blieb – bei jedem Wind und Wetter natürlich, um nahe an der Quelle des Geschehens zu sein.

Ich beobachtete, wie er seine Kurbel bediente, nach rechts vorwärts etwa sieben Stufen, nach links »bremsen«. Besonders interessant zu sehen, wie er die Weichen stellen konnte – damals eine große Neuerung im Straßenverkehr. Sollten sie nach rechts zeigen, mußte er Gas geben, sollten sie nach links gestellt werden, mußte gebremst werden. Das ganze genau an der Stelle, wo ein Elektromagnet deutlich sichtbar an der Oberleitung angebracht war.

Aber dieses System schien noch Kinderkrankheiten zu haben. An jedem Triebwagen waren lange Stangen angebracht, damit der Fahrer bei Nichtfunktionieren des elektrischen Kommandos aussteigen und die Weichen per Hand stellen konnte.

Im Laufe der Zeit lernte ich einige Fahrer (fast) persönlich kennen. Ich kannte ihren Fahrstil – auch Straßenbahn kann man gut oder schlecht fahren, rasant oder übervorsichtig. Ich kannte ihr Aussehen und erinnere einige eindrucksvolle Persönlichkeiten unter ihnen, für die ich fast ein wenig schwärmte, besonders für den, der aussah wie Hans Albers, groß und blauäugig. Etwas enttäuschend nur, wenn er die Mütze abnahm. In erster Linie waren es entweder die großen und schlanken Typen oder die Pykniker, gedrungen und energiegeladen, die mich beeindruckten. Die dazwischen liegende Mittelklasse ist mir entfallen.

Natürlich wollte ich damals Straßenbahnfahrer werden, aber bitte nur auf der Linie 2 mit den schönen Vierachswagen und dem reizvollen Streckenabschnitt nach Rehbrücke, der durch den Wald führte und als Haltestellen richtige kleine Bahnhöfe hatte.

Merkwürdigerweise wuchs mein Interesse für die in jedem Wagen hinten sitzenden, an jeder Haltestelle eine Lederschnur unter der Decke, die mit einer Klingel verbunden war, ziehenden Schaffner erst zu Anfang des Krieges, als durch Einberufungen erstmals Schaffnerinnen eingestellt wurden. Mein um diese Zeit aus natürlichen Gründen erwachendes Interesse für das weibliche Geschlecht ließ mich nicht übersehen, daß es auch unter ihnen Typen gab, die Ilse Werner oder Hildegard Knef nicht unähnlich waren.

Ich darf abschließend zu diesem Kapitel sagen, daß die Potsdamer Straßenbahn für mich so etwas wie ein halber Familienbetrieb war. Ich kannte – wie geschildert – viele Schaffner, wußte, wie man diese Straßenbahnzüge fährt, kannte alle Linien, alle Haltestellen und den Fahrplan. War es die frühe Freude am geordneten Ineinandergreifen verschiedenster Kräfte zu einem organischen Ganzen, geplant durch Anfang und Zielpunkte fünf miteinander verbundener Linien, Haltepunkte, Langsam- und Schnellstrecken, Pausen und Fermaten? Ahnte ich, daß dieses etwas mit Kontrapunkt und Harmonielehre zu tun haben könnte?

Doch hier sind wir erst beim Vorspiel (= Ouvertüre) – Erlebniswelt des Sechs- und Achtjährigen. Nun tut sich der große Vorhang auf, und durch die Ferienreisen des Sieben- bis Vierzehnjährigen eröffnet sich die größere, interessantere und bis in mein siebentes Jahrzehnt währende Welt der großen Eisenbahnen.

Um nicht zu einseitig zu berichten, schiebe ich hier aber noch einen anderen Aspekt dazwischen, der die Zeit des Sechs- bis Zehnjährigen, d.h. die Jahre 1932 bis 1936, beleuchtet: Aufwachsen mit Hauspersonal und Würdigung der Qualität des damals angebotenen Spielzeugs.

Hausangestellte – zur Familie gehörig: Dienerehepaar und Zimmermädchen

Kaum noch vorstellbar, daß wir als städtischer Beamtenhaushalt – mein Vater war Jurist, und über ihn will und muß ich später ausführlicher berichten – zu Beginn der dreißiger Jahre noch ein Dienerehepaar hatten: Emma und Arthur, die ich als außerordentlich liebenswerte Menschen in Erinnerung habe. Emma stammte aus Mainberg in Franken und war ein rundlich-gutmütig, mütterlicher Typ. Sie kümmerte sich vor allem um die Küche. Arthur, hochgewachsen, gutmütig aussehend, war für alles Technische zuständig, von der Heizung über den Garten bis zur Pflege des Haushaltes, der Kleiderschränke, der Schuhe, die ich in meiner Kindheit noch geputzt bekam – ein Luxus, der mir von 1936 bis heute vorenthalten geblieben ist.

Für Arthur schwärmten wir drei Söhne auch deswegen, weil er ein Motorrad besaß – ich glaube, sogar mit Beiwagen. Wer ist in seinem Leben schon als Siebenjähriger im Beiwagen gefahren? Ich glaube zu erinnern, daß es ein NSU-Motorrad war. Natürlich schaute man Arthur möglichst viel bei der Arbeit zu und lernte, wie er Anzüge ausbürstete, das Motorrad putzte, unsere Schuhe durch Verwendung des wollenen Polierlappens nach Einschmieren und Blankbürsten auf Hochglanz brachte, ein Ehrgeiz, der aus der seinerseits vorhandenen Zuneigung zu unserer Familie erklärt werden mag. Er hatte einfach Freude, wenn wir alle anständig angezogen hinaus ins Leben schritten.

Verwöhnung also einerseits, gesetzte Maßstäbe für Ordnung im praktischen Leben andererseits, die mich an beide, Emma und Arthur, dankbar zurückdenken lassen.

Natürlich waren diese Menschen damals nicht adäquat bezahlt, aber mir scheint – und unser Fall war kein Einzelfall – daß die Tatsache des Familienanschlusses und eines durchaus beiderseitigen Vertrauensverhältnisses diesen Mangel zumindest nicht unerheblich aufwog.

Ich wage kaum zu berichten, daß wir außerdem aber auch noch ein Zimmermädchen, Berta, hatten. Groß, dunkelhaarig, stets gut gelaunt und mit Freude dabei, wenn es bei uns Kindern um Verkleidungs- oder Kostümierungsfragen ging. Sie war ca. 40 Jahre alt.

Ich nannte sie Dauzilein und war höchst betrübt, als sie uns etwa 1935 wegen Verehelichung verließ, denn ich hatte ernsthaft beschlossen, d.h., »es war mein unabänderlicher Wille«, sie selbst zu heiraten.

Dieser ersten Hochzeit sollten in meiner Kindheit und Jugend noch manche Hochzeiten folgen, bei denen ich still litt, weil das Schicksal mir nicht vergönnt hatte, selbst der Bräutigam zu sein. Und es schmerzte, die Braut an ihrem Festtage so schön und glücklich strahlen zu erleben. Frühe gute Härtefälle, notwendige Erziehung zu Verzicht und Selbstbescheidung und mannhaftem Stehvermögen.

Unsere Angestellten waren nicht Bedienstete, sie waren eine *Bereicherung* unseres Lebens.

Spielfreude

Warum spielten wir als Kinder damals offensichtlich anders? Warum kommt mir das alles in der Erinnerung viel phantasievoller vor?

Ohne vorschnell eine Klischeeantwort geben zu wollen, denke ich doch, daß es mit den verwöhnenden Umständen von Walkman, Radio und Fernsehen zusammenhängt. Das Schlimme ist, daß die hieraus entstehende Konsumhaltung und die Atrophie von Phantasie kaum einem Kind anzulasten ist. Ist es nicht die Herausforderung technischer Weiterentwicklung, die den Eltern neue Verantwortung übergibt, ihren Kindern unbedingt das Selektieren als notwendige Voraussetzung im Umgang mit diesem technischen Großangebot, zu dem längst der PC als Spielzeug hinzugekommen ist, beizubringen?

Im Weihnachtskapitel habe ich schon als erstes Beispiel Auto- und Eisenbahnen genannt. Aber auch in der Malche sollte ich in den kommenden Jahren weitere Anregungen der kindlichen Phantasie erfahren, denn jeder Besuch in der Villa, dem Nachbarhaus des »alten Hauses«, bei Tante Wally von Hochstetter, der Schwägerin meiner Großmutter, war für mich mit allergrößtem Reiz verbunden, holte sie doch aus einem alten Schrank zwei große Steinbaukästen für mich hervor, die aus ihrer eigenen Kindheit, also dem Ende des vorigen Jahrhunderts, gestammt haben müssen. Stundenlang mag der Vier- bis Sechsjährige damit gespielt haben. Es gab weiße und rote, große, lange, kurze und kleine Bausteine, Säulen, Brücken- und Torbögen, alles im Stil der Gründerjahre. Beim Kennenlernen Hamburgs als meine Hauptlebensstation haben mich die zahlreichen Fassaden vieler Häuser lebhaft an diese Baukästen erinnert.

Man konnte wirklich *alles* damit bauen: Häuser, Schlösser, Burgen, Kirchen, Bahnhöfe oder ganze Dörfer, die sich, hatte man einen Spielgefährten, gegenüberlagen, durch eine Allee verbunden waren und zwischen denen sich mit Holzbussen, PKW oder LKW lebhafter Handelsverkehr entfaltete.

Zu Hause hatte ich von meinem älteren Bruder einen ebenso schönen Holzbaukasten geerbt. Aber mit den Steinen habe ich lieber gespielt, vielleicht auch deswegen, weil Tante Wally mit großer Kinderfreundlichkeit Anteil an meinen »Kunstwerken« nahm und mich gebührend lobte.

Alle Großmütter und Tanten sollten Baukästen im Schrank haben, wenn Enkel zu Besuch kommen: Die Beschäftigungsfrage ist sofort geklärt. Der nach meiner Überzeugung in *jedem* Kind schlummernden Phantasie wird Rechnung getragen, und es ist eine ideale Verständigungsbrücke zwischen jung und alt. Kein Mangel an Gesprächsthemen kommt auf. Ich glaube schon, daß ich Tante Wally durch diese Brille des Baukastens gesehen habe, aber ich hatte sie lieb, sie war mir vertraut und ich freute mich jedes Mal auf sie.

Bei Großmutter Hochstetter kamen etwa nach meinem sechsten Lebensjahr die üblichen Brettspiele – Mühle, Dame und Halma – hinzu. Sie nahm sich viel Zeit für mich und hatte die Begabung, mich häufig zu amüsieren, indem sie ihrem Entsetzen über eigene »Fehler« (die sie natürlich mit Absicht gemacht hatte) bei Mühle oder Dame Ausdruck gab: »Oh, das habe ich ja ganz übersehen, nun hast Du mich in der Falle – nein, wie konnte mir das passieren – Du bist ja wirklich ein gefährlicher Gegner – was mache ich bloß? – Da hast Du ja wieder gewonnen!« Ich jubelte und hatte also bei Kleinkindbesuchen in der Malche nicht die geringsten Beschäftigungsschwierigkeiten, da ich zwischen Großmutter und Tante Wally pendeln konnte.

Es gab noch viel mehr Anregungen für mich, aber über sie spreche ich im Kapitel »Malche«. An dieser Stelle möchte ich etwas ganz anderes einschieben, das nicht so sehr mit Spielzeug, aber mit meiner Großmutter zu tun hatte. Sie war eine sehr fromme Frau, war zu Beginn des Jahrhunderts durch ihre Heirat in enge Verbindung zu pietistischen Kreisen gekommen und hatte mit der Familie von Hochstetter, der das Malchetal gehörte, dort die Bibelschule und die Frauenmission Malche gegründet. Deren Hausmutter war sie auch zu meiner Kindheit. Und es soll später noch mehr von allem, was für mich damit zusammenhängt, die Rede sein.

Hier will ich nur über tägliche Betrachtungen einer besonders schönen, farbigen *Bilderbibel*, die sie aus Holland bekommen hatte, sprechen. Wieder – im Nachhinein – ein pädagogischer Schachzug erster Klasse, denn ich glaube nicht, daß man einen recht wilden Knaben im Alter von fünf bis sechs Jahren auch damals so ohne weiteres mit biblischen Geschichten faszinieren konnte. Großmutter konnte das.

Mir sind wunderschöne Bilder aus dem Alten Testament, wie z.B. aus der Versuchungsgeschichte im Garten Eden von Adam und Eva, der Arche Noah, dem Kampf Davids mit Goliath, Daniels in der Löwengrube und dem Gesang der drei Männer im Feuerofen deutlich noch heute vor Augen. Ebenso aus dem neuen Testament natürlich die Weihnachtsgeschichte, die Auferweckung des Lazarus, die Heilung des Lahmen und mehrere Bilder zur Passionsgeschichte, die Ausgießung des Heiligen Geistes und die Bekehrung des Paulus'.

Es war ein wunderbares, für spätere Begriffe sicher vielleicht ein wenig kitschiges Bilderbuch, aber ich glaube, daß Kinder so etwas jenseits aller Stilwenden am meisten mögen.

Anna von Hochstetter, geb. v. Bredow
Bibelhaus-Mutter der Malche, Großmutter des Autors

Kindertraum – die Modell-Eisenbahn

Mit etwa sechs Jahren entdeckte ich »Märklin« und seine Welt der Eisenbahn- und Stabilbaukästen. Gleichzeitig wurden mir bald die »Abgründe« bewußt, die diese Firma von »Trix«, der Konkurrenz, trennten.

Meine damaligen Hauptgegenargumente: Nicht so naturgetreue Schienen, die Loks hatten Hartgummiräder, fielen also leichter aus der Kurve, wegen anderer Stromzuführung konnte man keine Gegenkurven bauen, die den Zug in die umgekehrte Richtung brachten. Schwerwiegende Argumente also, die besonders in der Schule zu heftigen Auseinandersetzungen führten und die Klasse ähnlich wie die Frage, ob Hans Stuck auf Autounion oder Caraciola auf Mercedes die besseren Rennfahrer seien, in zwei Lager spaltete.

Ich war also mit sechs Jahren Märklin-Fan und bin es ca. 65 Jahre später noch immer.

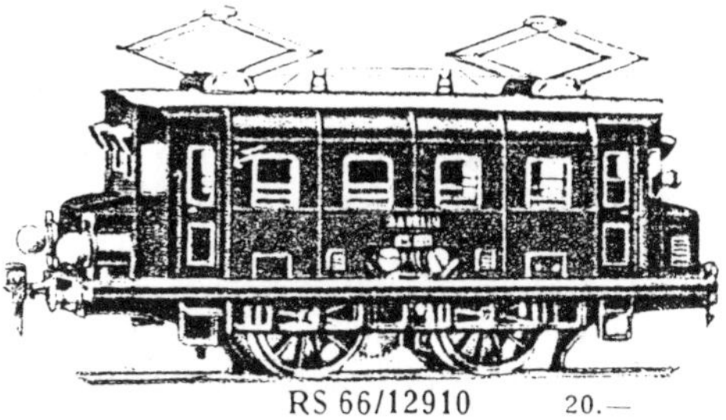

RS 66/12910 20.—

Vollbahn-Lokomotive

4900 17.50

Dampf-Lokomotive

TWE 12930 13.50

Realismus:

erschwingliche Lokomotiven in der Märklin-Anlage 1936

von E. U. v. Kameke

Früher Beginn eines lebenslangen Hobbys

Es begann, von meinen Eltern sinnvoll pädagogisch von unten aufgebaut entsprechend dem Crescendo, das mit piano zu beginnen hat: Weihnachten (vermutlich 1933) bescherte mir eine Uhrwerkbahn, eine zweiachsige Dampflok mit drei Personen- und einem Gepäckwagen, Spur 0 und zwei Weichen. Was mich weniger störte, war das dauernde Aufziehenmüssen, sondern mehr die jedem gesundheitlichen Einfühlungsvermögen um das Wohl der Fahrgäste dieser Bahn zuwiderlaufende Tatsache, daß sie ohne das notwendige Anfahrts-Accelerando sogleich losraste wie die Feuerwehr und somit für widernatürliche Eindrücke bei dem Siebenjährigen sorgte.

Einer entsprechenden Argumentation schienen sich meine Eltern nicht verschlossen zu haben, denn ein Jahr später gab es die erste E-Lok. Glücklicherweise bot Märklin auch Einschiebe-Mittelschienen zur Umgestaltung von Uhrwerk auf E-Betrieb an, so daß die Modernisierungskosten sich einigermaßen in Grenzen hielten.

Für mich zählt in der Erinnerung dieses Weihnachten 1934 zu den »herausragenden *großen* Weihnachten«. Ich hoffe, mancher Leser kann das Glücksgefühl, vom Uhrwerk auf elektrische Eisenbahnen mit Geschwindigkeitsregelung, ergänzbarer Innenbeleuchtung der Wagen und elektromagnetischen Weichen durch das großzügige Elternhaus umgestellt worden zu sein, nachempfinden.

Zu meiner Verteidigung, solche Frühweihnachten nicht nur materiell aufgefaßt zu haben und zu erinnern, darf ich anfügen, daß ich gleichzeitig auch häufig in den Weihnachtsgottesdiensten an St. Nikolai mitgesungen habe und auch die ersten Weihnachtslieder auswendig kannte, unter anderem das viel zu unbekannte, sicherlich ein wenig pietistische, aber für Kinder bis heute sehr nachvollziehbare »Mit den Hirten will ich gehen, meinen Heiland zu besehen, meinen Heiland Jesus Christ, der für mich geboren ist«. Die kindliche Ergänzung »und der mir eine elektrische Eisenbahn beschert hat« mögen christliche Fundis dem unreifen Knaben verzeihen.

Das große, in meinen kindlichen Träumen unerreichbare Vorbild war die längst vorhandene Spur-0-Bahn meines 10 Jahre älteren Bruders, der diese mit systematischem Aufbauwillen im Laufe der Jahre auf eine Größenordnung gebracht hatte, die man sich heute schwer vorstellen kann. Es hing auch mit den damals viel geräumigeren Wohnungen zusammen, daß er in der Lage war, seine Bahn durch sechs Zimmer zu leiten!

Die Sache wurde dadurch für jedermann höchst aufregend, daß er, beim »Fahrdienstleiter« stehend, den höchst gefährlichen Weichenwechsel in den nicht einsehbaren Endzimmern der Strecke miterlebte. Mein Bruder konnte sich nur auf sein Gehör verlassen, ob der Personenzug, von einer E 44 gezogen, den Gleisbogen erreicht hatte, um in diesem Moment die Mündungsweichen zu stellen. Tat er das zu früh oder spät, entgleiste der Zug, und das galt als eine Katastrophe, die unbedingt zu vermeiden war. Das Selbstwertgefühl des Spielers stand auf dem Spiel.

Diese Philosophie hat der kleine Bruder damals voll übernommen. Das führte in späteren Jahren, als die Anlage gewachsen war und sich der Andrang meiner Klassenkameraden, die mitspielen wollten, steigerte, dazu, daß ich sie in zwei Kategorien einteilte: Diejenigen, denen es Spaß machte, Unfälle zu provozieren, und die, die sie unbedingt vermeiden wollten. Die erste Gruppe wurde nicht mehr eingeladen, so daß die Unfallvermeider, zu einer stillen Elite zusammengewachsen, das Feld allein behielten.

Zu meinem Glück interessierte sich mein mittlerer Bruder Hasso viel mehr für Autos, wünschte sich und bekam eine elektrische Autobahn, so daß in den Weihnachtszimmern der Jahre 1936 bis 1940 vermutlich a) die Großanlage meines ältesten Bruders, b) die Autobahn des mittleren und c) meine Anlage – die ich, um Verwechslungen zu vermeiden, inzwischen auf Spur H0, dafür aber im Laufe der Zeit mit 200 Schienen, 10 Paar Weichen und 6 unabhängigen Zügen gebracht hatte – gleichmäßig verteilt waren.

Wo in dieser Wohnung irgend ein Platz für unsere Schwester Irmgard blieb, ist mir beim besten Willen nicht mehr erinnerlich.

Damit nicht genug. Zum vermutlichen Entsetzen meiner Eltern stieg auch mein Interesse für Märklins Stabilbaukästen. Auch hier wurde natürlich mit dem kleinsten Aufbaukasten begonnen.

Hier wurde mir der große Reiz der Transmission deutlich: Angestrebt wurde eine Fabrikanlage mit Bohrern, Hämmern, Windmühlen, Pumpen, Sägewerken usw., für die leider auch eine nicht ganz billige Dampfmaschine notwendig war.

Aber auch andere, in diesem Fall »zahnmedizinische« Möglichkeiten wurden von mir entdeckt. Ich baute einen Zahnarztbohrer mit beweglichem Gestänge und einem kleinen Elektromotor. Der Bohrer selbst war eine Achse aus dem Baukasten, also ungefährlich. Natürlich hielt ich Sprechstunde im weißen Kittel, den mir unsere Köchin geliehen hatte. Unbegreiflicherweise war die von mir eingerichtete »Praxis« für manche Klassenkameraden attraktiv. Ich füllte ihnen die Löcher mit einer Mischung aus Feinstholz, gewonnen beim Abschneiden der hauchdünnen Holznadeln des Plattenspielers meines Bruders, die damals das Modernste vom Neuen waren, vermischt mit Zahnpasta. Das damalige Vergnügen kann eigentlich nur einseitig beim »Therapeuten« gelegen haben, wie wohl in den meisten Fällen in der großen Wirklichkeit auch.

Dann war aber auch der Notwendigkeit Rechnung zu tragen, daß die Eisenbahn unbedingt auch optisch durch Bahnhofsgebäude, Tunnel, Dörfer mit Schule und Kirche, Hecken und Bäume bereichert werden mußte. Es gab damals wunderbare stabile Holzhäuser, sehr hübsch bemalt, zu Märklin H0 passend, die von mir ebenfalls durch die Jahre gesammelt wurden.

Man sieht, ich war ein unbescheidenes Kind. Aber mit mir war es auch insofern einfach, als nicht nur meine Eltern, sondern auch Großeltern, ältere Geschwister, Patenonkel und -tanten sowie weitere wohlgesonnene Freunde des Elternhauses stets wußten, womit man diesem Knaben eine Weihnachts- oder Geburtstagsfreude machen konnte. Es lagen drei Aufbaupläne vor: Eisenbahn, Stabilbaukästen, Holzdörfer.

Aber mir ist auch deutlich in Erinnerung, daß ich vor Weihnachten oder dem Geburtstag die entsprechenden Spielzeugkataloge wälzte und mir im Stillen für die Fülle meiner Wünsche ein Limit zwischen 25 und 30 Mark setzte, um meine Eltern nicht mit zu unbescheidenen Wünschen zu konfrontieren. Denn schließlich waren wir eine kinderreiche Familie!

Wie es dann wurde, als das Musikinteresse erwacht war und der Bedarf an Blockflöten, Noten und Büchern stieg, vermag ich nicht zu beurteilen. Jedenfalls wurde mir zu meinem 10. Geburtstag ein Tretroller und am 12. ein Fahrrad zuteil. Angesichts solcher Verwöhnungen erröte ich im Nachhinein und schäme mich. Wo ist er nur geblieben, der Tretroller – Traumfahrzeug aller Jugendlichen in den 30er Jahren, auch im 3. Reich – ? Es gab ihn in doppelter Ausfertigung: a) mit Tretbrett als Wippe auf dem Grundbrett und b) mit Tretpedal, wie es später die VESPA-Motorroller hatten. b) galt als schicker, weswegen ich a) als Gebrauchtfahrzeug bald verkauft hatte und unter Zusammenkratzen aller Ersparnisse b) erwarb. Mein erstes Handelsgeschäft im Leben.

Spielzeug gab es also in Hülle und Fülle. Der »Holländer«, in Häusern von Freunden zahlreich vorhanden und dadurch ebenfalls von mir praktiziert, nebenbei bestens geeignet zur Stärkung kindlicher Rückenmuskulatur, darf nicht unerwähnt bleiben. Ich kann es nicht nachweisen, vermute aber, daß Deutschland damals erstaunlicherweise bald nach dem Ersten Weltkrieg zu den führenden Spielzeugländern der Welt gehört haben muß.

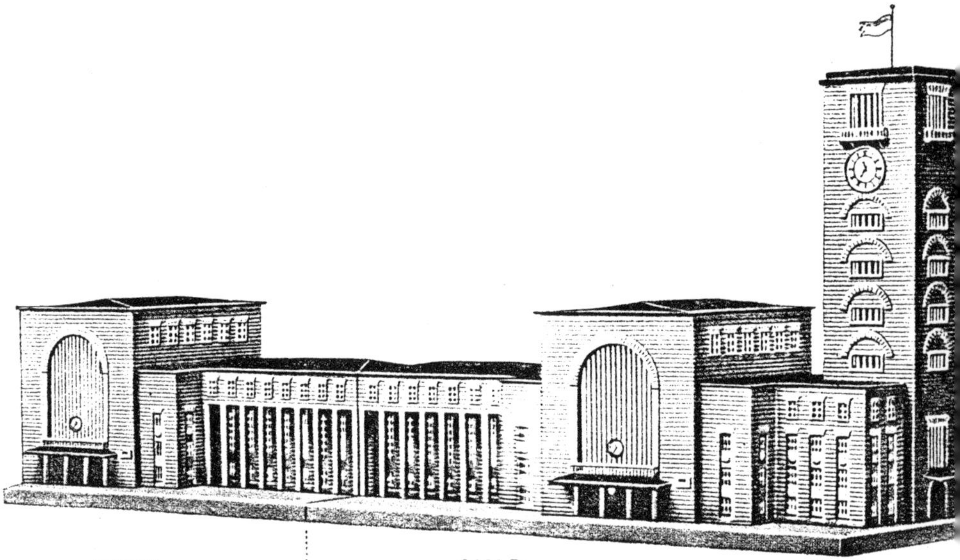

2038 B 2039 B

2039 G

Großstadt-Bahnhof, aus den Bahnhöfen 2038 B und 2039 B zusammengesetzt

2039 G/0 Spur 0: Gesamtlänge 83,5 cm, Breite 20,5 cm Höhe des Turms (ohne Fahne) 35,5 cm 4
2039 G/1 „ I: „ 114 „ „ 29 „ „ „ „ „ „ 45 „ 6
2039 GH/0 **Bahnhofs-Anlage,** bestehend aus Bahnhof 2039 G 0 und zwei Bahnsteighallen 2075/0 B 5
2039 GH/1 **Bahnhofs-Anlage,** „ „ „ 2039 G 1 „ „ „ 2075/1 B 9

Bahnhöfe

2048 6.50

Bahnhof
mit Güterschuppen, Bahnsteigsperre mit Kontrollhäuschen, Schiebetüren, Kran, Durchgang, abnehmbares Dach, Öffnungen zum Anbringen von elektrischer Beleuchtung
56×16×21 cm

2050 7.70 **2050 B** 8.50

2050 B. **Bahnhof,** mit elektrischer Beleuchtung für 20 Volt, 1 Lampe, ½ m Kabel mit Metallsteckern, Turm, Durchgang mit Bahnsteigsperre und Kontrollhäuschen, abnehmbares Dach, imitierte Uhr mit verstellbaren Zeigern. 52×19×27 cm
2050. **Bahnhof,** wie oben, aber ohne elektrische Beleuchtung

Bahnwärterhäuser

2161 1.70

Wärterhaus mit Zaun und Warnkreuz, Dach und Fenster fein geprägt
Sockel 13,5×8 cm
Höhe 11,5 cm

2162 2.70
2162 B 3.70

Wärterhaus
elektrisch beleuchtet, Bogenlampe mit Birne 20 Volt 0,15 Amp., ½ m Kabel mit Metallsteckern. Mit Anbau, Bank, Baum, Dach und Fenster fein geprägt. Sockel 16×8,5 cm, Höhe 11,5 cm
2162 **Wärterhaus,** wie oben, aber ohne elektrische Beleuchtung

2163 B 4.50

Wärterhaus
elektrisch beleuchtet, Bogenlampe mit Birne 20 Volt 0,15 Amp., ½ m Kabel mit Metallsteckern. Mit Anbau, verstellbarem Signal, Schranke, Zaun, Warnkreuz, Dach und Fenster fein geprägt
Sockel 18×10,5 cm
Höhe 13 cm

2164 B 6.—

Wärterhaus
elektrisch beleuchtet, Bogenlampe mit Birne 20 Volt 0,15 Amp., ½ m Kabel mit Metallsteckern. Mit verstellbarem Signal mit Stellhebel, Schranke, Warnkreuz, Bank, Baum, Dach und Fenster fein geprägt
Sockel 21×10,5 cm Höhe 13 cm
(mit Signal 17,5 cm)

Im Bann der großen Bahn – Faszination für kleine Leute

Was wären sie gewesen, all' die Lokomotivmodelle: Schnell-, Personenzug, Speise-, Schlafwagen, Post-, Gepäck- und ungezählte Güterwagen, Bahnhöfe, Signale, Drehscheiben für Dampflokomotiven, Stellwerke, Kreuzungen, Weichen und Zugbeleuchtungen, wie sie einem in den verschiedenen Weihnachtskatalogen entgegenleuchteten, wenn man die Originale nicht fast täglich im reichen Verkehrsleben rund um Berlin und auf den Reisen in die Ferien »in natura« angetroffen hätte.

Sehr früh hatte ich ein Notizbuch angelegt (und auf jede Fahrt mitgenommen), in das säuberlich alle bedeutenden Lokomotiven, die mir begegneten, eingetragen wurden.

Die notwendigen Grundkenntnisse hatte ich mir meistens in Interviews beschafft, um die ich Eisenbahnschaffner und Zugführer immer dann bat, wenn ich sie im »Dienstabteil« ohne Beschäftigung sitzen sah und fand, daß sie nett aussahen. Es gab auch unter ihnen griesgrämige, dick hornbebrillte Typen mit tiefgezogener Mütze, viel zu hellen Schuhen mit durchgehender Krepp- oder Gummisohle, die überhaupt nicht zu dem dunkelblauen Uniformkleid paßten. Man merkte ihnen auch ein sich hebendes Lebensgefühl an, sobald sie einen Reisenden ohne Fahrkarte oder bei anderen Unkorrektheiten erwischten.

Und es gab die anderen, denen ihr Beruf offensichtlich Spaß machte, deren Umgangston stets höflich war und Hilfsbereitschaft vermittelte. Interessant auch der Unterschied, wie sie auf (zugegeben oft sehr dämliche) Fragen mancher Mitreisenden reagierten. Die Ersteren antworteten prinzipiell mißvergnügt, unwirsch, besonders, wenn man sie nach dem Grund einer nicht ersichtlichen Verspätung fragte. Das kam bei ihnen einer Majestätsbeleidigung nahe. Dagegen die anderen, die zum Beispiel zwischen Jüterborg und Wittenberg einer Dame auf die Frage: »Glauben Sie, daß wir pünktlich in München ankommen werden? Und von welchem Bahnsteig geht der Personenzug nach Schrobenhausen?« höflich antworteten: »Meine Dame, darf ich Sie noch um etwas Geduld bitten – spätestens der Kollege ab Leipzig wird Ihnen das genau beantworten können.«

Auf jeden Fall hatte ich bei derartigen Interviews wichtige Grundkenntnisse erworben. Erstens wurden die Dampflokomotiven in Baureihen eingeteilt. Es gab fünf Gruppen: 01 - 19 Schnellzugloks mit Tender, 20 - 39 Personenloks mit Tender, 40 - 59 Güterzugloks mit Tender, 60 - 79 Tenderlokomotiven, vor allem für den Personenzugdienst, 80 - 99 Tenderlokomotiven vorwiegend für Güterzug-, Rangier- und Kleinbahnbetreuung. Zweitens fand ich bald das sehr einfache, aber erstaunlich wenig Reisenden vertraute Schema heraus, nach dem die Achsfolge der Loks beschrieben wurde: Zahlen = Laufachsen, Buchstaben = Treibachsen.

Eine 2-C-Lok, wie die bekannte 38er, hatte also zwei Lauf- und drei Treibachsen. Die Bilderbuch-Güterzuglok, auch für den D-Zug-Verkehr in bergigem Gelände eingesetzt, war die 41, 1 D 1 gekoppelt = eine Laufachse, vier Treibachsen und eine Laufachse.

Der musikinteressierte Leser wird an dieser Stelle unschwer erkennen, warum das berühmte Orchesterstück »Pacific 231« von Arthur Honegger so heißt: Sein Vorbild war eine französische Schnellzuglok des Typs »Pacific« mit genau der gleichen Achsfolge wie die der deutschen 01: Zwei Laufachsen, drei Treibachsen, eine Laufachse. Diese großen Ungetüme beeindruckten also nicht nur kleine Jungen, sondern auch große Komponisten.

Für mein Notizbuch interessierten mich nur die großen Lokomotiven wie die 2-C-1 Schnellzugloks der Baureihe 01 und 03. Die 03 war die etwas leichtere Schwester (mit 17 Tonnen Achsdruck) der großen 01, die mit 20 Tonnen Achsdruck für die Strecken auf schweren Böden eingesetzt wurde, in der Hauptsache auf allen Strecken südlich und westlich von Berlin, während man im Norden und Osten vorwiegend 03-Lokomotiven antraf.

Durch meine Eintragungen gab es oft nach Monaten »Wiedersehensfreuden«, etwa mit der 01-271, die ich am 17.3.1937 in Dessau und am 29.8. in Oschersleben bei Magdeburg wiedertraf. Auch bekam ich durch meine regelmäßigen Fahrten vom Potsdamer Hauptbahnhof bald heraus, daß bei den meisten Zügen ein Sechstageturnus herrschte, d.h. alle sechs Tage zog die gleiche Lok den gleichen Zug.

Mein weiteres Interesse galt der möglichst schnell und genau zu ermittelnden Geschwindigkeit des Zuges, in dem ich gerade fuhr. Die Sache war sehr einfach: Auf den meisten Hauptstrecken gab es 30-m-Schienen, auf Nebenbahnen 15-m-Schienen. Eine Tabelle in meinem Notizbuch, die ich mir angefertigt hatte, sagte mir an, daß der Zug zum Beispiel bei 10 Stößen in 10 Sekunden 108 km, bei 11 Stößen 120, bi 9 Stößen aber nur 97 km fuhr. Ich konnte also nicht selten zur Verblüffung meiner Mitreisenden in 10 Sekunden sagen, welche

Geschwindigkeit der Zug gerade hatte. Auch kam es vor, daß ich auf einer langweiligen Strecke, wie z.B. zwischen Gentin und Magdeburg, in seelische Hochstimmung geriet, weil ich merkte, daß der Zug *128 km/h* schnell fuhr, während meine Mitreisenden schnarchten oder dösten. Umgekehrt hätte ich mir manche Aufregung erspart, wenn ich nicht mitbekommen hätte, daß z.B. der Schnellzug Stuttgart – Berlin in Halle mit zehn Minuten Verspätung abfuhr, und nun die ganze Zeit kontrollierte, ob der Lokführer diese zehn Minuten bis Berlin aufholen würde oder nicht. Ich glaube, daß ich den Typ des langweiligen »Dienst nach Vorschrift-Fahrers«, der die Verspätung bis Berlin voll beibehielt, und den des ehrgeizigen und pünktlichkeitsfanatischen Lokführers, der sie durch höhere Geschwindigkeit aufzuholen versuchte, sehr schnell nach meinem Kontrollsystem unterscheiden konnte.

Da man in Berlin fast nur in Kopfbahnhöfen ankam, konnte man – und das tat ich grundsätzlich – sich die Physiognomie der Lokführer am Ausgang genau anschauen. Nicht selten schien mir, daß der eben beschriebene »Pünktlichkeitstyp« eine erheblich größere Persönlichkeit ausstrahlte als der »Vorschriftmensch«. Da waren schon gestandene, eindrucksvolle Männer dabei mit ihren schwarzen Mützen, von Wind und Wetter gestraffter Haut und dem gewissen Weitblick in den Augen, den man oft ja auch den Schiffskapitänen ansieht.

Was in meiner Kindheit das Reisen so interessant machte, war zweierlei: Einmal waren es die Rhythmusimpulse von den Schienenstößen für das musikalisch empfängliche Ohr des Acht- bis Zwölfjährigen und zum anderen die Vielfalt der Lokomotiven, die es auf der von meiner Familie oft befahrenen Strecke Berlin, Leipzig, Halle, Erfurt, Meiningen, Schweinfurt, Würzburg mit Alternativstrecken über Saalfeld, Lichtenfels oder Hof, Oberkotzau, Neuenmarkt-Wirsberg gab.

Um mit dem erstgenannten Punkt zu beginnen: Es war fast unvermeidlich und akustisch einfach zwingend, daß ein Junge, der mit 11 bis 13 Jahren über Klavier und Orgel die den ganzen inneren Menschen fesselnde Kraft der Motorik vor allem Bach'scher Musik erlebte, vieles auch aus dem technischen Bereich, was auf diesen Reisen so stark auf ihn einwirkte, unbewußt, mit der Zeit auch immer bewußter in Beziehung zueinander setzte.
Sehr wesentlich zur Vertiefung dieser Beobachtungen trug die Tatsache bei, daß man ja nicht nur immer den gleichen Rhythmus der Räder vernahm, etwa

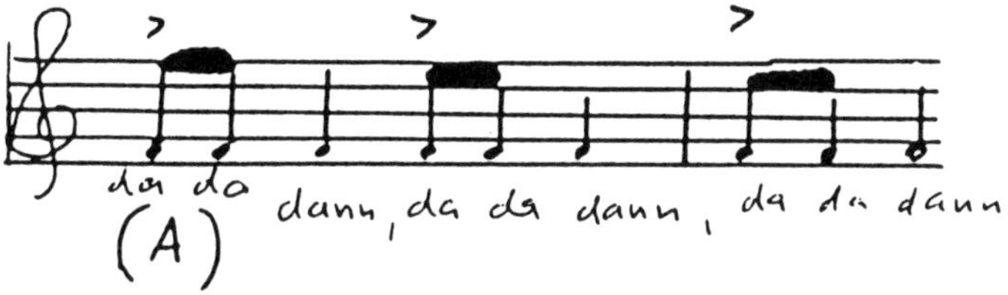

wie er von dreiachsigen Personenwagen ausging, sondern es gab ja auch Akzentverschiebungen (wie in der Musik), wenn man nicht auf demselben Platz sitzen blieb, sondern wanderte oder ihn wechselte. Beispiel a) zeigt: Setze ich auf die erste Note den Akzent, dann habe ich vorn im Wagen über der ersten Achse gesessen. Höre ich aber den Rhythmus b)

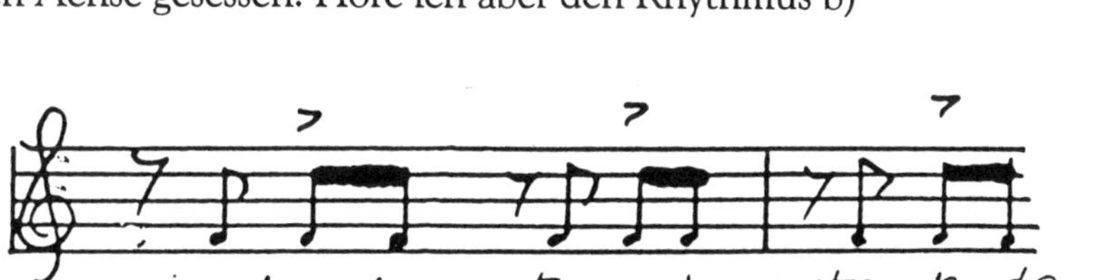

saß ich in der Mitte, und hörte ich c)

saß ich am Schluß über der letzten Achse.

Sehr interessant wurde die Sache, wenn ich direkt hinter einem Wagen mit anderen Achsabständen fuhr, vor allem z.B. hinter dem vierachsigen Tender der Lokomotive. Dann gab es oft den Rhythmus

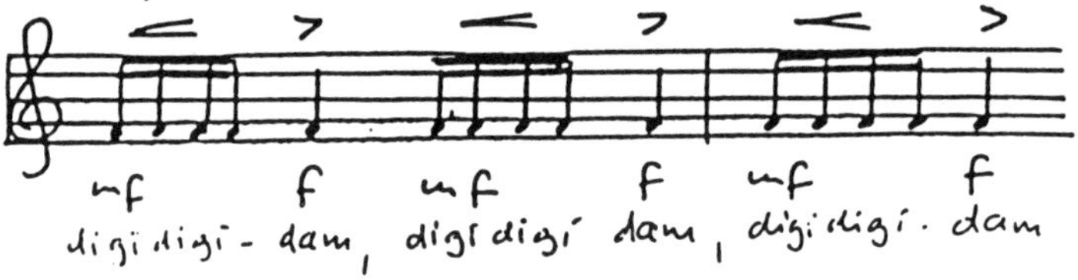

Aber auch das reiche Gebiet von Vorschlag und Synkope lieferte die damalige Bahn dem aufmerksamen Hörer. Die Älteren unter uns erinnern noch die zweiachsigen Lorenwagen mit offenen Einstiegsbühnen.

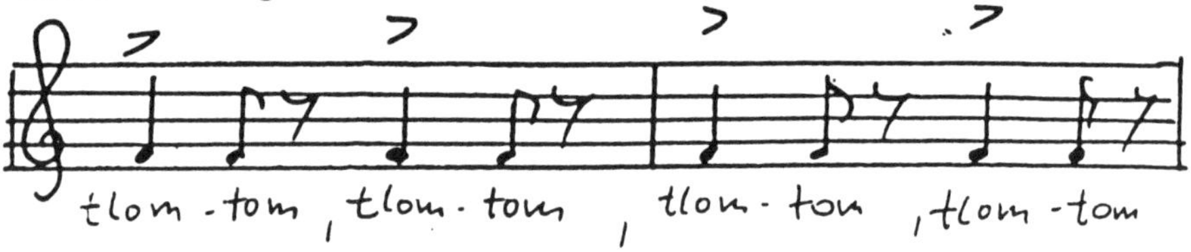

Hier ergab sich oft durch das hörbare Stoßgeräusch des Vorderwagens folgendes:

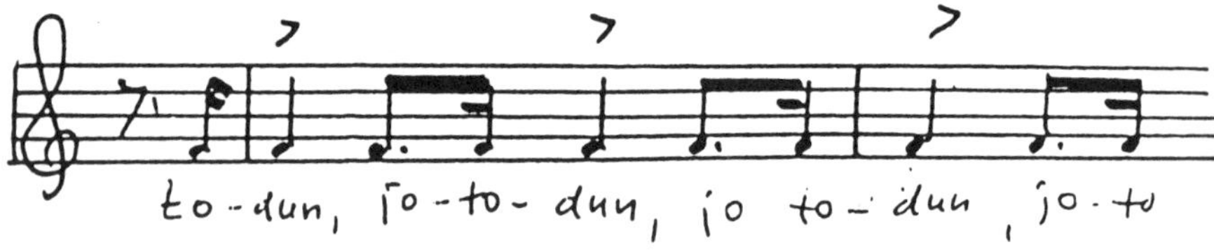

Besonders vielseitige Rhythmusimpulse lieferten natürlich die vierachsigen Schnellzugwagen. Der hierbei am meisten zu hörende Rhythmus (bei 30 m-Schienen) war:

Hinter dem Tender wurde daraus aber:

(Jemand, der gerade das c-moll-Präludium »Wohltemperiertes Klavier I« übte, müßte hier von der »klingenden Technik« gefesselt werden).

Es klang aber auch heftig der Rhythmus:

(Der geübte Leser erkennt hier mühelos die Parallelen zum Rhythmus der sogenannten Französischen Ouvertüre, wie wir ihn zwischen J. B. Lully und J. S. Bach und vor allem G. F. Händel antreffen).

Ähnlich ging es mit schnellen Triolenrhythmen; wie diesen

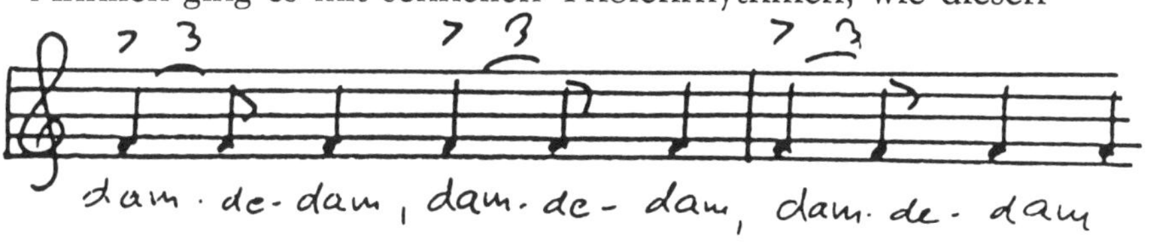

oft von Triebwagen produziert. Oder:

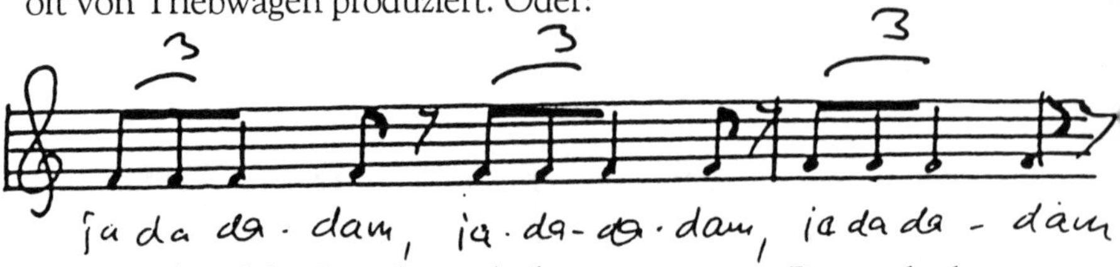

Man wurde solche Impulse nicht los, wenn man z.B. gerade die Gigue aus der Französischen Suite G-Dur von Bach übte.

Absolut stilübergreifend in Richtung zeitgenössischer Musik wurde die Sache aber bei akustischen Taktwechseln, die entweder bei Wechsel der Schienenlänge entstanden oder auch bei Durchfahrt mit einem Schnellzug durch Bahnhöfe mit vielen Weichen, wie z.B. Wustermark (Verschiebebahnhof auf der Strecke Berlin – Hamburg) oder Kreiensen (zwischen Hannover und Göttingen).

Der Schienenlängenwechsel war besonders interessant, wenn es von 15 auf 10 m ging, was man in meiner Kindheit auf der eingleisigen hinterpommerschen Schnellzugstrecke Stargard – Belgard – Köslin – Stolp noch erleben konnte. Hier kam dann mit dem D-Zug immerhin folgendes zustande:

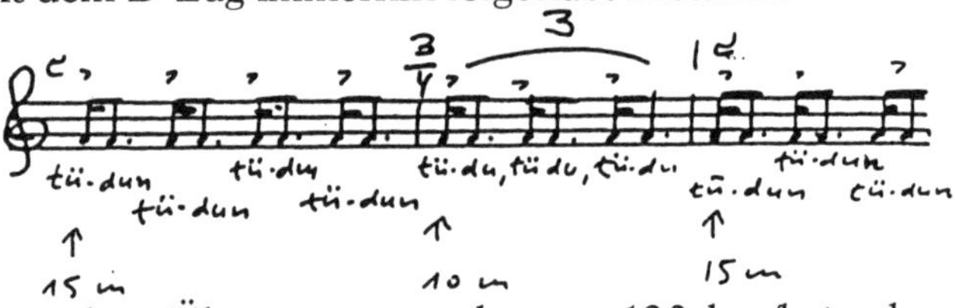

Die Weichen-Überquerungen bei ca. 120 km/h in den genannten Orten konnten noch interessantere Rhythmusbilder ergeben:

Sehr viel komplizierter sind die Rhythmen in Strawinskys »Sacre du Printemps« auch nicht!

Wer Freude an diesem kleinen Gedankenspiel hatte, kann das Rhythmusbild der Bahn der ersten Hälfte des 20. Jahrhunderts getrost generell zu vielen Bildern der Musik der gleichen Zeit setzen. Leider ist das zum Teil in weniger interessanter Form auch zum Jahrhundertende möglich. Der Rhythmus ist aus der Eisenbahn durch die zusammengeschweißten Schienen genauso verschwunden wie in einzelnen Clusterpartituren der Avantgarde-Musik.

Sind zur Zeit Fortschritt und zunehmende Langeweile sowie Eintönigkeit miteinander verkoppelt?

Nun aber muß auch der unvergleichlich größeren Vielfalt an Lokomotivtypen Rechnung getragen werden, die sich einem in den Jahren 1936 bis 1939 bot!

Die Einfahrt in den Leipziger Hauptbahnhof war ein solcher Höhepunkt. Dort kamen sie zusammen, die preußischen, sächsischen und bayrischen Stahlrösser, alle aus der Zeit der Länderbahnen vor dem Ersten Weltkrieg. Man sah die bayrische 18 genauso wie die sächsische 19 oder die preußische 39. Man sah sie vor entgegenkommenden oder auf parallel laufenden Gleisen fahrenden Zügen oder vor den zahlreichen Lokomotivschupppen, wo sie gewartet und gedreht wurden oder auf die Abfahrt zu ihrem nächsten Zug warteten.

Mindestens zehn Minuten vor Ankunft hatte sich der Knabe auf dem Gang einen Platz am Fenster, das man damals noch herunterdrehen konnte, gesichert und öffnete es – ohne Rücksicht auf schimpfende alte Damen, die sofort Anstoß an dem Luftzug nahmen und wenig Mitgefühl mit dem lokomotivhungrigen Jüngling zeigten.

Einmal, es mag zu Beginn des Krieges gewesen sein, fuhr mich ein solcher Mitreisender an: »Das kommt mir aber reichlich komisch vor, daß du hier alles aufschreibst. Man sollte das dem Zugführer melden!« Zehn Jahre später wäre ich mit einem solchen Notizbuch vor dem Leipziger Hauptbahnhof fraglos sofort verhaftet worden.

Es sind in den letzten Jahren viele Loblieder auf die Dampfloks gesungen worden. Ich stimme fraglos nur mit bescheidener Stimme ein in den großen Chor der Eisenbahnbegeisterten. Aber eine kleine eigene Melodie möchte ich doch noch singen, indem ich von den Geräuschen, dem Kontrapunkt spreche, den die Dampfloks der Eisenbahnmusik der Schienenstöße entgegensetzt.

Auf einer sehr schönen Platte, während der DDR-Zeit entstanden, sind sie sehr gut festgehalten und in ihrer Vielfalt zu unterscheiden. Aber ich glaube doch, daß ich das alles als Kind selbst beobachtet und registriert hatte.

Der Hauptunterschied bestand darin, ob eine Lok zwei oder drei Zylinder besaß. Die Zweizylinderlok fuhr so an: »Wum – dschum – wum – dschum...«, während es sich bei der Dreizylinderlok (Baureihe 01 10, 39, 44 u.a.) so anhörte: »Wum – dschum – dschum – wum – dschum – dschum...«

Wer Brahms liebt mit seiner Vorliebe, zwei zu drei rhythmisch in seiner Musik zu kombinieren, mußte begeistert sein, wenn – was durchaus vorkam – etwa vor dem FD-Zug Frankfurt – Berlin ab Leipzig zwei 01-Lokomotiven fuhren, die eine als Zweizylinder-, die andere als Dreizylinder-Ausgabe. Dann hörte man »Brahms auf der Schiene«:

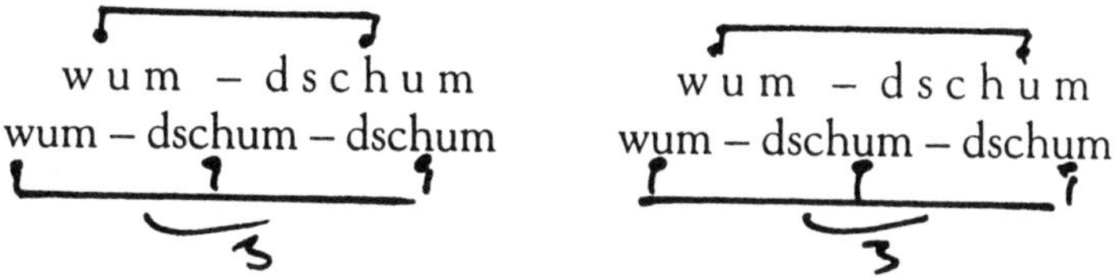

Aber auch der Aufenthalt auf größeren Bahnhöfen (wegen des Umsteigens) war für mich von streßartig durchwirkter Zeiterfülltheit, galt es doch, möglichst viele Zugabfahrten in dieser Zeitspanne zu erleben. Es war ein Unternehmen, das mit Sport und Langstreckenlauf durchaus etwas zu tun hatte, wollte man etwa einen Eilzug um 12.17 Uhr auf Gleis 8 und einen Schnellzug um 12.22 Uhr auf Gleis 1, natürlich in entgegengesetzter Richtung den Bahnhof, z.B. nach Bebra, verlassend, erleben.

Das Anfahren eines damals bis zu 13 Wagen langen D-Zuges war mit einer 01 wohl ein absolutes Kunststück. Erstens waren die alten D-Zug-Wagen viel massiver und schwerer gebaut, zweitens hatte eine 01 einen Treibrad-Durchmesser von zwei Metern, das in Bewegung zu setzen nicht einfach war. Die Treibräder mußten so groß sein, damit der D-Zug auf freier Strecke auf volle Fahrt bis zu 140 km/h gebracht werden konnte, waren doch der Umdrehungsgeschwindigkeit des Schubgestänges, der sogenannten »Heusinger-Steuerung« technische Grenzen gesetzt. Eine Lok mit 2 m Raddurchmesser fuhr mit der gleichen Drehzahl doppelt so schnell wie eine Güterlok mit 1 m Durchmesser, die dafür aber mehr Kraft auf die Schienen übertragen konnte und bis zu 52 Güterwagen zu ziehen in der ziehen in der Lage war. (Warum es bei Güterzügen immer 52 oder bei Kurzzügen meistens 38 Wagen gab, habe ich bis heute nicht begriffen.)

Aufgrund dieser technischen Probleme hatte man später die Dreizylindermaschinen. Die Bayern hatten übrigens schon viel früher die vierzylindrige berühmte Schnellzuglok »18« gebaut, um kurzfristigere Dampfimpulse auf die Riesentreibräder zu bekommen.

Oft gab es das Wegrutschen der Räder bei zu viel Dampfzufuhr durch den Regler, und dann half nur ein Sandstreuer. Häufig fuhr der Lokführer auch erst einmal zwei bis drei Meter rückwärts, wahrscheinlich, um alle Bremsen des Zuges freizubekommen. Auf jeden Fall war es ein richtiges Schauspiel, solche Abfahrten bewußt mit anzusehen. Nichts dergleichen fesselt einen heute bei der Abfahrt mit einer 103 E-Lok, vom ICE ganz zu schweigen. Alles funktioniert ganz selbstverständlich, aber es ist eben auch viel langweiliger.

»Soll der Künstler den technischen Fortschritt begrüßen oder bedauern?« heißt der Untertitel gelegentlicher Vorträge zum Thema »Musik und Eisenbahn«, die ich bis in die jüngste Vergangenheit mit persönlichem Spaß vor meistens auch sehr vergnügtem Publikum gehalten habe.

Aber das Dampflokomotiven-Thema ist deswegen noch nicht zu Ende, weil erstens festgehalten werden muß, daß mit den Baureihen 05 und den Reihen 01, 03 + 10 wunderbar elegante Stromlinienloks das Bild der deutschen Eisenbahn bereicherten. Von der einzigen Kindheits-Reise Potsdam – Köln ist mir nichts anderes in Erinnerung geblieben, als daß ich auf dem Bahnhof Hamm die nagelneue 05-Stromlinienlok getroffen habe, die es ja wohl bis auf 175 km in der Stunde gebracht hat. Zweitens ihr Anblick..., ob im Bahnhof oder in der Landschaft – es war damals einfach mehr los! Ich denke nur an den alten »Rheingold-Express«: Die rasante Triebwerkbewegung der Riesenräder, das rhythmische Fauchen – war es nicht dem menschlichen Atem ähnlich? Und die Signale von den Glöckchen der Bimmelbahn (Baureihe 99) bis zur Ozeandampfer-ähnlichen Hupe »Dschuuh« – etwa auf dem kleinen As intoniert, ...waren sie nicht faszinierend?

Eine dritte, abschließende Kindheitsbeobachtung darf nicht unterbleiben. Da gab es noch beim Herausblicken aus dem Fenster in Richtung Lokomotive den optisch-akustischen Doppeleffekt: Nach der Formel für den Kreisumfang 2 πR entsprach eine Gestängeumdrehung der 01 ca. sechs Meter, d.h. sie machte im Verhältnis zu den 30-Meter-Schienenstößen fünf Umdrehungen. Und so sah man beim Herausschauen im Verhältnis zu den Schienenstößen, die man hörte, ständig »Quintolen«, ein Rhythmus, der in der Musik der ersten Hälfte dieses Jahrhunderts viel anzutreffen ist.

Bei diesem Erlebnis des Nach-vorne-Schauens gab es allerdings ein Problem. Es bestand in dem ständigen Geschimpfe der Mitreisenden und den Rufen »Es zieht!« Und in der Tat war bei der Fahrt von 80 km/h der Zug für die Augen sehr ungesund, und man lief auch ständig Gefahr, Ruß in die Augen zu bekommen.

Am abwechslungsreichsten und schönsten wurde es, wenn man zum Beispiel zwischen Suhl und Oberhof in Thüringen oder Heigenbrüken und Lohr im Spessart eine Schiebelokomotive bekam. Dann hatte man ein polyrhythmisches Gefauche von vorn und hinten, das zu analysieren ich dem Leser erspare.

Nur erlebte man hier wie in der ganzen Dampflokzeit ebenfalls viel deutlicher als heute, was es heißt, einen langen Zug schnell durch die Lande oder auch auf kurvenreichen Strecken die Berge hinauf und herunter zu bewegen. Der Kraftaufwand war sichtbar, hörbar und imponierend und machte das Reisen als solches interessant und besonders für mich jedesmal zu einem spannenden Erlebnis.

Wohin ging die Reise?

Bis heute nehme ich noch das Stimmungsbarometer wahr, das alle Reisen begleitet, ob zu Lande, zu Wasser oder in der Luft, und entschieden vom Ziel und den Menschen bestimmt wird, die einen erwarten.

Am stärksten – und im nachhinein sehr unberechtigt – empfand ich den Unterschied im Verhältnis zu Hinfahrt in die Ferien und Rückreise in den heimatlichen Pflichtenkreis von Schule und allen anderen Ausbildungen.

Mir war zu wenig klar, wie gut ich es mit *diesem* Elternhaus gehabt habe, mit *diesem* Familienleben, der wunderschönen Wohnung am Heiligen See, der Musik und meinen famosen Lehrern. Zu ihnen rechne ich auch dankbar den größten Teil der Lehrer des Potsdamer Viktoria-Gymasiums.

Es mag sein, daß von Jahr zu Jahr die unbewußte Bedrükkung durch den Zwiespalt zwischen den politischen Verhältnissen und dem privaten Familienleben wuchs. Aber bewußt wende ich mich noch einmal von diesen, besonders in Potsdam und Berlin auch für mich bald spürbaren, meine Eltern aber bereits schwer belastenden Diskrepanzen ab und erfreulicheren Abschnitten meiner Kindheit zu, deren Besonderheit ich schon damals empfand, ohne das baldige Ende all dieser schönen Dinge, den Zusammenbruch jahrhundertealter Traditionen zu ahnen.

Das meiste ereignete sich in den Schulferien, wovon es Gottseidank auch in meiner Kindheit genug gab. Drei Zentren habe ich zu Anfang erwähnt. Sie hingen mit der landschaftlich so unterschiedlichen Herkunft meiner Eltern zusammen.

Wenn auch die direkte Beziehung zur hinterpommerschen Heimat meiner väterlichen Familie dadurch verlorengegangen war, daß mein Großvater das Gut Biziker hatte verkaufen müssen, sind über meine Eltern freundschaftliche Beziehungen zu anderen Gütern, auf denen Kamekes wohnten, erhalten geblieben. Solche gab es besonders in Wrangelsburg bei Greifswald in Vorpommern und Kratzig in der Nachbarschaft von Biziker im Kösliner Kreis in Hinterpommern. Daran bleiben die meisten Erinnerungen haften, denn die Besitzer, Onkel Georg und Tante Eka, waren kinderlos und hatten mich als Feriengast regelmäßig eingeladen und offensichtlich in ihr Herz geschlossen.

Zuerst möchte ich weitere Eindrücke aus der Heimat meines Vaters, der »Malche«, schildern.

Theologie, Musik, Land- und Hauswirtschaft in der »Malche«

Denke ich an die Jahre 1936 bis 1939 zurück mit dem großen Erlebnisreichtum, den ein Zehn- bis Dreizehnjähriger gehabt hat, so gehören die drei Ferienzentren in der Malche, in Kratzig und in Thüngen ganz wesentlich dazu.

Ahnungslos und doch sehr bewußt erlebte ich lauter Dinge, die sich in dieser Form nicht mehr wiederholen sollten, gehörten sie doch zum Lebensstil einer Epoche, deren Ende mit dem Jahr 1939 und dem Ausbruch einer der schrecklichsten Kriege aller Zeiten über die ganze Welt hereinbrach.

Zu Beginn erwähnte ich schon meine Großmutter, Anna von Hochstetter, und die von ihr gegründete Frauenmission »Malche«. Durch die eingangs geschilderten Besuche ist mir dieses Werk innerer und äußerer Mission seit frühester Kindheit bis in die Gegenwart vertraut. Ungezählte Menschen sind durch die Schule der Malche gegangen. Man konnte dort zur Gemeindeschwester, Pfarrgehilfin oder Missionarin ausgebildet werden. Viele Schwestern sind anschließend Krankenpflegerinnen geworden.

So gehörte die Malche durch Jahrzehnte zu den großen Diakonieverbänden. Wirtschaftlich gesehen erwartete die jungen Schwestern ein mehr als bescheidenes, am Existenzminimum anzusiedelndes Berufsleben. Aber das betraf ja die gesamte Diakonie und bezeichnet eine Zeit, in der viele junge Menschen aus christlicher Grundeinstellung heraus ihr Leben im Dienste der Nächstenliebe, der Zuwendung zu Kranken, Bedürftigen und Alten als eine Erfüllung ansahen und dafür materielle Opfer zu bringen bereit waren. Dafür gehörten aber alle Malche-Schwestern einer großen Familie, eben der Malche-Schwesternschaft, an, und das bedeutete für viele weit mehr als

Geld, Wohlstand und beruflicher Aufstieg. Sie waren in der Malche zu Hause; sie war ihr Mutterhaus und meine Großmutter die Bibel-Hausmutter. Sie wurde von allen Schwestern, also von hunderten, »Mutter« genannt. Unterstrichen wurde das Heimatgefühl, das die Malche vermittelte, durch ihre schöne landschaftliche Lage am westlichen Rande des Oderbruchs, eingebettet in ein sich im Wald verlierendes Tal mit vielen schönen Spazierwegen.

Natürlich wurde auch für jede Schwester im Krankheitsfall gesorgt und sie konnte, wenn sie wollte, Urlaub in der Malche oder in einem dazugehörigen Erholungsheim machen.

Bis ins hohe Alter war meine Großmutter eine vielbeschäftigte Frau. Sie hatte jeden Tag Sprechstunde für die Schwestern, führte mit ihnen eine umfangreiche Korrespondenz, reiste viel und gern durch ganz Deutschland zu den einzelnen Stationen und versammelte die Schwestern dort zu geistlichen Rüstzeiten.

Der theologische Ursprung lag im reformierten Pietismus der Schweiz. Aus Beatenberg war Jeanne Wasserzug, eine der ersten großen Lehrerpersönlichkeiten der Malche gekommen, zusammen mit dem Mitbegründer, Pastor Ernst Lohmann, und meiner Großmutter. Alle drei haben der Malche eine sehr spezifische Ausrichtung gegeben, die viele Menschen anzog, aber auch manche Kritik hervorgerufen hat.

Mir sind dadurch wesentliche Züge des Pietismus seit frühester Kindheit vertraut. Bevor ich im Konfirmandenunterricht mit dem kirchlichen Gesangbuch Bekanntschaft machte, hatte ich zuvor in der Malche längst die »Reichslieder« und den »Rettungsjubel« von der Malche-Gemeinde in ihren sonntäglichen Gottesdienststunden kennengelernt. Ich wurde als Acht- bis Zehnjähriger zu Gebetsgemeinschaften hinzugezogen und erinnere deutlich die Angstzustände, die ich jedesmal bekam, wenn mir die wenigen kümmerlichen Gedanken oder Bitten, die ich mir überlegt hatte, von den vor mir sitzenden Schwestern »weggebetet« wurden. Was ich aber unbedingt festhalten möchte, ist, daß ich nie wieder so vielen Menschen begegnet bin, die aus dem täglichen Gebet so viel Kraft für ihr eigenes Leben bezogen haben und diese auch auf andere Menschen übertragen konnten, wie bei meinen Besuchen in der Malche.

Ich erlebte auch die Spannungen zwischen den sogenannten »Freikirchen«, zu denen sich damals die Malche zählte, und der Amtskirche. Ähnliche Vorbehalte bis hin zu offener Kritik mit fast dem glei chen Vokabular erlebte ich 40 Jahre später als Kirchenmusiker der Hamburger Hauptkirche St. Petri durch die Charismatische Bewegung und ihren Leiter, Pastor Kopfermann. Das damalige Schlagwort »Bekehrung« war hier durch »Lebensübergabe« ersetzt worden. Dort wie hier wurde nur der als vollwertiger Christ angesehen, der Zeit und Stunde seiner »Bekehrung« bzw. seiner »Lebensübergabe« nennen konnte.

Vielleicht war es aber auch die selbst für mein kindliches Gemüt zu vertrauliche Rede über Gott, die mich später zu starken Vorbehalten gegenüber dem einseitigen Pietismus und auch den Charismatikern veranlaßt hat.

Ein interessanter Wandel vollzog sich in dieser Hinsicht in der Malche, als um das Jahr 1938 ein neuer Pfarrer, Herr Christiansen aus Freienwalde, die Leitung übernahm und die Schwester meiner Mutter, Ruth von Thüngen, Oberin wurde. Sie war in Franken, genau wie meine Mutter, streng lutherisch erzogen worden, und Pfarrer Christiansen war alles andere als ein Pietist – zur Preußisch-Unierten Kirche gehörig, ein großer, gutaussehender Mann, der er im 1. Weltkrieg Marineoffizier gewesen war.

Unter der neuen Leitung entwickelte sich – so schien es mir – die Malche von zu einseitigem, schweizer-reformierten Pietismus zum prokirchlichen Luthertum, zumindest im Sinne der altpreußischen Union. Aus der für Versammlungen umgebauten Scheune des Häuserensembles des Malchetales wurde eine kleine Kirche. Auf dem Altar wurde erstmalig ein Kruzifix aufgestellt. Der Pfarrer hielt den Gottesdienst im Talar, das Harmonium wurde durch eine kleine Orgel ersetzt. Statt aus den »Reichsliedern« wurde aus dem kirchlichen Gesangbuch gesungen. Beim Chorgesang des Schwesternchores nahm die Überzahl glaubenstärkender Quartsextakkorde nahm deutlich ab, der Gottesdienstbesuch hingegen dank der Persönlichkeit und Predigtbegabung von Pfarrer Christiansen nahm zu.

Neben diesen vielfältigen religiösen Eindrücken war mir aber die andere, diesseitige Alltagswelt wichtig, die auf praktischem Gebiet voller Anregungen für mich steckte.

Um wirtschaftlich existieren zu können, brauchte die Malche einen kleinen landwirtschaftlichen Betrieb mit Kühen, Schweinen, Geflügel, Wiesen für das Heu und einen großen Obst- und Gemüsegarten.

Mit dem Leiter der Landwirtschaft und dem handwerklichen »Mädchen für alles«, Willy Kelb, verband mich eine ebenso große Freundschaft wie mit Schwester Minna Böker, der Gartenschwester. Dazu kam Schwester Mathildchen, die den Buchladen führte und Hausschwester in dem großen Haus war, in dem der Lehrsaal unterbracht war. Hier wohnten auch die meisten Schwestern und die Küche befand sich dort.

Willy Kelb war von mittlerer, sportlicher Statur, auffallend sein offenes, klares Gesicht, das verriet, daß er mit seinem Leben zufrieden war und seine »Mitte« besaß. Er war ständig unterwegs zwischen den vier Häusern der Malche – dem eben erwähnten Neuen Haus, dem Blockhaus, das etwas höher am

Berghang daneben lag, der Villa, in der die Oberin wohnte und in der sich auch das Büro befand, und schließlich dem Alten Haus am Eingang des Tales, in dem meine Großmutter und einige Lehrschwestern wohnten.

Ich begleitete Willy Kelb stundenlang auf seinen Wegen und beobachtete seine handwerklichen Künste. Ob es das Ausmisten des Kuhstalls oder das Fahren mit dem Pferdewagen zum Einkaufen nach Bad Freienwalde oder das Einbringen der Heuernte war – fast immer war ich an seiner Seite.

Schwester Minna verfügte über eine beträchtliche Leibesfülle, was aber ihrer Freude an körperlicher Arbeit und einer Heiterkeit, die sich auf alle Menschen, die mit ihr zu tun hatten, übertrug, keinerlei Abbruch tat. Diese schien angeboren, basierte aber sicher auch auf ihrem festen Glauben. Die Verbindung von Gottvertrauen und ihrer täglichen praktischen, handfesten Arbeit machte sie zu einer für mich unvergeßlichen Persönlichkeit. Sie hat zweifellos in der damaligen Malche eine wichtige Rolle gespielt, denn ihr waren die sogenannten »freien Hilfen« unterstellt, die ein Jahr lang umsonst arbeiteten, um dann von den Kosten für den folgenden einjährigen Kursus befreit zu werden.

Durch diese beiden christlichen Tätigkeiten lernte ich schon in frühem Alter sehr praktische Dinge, die für ein städtisches Kind recht ungewöhnlich waren, wie z.B. Schweine füttern, Kuhstall ausmisten und das Pferd anspannen. Vor allem lernte ich auch Melken, was sich bei Kriegsende, bevor ich in englische Gefangenschaft geriet, als sehr nützlich erwies.

Bei den Heuernten hatte ich es bald heraus, wie man den Wagen richtig stapelt. Im Herbst kletterte ich auf die Obstbäume und half bei der Apfel- und Birnenernte. Meine Großmutter hatte mit mir, vermutlich auf meinen nicht uneigennützigen Vorschlag hin, ein »Honorierungssystem« vereinbart:

10 Pfennig pro Arbeitsstunde. An den meisten Ferientagen habe ich es auf 25 bis 45 Pfennig gebracht. Diese Einnahmen wurden der Eisenbahnkasse zugewiesen, so daß ich mir manche Märklin-Schiene, das Stück kostete damals 50 Pfennige, nach Malche-Ferien habe leisten können.

Schwester Mathildchen, die erwähnte Hausschwester, war ein Menschlein zum »Umpusten«. Höchstens 1,52 m groß, war sie sicherlich die zierlichste und sensibelste der Schwestern, aber auch ganz besonders beliebt. Unter anderem lernte ich bei ihr das »Tammen«, d.h. das Schwingen eines großen Gongs vor der Eingangstür des Neuen Hauses auf der obersten Stufe der großen Freitreppe, die bis zum ersten Stock führte. Der Gong wurde mit der linken Hand in große Schwünge gebracht, und mit der rechten Hand mußte man den angegebenen Rhythmus tammen. Er wurde als Signal für Stundenwechsel und den Beginn des Essens oder auch der Abendandacht benutzt.

Schwester Mathildchen besaß in ihrem Zimmer das kleinste Harmonium, das ich je in meinem Leben gesehen habe. Es schien so ganz nach ihrem Maß angefertigt worden zu sein. Trotzdem hatte ich große Freude, darauf zu spielen, phantasierte über Reichslieder, die sie liebte, und schloß mit ihr eine echte Kinderfreundschaft.

Eine gute Schule für mein Kopfrechnen war auch die Mithilfe beim Verkauf in ihrem Buchladen. Ich lernte in frühem Alter das, was heute die Kassenmaschinen übernehmen, nämlich, das Wechselgeld richtig herauszugeben.

Erheblich strapaziert wurde mein Gefühlsleben, wenn Schlachttag war und manches Schwein, Huhn oder sogar eine Kuh ihr Leben lassen mußten. Morgens kam dann Herr Gude vom Schlachthof in Bad Freienwalde und holte die Kandidaten für ihren letzten irdischen Gang ab. Nachmittags kamen die zerlegten Teile zurück und wurden sogleich in der Küche des Alten Hauses zu Wurst, Filets, Koteletts und allem, was man in der Malche brauchte, verarbeitet. Auch hier habe ich das einzige Mal in meinem Leben an der Wurstmaschine gedreht, nicht ohne wehmutsvolle Gedanken an das mir gestern noch vertraute Malche-Tier.

Für mein leibliches Wohl zwischen all diesen Hilfsarbeiten, vor allem das bei meiner Großmutter nicht vorgesehene zweite Frühstück, sorgten in rührendster Weise die beiden Köchinnen in der Villa, Schwester Alma und Schwester Martha. Pünktlich um 11.00 Uhr durfte ich in der Küche erscheinen und erhielt ein köstliches Brötchen mit Holländer-, Emmentaler- oder Kräuterkäse, dessen Wohlgeschmack ich noch nach 60 Jahren deutlich auf der Zunge empfinde. Dazu ein Glas frischer Milch. Danach kam meistens ein kleiner Spaziergang auf die Treppe zum Blockhaus, von der aus ich in den Lehrsaal des Neuen Hauses blicken und die eifrig schreibenden Schwestern beobachten konnte. Eine Szene prägte sich dem Acht- bis Zehnjährigen besonders ein: Das hochbetagte, weißhaarige Fräulein Wasserzug schien – mit beiden Fäusten auf das Katheder trommelnd, dann wieder energische Kreisbewegungen mit den Armen in der Luft ausführend – aufgebracht und wütend zu sein. Ich hatte den Eindruck, daß sie den Schwestern eine gewaltige Standpauke hielt. Hatten sie ihre Schularbeiten nicht gemacht? Waren sie unaufmerksam oder hatte eine von ihnen unerlaubte Kritik geübt? Als ich mit diesen, mich verwirrenden Eindrücken zu meiner Großmutter kam, lachte sie und sagte: »Nein, so etwas darfst Du nicht denken, Fräulein Wasserzug spricht so über die Bibel!«

Alle diese vielfältigen Eindrücke, vor allem geistlicher Art, weckten in dem Kinde recht früh auch viele Fragen. So habe ich wohl des öfteren meine Großmutter mit der Frage nach dem Ursprung des Bösen gequält. Auch wollte mir nicht in den Sinn, daß angesichts der wunderbaren Naturumgebung, in der man sich in der Malche befand, in mancher Predigt und auch in Gesprächen auf Menschen geschimpft wurde, die glaubten, Gott in der Natur zu finden. Seit meiner Kindheit habe ich diesen Gedanken nie ausschließen können. Vor allem störte mich das davor gesetzte »nur« – »*nur* durch Bekehrung bin ich ein Christ«, »*nur* in der Natur, aber nicht in der Kirche, finde ich Gott« – eine Kontrastmeinung, die für mich nicht nachvollziehbar war.

Durch die lutherisch orientierte Frömmigkeit meiner Mutter und auch den zweimal wöchentlichen Religionsunterricht in Potsdam, den es im Dritten Reich an meinen Schulen gegeben hat, hatte ich früh den »theologischen Kontrapunkt« kennengelernt: Mit deiner Taufe bist du von Gott angenommen und darfst seiner sicher sein. Ich fand diese Aussage klarer, nüchterner, und sie war mir als Kind viel verständlicher.

In der Malche wurde aber auch durchaus gelacht. So sprach sich bald herum, daß Schwester L. nach einem Streitgespräch mit einem Kaufmann und Lieferanten, den sie bei dem Versuch, sie übers Ohr zu hauen, erwischt hatte, ihm entgegenrief: »Männeken, glauben Se ja nich, det fromm und doof datselbe is.« Zur allgemeinen Erheiterung trug auch Schwester Frieda bei, wenn sie zu Besuch aus Berlin kam. Sie hatte dort die sehr schwierige Aufgabe, in besonders sozialgefährdeten Stadtteilen Volksmission zu treiben. Da auch sie das Herz auf dem rechten Fleck hatte, genoß sie bei der »Unterwelt« durchaus Vertrauen. Sehr oft wurde sie in Gespräche über das Für und Wider des Klauens verwickelt. »Gott hat Euch lieb, aber er will nicht, daß Ihr anderen Menschen etwas wegnehmt. Er wird Euch helfen, die Dinge auch auf andere Weise zu erhalten« – so mag sie zu vielen der damaligen »Szene« gesprochen haben. Als sie nun eines Morgens aus ihrer Wohnung gehen wollte, fand sie eine große Tüte im Hausflur vor und dazu einen Zettel mit folgender Mitteilung: »Schwesterken, wir haben mal wieder einen kleinen Fischzug jemacht. Da waren jute Sachen dabei. Nu sollen Se och wat abhaben und nich zu kurz kommen. Nischt für unjut!«

Ein späteres kritisches Urteil über die Malche hörte ich von einer Ostberliner Pastorin, bei der ich während ihrer Predigt schon bemerkt hatte, daß ihr die Verwendung des Hochdeutschen große Schwierigkeiten machte. Als ich beim anschließenden Empfang einige Worte mit ihr wechselte und sie auf die Malche ansprach, kam folgende Antwort heraus: »Die Malche kenn ick, is 'ne jute Sache. Aber mir persönlich sind die Mächen dort viel zu sehr uf Demut jetrimmt.« Als ich diesen Ausspruch meiner damals noch lebenden Tante, der inzwischen pensionierten Oberin von Thüngen, erzählte, lachte sie schallend und meinte, man könne dem auch als Angehörige eine gewisse Zustimmung nicht versagen.

Die Themen über Religion, Pietismus und Luthertum, die mir in der Malche begegneten, waren aber beileibe nicht die einzigen Einflüsse auf mein junges Leben. Es gab erhebliche Kontrastprogramme in Schule und dem inzwischen zu leistenden Jungvolkdienst.

Frauenmissionsschule „Malche“
bei Bad Freienwalde (Oder)

Das „Alte Haus“ –
Hier wohnte die Bibelhaus-Mutter, meine Großmutter

Die „Villa“ –
dort wohnten die Oberin, meine Tante, Ruth v. Thüringen,
und Pastor Christansen mit seiner Familie

Erste Begegnung mit den »Deutschen Christen«

Schon in der Grundschule irritierten mich Anschuldigungen meiner Klassenlehrerin gegen den von mir sehr verehrten und geliebten Pfarrer Koschwaldt, der meine Brüder konfirmiert hatte und Pastor an der kleinen Glienicker Kirche war. »Er ist nicht für den Führer und kein deutscher Christ!« Kirchenhetze vor uns neunjährigen Knirpsen also bereits im Jahre 1935. Was »deutsche Christen« hieß, sollte ich noch sehr viel deutlicher mit meinem Eintritt in den Nikolai-Knabenchor erleben. Eines Tages erfuhren wir, daß der in ganz Potsdam bekannte und beliebte Superindendent Dr. Görnandt, ein begnadeter Prediger, dessen Gottesdienste stets überfüllt waren, St. Nikolai verlassen müsse. Er sollte nach Kopenhagen in die dortige deutsche Gemeinde gehen. Und hinter vorgehaltener Hand wurde der Grund überall verbreitet: Er hatte eine jüdische Frau. Sein Abschiedsgottesdienst glich einer Kirchentagsveranstaltung. Schon damals mußten Lautsprecher auf dem Alten Markt installiert werden, wo sich Tausende versammelt hatten, betroffen und entsetzt, sich von diesem großen Prediger verabschieden zu müssen. Sein Nachfolger, Superintendent Thom, war das absolute Gegenteil von ihm: Ein schwacher Prediger, aber ein überzeugter »deutscher Christ«, der – wenn ich es recht erinnere – in jedem Gottesdienst für den Führer betete und es fertig brachte, einige Pfarrer aus der Bekennenden Kirche Potsdams, die ihm unterstanden, anzuzeigen und ins KZ zu bringen.

Schlimme Konflikte entstanden auch durch das persönliche Erleben, mitansehen zu müssen, wie der eigene beste Klassenfreund, Werner Pietsch, zunehmend von Lehrern und Mitschülern gehänselt und schikaniert wurde, weil er Jude war. Wir saßen lange Zeit nebeneinander und waren eng befreundet. Ein großer Schock war es für mich, als er mir buchstäblich über Nacht entrissen wurde, seine Eltern sich telefonisch bei meinen Eltern verabschiedeten, um Deutschland in Richtung Australien zu verlassen. Keine noch so propagandistisch aufgezäumten Schmähreden der braunen Bonzen, auch in Potsdam, konnten meine Betroffenheit und das große Ohnmachtgefühl je übertünchen. So erlebte ich früh und hautnah die deutschen Christen und die Judenverfolgung. Ich erinnere auch den Schrecken auf den Gesichtern meiner Eltern, als es eines späten Abends klingelte und die Gestapo vor der Tür stand, um meinen Vater, vermutlich wegen seiner kirchlichen Aktivitäten und Ehrenämter, zu vernehmen. Zu unserer großen Erleichterung wurde er nicht verhaftet.

Dieses die Seele belastende Gepäck nahm man im Unterbewußtsein mit in die Schule und in den Jungvolk-, später Hitlerjugenddienst, und das Gefühl des Bedrücktseins war auch dann noch vorhanden, wenn man aus den so traumhaften Ferien nach Hause kam. Man fühlte sich nicht dazugehörig. Hinzu kam, daß die vier Stunden wöchentlichen Dienstes beim Jungvolk und zwei Stunden nachmittäglichen Spielturnens viel Zeit in Anspruch nahmen, die der geliebten Beschäftigung mit der Musik fehlten. Der Kampf um das tägliche Üben setzte eigentlich schon in der Kindheit ein.

Um so mehr lebte man in der Vorfreude auf die nächsten Ferien. Es mag an diesem Kontrast liegen, daß man das alles so bewußt erlebt und in sich aufgenommen hat. Ich mußte sehr dankbar sein, daß ich dem schleichenden braunen Gift, das sich mehr und mehr auch im öffentlichen Leben und besonders nach Kriegsbeginn zeigte, drei wichtige Gegenpole entgegenzusetzen hatte: Mein christliches Elternhaus, die Musik und die wie Leuchtfeuer aufblinkenden Ferienzeiten.

Kratzig

Wer dieses schöne hinterpommersche Gut in der Nähe von Köslin mit seinen liebenswerten Gastgebern, Onkel Georg und Tante Eka von Kameke, zum erstenmal erlebte, wurde entweder sofort ein lebenslanger Freund oder wandte sich eher verständnislos und ein wenig befremdet anderen Verwandten und Gütern zu.

Schon der Auftritt von Onkel Georg in hohen Stiefeln mit Reitsporen, Breeches und der immer gleichen cremegelben Jacke mit grünen Revers, war nicht jedermanns Sache. Seine Hemden mit sicher mindestens 8 cm hohem Kragen galten auch damals schon als absolut altmodisch. Seine Frisur war individuell und unnachahmlich: Vorn ein Haarquadrat, ca. 4 x 4 cm, mit Mittelscheitel, 2 cm »Pause«, dann schütteres Haupthaar, das den Kopf als sorgfältig gepflegter Kranz mit wenig Bewuchs auf des Hauptes oberer Mitte zierte. Der Eindruck von Korrektheit und bester Pflege entsprach durchaus preußischem Geiste.

Der Tagesablauf wiederholte sich die ganze Woche durch auf die Minute. Das Schlimmste, was man sich als Gast leisten konnte, war, unpünktlich zu den Mahlzeiten zu erscheinen.

Das erste Mal kam ich mit meiner Großmutter nach Kratzig. Schon bei der Ankunft vor dem Hause mit der Kutsche schrie Onkel Georg ihr als Leibeskräften ins Ohr: »Herzlich willkommen, Tante Anna!« Tante Eka wollte ihm nicht nachstehen, und so trompetete es aus ihrem zarten Körper: »Wir freuen uns, Dich und Deinen Enkel kennenzulernen!«

So ging es weiter. Ich erinnere niemanden, von dem ich ein so lautstarkes »Gute Nacht, schlaf gut!« und ebenso den Morgengruß am nächsten Tag vernommen hätte. Kein Zweifel, Onkel Georg und Tante Eka waren der festen Überzeugung, daß meine Großmutter fast nichts mehr hören könne. Erst am dritten Tag, als beide sich deutlich vernehmbar heisergeschrieen hatten, sagte meine Großmutter endlich: »Würdet Ihr bitte so lieb sein und etwas leiser reden. Ich höre nämlich sehr gut und befürchte, sonst Kopfschmerzen zu bekommen.« »Waas?« kam es spontan aus beider Munde. »Irgend so eine gottverdammte Kusine«, tönte es noch immer in übertriebenem Forte aus Onkel Georgs Munde, »hat uns gesagt, du würdest fast nichts mehr hören. Wir haben das Lautsprechen schon Tage vor deiner Ankunft geübt!«

Bei der Hausbesichtigung entdeckte der musikbesessene Knabe in einem der geräumigen Wohn- und Lesezimmer einen Flügel. Auffällig war die zurückhaltende Reaktion der beiden Gastgeber auf die Frage, ob man darauf auch einmal spielen dürfe. Als etwa Zehnjähriger war ich zu klein und unerfahren, um zu bemerken, daß das Thema Musik in diesem Hause unwillkommen war. Doch mir fiel auf, daß der Beifall nach dem Vortrag eines Bach-Präludiums, eines Mozart-Satzes und eines Schubert-Impromptus eher mäßig war und mir eigentlich nur von Fräulein Schmidt, der reizenden Hausdame, und meiner Großmutter etwas Aufmunterndes gesagt wurde.

»Aha«, kam es von Onkel Georg, »ihr scheint ja alle recht musikliebend zu sein. Du weißt, was uns deine Schwester Irmgard vor einigen Jahren hier geboten hat?« »Nein – sie spielt doch gar nicht Klavier«, erwiderte ich vorsichtig. »Na, hör' mal hin«, übernahm Tante Eka die Unterhaltung. »Sie war damals etwa so alt wie du jetzt und mit zwei Vettern eingeladen, die wir mit ihr zusammen in einem Kinderzimmer einquartiert hatten. Jedes Bett war mit einem Vorhang zu einer kleinen Einzelkabine gemacht worden. Als ich am ersten Abend zum Gutenachtsagen in dieses Zimmer kam, wollte ich mit jedem Kind ein Abendgebet sprechen. Ich fing bei den

Jungen an, blieb dann bei dem zweiten auf dem Bett sitzen, weil er noch recht unruhig war und sagte zu deiner Schwester: Irmgard, nun bist du dran. Was dann kam, klang sehr merkwürdig. Sie betete Weil ich Jesu Schäflein bin..., aber Silbe für Silbe kam mit schnaufendem Atem etwa so heraus: Weil-ich-Je-su-Schäf-lein-bin, freu-ich-mich-nur-immer-hin... Ich zog leise den Vorhang zurück. Was sah ich? Das böse Mädchen hatte zwei Bälle in den Händen, die sie abwechselnd bei jeder frommen Silbe in die Luft warf und wieder auffing. »Machst du so etwas auch?» »Nein, ich kann nicht so gut Bälle fangen wie meine Schwester. Sie ist inzwischen auf der Medau-Gymnastik-Schule«, sagte ich.

Irmgard von Kameke, Schwester des Autors

Zwei Minuspunkte hatte ich also in diese Ferien mitgebracht. Erstens spielte ich Klavier, zweitens hatte ich eine zu Albernheiten beim Gute-Nacht-Sagen neigende Schwester.

Am nächsten Tag sollte der dritte Fehler passieren. Ich hatte vormittags zu lange auf dem Hof gespielt und kam unpünktlich und mit ungewaschenen Händen zum Mittagessen. Da passierte es. Onkel Georg erhob seine Stimme: So ginge es nicht, ich hätte, ich müßte, ich sollte, und wenn nicht, dann... Der Erfolg: Tränenströme! Ich muß dabei ganz jämmerlich ausgesehen haben, und Tante Ekas Herz schmolz als erstes dahin: »Du mußt das nicht so tragisch nehmen. Onkel Georg meint es nicht so.« Und dann kam auch von seiner Seite mit völlig veränderter Stimme etwas Nettes. Aber viel wichtiger war, daß nach dieser Szene irgendwie das Eis gebrochen schien. Natürlich war ich ab sofort auf die Minute pünktlich, hatte stets gewaschene Hände und fiel darüber hinaus den beiden durch lebhaftes Interesse an dem gesamten Gutsbetrieb auf. Bald kannte ich alle Pferde mit Namen. Besonders die Schwesterstuten »Kirsche« und »Kanone« hatten es mir angetan. Beide hatten entzückende Fohlen mit großer, weißer Blesse auf der Stirn. Ich besuchte sie mehrmals am Tage am Gitter der Koppel und freute mich außerordentlich, wenn sie zu viert angetrabt kamen und mir mit leisem Wiehern zu verstehen gaben, daß sie mich wiedererkannten und mich mochten. Was gibt es Schöneres für ein Stadtkind als solche kleinen Tiererlebnisse?

Bald schloß ich Freundschaft mit allen auf dem Hof tätigen Gutsarbeitern, dem Stellmacher, dem Schmied, dem Kutscher, dem Oberschweizer, dem Schäfer, dem Schweinemeister, dem Gärtner und vor allem mit dem Diener Franz, einem ähnlichen Allround-Talent, wie ich es schon von seinem Potsdamer Kollegen Arthur beschrieben habe. Er konnte alles, vom Schuhputzen über notwendige Hausreparaturen bis zum perfekten

Servieren bei Tisch, besonders aber Auto fahren. Er war gleichzeitig Onkel Georgs Chauffeur und fuhr zur Zeit meines ersten Besuches einen schon damals sehr altmodisch aussehenden großen Horch, nur die Rückseite überdacht, der Fahrersitz im Freien, mit Handbremse außerhalb der Tür und – einem Kurbelungetüm an der Vorderseite. Einen elektrischen Anlasser gab es noch nicht. Ich nehme an, er hatte eine Höchstgeschwindigkeit von 70 km/h. Natürlich blitzte und glänzte dieses Fahrzeug permanent unter den pflegenden Händen von Franz.

So waren die ersten Sommerferien offensichtlich doch noch zur Zufriedenheit nicht nur der Gäste, sondern auch der großzügigen und liebenswerten Gastgeber verlaufen. Trotzdem löste bei mir ein Brief aus Kratzig im nächsten Frühjahr große Freude, aber auch Heiterkeit aus, denn darin stand: »Lieber Ernst-Ulrich, wir laden Dich zu den nächsten Sommerferien nach Kratzig ein und freuen uns auf Dich. Aber bitte, spiele nicht Klavier!« Prompt erwiderte ich in einem Dankesbrief, wie sehr ich mich freuen und wie gern ich kommen würde. Selbstverständlich würde ich keine musikalischen Störungen verursachen. Vielmehr bäte ich darum, mir Schlipfs »Handbuch der Landwirtschaft« auf den Nachttisch zu legen, damit ich es studieren könne.

Auch nach Kratzig gab es für den »Jung-Eisenbahner« viel Reizvolles zu erleben. Bis Eberswalde war die Strecke die gleiche wie zur Malche in Freienwalde. Aber man durchfuhr diesen Bahnhof mit einem ganz anderen Selbstbewußtsein, denn man saß nicht im Personen-, sondern im D-Zug und wurde nicht von einer 38er, sondern von einer 03 gezogen. Die Spannung begann beim Einsteigen im Stettiner Bahnhof in Berlin: Wird es eine normale 03 sein oder eine von den um diese Zeit gerade in Dienst gestellten Stromlinienlokomotiven? Sie wirkten damals auf interessierte Reisende mindestens genauso schick wie der heutige ICE oder sein für mein persönliches Urteil noch elegantere Bruder, der TGV.

Entweder fuhr man gegen 8.30 Uhr mit dem langsameren D-Zug ab, der in Eberswalde, Angermünde, Stettin, Stargard, Ruhnow, Labes und Schievelbein hielt, bevor man in Belgard ausstieg. Oder man nahm den späteren, schnelleren Zug 10.53 Uhr ab Stettiner Bahnhof, der direkt bis Stettin durchfuhr und dessen Ziel Königsberg in Ostpreußen war. Er hielt dann nur noch in Stargard, dort gab es Lokomotivwechsel, und fuhr dann ohne Halt bis Belgard durch. Er war eine halbe Stunde schneller und beschleunigte besonders zwischen Angermünde, Tantow und Schönermark oft auf 110 bis 115 km/h, was ich häufig im letzten Wagen mit Aussicht auf die Strecke sehr genoß.

In Belgard stieg man um in den Personenzug, der nach zwei Stationen in Nassow hielt. Und dort stand sie dann, diese mit Mahagoni und Leder ausgestattete, glänzende Kutsche, mit zwei der schönsten Kratziger Pferde bespannt – sie entstammten alle dem pommerschen Landgestüt –, und auf dem Bock saß in blauer Livree und mit Mütze Erich Lüdtke. Eine Seele von Mensch, Kutscher, oberster Pferdeknecht (damals war damit durchaus nichts Abwertendes gemeint), selbstbewußt und blendend aussehend.

»Na, du alter Döskopp, da bist du ja wieder«, war die überaus herzliche pommersche Begrüßung. Ich durfte auf dem Kutscherbock neben ihm Platz nehmen, und die etwa dreiviertelstündige Wagenfahrt neben der Radue, einem kleinen charmanten Fluß, nach Kratzig nutzte ich zu zahlreichen Fragen, welche Neuigkeiten es auf dem Hof gäbe. So wollte ich wissen, wie viele Fohlen geboren waren, ob die alte Binse noch am Leben sei, das Milchpferd, das über 20 Jahre alt war und jeden

Morgen die Milch nach Köslin, der Kreisstadt, mit Treue und Zuverlässigkeit brachte, was dieser und jener meiner Freunde unter den Landarbeitern machte usw.. Nach einer Weile teilte Erich Lüdtke mir mit: »Wir haben unser fünftes Kind bekommen. Immer, wenn et nischt werden soll, wird et wat. Und wenn et wat werden soll, wird et nischt!« Diese Kutscherphilosophie habe ich erst später im gereiften Lebensalter begriffen.

Inzwischen ist unser Wagen stolz auf die Hauptstraße Stettin-Köslin eingebogen. Die herrlichen alten Baumkronen, die sie noch heute bedecken, gaben schon in meiner Kindheit willkommenen Schatten bei der Fahrt im offenen Wagen und bei hochsommerlichen Temperaturen. Allmählich tauchte zwischen alten Bäumen in etwa 2 km Entfernung von der Hauptstraße der Kirchturm von Kratzig auf. Rechts sah man die Niederung, mit kleinen Waldstücken durchsetzt, und kleine Tümpel, von blühendem Buschwerk umstanden, wo meistens die ersten Störche des Jahres zu entdecken waren, in majestätischem Gang auf Froschsuche durch die Aue schreitend. Nach der Linksabbiegung auf die kleine Zufahrtsstraße nach Kratzig konnte man nach ein paar hundert Metern schon das schöne Gutshaus durch die Bäume schimmern sehen, und auch den kleinen Kirchturm. Hier kam die kindliche Vorfreude zu ihrem ersten Höhepunkt.

Bei der Einfahrt nach Kratzig sah man zuerst die alte Backstein-Kirche, die leider bei Kriegsende abgebrannt ist. Dann fuhr man am Pfarrhaus und an der Schule vorbei und kam ins Zentrum des Dorfes, den Dorfteich, durch zahlreiche Enten und Gänse belebt. An jedem Feierabend erfüllte er einen besonders wichtigen Zweck: Alle Pferdewagen durchfuhren ihn bis zur Mitte, damit die von der Arbeit ermüdeten Tiere sich erfrischen konnten.

Nun bog man rechts in den großzügig angelegten Gutshof von Kratzig ein. Unvergeßlich bleibt mir die links von der Einfahrt an einem Pfahl aufgehängte Eisenplatte, an der einer der Vorarbeiter morgens, mittags und abends durch Hämmern das weithin hörbare Beginn- und Beendigungssignal für die Arbeit gab. Es war kein so schön schwingender Ton wie bei dem großen Gong in der Malche. Diese Platte wurde ja auch nicht bewegt. Sie erinnerte mich an den Unterschied zum Glockenton, der bei einer schwingenden Glocke erst richtig zur Geltung kommt, während die starr aufgehängte angeschlagene Glocke sehr viel nüchterner und nachhallsärmer klingt.

Bei der Einfahrt in den geräumigen Hof sah man nun rechts den ausgedehnten Kuhstall mit darüberliegendem Heuboden, auf der linken Seite eine große Scheune, dahinter den Schaf- und schließlich den Pferdestall. Die Breite des Hofes zwischen diesen Gebäuden mag gut 100 m betragen haben. In ca. 150 m Entfernung lag in der Mitte als Abschluß des Hofes das Gutshaus mit einer durch Buschwerk verzierten Auffahrt. Erich Lüdtke fuhr mich bis vor die Haustür. Dort standen Onkel Georg und Tante Eka, begrüßten mich mit großer Herzlichkeit und hinauf ging es in den ersten Stock, wo mir eines der zahlreichen Gästezimmer zugewiesen wurde mit Blick auf den Park und den großen Gemüsegarten.

Später wurde mir von Tante Eka minutiös der Tagesablauf geschildert. Jahr für Jahr – und ich bin wohl mindestens sechsmal in jedem Sommer in Kratzig gewesen – der gleiche Tagesrhythmus: 8.15 Uhr Frühstück. Onkel Georg betrat das Eßzimmer in der immer gleichen Kleidung, nur daß die Reitstiefel des Vortages von allem Hof-, Wald- und Feldschmutz befreit, von Diener Franz auf Hochglanz gebracht waren und auf mich großen Eindruck machten.

In Kriegszeiten stand vor jedem Platz ein Butterteller, montags mit einem Halbenpfund-Stück belegt, das man sich mit sieben Messerstrichen für die ganze Woche einteilen mußte.

Etwa um 8.27 Uhr war Onkel Georg mit dem Frühstück fertig. Nun ergriff er die Kösliner Zeitung, machte mit seinem Stuhl eine viertel Linksdrehung, so daß sein rechter Ellenbogen auf den Tisch gestützt werden konnte, und setzte einen Zwikker auf die Nase, der ihm ein noch strengeres Aussehen verlieh, als seine gutmütige Natur es verdient hatte. Leise schlich sich der kleine Ernst-Ulrich von dannen, um die erste Runde über den Gutshof zu drehen. Dann waren Dienstleistungen zu verrichten, besonders Erdbeeren- und später auch Himbeerenpflücken wurden erwartet. Beides machte nur bedingt Spaß. Erstens war es für den klaviergewohnten Jungen anstrengend und zweitens schien auch bald die Sonne recht erbarmungslos herab. Zog man dann leichtsinnigerweise das Hemd aus, gab es in kurzer Zeit einen quälenden Sonnenbrand. »Delial 20« gab es damals leider noch nicht.

Bis zum Mittagessen um 12.00 Uhr blieb noch ca. eine Stunde Zeit, um alle Hauptstellen des Gutes zu besuchen. Beim Mittagessen schmeckten die selbstgepflückten Beeren zum Nachtisch natürlich besonders vortrefflich. Die Gespräche kreisten um den landwirtschaftlichen Betrieb. Ich berichtete, was ich gesehen hatte, und stellte möglichst viele Fragen, ließ einfließen, daß ich in der abendlichen Lektüre etwas von »tonigem Lehm und lehmigem Sand« gelesen hatte und wollte dieses ergänzt haben, um mein landwirtschaftliches, von allen musikalischen Bürden befreites Interesse zu bekunden.

Nachmittags wurde ich meistens zur Hilfe auf dem Feld eingeteilt – entweder Heu aufladen oder Rüben verziehen. Eine, mein Selbstbewußtsein auf den Nullpunkt bringende Tätigkeit, denn ich arbeitete zusammen mit lauter braungebrannten, vor

Gesundheit strotzenden Landfrauen, deren Vorarbeiterin mich mit gnädig herablassender Stimme fragte: »Wir nehmen jeder vier Reihen, willst du zwei oder drei haben?« Nur das erste Mal habe ich Wahnsinnsknabe »drei« gesagt. Schon nach 50 Metern waren mir die Damen mindestens zehn Meter voraus, so daß ich das ganze System der Rübenpflege durcheinander brachte. Und dann dieses frustrierende Gefühl, am Anfang eines Riesenfeldes zu stehen, das kein Ende zu nehmen schien (es mögen etwa 50 Morgen gewesen sein), um es nur mit ca. 12 Personen zu säubern. Die Vorstellung, allein den Kölner Dom zu mauern, kann nicht schlimmer sein. Aber dann kam die heißersehnte Frühstücks- oder Kaffeepause. Jede hatte geschmierte Brote und eine Thermoskanne dabei, und es gab schöne und freundschaftliche Gespräche. Ich hörte viel von den Familien, von Freud und Leid, Gesundheit und Krankheit, und mußte auch selber viel von der Stadt erzählen. Es war für mich völlig unfaßbar, daß niemand aus diesem Kreis je in Berlin gewesen ist. Ihre Welt war mehr oder weniger mit der Kreisstadt Köslin zu Ende. Die wenigsten hatten Radio oder lasen Zeitung. So war das, was ich aus der Hauptstadt berichtete, für sie neu und interessant und gab mir die Möglichkeit, das Jammerbild, das ich mit meinen zwei Reihen Rübenverziehen geboten hatte, ein wenig auszugleichen.

Bei solchen Unterhaltungen hörte man auch »Volkes Stimme«, doch ich hatte überwiegend den Eindruck, daß die gesamten Gutsarbeiter wie eine Großfamilie zusammenstanden und es auch selbstverständlich war, zur Gutsherrschaft zu halten. Des öfteren hörte ich auch, daß, wenn ein Kind oder die Großmutter erkrankten, der erste Mensch, der sich um den Patienten kümmerte, meine Tante war – noch bevor der Doktor erschien.

Wenn ich nicht zur Arbeit eingeteilt war, hielt ich mich am Nachmittag im Hause auf. Pünktlich um vier Uhr gab es Tee im Wintergarten auf der rechten Hausseite – dazu köstlich duftendes, frisch gebackenes Landbrot mit Honig oder Himbeermarmelade. Nur Fräulein Schmidt aß Knäckebrot. Sie gehörte zu den wenigen Menschen in meinen Kindheitserinnerungen, die auf ihre Figur achteten und Zurückhaltung bei den mannigfachen lukullischen Verführungen der damaligen ländlichen Ernährung übte.

Nach genau 20 Minuten war die Teezeremonie beendet. Vor dem Haus stand die Kutsche, und es ging zurück auf die Felder überall dorthin, wo gearbeitet, gepflügt oder geerntet wurde. Ich erfuhr viel über Arbeitseinteilung, Fruchtfolge und Wettersorgen vor der Reife der Ernte. Je nach Beschaffenheit der Böden gab es zwei Anbaufolgen: Roggen, Kartoffeln, Hafer, Brachland für ein Jahr oder: Weizen, Rüben und Raps.

Um 6.00 Uhr abends war man wieder zu Hause. Onkel Georg ging dann an seinen Schreibtisch und entwarf den Arbeitsplan für den folgenden Tag, meistens zusammen mit dem Verwalter, der die Leute ihren Fähigkeiten entsprechend am besten einzuteilen wußte.

Kratzig war ein typisches pommersches Gut mit 4.000 Morgen – davon 1.000 Morgen Wald, 2.000 Morgen unter dem Pflug und 1.000 Morgen Koppeln und Wiesen.

An Erntetagen mußte ganz exakt geplant werden. 32 Pferde mit 16 Leiterwagen standen zur Verfügung. Mähdrescher gab es damals noch nicht, sondern in regelmäßigem Abstand mußte der Kreisverkehr vom Feld bis zur Scheune in die riesige, tosende und unbeschreiblichen Staub aufwirbelnde Dreschmaschine stattfinden.

Manche technische Neuerung habe ich in der Zeit der Kratzig-Besuche miterlebt. Vor der Ernte mußte ja gemäht werden.

Das fand zunächst mit normalen, von Pferden gezogenen Mähmaschinen statt. Als große Neuheit wurde der erste Traktor eingeführt, dann gab es den sogenannten Zapfwellenbinder, der nach den bisherigen Mähmaschinen ein großer Fortschritt war. Man ahnte damals noch nicht, daß dies der Beginn der Vollindustrialisierung der Landwirtschaft war, die all die romantischen Elemente, die ich bisher beschrieben habe, verdrängte.

Wenn unsere Sommerferien früh genug begannen, erlebte ich auch die Heuernte mit, bei der ein ähnlicher »Rundverkehr« eingerichtet wurde. Hier war mein schönster Platz in der Heuscheune auf dem Hof, wo die Wagen in den riesigen Trichter des Elevators entladen wurden. Am Ende des langen Rohres saß ein Arbeiter, der den beweglichen Teil in die zu »befeuernde« Ecke der Scheune richtete, und mit sausendem Anfangsgeräusch und einem explosionsartigen »Wumm« flog jedes eingegebene Heufuder in hohem Bogen durch die Luft.

Da es um diese Zeit noch keinen Sexualkundeunterricht in den Schulen gab – trotz Hitlers Rassenfimmel mit nordischen Rasse-Führerbräuten und so – wurde ich in Kratzig auf die natürlichste Weise aufgeklärt. Denn es entging dem für alle Vorkommnisse auf Hof und in Ställen durchaus aufgeschlossenem städtischen Besucher nicht, daß des öfteren vormittags Kühe an der Leine vor den Stall geführt wurden, und nach einer Weile brachte der Oberschweizer aus einer anderen Tür ein fast doppelt so großes Tier, das einen Ring in der Nase hatte, durch den ein Strick gezogen war. Was dann passierte, brauche ich nicht zu beschreiben. Jedenfalls hatte ich – nach meinem kindlich unmaßgeblichen Urteil – den Eindruck, daß das ganze reichlich schnell und ohne sichtbare Gefühlsbezeugungen der Partner vor sich ging. Ganz anders bot sich dagegen das entsprechende Bild bei den Aktivitäten des Ebers, der manches Mal, nachdem er auf der Sauendame Platz genommen hatte, keine Neigung zeigte, wieder von ihr abzulassen, sondern mit ihr fast einzuschlafen schien und von Menschenhand nach derzeitigem Fachurteil, nun sei das wesentliche geschehen, wieder auf den Boden der nachhochzeitlichen Wirklichkeit gebracht werden mußte.

Der optische und von ganz anderen Gefühlsäußerungen begleitete Höhepunkt dieser Zeithochzeiten war aber zweifelsohne der Liebesakt bei den Pferden. Es war zu merken, daß es hier um mehr als nur den Fortbestand der Herde ging. Es handelte sich um wunderbare Klassetiere, formschöne, den Begriff des edlen Pferdes sofort augenfällig machende Hengste, im wahrsten Sinne des Wortes »aus bestem Stall«, denen die Schar der zu beglückenden Stuten in Erscheinungsbild und Eleganz der Bewegungen nicht nachstand. Bei der Begegnung gab es hier wirkliche Vor- und Liebesspiele zu sehen. Auch hatten die Herren ganz offensichtlich Lieblingsfreundinnen innerhalb des Harems. Es dauerte unterschiedlich länger oder kürzer, und in manchen Fällen schien die ganz persönliche Lust nicht ausreichend, so daß der Pferdepfleger mit geübter (den städtischen Betrachter verwundernder) Hand richtungsweisende Hilfe geben mußte. Die Pfleger hatten damals noch Zeit, den Tieren ihre Freude am Leben zu lassen.

So konnte ich über die Berliner Kindergeschichte, die man sich damals in Potsdams Schulklassen erzählte, nur milde lächeln. Es wird berichtet, daß ein Berliner Kind durch die Kinderlandverschickung ins Allgäu kommt, dort eine erste Begegnung mit dem Katholizismus hat und eines Tages Zeuge wird, wie eine große Prozession durch das Dorf stattfindet. Auf der anderen Straßenseite spielt sich aber etwas ganz anderes ab – dort besteigt nämlich ein Hahn eine Henne. Auf die Frage des Jungen »Warum macht der Hahn det?« antwortet ihm seine katholische Ferienwirtin: »Damit er die Prozession besser sehen kann.«

Noch eine Besonderheit gab es in den Kratziger Ställen, die festgehalten werden muß: Es waren die Sinnsprüche an den Wänden, von denen mir allerdings nur noch wenige in Erinnerung geblieben sind, so zum Beispiel »Die Welt, sie gleicht sich überall, im Reichstag und im Ochsenstall« und »Schwarzweiß das Vieh, Gott du Gerechter, ein rotes Kalb kommt gleich zum Schlächter« sowie »Ein Geizhals und ein fettes Schwein kann erst im Tode nützlich sein«.

Den letzten Text, da politisch am unverfänglichsten, habe ich zu einem Kanon verarbeitet, den ich hier wiedergebe, damit er in Situationen, die von den Beteiligten für geeignet gehalten werden, in kleinem Kreis gesungen werden kann:

In jedem Jahr wurden die Ferien durch ein paar herausragende Ereignisse bereichert. Einmal war das der alle vier Wochen stattfindende »Spültag«. Vorausgegangen waren vermutlich zwei anstrengende Waschtage in Küche, Hof oder Keller – alles Handarbeit am Waschbrett, versteht sich. Danach wurden mindestens acht große Kübel gewaschener Wäsche auf den Leiterwagen gepackt. Fräulein Schmidt, ein Stubenmädchen, der Pferdelenker und meine Wenigkeit nahmen Platz, und los ging die Fahrt entlang der Kösliner Hauptstraße, diese überquerend und dann feldeinwärts durch gelbe Rapsfelder, Wiesen und Koppeln zur Radue, einem charmanten kleinen Flüßchen, das im Köslin-Belgarder Kreis das Land in vielen Kurven und von hohem Buschwerk eingerahmt durchfließt.

In ihrem kristallklaren, sauberen Wasser wurde nun die gesamte Wäsche in stundenlanger Arbeit in ständig gebückter Haltung mit der Hand gespült.

Aus einem solchen Tag wurde aber durchaus auch ein kleines Fest gemacht. Denn auf dem Leiterwagen standen nicht nur die Waschfässer, sondern auch ein großer Korb mit allerlei Köstlichkeiten: Brote, belegt mit unnachahmlicher Landwurst, die es eben nur aus eigener Produktion und nach wahrscheinlich jahrhundertealten Rezepten auf dem Lande gab, Milch, Saft, Bier für den Kutscher, frische Tomaten, Gurken, gekochte Eier, Kaffee und Pflaumenkuchen für den Nachmittag und dicke Knupperkirschen für zwischendurch. Aber zuerst wurde kräftig gearbeitet. So pünktlich, wie ich es später bei Reparaturen durch Stadthandwerker erlebt habe, begannen sie nicht, die Frühstücks- und Mittagspausen.

Das Bild um uns kreisender oder stolz über die Wiesen watender Störche gehört zu den Eindrücken an solchen Tagen. Romantisch auf der einen Seite, für heutige Begriffe aber kaum mehr vorstellbar, unpraktisch, aufwendig, anstrengend und zeitraubend, aber eines von vielen Beispielen jener Zeit, die uns vor die Frage stellen: Was ist Fortschritt und mit wie vielen Verlusten auf anderen Gebieten ist er verbunden?

Ein weiteres Ereignis waren die gemütlichen Besuchsfahrten mit dem Pferdewagen in die Nachbarschaft zum Nachmittagstee. Oft ging es durch den Wald nach Varchminshagen zu Tante Margot Kameke oder nach Streckenthin zu Onkel Karz, dem bekannten Gründer der dortigen Kartoffelzucht mit ihrer damals weit verbreiteten Qualitätssorte »Parnassia«.

Streckenthin war aus diesem Grund das bekannteste Kameke-Gut. Sein Schloß, erbaut 1901, mit seinen vielen Aufbauten, Erkern und Türmchen, beflügelte die kindliche Phantasie, ebenso – wenn man hineinkam – die große Holzgalerie in der Diele. Alles machte einen wohlhabenden und sehr großzügigen Eindruck, der noch verstärkt wurde, wenn man Tante Heddy kennengelernt hatte. Sie gehörte zu den Menschen, die einen schon bei der ersten Begegnung so liebevoll-freundschaftlich empfingen, daß man sich sofort vertraut fühlte und den Eindruck hatte, sie hätte nichts anderes zu tun, als auf einen zu warten und ihn zu verwöhnen.

Durch ihre jüdische Abstammung aus der Frankfurter Familie Gans kamen diese Kamekes im Dritten Reich ebenso in Schwierigkeiten wie mein Elternhaus aus den schon vorher beschriebenen Gründen.

Kratzig
Köslin-Hinterpommern

Auf der Fahrt nach Streckenthin kam man am Bahnhof Thunow vorbei, der damals für dieses Gut eine große Bedeutung hatte, wurden doch tausende von Tonnen Streckenthiner Kartoffeln hier mit Pferdefuhrwerken angefahren, auf Güterwagen verladen und nach halb Europa verschickt.

Schloß Streckenthin

In der damaligen Zeit war eine der großen Erleichterungen für die Landwirtschaft die Einführung von Gummireifen für Leiterwagen. Das bedeutete – wenn ich mich recht erinnere –, daß man nun statt 20, 30 Zentner auf einen Pferdewagen laden konnte.

Mit dem ältesten der drei Söhne, meinem Vetter Dobimar, sollte mich später nach dem Krieg eine besondere Freundschaft verbinden. Er und seine Frau haben mir in Grabau bei Oldesloe, wo sie ihr neues Zuhause hatten, ein Refugium für Komposition und wissenschaftliche Arbeit eingerichtet, in das ich über mehrere Jahre von Hamburg ausweichen und dem Großstadtgetümmel entfliehen konnte.

Etwas launisch herablassend empfing er mich dort beim Einzug mit der Bemerkung: »Also, das muß ich ja sagen, obwohl ich nichts von Musik verstehe..., auf Reisen oder Gesellschaften werde ich doch sehr häufig auf dich angesprochen.« »Das gebe ich dir gern zurück«, war meine Antwort, »als Musiker werde ich mindestens genauso oft auf den Kartoffel-Kameke angesprochen. Ich denke, der einzige Unterschied zwischen uns besteht nur darin, daß ich glaube, etwas mehr von Landwirtschaft zu verstehen als du von Musik, denn immerhin habe ich in meiner Kindheit Schlipfs Handbuch für Landwirtschaft gelesen. Darf ich dir vielleicht im Gegenzug empfehlen, das Lehrbuch über den Palestrina-Kontrapunkt von Knut Jeppesen zu studieren?« »Laß mich mit solchem Blödsinn (ich glaube, er sagte noch ein kraftvolleres Wort) in Frieden. Davon verstehe ich nischt und will auch nischt davon verstehen!«

Das hätte auch ein Sprößling aus Kratzig sagen können, den es aber leider nicht gegeben hat.

Ein anderer, hochersehnter Ausflug wurde mindestens einmal in den Ferien von Kratzig aus an die Ostsee nach Großmölln, etwa 25 km entfernt, eingeplant. Was für einen herrlichen weißen Strand gab es dort! Er war überhaupt nicht überlaufen und schon gar nicht mit Strandburgen überfüllt. Wir hatten Platz, konnten nach Herzenslust Burgen bauen, schwimmen oder herumtoben, soviel wir wollten. Häufig wurde von dem gegenüberliegenden Land Schweden gesprochen, besonders während des Krieges, seiner Neutralität und dem Zufluchtsort für manchen Flüchtling aus unserem Land. Es mag sein, daß damals – wenn auch noch sehr unbewußt – meine Neugierde und mein Wunsch, dieses Land einmal kennenzulernen, geweckt wurden. Schon zwölf Jahre später sollte es eine entscheidende Rolle in meinem jungen Musikerleben spielen, eine erste Erfahrung, Konzertreisen ins Ausland machen zu können, die Sprache zu lernen und Freunde zu gewinnen.

Aber auch die Wagenanfahrt nach Großmölln hatte für den jungen Hobby-Eisenbahner einen großen Reiz, überquerte man doch die Gleise der damals noch fahrenden elektrischen Überland-Straßenbahn – sie hatte köstlich altmodische Vierachswagen mit riesigen Strombügeln – von Köslin nach Großmölln. Beide Bügel wurden damals noch an die Stromleitung gedrückt. (Jahrzehntelang störte mich seitdem der Anblick von elektrischen Lokomotiven, die nur einen Strombügel nach oben sandten; ich fand, daß sie damit ziemlich amputiert aussahen). Ich wäre liebend gern mit dieser Straßenbahn gefahren, denn Straßenbahnen, die aus dem Zentrum einer Stadt hinaus durch Wald und Feld zu einem ländlichen Ziel fuhren, liebte ich über alles.

Heute finde ich ihre Stillegung genau so falsch und unbegreiflich wie etwa die Abschaffung auf einem ganz anderen Kontinent, nämlich die der elektrischen Stadtbahn von Los Angeles, für die es ein großes Netz gegeben hat. Initiator und

Unternehmer war Mr. Huntington. Ich habe später auf meinen Amerika-Reisen viel von ihm gehört, in Pasadena auch sein Museum und den phantastischen Park besucht und sehr häufig mit den Autos meiner Gastgeber und Freunde im Straßengewühl – trotz High- und Freeways – festgesessen und mich gefragt: Warum um Himmels willen habt ihr sonst so verkehrsfreundlichen Amerikaner diese tolle Bahn aufgegeben?

Schnell zurück von diesem gedanklichen Exkurs von Großmölln nach Los Angeles, will ich dem Kratzig-Besuch noch ein paar abschließende Gedanken widmen.

Was habe ich dort alles gelernt – nicht nur die landwirtschaftlichen Dinge. Es war eine Lebensform, die es heute nicht mehr gibt: Echte und tiefe Verwurzelung mit dem heimatlichen Boden, enge Zusammenarbeit mit allen Hilfskräften wie in einer Familie (daß es hier auch Negativbeispiele gibt, weiß ich genau), diese Lebenspflicht des Bewahrens von Werten und das Weitergeben von Traditionen, die Verantwortung dem Besitz gegenüber, der ja oft Jahrhunderte in einer Familie blieb, diese ganz nahe Verbindung zur Natur und zu allen Tieren. Gerade hier war zu spüren, daß ihre Lebensbedingungen im Stall und auf der Koppel und vor allem das Platzangebot ganz anders als heute waren. Auch die Gutsarbeiter waren tierlieb, und das Tier wurde als Partner, nicht nur als lebendes Gewinn- und Produktionsmittel betrachtet.

Dann spielte auch das Bücherlesen und die Gestaltung der Abende eine besondere Rolle. Man zog sich abends um, und zum Essen erschien alles beinahe festlich gekleidet. Onkel Georg war nicht wiederzuerkennen: Keine Breeches, keine Reitstiefel, stattdessen ein perfekt sitzender Trachtenanzug mit weißem Hemd und Krawatte.

Das Gefühl, daß es schön ist, sich zum Abend umzuziehen, hat mich, obwohl die Gelegenheiten dazu viel seltener geworden sind, bis heute nicht verlassen.

Es wurde auch vorgelesen oder man las Stücke wie »Wallenstein« mit verteilten Rollen. Tante Eka liebte Gedichte. Viele sprach sie auswendig und schrieb auch selbst sehr schöne, die leider – so fürchte ich – seit 1945 verschollen sind. Daneben war sie eine sehr begabte und erfahrene Graphologin. Sie deutete einem gern Briefe, die man ihr zeigte. Mich hat dieses Gebiet seitdem sehr interessiert, und ich habe bald angefangen, das Buch von Klages »Handschrift und Charakter« zu Hause zu studieren.

Soweit ich es beurteilen kann, »stimmte es« damals auch mit der Religion. Nicht nur das sonntägliche Tischgebet war selbstverständlich, sondern auch der sonntägliche Kirchgang. Viele Arbeiter kamen mit ihren Frauen und Kindern regelmäßig zum Gottesdienst. Die Orgel klang erbärmlich – Verstimmung und falsch gespielte Töne waren auch für musikalische Besucher nicht auseinander zu halten. Onkel Georg sang mit lauter Stimme das As als Patronatston zu jedem Lied, ganz gleich, ob es sich um »Lobe den Herren«, »Du meine Seele singe« oder »Großer Gott, wir loben dich« handelte. Tante Eka sang kleine Varianten um diesen Ton, ging der Melodie aber auch erfolgreich aus dem Wege. Die Landgemeinde sang laut, richtiger als die beiden, aber sehr, sehr langsam. Bei einem ihrer Lieblingslieder »Ich bete an die Macht der Liebe« taxierte ich die Metronomzahl Viertel = höchstens 45. Aber es klang schön und originell. Das Verhältnis von Inbrunst und ungetrübter Freude an dieser pommerschen Kirchenmusik gehörte zum Lebensbild des Dorfes dazu.

Auch unter den Landpastoren gab es, wie überall in dieser Zeit, noch echte Originale.

»Heute war die Kirche schön – der Pastor hat ordentlich geschimpft« war ein in Kratzig häufig zu hörendes »Wort zum Sonntag«. Gern erwischte man den Pastor auch bei kleinen Fehlern oder Schwächen. So wurde von einem pommerschen Dorf erzählt, daß der dortige Pastor am Schluß des Gottesdienstes vergessen hatte, in den Ankündigungen mitzuteilen, daß der Nähverein der Gemeinde in der kommenden Woche von Mittwoch auf Donnerstag verschoben werden müsse. Mit folgender Lösung half er sich in letzter Minute aus der Verlegenheit. In der liturgischen Reihenfolge sind das Gebet »Vater unser...« und der Segen dran. Am Ende des allgemeinen Fürbittengebetes sagt er: »Lieber himmlischer Vater, ganz besonders bitten wir Dich auch für den Nähverein in unserer Gemeinde. Nur Du allein, Herr, weißt, daß er in der kommenden Woche von Mittwoch auf Donnerstag um drei Uhr verlegt werden muß... Vater unser im Himmel.... «

Originale gab es auch unter den Landärzten. So litt nach damaligen Erzählungen die bildhübsche Tochter eines Landwirts eines Tages unter einem schmerzhaften Abzeß an der Oberlippe. Der Doktor wurde benachrichtigt und kam eilig mit seinem Pferdewagen angefahren. Als er die Bescherung sah, holte er sogleich aus seiner dicken Behandlungstasche einen Blutegel heraus und setzte ihn der jungen Dame auf die Lippe. In unglaublichem Eifer waltete dieses kleine Tier sogleich seines Amtes – Blut und Unrat flossen in Strömen. »Ei, ei, du kleines Schleckermäulchen«, kam es nachdenklich über des Doktors Lippen, »neulich bei Pastors Hämorrhoiden hast du gar nicht richtig rangewollt!«

Eine unerwartet musikbezogene Szene möge die Kratziger Episode abschließen. Es war im Winter, der dicke »Dubberower Kleist«, Freund und Pasewalker Regimentskamerad von Onkel Georg, kam zu Besuch. Aus diesem Anlaß gab es schon zum Mittagessen einen guten Tropfen Wein zu trinken, dem beide Herren nach meiner Erinnerung durchaus reichlich zusprachen. Im Verlauf des Essens erklärte plötzlich der Gast: »Wißt ihr, daß heute Kaisers Geburtstag ist?« Onkel Georg sprang auf, brachte einen Toast auf seine Majestät aus und sprach: »Ernst-Ulrich, jetzt spielst du uns bitte den Hohenfriedberger Marsch!« Pilgerzug vom Eßzimmer durch die Diele ins Wohnzimmer, wo die Familie mit dem Gast Platz nahm. Ich selbst ging ein Zimmer weiter zum alten Flügel des Hauses. Nie in meinem Leben hatte ich bisher den Hohenfriedberger Marsch gespielt, sondern nur irgendwann einmal die Platte gehört. Man übte Bach, Mozart und Beethoven und kannte so etwas nur einigermaßen nach dem Gehör. Als ich mit der Intonation begann, sah ich durch einen Spiegel, daß die Herren im Zimmer aufgestanden waren, die rechte Hand in Grußhaltung an die nicht vorhandene Mütze gelegt hatten und in strammer Haltung feierlich meinen Klängen lauschten. Ich sagte mir »Ernst-Ulrich, nun geht es ums Ganze. Du *mußt* den Hohenfriedberger Marsch so richtig wie möglich spielen. *Den* kennen die Herren. Blamiere dich nicht, sonst darfst du nie wieder nach Kratzig kommen.« Es muß einigermaßen geklappt haben, obwohl ich nicht sicher bin, daß alles an dieser schönen Melodie original war.

Allerdings bestand von da ab nun meinerseits der Wunsch, in Kratzig nie wieder Klavier zu spielen. Aber was bedeutete das angesichts dieser lieben Menschen, die mich wie einen Sohn aufgenommen und davor bewahrt hatten zu glauben, man könne als Musiker nur Kontakt mit musikinteressierten (unmusikalische gibt es nach meiner Überzeugung nicht) Menschen haben. Vor solch armseliger Einseitigkeit hat mich in der Kindheit Kratzig, später die Militärzeit und im Berufsleben Rotary bewahrt.

Das tragische Ende von Onkel Georg und Tante Eka hat ein Kratziger Melkermeister aufgezeichnet. Nach einem mißglückten Fluchtversuch gerieten sie in Gefangenschaft und sind dort beide gemeinsam freiwillig in den Tod gegangen.

Thüngener Sommerbetrieb

Das andere Ferienzentrum der 30er Jahre bis zur Mitte des Krieges war etwas vollkommen anderes. Die geschichtlichen, landschaftlichen, sprachlichen und die Unterschiede der gesamten Mentalität waren ein einziges Kontrastprogramm. Man konnte allerdings schon als Kind deutlich beobachten und lernen, daß es hierbei um keinerlei Wertung, sondern für den etwa in der Mitte liegenden Städter um eine Fülle von Vergleichen Erwachsener, Anregungen und Horizonterweiterungen ging.

Als meine Eltern sich 1913 verlobt hatten, galt eine solche Verbindung Preußen/Bayern als skandalös und befremdlich. In Bayern hatte man das Gefühl, die arme Tochter des Hauses begebe sich in kulturlose und barbarische Gefilde und könne ebenso gut zu den Hottentotten auswandern. In Pommern riefen einige alte Tanten meines Vaters entgeistert aus: »Ach Gottchen, nee, sie wird doch nich katholisch sein?«

Natürlich gab es eine Menge Berührungspunkte – von den familiären abgesehen, war es die beiderseitige Verwurzelung im Christentum und die Musik. Meine Eltern hatten sich über gemeinsames Musizieren in der Malche kennengelernt. Und es gab noch weitere gemeinsame Interessengebiete, denn beide waren ausgesprochen vielseitig.

So machen die Hochzeitsbilder von der großen Landhochzeit in Thüngen unmittelbar vor Ausbruch des Ersten Weltkrieges 1914 auch nicht den Eindruck einer in irgend einer Weise durch diese Herkunftsunterschiede geminderten Festtagsfreude.

Hochzeit der Eltern

Meine Mutter war das siebente von insgesamt 10 Kindern. Acht Töchter wurden meinen Großeltern nacheinander beschert, und als die achte Tochter geboren war, sagte der Thüngener Diener zu meinem Großvater: »Herzlichen Glückwunsch, aber der Herr Baron werden sich wohl noch einmal bemühen müssen!« Dieser Wunsch wurde ein Jahr später mit der Geburt von Zwillingen, zwei Söhnen, erfüllt. Das muß ein unbeschreibliches Fest gewesen sein. In meiner Kindheit noch erzählten die Dorfbewohner davon, vor allem, daß es drei Tage lang Freibier aus der damals schon existierenden Schloßbrauerei Thüngen gegeben habe.

Dieser Kinderreichtum sollte sich in den folgenden Generationen fortsetzen. Bis auf meine Tante Ruth, die später Oberin der Malche werden sollte, haben alle Kinder der Großeltern geheiratet und dafür gesorgt, daß wir schließlich, wenn ich mich nicht irre, 38 Vettern und Kusinen ersten Grades waren.

Die Familien waren von München über Stuttgart bis Hessen und Potsdam verteilt und hätten kaum näheren Kontakt untereinander halten können, wenn unsere Großeltern nicht eine unglaublich weise Entscheidung getroffen hätten: Sie richteten neben den geräumigen Wohnungen der beiden Söhne auch den verheirateten Töchtern im Schloß Thüngen kleine Sommerwohnungen ein, die alle Familien in die Lage versetzten, ihre Ferien in Thüngen zu verbringen, ohne den Großeltern oder später der Familie des ältesten Sohnes, meines Onkels Dietz, zur Last zu fallen.

In dem geräumigen Schloß,

Schloß Thüngen

dessen ältester Teil, der »Alte Stock« genannt, über tausend Jahre alt ist, hatten wir für meinen Begriff die schönste Wohnung abbekommen, den rechten Teil vom sogenannten Spitalschloß in der vierten Etage. Es handelte sich um eine Vier-Zimmer-Wohnung mit zwei sechseckigen Turmzimmern, von denen man nach beiden Seiten in das Werntal – ein kleiner Fluß dieses Namens durchfließt es und mündet gemeinsam mit der Sinn und der fränkischen Saale bei Gmünden in den Main – blicken kann.

Eines dieser Turmzimmer durfte ich bewohnen – eine Mischung von leicht eingeengter Gemütlichkeit und Weitblick in das fränkische Land. Links ragte hinter einem Berg der Kirchturm von Binsfeld, dem nächsten Nachbarort, rechts derjenige vom entgegengesetzten Stetten hervor.

In das an früherer Stelle von mir zur Sprache gebrachte Thema »Vorfreude« gehört auch diejenige, die in Potsdam lange vor der Abreise nach Thüngen entstand. Es begann damit, daß eine »Kuh«, eine riesige Packtasche, mit Spazierstöcken zwischen zwei Stühlen aufgehängt wurde, und hinein kam der gesamte Wäschebedarf der Familie für vier Wochen. Dauzilein, unser Hausmädchen, beriet hierbei meine Mutter nach Kräften, und ich hatte den Eindruck, daß ihr Rat für sie vollkommen unentbehrlich war.

Vor der Abreise wurde reichlich Proviant eingepackt, denn spätestens nach der Abfahrt vom Anhalter Bahnhof, so etwa zwischen Luckenwalde und Jüterborg, überfiel uns Kinder der übliche Reisehunger. Bis Leipzig war alles aufgegessen, doch es stellte sich als großer Vorteil heraus, daß hier, wie auf allen größeren Bahnhöfen, im Gegensatz zu heute Verkäufer in weißer Jacke mit einem reichlich beladenen Glaswagen und lauter Stimme am Zug entlangliefen und von heißen Würstchen über Spritzgebäck bis zu allen anderen Gebäcksorten und Getränken alles anboten, was das Herz des Reisenden begehrte.

Großer Bahnhof bei der Ankunft in Thüngen

Die Anreise Potsdam – Berlin Anhalter Bahnhof – Leipzig – Erfurt – Schweinfurt habe ich schon beschrieben. Ergänzend dazu will ich hier nur bemerken, daß sich auch die Vorfreude auf die Ankunft in Thüngen bei der Fahrt mit dem meist von einer 78er Tenderlok gezogenen Personenzug mit den schönen altmodischen, zweiachsigen Perronwagen Schweinfurt-Gmünden beim Passieren des Dorfes Binsfeld deswegen sehr steigerte, weil hier hinter dem Berg allmählich die alten Fassaden des Thüngener Schlosses erschienen und man wußte, daß das Ziel in etwa zwei Minuten erreicht war.

Die Ankunft am Thüngener Bahnhof glich einem Staatsempfang für den Kaiser von Äthiopien. Die gesamte Verwandtschaft, Tanten, Onkel, Kusinen und Vettern, waren erschienen, und die Kinder hatten auf dem Holzzaun, der den Bahnhof abtrennte, Platz genommen. Es sah aus wie die Schwalben auf der Telefonleitung. Sie boten ein buntes und fröhliches Bild.

Die Wiedersehensfreude war groß. Natürlich hatte man auch persönliche Favoriten unter der Verwandtschaft, auf die man sich dann besonders freute. Das Gepäck wurde auf Handwagen verstaut, dann ging es auf die Straße zum Schloß, vorbei an einem großen Hopfenfeld, und durch das alte Tor in den Hof.

Empfang durch die zahlreiche Verwandtschaft auf dem Postbahnhof von Thüngen

Als erstes bekam ich eine rote Kanne in die Hand und hatte Milch und gesalzene Landbutter von der »Ökonomie« – so hieß damals der Gutsbetrieb – zu holen. Am nächsten Morgen ging es den Dorfberg hinab zum Bäcker Hohnhaus, um frische Brötchen zu kaufen. Schon beim Betreten des Ladens betörte einen ein wunderbarer Duft von frischem Brot, und die Brötchen waren doppelt so groß und schmackhaft wie unsere Potsdamer, die wir leidvoll als karikative Miniaturausgaben empfanden und nicht im geringsten vermißten.

Nun sind sie kaum aufzuzählen, all die Unterschiede des Ferienalltags hier im Vergleich zu Kratzig und Pommern.

Machte man in Kratzig im allgemeinen sein Programm allein, so war es in Thüngen sofort mit großer Geselligkeit verbunden. Da der Altersabstand in der Vetter-Kusinen-Generation etwa 35 Jahre betrug, gab es altersmäßige Cliquenbildungen mit entsprechenden Spielinteressen. Der Jahrgang 1926 war gut besetzt, ebenso die folgenden bis etwa 1931. In diesem Bereich spielte man zusammen. Wir waren die »Kleinen«, während die »Großen« etwa die Jahrgänge 1915 bis 1925 umfaßten. Die Älteren spielten nicht mehr.

Zuerst wurden auf dem Hof alle alten Freunde unter den Arbeitern begrüßt. Das war praktisch dasselbe wie in Kratzig. Hinzu kamen aber die Bierbrauer, angefangen vom Heizer des großen Dampfkessels, der eine riesige Dampfmaschine antrieb, bis zum sogenannten Brauburschen, dem das Sudhaus unterstand, und den Flaschenabfüllern. Dort hatte man die größten Chancen, »helfen« zu können. Hier mußte man flink sein, galt es doch, die sich aus einer Drehscheibe aus der Herausnahmeöffnung zeigenden Flaschen schnell zu ergreifen, in die bereitstehende Kiste zu stellen und sofort für die nächsten bereit zu sein. Das machte mir noch mehr Spaß als Erdbeerenpflücken und Rübenverziehen in Kratzig.

Dann galt es, so schnell wie möglich Kontakt mit den Bierwagenfahrern aufzunehmen. Am besten gelang das, wenn man ihnen beim Waschen der Lastwagen half.

Nach dieser Kontaktaufnahme hoffte man sehnlichst auf die nächste Aufforderung: »Hast du Lust, mit uns Bier auszufahren?« Genau das war es – mit einem richtigen großen Lastwagen über die fränkischen Dörfer Eußenheim, Gössenheim nach Gemünden und, wenn man Glück hatte, weiter in die Rhön, etwa nach Gräfendorf, Zeitlofs oder Rupboden zu fahren.

Mit den Kusinen und Vettern spielte es sich aber auch sonst herrlich. Es gab einen wunderbaren Sandhaufen neben dem Tor, auf dem versucht wurde, das Schloß zu modellieren oder die zu ihm durch Berg und Tal führenden, kurvenreichen Landstraßen nachzugestalten. Natürlich konnte man auch auf dem Schloßhof spielen, von wo es Roller- oder Radrennen hinüber zum Gutshof gab.

Zu den besonderen Höhepunkten des Tages gehörte die allabendliche Versammlung im Schloßhof zum Versteck- und Anschlagspiel. Drei Generationen waren daran beteiligt, von der ältesten Tante bis zur jüngsten Kusine.

Eine Scheußlichkeit ohnegleichen bedeutete es, wenn wir »Kleinen« um Punkt 9.00 Uhr – mindestens eine halbe Stunde vor Spielende – von unseren unbarmherzigen Kindermädchen »nach oben« gerufen wurden. Das Stichwort »Ernst-Ulrich, komm hoch!« machte unter den älteren Vettern und Kusinen die Runde, war mir sehr peinlich und empfand ich als schlimmen Spott. Die Frage »Warum muß ich schlafen gehen? Bloß weil ich ein Kind bin?«, die vor einem Jahr meine achtjährige Enkelin präzise formulierte, hatte ich damals auch auf dem Herzen, aber man traute sich nicht, sie zu stellen. Dafür bot sich dann aber von meinem Turmfenster im 4. Stock ein unterhaltsames Schauspiel, weil ich die ganze Gesellschaft, Suchende oder sich Versteckende, im Blick hatte. Die meisten hatten sich hinter dem »Alten Stock« versteckt, um den man herumlaufen konnte. Ein Späher hatte den Suchenden im Auge. Ging er zur rechten Gebäudeseite, raste alles hintenherum nach links oder umgekehrt. Bei dem Wettlauf zur Anschlagstelle – man mußte am Brunnen vorbei zu einer alten Holztür, die zum Kühlkeller des Schlosses führte – hat es manche verstauchten Arme und Beine gegeben.

Pünktlich um halb zehn Uhr lehnte ich mich zur anderen Fensterseite hinaus, weil dort der Abendzug nach Binsfeld vorbeifuhr. Nach einem schönen Ferientag war das ein stimmungsvolles Bild: Der an den Bergen durch einige Kurven vorbeiziehende Zug, mäßig beleuchtet, mit rotem Schlußlicht, begleitet von dem durch das Tal durchaus hörbaren geschäftigen Fauchen der 78er Tenderlok – tschu-tu-tu-tu tschu-tu-tu-tu – das wie ein Gutenachtgruß klang, wenn »meine Eisenbahn« hinter dem Binsfelder Berg verschwand.

Das Versteckspiel von dreißig bis vierzig Personen am Abend hatte einen für alle Beteiligten unvergeßlichen Kontrapunkt: Sonntagnachmittag wurde bei schönem Wetter auf den beiden Rasenflächen vor dem alten Brunnen, der in der Mitte des Schloßhofes liegt, ein Spiel gespielt, dessen Herkunft ich nicht kenne. Ich glaube beinahe, es ist eine Thüngener Erfindung und hieß »Schatzhüten«.

Der Ablauf war einfach, aber äußerst spannend. Auf jedem Rasenplatz wurde in der Mitte ein Spazierstock in den Boden gesteckt und von jeweils einer Person bewacht. Dann wurden von zwei Spielführern zwei Mannschaften gewählt und in Angreifer und Verteidiger eingeteilt. Die Angreifer hatten in das gegnerische Feld einzudringen und zu versuchen, den »Schatz«, nämlich den Spazierstock, zu rauben. Die Verteidiger hinderten sie daran, indem sie die Angreifer zu fangen versuchten. Waren sie mit einem Schlag zu »Gefangenen« gemacht, durften sie sich nicht von der Stelle rühren, konnten allerdings durch einen Schlag eines Angreiferkollegen wieder befreit werden.

Am schönsten war es, wenn die Stockhüter besonders beliebte Tanten oder Onkel waren. So kam es durchaus vor, daß in Feld 1 Onkel Lutz und in Feld 2 Tante Ruth, die unverheiratete Schwester in voller Diakonissentracht, die sie bis an ihr Lebensende getragen hat, standen und uns Kinder schon allein durch ihr Erscheinungsbild erfreuten. Sie konnten ebenfalls angreifende Gegner durch einen Schlag gefangen halten.

Am frühen Abend oder bei schlechtem Wetter wurde ein ebenso typisches Thüngener Spiel im Saal bei Onkel Dietz und Tante Thilde veranstaltet: »Rasender Roland« hieß es. Es ist das lauteste Kartenspiel, das ich kenne. Es geht um Überlebensfragen, und zwar in der Form, daß man vor sich ein volles Spiel hat und mit bis zu neun Mitspielern in der Tischmitte Talons aufbaut. Wer zuerst seine Karten verteilt hat, ist Sieger. Natürlich kommt es ständig vor, daß einem ein anderer etwa die Karo 7 vor der Nase draufknallt. Man ärgert sich und ärgert andere. Doch niemand gab dem so ungehemmt Ausdruck wie unsere Tanten: »Du Schwein, du Biest, du bist ja ein Greusal«, waren die mildesten solcher Aussprüche. Wir Kinder genossen das.

„Rasender Roland“

Diese drei Hauptspiele, dazu die häufigen Badeausflüge in einem Konvoi von 10 bis 15 Fahrrädern nach Thüngersheim über den Berg zum Maintal hinüber oder nach Karlstadt, sind der Inbegriff dessen, was man unter Thüngener Sommerbetrieb verstand.

Es gab aber auch »lebensnähere« Saisonspiele. Zwei davon, weil sie mit meiner Person zusammenhingen, erwähne ich noch abschließend.

Hochzeit mit fünf

Im Alter von fünf Jahren verliebte ich mich in eine sechsjährige Kusine, Eileil. Als unsere beiderseitigen Eltern und Geschwister davon erfuhren, wurde uns der Vorschlag einer Hochzeit gemacht. Eileil muß ihrer jüngeren Schwester berichtet haben, daß sie von mir einen Verlobungskuß erhalten hatte, worauf diese erbleichte und ihr sorgenvoll mitteilte, nun würde sie ein Kind bekommen.

Mit großem Spaß nähte Eileils Kindermädchen ihr ein Brautkleid. Ich wurde von Dauzilein in einen dunkelblauen Bleyleanzug und ein weißes Hemd mit Fliege gekleidet und bekam einen Zylinder auf den Kopf. Mein älterer Bruder wurde zum »Pfarrer« bestellt. An einem schönen Nachmittag fand nun bei herrlichem Sommerwetter diese Hochzeit im Schloßhof statt. Links auf Rasenplatz 1 standen die Stühle für die »Kirche«, davor ein Tisch mit Gesangbuch für meinen Bruder. Auf Rasenplatz 2 war ein großer Tisch mit Mengen von Obst, Kuchen und Säften aufgebaut. Von der zu Herzen gehenden Trauungsansprache meines damals 15-jährigen Bruders ist mir nur ein inhaltlicher Höhepunkt in Erinnerung: Ich möge in meinem nunmehr beginnenden Eheleben und überhaupt in Zukunft mit besser geputzten Fingernägeln auftreten als bei meiner Hochzeit. Von anschließenden Tischreden beim Festmahl weiß ich nichts mehr, fürchte aber, dabei von allen geladenen Gästen den meisten Kuchen gegessen zu haben.

»Klink für Allgemeinmedizin«

Einige Jahre später hatte sich neben der Freude am Musizieren auch voll meine Passion für Medizin und Krankenpflege entwickelt. Mit etwa elf Jahren gründete ich zusammen mit zwei Kusinen, die mir als Schwestern zur Seite standen, bei schönem Wetter auf dem Tor, bei schlechtem im »unteren Saal« (ein Abstellraum für Tische, Bänke und Stühle) eine medizinische Klinik, die bei zahlreichen Verwandten unbegreiflicherweise regen Anklang fand. Ich war der »Chefarzt«, und mein Wartezimmer war, wie es sich gehört, stets überfüllt. Bei den meisten »Patienten« wurde kurzer Prozeß gemacht: Sie wurden ins Bett gesteckt. Ein gebrochener Arm wurde geschient, bei Erkältungen gab es Tabletten, das waren meistens Würfelzukkerstückchen, und Wunden wurden kunstgerecht verbunden. Von der von allen Kindern sehr geliebten Kinderschwester Martha Schrenk hatte ich Verbandsmaterial bekommen, das in meiner Klinik reichlich Verwendung fand. Bettlägerige Patienten hatten in den dafür vorgesehenen Betten mindestens zehn Minuten auch auszuhalten, sonst war eine Heilung nicht garantiert. Beide Schwestern führten hierüber strenge Aufsicht. Unter meinen Vettern gab es aber auch Kritiker an meinen medizinischen Fähigkeiten. So hörte einer von ihnen, Franz Lorenz, im Wartezimmer, daß ich einer Kusine, die sich mir wegen »schwarzer Pocken« vorstellte, »Höhensonne« verordnete. Das war zu viel. Dieses wurde in den Hof hinausposaunt, und mein Ruf war für einen Tag dahin. Erst am nächsten Tag bot das Wartezimmer wieder die gewohnte Fülle.

Schlimmerweise verliefen nicht alle Behandlungen ganz harmlos. Ich hatte auch das Bedürfnis, einige Kusinen zu »impfen«, wozu ich – der Erinnerung nach – ausgedrückte Pflanzensäfte von Geranien, Phlox und Fetter Henne verwendete, die ich ihnen liebevoll und unvorsichtig in den Oberarm einritzte. Die »bleibenden Schäden« in Form kleiner Narben tragen mir einige Kusinen bis heute nach.

Mißglücktes Orgelkonzert

Natürlich spielte auch bald die Musik im kindlichen Verwandtenkreis eine zunehmend größere Rolle. Mit elf Jahren hatte ich – siehe Potsdamer Kindheitsbericht – meine Liebe zur Orgel entdeckt, mit zwölf meine erste Orgelphantasie komponiert. Dazu kam auch die Freude am freien Phantasieren, dem Ursprung späterer, noch zu erlernender Improvisation, besonders über Kirchenlieder.
Mit diesem »Repertoire« kam ich im nächsten Sommer nach Thüngen und begann, mich mit meinem etwas älteren Vetter Wolf Hartmann regelmäßig in der Thüngener Dorfkirche an der Orgel zu treffen.

Ein zweimanualiges Instrument mit ziemlich armseliger Disposition stand uns zur Verfügung, aber man konnte darauf spielen. Nur mußte einer dem anderen den Blasebalg treten. Mein Vetter war damals der bessere Klavier-, ich der bessere Orgelspieler. Wieso wir auf die Idee kamen, uns zu siezen, weiß ich nicht mehr. Auf jeden Fall war er »Wilhelm Kempff« und ich »Günther Ramin«. »Ach, Herr Kempff, wären Sie so freundlich, mir den Blasebalg zu treten? Ich würde Ihnen dann meine neueste Komposition vorspielen«, begann ich. »Aber selbstverständlich, Herr Ramin, Sie können beginnen«, versetzte »Wilhelm Kempff« höflich. »Wenn Sie mir dann nur Luft machten, damit ich Ihnen meine neuen Roßlebener Militärmärsche vortragen kann.« Wir überboten uns in Höflichkeiten und kamen bald auf die Idee, dem Thüngener Sommerbetrieb als »kulturellen Höhepunkt« ein Orgelkonzert in der Kirche anzubieten. Das Dumme an der Sache war nur, daß wir beide keine Literatur konnten – er nur seinen Militärmarsch, ich außer meiner Phantasie opt. 1 nichts. Bei dem hohen Frömmigkeitsmaß, insbesondere der älteren Tanten, entschlossen wir uns zu etwa 20 Chorälen. Jeder spielte 10, mehr oder weniger korrekt, und versah sie mit ein bis zwei Variationen – frei vorgetragen, bar jeder Kenntnis von Kontrapunkt und Harmonielehre. Durch die reizvolle Abwechselung, auch für die Hörer, dieses Programm von »Wilhelm Kempff« mal als Blasebalgtreter, mal als Marschkomponist, und dasselbe von »Günther Ramin« zu erleben, war dem Konzert ein gewisser Vorerfolg beschieden. Leider sollte es anders kommen. Vermutlich trat »Wilhelm Kempff« beim Fortissimoschluß der Orgelphantasie von »Günther Ramin« den Blasebalg zu intensiv, so daß der Verbindungsgurt riß und der Balg seinen Geist aufgab. Ein Orgelbauer war natürlich so schnell nicht zu finden; es blieb uns nichts anderes übrig, als – der Zorn des Allerhöchsten hätte uns treffen müssen – das Konzert als »Klavierabend« in den Thüngener Schloßsaal zu verlegen.

Auch dort hat nie vorher oder nachher je ein derartiges Programm stattgefunden, bei dem alle Zuhörer viel Spaß verstehen und großherzig Toleranz beweisen mußten: Eine Orgelphantasie, 20 Choräle und ein Militärmarsch! Gerettet hat die beiden Solisten die Idee, als Zugabe fünf Minuten vierhändig noch über »Hänschen klein« zu phantasieren. Das muß einigermaßen amüsant geklungen und ausgesehen haben, denn dieses Stück haben wir beide auf Wunsch von mit uns alternder, wohlmeinender Verwandter bis zum 70. Geburtstag meines Vetters in regelmäßigen Abständen von 15 bis 20 Jahren in Thüngen oder seinem Gut in der Rhön, Weissenbach, vorgetragen. Nur haben wir uns dann nicht mehr mit »Herr Kempff« und »Herr Ramin« angeredet.

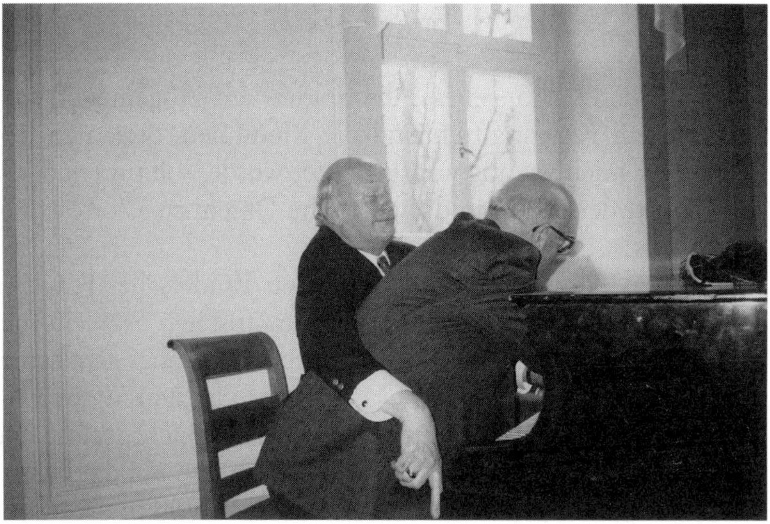

Autor und Freiherr von Thüngen

Frühmusik

Wenn in den vergangenen Abschnitten das Augenmerk vorwiegend auf Ferienzentren und die Menschen, denen zu begegnen für mich wichtig war, gerichtet wurde, soll nun endlich der Eintritt der Musik in das kindliche Dasein zu Worte kommen.

Der Klavierunterricht meines älteren Bruders bei Fräulein von Brezelmann – einem nicht mehr taufrischen Fräulein mit grauer Dutt-Frisur und unüblich ausgedörrtem, aber gepflegten Äußeren, den ich durch die Glastür vom Eß- zum Wohnzimmer beobachten konnte – bewirkte zunächst nicht, selbst um Unterricht zu bitten. Zu oft sah ich, wie sie ihm auf die Finger haute oder, hinter ihm stehend, an seinen Schultern arbeitete. Auch drohende Zeigefinger waren zu sehen. Das alles trug zu keiner Lustbildung meinerseits bei.

Nicht anders erging es mir bei den ersten Ferienreisen zu Verwandten, wo einige meiner zahlreichen Kusinen und der einzige Vetter Klavierunterricht bei Herrn Bröms (oder ähnlich) nahmen. Ein ähnliches Erscheinungsbild wie bei Fräulein von Brezelmann, nur daß dort alles auf Fränkisch gesagt wurde. Immerhin wurde in beiden Fällen regelmäßig am Schluß vierhändig gespielt, was mich wegen der plötzlich zu vernehmenden Klangfülle des Instruments, die bei Clementis C-Dur-Sonate »Mädchen, warum weinest Du?« oder Schumanns »Wildem Reiter« – im Adagio vorgetragen – nicht so vorteilhaft geklungen hatte, sehr für Harmonik und Vollgriffigkeit einnahm.

So begann ich, mir als Autodidakt auf den Tasten die passenden Akkorde zu jedem Ton der Tonleiter zusammenzusuchen, hörte dabei, was richtig und was falsch war und habe mir unbewußt Tonika, Dominante, Subdominante und deren Parallelen angeeignet und mich dadurch in die Lage versetzt, etwa mein Lieblingslied »Nun ade, du mein lieb Heimatland« in eigenem Satz vierstimmig zu spielen. Als nächstes hatte es mir »Goldene Abendsonne« angetan, wobei ich in erste Schwierigkeiten mit der notwendigen Vorhaltsbildung bei »Nie kann ohne Wonne...« geriet. Ich fürchte, diese Stelle klang scheußlich. Dann übernahm mein ältester Bruder den Anfangsunterricht und zeigte mir das Tonleiterspiel, Gegenbewegung und die Anfänge des Vom-Blatt-Spielens.

Gleichzeitig begann in der Volksschule das Blockflötenspiel, bei dem ich ziemlich schnell vorankam und bald von der C-Sopran- auf die F-Altflöte wechseln durfte. Herr Vetter, ein liebenswerter Musiklehrer von begrenzter Körperlänge – er mag ca. 1,50 m groß gewesen sein –, später auch mein Erdkundelehrer auf dem Viktora-Gymnasium und Professor Becker, der berühmte Garnison-Organist, schienen meinen Eltern mitgeteilt zu haben, daß ich begabt sei.

So entschlossen sie sich, vermutlich in meinem 8. Lebensjahr, auch mir Klavierunterricht geben zu lassen. Dafür wurde ein sehr viel überzeugenderer Pädagoge, der aus Berlin kam, Berthold Enders, gewonnen. Er nahm sich meiner liebevoll an, und unter seiner Anleitung habe ich es in zwei Jahren ungefähr bis Beethovens G-Dur-Variationen, der Haydn-C-Dur-Sonate oder einem leichten Chopin-Prelude gebracht. Ich erinnere mich nicht, zu Anfang Bach gespielt zu haben.

Der Unterricht war sicher qualitätsvoll. Aber mein Lehrer war eigentlich nicht streng genug mit mir. Er hätte ja nicht gleich auf die Hände hauen oder mir die Schulter verrenken müssen, aber auf ein systematisch zu erfüllendes Übungsprogramm hätte er unbedingt achten müssen. Stattdessen willigte er jedes Mal lächelnd ein, wenn ich nicht geübt hatte und ihm freudestrahlend erklärte, ich hätte ein neues Stück komponiert, ob er mir wohl beim Aufschreiben helfen wolle.

Ich fürchte, das war eine dumme Ausrede und meinem Fleiß nicht förderlich. Es hatte nur den Vorteil, daß mir von Anfang an das Phantasieren auf dem Klavier eine Selbstverständlichkeit war und diese kindliche Fähigkeit nicht frühzeitig durch den strengen Verweis auf *nur* Gedrucktes und daß dies das einzig Legitime sei, zugemauert wurde. Wie oft geschieht dies leider bis heute in nicht wenigen Fällen des Musikunterrichts.

Die schicksalhafte Wende meiner Entwicklung am Klavier stelle ich in der Beschreibung hier noch zurück und berichte lieber von einem ersten Zwischenfall in meinem kindlich-musikalischen Werdegang.

Mißglücktes Vorspiel vor der deutschen Kronprinzessin

Das kam so: Eine der Nachhilfelehrerinnen meines zweiten Bruders (Latein und Mathematik) hatte von meinem Musikinteresse gehört, und da sie dabei war, ein Jugendorchester zu organisieren, das unter anderem Haydns Kindersymphonie im Potsdamer Nikolai-Saal aus irgendeinem festlichen Anlaß vortragen sollte, fragte sie meine Eltern, ob man mich als Orchestermitglied für die Schnarre bei dieser Kindersymphonie gewinnen könne. Eltern und siebenjähriger Knabe sagten selbstverständlich zu. Ich lernte also frühzeitig die Position des Orchestermusikers kennen. Der Dirigent mag 14 Jahre alt gewesen sein und schlug brav und sauber seinen Takt, so daß ich meine Schnarreneinsätze sehr schnell auswendig konnte und möglicherweise nicht mehr ganz so konzentriert bei der Sache war, wie sich das pflichtgemäß gehört hätte.

In der Generalprobe erklärte nun der Herr Dirigent, daß wir zur Aufführung einen Tag später bitte in dunkelblauen Bleylehosen und weißem Hemd erscheinen möchten, »denn die Kronprinzessin kommt zum Konzert«. Ernst-Ulrich hatte seine Gedanken offensichtlich woanders gehabt und erschien völlig harmlos-fröhlich zum Konzert in buntem Hemd mit Lederhose. Der strenge Blick von Frau Gleich, der Intendantin des Orchesters und dem Dirigenten läßt mich noch heute erschauern. Es kam, wie es kommen mußte: »Weil Du nicht aufgepaßt hast, können wir dich in der Öffentlichkeit nicht auftreten lassen. Du wirst hinter den Vorhang gesetzt, daß dich die Kronprinzessin auf keinen Fall sieht, und wirst von da aus spielen.« Ich nahm dieses Urteil gelassen hin. Ob ich es als generelles Auftrittsverbot für mein ganzes Leben auffassen sollte, war mir nicht ganz deutlich. Ich glaube, richtig gespielt zu haben, und habe durch den Vorhangschlitz während des Beifalls natürlich Ihre Kaiserliche Hoheit beobachtet und mir gedacht, daß ich sie hinter dem Vorhang viel ruhiger und intensiver studieren könne.

Eintritt in den Knabenchor St. Nikolai

Mit acht Jahren durfte ich Mitglied im Knabenchor von St. Nikolai in Potsdam, der großen Kuppelkirche, nach dem Kriege das Wahrzeichen der Stadt, werden. Heute kann ich es kaum selber glauben, daß dieser Chor damals noch unter der Leitung des Vaters von Wilhelm Kempff, Wilhelm Kempff senior, stand. Damit trat erstmals eine Musikerpersönlichkeit in mein Leben, die ich nie vergessen habe – eines meiner ersten Leitbilder, ein wunderbarer, tief frommer, bescheidener Mensch, der auf uns Kinder trotz seines hohen Alters eine große Ausstrahlung ausübte.

Bald wurde mir mein bisheriges Gestümper auf dem Klavier erstmalig bewußt. Ich lernte durch neue Eindrücke und durch die Teilnahme an ersten Konzerten mit diesem Chor eine ganz andere musikalische Welt kennen: Das Erlebnis von Musik in der Gemeinschaft und die herrliche Kirchenmusik von Lasso, Palestrina über Schütz zu Bach.

Dienstag- und freitagnachmittags war Chorprobe, sonntags Singen im Gottesdienst. Die ersten Stücke, die ich erinnere, sind z.B. der 90. Psalm von Lasso »Herr, du bist unsere Zuflucht für und für«, Schütz »Also hat Gott die Welt geliebt«, Hammerschmidt »Schaffe in mir Gott ein reines Herz«, das achtstimmige Cruzifixus von Lotti und ein unbegreiflicherweise unbekannt gebliebener Doppelchor aus dem 19. Jahrhundert »Fürchte dich nicht, denn ich habe dich erlöset«.

Vom Herbst an ging es an die Vorbereitungen des Weihnachtskonzertes, das im Potsdamer Musikleben zu den Höhepunkten des Jahres gehörte. Es war ein weitgehend feststehendes Programm, dessen schönste Stücke ich ebenfalls erinnere. Hammerschmidt (dieser schon zu Lebzeiten höchst erfolgreiche und bei vielen Kirchenchören bis heute populäre Komponist aus Zittau, 1611 bis 1675, hatte auch »Machet die Tore weit und die Türen in der Welt hoch, daß der König der Ehren einziehe« geschrieben. Auf dieses Stück komme ich in späterem Zusammenhang noch zurück), »Hodie Christus natus est« von Sweelinck, »Herbei, o ihr Gläubigen« und das ebenfalls viel zu unbekannte Weihnachtslied »Licht vom Herrn ein Engelsschein«, das von einem Echo-Chor aus der 75 m hohen Kuppel der Kirche beantwortet wurde. Besonders die letzte Strophe »Wollt ihr ihm die Herzen weihen, wird er euch ein Heiland sein«, aus der Kuppel vom Echo-Chor gesungen, womit das Konzert ausklang, hatte auf die Zuhörer eine große Wirkung. Es klang schon ein wenig wie die Engel vom Himmel, und wer diese Sphärenmusik aus der Potsdamer Kirche damals gehört hat, wird sie ein Leben lang im Ohr behalten.

Ein besonderes Erlebnis war es, selbst bei diesem Echo-Chor dabei zu sein. Zweimal wurde dieser Kindertraum für mich Wirklichkeit. Zuerst stieg man, mit einer Taschenlampe bewaffnet, die Wendeltreppe des einen der vier Glockentürme hinauf, bis man ins Freie auf die Etage zwischen Kirchenschiff und Kuppelansatz kam. Hier mußten etwa 20 Meter, manchmal bei Schnee und Eis, zurückgelegt werden, bis man in den Aufgang zwischen Außen- und Innenkuppel gelangte – große Versuchung, hier eine kleine Schneeballschlacht einzuschieben oder verbotenerweise einen Schneeball nach unten auf die Straße zu werfen. In diesem Zwischenraum zwischen beiden Kuppeln stieg man eine noch schmalere Wendeltreppe bei absoluter Dunkelheit hinauf, bis man an eine Glastür gelangte, zu einer Glaswand gehörig, die einen kleinen Rundgang um die Öffnung in das Kirchenschiff umgab. Von hier aus konnte man, nachdem wir gesungen hatten, in das Kirchenschiff hinterschauen und versuchen, unter den vielen winzigen Gestalten dort unten die eigene Familie zu entdecken. Ich hatte das

Zeichen – – . – –, den Rhythmus einer Sarabande, die ich gerade auf dem Klavier spielte, als »Erkennungsmarke« ausgemacht.

Als Solist wirkte bei diesen Konzerten meist der älteste Sohn von Wilhelm Kempff, Professor Georg Kempff, Universitätsdirektor in Erlangen, mit. Ich hatte noch nicht viele Organisten gehört, Adolf Haensgen in der Heilig-Geist-Kirche oder Professor Becker in der Garnison-Kirche. Vater Kempff liebte damals, seinem Alter entsprechend, mehr ruhige, würdige Orgelstücke. So lernte ich durch ihn das kleine c-moll-Präludium und Fuge und das große c-moll von Bach kennen. Besonders gern aber spielte er das b-moll-Präludium aus Bachs Wohltemperiertem Klavier. Ein großer Kontrast dazu das Spiel des äußerst temperamentvollen und – wie ich später feststellen durfte – höchst originellen Sohnes Georg. Er spielte gern Einzelsätze aus Händelschen Orgelkonzerten, wie das F-dur-, g-moll- oder d-moll-Konzert. Wenn ich auch musikalisch noch ein völlig unbeschriebenes Blatt war, fielen mir doch früh gewisse Dinge auf, die später für mein eigenes Spiel wichtig werden sollten. Zunächst – die Orgel klang unter seinen Händen anders, sprechender, gesanglicher, vergnügter, als ich es gewohnt war. Ich empfand bei ihm dasselbe, was ich bei seinem berühmten Pianistenbruder ebenfalls fühlte: Einen besonderen Klangsinn und etwas sehr Poetisches im Musizieren. Ich konnte das deswegen gut vergleichen, weil ich von beiden in kurzen Abständen sowohl auf der Orgel als auch auf dem Klavier Bachs »Wachet auf, ruft uns die Stimme« und »Nun komm' der Heiden Heiland« in der Kirche gehört hatte.

Einige Jahre später, als ich selbst an die Orgel durfte, habe ich so lange an deren Register herumprobiert, bis ich die Klangfarben fand, die ich von Georg Kempff im Ohr hatte. Es waren damals nicht viel benutzte »Tonloch-Registrierungen«, wie Achtfuß und Zweifuß in der rechten Hand, Sechzehn-, Acht-, Zweifuß in der linken Hand oder Acht- und Eineindrittelfuß allein mit einem Tremolanten. Auch lernte ich die Sesquialtera kennen und den Reiz von Rohrwerken. Ich verstand im Laufe der Zeit, daß Kempff eine besondere Begabung in der Kunst des Registrierens besaß.

Aber da war noch etwas anderes, was den kleinen, höchst interessierten Zuhörer faszinierte: Die Lebhaftigkeit der Tempi und die Lebendigkeit der Melodien, was ich erst später als die Kunst der Artikulation und des Umgangs mit Zäsuren, Pausen und Atemzeichen, kurz, der Agogik, gelernt habe.

Ich hatte also das große Glück, als Acht- bis Zehnjähriger diese drei Musikerpersönlichkeiten, Wilhelm Kempff senior und seine beiden Söhne Georg und Wilhelm, zu hören und auch persönlich kennenzulernen.

Es ist schwer zu beschreiben, was in einem Kind vorgeht, wenn es große und berühmte Leute beim Musizieren erlebt und danach auch persönlich mit ihnen sprechen darf. Ich werde es meinen Eltern nicht vergessen, daß sie mich so früh in Konzerte mitgenommen und manchmal anschließend ins Künstlerzimmer gebracht haben. Das war jedesmal ein Fest wie ein Sonntag, und seit dieser frühen Zeit war es für mich klar, daß Musizieren, gerade auch das des professionellen Konzertierens, immer etwas mit »Sonntag« zu tun hatte.

Einmal hatte Wilhelm Kempff das wunderschöne Brahms-Wiegenlied op. 117 zugegeben, was mich besonders begeisterte. Als ich ihm das im Künstlerzimmer sagte, erwiderte er ganz freundlich: »Das Stück ist ganz leicht, das kannst du auch schon spielen«. Als ich mir daraufhin sofort die Noten beschaffte und hineinschaute, mußte ich allerdings mit Entsetzen feststellen, welcher Abstand mich von diesem großen und bewundernswerten Künstler trennte. Wie sollte ich mit acht Jahren den Mittelteil in es-moll lesen? Aber daß er mir zutraute, ein solches Stück schon spielen zu können, hat mich sehr beflügelt, und ich habe von diesem Tage an, wie ich glaube, sehr viel ernsthafter als bisher geübt.

Das »Sonntagsgefühl« im Musikerlebnis konnten die drei Kempffs wirklich vermitteln. Sie strahlten es einfach aus. Auch im Unterricht wurde mir deutlich, daß es dieses geben kann, denn bald erlaubte mir Wilhelm Kempff, als Zuhörer in seine Meisterkurse im Potsdamer Marmorpalais zu kommen.

Wilhelm Kempff sen.

Kempff-Kurse im Marmorpalais

An zwei Flügeln gab es in jedem Sommer Unterricht für Talente aus allen Ländern. Ich erinnere Amerikaner, Skandinavier und Japaner unter den Teilnehmern. Kempff unterrichtete auf deutsch, englisch, französisch und schwedisch, und alles, was er sagte, war für mich eben diese »Sonntagssprache«, so wie ein begnadeter Kunsthistoriker einen mit wunderbarer Diktion an große Gemälde heranführen kann und den Blick so weitet, daß man das Gefühl hat, man habe diese Bilder vorher noch nie gesehen.

Kempff, so schien mir, konnte wirklich Augen öffnen, vor allem Sensibilität für Details entwickeln. Wie anders klangen einzelne Stellen bei Bach, Mozart, Beethoven, Schubert, Schumann oder Chopin, wenn er sie vorspielte. Immer ging es sogleich in das Detail und die Eröffnung neuer Perspektiven bei scheinbaren Nebensächlichkeiten. Viel Wert wurde auf die Hervorhebung von Mittelstimmen und gerade auf das polyphone Spiel bei Bach gelegt. Aber auch die Form von Akzenten oder von Hervorhebungen von Themen in der linken Hand spielten eine große Rolle. Mit jedem war er freundlich und auch humorvoll. Er schien die Gabe zu besitzen, sich auf jeden Kursteilnehmer *sofort* sehr individuell einstellen zu können. Nur ein Fall einer recht hübschen, aber mäßig begabten jungen Dame ist mir erinnerlich, der anders behandelt wurde. Nachdem sie ein Präludium und eine Fuge von Bach aus dem Wohltemperierten Klavier gespielt hatte, stellte er sich in die Flügelrundung, sah sie freundlich an und sagte: »Gnädiges Fräulein, Sie sollten heiraten.«

Unerwarteter Besuch

In dieser Phase kam mir das Schicksal zu Hilfe. Denn just an dem Nachmittag, an dem ich bei Herrn Enders Klavierstunde hatte, kam Wilhelm Kempff mit seiner Frau Helene, die eine Kusine meiner Mutter war, zu uns in die Seestraße, um mit meinen Eltern auf der großen Gartenterrasse Tee zu trinken. Dort hörte er (höchst bescheidenes) Klavierspiel. »Wer spielt denn da?« »Das ist unser Sohn Ernst-Ulrich, der gerade Klavierstunde hat.« »Oh, da könnte ich doch mal kurz zuhören«, sagte er und verschwand im Hause.

Dort entstand nun eine der überraschendsten, folgenreichsten Szenen in meinem jungen Leben. Man stelle sich vor: Herr E. und E.-U. sitzen ahnungslos beim Klavierunterricht, da klopft es an der Tür und der weltberühmte Wilhelm Kempff tritt ein und fragt: »Darf ich mal ein bißchen zuhören?« Herr Enders muß einem Schlaganfall nahe gewesen sein. Mir ist so, als spürte ich noch heute mein Herz klopfen.

Ich spielte ihm die Sonata facile von Mozart vor, vermutlich den 1. Satz der f-moll Beethoven-Sonate und gleich darauf bat Kempff mich, etwas zu improvisieren. Dann sollte ich »Lobe den Herrn« in H-Dur spielen und dann prüfte er mein Gehör. »Umdrehen!« – Ich schaute zum Fenster hinaus, vernahm einen A-Dur-Akkord. Aber was war das? Was spielte dieser beängstigende Besucher jetzt? War es D-Dur? Nein, E-Dur? Nein, es mußte Es-Dur sein. Ich sprach es etwas zögernd aus, worauf Kempff mich in den Arm nahm und sagte »Du hast das alles sehr schön gemacht. Vielen Dank, Herr Enders, daß Sie den Jungen unterrichten. Leider fehlt mir die Zeit dazu«(!!)

Der Autor spielt mit elf Jahren zum ersten Mal Wilhelm Kempff vor.

Ernst-Ulrich (11 Jahre alt) dreht Wilhelm Kempff die Noten um.

Sprach's, verschwand, ging wieder auf die Terrasse zu meinen Eltern und sagte: »Euer Sohn ist sehr begabt, aber noch kann er nichts. Er braucht dringend einen anderen Lehrer, ich würde Euch Professor Hans Beltz von der Berliner Musikhochschule empfehlen. Vielleicht nimmt er ihn.«

Dieser so höchst wichtige Rat des weltberühmten Musikers, voll von freundschaftlichem Verständnis für die Situation meiner Eltern, elektrisierte meine Mutter. Vermutlich schon am nächsten Tag rief sie bei Professor Beltz an und eine Woche später hatten wir einen Termin bei ihm.

Man fuhr von der Glieniker Brücke mit dem Omnibus P bis Zehlendorf, stieg dort um nach Klein-Machnow, wanderte ein paar Straßen durch eine Neubausiedlung in den Schlehdornweg und stand dann vor einem hellen, geräumig wirkenden Haus, aus dem (natürlich) Klaviermusik ertönte. Wenn ich meinen Brustkorb an die Hausklingel gehalten hätte, hätte das Herzklopfen dort vermutlich ein Sturmgeläute hervorgerufen. Die Tür öffnete sich und uns begrüßte ein sportlich aussehender, sehr sympathischer Herr in norwegisch gemustertem Rollkragenpulli und mit – wie ich fand – sehr schickem blonden, gewellten Haar. Mit ein paar Worten nahm er mir meine Angst. Ich spielte, so gut ich konnte, d.h. nicht schlechter wegen zu großen Lampenfiebers. Von der ersten Minute an hatte ich Vertrauen zu ihm. Dann kam der erlösende Satz, an meine Mutter gerichtet: »Ich werde Ihren Sohn nehmen.« Wichtigeres konnten fünf Worte für einen elfjährigen Jungen nicht bedeuten. Sie waren nichts Geringeres als eine Weichenstellung.

Von der ersten Stunde an hatte ich das Gefühl, in eine Märchenwelt entführt zu werden. Alles war interessant, neu und machte Spaß. Er begann mit viel Technik, schrieb in große Notenhefte mit einer teigigen, hohen Schrift – mit allen Merkmalen versehen, aus denen ein Graphologe den wahren

Künstler erkennen würde –, und bald sahen auch meine Noten aus wie schriftliche Meditationen und Mitteilungen, die an einigen Stellen durch gedruckte Noten unterbrochen wurden. Alles, was ich tun sollte, stand in den Noten, besonders groß und deutlich, was mit Arm- und Handgelenk, bei Auf- und Abtakt, bei »schwer« oder »leicht« zu geschehen habe.

Dazu kamen viel Dynamik und zahlreiche Artikulationseintragungen. Was Artikulation bedeutet, nämlich musikalische, sprachliche Mitteilung, habe ich von Hans Beltz auf dem Klavier gelernt. Es sollte mir später auf der Orgel eine große Hilfe sein.

Dasselbe gilt für das Gefühl von »Cantilene«, besonders in der rechten Hand, und die Wichtigkeit der Mittelstimmenführung, nicht nur bei Bach, sondern genauso bei den großen Klassikern und Romantikern.

Die Stunden bei Hans Beltz veränderten mein junges Leben. Und wieder erinnere ich deutlich das Gefühl, während der Hinfahrt mit dem Omnibus etwa eine dreiviertel Stunde lang von Vorfreude und Spannung erfüllt zu sein, wie sie vermutlich nur das Kind verspürt, dem in frühem Alter unverdient so viel Anregung zuteil wird und dem Maßstäbe für das ganze Leben mit der Musik vermittelt werden. Ich verehrte Hans Beltz vom ersten Moment unserer Begegnung an und war zutiefst traurig, als unser Unterricht durch den Kriegsbeginn und seine Einberufung ein Ende nahm.

Glück im Unglück

Dieses sich so merkwürdig berührende und doch in Kontrast stehende Begriffspaar sollte ich mit Ausbruch des Krieges insbesondere in musikalischer Hinsicht mehrfach erfahren.

Zuerst denke ich dankbar an Hanna Ahrens, eine vorzügliche Berliner Klavierpädagogin, die mich auf Empfehlung von Hans Beltz als Schüler übernahm. Bald riet sie mir zu musiktheoretischem Unterricht und empfahl mir dafür Kurt von Wolfurt, einen recht bekannten, aus dem Baltikum stammenden Komponisten. Bei ihm lernte ich Harmonielehre, wenn auch ausschließlich nach der »Stufentheorie«. Die »Funktionstheorie«, von Hugo Riemann entwickelt, sollte ich erst später in meinem Heidelberger Studium bei Wolfgang Fortner kennenlernen.

Den Unterricht bei Hanna Ahrens empfand ich nicht als Niveauverlust; sondern eigentlich als sehr anspruchsvoll. Ihre Kritik war sachlich, nie verletzend und immer hilfreich. So sagte sie mir nach einiger Zeit, ich sollte mir doch einmal ernstlich überlegen, ob ich nicht Berufsmusiker werden wollte. Allerdings würde sie nicht zum Pianisten raten – meine Hände schienen ihr hierfür nicht prädestiniert zu sein. Sie sehe andere Schwerpunkte, vor allem den des Dirigenten und des Kirchenmusikers. Sie sollte recht behalten.

In dieser Zeit beschäftigten sich auch meine Eltern mit der aufkommenden Frage, wie denn wohl die Entwicklung ihres Jüngsten weitergehen sollte, bei dem nicht zu übersehen war, daß er jede freie Minute am Klavier verbrachte und auch bereits seine ersten Kompositionen beendet hatte (s. das spätere Kapitel über die Malche).

Meine Eltern konsultierten also noch einmal Wilhelm Kempff, und der sagte ihnen etwas Allgemeingültiges, wenn auch nicht auf jeden Menschen Zutreffendes: Man sollte auf einem Instrument spätestens mit 18 Jahren konzertreif sein und der Wille, Musiker zu werden, müsse so stark sein, daß er sich gegen jeglichen Rat der Eltern, Lehrer, Freunde etc. durchsetzen würde. Also Berufswahl aus der *Kampfhaltung* heraus, weil dadurch genügend Kräftereservoir geschaffen wird, um alle Schwierigkeiten, denen sich jeder junge Musiker ausgesetzt sieht, zu überwinden. Damit war eindeutig der sehr wichtige Rat an meine Eltern verbunden, mir auf keinen Fall zu diesem Beruf zuzuraten, sondern eher im Gegenteil Alternativen aufzuzeigen. Wenn ich ganz stark aus eigenem Antrieb Musiker werden wollte, wäre die notwendige Eigendynamik bei der Härte des Studiums viel eher gegeben.

Bei mir selbst hatte sich eine denkbare Alternative in Richtung Medizin herausgebildet – inspiriert vielleicht durch frühe, prägende Eindrücke im Elternhaus.

Dieses Interesse war in erster Linie unserem erstklassigen Hausarzt Dr. Noack zu verdanken, Arzt und Freund meiner Eltern zugleich und weithin bekannt und anerkannt, obwohl er – was in der damaligen Zeit und auch heute gelegentlich leider noch umstritten ist – Homöopath war. Weil er mich schon als Kind sehr beeindruckte, beschäftigte mich auch diese Seite seiner Medizin sehr. Ich habe ihm in seinen Sprechstunden manche für mich wichtige Frage gestellt und immer erschöpfende Antworten darauf bekommen. Ich bekam ein klein wenig das Gefühl dafür, wie interessant die Medizin sein kann, wenn man die vielen, noch nicht erforschten Randgebiete mit einbezieht. Dr. Noack hat in seiner Praxis nie ausschließlich die Homöopathie zugrunde gelegt , sondern, wenn es ihm notwendig erschien, auch mit allopathischen Mitteln gearbeitet.

Da ich ein Blaßschnabel war, wurde mir von Zeit zu Zeit Höhensonne verordnet, die Schwester Else in Gang setzte. Ich erinnere mich genau: Man lag mit einer Schutzbrille auf der Liege, und sie mußte dann den Sonnenbügel so lange hin- und herschwenken, bis sich das Quecksilber entzündet hatte. Das schien damals etwas mit »Kunst« zu tun zu haben, wie es ja auch (oh, schon wieder mein Lieblingsthema) eine Kunst war, einen schweren Schnellzug mit einer 01 zur Abfahrt zu bringen.

Was ich Dr. Noack allerdings mit sechs Jahren sehr übel nahm, war die Tatsache, daß er meiner Mutter geraten hatte, mir täglich Lebertran zu verabreichen – etwas scheußlicher Schmeckendes habe ich kaum in Erinnerung. Dann hielt er es auch für nützlich, daß ich auf mein tägliches Schulbrot geriebene Schokolade bekam, was irgendetwas Unerfindliches in mir anreichern sollte. Das Gekicher meiner Klassenkameraden höre ich noch heute. Noch schlimmer wurde die Tortur allerdings, als ich eines Tages mit neuen Schuhen zum Unterricht kam und die ganze Klasse, sich gegenseitig ansteckend, ausrief: »Meine Mutter hat gesagt, ich soll auf alle neuen Schuhe treten...!!«

Seit diesen Erlebnissen in meiner Kindheit habe ich mich immer wieder gefragt, warum der Mensch, und insbesondere auch das Kind, wohl das Bedürfnis hat, jede Art von Besonderheit zu bekämpfen, ja sie lächerlich zu machen und dabei gar nicht zu bemerken, daß hiermit gleichermaßen ein Loblied auf die Mittelmäßigkeit, Unauffälligkeit und letztlich auch auf die Durchschnittlichkeit und Langeweile gesungen wird. Jedenfalls – Schokolade auf dem Brot oder neue Schuhe anzuhaben, galt damals als absolute Katastrophe.

Zurück zu Dr. Noack. Die medizinische Lebensauffassung meiner Mutter, die selbst Krankenpflege gelernt hatte, folgte strengen, aber einfachen Regeln: Hatte man Halsweh, gab es einen Halsumschlag, bei Husten gab es einen Brustumschlag und »mixtura solvens«, hatte man Bauchweh, gab es einen Bauchwickel. Bis 37,9° therapierte sie alles selbst. Stieg die Temperatur auf 38,0° gab es Großalarm, d.h., der Doktor wurde angerufen. Wahrscheinlich verkündete sie ihm in solch einem Falle mein nahendes Lebensende, denn ich erinnere mich, daß er spätestens innerhalb einer halben Stunde an mein Bett eilte – meistens in schicken, dunklen Schuhen mit drei Spangen auf der Oberseite, die mir außerordentlich gut gefielen. Dann setzte er sich an mein Bett, mit großen Sorgenfalten auf der Stirn, aus dem einzigen Grunde, glaube ich, um von meiner Mutter ernst genug genommen zu werden. Er fühlte den Puls und sagte »hm, hm«. Dann wurden Brust und Rükken abgeklopft, gummibehämmert und abgehorcht, und wiederum ertönte ein bedeutsames »hm«. Schließlich wurden zwei Fläschchen auf den Nachttisch gestellt – eines mit Tröpfchen und eines mit weißen Kügelchen. Beides wunderbar im Vergleich zum Lebertran. Schon deswegen konnte man fast zum Simulanten werden.

Diese Konstellation fieberorientierter Überbesorgtheit meiner Mutter und andererseits übersensibler homöopathischer Bereitschaft des Hausarztes machte ich mir allerdings manchmal zu Nutzen, indem ich, wenn eine Griechisch- oder Lateinarbeit anstand, auf die ich wegen zu vielen Klavierübens ungenügend vorbereitet war, morgens ein wenig am Thermometer rieb und es dadurch auf 38,1 brachte. Dann geschah, was schon beschrieben: Mir wurde sofort strenge Bettruhe verordnet. Zwar wuchs mein schlechtes Gewissen mit jeder fürsorglichen Maßnahme meiner Mutter, andererseits nutzte ich die günstige Gelegenheit, um – kaum, daß meine tiefbesorgte Mutter den Raum verlassen hatte – mir vom Nachttisch meines älteren Bruders sein Zigarrenkistenradio zu »borgen« und zu versuchen, ihm über den Deutschlandsender oder den Berliner Rundfunk schöne Musik zu entlocken. Das war nicht einfach, denn man mußte mit einer feinen Metallstange an einem saphirartigen Stein so lange herumfummeln, bis man einen Sender gefunden hatte. Das konnte durchaus fünf oder auch zehn Minuten dauern. Natürlich stand dieses vorsintflutliche Gerät gegen Viertel vor zwei wieder ordnungsgemäß an seinem Platz, wenn die Rückkehr des Bruders aus der Schule zu erwarten war.

Nach dieser Beichte komme ich nun zu einem wesentlichen Punkt, der unvergeßlich mit Dr. Noack zusammenhängt und ihn zu einem der entscheidenden Weichensteller in meinem Leben gemacht hat.

Als der in mir wachsende Konflikt, welche der beiden Wunschberufe ich ergreifen sollte – ich mag 14 oder 15 Jahre alt gewesen sein – in mir übermächtig wurde, habe ich bei einer günstigen Gelegenheit Dr. Noack konsultiert. »Herr Doktor, was soll ich machen – ich möchte Musiker werden aber genauso gern auch Arzt?« Er gab mir eine klassische Antwort, die an Bedeutung dem Rat Wilhelm Kempffs meinen Eltern gegenüber nicht nachstand. »Mein lieber Junge«, sagte er in ruhigem, gütigen Ton, und ich spürte, daß er mich ernst nahm, »mache Dir doch einfach einmal folgendes klar: Willst Du ein guter Doktor sein, dann kann die Musik in Deinem Leben nur noch donnerstags von 8 bis 10 Uhr abends stattfinden, und auch dann mußt Du, wenn Du vielleicht mitten in einem schönen Klaviertrio von Haydn oder Beethoven steckst, mit Patientenanrufen rechnen und sofortige Hausbesuche anschließen. Ist Dir dieser Gedanke nicht zuwider, dann werde Doktor. Wenn Du ihn aber unerträglich findest, lass' die Finger von der Medizin und werde Musiker.«

Diese doppelte »Berufsberatung« von Wilhelm Kempff und Dr. Noack habe ich später oftmals an junge Menschen, die mit ähnlichen Fragen zu mir kamen, weitergeben können.

Karl-Otto Kameke,
Vater des Autors

Elternhaus und Freundeskreis

Was mag es gewesen sein, das mich nach 60 Jahren veranlaßt, meine erlebnisreiche Kindheit, die in einer der dunkelsten Zeiten deutscher Geschichte stattfand, festzuhalten und weiterzugeben? In der Beschreibung helfen mir hier musikalische Bilder von Grundton, Obertonreihe über Thema, Variationen zu Kontraktpunkt, Klang und Rhythmus.

Alle diese Faktoren haben wohl zusammengespielt. War es nicht der Grundton gleicher christlicher Auffassung meiner Eltern, der das geistige Fundament unseres Familienlebens darstellte? Kann man das Bild ausmalen und die Obertonreihe mit einer Familie vergleichen? Wenn ich zu unserer sechsköpfigen Familie die schon vielfach erwähnte Großmutter Hochstetter als »siebenten Ton« hinzuzähle, ergibt sich sowohl der große Dur-Akkord mit Ergänzung zum Dominantsept-Akkord als auch in den Einzelbeziehungen der Teiltöne untereinander eine Fülle von Intervallen und ihren Bezugsmöglichkeiten, von der Oktave über die Quinte zur Quarte, großen und kleinen Terz, zur Septime und deren Umkehrung, die Sekunde.

Auch in unserer Familie gab es vielschichtige Zusammenklangsmöglichkeiten, wozu auch selbstverständlich die Dissonanzen gehörten. Bei wem hätte es in der Kindheit nicht auch einmal Streit gegeben? Als »Thema« könnte man die jeweilige Lebensaufgabe bezeichnen, die jedem von uns gestellt war. Und wie unterschiedlich sahen diese Aufgaben aus! Die »Variationen« ergaben sich aus dieser Unterschiedlichkeit unserer Veranlagungen und unserer Interessen.

Mein Vater Karl-Otto, geb. 1889 in Biziker (Pommern), Sohn eines Landwirtes, war durch die frühe Trennung seiner Eltern mit meiner Großmutter in die schon mehrfach erwähnte

»Malche« bei Bad Freienwalde an der Oder gezogen. Dort ging er in die Schule und hat später in Berlin, München, Rostock und Genf Rechts- und Staatswissenschaften studiert. Er war eine große Persönlichkeit, die eine ausführlichere Würdigung verdiente, als es in diesem Zusammenhang geschehen kann. Ich möchte trotzdem mit einigen Strichen ein Bild von ihm zeichnen, wie ich es aus der Zeit meiner Kindheit, zwischen meinem sechsten und dreizehnten Lebensjahr, erinnere.

Von seinem Amt als Ministerialdirektor und Senatspräsident wußte ich wenig, außer, daß er einen geregelten Dienstplan hatte und sechs Tage in der Woche ins Gericht am Bahnhof Zoo fuhr.

Sehr viel mehr strahlten seine kirchlichen Ehrenämter und seine große Begabung als Wünschelrutengänger auf unser Familienleben aus – ebenso seine Passionen als Jäger, Angler und Segler.

Es war kaum zu glauben, aber er konnte sein hohes Richteramt trotz der politischen Umstände bis 1942 bekleiden, obwohl er weder Parteimitglied war noch von Anfang an irgendeinen Hehl aus seiner politischen Einstellung gemacht hatte. Ich kann mir auch nicht vorstellen, daß er zu den Anfangsbegeisterten für Hitler gehört hat. Im Gegenteil – ich erinnere deutlich seine große Sorge wegen der zunehmenden Mandate der Nazis im Reichstag vor 1933 und glaube, daß er die schleichende Gefahr aufgrund seines tief überzeugten Christentums früh erkannt hat.

Mein Vater hat vor und während des Dritten Reiches folgende kirchliche Ehrenämter bekleidet: Vorsitzender der von seiner Mutter gegründeten Frauenmission Malche, Präsident der Berliner Mission und Präsident der Deutschen Evangelischen Bahnhofsmission. Diese Ämter und die Freundschaft zu späteren Widerstandstheologen wie Niemöller, Dibelius,

Hanns Lilje oder dem Potsdamer Pfarrer der Bekennenden Kirche, Birnbaum, brachten ihn ständig in Schwierigkeiten und in Verdacht und waren Anlaß für manches Verhör durch die Gestapo.

Für uns Kinder brachten diese Kontakte viel interessante Abwechselung ins Haus. Nicht nur so prominente Gäste wie die oben genannten, sondern auch Missionare aus China, Java, Borneo, Sumatra und Südafrika, die auf Heimaturlaub waren, kamen in mein Elternhaus, berichteten spannende Dinge von ihrer Tätigkeit. Manchmal waren halbe Kriminalromane dabei. Ich erinnere hier leider kaum Einzelheiten, weiß aber, daß es für diese tapferen Menschen und ihre Familien oft um Leib und Seele gegangen war, sie aber unbeirrt ihren christlichen Auftrag erfüllten und trotz allem so viel Fröhlichkeit und Humor ausstrahlten, daß sie ihre heimatlichen Zuhörer damit ansteckten und faszinierten.

Das Thema der Malche war in meiner Kindheit ein so prägendes Erlebnis, daß ich ihm ein eigenes Kapitel gewidmet habe. Aber natürlich hing es mit meinem Vater und seiner Herkunft zusammen.

Die evangelische Bahnhofsmission

Sie war Ende des vorigen Jahrhunderts gegründet worden und hatte damals eine Generalsekretärin, Fräulein Theodora Reineck. Auch mit 75 Jahren legte sie Wert auf die Bezeichnung »Fräulein«. Sie residierte in der Hauptverwaltung Habeschwerter Allee in Berlin-Dahlem und war von meinen Eltern zu einer meiner Patinnen auserkoren worden. Aus diesem Grunde wurde ich von frühester Kindheit an zu den dortigen Weihnachtsfeiern mitgenommen, wo im Flur der größte und schönste Adventskranz hing, den ich je gesehen habe. Es gab duftendes, köstliches Weihnachtsgebäck und Kakao und als Höhepunkt sang Fräulein Finger – eine der Mitarbeiterinnen der Bahnhofsmission und so zwischen 60 und 70 Jahre alt – von meinem Vater am Harmonium begleitet »Drei Könige wandern aus Morgenland« mit unterlegter Melodie von »Wie schön leuchtet der Morgenstern« von Peter Cornelius. Diesem Stück konnte ich leider nie etwas abgewinnen, obwohl es eine recht populäre Adventsmusik war.

Damals empfand ich zum erstenmal bewußt die akustischen Störsignale, die durch angewöhntes, aber auch besonders auf langen Fortissemotönen geradezu kultiviert vorgetragenem Tremolo auf mich einwirkten. Ich erkannte den Zusammenhang von Lebensalter und seinen natürlichen Auswirkungen besonders auf die weibliche Stimme, die nachlassende Selbstkritik und ein trotz höheren Alters gesteigertes Auftritts- und Präsentierbedürfnisses. Nach ihrem Tremoloauftritt, der den gesungenen Tönen einen Spielraum von einer kleinen bis zur großen Terz ließ, nahm Fräulein Finger dankbar den enthusiastischen Beifall einer Zuhörerschaft entgegen, die zwar viel von sozialem Engagement, aber nichts von Musik verstand.

Das Tremolo – wenn auch von viel Herzenswärme und Weihnachtsstimmung getragen – war es, was mir die Besuche in der Zentrale der Deutschen Bahnhofsmission nicht gerade zu meinen schönsten Kindheitserinnerungen werden ließ.

Doch ich glaube nicht, daß mir diese kindlichen, peripheren Eindrücke den Blick getrübt haben für die Bedeutung, die die Bahnhofsmission schon damals durch die ganz andere Frequentierung der Bahn durch die gesamte Bevölkerung und den sehr großen Anteil der Hilfsbedürftigen gehabt hat. Das soziale Elend spielte sich oft auf den Bahnhöfen ab. Ungezählte Menschen, und zu Lebzeiten von Fräulein Reineck besonders viele junge Mädchen, verdanken der Bahnhofsmission Hilfe in persönlichen Notlagen. Mein Vater hat bis in seine letzten Lebensjahre viel Zeit für dieses Werk aufgewendet. Der Wiederaufbau der Mission nach dem Kriege sollte eine seiner Hauptaufgaben werden, nachdem er aus dem normalen Berufsleben ausgestiegen war.

Neben diesen zahlreichen Eindrücken aus dem christlich-sozialen Bereich kamen nicht weniger bedeutsame Eindrücke in mein Kinderleben durch den großen, vielseitigen und interessanten

Freundeskreis

meiner Eltern. Ob es sich immer um Freunde oder manchmal auch um gute Bekannte gehandelt hat, vermag ich nicht mehr zu sagen. Für mich ist es wichtig, daß ich durch mein Elternhaus zwischen 1932, als ich also sechs Jahre alt war, und 1942, als mein Vater nach Brüssel berufen wurde, eine Reihe hochinteressanter Menschen kennengelernt habe, an die ich mich nicht nur noch lebhaft erinnere, sondern die in Einzelfällen auch frühe Leitbilder für mich wurden.

Dr. von Dryander

Da kam zum Beispiel Dr. von Dryander, ein Kollege meines Vaters und Sohn des Oberhofpredigers am Berliner Dom, des öfteren zu Besuch – meistens zum Mittag- oder zum Abendessen (über die diesbezügliche Gastfreundschaft meiner Mutter wird später noch zu berichten sein). Bei solchen Essenseinladungen waren wir Kinder immer und selbstverständlich dabei, wurden nicht etwa nach nebenan oder an den »Katzentisch« gesetzt, und konnten bei den niveauvollen und lehrreichen Tischgesprächen zuhören. Die Gespräche waren meist politischer Natur und kreisten häufig um die Zeit der Weimarer Republik. Dabei staunte ich oft, wie viele Politiker der verschiedensten Parteien mein Vater kennengelernt hatte. Er besaß ein fabelhaftes Gedächtnis und verblüffte seine Besucher und uns Kinder mit immer neuen Geschichten aus seiner Adjutantenzeit beim Reichskanzler Michaelis.

Dr. von Keudell

Besonders interessant waren auch die Besuche von Dr. Walter von Keudell, Gutsbesitzer aus Hohen-Lübbichow bei Königsberg (Neumark), der zeitweilig Reichsinnenminister unter Brüning war. Mein Vater wiederum war unter ihm Ministerialdirektor und Leiter der Verfassungsabteilung gewesen.

Hatte mein Vater mit Herrn von Dryander besondere Gemeinsamkeiten auf juristischem, politischem und kirchlichem Gebiet, so verband ihn mit Herrn von Keudell die Liebe zur Jagd, zum Wald und zur Musik.

Herrn von Keudell erinnere ich als einen Grandseigneur vom Scheitel bis zur Sohle. Seine Höflichkeit fiel schon dem unreifen Knaben auf. Mit einem tiefen, gekonnten Handkuß begrüßte er stets meine Mutter, die er trotz jahrzehntelanger Duzfreundschaft mit meinem Vater auch noch nach dem Kriege siezte, und sagte ausschließlich »gnädigste Frau« zu ihr. Allerdings benutzte er für mein Empfinden die Worte »unbescheiden«, »unmaßgeblichst« und »unvorgreiflichst« ein wenig zu viel bei seiner sonst so urteilssicheren und interessanten Persönlichkeit. Er gehörte für mich zu den sogenannten »Sonntagsmenschen«, und auf seinen Besuch, obwohl er mein Großvater hätte sein können, freute ich mich immer besonders. Außerdem gehörte er zu den bestaussehendsten Herren, die ich in Erinnerung habe. Bei den Gesprächen ging es meistens um Wald, Forst und Jagd.

Auf seinem Besitz hatte mein jagdpassionierter Vater manchen Rehbock und Hirsch, und ich glaube, auch einmal den besten, einen geraden Sechzehnender, geschossen. Die Geweihe hingen in unserem Wintergarten, der vom Eßzimmer aus auf die Gartenterrasse führte, und von Jahr zu Jahr kamen neue hinzu.

Unvergeßlich ist mir ein Besuch zusammen mit meiner Großmutter bei ihm in Hohen-Lübbichow. Man fuhr von Bad Freienwalde aus mit einem Kleinbahntriebwagen über Hohenwutzen, die Oder überquerend, nach Zehden. Dieser Zug benötigte für die 17,4 km lange Strecke 40 Minuten, verließ also in unserem Falle Freienwalde um 14.40 Uhr und kam in Zehden um 15.20 Uhr an, nachdem er mit viel Getöse Landwege, Straßen und Brücken überquert hatte.

Am Bahnhof in Zehden erwartete uns eine Traumkutsche mit zwei eleganten Pferden und einem Kutscher in Livrée. Die gemütlichen Sitze überließ ich meiner Großmutter und nahm selbst neben dem Kutscher Platz in der großen Hoffnung, er würde mir auch einmal die Zügel überlassen. Und so war es auch diesmal. Alle Kutscher, denen ich begegnet bin, ließen mich neben sich sitzen und erlaubten mir, die Zügel zu nehmen. Ich habe es ihnen hoffentlich ausreichend gedankt.

Als wir vorfuhren, stand in der Tür von Hohen-Lübbichow das Ehepaar von Keudell, umgeben von ihren Jagdhunden. Nach der herzlichen Begrüßung sagte Herr von Keudell sogleich zu meiner Großmutter: »Gnädigste Frau, darf ich Sie unvorgreiflichst in Ihr Zimmer geleiten?«

Am nächsten Tag kam der Vorschlag, auf den ich so sehnlichst gehofft hatte: »Meine lieben Gäste«, hub Herr von Keudell nach dem köstlichen Frühstück an, »ich kenne Ihre Pläne nicht, aber darf ich unvorgreiflichst den Vorschlag machen, daß wir um elf Uhr eine Wagenfahrt durch den Wald machen?« Meine Großmutter stimmte mit verhaltener Freude zu, ich aber jauchzte, machte Luftsprünge und stürzte an den alten Flügel im Nebenzimmer, um mich mit einer fröhlichen Händel-Chaconne und einer Improvisation zu bedanken.

Wagenfahrten von einer Bahnstation aufs Land oder durch den Wald gehörten zum Allerschönsten, das ich mir vorstellen konnte – es war sozusagen ein »Andante« im wahrsten Sinne des Wortes, dazu mit vielen Farbbeigaben, an denen die Sinne teilhaben konnten. Das Knarren der Räder, der ruhige Tritt der Pferde, der Geruch von Leder, der Gesang von Amseln, Meisen und vielen anderen Vögeln des Waldes, und plötzlich der Blick auf einen Seitenweg, in dem nicht selten ein Reh zu sehen war. Manche Blume und auch mancher Pilz zogen den besinnlich suchenden Blick auf sich. Ahnte ich schon, daß solche intensiven Eindrücke mit dem Ende meiner Kindheit auch geschichtliche Vergangenheit werden sollten? Wie schnell kam er, der Abschied vom Pferd als jahrhundertelangem Transportmittel des Menschen! Dazu kam auch der Abschied von der Kleinbahn, oft nur mit einer Spurweite von einem Meter, und von diesen köstlich-fauchenden Dampfrossen, vielerorts auch »feuriger Elias« genannt, mit denen man mit einer Geschwindigkeit zwischen 15 und 25 km pro Stunde gemächlich durch Wald und Feld der nord- und ostdeutschen Landschaft reiste.

Aus zwei Gründen ist mir die Wagenfahrt durch den Hohen-Lübbichower Wald unvergeßlich geblieben: Erstens empfand ich es als ebenso originell wie beeindruckend, daß Herr von Keudell die ganze Zeit – etwa zwei Stunden – auf dem Trittbrett seitlich des Wagens stand und sich nie zu uns setzte. »Wir haben unterwegs eine Reihe von Toren, die ich so schneller öffnen und schließen kann«, war seine Begründung.

Zweitens erhielten wir im Verlauf dieser Fahrt ein Kolleg über Aufforstungsprinzipien, wie er sie vertrat und wie sie – seinen interessanten Erklärungen zufolge – durchaus nicht der gängigen Lehrmeinung im Forstwesen entsprachen. Es ging ihm im wesentlichen um die Wiedereinführung des Mischwaldes anstelle der im 19. Jahrhundert einseitig betriebenen Bevorzugung von Kiefernanpflanzungen.

»Die reine Kiefernkahlschlagwirtschaft des 19. Jahrhunderts hat es... nicht vermocht, Wertholzbestände zu erzielen... In unbedingter Ablehnung dieser Entwicklung wurde 1902 (Anm. in Hohen-Lübbichow) die Wiedereinführung des Laubholzes zum ersten Mal schriftlich festgelegt, und zwar mit der ethischen Begründung der Wiedergutmachung gegenüber der zerstörten heimischen Landschaft... von 1909 bis zum Kriege fanden fast keine Kahlschläge mehr statt.«*

Eine späte, höchst prominente Würdigung seiner Prinzipien wurde Keudell während des II. Weltkrieges anläßlich eines Besuches des späteren ersten deutschen Bundespräsidenten, Theodor Heuss, zuteil.

Er schrieb nach einem Besuch in Hohen-Lübbichow in das Gästebuch folgendes Gedicht »für Forstlaien«:

»Kahlschlag scheint nur rationell
im ökonomischen Gefäll,
verschwägert der Monokultur,
dient er dem Umschlag und dem Handel.
Jedoch der Haushalt der Natur,
er wehrt sich. Antwort ist der Wandel
aus dichter Fülle in die dünne Zeile
der Kiefern Steppen Langeweile.

Willst Sinn und Herz du dir erfrischen,
so mußt du die Bestände mischen.
Die Mischung schafft dann auch die Dauer.
sie schlägt, läßt du dir Zeit, zu Buch.

* Aus: Dr. W. v. Keudell, 34 Jahre Hohen-Lübbichower Waldwirtschaft, Verlag Neumann, Neudamm 1936, S. 6f.

Doch merke dies: Im Vollumbruch
(ob Eberswald warnt und unkt)
hast du den sichren Ausgangspunkt.«
9. Juni 1941 gez. Theodor Heuß

So wurde ich früh mit Problemen der Umwelt vertraut, die schon damals Fachleute zutiefst bewegt haben. Man stelle sich vor, der Warnruf eines Keudells gegen den Kahlschlag in unseren Wäldern wäre zu seiner Zeit international mit »Posaunen von Jericho« um die Welt geschickt und auch gehört worden. Die weltweite Klimakatastrophe, die wir jetzt haben, wäre uns möglicherweise erspart geblieben.

Ulrich von Hassell

Eine andere unvergessene Persönlichkeit, die häufig in meinem Elternhaus zu Gast war, war Ulrich von Hassell. Zu ihm, der mein Patenonkel war, hatte ich von Anfang an eine besondere Beziehung. In meiner frühen Kindheit sah ich ihn allerdings nur selten, denn damals war er noch deutscher Botschafter in Rom. Erst nach seinem Abschied aus dem diplomatischen Dienst 1937 oder 38 besuchte er uns häufiger.

Durch ihn erfuhr ich während der Tischgespräche zum ersten Mal einiges über die dunklen Seiten des Dritten Reiches. Und manche Einzelheiten aus seinen Tagebüchern, die später nach seiner Hinrichtung 1944 von seiner Frau Ilse geb. von Tirpitz veröffentlicht wurden, sind mir aus seinen persönlichen Erzählungen erinnerlich. Natürlich kann ich nach so langer Zeit keine genauen Details wiedergeben, doch ich weiß, daß ich es als Kind als höchst aufregend empfand, so viel über Italien, England, Frankreich, Persönlichkeiten wie Graf Ciano oder Botschafter Henderson, den damaligen Staatssekretär Ernst von Weizsäcker oder auch scharfe Negativurteile über den deutschen Außenminister von Rippentrop zu hören. Sobald Hassell unser Haus betrat, entstand sofort eine internationale Atmosphäre, die für ein Kind natürlich hochinteressant war.

Um diese bedeutende Figur aus dem deutschen Widerstand an dieser Stelle kurz zu würdigen, zitiere ich nachfolgend einige Sätze aus dem Vorwort seines Sohnes Wolf-Ulrich zu den Tagebuch-Veröffentlichungen »Vom anderen Deutschland«:

»Am 8. September 1944 wurde Botschafter Ulrich von Hassell wegen seiner führenden Mitwirkung in der deutschen Widerstandsbewegung gegen Hitlers Gewaltherrschaft zum Tode verurteilt. Das Urteil wurde zwei Stunden nach seiner Verkündigung vollstreckt. Die deutsche Presse veröffentlichte nach Weisung des Propagandaministeriums am 11. September das Todesurteil, das der Volksgerichtshof gleichzeitig ausgesprochen hatte gegen den Oberbürgermeister Goerdeler, den hessischen Innenminister und Gewerkschaftsführer Leuschner, den Rechtsanwalt Wirmer und gegen den Reichstagsabgeordneten Lejeune Jung...«

Hassell hat seit 1911 seinem Lande auf vielen Außenposten gedient. Als Vizekonsul in Genua (1911 - 1914), als Botschaftsrat und Geschäftsträger in Rom (1919 - 1921), als Generalkonsul in Barcelona (1921 - 1926), als Gesandter in Kopenhagen (1926 - 1930) und in Belgrad (1930 - 1932) und schließlich wieder in Rom als Botschafter am Quirinal (1932 - 1937).

Oft hat sich Hassell später unter dem Eindruck der furchtbaren innerdeutschen Entwicklung unter dem Nationalsozialismus die Frage vorgelegt, ob er 1919 richtig daran getan hat, sich wieder der Außenpolitik zuzuwenden, als ihn der sozialdemokratische Außenminister und spätere Reichskanzler Müller nach Rom sandte. »Den Ausschlag gaben schließlich zwei Gedanken« – so schreibt Hassell 1944 in der Gefängniszelle der Gestapo –: »Daß ich den Auswärtigen Dienst doch als meine eigentliche Linie empfand, sodann, daß ich angesichts der Verständnislosigkeit der Parteibürokratie auf diesem Wege keine großen Aussichten mehr sah.«

Hassell war erfüllt »von dem Wunsch, für die deutsche Mitte in der europäischen Völkerfamilie gesunde Entwicklungsbedingungen herbeizuführen«. Denn nur mit einem lebensfähigen Deutschland konnte nach seiner Überzeugung der von vielen Kriegen erschütterte Körper Europas zur Genesung und zur Einheit gelangen. Hassell empfand die große Gemeinsamkeit des Christentums und des Abendlandes. »Weder durch willkürliches Zerteilen von Volksgruppen noch durch ebenso künstliches Zusammenstückeln heterogener Gebilde«, so sagte er, »sondern nur durch freie, aber geordnete Kooperation natürlich gewachsener Einheiten innerhalb des Erdteils ist eine neue europäische Blüte zu sichern.« Hierbei lag Hassell besonders der volle und selbständige Einsatz der kleinen Nationen am Herzen. So schrieb er 1942 in sein Tagebuch: »Ich empfinde die Lage hinsichtlich der tyrannisierten kleineren Nationen besonders bitter, weil ich einerseits immer von der Notwendigkeit engeren wirtschaftlichen und kulturellen Zusammenschlusses überzeugt war, andererseits stets die Notwendigkeit betont habe, sie als unbeeinträchtigte, eigenständige, vollberechtigte Faktoren anzusehen. Diese Auffassung habe ich schon als ganz junger Mann schriftlich niedergelegt und muß nun sehen, mit wie unmöglichen Methoden und Zielen der Nationalsozialismus die Sache anfaßt.«

So hat Hassell auch in den ersten Jahren seiner Tätigkeit in Rom in einem friedlichen Zusammenwirken Deutschlands und Italiens die Möglichkeit gesehen, eine fruchtbare Grundlage für europäische Zusammenarbeit zu schaffen.

Die Verbindung mit Italien fand nach Hassells Auffassung ihr selbstverständliches Korrelat in dem »Bestreben, mit England, wenn möglich, auch mit Frankreich, zur Verständigung zu gelangen«. In diesem Sinne hat er 1932 bei der Übernahme des Botschafterpostens am Quirinal freudig den Gedanken aufgegriffen, die vier Nationen in einem Pakt friedlich zu vereinen. Am 7. Juni 1933 konnte er zusammen mit den Vertretern Englands, Frankreichs und Italiens den sogenannten Viererpakt unterzeichnen. Der Vertrag wurde nicht ratifiziert. Aber weiterhin bedeutete für Hassell das zunächst auf Deutschland und Italien beschränkte Zusammenwirken stets »das Bekenntnis zu dem großen Ziele, ein im Gleichgewicht befindliches Europa zur wirksamen Zusammenarbeit zu führen.«

Welch unvorstellbarer und leider auch utopischer Gedanke, wenn diese weitschauenden Ideen in Berlin nicht auf taube Ohren gestoßen wären. Sie sind ja zum großen Teil noch heute aktuell. Und um so mehr erinnere ich sie noch gut als den Tenor solcher von mir in der Kindheit erlebten Tischgespräche.

Besonders unvergeßlich und dramatisch waren auch Hassells Schilderungen zu Beginn des Krieges und von seinen vergeblichen Bemühungen um dessen Verhinderung zusammen mit seinem Freund, dem erwähnten damaligen englischen Botschafter in Berlin, Henderson. In den ersten Tagen nach Kriegsausbruch besuchte er ihn noch in seinem Berliner Botschaftsbüro. Es sollte der endgültige Abschied dieser beiden großen politischen und persönlichen Freunde sein, und ich höre ihn noch die letzte Szene beschreiben: »Als ich in sein (Hendersons) Arbeitszimmer kam, stand er totenbleich hinter seinem Schreibtisch, sah mich tieftraurig an und sagte: 'Tollhaus oder Narrenhaus?' Ich antwortete: 'Ich fürchte, beides!'«

Noch zu Hassells Botschafterzeit in Rom bekam ich als Kind eine kleine Ahnung von den großen Konflikten um Hitler. Ich sollte für acht Ferientage von meinem Patenonkel nach Rom eingeladen werden. Doch seine plötzliche Entlassung machte diesen kindlichen Reisetraum jäh zunichte. Von meinen Eltern erfuhr ich eine erschütternde Begründung für das Ende der beruflichen Tätigkeit des von mir so sehr verehrten Patenonkels.

Ulrich von Hassel

Ernst Wiechert und August Winnig
Zwei Dichterlesungen

Ernst Wiechert wurde dadurch, daß ich ihn so früh persönlich im Elternhaus kennengelernt hatte, einer meiner ersten Hauptschriftsteller. Ich verschlang alle seine Romane, ob es »Wälder und Menschen«, »Das einfache Leben« oder »Die Majorin« war, fast zur gleichen Zeit, als viele meiner Schulfreunde einen Karl May nach dem anderen lasen. Der Satz »Nur wer die Herzen der Menschen bewegt, kann die Welt bewegen« ist mir aus seiner Lesung in meinem Elternhaus unvergeßlich.

August Winnig erinnere ich als den Stilleren, wohl auch Bescheideneren, als den Menschen, der damals vielen in seiner klaren christlichen und sozialen Haltung ein Vorbild war. Faszinierend war seine Entwicklung vom Maurer zum Schriftsteller.

Meine Eltern kannten ihn gut und erzählten, daß er in seinem Leben Wege mit großen Bögen, Höhen und Tiefen gegangen war. Heute, da ich selbst auf ein höchst erlebnisreiches Leben zurückblicken darf, will es mir kaum glaublich erscheinen, daß ich als Kind ganz bewußt einen Mann erlebt habe, der im Jahre 1878 geboren wurde, also nur drei Jahre jünger war als beispielsweise Max Reger, und daß sein Vater – Winnig war ein Nachzügler in einer kinderreichen zweiten Ehe – 1814 geboren wurde, also zum Beispiel dreizehn Jahre alt war, als Beethoven starb, oder vier Jahre nur jünger als Robert Schumann.

Das sind schwer vorstellbare Erinnerungsbeziehungen – am Ende des 20. Jahrhunderts in das frühe 19. Jahrhundert auf diese Weise blicken zu können, sich nur über drei Generationen spannend.

Aber auch Winnig will ich zur Verdeutlichung dessen, was ich an seinem Leseabend bei uns von ihm als Persönlichkeit und als Schriftsteller erinnere, kurz selbst zu Wort kommen lassen.

August Winnig »Die Hand Gottes«, Friedrich Wittig Verlag, Hamburg, 1953. Auszug:

> »Mein Vater war 64 Jahre alt, als ich geboren wurde, meine Mutter stand ihm um 20 Jahre im Alter nach. Er hatte sie als Nachbarstochter nach dem Tode seiner Frau geheiratet und ihr die Obhut seiner vier Kinder anvertraut; acht Kinder kamen dann noch hinzu, ich als das letzte und wohl kaum erwünscht. Obwohl sehr verschiedener Wesensart, lebten Vater und Mutter in einer Eintracht, die nie ernstlich gestört wurde und die als Vorbild stark genug war, um auch die Kinder von zweierlei Herkunft zum friedlichen Zusammenleben zu führen.
>
> Während so manches in der Stadt (Blankenburg am Harz) anders wurde, hielt man bei uns nur um so fester an den alten Bräuchen und Gewohnheiten fest. Wir buken selbst unser Brot, bereiteten selbst den Haustrunk, schlachteten selbst aufgezogenes Vieh und kellerten, salzten und säuerten ein, was wir in mühseliger Abend- und Sonntagsarbeit dem Acker entrangen. Wir Kinder verstanden nicht, warum die Eltern an diesen alten Gewohnheiten festhielten und sparten nicht mit unserem weisen Rat, daß man mit der Zeit gehen und sich das Leben leichter machen müsse. Bald waren wir der rückständigste Haushalt in unserer Bekanntschaft.
>
> Außerdem waren wir das Haus der alten Geschichten. Mein Vater war der Alterstrost seines Großvaters gewesen und hatte einige Jahre unentwegt zuhören müssen, wenn

dieser im Jahre 1752 (!) geborene Mann von seinen Erlebnissen erzählte. Er selber war 1814 geboren und nicht arm an eigenen Erlebnissen und Erfahrungen, und dazu hatte er einen nicht großen, aber treuen Freundeskreis, der manchen Abend bei uns versammelt war. Das waren alte Handwerker, Holzhacker, Hirten und dergleichen, jeder ein Kerl für sich und im ganzen eine Auslese gemütreicher und rechtschaffener Menschen...

Das Leben der Erwachsenen in unserem Hause war voller Mühsal. Im Sommer gab es keine Ruhe, solange der Tag schien. Morgens um vier waren Vater, Mutter und die älteren Geschwister in Tätigkeit. Um fünf begann die Arbeit auf den Bauten. Bis dahin war auf dem Gottesacker zu tun. Um sieben Uhr abends war die Lohnarbeit zu Ende, dann ging es wieder auf den Gottesacker. Wir jüngsten Kinder schliefen meist schon, wenn für die anderen endlich Feierabend war...

Der unveränderliche Hintergrund dieses Lebens war der fromme Glaube der Eltern. Beide waren sie in diesem Glauben aufgewachsen. Ich kann nicht wissen, ob jemals Zweifel an sie herangetreten sind. Meine Erinnerung zeigt mir ein unerschütterliches Gottvertrauen und eine Lebensführung, die mit der Christlichkeit ernst macht.«

Winnig berichtet dann ausführlich, wie schwer seine Jugend durch den Tod des Vaters und den frühen Tod des einzigen, mit ihm bei der Mutter verbliebenen Bruders Fritz verlaufen ist. Er wurde Maurer, trat früh in die Sozialistische Arbeiterbewegung ein. 1904 wurde er Redakteur in deren Verbandszeitung in Gelsenkirchen. Dort geriet er in innere Konflikte, weil zu den Gegnern seiner Bewegung auch die christlichen Gewerkschaften gehörten und er Kenntnis von atheistischen

Schriften der SPD »übelster Art, wie etwa den 'Pfaffenspiegel' erhielt«, von dem er sich angeekelt fühlte. Zwar war er längst durch viele Zweifel gegangen und zu dieser Zeit kein Glaubender mehr. (Winnig a.a.O. Seite 52)

> »Ich redete mir allen Ernstes ein, das Dasein eines Gottes sei mit den Naturgesetzen unvereinbar, und man könne an keinen Gott mehr glauben, sobald man über die Naturgesetze so viel wisse, wie ich eben wußte.«
> (Winnig S. 43)

Dennoch sträubte er sich mit Haut und Haaren dagegen, das Christentum zu verunglimpfen oder zu verspotten.

> »Bist Du etwa ein verkappter Schwarzer?« fragte mich einer der Parteimänner. Ich antwortete ihm, daß ich den Kirchen und ihrem Glauben genau so fern stehe wie er selber, aber sie nicht schmähen und verspotten möchte.«

Die Beschäftigung mit dem Christentum ließ ihn aber nie los. So schrieb er einen langen Aufsatz über »Christentum und Arbeiterbewegung«.

> »War ich denn ein Christ? Ich wußte es selber nicht und bezweifelte es zumeist.« (Winnig S. 44)

Ein Jahr später ging er nach Hamburg als Redakteur des Maurerblattes »Der Grundstein«.
Auf einer Wanderung durch Thüringen hatte er ein entscheidendes Naturerlebnis:

»Ich ging ostwärts, den Ilmengrund zur Rechten und hatte keine Eile, da ich nur bis Jena wollte, was als Tagesmarsch eine geringe Leistung war.
Eine herbe Luft kam von den Höhen. Langsam ziehendes Gewölk gab die Sonne nur für flüchtige Augenblicke frei. Es war ein unbeschwertes Wandern, und da mich noch kein Gespräch berührt hatte, war ich ganz meinem eigenen Sinnen überlassen. Da geschah es, daß ich ohn' Anlaß stillestehen mußte. Ich sah den Grund, dessen Rasen kaum eine Spur des Frühlings erkennen ließ, das dunkle Gehölz auf der anderen Seite, darüber den weißgrauen Wolkenhimmel. Kein Mensch war in der Nähe. Ich verharrte und fühlte mein Herz anders als sonst schlagen. Ich sah wieder über den Grund und über die Höhen zum Himmel hinauf. Da fühlte ich: Gott ist gegenwärtig. Ich fühlte es mit einer Gewißheit, vor der es keinen Widerspruch gab. Hier war nichts zu fragen und zu zweifeln. Einige Minuten stand ich so, still und bereit und ganz dem Walten hingegeben.
Es ging vorüber, und ich setzte meinen Weg fort, verwundert fragend, was mich eben berührt habe. Es war ein seltsames Erlebnis, dem ich lange nachsann; es hat sich niemals wiederholt, obwohl ich das manchmal wünschte. Dafür aber gab es mir auf dieser Wanderung eine stille Bereitschaft, alles hinzunehmen, was sich mir noch offenbaren würde.« (Winnig Seite 47)

Von seiner »großen Wandlung« zum Christsein berichtet Winnig, als er 1923, schon in Potsdam wohnend, Vorlesungen über Geschichte an der Berliner Universität hörte.

Als erstes entdeckte er, daß es nicht irgendwelche äußeren Gründe waren, die bauliche Stilwechsel, etwa von der Gotik zur Renaissance, bewirkt hatten, sondern geistig-religiöse Entwicklungen. In einem Gespräch mit einer (vermutlichen) Freundin erklärte er:

> »Du siehst, was diese Tatsachen bedeuten: Was wir an Kultur besitzen, ist nicht aus physischen Bedürfnissen entstanden. Man kann es so ausdrücken: Alle Kultur stammt aus dem Kultus, Gottesverehrung und Gottesdienst sind die Grundlagen unserer Gesittung. Damit aber ist der historische Materialismus abgetan, der die Gesittung aus der physischen Notwendigkeit herleitet und in der Geschichte nur den Kampf um die Verteilung der stofflichen Güter sieht. Und damit ändert sich unser ganzes Geschichtsbild...
>
> Damit veränderte sich die große Revolution, in der ich seit Jahren lebte. Nun wurde es mir klar, daß die Kultur für alle Zeiten mit unseren Beziehungen zum Göttlichen verbunden bleibt und in ihrer Art ausdrückt, wie der Mensch zu Gott steht...
>
> In der Gotik will der Glaube über den Zweifel triumphieren. Es ist die gleiche Zeit, in der die Scholastik die Zweifel hinwegdisputieren will und die Mystiker neue Glaubenskräfte in der Tiefe suchen. ...Achte einmal auf die Gewandfalten an den Bildwerken der Apostel, Heiligen und Patrone, so wirst Du es erkennen. Das ist das Ende der Gotik. Die Gotik stirbt an der Erschöpfung der Glaubenskraft... (Winnig Seite 57)
>
> Unsere Geschichte steht unter dem Gesetz Gottes. Gott offenbart sich nirgends stärker als in der Geschichte des Menschengeschlechts. Es ist für mich eine feste Gewißheit, daß wir alles, was wir als Menschen vor allen anderen Geschöpfen besitzen, von Gott empfangen, d.h. in

seinem Dienst erworben haben. Das eigentlich Menschliche ist dies, daß der Mensch sich seiner Herkunft aus der Hand des Schöpfers bewußt ist... (Winnig, Seite 58)
Diese Erkenntnis hat unmittelbare Bedeutung für die Gegenwart. Wir stehen entweder vor dem Aufbrechen einer neuen Glaubenskraft oder vor dem 'Untergang des Abendlandes', den Spengler kommen sieht. Spengler hat uns die Augen geöffnet für Zusammenhänge, von denen wir vor ihm nichts ahnten. Aber er sieht nicht die Möglichkeit einer Erneuerung aus einer erneuerten Glaubenskraft. Ich sehe diese Möglichkeit und glaube an ihre Erfüllung. Begründen kann ich das nicht, aber doch ist mein Glaube mehr als ein Wunsch.«

Man kann sich unschwer vorstellen, welche starke Ausstrahlung von solchen Leseabenden auf alle Zuhörer und natürlich auch auf mich ausging, die wir in einer so schwierigen Zeit lebten und der geistigen Hilfe und richtunggebenden Gedanken bedurften.

In diesem Zusammenhang kann ich mehr über August Winnig nicht sagen. Seine Bücher »Wanderschaft«, »Heimkehr« und »Aus zwanzig Jahren« sind noch heute für meinen Begriff sehr lesenswert.

Chorkonzert mit Einschwingungs-Phase

Eines Abends kam Hans Chemin-Petit mit seinem Hustetter Chor und gab bei uns ein Chorkonzert. Daß dies ohne weiteres in unseren Wohnzimmern stattfinden konnte, gibt Aufschluß über die Größe dieser Räume. Der Chor bestand aus etwa 16 Damen, die ihre Ausbildung in der Schlaffhorst-Anderson-Schule in Hustett (Niedersachsen) erhalten hatten – einer Gesangsschule mit einer speziellen Stimmerziehung, die gleichzeitig, soweit ich erinnere, eine besondere Weltanschauung vermittelte.

Meinem kindlichen Gemüt jedenfalls offenbarte sich an jenem Abend folgendes Bild: Während sich die beiden großen Wohnzimmer mit Besuchern füllten, machte der Chor in einem anderen Zimmer vorbereitende Stimmbildung und viel Atemübung. Man hörte leise Summtöne. Danach bildete man einen Kreis, der Dirigent trat in die Mitte, der Kreis schloß sich dergestalt um ihn, daß jede Sängerin ihn mit einem Vorwärtsschritt und ausgestreckten Händen berühren konnte. Denn – der Meister sollte »eingeschwungen« und zu voller Entspannung gebracht werden. Er ließ sich zu diesem Zweck mit geschlossenen Augen rückwärts fallen, wurde von einer Dame sanft aufgefangen und mit harmonisch vorsichtiger Vorwärtsbewegung mit beiden Armen in eine andere Richtung geschubst – nein, sanft hinübergeleitet, dort ebenso sanft wie freudevoll, aber schweigend empfangen und nach kurzer Pause gemeinsamen Atmens wieder in die andere Richtung gebracht. Es wurde ganz offensichtlich Wert darauf gelegt, ihn mindestens einmal jeder Sängerin in dieser dezent gruppendynamisch bedeutsamen Auffang- und Weitergabehaltung anzuvertrauen.

Diesem Bilde, das sich dem neugierig hinter einer Gardine zuschauenden Knaben bot, fehlte es durchaus nicht an Eleganz.

Jedenfalls wurde ich Zeuge der nicht alltäglichen Umkehrung der Aktivitäten, die vor dem Konzert beim Chor und erst während des Konzertes beim Dirigenten lagen.

Bei keinem meiner späteren eigenen Chöre habe ich mich getraut, eine solche Vorbereitung meiner Person vor großen Konzerten vorzuschlagen. Die Chöre waren zu groß, und das Risiko, mich unerwartet in der Horizontalen und schmerzhaft auf dem Fußboden statt in den Armen einer zu weit wegstehenden Altistin zu befinden, hätte den reibungslosen Verlauf des anschließenden Auftritts in Frage gestellt. Im Prinzip ist allerdings, besonders bei jungen Chören, aus meiner Sicht gegen diese Praxis nicht das geringste einzuwenden...

Die schönsten Konzerte fanden im Sommer auf der großen Terrasse hinter unserem Haus statt. Sie hatte eine Breite von ca. 20 Metern und eine Tiefe von mindestens sechs Metern. Es hätte sogar ein Symphonieorchester darauf Platz gehabt. Dazu kam es natürlich nicht, aber ein größeres Kammerorchester hatte dort mehrfach konzertiert. Hans Chemin-Petit, ursprünglich Cellist, hatte eine hervorragende Cellistin zur Frau. Sie, meine Mutter und zwei Freundinnen – darunter die charmante und sehr originelle Schweizerin Vivy Courvoisier – spielten regelmäßig bei uns Quartett. Um dieses Quartett herum gruppierte sich im Laufe der Zeit das erwähnte Kammerorchester, in dem auch unser Hausarzt, Dr. Noack, in der 1. Geige mitspielte, dazu mancher begabte Nachwuchs aus dem Augusta-Stift der Alexandrien-Schule und dem Viktoria-Gymnasium. Auch einige Offiziere aus der Potsdamer Garnison waren dabei. Die Leitung – im Nachhinein fast unbegreiflich – hatte Chemin-Petit selbst übernommen. Als Höhepunkt des Programms erinnere ich Mozarts Paukenserenade und die Concertante für Violine, Viola und Streicher.

Prof. Hans Cehmin-Petit

Potsdam während der ersten Kriegsjahre

Durch den vorzüglichen Klavierunterricht bei Professor Hans Beltz und die vielen Anregungen, die ich durch das Singen im Nikolai-Chor bekommen hatte, war ich inzwischen musikalisch gut weitergekommen, komponierte kleine Stücke für Klavier und mußte häufig abends, wenn Besuch kam, vorspielen. Zunächst bereitete mir dies Verdruß und war auch nicht selten mit Lampenfieber, das bei mir bis heute nicht ganz verschwunden ist, verbunden. Doch ich merkte bald, daß dieses Vorspielen eine wertvolle Ergänzung zu meiner musikalischen Entwicklung bedeutete. Außerdem machte es mir auch Freude, wenn Gäste, die ich als Persönlichkeiten bewunderte, mir zuhörten und mir mit ihren Komplimenten durchaus Mut zur musikalischen Weiterarbeit machten.

Ich hatte dann auch das Glück relativ früher Herausforderungen. Die erste sollte der 75. Geburtstag meiner Großmutter Hochstetter am 30. April 1938 in der Malche sein. Ich komponierte für sie einen Frauenchor mit Orgel »Ehre sei dem Vater« und hatte zuvor Schwester Gesa, der Leiterin des Schwesternchores, die Erlaubnis abgerungen, meinen Chorsatz *vier*stimmig schreiben zu dürfen, denn den Schwesternchor hatte ich bisher nur *drei*stimmig vernommen. Meine weitere Bitte war, die Uraufführung selber leiten zu dürfen. Schwester Gesa übernahm bereitwillig und freundlich die Einstudierung. Ich kam dann zur Generalprobe mit meinen Eltern als Dirigent. Um die ca. 40 Sängerinnen überblicken zu können, mußte ich auf einen Stuhl steigen und habe möglicherweise gar keine schlechte Figur abgegeben, denn ich wollte auf jeden Fall »gute Bewegungen« machen. Dazu hatte ich immerhin die fabelhaften Vorbilder aus Potsdam von Vater Kempff, seinem Nachfolger Fritz Werner und vor allen Dingen Hans Chemin-Petit. Die absolute Gutwilligkeit des Schwesternchores – bei einigen schwang vielleicht sogar ein wenig Enthusiasmus mit – verhalf dem Stück und dem jungen Komponisten zum ersten künstlerischen Erfolg.

Dann kam in Potsdam die Zeit des Konfirmandenunterrichts mit Pfarrer Damrath an der Garnisonkirche.

Die Verhältnisse an der Nikolaikirche waren durch den erwähnten »Deutschen Christen«, Superintendent Thom, so unerträglich geworden, daß ich aus dem Chor austrat. Das wurde mir dadurch erleichtert, daß Fritz Werner einen Ruf als Nachfolger von Professor Otto Becker an die Garnisonkirche erhielt. Unter seinem Nachfolger, Heinrich Elter, habe ich noch kurze Zeit gesungen, mich aber dann als junges Gemeindemitglied der Garnisonkirche angeschlossen.

Ausbruch des Krieges

Den 1. September 1939 werde ich niemals vergessen. Um fünf Uhr morgens klingelte es an der Tür. Ein Militärkommando befahl meinem Bruder Hasso, sofort in die Kaserne zu kommen. »Mobilmachung!« Was das für meine Eltern, die dies schon einmal zu Beginn ihrer Ehe vor 25 Jahren erlebt hatten, bedeutete, kann man sich vorstellen.

Mit Eintritt Englands und Frankreichs in den Krieg wuchs ihre Verzweiflung, und in den nächsten Tagen kam es gelegentlich zu unvermeidlichen Generationskonflikten, denn die riesigen Anfangserfolge des Einmarsches in Polen riefen bei uns Kindern bzw. Jugendlichen ein Gefühl von Stolz und Begeisterung hervor. Dieses Angestecktsein von einer Masseneuphorie oder besser – Hysterie brachten wir aus der Schule mit. Und es irritierte uns natürlich, wenn die eigenen Eltern daran so gar keinen Anteil nehmen wollten.

Die erste für mich fühlbare Konsequenz des Kriegsbeginns war die Einberufung meines geliebten Klavierprofessors Hans Beltz und die von Fritz Werner, bei dem ich meine ersten Harmonielehrstunden genommen hatte. Schließlich verloren wir dadurch auch alle unsere jüngeren Lehrer am Viktoria-Gymnasium – sehr schmerzlich vermißt wurde der allseits beliebte Turnlehrer Deinert.

In den Potsdamer Tageszeitungen füllten sich die Seiten mit Traueranzeigen und Mitteilungen darüber, wem das Eiserne Kreuz verliehen worden war. Die Nachrichten schlugen um uns herum wie Bomben ein. Bei unserem riesigen Verwandten- und Freundeskreis verging kaum noch ein Tag ohne eine neue Hiobsbotschaft. Besonders meine Mutter darunter so sehr leiden zu sehen, war für mich eine große seelische Belastung. Auch die schönen Abendgespräche, die es noch ein halbes

Jahr zuvor gegeben hatte, waren wie weggeblasen. Und mit all den bedeutenden Freunden der Eltern, die nach wie vor häufig unsere Gäste waren, gab es nur ein Thema: den Krieg und seinen – von diesem Kreis der meist zum inneren Widerstand gehörenden Menschen – befürchteten tragischen Ausgang.

Aber auch in dieser schweren, bedrückenden Zeit gab es für mich den wichtigen Kontrapunkt zu allem, der an Bedeutung ständig zunahm, die Musik.

Meine Mutter spielte weiter im Streichquartett, meine Eltern musizierten – soweit es die Zeit meines Vaters zuließ – viel miteinander, und ich hatte in Hanna Ahrens, wohnhaft am Prager Platz in Berlin, auf Empfehlung von Professor Beltz eine vorzügliche neue Klavierlehrerin bekommen.

Eines Tages wurde völlig unerwartet und für mich schicksalhaft die Frage der Mitglieder des Kammerorchesters an mich gestellt, ob ich mir zutrauen würde, die Leitung zu übernehmen, da sie ohne Dirigent seien. Ich war 13 Jahre alt und hatte außer dem Malche-Auftritt keinerlei Erfahrung. Doch der Wunsch zu dirigieren und überhaupt so viel wie möglich Musik zu machen, war inzwischen so groß geworden, daß ich leichtsinnig und blauäugig »ja« sagte.

Das erste Konzert war für den Sommer 1940 geplant und sollte – ähnlich wie das von Chemin-Petit bereits beschriebene Friedenskonzert – auf unserer Gartenterrasse in der Seestraße stattfinden.

Mein Hauptproblem war das Programm. Was konnte ich mir zutrauen, was kannte ich genug und was würde dem Orchester Spaß machen? Das erste, was mir einfiel, war die »Kleine Nachtmusik«. Dann wurde es schon mager. Ich entschloß mich, sechs kleine Stücke aus dem Notenbüchlein der Anna Magdalena Bach für Streicher zu bearbeiten. Und nun wagte ich als noch immer autodidaktischer Komponist – mein erstes größeres Stück: Ein Konzert für Klavier und Streicher und sechsstimmigen Blockflötenchor. Aus Schule und Konfirmandenunterricht kannte ich genügend Spieler, so daß mindestens 12 Flötisten dabei gewesen sein dürften. Den Abschluß des Programms bildete das »Ehre sei dem Vater« von ebenso angeworbenen Schulfreunden mit Begleitung des Orchesters gesungen.

Es mögen etwa 300 Menschen gewesen sein, die zu diesem »Kinderkonzert« in die Seestraße gekommen waren. Aber Freude haben sie vermutlich alle gehabt, denn der traurige Anlaß, warum es zu diesem merkwürdigen Programm und diesem unreifen Dirigenten gekommen war, war ja allen klar. Jeder von ihnen spürte, welche aufbauenden, lebensnotwendigen und tröstenden Kräfte von der Musik auch in so unerfahrener kindlicher Darstellung ausgingen.

Heiligengrabe

Aber auch in meinem eigenen kleinen musikalischen Umfeld zeigten sich neue, sehr ungewöhnliche, herausfordernde und reizvolle Aufgaben. Bei dem Seestraßen-Konzert war unter den Zuhörern auch Frau von Alvensleben, Mitarbeiterin meines Vaters in der Leitung der Bahnhofsmission und auch Äbtissin eines altehrwürdigen Stiftes und Mädchenpensionats: Heiligengrabe bei Wittstock an der Dosse, etwa 120 km nordwestlich von Berlin. Von ihr erhielt ich nach dem Konzert die spontane und sehr gewagte Einladung, ein Konzert mit dem Mädchenchor von Heiligengrabe zu geben und dabei den von mir komponierten Chor aufzuführen. Überrascht, erfreut, zwar ahnungslos, aber auch sehr neugierig nahm ich diese Einladung an. Die Noten wurden an die dortige Musiklehrerin geschickt, die dann das Stück einstudierte, und etwa ein halbes Jahr später war es dann soweit. Je näher der große Tag kam, desto mehr stieg meine Aufregung. Ich gerade erst 14jähriger Knirps, sollte etwa 40 Mädchen zwischen 14 und 16 Jahren dirigieren. Konnte das überhaupt gut gehen? Die Sache hatte sich natürlich auch in meiner Schulklasse herumgesprochen, und die Anteilnahme – nicht ganz neidfrei – war groß. »Wenn das so'n altes Stift ist, sind dort doch bestimmt nur hübsche Mädchen«, sagte der eine. »Ja, wie soll er denn einer, die ihm gefällt, unter so vielen klarmachen, daß sie diejenige welche ist?« beteiligte sich der nächste. »Also, ich weiß, was ich machen würde«, meinte der dritte. »Ich würde die, die ich am hübschesten finde, so lange beim Dirigieren angucken, bis sie rot wird!« Ausgerüstet mit so guten Ratschlägen fuhr ich mit meinen Eltern mit dem Personenzug vom Berliner Stettiner Bahnhof über Neuruppin Richtung Wittstock. Unterwegs hörte ich von meinen Eltern, daß am Abend vor dem Konzert ein Leseabend des

Schriftstellers Eckart von Naso – Verfasser u.a. des bekannten Seydtlitz-Buches – stattfinden sollte. Ich war erleichtert, denn so stand ich nicht allein im Mittelpunkt.

Für die erste Probe mit den jungen Damen hatte ich mir folgenden Trick ausgedacht: Ich würde bewußt unpünktlich, mindestens fünf Minuten zu spät, zur Probe kommen und, wenn dann alles auf der Empore der Kirche versammelt war, hereinstürzen und sagen »Guten Tag, ich freue mich, Euch zu sehen. Ich heiße Ernst-Ulrich von Kameke. Wir wollen gleich anfangen.« Dadurch wäre die Möglichkeit zu kommentierendem Geschnatter der vermutlich ihrerseits neugierigen Mädchen von vornherein ausgeschaltet.

Aber leider – es kam anders und viel schlimmer: Irgendjemand hatte den Kirchenschlüssel verlegt, so daß niemand hinein konnte. Der ganze Chor stand in kleinen Grüppchen vor der Kirche mit all den Möglichkeiten, die zu vermeiden ich meinen »Schlachtplan« geschmiedet hatte. »Ist der das?« »Na, wie find'st Du denn den?« »Der soll uns dirigieren? Das kann ja was werden!« Solches und ähnliche Bemerkungen drangen an mein verängstigtes Ohr. In dieser Situation rettete mich eine der jungen und durchaus attraktiven Schülerinnen. Sie kam auf mich zu, stellte sich als meine Cousine Freda Pahlen vor und sagte: »Wir freuen uns auf das Konzert mit Dir...« usw. Nun begann ein ganz normales Gespräch, und es interessierte mich nicht mehr, was um uns herum geschwatzt wurde.

Dann passierte aber doch noch etwas. Die Probe begann. Ich stand am Dirigentenpult, die Mädchen waren aufmerksam und konzentriert und gut vorbereitet. An der Orgel saß die Musiklehrerin, um den Orgelpart des Chores zu spielen. Dann passierte es zum ersten –, aber durchaus nicht zum letzten Mal in meinem Leben, daß sich eine psychologisch schwierige Situation ergab. Denn nach einigen Takten bemerkte ich, daß die

Dame ihren Part überhaupt nicht beherrschte. Sie hatte ganz offensichtlich den Chorteil sehr viel besser eingeübt als ihren eigenen. Jedenfalls geriet der Chor mehrfach aus dem Takt, so daß ich abbrechen mußte. Das war auch für mich als jugendlicher Kompositeur und Gastdirigent eine unangenehme Lage. Was tun? Nach dem fünften Abbruch rief ich – und das wahrscheinlich nicht in besonders höflichem Ton –: »Ich schlage vor, daß wir tauschen. Sie dirigieren und ich begleite!«

So geschah es, und sachlich war das Problem damit beseitigt, nicht aber psychologisch. Denn abends berichtete die Äbtissin meinen Eltern, ein wenig amüsiert, aber auch irritiert, daß Frau X. schluchzend bei ihr gewesen sei und sich über mich sehr beschwert hätte. »So ein Flegel – blamiert er mich vor dem ganzen Chor. Alles war so schön einstudiert, und dann behauptet dieser Lümmel, ich würde falsch spielen. Was sollen die Mädchen denn von mir denken?« Den wahren Sachverhalt, nämlich ihr eigenes Versagen, erwähnte sie natürlich mit keinem Wort. Ich versuchte, der Äbtissin, so gut ich konnte, die Situation zu erklären, und sie half, die Wogen zu glätten. Das Konzert konnte dann mit der neuen Lösung wie geplant stattfinden.

Am Abend zuvor hatte mich eine Lesung von Eckart von Naso stark beeindruckt. Ich empfand ihn als eine bemerkenswerte Persönlichkeit mit einer außerordentlich sympathischen Ausstrahlung. Interessanterweise las er seine Zusatzschrift, in der ihm im Traum Seydlitz (oder Moltke?), der große Feldmarschall, erschienen war und ihn fragte »Warum hast du über mich geschrieben?« Es entspinnt sich dann ein längeres Gespräch zwischen beiden, das er niedergeschrieben hat und uns an jenem Abend vorlas. Es war für mich ein unvergeßlicher Abend.

Das Konzert am nächsten Tag fand bei voller Kirche statt. Ich spielte die ersten, von mir selbst einstudierten Orgelstudien von Buxtehude, Bach und Vivaldi. Der Chor sang sehr schön. Es war ein großer Erfolg, und ich mußte zum ersten Male in meinem Leben Autogramme geben, worauf ich sehr stolz war.

Auch dieses Konzert hatte »Folgen«. Einige Wochen danach rief mich in Potsdam die Leiterin des dortigen Augusta-Stiftes, ebenfalls ein Mädchenpensionat, an und bat mich, einmal wöchentlich mit ihren Schülerinnen zu singen. Offensichtlich war auch dort der Lehrer einberufen worden.

Nach den Erfahrungen von Heiligengrabe waren meine Ängste geringer und mein Selbstvertrauen gestärkt worden, so daß ich zusagte. Aber auch hier begann es mit einem Spießrutenlauf. Denn als ich mit meinem Fahrrad in den Innenhof des Stiftes hineinfuhr, lugten aus fast allen Fenstern neugierige Mädchenköpfe, und es wurde nicht mit Kommentaren gespart. Vergnüglich fand ich das ganze auch hier nicht. Aber sobald wir zusammen sangen, waren die Anfangsschwierigkeiten wie weggeblasen. Alle Beteiligten hatten großen Spaß daran, und das war schließlich die Hauptsache.

Sehr viel schwieriger war eine dritte Aufgabe, die mir an der Garnisonkirche durch meinen Konfirmator, Pfarrer Damrath, zuteil wurde. Er rief eines Tages an: »Ernst-Ulrich, Du mußt mir bitte helfen. Ich habe heute um vier Uhr Konfirmandinnen-Unterricht (damals wurde der Unterricht noch zwischen Mädchen- und Jungenschulen geteilt), muß aber dringend zu einer Sitzung nach Berlin. Kannst Du mit den Mädchen singen?« »Lieber Herr Pfarrer, was verlangen Sie da von mir? Die Mädchen sind in meinem Alter und haben keine Ahnung, wer ich bin. Da werde ich doch sofort schallend ausgelacht!« »Du wirst das schon hinkriegen«, meinte er. »Am besten, Ihr geht

Garnisonkirche, da kannst Du ihnen zuerst etwas auf der Orgel vorspielen.«

Ich schwang mich also auf mein Fahrrad und fuhr klopfenden Herzens zum Gemeindesaal der Garnisonkirche. Schon viele Meter vorher erscholl aus den Fenstern der typische Klassenlärm, wie ihn 40 unbeaufsichtigte Mädchen (und auch Jungen) wohl allerorten zu produzieren pflegen. Es kostete viel Mühe und Überwindung, mich in dieses Wespennest zu wagen. Nachdem ich einen kleinen Hilfeschrei zum lieben Gott geschickt hatte, ging ich entschlossenen Schrittes hinein, klatschte in die Hände: »Ruhe, bitte. Ich heiße Ernst-Ulrich von Kameke. Pastor Damrath schickt mich. Er ist leider heute verhindert und läßt Euch grüßen. Er hat mich gebeten, mit Euch zu singen. Das möchte ich aber nicht hier tun, sondern an der Orgel der Garnisonkirche. Bitte, packt Eure Sachen und kommt mit!« Und raus war ich...

Ich hörte noch ein unvorstellbares Gejohle »Was, der will mit uns singen? Das ist doch noch ein absoluter Knilch...« etc. Dann trieb ich die Gesellschaft wie eine Hammelherde die zwei Straßen zur Kirche vor mir her. Hinauf ging es zur geräumigen Orgelempore, und dort weckte das große Instrument aus der Frankfurter Orgelwerkstatt Sauer ihre Neugierde. Es war ein dreimanualiges, romantisches Instrument mit einem geräumigen Spieltisch, aber leider mit einer viel zu kleinen Orgelbank, die für den nur 1,52 Meter großen Professor Becker offensichtlich nach Maß gebaut wurde. Im Verlaufe meines Wachstums in den nächsten Jahren wurde es für mich immer schwieriger, darauf zu sitzen, d.h. es mußten ständig weitere Klötze untergelegt werden.

Das Eigentümliche an dieser Orgel war, daß sie neben ihren Pfeifenstimmen auch paukende Engel besaß, die man als Register einstellen konnte, und andere, die mit ihren Flügeln klapperten – ein ähnliches Bild wie in der berühmten Danziger Oliva-Kirche. An Höhepunkten des Kirchenjahres und bei großen Vereidigungsgottesdiensten für die Soldaten wurden diese eindrucksvollen musikalischen Hilfsmittel hinzugezogen und trugen zweifellos zur Popularität der Musik in der Garnisonkirche bei.

Als alle Mädchen einigermaßen still im Halbkreis um die Orgel herumsaßen, sagte ich mir, daß ich das schwerste und schönste Stück spielen müßte, das ich bisher konnte, sonst würde es keine Ruhe geben. Ich hatte gerade die große D-Dur-Fuge von Bach mit ihrem lebhaften Sechzehntel-Thema, den überraschenden Pausen und der grandiosen Schlußsteigerung zu einem seiner virtuosesten Pedalsoli einstudiert. Außerdem verlangt dieses Stück ständige Manualwechsel, was für den zuschauenden Zuhörer außerordentlich interessant aussieht. Ich spielte also diese Fuge, und als ich fertig war, hatte sich die ganze Atmosphäre mit einem Schlag geändert: Kein Gekicher und Gegacker mehr – ich sah nur nette, ernsthafte und interessierte Gesichter. Wir sangen dann zweistimmige Choralsätze und Kanons. Die Stunde verging wie im Fluge, und es passierte das, was ich am allerwenigsten erwartet hätte: Sie kamen alle zu mir, gaben mir die Hand, bedankten sich und fragten, ob wir das Singen nicht wiederholen könnten.

Da meine Zeit als Gymnasiast, Konfirmand, Angehöriger inzwischen der Marine-Hitlerjugend, Klavierschüler in Berlin und Vertreter des Garnison-Organisten überreichlich ausgefüllt war, überlegte ich mir, wie ich das alles vielleicht noch mit der Arbeit am Augusta-Stift kombinieren könnte. So rief ich die dortige Oberin an und schlug ihr vor, aus ihrem Schülerinnen-Chor und den Konfirmandinnen der Garnisonkirche einen gemeinsamen Jugendchor an der Garnisonkirche zu gründen, der dann eine Stärke von etwa 60 Mädchen haben würde. Sie willigte ein, ebenso die Pastoren der Garnisonkirche, konnte doch ein solcher Chor die Lücke ein wenig ausfüllen, die durch den kriegsbedingten Ausfall des großen Kirchenchors entstanden war.

Mit dem nach seiner Pensionierung wieder zurückberufenen Professor Becker kam es dann in den ersten Kriegsjahren an der Potsdamer Garnisonkirche zu Chor- und Orgelmusiken im Gottesdienst und zu Konzerten.

Der Chor wurde allmählich bekannt. Da tat sich eine neue Schwierigkeit auf. Der Potsdamer Bannführer der Hitlerjugend meldete sich telefonisch bei mir und bot mir an, den ganzen Chor als »Sing- und Spielschar« in die Hitlerjugend zu übernehmen. Ich selbst sollte dann den Rang eines Scharführers erhalten, d.h. mit einer weißen Kordel an der Schulter.

Ich erbat mir Bedenkzeit, um mich mit den Sängerinnen und meinen Eltern zu beraten.

Die allgemeine Stimmung war die: Keiner wollte den Sprung ins andere Boot. Wir waren eine natürlich zusammengewachsene Gemeinschaft junger Menschen, hatten Freude an der Musik. Aber es war vor allem die *geistliche* Musik, die uns fesselte, die auch diesen vielen Mädchen kaum fremd gewesen sein kann, da sie alle mehr oder weniger aus christlichen Elternhäusern kamen und in unserem Jugendchor eine willkommene Gelegenheit erblickten, auch nach der Konfirmation noch in einem mit der Kirche verbundenen Kreis zu bleiben.

Wir hätten unser ganzes Programm ändern und plötzlich u.a. »Wenn die bunten Fahnen wehen«, »Es zittern die morschen Knochen« etc. in schauerlichem »Nazi-Moll« singen müssen. Das war gänzlich ausgeschlossen, der Chor wäre sofort zerplatzt. Aber – wie sage ich es meinem HJ-Partner?

Welche Ausreden ich damals fand, weiß ich nicht mehr genau. Auf jeden Fall spielte schon der Zeitfaktor eine große Rolle. Wir hätten, wie bei der HJ üblich, zweimal die Woche proben müssen. Dazu wären dann Mitwirkungen bei allen möglichen Fest- und Parteiveranstaltungen gekommen. So erklärte ich also höflich, aber bestimmt, daß dieses Angebot unser aller Zeitlimit völlig überschreite. Außerdem möge man bitte bedenken, wie wichtig die Aufgabe unseres Chores sei, besonders bei großen Garnison-Gottesdiensten, für Tausende von Soldaten, bevor sie ins Feld mußten, zu singen. Ob das letztlich geholfen hat, erinnere ich nicht. Auf jeden Fall verlief die Sache im Sande, und wir konnten noch einige Jahre bis zu meiner eigenen Einberufung zu den Luftwaffenhelfern in Gottesdiensten und Konzerten an der Garnisonkirche musizieren.

Das Wichtigste aber für mich war, und das sollte später meine berufliche Entscheidung mitbestimmen, daß ich schon als junger Mensch im Nikolai-Chor und auch als jugendlicher Chorleiter an der Garnisonkirche die geistige Kraft verspürte, die von den – meist aus den Psalmen Davids stammenden – Texten ausging und die in den Motetten sowohl alter als auch zeitgenössischer Meister ihr ebenbürtiges Klanggewand gefunden hatten.

Die Verbindung von Musik, die für mich schon für sich allein zum Schönsten gehörte, was es auf der Welt gab, mit dem Wort konnte sich nach meinem kindlichen Verständnis auch nur mit der höchsten Stufe der Sprache, eben dem geistlichen Wort, verbinden. Und so kam es zu meiner frühen Vorliebe für die Kirchenmusik trotz der gewaltigen Höreindrücke durch die gemeinsamen Konzertbesuche mit meinen Eltern in Potsdam und Berlin. Furtwängler, Kempff, Kulenkampff, Edwin Fischer und Hans Chemin-Petit, die Stars der im Dritten Reich aufwachsenden Jugend, waren meine Leitbilder. Sie alle haben höchste Maßstäbe in mein junges Leben hineingesetzt. Außerdem spürte ich schon als Kind die unmittelbare Kraftübertragung, die von der persönlichen Begegnung mit so berühmten und außergewöhnlichen Menschen ausging. Der entscheidende Mittler zu ihnen war mein Vater. Er nahm mich zum erstenmal mit nach Berlin in die Alte Philharmonie, um Bachs Weihnachtsoratorium mit der Singakademie unter Georg Schumann, u.a. mit Emmi Leisner und G. A. Walther als Solisten, zu hören.

Vor Beginn machte er mich damals neunjährigen Knaben darauf aufmerksam, daß der Chorbeginn »Jauchzet, frohlocket!« ein Prüfstein für jeden Dirigenten sei, denn »es müsse wirklich jauchzen«, und das täte es nicht immer. Er hatte Schumanns Vorgänger, Siegfried Ochs, schon mehrfach erlebt und meinte, bei ihm hätte dieser Anfang gewaltiger geklungen.

Der zweite Besuch – ich war etwa 10 Jahre – galt Bachs H-Moll-Messe. Schon Wochen vorher hatte mich dieses Werk so in Erregung versetzt, daß ich zum erstenmal die Erfahrung machte, wie schlecht so viel schöne Musik für den Schlaf war.

Mein Vater war ein großer Bach-, aber auch Brahms-Verehrer. Natürlich liebte er auch Beethoven, besonders alle Symphonien, und fand es für einen gebildeten Musikliebhaber ganz selbstverständlich, daß er alle Satzthemen aus den neun Beethoven-Symphonien und den vier Brahms-Symphonien, dazu die der fünf Beethoven-Klavierkonzerte und der zwei Brahms-Konzerte auswendig weiß.

Seiner Liebe zum musikalischen Detail verdanke ich auch den Hinweis (und wie ich denke, hat er ihn auch zu vollem Recht gemacht), daß eines der schönsten Themen von Brahms im ersten Satz der 4. Symphonie steht. Es wird leider oft überhört. »Das ist zum Niederknien schön«, sagte er jedes Mal, wenn diese Stelle kam:

Dann meinte er auch, daß der erste einstimmige Hornanfang des B-Dur-Brahms-Klavierkonzerts einer der schönsten Anfänge überhaupt in der Musik sei. Ich glaube noch heute, daß er damit recht hat.

Brahms: Klavierkonzert Nr. 2, B-Dur, Beginn des ersten Satzes

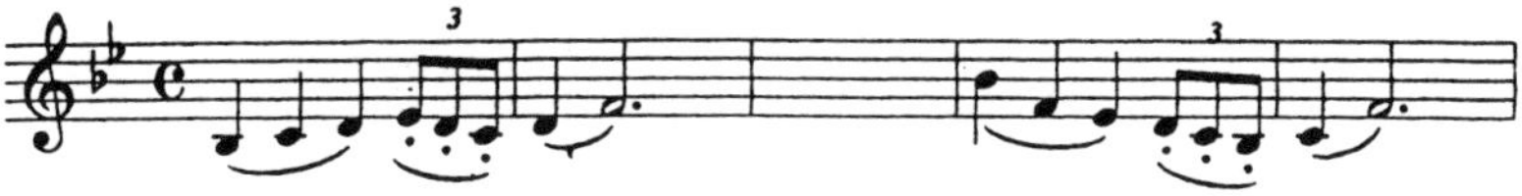

Eines Tages entdeckte ich in der Philharmonie an den oberen Wänden Reliefs aller großen Komponisten. Mir fiel ein leeres Feld in der hinteren Ecke auf, und ich fragte sogleich »Warum ist dieses Feld leer?« »Da war bis vor kurzem Felix Mendelssohn-Bartholdy zu sehen. Aber da er Jude war, haben die Nazis ihn entfernen lassen. Sehr dumm und kurzsichtig, denn nun fragst nicht nur Du, sondern jeder Fremdling und alle ausländischen Besucher wollen den Grund wissen. Dadurch wird dieser Komponist viel stärker im Gedächtnis bleiben, als die Herren sich das vorgestellt haben.«

Karl-Otto von Kameke

Furtwängler-Besuch

Dann kam ein großer Tag – unerwartet und folgenreich. Um die Mittagszeit klingelte das Telefon. Ich ging heran, und eine Damenstimme sagte: »Hier ist das Sekretariat von Herrn Staatsrat Furtwängler. Ist Dein Vater zu sprechen?« Ich hatte das Gefühl, der liebe Gott persönlich riefe bei uns an, stürzte auf die Terrasse, wo meine Eltern saßen, und rief: »Vati, Du wirst es nicht glauben, aber Furtwängler will Dich sprechen.« Nach einem längeren Gespräch kam mein Vater zu uns, die wir vor Neugierde fast platzten, auf die Terrasse und erzählte uns folgendes: »Furtwängler hat ein großes Problem. Seitdem er im Wildpark in Potsdam wohnt, kann er nicht schlafen und leidet zunehmend unter Müdigkeit und schlechten Nerven. Er hat schon eine ganze Reihe von Doktoren konsultiert und auch verschiedene Schlafmittel ausprobiert. Nichts konnte ihm bisher helfen.« Nun habe er von einem guten Bekannten gehört, daß mein Vater Wünschelrutengänger sei, und deshalb wolle er ihn fragen, ob er bereit sei, sich sein Haus einmal anzuschauen.

Hier muß ich einfügen, daß mein Vater in der Tat neben seinem Beruf als hoher Jurist und den vielen Ehrenämtern auch die Begabung besaß, Wasseradern mit der Wünschelrute aufzufinden, weil ihre Strahlungen, die für einen Teil der Menschen – möglicherweise derjenige, der medizinisch auf Homöopathie reagiert – schädlich sind und Schlafstörungen hervorrufen, sofern das Schlafzimmer betroffen ist. Mein Vater war durch diese Nebentätigkeit ziemlich bekannt geworden. Er hatte schon vielen Menschen, von Ostpreußen bis Oberbayern, geholfen, wieder zu Ruhe und Schlaf zu kommen entweder durch die Umstellung der Betten oder durch Abschirmgeräte, die er möglichst außerhalb des Hauses genau an der Austrittsstelle der Ader eingrub oder in der Wohnung an den Wänden anbrachte, um im Sinne einer Isolierung die Strahlung dieser Ader zu unterbrechen. Er selbst litt unter diesen erdmagnetischen Feldern und Störungen. Er war ein halber Seismograph und sagte häufig zu uns: »Merkt Ihr es – heute ist wieder verkehrte Spannung!« Mit höchster Wahrscheinlichkeit stand dann am nächsten Tag in der Zeitung, daß es in Griechenland oder Süditalien oder auch der Türkei ein Erdbeben gegeben habe.

Wenn man durch viele Jahre erlebt hat, wie seriös und sicher der eigene Vater mit dieser für ihn zweifelsfreien Realität umgegangen ist, wie er vielen Menschen wirklich geholfen hat und welch unglaublich interessante Kenntnisse er von den Zusammenhängen dieser Erdstrahlungen und ihrer Auswirkungen auf Vorgänge in der Natur und das Leben von Mensch und Tier hatte, kann man nicht verstehen, daß bis heute das auch für die Krebsforschung unbedingt mitzuberücksichtigende Gebiet der Geodäsie noch immer umstritten ist und von der Mehrzahl der Schulmediziner abgelehnt wird.

Aus diesen mir von damals vertrauten Konflikten heraus habe ich früh für mein eigenes Leben gelernt, daß es wichtig ist, nicht nur auf das wissenschaftlich Bewiesene, das anscheinend Zweifelsfreie zu achten, sondern dem noch zu erforschenden und dem empirisch jahrhundertealten und unseren Vorfahren längst bekannten Vorhandenen, z.B. solchen Erdstrahlungen gegenüber, aufgeschlossen zu sein und sich vor zu frühen wissenschaftlichen Vorurteilen zu hüten.

Bei der Musik ist es ja ähnlich. Es ist wunderschön, aber im Grunde auch einfach, sich ausschließlich an Gedrucktes, Bewährtes und Vorhandenes zu halten. Für mich war es seit früher Kindheit immer sehr reizvoll, Neuland zu betreten, Nichtgewohntes kennenzulernen, was dazu geführt hat, daß mich in meinem ganzen Berufsleben als Kirchenmusiker die Verbindung von der traditionellen Musik zur neuen, noch nicht bewährten immer besonders interessiert hat.

Nun verging höchstens eine Stunde, da erscheint in der Glastür, die von unserer Terrasse in den Garten führt, der weiße Künstlerkopf Furtwänglers, der meinen Vater persönlich abholt. Er behält ihn mehrere Stunden in seinem Haus im Wildpark am Rande von Sanssouci. Als er ihn mit seinem großen Horch-Wagen wieder zurückbringt, kommt der unvergeßliche Augenblick, daß wir alle ihm, so auch ich, persönlich vorgestellt werden und ihm die Hand geben dürfen.

»Einer der klassischen, aber um so gefährlicheren Fälle«, sagte mein Vater, nachdem Furtwängler sich verabschiedet hatte. »Im Parterre hat er sein Arbeitszimmer mit dem Flügel in der Mitte des Raumes. Genau darüber im 1. Stock ist sein Schlafzimmer, und beide Bereiche sind schlimmerweise nicht nur von einer, sondern von zwei sich kreuzenden, in verschiedenen Erdschichten verlaufenden Wasseradern verstrahlt.« Der Wünschelrutengänger spricht in diesem Fall von einer »Kreuzung« und weiß, wie gefährlich sie sein kann, wenn man sich Tag und Nacht viele Stunden ihren Strahlungen aussetzt.

»Ich habe das Herrn Furtwängler erklärt und ihm vorgeschlagen, daß ich sein Haus an vier Stellen im Garten isoliere, und glaube, daß er dann bald wieder Ruhe finden kann.«

So geschah es, und nach etwa vier Wochen kam ein dicker Brief von Furtwängler an meinen Vater bei uns an: »Ich kann wieder schlafen. Sie glauben nicht, was das für mich bedeutet. Zum Dank sende ich Ihnen zwei Abonnements für die nächsten 10 Philharmonischen Konzerte.«

Einen schöneren Dank hat mein Vater für diese Tätigkeit wohl nie bekommen. Dazu kam, daß sich zwischen den beiden

Männern eine Freundschaft entwickelte, die zu vielen Gesprächen geführt hat. Leider hat mein Vater sie nicht notiert.

Dennoch erinnere ich einige wenige Aussprüche aus seinen Erzählungen. So erwähnte Furtwängler einmal, wie schwierig es sei, in so vielen Symphoniekonzerten geeignete Schlußstükke zu finden. Bei den Beethoven-Symphonien seien das nur die »ungeraden«, also die 1., 3., 5., 7. und 9. Dazu kämen alle Brahms- und Bruckner-Symphonien, einige von Schubert und Schumann sowie die Tondichtungen von Richard Strauß.

Mit Bruckner beschäftigte sich Furtwängler damals offenbar besonders, aber auch mit Richard Wagner, und er wurde trotz all seiner Verpflichtungen in Berlin und auch in Wien mehrfach als Gastdirigent nach Bayreuth eingeladen.

Als ihn mein Vater ein anderes Mal fragte, wie er sich seine so besondere Ausstrahlung als Dirigent auf das Orchester und das Publikum erklärte, antwortete er einfach und bescheiden: »Sie müssen dem Orchester vor allem bis zum letzten Spieler am letzten Pult das Gefühl geben, daß dieses und kein anderes das richtige Tempo des Werkes ist, das wir gerade spielen.«

Wenn meine Mutter keine Zeit hatte, wurde ich in die Konzerte mitgenommen. Das geschah etwa drei- oder viermal. So erlebte ich unter anderem Edwin Fischer mit dem d-moll-Klavierkonzert von Brahms, Beethovens G-Dur-Konzert mit Wilhelm Kempff, das Violinkonzert Beethovens mit Kulenkampff und später auch Gerhard Taschner, den jungen Konzertmeister des Orchesters. Dazu kamen das Dvorák-Cellokonzert mit Enrico Mainardi und außerdem alle die herrlichen klassisch-romantischen Symphonien in der unnachahmlichen Körpersprache des großen, durchgeistigten Dirigenten, bei dem ich damals natürlich noch nicht bemerkte, daß er nicht eine Taktfigur schlug, sondern Musik in die ihm adäquatesten Bewegungen umsetzte, die aus seiner musikalischen Spiritualität erwuchsen und eng mit seiner in die Tiefen der Kunst vorgedrungenen Persönlichkeit verbunden waren. Irgendwelche Schemata von Dreiviertel- und Viervierteltakt hätten bei ihm vermutlich störend und ablenkend gewirkt.

Wie schwer das für die Orchester umzusetzen war, besonders für solche, bei denen er als Gastdirigent auftrat, ist bekannt. Bezeichnend bleibt die Londoner Geschichte, wo ihn der Konzertmeister der – vermutlich – Londoner Philharmoniker vor dem Einsatz der Siebenten Beethoven-Symphonie, den Furtwängler gern im Fortissimo nahm, fragte: »Herr Furtwängler, würden Sie uns verraten, ob wir bei Ihrer 37. oder 38. Zitterbewegung einsetzen sollen?«

Ich hatte also dank der Begabung meines Vaters und seiner Erfolge als Wünschelrutengänger ein unbeschreibliches Glück, viele der bekannten Meisterwerke zum ersten Mal absolut maßgeblich mit Furtwängler und den Berliner Philharmonikern zu erleben.

Welten taten sich für mich auf. Bei jedem Konzert bekam ich an den Höhepunkten eine Gänsehaut, die langsam den Rücken hinaufzog. Schon beim ersten Hören, z.B. der 3. Leonoren-Ouvertüre, empfand ich, daß größere Steigerungen zu dem bekannten Hauptthema, wie sie durch Furtwängler aufgebaut wurden, nicht denkbar waren. Sowohl die Bläsersoli als auch das satte Streicherpiano hatten einfach eine »unter die Haut« gehende Wirkung, die sich schwer beschreiben läßt.

Dasselbe empfand ich beim Übergang vom dritten zum vierten Satz in Beethovens V. Symphonie oder bei der kristallklaren Herausmeißelung der Hauptthemen in Schumanns IV. Symphonie.

Ich lernte auch die Bedeutung und den Reiz der Synkopen kennen, denn es schien, als ob Furtwängler sie jedes Mal mit besonderer Deutlichkeit, etwa bei den Scherzi der Beethoven-Symphonien, herausstellte.

Ich verstand auch, wie viel Reiz von unerwarteten harmonischen Wendungen oder polytonalen Bildungen, wie Überlagerung von Dominante und Tonika – etwa beim Schluß der Reprise im ersten Satz der Eroica oder den Sechzehnteltriolen der Streicher am Schluß der Leonoren-Ouvertüre – ausging. Alles, jede Note wirkte lebendig. Das ganze Orchester atmete mit diesem begnadeten Dirigenten und entzündete auch in einem kindlichen Hörer wie mir dieses schwer zu beschreibende geistige Feuer – eine Mischung von Herausnahme aus der Alltagswirklichkeit, verbunden mit dem Gefühl, an die Hand genommen zu sein und eine schöne Treppe Stufe für Stufe höher in eine bessere Welt entführt zu werden.

Staunen, Erregung, Erleben des Aufblühens schöner Gedanken, der eigenen Sinne Auge und Ohr, die erstmals Dinge wahrnahmen, die bisher im Verborgenen geschlummert hatten. Und dann dieses Gefühl des Angestecktseins: »So etwas Schönes möchtest du später auch einmal machen und so viel können. So gut möchtest du auch später musizieren und damit die Herzen der Menschen erreichen.« Ich faßte lauter neue Vorsätze, was ich in Zukunft besser machen wollte. Meine Stimmung nach einem solchen Konzert glich ein wenig der, die man normalerweise an Sylvester hat.

Seit damals versuche ich oft zu ergründen, was es wohl ist, dieses Aufgerührt- und Aufgewühltsein bei einem großen Konzert. Aber vielleicht sollte man gerade in unserer rationalen Zeit nicht alles bis in den letzten Gefühlswinkel ausleuchten und ausformulieren, wie das ja heute nicht ohne Probleme, z.B. bei vielen CD-Produktionen in bezug auf die Musik selbst, geschieht.

Auf jeden Fall bemerkte ich damals schon deutlich, daß ich von solcher Art dargebotener Musik innerlich viel stärker berührt wurde als von Bildern, Architektur oder selbst von der Sprache. Damals wurde für mich der Grundstein für ein wachsendes Interesse an der Philosophie gelegt, die dann später in Heidelberg eine große Bereicherung meines Musikstudiums werden sollte. Möglicherweise war ich dank der Eindrücke durch Furtwängler, ohne es zu wissen, mit den Treppenstufen an die Etage der Musikästhetik und ihrer vielschichtigen Aussagen geführt worden. Mit diesem Erlebnishintergrund hat später die Lektüre von Hesses »Glasperlenspiel« besonders viel für mich bedeutet.

Ebenso erging es mir, als ich von Schopenhauer und seiner »metaphysischen Gehaltsästhetik« hörte wie auch von seiner Auffassung, daß die Musik auf der Treppe der Künste deswegen an höchster Stelle stehe, weil sie nicht von den Welterscheinungen wie diese rede, sondern vom Wesen der Welt und des Kosmos selbst. Viele dieser wichtigen Aussagen hatte ich als Kind – wenn auch mehr unbewußt, aber im Sinne einer gewissen Vorahnung – schon erlebt.

Vor allem aber den Furtwängler-Konzerten verdanke ich die Erfahrung absoluter Ebenbürtigkeit von großer Kirchen- und großer Weltmusik. Dazu haben sie in mir früh die Liebe zur Romantik, zu Schumann, Brahms, Bruckner und Richard Strauß geweckt. Sie war in mir so stark, daß ich mich nach dem Kriege in der Phase antiromantischer »neuer Sachlichkeit« mit Händen und Füßen gegen solche pädagogischen Beeinflussungsversuche gewehrt habe. Im Kapitel »Heidelberger Studienjahre« werde ich darauf noch zurückkommen.

Allerdings kann ich einem damals geäußerten Vergleich, Furtwängler vermittele in seinen Konzerten Musik so, »als reiche er das Abendmahl« auch heute nicht zustimmen, obwohl mir klar ist, was wohl damit gemeint ist.

Das Heilige Abendmahl, eines der tiefsten Mysterien des Christentums, vielleicht auch der gesamten Religionsgeschichte, ist etwas vollkommen anderes. In seinem Vollzug wird die Gegenwart Gottes unter Brot und Wein zum Ausdruck gebracht – für viele die Glaubensgewißheit. Der Blick wird damit mehr unter diesem Zeichen auf die Realität unsichtbarer und unbegreiflicher Dinge gelenkt, letztlich auf das erlösende Leiden, die Auferstehung und Allgegenwart von Jesus Christus.

Die Instrumentalmusik der Klassik und Romantik hat sich ja gerade von der im Barock noch klar erkennbaren Blickrichtung auf Gott und seine Verherrlichung in Tönen wegentwickelt zu einer Musik für den Menschen, für diese Welt und für die Spiegelung aller menschlichen Affektzustände, auch im Sinne von Handlung von Personen, etwa auf der Opernbühne.

Erst diese Ende des 18. Jahrhunderts entstandene neue Auffassung hat große Interpreten hervorgerufen und möglich gemacht. Furtwängler teilte m.E. nicht das Abendmahl aus, er verwirklichte humanitas in tiefstem und schönstem Sinne durch sein Musizieren, das für mich in dieser Form durchaus in den ersten Glaubensartikel, in dem alles ist, was Gott geschaffen hat, hineingehört.

Die geistliche Musik gehört – diese Hypothese möchte ich wagen – dagegen in den zweiten Glaubensartikel, der sich mit Christus befaßt.

Folgt man diesem Ordnungsversuch, hat man Unterscheidung und Zusammengehörigkeit von weltlicher, »absoluter« und geistlicher Musik zugleich, ohne fehlerhafte Wertungen vornehmen zu müssen.

Angsttraum

Für meinen Vater war die Begegnung mit Furtwängler mit Sicherheit ein großes Erlebnis, das ihn sehr bewegt hat. Es führte dazu, daß er uns eines Morgens folgenden Traum erzählte: »Ich träumte, daß ich beim Aussteigen aus der Berliner S-Bahn am Bahnhof Zoo auf einigen Litfaßsäulen las:

Berliner Philharmonisches Orchester
Dirigent: *Wilhelm Furtwängler*

Mozart: Prager Symphonie
Beethoven: 5. Klavierkonzert Es-Dur
Solist: *Karl Otto von Kameke*, Harmonium
Beethoven: Fünfte Symphonie

Das kann nicht wahr sein, das ist ja entsetzlich. Ich kann doch das große Beethoven-Konzert gar nicht spielen, schon gar nicht auf dem Harmonium. Ich mache mich völlig lächerlich, blamiere mich. Die ganze Freundschaft zu Furtwängler geht in die Brüche. Ich muß sofort abreisen oder mir das Leben nehmen oder versuchen, Wilhelm Kempf anzurufen, ob er mich vertreten kann!«

Mit solchen angstvollen Gedanken wachte er schweißgebadet auf. Selten wird ein Mensch erleichterter festgestellt haben, daß es nur ein Traum war, und ist mit neuer Zuversicht dem Bett entstiegen und hat dem ereignisvollen Morgen des anbrechenden Tages entgegengeblickt.

Inzwischen gab es alljährlich in Potsdam die »Festlichen Musiktage«, die den absoluten Höhepunkt des Musikjahres darstellten und meistens mit einem Furtwängler-Konzert gekrönt wurden.

Aber es kam auch Edwin Fischer mit seinem Kammerorchester, und mit ihm habe ich zum ersten Male den dirigierenden Klaviersolisten erlebt. Er spielte allerdings in diesem Rahmen nie die großen Konzerte, sondern mit Vorliebe die Brandenburgischen und die Klavierkonzerte Bachs. Das hatte so viel Atmosphäre, strahlte musikalische Vitalität und Spielfreudigkeit aus, daß mir dagegen bis heute manche historisch und technisch perfektere Wiedergabe unserer Zeit auf Cembalo und alten Instrumenten blaß und langweilig erscheint. Übrigens gab es derartige Konzerte schon damals, denn der sich um dieses Metier durch Jahrzehnte hochverdient gemachte August Wenzinger konzertierte bereits während der Potsdamer Musiktage im Neuen Palais und brachte Cembalo und alte Instrumente mit.

Künstler wie Edwin Fischer waren für mein kindliches Empfinden absolute Vollblutmusiker, die auf hochsensible Weise in die Tiefen des Werkes eindrangen und sich dabei als Nachschaffende verstanden, deren Gestaltungswille so dicht wie möglich bei den geistigen Intentionen des Komponisten liegen sollte. »... als ob sie das Stück selbst komponiert hätten«, wie Edwin Fischer in seinem Buch »Vom wahren musikalischen Nachschaffen« schreibt.

Historische Erwägungen und die Anbetung von Quellen theoretischer Traktate aus dem 17. und 18. Jahrhundert spielten bei ihm sicherlich noch keine große Rolle. Auch hat er sich bestimmt nicht die Frage gestellt, ob er mit seiner Interpretation der Zeit des Komponisten so nahe wie möglich komme. Ihm ging es, glaube ich, ausschließlich um *sein* Publikum, und ihm wollte er die von ihm über alles geliebte Musik von Bach so nahe wie möglich bringen.

Sicher ist für heutige, am historischen Musizieren orientierte Ohren die Wiedergabe etwa des Bach A-Dur-Klavierkonzerts inakzeptabel. Edwin Fischer verdanke ich, daß gerade dieses Werk mein Leben lang zu einem meiner persönlichen Lieblingsstücke geworden ist.

Furtwängler – Kempff – Fischer an drei Klavieren in Potsdam

Ein weiterer wichtiger Augenblick in meinem jungen Leben kam, als der Hausmeister des Viktoria-Gymnasiums während einer Griechisch-Stunde bei Oberstudienrat Dr. Catholy in die Klasse kam: »Kameke, bitte gleich zum Direktor kommen!« Großer Schrecken – was hatte ich ausgefressen, was war passiert? Spannungsgeladenes Betreten des Vorzimmers. Ich wurde sogleich vorgelassen. An seinem Schreibtisch saß Dr. Diehl, ein Gymnasialdirektor, wie man ihn sich nur wünschen kann: Gutaussehender Grandseigneur-Typ, stets im dunklen Anzug mit weißem Hemd und dezenter Krawatte – perfekter und kultivierter Diktion. Er hatte sich verdient gemacht um die latente Abwehr zu großer politischer Einflüsse von Partei und Hitlerjugend auf die Schule.

»Kameke, eben hat Professor Kempff bei mir angerufen und für Dich um zwei Stunden Urlaub gebeten. Er braucht Dich zum Notenumblättern bei einer Probe mit Furtwängler und Edwin Fischer an drei Klavieren im Konzerthaus. Ich beneide Dich und gebe Dir frei!« Schneller bin ich in meinem ganzen Schülerdasein wohl nie wieder über mehrere Treppen hinweg in meine Klasse gerast, Schulmappe eingepackt und im Eiltempo auf dem Fahrrad am Nauener und dem Jägertor vorbei zum Konzerthaus am Ende der Kaiser-Wilhelm-Straße.

Dort traf ich die drei Herren in bester Laune an. Drei Flügel standen auf der Bühne. Links saß Furtwängler, in der Mitte Kempff und rechts Fischer. Programm: Bachs C-Dur-Konzert für drei Klaviere. Seit dieser Probe liebe ich auch dieses Stück heiß und innig.

Wer hier würde- oder weihevolles superseriöses Musizieren erwartet hatte, wurde enttäuscht. Alle fünf Takte Unterbrechung, vor allem durch Fischer, dann durch Furtwängler, beide in heftigem Disput, bei dem Kempff zu vermitteln suchte.

»Aber Herr Fischer, was machen Sie denn da?« – »Oh, lieber Herr Furtwängler, ich spiele ritardando!« – »Aber das steht doch gar nicht da!« – »Hören Sie mal, das ist doch eine Kadenz; so was empfindet man doch!« – »Na, erlauben Sie mal, wir können doch nicht jede Kadenz mit ritardando versehen!«

»Sachte, sachte, meine Herren«, schaltete sich Wilhelm Kempff ein, »vielleicht können wir uns auf der Mitte treffen und nur an den formal wichtigen Übergängen ritardieren.«

Furtwängler machte nun nach zehn Takten an irgendeiner unerwarteten Stelle – es war keine Kadenz, sondern eine Zäsur – ein großes Ritardando und brachte die beiden anderen (wie ich meinte, mit voller Absicht) aus dem Takt.

»Aber Herr Furtwängler, was machen Sie denn da?« – »Herr Fischer, ich spiele ritardando, das wollen Sie doch so gerne.« – »Aber doch um Himmelswillen nicht hier. Das ist doch gar keine Kadenz!« – »Aber es ist vor einer Zäsur!« – »Aber das darf man doch nicht machen – und warum nehmen Sie eigentlich bei Ihrem Solo 20 Takte lang so viel Pedal? Das geht doch auch nicht!«

»Meine Herren, wollen wir nicht einfach einmal weiterspielen?« warf Wilhelm Kempff ein und überzeugte mit seinem Charme seine beiden »Kontrahenten« wiederholt und warf auch noch manchen Witz ein.

»Edwin, manchmal bist ein wirkliches »Gesses Gis« bekam der schweizerische Streithahn zu hören. Er flüsterte mir dann ins Ohr, ich sollte das mal übersetzen, und da ich meine ersten Harmonielehrestunden hinter mir hatte, konnte ich schnell übersetzen, was gemeint war: »Aha – du fieses As«. Hoffentlich können das alle Leser nachvollziehen.

Kempff liebte Wortverdrehungen und sprach von seinen Freundschaften zu den beiden damals sehr berühmten Sängern Kasnus und Kattrisch von »Schlummersänger« und »Wimmersänger«. Dessau hieß für ihn »Cis-Schwein« usw. Kam die Rede auf den Dirigenten Clemens Krauss, hieß es sofort »Clemens, mir Kraußt vor Dir!«

Die drei auf der Bühne spielten sich wirklich wie Kinder oder besser wie Platzhirsche auf; keiner gönnte dem anderen die Butter auf dem Brot.

Dennoch wurde natürlich herrlich musiziert. Ich habe vor allem Furtwänglers Klavierspiel kennengelernt und seinen außerordentlich kultivierten Anschlag bewundert.

Abends feierten die großen Drei Triumphe vor dem begeisterten Publikum, und ich kam mir neben Kempff als Umblätterer in meinem Matrosenanzug ebenfalls ziemlich wichtig vor.

Wilhelm Kempff

Beethovens Eroica im Babelsberger Park

Eine weitere Sternstunde bedeutete für mich die Einladung von Professor Chemin-Petit, an einem Seminar teilzunehmen, das er auf Wunsch seiner Studenten ausgerichtet hatte.

Er hatte als Dirigent eines der Potsdamer Symphoniekonzerte vor sich, und Beethovens Eroica stand als Schlußstück auf dem Programm. Dieses Werk wollte er mit seinen Studenten in seinem damaligen Wohnsitz, im sogenannten Schloß am Babelsberger Park, durcharbeiten.

Schon die Anfahrt zu diesem idyllischen Wohnsitz war ein Erlebnis. Man durchfuhr mit dem Fahrrad drei Viertel des Babelsberger Parks, vorbei an dem berühmten Schloß Babelsberg. Es waren verschlungene Parkwege, lange nicht so gerade ausgerichtet wie die vom Park Sanssouci, bis man zu dem alten Gebäude kam, das sehr gut in die Kulisse zu einer Märchenoper gepaßt hätte.

Meine Vorfreude mischte sich mit der Ängstlichkeit, daß ich vielleicht etwas gefragt werden würde, worauf ich keine Antwort gewußt hätte. Denn ich hatte keine blasse Ahnung von der »Eroica«.

Ich erlebte nun hier zum erstenmal in meinem jungen Leben, was Werkanalyse bedeutet, und habe lebhaften Anteil an der Durcharbeit jedes Satzes genommen.

»Wo endet eigentlich genau das erste Thema im ersten Satz?« war eine der Fragen, über die lange diskutiert wurde.

Ich bewunderte, wie gut die etwa sechs Jahre älteren Studenten den vierhändigen Part am Klavier beherrschten. Ich hatte Todesangst, ebenfalls dazu aufgefordert zu werden – das wäre damals über meine klavieristischen Fähigkeiten gegangen. Aber ich durfte »nur« zuhören.

Chemin-Petit war ein großer, sehr vielseitiger Musiker mit ebenso hervorragender pädagogischer Begabung. Mir schien, daß seine Studenten für ihn durchs Feuer gingen. Abends habe ich stundenlang zu Hause geübt, um bei den Synkopen des ersten Satzes und den Bläserfiguren im Trio des Scherzo nicht »herauszukommen«.

Um so lustiger fand ich später einmal in einem Symphoniekonzert in Heidelberg, daß der Dirigent diese Synkopen im ersten Satz nicht ausschlug, sondern mir wirkungsvollen Einschlaggebärden Blitz und Donner vom Himmel imitierend einen »Blitzschlag« zuviel schlug und damit voll in das Subito piano des Orchesters hineinschlug. Ohne Chemin-Petit hätte ich das gar nicht bemerkt.

Arrest wegen groben Unfugs im Musikunterricht

Im Alter von dreizehn Jahren kann keiner »immer lieb« sein – so natürlich auch nicht der Tertianer EUvK.

Meine schlechten Eigenschaften wurden mehr und mehr geweckt, als ein neuer Musiklehrer, Fritz Jauner, an unsere Schule kam. Weder seine Erscheinung noch sein Unterricht machten mir, wie man in Berlin sagt, »schlanke Füßchen«. Ich beschloß, ihn mal richtig zu ärgern.

In einer Pause bat ich um eine Generalversammlung und schlug meinen ebenfalls zu jeder Gaunerei aufgelegten Klassenkameraden vor, daß ich ab sofort der Unmusikalischste der Klasse und zudem der größte Flegel von ihnen allen sei. Beides darzustellen, fiel mir in keiner Weise schwer. Ich war im Musikunterricht ein einziges Ekelpaket, natürlich nicht in jeder Stunde. Man mußte sich ja mal ausruhen oder auch schlafend stellen. Das ging eine Weile gut, bis mir ein gründlicher Strich durch die Rechnung gemacht wurde.

Es nahte der »Tag der Hausmusik«, im Dritten Reich ähnlich fanatisch begangen wie musikalische Festtage in der späteren DDR. Herr Jauner wurde zum Direktor bestellt und nach seinem Programm für das Schulkonzert in der Aula des Gymnasiums gefragt.

»Das Programm steht in bezug auf Chor und Orchester fest, Herr Direktor. Nur leider habe ich zur Zeit in der ganzen Schule keinen einigermaßen ordentlichen Klavierspieler gefunden.«

»Wie bitte?« antwortete Herr Dr. Diehl verwundert, »Sie haben doch zum Beispiel den Tertianer Kameke. Warum spielt der denn nicht?«

»Aber, Herr Direktor, Sie müssen sich irren. Das ist der größte Flegel und musikalische Ignorant, den ich in der ganzen Unterstufe habe. Keine Ahnung hat der!«

»Jetzt machen Sie mir aber Spaß, Herr Jauner, da weiß ich besser Bescheid. Der Junge studiert in Berlin Klavier und Komposition und dirigiert schon ein Kammerorchester.«

Herrn Jauners Empörung war groß – keine Spur von Humor. Es kam, wie es kommen mußte, ich wurde wieder zum Direktor gerufen. Neben ihm saß mit zornverfinsterter Miene Herr Jauner.

»Sag mal, was höre ich denn da für schlimme Sachen? Was fällt Dir ein, unseren neuen Kollegen derartig hinters Licht zu führen? Das ist ein grober Verstoß gegen die Schulordnung, der geahndet werden muß. Herr Jauner, ich bin dafür, daß der Schüler Kameke hierfür zwei Stunden Arrest bekommt.« Und zu mir gewandt: »Ich erwarte, daß Du Dich bei Herrn Jauner entschuldigst, in Zukunft mitarbeitest und wenn Du mit etwas nicht einverstanden bist, kann Du ihn ja höflich korrigieren.« (Oh, Herr Direktor, das war ein schlimmer Fehler, einem solchen Strolch wie mir auch noch zuzugestehen, Kritik üben zu dürfen. So etwas gab es damals eigentlich nicht!)

Mit dem Arrest war verbunden, daß die Eltern einen Brief vom Direktor erhielten, der den fatalen Fehltritt des Sohnes in vorwurfsvoller Trockenheit schilderte und der unterschrieben per Post wieder an den Direktor zurückgeschickt werden mußte.

Ich kann mich nicht eines zweiten Falls erinnern, daß mein Vater mit mir über die Schule sprach. Das interessierte ihn einfach nicht. Nun aber war der Teufel los.

In schwerwiegenden Fällen wurde man zu Hause nach dem Abendessen allein zum Vater in sein Arbeitszimmer bestellt. So auch hier.

»Sag mal, mein Junge, was bekomme ich denn da für einen Brief? Was ist in Dich gefahren? Wie kannst Du ausgerechnet Deinen Musiklehrer so ärgern? So kenne ich Dich doch gar nicht.« Nun brach es aus mir heraus: »Vati, der Unterricht ist sterbenslangweilig. Außerdem erzählt Herr Jauner uns eine Menge falscher Sachen, und Klavierspielen kann er auch nicht!« (Ein typisch unsachlich gefärbtes Urteil eines pubertär infizierten Flegels!)

Mein Vater fragte nach weiteren Einzelheiten. Dann reichte es ihm. Er schrieb an den Direktor zurück, eine solche Anschuldigung und das Strafmaß erstaune ihn auf das äußerste. Das schlug nun bei Herrn Dr. Diehl wie eine Bombe ein. Ein prompter Anruf erfolgte mit der Bitte um ein persönliches Gespräch. Auch dieser Besuch meines Vaters im Viktoria-Gymnasium dürfte der einzige gewesen sein, den er in dieser humanistisch ehrwürdigen, aber doch sehr sperrholzhaften Einrichtung gemacht hat.

Wenn ich mich richtig erinnere, bestand die Aufgabe in den zwei nachmittags abzusitzenden Arreststunden, in denen der Lehrer übrigens dabei zu sein hatte, darin, hundertmal aufzuschreiben »Ich soll den Unterricht nicht stören und mich so benehmen, wie es meine Lehrer von mir erwarten«. Stumpfsinn als Bestrafung – kein gutes pädagogisches Rezept!

Die gemeinsam verbüßte Strafe machte Herrn Jauner und mich im übrigen zu guten Freunden. Er schien zu den Menschen zu gehören, die viel netter sind, wenn man mit ihnen allein spricht als in der Menge einer Schulklasse. Überhaupt – wieso nehmen Nettigkeit, Benehmen und persönliche Sympathie bei nicht wenigen Menschen in dem Moment ab, in dem man ihnen nicht persönlich, sondern im Kreise vieler Menschen begegnet?

Mit Herrn Jauner wurde jedenfalls schnell vereinbart, daß ich das italienische Konzert von Bach und die d-moll-Fantasie von Mozart bei der Schulfeier zum »Tag der Hausmusik« spielen würde. Alles war also wieder in Ordnung, obwohl ich ein bißchen traurig war, daß die schöne Zeit des Unfugtreibenkönnens im Musikunterricht für mich nun endgültig vorbei war.

Die schönen Potsdamer Jahre in der Seestraße sahen für mich, der ich der Jüngste im Geschwisterkreis war, natürlich anders aus als von der höheren Warte der bis zu zehn Jahre älteren Geschwister.

Dank der Tanzschule von Löwenstern tanzten sie alle hervorragend. Besonders mein ältester Bruder und meine Schwester bildeten ein turnierreifes Tanzpaar. So wurden einige Tanzfeste veranstaltet, die – so würde ich noch heute meinen – Modellcharakter hatten. Besonders zwei von ihnen ragten durch Gestaltung als Kostümfeste und Prägnanz der Themen heraus:

1. Wilhelm Busch läßt bitten – und
2. Betriebsausflug der griechischen Götter zum Mond.

In der Vorbereitung machten sich meine Geschwister sehr viel mehr Mühe, als es heute üblich ist.

Um das Erscheinen dreier Witwen Bolte und vierer Lehrer Lempel zu vermeiden, wurde allen Eingeladenen deutlich eine Person aus dem reichen Schatz phantasiebeflügelnder Persönlichkeiten aus Buschs Oeuvre vorgeschlagen.

Dann wurden die Damen um Einsendung von vier Kinderbildern gebeten. In geschwisterlicher Teamarbeit wurde daraus, nicht ohne Boshaftigkeit, für jede von ihnen aus ihren Haupteigenschaften ein Quartett zusammengestellt. Die Herren erspielten sich vor Beginn des festlichen Mahles auf diese Weise ihre Tischdamen.

»Ich hätte gern von der Witwe Bolte die Warze auf der Nase« oder »Haben Sie wohl die Grübchen von der Frommen

Helene?« Solches und ähnliches wurde von spannungsgeladenen Herren im Quartettspiel erfragt.

Man nahm sich dafür viel Zeit, und alle hatten ihren Spaß. In der Küche waltete Frieda mit weiteren Hilfskräften, so daß das Essen dennoch warm auf den Tisch kam.

Meine kindliche Idee, daß man zu diesem Fest doch auch Wilhelm Busch selbst einladen müßte, wurde positiv aufgenommen, und die Person war schnell und überzeugend gefunden: Mein Vater. Bei all seinen vielseitigen Aufgaben und Sorgen muß ihm dieses Fest großen Spaß bereitet haben. Er war voll und ganz dabei und spielte seine Rolle vorzüglich.

Sich zu verkleiden, ist wohl schon immer ein sehr beliebtes Thema der Menschheit gewesen. Was wären wohl Mozarts Opern ohne diesen Spaß? Er vereinte jung und alt auch in meiner Familie.

Nach der Erfahrung mit Wilhelm Busch war es nun auch beim zweiten Fest völlig klar, daß mein Vater unter den griechischen Göttern den Zeus zu übernehmen hatte.

Mit Phantasie und Humor entwickelte meine Mutter hingegen für sich ein Kontrastprogramm. Nichts von Hera und Aphrodite, sie wollte unser »Hausmädchen« sein. Mit weißem Spitzenhäubchen, schwarzem Servierkleid und entstellender Brille verwirrte sie zu ihrer eigenen großen Freude die ankommenden Gäste, denen sie mit Knicks die Tür öffnete. Wollte ihr jemand, der sie erkannte, die Hand oder gar einen Handkuß geben, zog sie dieselbe entsetzt zurück und wisperte mit verstellter Stimme: »Aber ich bin doch nur das Dienstmädchen!«

Bei diesem Fest war im Sinne von »science fiction« das Thema der Raumfahrt von meinen Geschwistern wirkungsvoll eingeplant worden.

Die Damen hatten sich den Platz im Götterhimmel zu erkämpfen. Man saß in der Diele im »Wartezimmer« und wurde einzeln zum Himmelstransport in die Wohnstube nebenan gerufen.

Dort hatten wir auf sechs Brockhaus-Lexika ein Plättbrett so gelegt, daß es wie eine Waage im Raum schwebte und an den Enden von zwei Helfern entweder festgehalten oder in leichte Drehbewegungen versetzt werden konnte. Der personelle Aufwand dieser »Raumfähre« war beträchtlich. Neben den beiden eben beschriebenen »Dreharbeitern« brauchte man zwei möglichst gleichgroße Herren, die vor dem Brett standen. Dazu gehörte ein Stuhl dahinter, auf den noch ein fünfter Mensch zu postieren war, in der Hand ein möglichst großes Tablett.

Nun wurde die erste Dame mit verbundenen Augen hereingeführt. »Sie betreten nun ein Raumschiff, das Sie vom Olymp zum Mond befördern wird.« Man geleitete sie auf die Mitte des Plättbretts, so daß sie über den Lexika Halt hatte. Mit beiden Händen durfte sie sich an den Schultern des gleichgroßen Paares »als Geländer« festhalten. Nun begannen die »Dreharbeiten« der beiden Helfer an den Enden des Brettes. Sie bewegten es ganz langsam, jeder in einer gedachten 8. Dazu erklang als Abschiedsmusik von der Erde sehr leise aus der Plattenanlage Händels Largo. Im Raum herrschte atemlose Stille.

Zu den Bewegungen des Plättbretts gingen die beiden »Geländerdarsteller« gleichmäßig langsam in die Knie. Wer das einmal auf dem Brett mit verbundenen Augen erlebt hat, weiß, daß ein absolut untrügliches Gefühl des nach oben Geschraubtwerdens entsteht.

Als das Geländer-Team in tiefster Kniebeuge angekommen war, kam die Aufgabe des fünften Mannes auf dem Stuhl. Er hatte mit dem Tablett von oben leicht den Kopf der verwirrten

Dame zu berühren und zu erklären: »Nun sind Sie angekommen, bitte springen Sie ab!«

Das war der entscheidende Punkt. Es galt, eine Mutprobe ohnegleichen zu bestehen. Jede Dame hatte den Eindruck, wirklich bis unter die Zimmerdecke geschraubt worden zu sein und sah sich nun herausgefordert, in ihrem Kostüm ca. zwei Meter in die Tiefe springen zu müssen. Es folgten tiefes Luftholen und oft sehr witzige Absprungbewegungen, als handele es sich um ein drei bis fünf Meter hohes Sprungbrett in einer Schwimmhalle. Und dann das verdutzte Erstaunen. Denn mehr als 20 Zentimeter war sie ja nicht gesprungen. Die große Heiterkeit bei allen Beteiligten drang natürlich auch durch die Tür ins »Wartezimmer« und ließ die dort sitzenden Kandidatinnen ahnen, daß ihnen nichts Unmenschliches bevorstand.

„Himmelstransport" in der Wohnstube

Zu den Vorbereitungen dieses »Götterfestes« gehörte auch die von meiner Schwester entwickelte Idee, das Abendessen im Sinne eines Weltraummenüs zu gestalten und den Gästen eine Speise- und Getränkekarte zu offerieren, aus der wenig Erkennbares für den hungrig-erwartungsvollen Gast hervorging.

»Thantalus-Röhrchen nach Löffler Art« stand da z.B. zu lesen. Worum es sich handelte, war erst bei Darreichung des Gewünschten ersichtlich: Lange, ungeschnittene Makkaroni mit Tomatensauce, ausschließlich mit einem Teelöffel serviert. Reichlich bemessen waren dazugehörige Papierservietten.

Aber es gab auch normale und problemfrei zu vertilgende Kost. Man mußte eben nur beim Lesen der Speisekarte ein bißchen Phantasie entwickeln und auch Glück haben. Als Nachtisch wurde z.B. empfohlen (in damals zeitgemäßer Bildhaftigkeit): »Verdunkelungsglibber mit Aufklärungsblubber«. Hier konnte es sich nur um eines handeln, nämlich Schokoladenpudding mit Vanillesauce.

Angesteckt von derlei Scherzen der älteren Geschwister hatte ich den Vorschlag gemacht, auch unter das Getränkeangebot, das von Wasser und Saft über Bier und Wein reichte, etwas zu mischen, was nur bedingt schmackhaft war. Das Rezept dachte ich mir selber aus, allerdings nicht ohne meine Geschwister zu Rate zu ziehen. Als Grundsubstanz diente lauwarmes Selterswasser, dann wurden Schlagsahne mit etwa Salz, Senf und Himbeersaft, ein wenig Dillsauce und das vorzügliche Hustenmittel »mixtura solvens« beigemengt – das ganze mit etwas Zitrone und Zucker abgeschmeckt. Dieses einmalige Getränk erhielt den Namen »Panik-Essenz« und wurde entgegenkommenderweise als Likör in kleinen Gläsern zwischen den Gängen angeboten.

Bei Bestellung flüsterte die »Bedienung« dem Gast ins Ohr: »Wenn Ihnen dieses Getränk besonders gemundet hat, empfehlen Sie es bitte weiter!«

Und genauso geschah es. Jeder, der es ausprobiert hatte und böse war, daß er auf diesen Quatsch reingefallen war, zeigte größtes Interesse, anderen zu dem gleichen Erlebnis zu verhelfen.

Boshafte Instinkte wohnen wohl verborgen in den meisten Menschen – philosophierte ich vor mich hin.

Meine zweite Aufgabe bestand anschließend darin, als Amor aufzutreten und mit Papierpfeilen und -bogen in die Tanzpaare zu schießen. Man sieht, in der Seestraße konnte man sich auch als Nesthäkchen amüsieren.

Herr Leutnant erlauben sich schlimme Späße

Einen groben Unfug, der mir ungeheuer imponiert hat, leistete sich mein zweiter Bruder als frischgebackener Leutnant im zweiten Kriegsjahr. Wieder gab es trotz schwerer Zeiten ein vergnügliches Fest, wenn auch dieses Mal ohne Kostüme.

Die Vorbereitungen hierfür waren ganz anderer Art. Mein Bruder – von einem Manöver in Böberitz kommend – hatte es möglich gemacht, von den dort nicht verbrauchten Nebelkerzen ein paar Dosen mit nach Hause zu nehmen.

Als nun die Stunde der Ankunft der zahlreichen Gäste gekommen war, vernebelte er die gesamte Umgebung auf mindestens 100 bis 150 m im Umkreis, so daß wirklich nichts zu sehen war – kein Straßenschild und keine Hausnummer.

Es dauerte nicht lange, da klingelte es, anders als bei den zu erwartenden Gästen, anhaltender, mit kurzen Unterbrechungen. »Standortkommando. Was ist hier los? Wo kommt der Nebel her?« »Einen Augenblick, der Herr Leutnant kommt sofort«, antwortete Frieda schlagfertig. Nun erschien mein Bruder – 1,92 m groß, eine imponierende Erscheinung mit glitzernder Ausgehuniform. Die Herren, ein Feldwebel und ein Offizier, hatten zunächst stramme Haltung angenommen. »Machen Sie so schnell wie möglich, daß Sie fortkommen. Hier beginnt gerade eine geheime Nachtübung. Top secret, verstehen Sie? Zu irgendwelcher Sorge besteht kein Anlaß. Guten Abend!« (Vielleicht hat er auch Heil Hitler gesagt). Jedenfalls – weg war die Streife, und mein Bruder konnte beruhigt nachnebeln, um sich über die Verwirrung der dann leicht verspätet eintreffenden Gäste köstlich zu amüsieren.

Die Geselligkeit ließ auch in den immer schwerer werdenden Jahren des Krieges nicht nach. Meine Mutter entwickelte große Kunstfertigkeit, aus Rübensirup, Kartoffeln und Roggenmehl köstliche Kuchen zu backen. Wer zu uns kam, und das war meistens Sonntagnachmittags, bekam auch meistens etwas zu essen. Keiner wußte, wie sie das ermöglicht hatte.

Was haben Mütter in diesen Zeiten geleistet, gelitten und mit wie viel Haltung und seelischer Tapferkeit haben sie ihre Kinder aufgezogen, Familien zusammengehalten und Gäste betreut.

Hasso von Kameke, gefallen am 25.12.1943 in Rußland

Frieda und der Hochadel

Zum erstaunlichen jener Zeit gehörte, daß wir im Haushalt eine Köchin, vor dem Kriege manchmal sogar ein Zimmermädchen hatten – für eine sechsköpfige Familie und ein 10-Zimmerhaus mit großem Garten am See für meine Mutter zwar kein Luxus, sondern dringend gebotene Notwendigkeit, aber heute wie ein Märchen klingend.

Mit Kriegsbeginn wurde es schwieriger; wir konnten nur noch eine Köchin behalten, aber zum Glück gab es die Einrichtung der Pflichtjahrmädchen, die für mich persönlich zu den positiven Einrichtungen des Dritten Reiches gehört und aus mir wenig verständlichen Gründen heute auf der politischen Tabuliste steht.

Zu den häufig wechselnden Köchinnen gesellten sich ebenso oft einander ablösende Pflichtjahrmädchen aus den verschiedensten Gegenden und Verhältnissen stammend. Berichtenswert wurden solche Konstellationen, nachdem Frieda als Köchin Einzug in unser Haus gehalten hatte.

Zuerst mußte betont werden, daß sie ein liebenswerter, ehrlicher und fröhlicher Mensch war, dennoch brachte sie Eigentümlichkeiten mit, die sich sowohl auf ihre Erscheinung als auch auf ihre Gewohnheiten und vor allem auf ihre Berliner Diktion bezogen.

Frieda als solche.

Man stelle sich eine Dame von 168 cm Größe vor, Kopfweite 49 cm, von schmalen Schultern beiderseits zielstrebig in die Breite zur Körpermitte führend, deren Umfang mit 1,66 m nicht übertrieben angesetzt sein dürfte. Von da Fortsetzung über erstaunlich schlanke, flinke Beine zu Füßen, die, einem Kartoffelpuffer nicht unähnlich, meistens in Filzpantoffeln untergebracht waren. Dicht über einer schmalen Stupsnase liegende Augen, ein meist weitgeöffneter, lebensfroher Mund gaben ihr eine nicht zu übersehende Ähnlichkeit mit einem Orang-Utan, so daß die erste Begegnung mit ihr verborgene Heiterkeit und dennoch wohlwollende Sympathie hervorrufen mußte. Das Gesamtgewicht dürfte mit 2,24 Zentnern einigermaßen zutreffend beschrieben sein.

Erste Szene – Frieda und Weihnachten 1940

Bald nach ihrem Amtsantritt, der mit von ihr überzeugend angestrebtem, sofortigen weitgehenden Familienanschluß verbunden war, entstand bei ihr unübersehbar eine deutliche und verehrende Zuneigung zu meinem Vater. Der wurde zum Weihnachtsabend dergestalt Rechnung getragen, daß sie ihm ein Bild in der nicht eben bescheidenen Rahmengröße 30 x 20 cm für seinen Schreibtisch schenkte, womit das dort stehende Bild meiner Mutter um das Doppelte übertroffen wurde. Das Besondere dieses Bildes war der Aufnahmeort und der offensichtliche Standort des Fotografen: Sie hatte auf einem Stangengeländer Platz genommen, der Fotograf muß entweder am Boden gelegen, zumindest aber in tiefgebückter Demutshaltung vor ihr gekniet haben. Erfolg: Man sah ihre Körpergebirge mit dominanter Mitte mit nur mühsam erkennbarem Köpfchen direkt unter dem oberen Rand des Bildes. Picasso hätte seine Freude gehabt!

Nun entstand ein wochenlanger, stiller Kampf zwischen Frieda und meiner Mutter um dieses Bild. Meine Mutter versteckte es voll Mitgefühls für meinen Vater, dessen Schreibtisch-Ästhetik durch Friedas Bild merklich gestört wurde. Frieda jedoch fand das versteckte Bild wieder und stellte es wortlos und an zentraler Stelle auf den Schreibtisch zurück.

Wochenlanges Versteckspiel, bis es Frieda schließlich nach einer liebevollen »Aussprache« aufgab. Diese scheint auf Frieda so harmonisch gewirkt zu haben, daß sie anschließend meiner Mutter das Du anbot: »Frau Kameke, darf ich nun ssu Ih'n Mutti Francis sagen?«

Zweiter Szene – Friedas Verlöbnis

Im Frühjahr steigerte sich offensichtlich Friedas Lebensfreude. Ob dazu die einzige Post, die sie erhielt, beitrug – nämlich alle zwei Wochen eintreffende Briefe des »Bundes junger Mädchen für sittliche Reinheit e. V., Frankfurt/M.« – oder die abendlichen Begegnungen mit einem Verehrer, vermag ich heute nicht mehr zu beurteilen.

Eines Tages jedenfalls überraschte sie unsere gesamte Familie mit der freudigen Nachricht: »Soll ick mal wat erzählen? Ick hab mir valoobt.« Große Mitfreude unsererseits, aber sogleich die teilnahmsvolle Frage: »Mit wem denn?« – »Ja, det is een Bruder in Christo aus det Altersheim in Nowawes.« – »Wie alt ist denn Ihr Bräutigam?« – »74!« – »O, wie schön!« tönte es aus dem Familienchore. Dann wagte sich mein ältester Bruder vor: »Na, Frieda, habt Ihr Euch denn auch schon einen Verlobungskuß gegeben?« – Frieda: »Nee, det steht noch aus!«

Dritte Szene – Frieda und der Heizer

Eine große, dreietagige Villa benötigte für die Koksheizung natürlich einen Heizer. Herr L. war ein zuverlässiger, täglich pünktlich in unser Haus kommender Mensch, nicht schön anzusehen, viele Narben und fehlende Zähne gaben seinem Äußeren nicht eben viel Betrachtenswertes. Aber das spielte keine große Rolle, denn niemand von uns sah ihn häufig. Anders Frieda. Sie öffnete ihm die Tür und entließ ihn nach der halbstündigen Arbeit im Heizungskeller täglich. Ihr Sprech- und Kontaktbedürfnis muß dem älteren Herrn im Laufe der Zeit »auf den Keks« gegangen sein; irgendwann jedenfalls gingen ihm die Nerven durch, und er schleuderte ihr ein unmißverständliches Zitat aus Goethes »Götz« entgegen. Frieda schien weder dieses je gehört noch die Situation als solche verstanden zu haben. Jedenfalls eilte sie zu meiner Mutter und glaubte, sich über Herrn L. beschweren zu sollen, denn er habe ihr einen unsittlichen Antrag gemacht.

Präludium zu Szene vier – Pflichtjahrmädchen allenthalben Puttchen v.d.S.

Während Frieda nun schon ein halbes Jahr unsere Hausgemeinschaft bereicherte, wechselten die ihr und meiner Mutter zur Seite stehenden Pflichtjahrmädchen recht häufig. Aber zwei junge Damen fühlten sich in unserem Hause offensichtlich besonders wohl und blieben länger.

Puttchen kam vom Lande, ein schlankes, eher dürres Mädchen, gut und sehr dezent gekleidet, eher selbstbewußt als intelligent, hilfsbereit, sich bildhübsch findend, was meine älteren Brüder für übertrieben hielten. Aber sie hatte das gewiß Aufreizende, was zu kleinen Boshaftigkeiten, besser gesagt Frotzeleien, seitens meiner Brüder insbesondere bei der Tischunterhaltung führte, die von solchen Unernsthaftigkeiten in dieser Zeit geprägt war. Unglücklicherweise berichtete, sicher etwas zu freimütig und nicht ohne Übertreibung, Puttchen von ihren vielen Verehrern besonders aus den Offizierskreisen, was auf die Dauer in bezug auf die Reaktion meiner Brüder ungünstige Folgen haben mußte.

»Eine kleine Nachtmusik«

Meine zu jener Zeit zu allerlei Unfug aufgelegten Brüder faßten bald einen niederträchtigen Plan: – Als Puttchen abends Ausgang hatte, wurde nach allen Regeln der Kunst unter ihrem Bett ein Elektrola Aufziehgrammophon installiert und eine Platte mit einem Männerchor »Du liegst mir im Herzen« aufgelegt, der Spielarm in Startstellung gebracht, dazu ein Bindfaden an den Starthebel geknüpft, der unter der Tür vom Flur aus zu betätigen war. Nachts um drei Uhr wurde der Wecker gestellt, man schlich sich an Puttchens Tür und zog...

Die kleine Nachtmusik tat ihre Wirkung. Puttchen erwachte, geriet offensichtlich sogleich in Verzückung, stürzte ans Fenster, öffnete es und rief in die laue, dunkle Nacht: »Wer sind Sie denn? Das ist aber reizend von Ihnen – eine wirkliche Überraschung!«

Nachdem der Plan voll gelungen schien, kam die ganze Breitseite von Fragen beim Morgenfrühstück auf Puttchen zu. »Habt ihr auch gehört, was in der Nacht vor Puttchens Fenster los war?« etc... Puttchen errötete nur und lallte: »Ich weiß gar nicht, wer von meinen Freunden sich das ausgedacht hat. Es müssen ja sehr viele gewesen sein!«

Mit Frieda und Puttchen ging es bestens. Beglückend, welch unterschiedliche Menschen in einem kinderreichen Haus leicht zu integrieren sind.

Die Prinzessin

Ob unser Haus als Anlaufstelle für Pflichtjahrmädchen unterdessen namhaft geworden war, weiß ich nicht. Auf jeden Fall erreichte meine Eltern eines Tages die Anfrage, ob sie bereit wären, eine Prinzessin D. zu. H. S., M. und O., R. v. C. und F. zu Ö. für ein halbes Jahr aufzunehmen – beste Adresse. Ich vierzehnjähriger Knabe hatte jedenfalls noch nie etwas von acht Nachnamen gehört.

Hauptsorge meiner Mutter: Wird das mit Frieda gehen? Vorsichtiges Herantasten. »Frieda, bald werden wir zu Ihrer Unterstützung eine Prinzessin ins Haus bekommen.« – »Na, wat is denn da Besonderet, is doch och bloß een Mensch, wa?« – »Natürlich, liebe Frieda, aber immerhin ist es üblich, zu so jemand 'Durchlaucht' zu sagen.« – »Wat soll ick sagen? Durchlaucht? Hab ick noch nie jehört. Versteh ick nich. Ick kann ja zu die Dame 'Gnädiges Frollein' sagen.«

Vierte Szene – Das Duett Frieda und die Prinzessin

Friedas Hauptsorge, D. würde nichts tun, war unbegründet. Die höchst attraktive Dame kam zu uns in aller Natürlichkeit, schuf sich im Handumdrehen ihre Position bei Frieda, war hilfsbereit, vergnügt und packte zu. Nur eines schien ihr nicht zu behagen, die Berge des täglichen Abwaschs, insbesondere nach dem Mittagessen. Es dauerte nicht lange, da bemerkten wir, wie sie sich geholfen hatte. Täglich um zwei Uhr klingelte es an der Haustür. Draußen stand ein schmucker Oberleutnant, oft von der Offiziersschule Krampnitz, grüßte, nahm stramme Haltung an und erklärte: »Ich bin zum Abwaschen bestellt!«

Das Bemerkenswerte an dieser fantasievollen Lösung, es war nicht etwa täglich derselbe Oberleutnant, der bei uns klingelte. Es schien alles bestens organisiert. Es mögen fünf, sechs oder sieben Herren gewesen sein, auf jeden Fall haben nie *zwei* von ihnen an der Tür geklingelt.

Die Sache begann selbst mich zu interessieren, war es derselbe vom gleichen Tag oder der vom Vortag, mit dem sie abends auszugehen beabsichtigte? Ich faßte einen Plan, den ich ausschließlich mit Frieda besprach und bei dem sie mir hervorragend und absolut verschwiegen half. Ich wurde in ein junges

Mädchen verkleidet und begab mich, nachdem ich vorsichtig fragend den Ort der Verabredung herausbekommen hatte – natürlich Potsdams Klosterkeller – inkognito an den Nachbartisch. Meine größte Freude war, daß D. nichts bemerkte. Die zweite Genugtuung: In der Straßenbahn auf dem Weg nach Hause machte mir ein Herr Platz: »Bitte sehr, gnädiges Fräulein!« Meine Enttäuschung: Im Klosterkeller ereignete sich überhaupt nichts Aufregendes. Lebhafte Konversation mit Abendessen – das war alles. Ich glaube, ich hatte mehr erwartet.

Die nächste Enttäuschung mit D. sollte Frieda erleben. Lassen wir sie selbst die Szene beschreiben. Eines Tages kam sie am Vormittag aufgeregt zu meiner Mutter: »Frau Kamicke, se jloben nich, wat mir passiert is.« – »Na, was denn, Frieda?« – »Ick muß mal. Is besetzt. Ick kloppe und rufe: Wer issen da? Ruft et: D. (Der Vorname der Prinzessin ertönt) aus det Klo. Nich mal 'Durchlaucht' hat se jesagt!«

Auch unsere zahlreichen Besucher und Logiergäste hatten ihre Freude an Frieda. Sie hatte sogar Servieren gelernt, verband aber mit dem Darreichen der Speisen in ihrer menschenfreundlichen Art gern gutes Zureden. »Nehmen Se ruhig noch mehr, ick hab jenug in die Küche.«

Wie es der Zufall wollte, kam einer der Logiergäste vor der Zeit an und klingelte. Weder meine Mutter noch Prinzessin D. waren zu Hause. Es handelte sich um eine vornehme Dame aus hohem süddeutschen Geschlecht, die von Frieda an der Tür begrüßt wurde: »Wat wollen Sie denn hier? Sind Se anjemeldet? Ach, Sie wollen hier schlafen, dann kommen Se rin. Da is Ihr Zimmer.« Sie schubste die verdutzte Dame in das Gästezimmer und verschwand. Nach der anstrengenden Reise, so dachte unser Gast, könnte man sich doch ein wenig ausruhen, zog die Bettdecke zurück, aber was verbarg sich dort zu ihrer

Überraschung? Ein großer, dampfender Kochtopf mit Kartoffeln, den Frieda dort zur Wärmeerhaltung etabliert hatte, folgerichtig in der Annahme, daß die Speise sich dort bis zum Mittagessen gut warm halten würde.

Fünfte Szene – Friedas Erbosung

Wie in allen Familiengemeinschaften konnte es auch bei uns und zwischen Frieda und der Prinzessin D. nicht nur in ungetrübter Eintracht zugehen. Die Prinzessin ging Frieda zu viel aus, war ihr natürlich auch zu schick, so daß es ihr Freude machte, kleine Sticheleien zu landen und zu monieren, wenn D. die Gabel nicht weggeräumt oder einen Teller nicht perfekt angewaschen hatte. Irgendwann muß D. der Geduldsfaden gerissen sein, und sie muß vermutlich zu Frieda etwa gesagt haben: »Laß mich in Frieden, Frieda, und kümmere Dich um Deine eigenen Sachen.« Das muß zu viel gewesen sein. Friedas Seelenfrieden war entgleist, und bei nächster Gelegenheit nahm sie meine Mutter beiseite und erklärte mit rotem Kopf: »Frau Kamicke, det is gar keene Prinzessin, det is ne richtige Person! Wenn ick mal doot bin, *der* erschein ick!«

Hat es je fürchterlichere Drohungen gegeben? Liebe Frieda, ich danke Dir, daß Du bei uns warst, daß wir so viele Jahre noch über Dich lachen dürfen, denn Du warst ein ganz besonderer Mensch, wie es ihn heute fast nicht mehr gibt – ein echtes Original!

15-jähriger Lutheraner dirigiert Nonnenchor

Nach dem Weggang der Prinzessin D., die so viel Abwechslung, Colorit und Gesprächsstoff in unser Haus gebracht hatte, kamen in halbjährigem Abstand mehrere Nachfolgerinnen – manche vielleicht hübscher oder auch fleissiger. Mit Frieda kamen sie alle gut aus. Aber so unterhaltsam wurde es nie wieder.

Eines Tages erhielten meine Eltern mit der Post einen großen Umschlag. Inhalt: Die Mitteilung der Verlobung von »unserer« Prinzessin. Großes Hallo im Familienkreise. Aber – was für ein Nachsatz war da zu lesen? Die Hochzeit war auf den Herbst des Jahres angesetzt, und eine Einladung ausgesprochen, doch nicht für die Eltern, auch nicht für die viel würdigeren älteren Geschwister, sondern ausgerechnet für das Nesthäkchen, nämlich für mich.

Allerdings waren damit erhebliche, wenn auch keineswegs unerfüllbare Bedingungen verknüpft. Sie klangen im Gegenteil sehr reizvoll und aufregend: Ich sollte die Hochzeitsmusik ausrichten und als Hauptwerk mein »Ehre sei dem Vater« mit dem Chor, den die Prinzessin bei unserem Terrassenkonzert erlebt hatte, aufführen. Dazu wurde ich gleich während der Sommerferien zu einem dreiwöchentlichen Aufenthalt in das herzogliche Schloß nach Oberschlesien eingeladen, um in der Nachbarstadt den Chor eines Nonnenklosters auf diese Aufgabe vorzubereiten.

Die Reise wurde auf das Sorgfältigste vorbereitet, die Kleidung ergänzt und ich selbst mit allen nur denkbaren Verhaltensmaßregeln ausgestattet: Zu jedem Menschen, der mir begegnen würde, hätte ich vorsichtshalber »Durchlaucht« zu sagen, jeder Dame ab 20 einen Handkuß zu geben, beim Essen nicht zu viel zu nehmen, nur zu sprechen, wenn ich gefragt werde und dann auf keinen Fall zu laut, und – und – und..!

Dann kam die erste Nachtfahrt meines Lebens mit dem D-Zug Berlin – Krakau, natürlich 3. Klasse und gequetscht zu acht Personen im Abteil. Infolge des Krieges war das Durchschnittstempo aller Züge schon erheblich heruntergesetzt worden. Doch ich ärgerte mich die ganze Reise über, daß der Zug nie über 80 km/h kam, obwohl uns bis Breslau als auch danach die schwere 01 gezogen hatte, deren Höchstgeschwindigkeit ja wesentlich höher lag. Ehrensache, daß ich nachts um 04.30 Uhr in Breslau ausstieg, um den Lokwechsel zu beobachten und mir die Nummer der neuen Lok aufzuschreiben.

Am nächsten Morgen Ankunft in einem Dorfbahnhof und, so wie ich es liebte, Abholung durch einen Chauffeur und Fahrt durch Wald und Feld ins Unbekannte, Einbiegen in eine Allee und Vorfahrt vor ein wunderbares, in der Morgensonne strahlend daliegendes Schloß. Auf der Höhe der zwölfstufigen Treppe stand Prinzessin D. mit ihrer Mutter. Sehr herzlicher Empfang – artige Handküsse meinerseits. Dann widerfuhr mir etwas bis dahin nicht Erlebtes: Mir wurde »mein Kammerdiener« vorgestellt, der – glaube ich – sogar Johann hieß. Er ergriff sofort meinen Koffer und teilte mir mit, daß er ihn auspacken würde. Ich brauchte mich um nichts zu kümmern. »Darf ich Dir drei Bäder zur Auswahl zeigen: Du kannst im Franzensbad, Karlsbad oder Eger baden.« Das eine war grün-, das andere grau- und das dritte chamoisgekachelt. Natürlich sahen sie alle drei wundervoll aus. Ich entschied mich für das Karlsbad. Dann die nächste, mir ebenfalls bis dahin noch nie gestellte Frage: »Ist es dir recht, wenn ich dich um 9.15 Uhr wecke? Um 10.00 Uhr wird gefrühstückt.« Ich traute meinen Ohren nicht. Mit fünfzehn erst um diese Zeit geweckt zu werden – das zog mit Sicherheit Probleme des Zeitvertreibs zwischen 6.30 und

9.15 Uhr nach sich und bedeutete, daß viele Bücher auf dem Nachtisch liegen würden.

Am nächsten Tag fand ich meine gesamte Wäsche frisch gewaschen, gebügelt und zusammengelegt vor. Johann schien ein Ausbund an Ordnung, Sauberkeit und Pünktlichkeit zu sein und war von einer unüberbietbaren Höflichkeit. Ich schämte mich bei dem Gedanken, er könnte eventuell an einer mitgebrachten Hose einen Fleck oder an einem Strumpf gar ein Loch festgestellt haben. Denn nichts blieb ihm verborgen.

Der Tagesablauf wurde liebevoll nach meinem Probenplan mit dem Nonnenchor ausgerichtet. Wahrscheinlich war ich seit Jahrhunderten das erste männliche Wesen, das in dieses feminine Heiligtum vorgelassen wurde. Und dann auch noch ein Protestant. Welche Diskussionen muß es hier gegeben haben!

Ich spürte nichts von irgendwelchen Barrieren oder Vorurteilen, sondern wurde wie ein alter Freund mit größter Herzlichkeit empfangen. Im Handumdrehen waren die Nonnen mit meinem Chor vertraut. Es machte großen Spaß, mit ihnen zu musizieren und Zeit für musikalische Feinarbeit zu haben.

Am Abend lud mich der Herzog ein, mit ihm auf Jagd zu gehen. Da ich solches von meinem Vater kannte, war es mir nicht neu, mich leise und jagdgerecht zu verhalten.

Einige Ernüchterung brachten mir die Besuche auf dem Hochsitz am Waldrand, vor uns Moorlandschaft mit Tümpeln, Buschwerk und herrlichem Vogelkonzert. Während ich diese wunderschöne Naturszenerie in mich aufnahm, setzte Seine Durchlaucht sich auf den Jagdstock, zog eine Zeitung aus der Jacke und las darin. Zuvor hatte er mir mitgeteilt: »Du schaust Dich bitte ruhig um. Wenn Du eine Ente oder einen Fasan entdeckst, sagst Du leise: Durchlaucht – dort!« So geschah es mehrfach. Durchlaucht legten blitzschnell die Zeitung zur Seite, ergriffen die Flinte und nach ein bis zwei Schüssen segelte das leichtsinnige Flugtier zu Boden, von zwei Jagdhunden erwartungsvoll empfangen.

Es klappte alles wie am Schnürchen, auch mein Verhalten schien dem Jäger zu gefallen. Dann kam es eines Tages zu folgender Unterhaltung: »Ich glaube«, begann der Herzog, »wir sind irgendwie verwandt; das muß über die Familie H. sein. Deswegen schlage ich Dir das Du vor. Du brauchst mich nicht mehr Durchlaucht zu nennen, sondern kannst mich in Zukunft mit hochverehrter, lieber Herzog Anton Joseph anreden.« Fassungslos über ein solches Übermaß an Güte erwiderte ich mit einem tiefen Diener zwischen Zweig- und Buschwerk auf dem Hochsitz: »Ich danke Dir von Herzen für diese große Ehre, lieber hochverehrter Herzog Anton Joseph. Aber erlaube mir, daß ich aus Zeitgründen lieber weiterhin schlicht Durchlaucht sage, sonst schießt Du daneben.«

Nach dem Frühstück, so um 11.00 Uhr herum, wurde ich eingeladen, Schiedsrichter beim Tennisspiel von D. mit ihren Schwestern zu sein. Eine Aufgabe, die mir sehr ungewohnt war. Ich saß auf einem Hochsitz mit klarem Überblick über den natürlich erstklassig gepflegten Platz. Die Regeln waren schnell gelernt und mein Reaktionsvermögen nicht überstrapaziert, da es sich bei diesen Bällen um wenig Gemeinheiten geschnittener oder geschmetterter Bälle wie bei Steffi Graf gegen Gabriela Sabatini handelte.

Die Hochzeit nahte und mit ihr weit über 100 illustre Gäste. Ich hatte große Freude, für die von mir so verehrte D. die Hochzeit auszurichten. Es klappte auch alles bestens. Nur beim Festessen an großen, herrlich geschmückten Tafeln blamierte ich mich unsterblich. Meine Tischdame, natürlich auch eine Prinzessin, ca. fünf Jahre älter als ich, war mit mir als Tischherrn – ich saß im Matrosenanzug an ihrer Seite – nicht einverstanden. Sie würdigte mich keines Wortes, was in mir das Gefühl der Verpflichtung »Du mußt sie unterhalten« steigerte. Ich begann mit Musik – nichts zu machen –, kramte alle Themen, die mich damals interessierten, hervor. Zum Beispiel, ob sie schon etwas von Erdstrahlungen gehört habe, mein Vater sei ein berühmter Wünschelrutengänger – nichts. Ob sie sich für Eisenbahnen interessiere – nichts. Ob ich ihr ein wenig über meine Studien der Graphologie berichten dürfe – Stöhnen, sonst nichts. Als sie sich nach einer Pause zu ihrem linken Nachbarn wandte und meinte: »Ich bekomme hier ziemlich langweilige Vorträge gehalten«, war es aus. Ich hätte dieser Dame am liebsten gesagt, was ich von Frieda wußte: »Wenn ick mal doot bin, Dir erschein ick«.

Luftwaffenhelfer

Die Zeiten wurden mit jedem Jahr schwerer. Kaum eine Woche verging, in der nicht eine Todesnachricht aus Verwandtschaft oder Freundschaft bei uns einging. Die nächtlichen Fliegerangriffe auf Berlin nahmen zu. Die Besuche von Vettern oder Freunden brachten immer mehr Uniformen in unser Haus. In mein Kammerorchester traten Verwaltungsoffiziere aus der Potsdamer Militärkommandantur ein, die offensichtlich ein Gegengewicht für ihre zermürbende Tätigkeit im Ersatzheer suchten. Immerhin waren sie aber im Hauptmannsrang.

Mit dem Jahr 1943 wurden die Luftwaffenhelfer eingeführt. Mein Jahrgang war als erster dran und mein großes Glück bestand darin, daß ich nicht an die Flakkanone geschickt, sondern zu den Scheinwerfern eingeteilt wurde.

Trotzdem – ein junger Musiker bei der Artillerie, gibt es eine schlimmere Vorstellung als diesen Alptraum?

So kam eine völlig neue Komponente in mein Leben, aber belastet mit den denkbar schlechtesten Voraussetzungen. Ich glaube, ich war einfach viel zu weich, zu sensibel, hatte in meinem Leben noch keinen solchen Umgangston gehört, wie er auf dem Kasernenhof üblich war. Dieses Rumgebrülle, dieses Eingezwängtsein in minütliche Tagesabläufe in Verbindung mit drohenden Strafen, diese fürchterliche Pingeligkeit irgendeines Vorgesetzten, der entweder berlinerte, »det es von den Wänden troppte« oder unverständliches Österreichisch sprach, denn die Stammbesetzung unseres Flakscheinwerferbataillons bestand größtenteils aus Wienern und Kärtnern. Es glich den Sündenregistern der katholischen Kirche vor der Beichte, wenn man beim Appell mit einem Staubkörnchen am blitzblank gewienerten Lauf des Karabiners erwischt wurde oder wenn der Ärmel eines Hemdes aus dem quadratisch zu gestaltenden Wäschepaketschrank um einen halben Zentimeter herausragte.

Außerdem mußte ich sehr vorsichtig sein. Gymnasiasten, die wir alle waren, bekamen von den meist aus einfachen Berufen stammenden Ausbildern, Gefreiten und Unteroffizieren sowieso schon Vorurteile zu spüren, aus einem mir nicht ganz verständlichen Sozialkomplex heraus. Und wenn noch herauskam, daß man Musiker war oder werden wollte, wurde es ganz schlimm.

»Was, Sie sind Musiker? Na, dann ham'se wohl feine Finger. Heute Nachmittag (Sonnabend natürlich) wird der Duschraum mit der Zahnbürste gereinigt. Ham'se verstanden?» – «Jawohl, Herr Gefreiter.«

Folgen mangelnder Reinlichkeit

Das Problem des Waschens wird in allen Schichten unterschiedlich behandelt. Ob Friseur, Oberschüler oder Akademiker – man findet verschiedene Grade des Verhältnisses zu Kamm, Seife und Bürste. So war es auch bei uns. Als bei einem Morgenappell einer meiner Kameraden mit etwas Schmutz hinter dem Ohr erwischt wurde, war das für den Herrn Gefreiten das gefundene Fressen. »Wir werden Ihnen das Waschen beibringen. Morgen früh tritt der Zug mit Schrubbern und Waschbürsten Punkt 6.45 Uhr im Waschraum zwecks Gemeinschaftsreinigung des Luftwaffenhelfers XY an.«

Wie tat mir dieser Mensch leid! Zu sehen, wie 10 Schrubber auf seiner nackten Haut auf- und abglitten – das war wie ein halber Spießrutenlauf, nein, fast das Vorspiel zur Hölle.

Der Gefreite war also plötzlich ein viel mächtigerer Mensch, der mehr über mich zu bestimmen hatte als meine Griechisch-, Latein- oder Deutschlehrer, und vor denen hatte ich nie strammgestanden und auch nicht »jawohl« gebrüllt.

Gewöhnungsbedürftig für mich war auch, an jedem Morgen – meist um 5.30 Uhr – mit dieser schrecklichen Trillerpfeife geweckt zu werden und dann das sofort über den Flur hallende Geschrei »Kompanie aufstehen!« War man nicht innerhalb von zwei Minuten aus dem Bett, kam der Wachhabende herein, und man empfand diese unangenehme Mischung aus innerer Abwehr, Furcht und Gehetztsein. »Dalli, dalli, meine Herren, sonst mache ich Ihnen Beine!« war die ermunternde Tageslosung um 5.32 Uhr! Bis heute sind mir Trillerpfeifen ein Greuel.

Die Luftwaffenhelferzeit hatte allerdings für jemanden wie mich den Vorteil, daß sie ein stufenweiser, leichter zu verkraftender Übergang zur anschließenden vollen Militärzeit war, als wenn man diesen Dienst direkt von der Schulbank hätte antreten müssen.

Der Schulunterricht wurde an drei Vormittagen fortgesetzt. Dazu gab es einen Nachmittag und einen Abend Urlaub. Das war eine große Erleichterung, denn so wurde der Schulgang plötzlich ein positiver Kontrast und eine Oase für den nur mäßig geforderten Geist im Flakhelferdienst.

Der freie Abend ermöglichte es mir, auch die Proben mit dem Orchester einmal in der Woche beizubehalten – fast die einzige Zeit, die mir zum praktischen Musizieren verblieb. Ein lustiger, psychologisch nicht uninteressanter Kontrast entstand jedes Mal dadurch, daß ich als Luftwaffenhelfer ja in eine Hierarchie eingepreßt war, die mit dem Gefreiten als meinem ersten Vorgesetzten begann und beim Bataillonskommandeur, einem Hauptmann, endete. Dieser nahm für uns Jungsoldaten eine Stellung so ungefähr zwischen dem Papst und dem lieben Gott ein.

In meinem Orchester saßen nun gleich zwei Hauptleute, die durchaus auch mal falsche Töne spielten und zu denen ich dann – nicht ohne innere Genugtuung – sagte: »Herr Hauptmann, würden Sie bitte in Takt 17 cis spielen.«

Nachtsehen

Mein erstes, unerwartetes Glück – es sollte in der Militärzeit noch mehr solcher Fälle geben – bestand darin, daß ich von über 40 Testrekruten für das sogenannte Nachtsehen, d.h. die relativ schnellste Umstellung des Auges vom Tageslicht auf die nächtliche Dunkelheit, die besten Ergebnisse lieferte. Das bedeutete, daß ich an der Scheinwerferbatterie als Nachtseher am Horchgerät eingesetzt wurde. Von allen sonstigen Übeln sicher das geringste. Man hatte am nächtlichen Himmel nach Flugzeugschatten zu suchen. Hatte man einen erfaßt, gab es das Kommando »erfaßt«, und sofort blendete der bis 10 km in den Himmel leuchtende Scheinwerfer etwa 50 Meter neben mir auf. Dieser Erfolg ist mir glücklicherweise nur bei einem Manöver mit eigenen Nachtjägern beschieden gewesen. Ich bin dankbar, an keinem Abschuß im Ernstfall beteiligt gewesen zu sein. Es war ein makabres Gefühl, beim Suchen durch das Fernrohr den oft faszinierend klaren Sternenhimmel zu erleben, immer wieder unterbrochen durch die bleichen, suchend kreisenden, langfingrigen Strahlen der zahlreichen Berlin umgebenden Scheinwerfer.

Wir erlebten manchen Bombenhagel in nächster Nähe und das ganze schauerliche Faszinosum solcher Angriffsnächte am Himmel: Das Gemisch von Scheinwerfern, die »Weihnachtsbäume«, Leuchtfeuer, die von den gegnerischen Maschinen abgesetzt wurden, und den Feuerschein der ungefähr 25 km vor uns liegenden Reichshauptstadt. Dazu das ferne oder auch nahe Getöse von Bombeneinschlägen und Flaksalven.

Durch unser Licht waren wir jedes Mal auch selbst auf das höchste gefährdet, und ich hatte in diesem Luftwaffenhelferjahr bestimmt sehr viele Schutzengel.

Der einzige Abschuß in unserer Nähe endete tragikomisch. Durch die Telefonrundleitung kam die verzweifelte Stimme eines Batterieunteroffiziers: »Menschskinder, wat soll ick machen? Da kommt eener mit 'nem Fallschirm jenau auf uns zujeflogen. Ick kann doch keen Wort englisch.« Stimme eines anderen Batterieführers: »Mensch, da loofste hin und rufst: We will help you.» »Wat soll ick sagen?« »We will help you«. (Die Herkunft des Textautors aus Berlin-Wedding war unüberhörbar). »Na, det is ja einfach. Ick jlobe, det kann ick.« – Soviel ich weiß, wurde der englische Flieger ordnungsgemäß gefangengenommen und fair behandelt.

Nach solchen Nächten kam man natürlich todmüde in die Schule. Aber wir alle haben damals wohl mehr ausgehalten, als man es heute für möglich halten würde.

Es kam auch noch hinzu, daß man jede Nacht zwei Stunden Telefondienst hatte. Mir fiel meistens die schlimmste Zeit zwischen drei und fünf Uhr zu. Zum ersten Mal war mir damals klar, wie hilfreich es sein kann, gute Bücher dabei zu haben und möglichst wertvolle Gedichte auswendig zu lernen. Wie dankbar war man, daß auf dieser jammervollen, kriegsgeplagten Erde Dichter wie Wiechert, Carossa, Morgenstern, Hölderlin und vor allem Goethe gelebt hatten. Ihre Bücher – eine Kraftquelle unvergeßlichen Ausmaßes in den dunklen Wachnächten in Michtendorf.

Ein sehr dunkler Punkt sollte mein Leben überschatten. Als ich eines Tages nach der Schule nach Hause kam, wurde gerade die Mittagspost abgeliefert. Unter einem Stapel Briefe war wieder ein schwarz umrandeter. Als meine Mutter ihn öffnete, sah ich sie erbleichen und ihn zitternd auf den Tisch legen. Mit leiser Stimme sagte sie zu mir: »Ich bekomme hier eine Kondolenz zu unserem Hasso, von seiner zukünftigen Braut.«

Es war entsetzlich. Ich hatte nicht viel Zeit, konnte ihr aber noch helfen, die Braut meines Bruders zu erreichen. Von ihr kam dann die traurige Gewißheit, daß sie die Todesnachricht direkt von dem Regimentskommandeur aus Rußland erhalten hatte.

Zum letzten Male füllte sich unsere schöne Wohnung in der Potsdamer Seestraße mit vielen, vielen Freunden unserer Familie aus diesem so traurigen Anlaß. Pastor Christiansen aus der Malche hielt eine sehr bewegende, tröstliche Ansprache. Ich musizierte auf Bitten meines Vaters mit ein paar Freunden den Schlußchor aus Bachs Matthäuspassion »Wir setzen uns mit Tränen nieder«.

Meine Mutter war ein Mensch, den man auch in so großem Leid bewundern mußte. Sie war zutiefst getroffen, aber in ihrem Glauben so gestärkt, daß sie noch andere Trauernde, die bestimmt ebenso verzweifelt waren, trösten konnte.

Ihr tapferen Mütter, Frauen und Schwestern, seid ihr in der Nachkriegsliteratur eigentlich im Verhältnis zu den Fluten reiner kriegsbetrachtender und den Verlauf des politisch dramatischen Geschehens schildernder Bücher genügend gewürdigt worden? Ich glaube es nicht und habe das Gefühl, daß hier noch von allen, die diese Zeit erlebt haben, sehr Wichtiges nachzuholen ist.

An den schulfreien Tagen gab es viel Ausbildung im Gelände und am Gerät. In unserer Stellung herrschte nicht immer Harmonie. Die Eifersucht der »Stammbedienung« auf uns Luftwaffenhelfer wurde immer deutlicher. Wir ärgerten uns, wenn wir merkten, daß man uns bei jeder Gelegenheit für irgend etwas, was nicht in Ordnung war, verantwortlich machen wollte und uns klarzumachen versuchte, daß wir nichts könnten und auch eigentlich zu nichts taugten.

Mein einziger Boxkampf

Wie es dazu kam, weiß ich nicht mehr genau. Ich weiß nur, daß der etwa 22-jährige Gefreite eines Nachmittags wieder eine Riesenlippe riskierte und plötzlich ausrief: »Ihr seid ja alle ziemlich unsportlich und feige. Ich glaube, keiner von euch würde sich trauen, mit mir zu boxen.«

Das war mir zuviel. Dank eines vorzüglichen Boxunterrichts bei Herrn Soroker am Viktoria-Gymnasium traute ich mir einige technische Kniffe zu, um diesen Herrn in seine Schranken zu verweisen. David trat also gegen Goliath an – umgeben von den Kameraden der Stellung. Drei ältere feuerten den Gefreiten an, zehn Luftwaffenhelfer den Benjamin. Ich mußte einigen gefährlichen Schwingern und Aufwärtshaken ausweichen. Aber es gelang mir auch, zwei- bis dreimal aus der Deckung nach vorn zu stoßen und die Nase des Herrn Gefreiten rot zu verfärben. Das galt als »Punktsieg«, und nach höchstens 10 Minuten war der Spuk vorbei. Am wichtigstens allerdings war, daß unsere Stellung gefestigt wurde und wir von nun an weniger Ärger mit Sticheleien hatten.

Doch der Gefreite probierte es später noch einmal – diesmal mit Alkohol. Es mag um die Weihnachtszeit 1943 und an Sylvester gewesen sein, da versuchte er an einem feuchtfröhlichen Abend, uns unter den Tisch zu trinken. Mir hat für spätere Fälle eine solche Gelegenheit gezeigt, daß ich eine Menge vertrage und nicht ohne weiteres mit Lallen und Singen in eine Gangart zwischen Violin- und Baßschlüssel verfalle.

Diese nicht unwichtige Gabe habe ich von meinem Vater geerbt, der in seiner Pasewalker Militärzeit vor dem Ersten Weltkrieg noch ganz andere Prüfungen dieser Art zu bestehen hatte. Man bekam damals als angehender Fähnrich einen »Stiefel«, ein entsprechend geformtes Zwei-Liter-Glas, das man bei reichlicher Füllung auszutrinken hatte, wenn einem ein Offizier zuprostete. Als dieser entsprechende Abend damals bevorstand, hatte sich das in der Malche, wo seine Mutter ja Bibel-Hausmutter war, wie ein Lauffeuer herumgesprochen, und rechtzeitig am Tag zuvor erhielt mein Vater aus der Malche ein Telegramm: »Lieber Herr von Kameke, die ganze Malche-Schwesternschaft gedenkt Ihrer und grüßt Sie mit Markus 16, Vers 18«. Was fand der Herr Fähnrich beim Aufschlagen seiner Bibel? »Und so sie etwas Tödliches trinken, soll es Ihnen doch nicht schaden.«

Ein guter Spruch, so dachte ich auch an dem Abend mit dem Gefreiten. Aber ich hatte unfromme Gedanken. Mich ärgerte, daß er es ganz offensichtlich darauf abgesehen hatte, meine Kameraden und mich kleinzukriegen, indem er alles durcheinander anbot – Bier, Schnaps und Wein.

Ich beschloß fürchterliche Rache. Und eine Woche später – bei einem zweiten fröhlichen Abend – war die Gelegenheit da. Es kam ganz einfach über mich, daß ich ihm im Laufe des

Abends unbemerkt ein kleines Quantum aus meiner Birkin-Haarwasserflasche ins Glas schüttete. Die Wirkung trat prompt ein: Wir mußten den Herrn alsbald gemeinsam zu Bett bringen, nachdem er unterwegs im Freien lebhaft zur Düngung der uns umgebenden mageren Natur beigetragen hatte.

Für diese boshafte Tat mit Hilfe von Birkin sollte ich lebenslang büßen, indem dieses damals so erfolgreiche Ingredienz nicht dazu beitragen konnte, meinen mit 23 Jahren systematisch beginnenden Haarausfall zu stoppen. Mindestens 10 Jahre litt ich darunter, daß sich mehr und mehr ein von solcher Ornamentik entkleidetes, mehr strukturbetontes Haupt entwickelte. Wie Geige ohne Vibrato – fand ich, wirkte aber dadurch auf manche Leute besonders »interessant«.

Das süße Biest auf Linie 2

Natürlich flirtet man in diesem Alter, wo es nur geht, und in Ausgehuniform hatte selbst ich manche Chancen.

Nur ein die individuelle Manneswürde in Frage stellendes Ereignis wiederholte sich für uns alle einmal in der Woche. Da wir aus Potsdam kamen, hatten wir die Linie 2 zu nehmen, die uns zum Bahnhof Rehbrücke brachte. Von dort ging es dann mit dem Vorortszug nach Michendorf, wo unsere Stellung lag.

Nun weiß ich natürlich nicht, ob es Zufall war oder ob der Dienstplan des Straßenbahnpersonals dahingehend manipuliert worden war, daß immer freitags nachmittags ein wirklich bezauberndes Geschöpf mit frech gelockter Frisur, schiefem Käppi, toller Figur – die Schaffnerinnenjacke war vermutlich maßgeschneidert, um diese zu betonen – und auf schicken Pumps, die zum Tanzen mehr als zum Fahrkartenknipsen geeignet waren, nicht nur Dienst tat, sondern auf uns alle eine äußerst verwirrende Wirkung ausübte. Sie war, kurz gesagt, ein hübsches, junges Biest, dem wir 17-jährigen Halbsoldaten da begegneten und die sich bald einen Spaß daraus machte, jedem von uns beim Knipsen der Fahrkarten tief in die Augen zu schauen und uns das beliebte Rätsel aufgab: »Wer ist wohl der Erwählte?«

Es wurde immer wenig gesprochen, aber die Luft war erfüllt von Ungesagtem, von heimlichen Wünschen, Träumen und der Wehmut, wenn sie uns nach Ankunft in Rehbrücke schelmisch verabschiedete und winkend zurück nach Potsdam fuhr.

Zuspitzung der Lage: Einer von uns – sicher der Größte und Attraktivste – wollte es wissen. Beim zehnten oder zwölften Mal dieses wöchentlichen Schauspiels faßte er sich in Rehbrükke ein Herz, ging auf das entzückende Wesen zu und wollte es vor dem Aussteigen in den Arm nehmen und küssen. Was entströmte da dem lieblichen, schneeweißen Gehege ihrer hübschen Zähne: »Jeh raues, ick will mir nich küssen lassen!«

Welche Diskrepanz zwischen Optik und Akustik! Leider kein Einzelfall. Doch dieses »Raues« hat jedenfalls niemand für mich je überzeugender und berlinischer gesprochen als die süße Kleine von der Potsdamer Straßenbahn.

Urlaub mit Umwegen

In den Schulferien bekamen wir Luftwaffenhelfer immerhin zweimal 14 Tage Heimaturlaub. Normalerweise war dafür eine Hin- und Rückfahrkarte Michendorf – Potsdam für 22 km vorgesehen. Dank meines Eisenbahnfimmels wußte ich aber, daß man eine Fahrt auch mit Umwegen für Vermögensverluste von 0,15 Reichsmark vornehmen konnte.

Ich spürte, daß dies wahrscheinlich die letzte Gelegenheit sein würde, noch einmal liebe Verwandte zu besuchen und Gegenden kennenzulernen, die mir bis dahin unbekannt waren.

So lautete die erste Fahrkarte: Michendorf, Potsdam über Berlin, Breslau, Oberschlesien (Wiedersehen mit Resi), Posen, Allenstein, Wormditt (Ostpreußen), Danzig, Stettin, Zussow, Neubrandenburg, Oranienburg. Kosten der Gesamtstrecke: 22,80 Mark bei einer Länge von ca. 2.500 km.

In Ostpreußen habe ich einige seiner schönsten Güter kennengelernt. So durfte ich in Ponarien die mit meinen Eltern seit langem befreundete Tante Benita Groeben besuchen. Eine wunderbare Frau, der Prototyp der ostpreußischen Landfrau. Es war ein Genuß, mit ihr durch den Hof und das Dorf zu gehen. Für jeden Menschen hatte sie ein freundliches Wort, und man merkte deutlich, wie alle sie liebten. Sie hat später das Schicksal so vieler Menschen dieses wunderbaren Landes teilen müssen. Sie ist von den Russen umgebracht worden.

Ponarien war ein wunderschönes Gut, an einem großen See gelegen, auf dem ich bald einen Ruderausflug zu einer der bewaldeten Inseln machte. Mir bot sich ein Naturbild, wie ich es in dieser Großzügigkeit, Ruhe und Schönheit noch nicht erlebt hatte. Viel später sollten mich Reisen nach Schweden an Ostpreußen erinnern.

Nachmittags wurden Pferdewagenfahrten nach Grasnitz zur Familie von Stein unternommen, an Seen entlang – immer wieder mit dem Blick auf Inseln, große Felder, Koppeln mit Pferden und ausgedehnten Waldrändern.

Man atmete förmlich das wunderbare Klima. Abends auf der Rückfahrt durch die Dunkelheit war die Luft erfüllt mit Scharen leuchtender Marienkäfer.

Überall erlebte ich die so sprichwörtliche ostpreußische Gastfreundschaft und Herzlichkeit und ahnte nicht, daß auch diese Epoche bald ein Ende finden sollte: Großzügig gebaute Landhäuser, wunderbare Gespräche abends am Kamin, am Tage Begegnungen mit Kutschern, Schäfern, Schmieden oder Waldarbeitern, deren breites Ostpreußisch ich liebte und das mir lange im Ohr blieb. Unter ihnen traf man Persönlichkeiten mit einer Ausstrahlung, um die sie mancher städtische Akademiker beneiden konnte.

Ich lernte das Land Agnes Miegels, Ernst Wiecherts und Joh. Gottfried Herders kennen, kam und begriff den Reichtum an Anregungen zu deren Büchern sofort. Was konnte man damals noch für herrliche Originale treffen, und wo sind sie geblieben?

Unvergeßlich wurde für mich auch ein Tag in Tüngen bei Onkel Werni Kanitz, der oft bei uns in Potsdam war und ein sehr liebenswertes Original jener Zeit gewesen ist. Aus Liebe zur Musik, Malerei und Literatur hatte er auf die Erbschaft des großen Familiengutes verzichtet und wohnte recht bescheiden in einem Vorwerk, eben besagtem Tüngen (ohne h). Er spielte erstaunlich gut Klavier und hätte bestimmt das Zeug gehabt, ein namhafter Pianist in der Generation Backhaus, Fischer, Kempff zu werden. Aber wahrscheinlich reichte die Energie für ein solches Studium nicht aus. Immerhin konnte er abends stundenlang große klassische und romantische Programme auswendig spielen. Er schien damit zufrieden zu sein, daß er viele Stücke nur »ungefähr« beherrschte; der Text stimmte bestenfalls zu 75 %. Aber er besaß eine beachtliche Geläufigkeit und improvisierte so geschickt, daß der Eigenanteil z.B. an Beethovens Waldstein-Sonate oder Schuberts Impromptu den meisten seiner Zuhörer nicht auffiel.

Er malte auch sehr schön und reiste viel von Schloß zu Schloß, um die jeweilige Hausherrin vorteilhaft und zu ihrer Zufriedenheit in Öl auf der Leinwand festzuhalten. Abends spielte und phantasierte er auf dem Klavier, war auch ein glänzender Unterhalter, sah zudem blendend aus, nur – einen richtigen Beruf hat er nie ausgeübt. Vielleicht war es sein Beruf, ein überall gern gesehener Gast zu sein. Er war sehr belesen. Mit meinem Vater teilte er das Interesse für Erdstrahlungen und erzählte mir viel von seinen Erfolgen in der Bekämpfung von Rinderseuchen, die er in Zusammenhang mit diesen Einflüssen brachte. Auch hörte ich von den Weissagungen des Nostradamus, mit denen er sich intensiv beschäftigt hatte und die er in sehr enge Beziehung zur Kriegszeit und der Zukunft Deutschlands setzte.

Dann habe ich auf der Weiterfahrt noch einmal – leider zum letzten Mal – Onkel Georg und Tante Ika Kameke in Kratzig in Pommern gesehen und auch Wrangelsburg bei Greifswald besucht, wo die von mir ebenfalls sehr geliebten beiden Verwandten Tante Margot und Onkel Karz lebten.

Die zweite Route lenkte ich gen Süden. Sie führte von Michendorf über Berlin, Prag, nach Wien, Graz, von da über Innsbruck und München nach Thüngen, Leipzig und schließlich wieder nach Potsdam. Unkosten diesmal 27,40 Mark. Diese Reise galt mehr den Städten Dresden, Prag, Wien, Graz, Innsbruck, München und schloß mit einer Stippvisite in Thüngen ab. Ich konnte noch nicht ahnen, daß hier der Ausgangspunkt meiner Menschwerdung nach dem Kriege liegen sollte.

Die Fahrt mit der Schiebelokomotive über den Semmering, überhaupt das Kennenlernen auch tschechischer und österreichischer Dampfloks bereicherten die vielen Stadteindrücke erheblich. Eine solche Reise für unter 30 Reichsmark sollte es für mich nie wieder geben.

Dann nahte das Ende dieses merkwürdigen Zwitterzustandes zwischen Soldat, Gymnasiast und Orchesterdirigent. Wir machten das Abitur, verkürzt natürlich, aber immerhin mit den Fächern Deutsch, Geschichte, Mathematik, Physik, Chemie, Erdkunde und Latein.

Danach ging es zur Wehrmacht. Ich hatte mich freiwillig zum Panzerregiment gemeldet und kam auch dorthin. Hier gab es ganz andere Zahlenverhältnisse. Wir waren 200 Rekruten und lagen zu zwölft auf einer Stube. Ein sehr viel härterer Wind in der täglichen Ausbildung blies uns entgegen.

Am frühen Morgen wieder die entsetzliche Trillerpfeife. Dann viel Geländedrill und Ausbildung an der Wache. Unser Unteroffizier war im Zivilberuf Friseur und liebte es, uns abends in der Freizeit von seinen riesenhaften Erfolgen auf diesem Gebiet zu berichten. So würden wir zum Beispiel alle staunen, wie lange wir uns nicht mehr rasieren müßten, wenn wir eine entsprechende Behandlung bei ihm hinter uns hätten.

Ein neuer Test brachte mir den zweiten, wahrscheinlich entscheidenden Glückstreffer der Soldatenzeit. Wir wurden nach einer Grundausbildung auf die beste Morseleistung als Panzerfunker getestet. Ich bestand ihn unter den 10 Besten und wurde daraufhin auf die Laufbahn eines Funkoffiziers programmiert.

Schon bald danach wurden über die Hälfte von uns zur Infanterie abgestellt, weil es um diese Zeit bereits viel zu wenig Panzer gab. Den »Tiger« und den »Panther« habe ich nur als Ausstellungsstücke bewundert, nie selbst betreten.

Wir, die beim Regiment verbliebenen, wurden bald nach Dänemark (Viborg) zur weiteren Ausbildung versetzt. Eine lange Fahrt mit dem Güterzug ließ mich erstmals Hamburg, die

Rendsburger Nord-Ostsee-Kanalbrücke und die wunderschöne an Pommern erinnernde Landschaft Schleswig-Holsteins kennenlernen.

Dann die Begegnung mit der dänischen Staatsbahn. Die Lokomotiven kamen mir sehr altmodisch vor. Doch mit ihren rotweißen Schornsteinen sahen sie irgendwie sehr lustig aus.

In Viborg, einer sauberen nordischen Kleinstadt mit niedrigen Häusern und geräumigen Straßen, fiel mir sofort der wunderschöne Dom auf. Außerdem gab es dort Konditoreien mit köstlichen, fast vergessenen Dingen. Wir waren in der Stabskaserne untergebracht.

Auch hier war der Dienst hart, fand aber in schöner Umgebung in einem äußerst sympathischen Land statt. Und das Schwergewicht lag – bestimmt nicht zu meinem Nachteil – auf sportlicher Ertüchtigung. Eine große Rolle spielte der Langstreckenlauf. Er lag mir, und durch manchen Sieg gelang es mir trotz meines zweifelhaften Rufes als Abiturient und Musiker, meine Position zu stärken. Außerdem kam mir in der Morseausbildung meine Musikalität zu Hilfe. Ich morste etwas schneller als die anderen, und das hat mir möglicherweise das Leben gerettet.

Denn die Tragik des Kriegsverlaufs nahm ständig zu. Die hohen Verluste an der Ostfront mögen vor allem dazu beigetragen haben, daß in Viborg zum zweiten Male, und diesmal ein noch größerer Teil von uns, zur Infanterie abkommandiert wurde. Das Stehen in Reih' und Glied, das Warten, ob dein Name aufgerufen wird oder nicht, all' das bleibt in der Erinnerung mit Schauergefühl haften.

Ich wurde also zum zweitenmal nicht versetzt, nahm weiter an der Ausbildung teil, inzwischen zum ROB (Reserveoffiziersbewerber) ernannt. Eines Sonntags wagte ich es, nach dem Gottesdienst im Dom auf die Orgel zu gehen. Der Organist schien erschrocken, einen deutschen Soldaten zu sehen und war gänzlich unzugänglich und verschlossen, als ich vorsichtig fragte, ob er mir erlauben würde, ein paar Minuten auf der Orgel zu spielen. Ich sagte weiter, daß er sich vielleicht nicht vorstellen könne, was das für mich bedeuten würde, und erwähnte auch den Namen Wilhelm Kempff. Sofort änderte sich seine Zurückhaltung; das schien der Schlüssel gewesen zu sein. Ich durfte spielen. Nachdem er merkte, daß hier ein junger Musikus zu ihm gekommen war, gab es diese blitzschnelle, wunderbare Verwandlung in seinem Gesicht und in seinem ganzen Habitus, die ich noch manches Mal in meinem Leben erfahren habe: Musik, die schönste Weltsprache, die es gibt, öffnet Türen, nationale Grenzen und schafft Kontakte – in diesem Fall auch zwischen einem älteren Domorganisten eines besetzten Landes und einem jungen Soldaten, der mit Hilfe der Musik alle Vorurteile beseitigen und zum jungen Kollegen werden durfte.

Unter den gleichaltrigen Kameraden gab es einige, mit denen sich eine echte und wertvolle Freundschaft ergab. Was hat es da auf langen Geländemärschen, aber auch abends auf der Stube für Gespräche gegeben! Wir hatten einen großen Hunger nach Kultur, nach geistiger Nahrung, nach Anregungen und nach einem Menschen, dem man vertrauen konnte. Jeder berichtete dem anderen von seinem Elternhaus, von seinen Interessen und seinen Plänen nach dem Krieg. Man grübelte oft und wurde dabei sehr traurig über die immer dunkler scheinende Zukunft, die vor uns lag. Jochen Köhne war so ein Freund. Ihm könnte ich ein ganzes Kapital widmen – so gern habe ich ihn gehabt. Wir hatten die gleiche Wellenlänge, den gleichen Geschmack, die gleiche Witzgruppe und auch die gleiche Einstellung zum politischen System. Wie selten war das, und wie dankbar konnte man für einen solchen Menschen sein. Das erstemal wurde er mir entrissen, als man ihn in die Heimat abkommandierte, weil zwei Brüder von ihm gefallen waren. Nach Beendigung des Krieges haben wir uns bald wiedergefunden. Die Freundschaft setzte sich fort, wuchs. 1960 wurde er der Patenonkel meines Sohnes Hans Claudio. Doch wenige Tage darauf bekam er eine schwere Grippe, die er im blühenden Alter von 33 Jahren nicht überlebt hat. Und seine Eltern mußten 15 Jahre nach Beendigung des Krieges auch ihren dritten Sohn hergeben. Doch für mich steht fest: So einen Freund hat man nur einmal im Leben.

In der Zeit meines Alleinseins kam die Nachricht über den 20. Juli, seinem tragischen Ausgang und der fürchterlichen Racherede Hitlers. Mir wurde sofort bewußt, daß unter den Verhafteten auch mein Patenonkel Ulrich von Hassel sein konnte. Ein entsetzlicher Zustand der Ungewißheit brach an. Mit keinem Menschen konnte ich über diese Sorge und meinen Kummer reden.

Bald darauf erlebten wir die Einführung des NSFO (Nationalsozialistischer Führungsoffizier), und damit war auch in unserem Regiment bis zur Kompanie und zum eigenen Zug jede letzte Möglichkeit von Offenheit und Ehrlichkeit verschwunden.

Dazu kam eine schreckliche Zusatzbelastung, nämlich die Einführung der allmorgendlichen Tageslosung: »Ein Wort des Führers«. Diese hatte uns groteskerweise unser Hauptfeldwebel vorzutragen, von dem ich wußte, daß er im Zivilberuf Prediger einer Neuapostolischen Gemeinde war.

Im Herbst 1943 ging es zurück nach Neuruppin zur Fahnenjunkerausbildung, verbunden mit der Beförderung zum Gefreiten, dem zweitgebildetsten Dienstgrad der Wehrmacht. Wie man damals sagte, war der gebildetste der des Obergefreiten. Hier war für viele Professoren, Wissenschaftler und

Künstler, denen totale Unfähigkeit unschwer nachzuweisen war, der absolute Endpunkt ihrer Militärlaufbahn.

Es wurden sechs Monate, die zu den kontrastreichsten, gefährlichsten und auch belastendsten meines Lebens gehören. Der Dienst wurde härter. Es war klar, daß mit Panzereinsatz aus Materialmangel nicht mehr zu rechnen war. Stattdessen wurden die Infanterieausbildung und die Ausbildung an der Panzerfaust verstärkt.

Die täglichen Nachrichten über den Volksgerichtshof und seine vielen Todesurteile, nach denen Menschen in unwürdigster Form hingerichtet wurden, waren eine zusätzliche Belastung. Nur mit meinem Freund Jochen Köhne, den ich in Neuruppin wiedertraf, konnte ich offen darüber reden.

Dann wurden wir erneut getrennt, weil wir beide »Stubenälteste« wurden, und das mit unseren 18 Jahren ausgerechnet bei 38- bis 40-jährigen »Senioren«, die zum Ende des Krieges noch als sogenannter Volkssturm einberufen worden waren.

Ich hatte Glück. Meine waren alles Daimler-Benz-Arbeiter aus Berlin, gutmütige Gesellen, deren Muttersprache ich verstand und deren Mutterwitz sie auch in dieser abscheulichen Lage nicht verlassen hatte. Zwei Momentaufnahmen:

Einer tanzt aus der Reihe

Wir sind auf dem Marsch – natürlich im Gleichschritt – ins Gelände. Da schert einer der Arbeiter aus, weil es mit der Puste nicht reicht. Sofort kommt der Feldwebel herbeigeeilt: »Mann, was fällt Ihnen ein, gehen Sie sofort in ihr Glied zurück, sonst passiert was!« Antwort des so Angeredeten: »Na, Alterchen, willste wieder stänkern?« Während der so Angesprochene puterrot anlief und seinen Dienstblock zog, um eine

Meldung zu schreiben, ergriff ein anderer für den Beschuldigten Partei: »Männeken, regen Sie sich doch nich so uff. Der Mann meint det doch nich so. Dem geht es wirklich mies, der hat et mit dem Herzen.«

Machtlosigkeit, dein Name ist manchmal auch Feldwebel, wenn du solchen achtunddreißigjährigen Persönlichkeiten gegenüberstehst.

Zweite Szene:

»Mensch, wat is mit dein Profil los?«

Die Herren sitzen abends auf der Stube um den Tisch, und viele schreiben an »Muttern«. Gelegentlich unterbricht ein Gedankenaustausch über das Geschriebene das Schweigen:

»Also, ick wees, det meene Olle 'n andern hat. Ick schreibe trotzdem immer weiter und feste *Liebling*. Det is besser so. Vielleicht hilft det.«

»Meene will wissen, wie ick die Strapazen hier vertrage. Su Hause arbete ick nämlich bloß an so'n paar Knipsschaltern (der Mann war Elektriker). Ick habe jeschrieben, mach' dir keene Sorjen, Liebling, et jeht mir jut. Hier habe ick mir nun janz uff Körper spessialisiert.«

Doch den Vogel schoß der Ruhigste und Nachdenklichste unter ihnen ab. Er betrachtete eine ganze Weile seinen Nachbarn beim Schreiben von der Seite. Ich sah das und überlegte, was wohl der Grund sein könnte. Da fiel auch mir auf, daß dessen Gesicht eine auffallend gebogene Nase eine markante Note gab. »Sag mal, Paule«, kam es plötzlich ganz ruhig und besinnlich aus seinem Mund, »darf ick mir mal 'ne Frage erlauben?« – »Na, wat willste denn?« – »Sag' mal, welchet nichtarische Element hat dir denn mal in deene Ahnenreihe rinngemanscht?«

Der 18-jährige Stubenälteste hatte so durch diese merkwürdige erste Führungsaufgabe bei den Soldaten ein unterhaltsames Gegengewicht zu den stärker werdenden Sorgen, was aus uns allen angesichts der näher rückenden Ostfront werden sollte und auch zu der schärfer, aber stumpfsinniger werdenden Ausbildung. Auch die politische Beeinflussung nahm zu. Man mußte immer vorsichtiger werden.

Einer unserer Ausbilder, Feldwebel Schmidt, hatte die Aufgabe, uns durch ein besonderes Härtetraining zu bringen. »Auf die Barrikaden!« »Fliegeralarm, in die Büsche marsch, marsch!« »auf die Bäume«, »durch den Bach«, »klar zum Nahkampf« und so weiter. Das waren die täglichen Kommandos. Dazu kamen Gewaltmärsche, Nachtübungen, Stellungausheben etc. Wir wurden an die Grenze unserer Leistungsfähigkeit gebracht.

Von unerwarteter Seite sollte mir – wenigstens zeitweilig – Hilfe zuteil werden:

Eines Tages wurde gefragt, wer ein Instrument spielen und in der Tanzkapelle des Regiments mitwirken könne. Welche Chance! Ich meldete mich sofort für Akkordeon und als Arrangeur und wurde auch sogleich von dem Leiter, Unteroffizier Weiß, einem gutmütigen, hellblonden, etwas dicklichen Enddreißiger, angenommen. Darüber war ich so außer mir vor Freude, daß ich – man wird es nicht glauben wollen – dem Mann die Hand geküßt habe. Welcher Satan mich hierbei geritten hat, weiß ich nicht. Wäre ich an den Falschen geraten, hätte das ein übles Disziplinarverfahren gegeben. Aber ich hatte Glück. Der Herr Unteroffizier sagte zu dem Gefreiten von Kameke nur: »Lassen Sie man, bei mir ist das nicht nötig.«

Ich revanchierte mich durch fleißiges Üben von Peter Kreuder- und Igelhoff-Melodien auf dem Akkordeon und stellte Arrangements für die etwas merkwürdig zusammengesetzte

Kapelle her. Auf jeden Fall entfielen dadurch wöchentlich vier bis sechs Stunden Dienst.

Eine andere große Erleichterung bedeutete die sonntägliche Einladung ins Neuruppiner Pfarrhaus Fischer. Diese Verbindung hatte meine rührige Mutter hergestellt. Sie hatte nämlich herausbekommen, daß Frau Fischer niemand Geringeres war als die Schwester von Wilhelm Kempff, die als Frau des Pfarrers ihre Familie mit drei Töchtern versorgte.

Es war für mich eine Wohltat, an einem gedeckten Tisch zu sitzen und andere als die Kasernengespräche führen zu können. Auch durfte ich das Klavier benutzen und führte der Pfarrersfamilie zu ihrem Ergötzen meine neuerworbenen Kenntnisse auf dem Gebiet der Unterhaltungsmusik vor.

Bald erfuhr ich, was bezeichnenderweise damals kaum einer wußte, daß Wilhelm Kempff neben seinem Bruder Georg auch eine nicht minder begabte Schwester hatte, die ebenfalls ein volles Klavierstudium hinter sich hatte und ohne Frage das Zeug besaß, eine große Pianistin zu werden. Ich hatte jedoch den Eindruck, daß sie voll in ihrer Lebensaufgabe als Pfarrfrau und Mutter aufging. Aber man spürte ihr sofort die Ausstrahlung einer großen Künstlerin an. Bei jedem Sonntagsbesuch war ich mehr fasziniert von dieser Frau, gepflegt in ihrem Äußeren, sehr bescheiden, aber voller Herzlichkeit und mit der auch damals schon seltenen Gabe, den Gast fühlen zu lassen, daß man sich auf ihn freut, ihn mag und seine Erzählungen außerordentlich interessant findet.

Sie teilte das Schicksal mancher hochbegabter Musikerinnen, die schon früh im Schatten der vom Elternhaus und den Zeitläufen bevorzugten Brüder gelebt hatten. Wer weiß zum Beispiel heute noch, daß die vier berühmten Bach-Söhne durchaus gleichbegabte Schwestern gehabt haben, für die es damals offensichtlich noch keinerlei Zukunft gegeben hat.

»Stell' dir vor«, begann sie eines Mittags zu erzählen, »da kommt ein junger Pianist aus Berlin nach Neuruppin und gibt hier einen Klavierabend. Er hatte ein riesig großes Programm, und ich bin dort hingegangen, weil mich vor allem die große C-Dur-Phantasie von Schumann interessierte. Die spiele ich nämlich selber sehr gern. Aber sie ist ein schwieriges Stück. Du weißt, da gibt es am Ende des zweiten Satzes so eine gemeine Stelle, da hat man in beiden Händen ekelhaft schwer zu treffende Sprünge. Ich war gespannt, wie der junge Musiker dies bewältigen würde. Und was macht dieser unglaubliche Mensch? Er läßt die Stelle einfach weg. Bestimmt hat er gedacht, in Neuruppin, so einer Kleinstadt, merkt das keiner!«

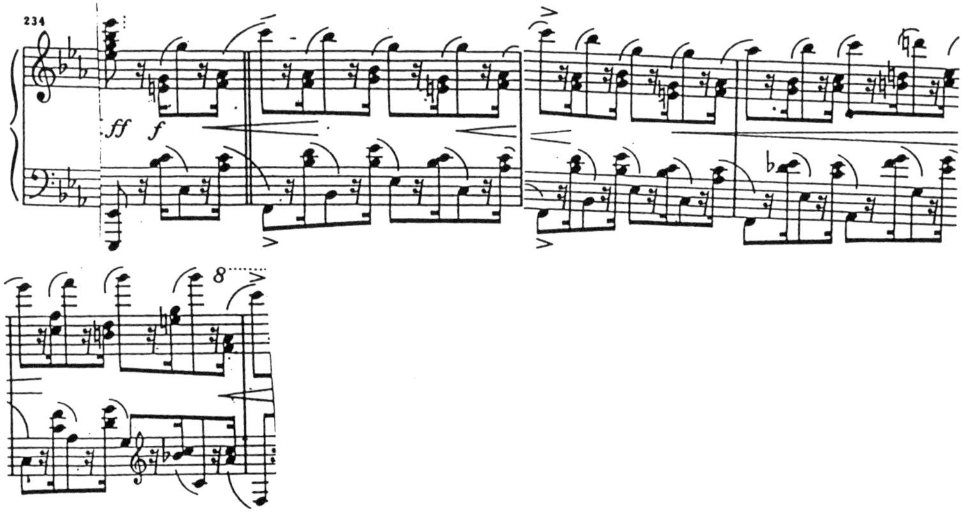

Dabei wurden ihre Augen immer lebhafter und funkelten mich an, als ob *ich* der Übeltäter gewesen wäre. Ich bekam richtige Gänsehaut. »Da bin ich aber nach dem Konzert in das Künstlerzimmer gegangen und habe zu ihm gesagt: junger Mann, viel von dem, was Sie gespielt haben, hat mir sehr gut gefallen. Aber wie kommen Sie eigentlich dazu, die schwere Stelle in der C-Dur-Phantasie mit den gemeinen Sprüngen einfach wegzulassen? Denken Sie, das merkt hier keiner? Da haben Sie sich aber geirrt. Ich bin nämlich die Schwester von Wilhelm Kempff und spiele selber das Stück. Wer ist denn Ihr Lehrer? Mit dem werde ich mal sprechen. Denn so etwas geht nicht. Man muß überall gleich gut Musik spielen, ob das Berlin, New York oder Neuruppin ist!«

Ich möchte nicht in der Haut dieses Herrn gesteckt haben. Der Schrecken saß mir selbst tagelang in den Gliedern. Da spielt man also als unerfahrener Jüngling in einer Kleinstadt, hat wahrscheinlich großen Applaus, gibt eine Zugabe, und dann kommt anschließend eine rundliche, nichts Böses ahnen lassende Pfarrfrau daher und hält einem diese Ansprache! Für mich war das eine sehr wichtige Lehre, nie derlei Gedanken auch nur in Erwägung zu ziehen, nur weil man in der Provinz konzertiert, das Publikum oder die Sache weniger ernst zu nehmen.

Orgelkonzert mit brisantem Nachspiel

Neben der »Arbeit« in der Tanzkapelle kam nun, da es auf Weihnachten zuging, eine weitere, sehr kontrastreiche Aufgabe auf mich zu. Unteroffizier Weiß hatte längst bemerkt, daß meine eigentliche Begabung woanders lag und mein musikalisches Herz nur bedingt für das Akkordeon, dafür aber um so heftiger für die Orgel schlug. Offensichtlich hatte er mir meinen Handkuß verziehen, denn sonst hätte er nicht der Abteilung empfohlen, mich zu einem Orgelkonzert in der Neuruppiner Kirche zu verpflichten. So kam es zu weiteren Dienstbefreiungen von den strapaziösen Geländeübungen und zu großzügig gewährten Übungszeiten, die ich durchaus auch benötigte. Ich pendelte nun von Peter Kreuder in der Tanzkapelle am Akkordeon zur Orgel in Neuruppin und übte Bach, Vivaldi und Improvisationen. Durch den Militärdienst bedingt brauchte ich erhebliche Übezeit, um wieder konzertreif zu werden. Vor allem aber wollte ich in dieser Kirche mit der so gefährlichen Pfarrfrau ein vollständiges Programm bringen. Ich entschloß mich daher auch, die eine Hälfte improvisierten Variationen über Weihnachtslieder zu widmen und die andere mit Literatur zu gestalten. Die härteste Herausforderung für mich war, Bachs Präludium und Fuge D-Dur wieder konzertreif spielen zu können. Gerade dieses Stück hatte schon früh Bedeutung für mich erlangt, weil es mir geholfen hatte, etwa die Herzen der Konfirmandinnen der Garnisonkirche oder die der Schülerinnen von Heiligengrabe, aber auch vieler Soldaten zu gewinnen, bei deren Vereidigungsgottesdienst ich gespielt hatte.

Nun sollte dieses wunderbare Werk wieder möglichst festlich und fröhlich vor hunderten von Soldaten erklingen, deren einer ich inzwischen selber war. Die Kirche war weihnachtlich geschmückt, mindestens vier Kompanien waren von der zwei Kilometer entfernten Kaserne anmarschiert und füllten den klassizistischen Raum.

Das Konzert »kam an«. Auch Frau Fischer sagte nichts Böses, sondern hatte sich ganz offensichtlich auch über einige Improvisationen gefreut und bemerkte dazu: »Schade, daß Wilhelm das gar nicht mehr macht – früher tat er es eigentlich bei jedem Konzert und konnte es sehr gut.« (Ein Jammer, daß ich das nie miterlebt habe. Es muß in den 20er Jahren gewesen sein und zu den Charakteristika der frühen Kempff-Konzerte gehört haben.)

Nach dem Konzert kamen alle meine Lehrgangskameraden und – zu meiner großen Freude – auch die Daimler-Benz-Berliner auf die Orgel, und jeder sagte auf seine Weise, daß er es schön gefunden habe und stolz auf mich sei.

Die größte Überraschung aber war für mich, daß der so überaus »scharfe« und wenig beliebte Feldwebel Schmidt als Letzter kam und mir sagte, er würde gern mit mir über das Konzert sprechen. Eine Mischung von Stolz, Irritation und Neugier überkam mich. Was wollte dieser unnahbare Supersoldat, dem nur an absoluter Härte und Fronttauglichkeit zu liegen schien, mit mir der für das Soldatsein so untauglichen Randfigur wie eine Schwalbe, die man zur Bewachung einer Schafherde einsetzt, persönlich besprechen? Bis dahin war ich der festen Überzeugung, von meinem Vorgesetzten als total unfähig beurteilt worden zu sein, hatte ich doch bei vielen Übungen nicht nur einmal zu hören bekommen: »Kameke, so lang wie Sie sind, so doof sind Sie auch!« So etwas sitzt.

In diese Richtung etwa lenkte ich meine Erwartungen über das Zweiergespräch mit dem Feldwebel und zeigte mich überrascht und erfreut über seinen Wunsch. Es sollte aber ganz anders kommen.

»Nachdem ich Ihr Orgelspiel gehört habe«, begann er, kaum daß wir die Kirche verlassen hatten, »dachte ich mir, daß man mit Ihnen offener und persönlicher als mit anderen Kameraden aus dem Lehrgang sprechen könnte.« – »Wie meinen Sie das?« kam es ängstlich aus mir heraus. »Das will ich Ihnen erklären. Ich denke, daß wir beide über Dinge sprechen sollten, die niemand erfahren darf, die also bitte unter uns bleiben müssen. Aber nach Ihrem Orgelkonzert – wie gesagt – habe ich ein bestimmtes Zutrauen zu Ihnen, das Sie bitte nicht enttäuschen wollen.« – »Worüber wollen Sie denn mit mir reden, Herr Feldwebel?« fragte ich mit gleicher Ängstlichkeit, aber zunehmender innerer Anspannung. – »Ich möchte Ihnen erklären, warum ich den Geländedienst so hart gestalte und was ich mir dabei denke.« – »Vermutlich sind wir Ihnen alle zu weichlich und Sie halten uns nach Ihrer eigenen Erfahrung für nicht fronttauglich.« – »Das ist nur die halbe Wahrheit«, entgegnete er mir sehr ruhig. »Ich mache mir allergrößte Sorgen um den Fortgang des Krieges. Ich bin – und das muß wirklich unter uns bleiben – seit langem fest davon überzeugt, daß er verloren ist und wir alle, so auch Ihr jungen Leute, die Ihr das Leben noch vor Euch habt, sehr schweren Zeiten entgegensehen. Die Russen werden bald die Oder überschreiten, es kommt zum Endkampf um Berlin, und wir stehen ihnen dann durch unseren totalen Materialmangel hilflos gegenüber.«

Ich erwiderte, daß ich das genauso sähe, aber ebenfalls mit niemandem darüber geredet hätte. Aus Vorsicht erwähnte ich meinen Freund Jochen Köhne mit keinem Wort. In dieser Phase des Gesprächs überkam mich wie eine Fieberwelle zeitweilig große Angst. Möglicherweise sollte ich hier auf eine ganz hinterhältige Weise reingelegt und zum Sprechen gebracht werden, damit man mir und meinen familiären Verbindungskreisen die Tat des 20. Juli nachweisen konnte.

Warum sprach ausgerechnet er, der unser härtester Ausbilder war, mich so an? Sollte er darüber hinaus noch ein raffinierter Spion und Spitzel des Systems sein, daß er mit solchen gemeinen Methoden jemanden wie mich bloßstellen und den auch in Neuruppin längst gefürchteten Fängen des NSFO (Nationalsozialistischer Führungsoffizier) ausliefern wollte? Ich konnte es mir nicht vorstellen, denn zu so einer Aktion hätte er auch andere Gelegenheiten gehabt, als auf mein Orgelkonzert zu warten. Mein Gehör für Ton und Sprache half mir, diesen Zweifel zu überwinden. Er sprach ruhig und ganz anders, als ich es bisher von ihm kannte. In seinem Ton lag Sicherheit, und seine Diktion war viel gewählter, gebildeter, jedes Wort klang echt und eher vertrauenerweckend.

Ich warf noch einmal zaghaft ein, daß ich mich als die falsche Adresse für ein solches Gespräch fühle, weil ich doch ein miserabler Soldat sei, dessen mangelnde Kompetenz keine gleichwertige Ebene für derartig schwerwiegende Erörterungen darstelle.

»Kameke, nun hören Sie mal damit auf. Sie scheinen nicht zu wissen, daß man Sie in der Abteilung sehr gut beurteilt. Sie werden einer der ersten sein, die demnächst zum Unteroffizier befördert werden. Außerdem erbringen Sie beste Morseleistungen und sind längst für die Laufbahn des Funkoffiziers vorgesehen.«

»Und das in dieser schrecklichen, aussichtslosen Endphase des Krieges, über die wir eben offen gesprochen haben?« war meine überraschte, nicht ohne Erleichterung gestellte Gegenfrage. »Was glauben Sie, wie wichtig das noch für Sie werden kann. In wenigen Wochen werden wieder an die 200 Soldaten, darunter die meisten Ihres Lehrgangs, zur Infanterie und damit praktisch zur Front abkommandiert. Strengen Sie sich an und machen Sie weiter so, vielleicht kann das sogar Ihr Leben retten! Aber« – fuhr er, ohne meine Antwort abzuwarten, lebhafter in Stimme und Gebärde werdend, fort – »ich will noch auf etwas ganz anderes hinaus, was ich Ihnen im Vertrauen sagen will.« Dabei wurden seine Schritte langsamer. Wir hatten die Hälfte des Weges zur Kaserne hinter uns, und er wollte offensichtlich das Gespräch in Ruhe zu Ende führen. »Ich habe das Gefühl, wir beide können noch über einen anderen Punkt offen reden. Jedenfalls sage ich Ihnen im Vertrauen, daß ich seit längerem mit der Widerstandsbewegung sympathisiere und mir vorstellen kann, daß Sie das auch tun.« – »Herr Feldwebel, ich danke Ihnen für dieses unglaubliche Vertrauen. Mit diesem Gespräch könnten Sie sich ja selbst in allergrößte Gefahr bringen. Aber selbstverständlich darf ich Sie sofort voll und ganz beruhigen, indem ich Ihnen meinerseits anvertraue, daß der vor ein paar Wochen hingerichtete Ulrich von Hassel mein Patenonkel war.«

Nun war von beiden Seiten »die Katze aus dem Sack«. Aber wir waren erleichtert, und ich hatte das Gefühl, daß ich mich in meinem höchst gefährlichen Vertrauen nicht getäuscht haben konnte.

»Aber warum sind Sie dann unser schärfster Ausbilder?« war meine anschließende Frage, denn ich konnte diese Haltung mit seiner mir eben anvertrauten politischen Einstellung nicht in Einklang bringen. – »Aus zwei Gründen. Zum einen muß ich mich durch mein Ansehen als erfahrener und erfolgreicher Ausbilder vor Spitzeleien selbst schützen, zum anderen glaube ich, daß ihr in so harter Form daran gewöhnt werden müßt, euch bei Feindberührung im Gelände so gut wie möglich zu verhalten und damit eure Überlebenschancen zu steigern. Was glauben Sie, wie viele begabte junge Soldaten gefallen sind, weil sie viel zu schlecht und zu kurz ausgebildet an die Front gekommen sind und sich in Krisensituationen falsch verhalten haben.« – »Herr Feldwebel, das verstehe ich sehr gut. Ich finde Ihre Einstellung ganz hervorragend und werde diesen Teil unseres Gesprächs versuchen, so unauffällig wie möglich in meinem Kameradenkreis zu lancieren.«

Wir sprachen dann noch über einzelne Persönlichkeiten des Widerstandes, über die große Tragödie des mißlungenen Attentats vom 20. Juli und die einzige Hoffnung, daß der Krieg bald zu Ende gehen und der Weg frei werden möge für ein neues, vom NS-Regime befreites Deutschland.

Damit waren wir bei der Kaserne angekommen. Vor deren Eingang trennten wir uns mit einem Händedruck, der ein ganz wichtiges Gespräch zum Abschluß brachte.

Mit Jahresbeginn hörte unsere Ausbildung auf. Wir wurden an den Ortsrand von Altruppin ins Gelände verlegt und hatten für den zu erwartenden Angriff die Stellungen auszuheben. Schützengräben wurden geschaufelt, Panzersperren angelegt. Ich hatte das umfangreiche Telefonnetz zu legen und die Morsestation in Verbindung zur Kaserne zu bringen.

Die Situation wurde mit jedem Tag bedrohlicher und hektischer. Die Tages-Luftangriffe der Amerikaner auf Berlin steigerten sich. Mehrfach gab es auch Bombenteppiche in unserer Nähe. Niemand von uns war frei von Todesangst. Wer kann je das Gefühl vergessen, wenn er Bomberverbände bei strahlend blauem Himmel über sich sieht und plötzlich lösen sich zahlreiche, ellipsenartig nach unten verlaufende Kondensstreifen, die abwärtsziehend genau in unsere Richtung weisen – ein auf uns zukommender Bombenteppich. Ein Entkommen ist ausgeschlossen. Die Entscheidung liegt im Metaphysischen, im Bereich des Zufalls oder auch in Gottes Ratschluß.

Etwa um den 10. Januar herum verbreitete sich in unserer Stellung eine Nachricht, die für mich eine neue seelische Belastung in allerhöchstem Maße bedeutete. Feldwebel Schmidt war verhaftet worden. Irgend jemand hatte ihn angezeigt. Es hieß, er sei nicht linientreu, sondern ein Verräter und käme in den nächsten Tagen vor das Kriegsgericht. Ähnlich wie nach dem 20. Juli in Dänemark traf mich diese Nachricht ganz persönlich, und ich konnte mit keinem Menschen über meine große innere Bewegung sprechen. Die Diskussionen im Kameradenkreis waren unterschiedlich. Einige waren schadenfroh, weil er uns so schikaniert hatte, andere meinten, daß man von seiner Einstellung aber nichts bemerkt hätte. Ich selbst konnte mich angesichts der hochbrisanten Lage nicht an den Gesprächen beteiligen, denn ich durfte ja nicht einmal von der Tatsache unseres gemeinsamen Heimweges nach dem Orgelkonzert das geringste verlauten lassen. So versuchte ich, ihn – wie andere auch – lediglich in bezug auf seine Schärfe im oben geschilderten Sinne in Form vorsichtig geäußerter persönlicher Vermutungen zu verteidigen.

Das Leben in den Schützengräben glich einem suggerierten Stellungskrieg. Das Grollen und Donnern von der Oderfront war allmählich immer deutlicher zu hören. Nachdem wir alle Stellungen ausgehoben hatten, begann so etwas wie spannungsgeladene Langeweile. Viel zu tun gab es nicht mehr. Aber wir waren alle zutiefst beunruhigt und fragten uns, wann es auch für uns ernst und die große Entscheidung fallen würde.

In dieser Situation war das mittägliche Eintreffen der Gulaschkanone und der Feldpost eine willkommene Abwechslung. Etwa drei Tage nach der Nachricht über die Verhaftung von Feldwebel Schmidt kam mit der Feldpost eine Nachricht für mich, die mich wie eine Bombe traf: Ich hätte noch am Nachmittag in der Kaserne vor dem NSFO zu erscheinen.

Auch diesen Schrecken durfte ich mir nicht anmerken lassen, obwohl mir klar war, was vermutlich eingetreten war. Feldwebel Schmidt war vermutlich von irgend jemandem aus unserem Kreis angezeigt worden und hatte, um sich bei der ersten Vernehmung zu rechtfertigen, möglicherweise meinen Namen genannt und unser Gespräch wiedergegeben. Mit dieser schweren Sorge fuhr ich in die Kaserne und geriet fast in eine Nervenkrise, als ich im Wartezimmer der NSFO über eine Stunde zubringen mußte. Dann war es so weit. Ich wurde hineingewinkt und nahm alle Kräfte zusammen, um diesen Menschen aufrecht und mit klarem Blick gegenüberzutreten. Eine scharfe Anklagerede erwartend, glaubte ich, meinen Ohren nicht zu trauen, als mir der Höchstgewaltige mit lächelnder

Miene verkündete: »Unteroffizier v. K., ich habe Sie hierher befohlen, um Sie zu fragen, ob Sie bereit wären, aus Anlaß des 30. Januars, an dem für die Panzerabteilung eine Feierstunde geplant ist, einen Männerchor aufzubauen und zu dirigieren?«

Es hätte nicht viel gefehlt, und ich wäre diesem widerlichen Kerl um den Hals gefallen oder hätte den zweiten Handkuß in meiner eigenartigen Militärlaufbahn verabfolgt.

»Selbstverständlich, Herr Oberleutnant«, war alles, was ich herausbrachte, die Hacken zusammenknallte und hinaus ins ersehnte Freie stürmte. Das alles war eine Sache von Sekunden, aber eine kurze, mein Leben tiefberührende Schrekkensphase. Wie gern wäre ich gleich ins Militärgefängnis gefahren und hätte Feldwebel Schmidt für diese große Fairneß gedankt, eine für ihn möglicherweise günstige Chance nicht ausgenutzt zu haben. Soweit ich erfahren habe, ist es vor Kriegsende zu keiner Verurteilung von ihm mehr gekommen.

Abkommandierung nach Eutin

Aus der Stellung von Altruppin heraus wurden noch einmal zahlreiche Kameraden an die Front abkommandiert und zur Infanterie versetzt. Zum dritten Male war ich nicht unter den Betroffenen. Wenn es Situationen im Leben gibt, in denen man an einen Schutzengel glaubt, dann sind es solche. Ich verblieb also in dieser frontnahen Wartestellung bis Anfang April. An das Grollen von der Oder her hatte man sich wie an eine dumpfe Begleitmusik gewöhnt. Doch das Gefühl der Bedrohung wurde mit jedem Tag größer, groteskerweise begleitet von einem der schönsten Frühlingsbilder mit geradezu explodierender blütenreicher Natur, herrlichstem Sonnenwetter, üppig blühenden Krokussen und Schneeglöckchen sowie Veilchenrabatten rings um uns her.

Wieder kam eines Tages eine Nachricht mit der Feldpost für mich: Am Nachmittag beim Stabsoffizier in der Kaserne melden. Sollte es sich um eine nachträgliche Versetzung doch noch zur Front und zur Infanterie handeln? Spannungsgeladen, wenn auch nicht ganz so ängstlich wie im Januar, begab ich mich in die Kaserne. »Sie sind ab sofort zu einem Offizierslehrgang für mobile Panzerfaustkommandos vom Fahrrad aus nach Eutin abkommandiert. Morgen nimmt Sie ein LKW mit nach Wismar, dann müssen Sie selbst sehen, wie Sie durchkommen.«

Es wurde eine abenteuerliche, mehrtägige Fahrt, unterbrochen von vielen Tieffliegerangriffen und begleitet von dem Grollen an der Ostfront, die längst in Bewegung geraten war. Nachdem wir in Wismar den Russen, die vom Osten in die Stadt drängten, buchstäblich um eine Viertelstunde entkommen waren, hörten wir im Radio auf der Fahrt nach Lübeck die Nachricht vom Tode Hitlers.

Das unmittelbare Ende dieses grauenhaften Krieges stand bevor. Das war uns allen klar. Deswegen entschloß ich mich, gegen den Marschbefehl die Fahrt nach Eutin abzubrechen, und bat einen Bauern in der Nähe von Pönitz um Quartier in seiner Scheune. Als er erfuhr, daß ich ihm seine sechs Kühe melken könnte, willigte er sofort ein. Er war mit meiner Stallarbeit einschließlich Ausmisten offensichtlich sehr zufrieden, denn nach einigen Tagen machte er mir das Angebot, als Stallknecht in seinen Dienst einzutreten. Ich hätte mein Auskommen und gute Zukunftschancen. Ich lehnte dankend ab.

Wer weiß, ob man im Leben immer alles richtig entscheidet. Auf diesem Bauernhof jedenfalls erlebten wir das Ende des Krieges. Hier begann die Gefangennahme durch die Engländer und die Einlieferung in den großen Gefangenenkral zwischen dem Nord-Ostsee-Kanal und der dänischen Grenze.

Eine schwer zu beschreibende Vielfalt der Gefühle verdichtete sich in diesen Tagen in uns allen zu einem Knoten, den zu entwirren es Monate, manchmal Jahre brauchen sollte.

Ganz obenan stand das größte aller Wunder: Du lebst! Der Tod, den so viele deiner Altersgenossen, Freunde und nächsten Verwandten haben erleiden müssen, ist an dir vorbeigegangen. Warum gerade ich – und mein Bruder, mein bester Schulfreund und mir sehr nahestehende Menschen mußten gehen?

Es mußte förmlich abgeschüttelt werden, dieses jahrelange Gefühl der unmittelbaren Todesnähe, des Bedrohtseins, das einen überhaupt nicht mehr an ein Morgen, an Pläne, Zukunftsträume, eben all' das, was zur jugendlichen Gedankenwelt eines 18-Jährigen gehört, denken ließ.

Aber was konnte an diese Stelle treten? Noch wagte man nicht, Pläne zu machen. Zuviel Ungewißheit stand im Wege. Wer war von der eigenen Familie am Leben geblieben? Vater und Mutter, mein ältester Bruder und meine Schwester? Seit Wochen hatte ich von keinem eine Nachricht erhalten. Wo war ein Neuanfang vorstellbar? An Potsdam – fraglos von den Russen besetzt – war nicht zu denken. Infrage kam nur Thüngen, vermutlich im amerikanischen Einmarschbereich. Aber würde dort noch ein Stein auf dem anderen stehen? Wer könnte mich Heimatlosen aufnehmen? Wie sollte ich mir den Beginn einer eigenen Existenz oder eines Studiums vorstellen?

Das alles war sehr niederdrückend. Aber vielleicht gerade deswegen entwickelten sich ungeahnte Willenskräfte, die ungewisse Zukunft sobald und so energisch wie möglich in die eigenen Hände zu nehmen und auf niemanden zu warten. Auf keinen Fall wollte ich mich vorschnell in neue Abhängigkeiten begeben, wurde doch das Glücksgefühl, überlebt zu haben, ganz stark ergänzt durch das Befreitsein von allen Fesseln des Soldatseins, des ideologischen Zwanges und des Nichtsprechenkönnens.

Die Dankbarkeit bezog sich auch auf einen oder mehrere Menschen, die ich nicht kannte, die aber im Stillen meine anonymen Schutzengel gewesen sein mußten. Der Versetzungsbefehl in das Fahrradkommando nach Eutin war, da bin ich sicher, nichts anderes als meine Lebensrettung vor den Russen, und es war auch so gemeint. Auch das dreimalige Übrigbleiben unter hunderten von Kameraden, die in diesen anderthalb Militärjahren von der Panzertruppe zur Infanterie abgestellt wurden, konnte kein Zufall sein und war sicher auch nicht nur meinen guten Hörleistungen beim Morsen zu verdanken. Es gab in dieser Zeit Menschen, die Schutzengel aus Fleisch und Blut für andere waren. Ich bin überzeugt, solche gehabt zu haben.

Erste Aufgabe in der englischen Kriegsgefangenschaft

Das Dorf Kuden in der Nähe von Burg in Dithmarschen schien eines der Plätze zu sein, wo die Zeit stehengeblieben war: Keine Zerstörungen, intakte große Bauernhöfe, von alten Eichen umgeben, spielende Kinder auf der Dorfstraße, Pferdewagen, die die Ernte einbrachten, Gänse, Enten, Hühner – das gewohnte Bild dörflichen Lebens, wie man es aus der Kindheit in Pommern, der Malche oder aus Franken kannte.

Aber dann die schicksalhafte Bestimmung, Quartier für fünftausend gefangene Soldaten zu stellen. Jede Scheune, jeder Dachboden wurde zur bescheidenen, sehr beengten vorübergehenden Heimstätte.

Ich hatte Glück und bekam einen Platz oben im Heuboden einer alten Scheune an einem kleinen Fenster. Geborgenheit auf zwei Quadratmetern nach einer eineinhalbjährigen Odyssee. Aber welche Preise mußten wir für dieses bescheidene und doch so große Befreiungsgefühl zahlen? Zuerst kam der Hunger. Eine Scheibe Brot am Tag, und die Brennesselsuppe gab es nur, wenn wir selbst genügend von diesen, uns bisher nur als Unkraut bekannten, aber für uns plötzlich lebenswichtigen Pflanzen gesammelt hatten.

Das andere Problem war die Hygiene. Man konnte sich noch so sehr um Sauberkeit bemühen – sie kamen gekrochen in Hosenbeine, in Ärmel und auf den Rücken, tags und nachts, diese kleinen Quälgeister, genannt Läuse, die wohl das Leben unserer Urgroßeltern mehr oder weniger regelmäßig begleitet hatten, mir aber zuerst und einmalig in der Gefangenschaft begegnet sind. Es war eine wirkliche Plage.

Dann kam Langeweile auf, die wir aber mit vereinten Kräften bald behoben. In kurzer Zeit entwickelte sich in unserem

Dorf eine »Volkshochschule« mit einem vielseitigen Lehrangebot.

Ich selbst leitete bald einen Männerchor, begleitete eine im Dorf als Flüchtling lebende Sopranistin, mit der Gesangsabende stattfanden, und gab Harmonielehre-Unterricht.

Zu dieser Klasse zählten überwiegend frühere Offiziere. Und da man sich noch immer mit Dienstgrad anredete, wiederholte sich für mich dieses merkwürdige Schauspiel: Offiziere zu unterrichten, vor denen man noch vor drei oder vier Wochen strammgestanden hatte, und ihnen beizubringen, im vierstimmigen Volksliedsatz Quinten- und Oktavparallelen zu vermeiden.

Ich belegte einen Englischkurs. Als Humanist mit verkürztem Fächerangebot vor dem Abitur hatte ich hier erheblichen Nachholbedarf.

Die Konzerte mit dem Chor oder mit der Sopranistin vor hunderten von Kameraden waren jedes Mal eine nervliche Belastungsprobe. Niemals vor- oder nachher habe ich so viele Tränen im Publikum erleben müssen. Alle waren so hungrig nach Kultur und hatten dabei so nahe am Wasser gebaut, daß man in der Programmgestaltung sehr vorsichtig sein mußte. Schon mit den Volksliedern »Heideröslein« oder »Wenn ich ein Vöglein wär« wurden zu viele Emotionen geweckt.

Eine schwierige, notvolle, aber auch höchst wertvolle Zeit war das damals, bis nach drei Monaten die heißersehnte Entlassung begann – für die einen in die Heimat, für andere in erhoffte Zufluchtsorte ohne die Sicherheit, dort auch willkommen zu sein.

Noch einmal Fahrt im Güterzug, gezogen von der robusten Kriegs-Lokomotive Baureihe 52, meist im Schneckentempo und mit vielen Umwegen. Nach zwei Tagen und zwei Nächten kam ich über Frankfurt und Hanau auf die Strecke nach

Würzburg und konnte am Bahnhof Retzbach aus dem dahinschleichenden Zug abspringen.

Wiedersehen mit Thüngen

Nach einem dreiviertelstündigen Fußmarsch stieg die Spannung von einer Straßenkehre, die den Blick ins Werntal und auch auf Thüngen freigab, zur anderen. Würde das Schloß noch stehen und der Ort nicht zerstört sein? Welch eine Erleichterung, den aus Kinderferien gewohnten Blick zu erleben.

Vor dem Tor des Schlosses wurde mir der Zugang durch amerikanische Wachposten verwehrt. Dann folgte die überaus herzliche Begrüßung durch meine Patentante Thildi und Onkel Dietz, den Bruder meiner Mutter, im sogenannten Burgsinner Schloß, einem der ältesten Gebäude Thüngens, direkt am Gutshof gelegen. Von meiner Familie wußten sie nur, daß mein Vater in Öhringen (Württemberg) leben mußte und meine Großmutter Hochstetter bei unserem früheren Potsdamer Hausmädchen Ella Hoffmann untergekommen war. Auf einer der Ferienreisen noch zu Friedenszeiten hatte sie sich den Rendanten von Thüngen geangelt und war nun die wohlinstallierte Hausbesitzerin, bei der nicht nur meine Großmutter, sondern auch ich Unterkunft als Flüchtlinge fanden.

Nach drei Tagen der Besinnung und der Wiedersehensfreude, vor allem mit meiner Großmutter, aber auch den meisten meiner Thüngener Cousinen und der Umgewöhnung vom holsteinischen Gefangenenlager im obersten Heuboden an die neue Heimat in Franken, borgte ich mir ein Fahrrad und radelte in einem Tag durch das herbstliche, wunderschöne Franken- und Hohenloher Land über Würzburg, Tauberbischofsheim, Osterburken, Jagsthausen nach Öhringen.

Schloß Thüngen, nach 1945 gemalt von Marie-Mathilde Freiin von Thüngen

Wiedersehen mit meinem Vater

In Öhringen gab es eine unbeschreibliche Wiedersehensfreude. Dieses beiderseitige Verlierendürfen der Fassung – du lebst, ich lebe, wir haben uns wiedergefunden! Diese drei schönsten und wichtigsten Sätze der damaligen Zeit bedeuteten ein tiefes, dankbares Gefühl des Wiedergeborenseins, des Ablegendürfens der größten aller Sorgen, die man aus dem Kriege mitgebracht hatte. Eine neu aufkommende Hoffnung breitete sich aus; irgend eine Zukunft mußte es geben, war der Anfang auch noch so armselig und erbärmlich.

Natürlich merkte man auf Schritt und Tritt, was es heißt, keine Heimat mehr zu haben und auf die Gastfreundschaft anderer angewiesen zu sein. Meinen Vater traf ich in einer winzigen Wohnung im Gärtnerhaus des Schloßgartens von Öhringen, abgemagert und sehr mitgenommen von allem, was auch er in den letzten Kriegsmonaten hatte erleben müssen. Wie durch ein Wunder hatte er noch einmal im Laufe des Krieges eine Aufgabe gefunden: Der Militärbefehlshaber von Belgien, General von Falkenhausen, hatte ihn nach Brüssel zum Militärverwaltungsvizechef berufen und ihm damit eine wichtige, seinen Erfahrungen und Begabungen entsprechende Herausforderung vermittelt. Ohne an dieser Stelle Einzelheiten erzählen zu können, weiß ich, daß er in den Jahren vor der Besetzung vieles hat verhindern können, was von der Berliner Parteileitung auch für Belgien politisch und ideologisch an Einflüssen geplant war. Mit der Befreiung durch die Alliierten wurde ein Reststab zur Abwicklung und Aufarbeitung nach Öhringen verlegt, und das war möglicherweise auch für meinen Vater die Lebensrettung.

Die erste Möglichkeit zum Klavierspiel fand ich im dortigen Schloß bei der Fürstin Hohenlohe. Orgel spielen durfte ich zum erstenmal in der Öhringer Stadtkirche. Dort lud mich Herr Seeger, der sehr liebenswerte Organist, zu einem Orgelkonzert ein.

Bald kehrten mein Vater und ich nach Thüngen zurück und wohnten gemeinsam bei der oben erwähnten Ella Hoffmann.

Abendliche Überraschung

Eines späten Abends klingelte es an der Haustür. Ich lief hinaus zur Gartenpforte, die wegen der Gefahr von Überfällen durch herumziehende Polen stets geschlossen sein mußte. Ich erkannte eine Rot-Kreuz-Schwester, aber erst beim zweiten Blick kam der Aufschrei: Meine geliebte Mutter stand da in der Dunkelheit vor mir.

Mit ihren damals 56 Jahren hatte sie eine abenteuerliche Reise von Potsdam nach Thüngen hinter sich. Als einzige von unserer Familie hatte sie den Einmarsch der Russen in Potsdam erlebt. Es dauerte Tage, bis allerseits das Wichtigste aus den letzten Monaten erzählt war.

Nun waren wir zu viert – meine Eltern, meine Großmutter und ich – als Flüchtlingsgäste bei unserer früheren Hausangestellten zwar sehr beengt, aber verständnisvoll aufgenommen.

Die letzten Kriegs- und ersten Nachkriegsmonate kann man in bezug auf alles, was meine Mutter erlebt hat, nur mit »Ein Heldenleben« überschreiben.

Wiedervereint in Thüngen, September 1945

Meine Mutter und die Russen

Das erste, was sie bald nach dem Einmarsch erleiden mußte, war das Ausräumen ihres Wohnzimmers. Alle Barockmöbel wurden auf russische LKW geladen, und verschwunden waren sie.

Sie sagte noch manches Mal, daß dies fast noch schlimmer gewesen sei, als die Möbel durch Bomben zu verlieren. Wie stolz war sie gerade auf ihr Wohnzimmer. Wie viele Besucher haben dort bei ihr gesessen, wie viele Menschen haben dort Trost durch sie, die ihren Glauben auch in den schwersten Zeiten nie verloren hatte, erfahren. Sie liebte dieses Zimmer, es war ihr Partner, und der Ausspruch einer alten Dame, den ich Jahre später gehört hatte, traf auch hier zu: Gegenstände sind dann lebendig, wenn jahrelang ein liebendes Auge auf ihnen geruht hat.

Das erste Mal kam meine Mutter auf völlig unerwartete Weise in große Lebensgefahr: Bei einer Hausdurchsuchung fanden die Russen etwas, was sie selbst vollkommen vergessen hatte. In der Mitte des Krieges, als nicht nur Lebensmittel, sondern auch Stoffe knapp waren, hatte sie »hintenherum« erfahren, daß es in einem Fahnengeschäft große Hakenkreuzfahnen ohne Bezugschein zu kaufen gäbe. Der Stoff hatte Friedensqualität, und meine Mutter wollte ihn färben, um daraus für einen von uns einen Anzug machen zu lassen. Dazu kam es aber nicht – wir mußten alle in den Krieg, mein Bruder war gefallen. So vergaß sie diese gefährliche Ware in einem der Kleiderschränke.

Und nun die schwer auszumalende Situation: Die Russen wühlen alles durch und finden plötzlich dieses verhaßte Emblem. Kurzes Geflüster, dann Entladung der Pistole und das barsche Kommando: »Frau, da an die Wand stellen!«

In unbeschreiblicher Geistesgegenwart machte meine Mutter den Russen ein Zeichen, sie wolle noch einmal Geige spielen. Das verstanden sie und wollten ihr wohl diesen letzten Wunsch erfüllen. Sie holte ihre wunderbare italienische Geige hervor und spielte zwei langsame Sätze von Händel und Bach auswendig mit dem schönen, warmen Ton, den sie von Kulenkampff gelernt hatte. Als sie fertig war, steckten die Russen die Pistolen ein, kamen auf sie zu, nahmen sie in den Arm und sagten: »Mattka, nix schlecht, Mattka gut!« Dabei soll einer sein Taschentuch genommen und geweint haben.

Nicht nur ich, viele andere und auch meine Mutter haben in dieser Zeit Schutzengel gehabt.

Das von den Russen ausgeräumte Wohnzimmer meiner Mutter

»Schwesterken, det ham'se fein gemacht!«

Selbst in dieser dunklen Zeit gab es Szenen, die Nahrung für den Humor meiner Mutter, der sie wohl nie verlassen hat, bedeuteten.

Eines Tages verließ sie Potsdam, um zu versuchen, auf irgendeine Weise nach Freienwalde in die Malche durchzukommen, um nach ihrer Schwester, der dortigen Oberin, zu schauen.

Wahrscheinlich kam sie da das erstemal auf die Idee, sich ihre Rotkreuz-Schwesterntracht, die sie noch aus dem Ersten Weltkrieg aufgehoben hatte, anzuziehen. Die S-Bahn fuhr noch bis Bernau. Von dort mußte sie 35 Kilometer zu Fuß laufen. An einem Tag war das nicht zu schaffen. So klopfte sie eines Abends, es muß in der Nähe von Werftpfuhl gewesen sein, bei einem Bauern an. Als der sie in ihrer Tracht sah, gab es ein auffallend herzliches Willkommen. »Schwesterken, det paßt ja wie geschmiert. Sie verstehen doch sicher och wat von Jeburtshilfe. Heute nacht soll nämlich unsere Suse niederkommen.«

Ein hoher Übernachtungspreis, aber: »Da brauche ich Handtücher, Seife, Watte, eine Schere, Verbandszeug und heißes Wasser.« – »Ham wa allet.«

Niemand hatte den geringsten Zweifel, es mit einer professionellen Hebamme zu tun zu haben. Vor 28 Jahren hatte meine Mutter Krankenpflege gelernt, das war alles. Die Sache muß gutgegangen sein. Sie mag manches Stoß- und Dankgebet zum Himmel gesandt haben.

Am nächsten Morgen beim Frühstück erklärte der frischgebackene Großvater folgendes: »Schwesterken, det ham'se fein gemacht. Bleiben Sie man noch zwei Tage. Übermorgen ist nämlich det Lieschen dran.«

Der Fortgang aus diesem Hof sollte die erste gelungene Flucht meiner Mutter sein, der weitere folgen sollten.

In der Malche angekommen, erfuhr sie von ihrer Schwester, daß das ganze Malchetal mit seinen vier Häusern um Haaresbreite von den Russen besetzt worden wäre. Als sie von der bevorstehenden Ankunft der Soldaten erfuhr, hat sich diese tapfere Frau in ihrer Diakonissentracht in die Einfahrt gestellt und dem entgegenkommenden Lastauto den Weg versperrt. Dabei rief sie »Stoj, stoj njet. Hier Jesus Christus zu Hause!« Und dabei machte sie pausenlos das Kreuzeszeichen.

Beide Szenen, die meiner Mutter aus Potsdam und diese, machen deutlich, daß es unter den russischen Soldaten ohne Frage auch Menschen mit Herz und Verstand gegeben hat.

Die Malche ist vermutlich manchen größeren Gefahren durch Herrn Ulbricht und Genossen ausgesetzt gewesen. Aber sie hat die ganze DDR-Zeit überstanden, wie sie auch das Dritte Reich überstanden hatte, und existiert bis zum heutigen Tage.

Meine Mutter hatte es in Potsdam zunehmend schwerer. Sie war auch immer neuen Durchsuchungen und Fragen nach Mann und Söhnen ausgesetzt. So entschloß sie sich, nachdem sie das Wertvollste an Silber und Geschirr nach Westberlin hatte schaffen können, zur Flucht. Zu ihrer persönlichen Habe gehörte natürlich auch ihre Geige.

Nächtliches Konzert im Güterwagen

Auf inständiges Bitten einer Freundin entschloß sich meine Mutter, deren 20-jährige Tochter mit in den Westen zu nehmen – eine riesige Verantwortung und zusätzliche Belastung. Bis Thüringen in der Nähe von Saalfeld ging alles gut. Dann mußte eine nächtliche Übergangsmöglichkeit mit ortskundigem Führer gefunden werden, die mit leisester Pirsch durch Wald und Busch, Durchqueren kleiner Flüsse und Bäche verbunden und den Bedingungen der Infanterie im Krieg durchaus ähnlich war.

Man verabredete sich auf vier Uhr morgens in der Nähe des Güterbahnhofs, und meine Mutter beschloß, sich mit ihrem Zögling bis dahin in einem Güterwagen aufzuhalten, dessen Tür sie offen fand.

Gegen drei Uhr nachts wurde die Tür aufgeschoben, ein Scheinwerfer leuchtete das Innere ab und hinein stiegen zwei russische Soldaten. Sie entdeckten die beiden Frauen, und das Licht blieb auf dem Gesicht des jungen Mädchens haften. »Frau, komm«, waren die einzigen beiden Worte, die sie von sich gaben.

Meine Mutter, inzwischen in solchen Situationen erfahren, muß gerufen haben: »Njet, njet, ich Mattka, ich Musik für euch«. Sprach's, nahm ihre Geige und spielte dieselben Stücke wie in Potsdam, dieses Mal im nächtlichen Güterwagen und noch ein paar Sätze dazu, um die Eindringlinge auf andere Gedanken zu bringen. Wieder hatte sie das Glück, auf Menschen zu stoßen, deren Gefühle noch intakt waren und die Antennen besaßen für ausgestrahlte Wellen, wie sie vom Geigenton meiner Mutter für sie gespielt ausgingen.

Dem Mädchen ist nichts passiert, und zwei Tage später, nachdem sie wieder 35 Kilometer von Schweinfurt nach

Thüngen zu Fuß gelaufen war, stand sie eines Abends erschöpft, aber dankbar und glücklich vor uns.

Über der Wiedersehensfreude nach dieser aufregenden zweiten »Nacht- und Nebeltour von Potsdam« lag ein schwerer Schatten. Mein Vater mußte meiner Mutter am nächsten Tag in großer Traurigkeit sagen, daß inzwischen eine Malche-Schwester aus Heiligenhafen an der Ostsee zu uns gekommen war und uns mitteilte, daß dort vor zehn Tagen meine Schwester Irmgard bei der Pflege von kranken Soldaten im Lazarett an Typhus gestorben sei.

Es war unendlich viel, was die Generation unserer Eltern damals hat durchmachen und verkraften müssen. Auch in dieser tiefen Dunkelheit eines erneuten Schicksalsschlages verließ meine Mutter der Lebenswille nicht. Sie brachte es fertig, den Blick nach vorn zu lenken und uns mit Hilfe der Thüngener Verwandten ein menschenwürdiges Dasein in einem Gartenhaus hinter dem Schloß zu verschaffen. Für meine Eltern wurde Thüngen noch einmal zur Heimat.

Vermutlich hätte mein Vater durchaus Möglichkeiten gehabt, noch einmal ins Berufsleben zurückzukehren, aber er konnte sich – und wer wollte ihm dies verdenken – nicht entschließen, in eine Partei einzutreten. Im Dritten Reich hatte er dies unter Inkaufnahme großer Schwierigkeiten umgangen. Nun wollte er nicht durch etwas Ähnliches, wie er meinte, in neue Konflikte geraten. Sicher hätte er gern seine Laufbahn als Verwaltungsjurist fortgesetzt, aber aufgrund seines Lebensalters war ein Wiedereinstieg vermutlich nicht möglich. Auf jeden Fall stand für ihn fest: Politik ja, Parteipolitik nein. So widmete er sich wieder ganz dem Wiederaufbau der Deutschen Bahnhofsmission, blieb Vorsitzender der Malche und half vielen Menschen durch seine Kunst, Gespräche zu führen, zuzuhören und Rat zu geben, aus ihren persönlichen Nöten zu einem

Neuanfang zu finden. Das Thüngener Gartenhaus wurde damals zu einem Sammelplatz sich einfindender Freunde und vieler ratsuchender Menschen.

Mein Vater half auch vielen, die an Schlafstörungen litten, indem er nach Erdstrahlen in ihrem Wohnbereich suchte und sie bekämpfte.

Der Autodidakt verdient das Studium durch Orgelkonzerte

Bei mir stellte sich nun die Frage, wie ich mein Leben in die Hand nehmen und zu welchem Beruf ich mich entscheiden sollte. Um unseren allernotwendigsten Lebensunterhalt zu verdienen, begann ich, in Thüngen Klavierstunden zu geben (»mit fünf Reichsmark pro Stunde war ich dabei«). Ich brachte es ziemlich bald auf etwa 10 Schüler und konnte so die bescheidene Miete bezahlen und unseren Lebensunterhalt sichern.

Für mich war sehr bald klar, daß ich Musiker werden wollte und daß der Schwerpunkt die Kirchenmusik sein sollte.

Zwei Gründe waren es, weswegen sich mein Blick auf Erlangen als ersten Studienplatz richtete. Vor allem hatte ich erfahren, daß die dortige Universität die einzige in Deutschland sei, die mein Luftwaffenhelfer-Abiturzeugnis anerkennen und mich immatrikulieren würde. Die meisten meiner Altersgenossen mußten zunächst ihr Abitur nachholen.

Der andere Grund war, daß ich wußte, in Erlangen lehrt Universitätsmusikdirektor Georg Kempff, der mir aus meiner Kindheit so vertraute Bruder Wilhelm Kempffs.

Nun mußte schnell gehandelt werden. Drei Nahziele galt es zu erreichen: Baldige Vorstellung in Erlangen und Erlangung eines Studienplatzes, fleißiges Orgelüben in Thüngen mit Blick auf eine mögliche Aufnahmeprüfung und der Versuch, möglichst viele Orgelkonzerte in Süddeutschland geben zu können, um die ersten Studiensemester zu verdienen.

Der zweite Punkt war nicht zu leicht zu bewerkstelligen, denn die Thüngener Orgel hatte noch immer keinen Motor, das hieß also, ich brauchte Blasebalgtreter.

Es kam zu »wirtschaftlich schwerwiegenden« Verhandlungen mit einigen meiner Cousinen und Klavierschülern. Ich bot den lächerlichen Preis von 50 Pfennigen pro Tretstunde an. Da man dabei gut lesen oder auch Fremdsprachen lernen konnte, wurde dieses Angebot allerseits angenommen. Es erlaubte mir, bis zu fünf Stunden am Tage zu üben und nach drei Wochen ein erstes Programm »stehen« zu haben.

Begegnung mit Fritz Lehmann

Das erste Orgelkonzert fand in Wertheim/Main statt. Eine große dreimanualige Orgel mit romantischer Disposition ermöglichte ein relativ großes Programm mit Bach, Vivaldi und meinem ersten Reger, den ich in Thüngen geübt hatte: Introduktion und Passacaglia d-moll. Mein inzwischen aus der Gefangenschaft heimgekehrter Vetter Wolf Hartmann war so lieb mitzukommen und mir die Register zu stellen. Der für ihn unerwartete Lohn bestand dabei darin, daß er, da er vor mir die Orgel verließ, weil ich den Spieltisch noch in Ordnung zu bringen hatte, unten an der Treppe mit mir verwechselt wurde und lächelnd alle Gratulationen entgegennahm. Doch zu meinem Glück war ich selbst unten angekommen, als einer der letzten Gratulanten auf mich zukam und sagte: »Ich freue mich, Ihr schönes Konzert gehört zu haben. Ich bin selbst Musiker und heiße Fritz Lehmann. Wenn Sie wollen, können wir uns morgen einmal länger persönlich unterhalten.«

Das war ein aufregendes, überraschendes Angebot eines namhaften Dirigenten. Eines der Gespräche, die Weichenstellungen für einen Lebensweg bedeuten können, sollte folgen.

Nachdem ich ihm auf seine Bitte hin noch etwas auf dem Klavier vorgespielt hatte, fragte er mich: »Was ist denn Ihr Berufsziel? Sind Sie auf die Orgel schon fixiert oder würden Sie auch gern dirigieren? Welche Literatur interessiert Sie? Wie stellen Sie sich die nächsten Jahre vor?« Ich erwiderte zunächst mit Dank für ein so spontanes Interesse an meinem Werdegang durch einen mir selbstverständlich wohlbekannten berühmten Dirigenten, daß ich vorhätte, Kirchenmusiker zu werden und bei Professor Georg Kempff in Erlangen zu studieren.

»Sie sollten sich in Ruhe – nicht jetzt, sondern in einigen Tagen – noch eine Alternative überlegen, die ich Ihnen anbieten möchte: Auf ein Studium vorerst zu verzichten und von der Praxis her Musiker zu werden.« – »Das, verehrter Herr Lehmann, kann ich mir so überhaupt nicht vorstellen, das müssen Sie mir bitte erklären«, warf ich vorsichtig ein. »Sie könnten, wenn Sie die Laufbahn als Opernkapellmeister interessiert, zu mir nach Wuppertal kommen, mein Assistent werden und als Korrepetitor in das Gebiet der Oper hineinwachsen.«

Ich war sprachlos. Ein solches Angebot, von diesem großen Musiker mit einer mich sofort fesselnden persönlichen Ausstrahlung ausgesprochen – gab es da überhaupt etwas zu überlegen? Angesichts des Gewichts dieses Angebots erbat ich mir dennoch Bedenkzeit und habe zwei Tage intensiv über alle Aspekte nachgedacht. Ich begann zu vergleichen und stellte mir einen Opernbetrieb mit all' seiner Unruhe, aber auch seinen vielen Möglichkeiten so plastisch wie möglich vor. Daneben eine Großstadtstelle als Kirchenmusiker an einer schönen Kirche mit guter Orgel und großem Chor.

Natürlich ist ein Vergleich eigentlich nicht möglich. Den Ausschlag für die in mir reifende Entscheidung gab meine bisher durch vielfältige Erfahrung stärkere Affinität zur Kirchenmusik, dazu der quälende Gedanke, Abschied vom Orgelspiel nehmen zu müssen. Vor allem verstärkte sich in mir der Wunsch, in der so schwierigen Aufbauzeit nach dem Kriege mit möglichst vielen Menschen, auch musikalischen Laien, zusammenzukommen und zu musizieren. Dazu wollte ich die aufbauenden, manchmal sogar heilenden Kräfte der Musik weitergeben. Der Wunsch nach so viel humanitas wie möglich schien mir in der Kirchenmusik stärker erfüllbar zu sein.

So ging ich zwei Tage später zu Fritz Lehmann und trug ihm diese Gedanken als Motiv für meine Entscheidung vor.

»Ich kann Sie gut verstehen. Ich habe auch einmal Orgel gespielt. Aber ich hätte Sie auch gern als meinen jungen Mitarbeiter gesehen und als Opernkapellmeister ausgebildet. Ihre Entscheidung läßt vermuten, daß Ihre Karriere relativ spät, wenn nicht sogar im Alter richtig einsetzt.«

Bis heute bin ich mir nicht sicher, ob ich damals richtig entschieden haben. Doch der Schlußsatz von Fritz Lehmann begleitet mich bis in die Gegenwart wie ein Leitwort, für das ich ihm, ob es zutrifft oder nicht, zeitlebens dankbar bin.

Das zweite Orgelkonzert fand in Schweinfurt statt. Überfüllte Kirche, die Einnahme reichte für das erste Studiensemester. Es war wie eine Bestätigung aus dem Himmel, daß mein Weg die Kirchenmusik sein sollte.

Ich meldete mich nun zum Vorstellungsgespräch mit Aufnahmeprüfung bei Professor Georg Kempff in Erlangen an.

»Sie machen das alles schon ganz schön. Ihre Tempi und Ihre Registrierung gefallen mir. Aber natürlich müssen Sie noch viel lernen. Das muß alles noch ganz anders klingen!« – »Dazu möchte ich ja gerade nach Erlangen kommen, Herr Professor. Wenn es geht.« – »Also, dann melden Sie sich sofort bei der Uni an und belegen Sie Fächer in der theologischen Fakultät. Anders geht es nicht, denn mein Institut ist dieser Fakultät angeschlossen.

Allerdings habe ich noch eine Frage: Sind wir nicht über meine Schwägerin Helene miteinander verwandt? (Helene Kempff geb. Freiin von Hiller-Gaertringen war eine Cousine meiner Mutter). Wir könnten deswegen eigentlich Du sagen. Aber ich glaube, wir lassen es besser beim Sie. Wissen Sie, ich sage im Unterricht lieber 'Sie Piesepampel' als 'Du Piesepampel'« – »Selbstverständlich, Herr Professor, es bleibt beim Sie, und der Piesepampel steht im neuen Semester zum Unterricht zur Verfügung.« (Das Wort Piesepampel ging ja noch, die Steigerung in der Anrede bei Kempff war nämlich das Wort »Schwein«).

Zu meiner Beruhigung verwendete er dieses Wort nicht nur bei Orgelstudenten, sondern auch in den Proben des Akademischen Chores, in dessen Männerstimmen Professoren, Ärzte, Juristen etc. sangen. »Meine Herren, Sie singen heute wie die Schweine« kam es spontan und klar über seine Lippen. Als bei der nächsten Probe die Hälfte der Herren fehlte, erklärte er: »Ich will doch lieber wieder lieb sein, die sollen bloß alle wiederkommen.« Und sie kamen auch. Richtig böse konnte ihm niemand sein. Dazu war er auf der anderen Seite viel zu liebenswert, charmant und originell. Doch das Zitat von Brahms, der sich nach einer Abendeinladung in Wien bekanntlich mit den Worten verabschiedet hatte: »Falls ich vergessen habe, jemanden zu beleidigen, möge man mir das verzeihen« mag manches Mal auch auf Georg Kempff gepaßt haben.

Seine Proben mit dem Chor waren musikalisch spannend und durchaus anregend. Uninteressant oder langweilig waren sie nie. Je näher allerdings eine Aufführung kam, desto häufiger wurde der Flügeldeckel mit Getöse zugeklappt oder die Partitur flog in hohem Bogen durch die Luft auf den Flügel oder auf den Boden. Wir konnten alle nichts und außerdem wurde uns regelmäßig mitgeteilt, wer in und außerhalb Erlangens auch nichts konnte.

Oft wurden in diese Betrachtungen auch Pfarrer oder Theologieprofessoren einbezogen. Obwohl Kempff selbst Theologe war, hatte er seine Schwierigkeiten mit dem Pfarrerstand. »Und da der bayrische Pfarrer den Dekanatshut nahm, fuhr der Satan in ihn!« war einer seiner Lieblingsaussprüche. Ein Pfarrer hatte hochmusikalisch zu sein, und wenn er den Altargesang nicht perfekt beherrschte, hatte er es schwer, vor Kempff zu bestehen.

Ich habe zweimal erlebt, wie er im Gottesdienst von der Orgel herunter den vom Liturgen am Altar angestimmten Introitus und das Kyrie einfach übernahm und selbst sang. Man muß dazu wissen, daß er eine wunderbare Baritonstimme hatte. Aber ob das die feine Art war, mag dahingestellt bleiben. »Ich bin Theologe und darf das«, war nach einem solchen Gottesdienst von ihm zu hören.

In meiner ersten Orgelstunde stellte er fest, daß meine Pedaltechnik nichts taugte. »Das wird mein Mitarbeiter, Herr Lamprecht, in Ordnung bringen. Melden Sie sich bei dem.« Ich tat das und freute mich auf die zusätzliche Bereicherung durch diesen hervorragenden Konzertorganisten, wie es bei jedem von ihm gespielten Gottesdienst oder Konzert sofort zu hören war.

»Na, det is ja wieder 'n Ding«, schallte es mir in selbstbewußter, berlinbeheimateter Rede entgegen. »Der Alte nimmt die juten Schüler und ick soll mich nur mit deren Beine beschäftigen. Ick bin doch keine Erziehungsanstalt für Beingehopse.« Daraus wurde also nichts, und der Herr Professor mußte sich selber meiner Fortbildung als Gesamtmensch annehmen.

Wer auch immer Georg Kempff persönlich erlebt hat, steckt voller Geschichten über diesen originellen, interessanten Musiker. Ich erinnere, daß mir zwei Jahre nach seiner Pensionierung und seinem Wegzug aus Erlangen nach einem Orgelkonzert gesagt wurde, die Stadt sei sterbenslangweilig, seit Kempff weg ist.

Auch ich habe in dem einen Semester viel erlebt. Zuerst muß nochmals betont werden, von welch großer und außergewöhnlicher Musikerpersönlichkeit hier die Rede ist. Wenn ein solcher Künstler daneben auch noch ein origineller Mensch ist, wie Kempff es war, dann besteht die Gefahr, daß wegen des Unterhaltungswertes alle Anekdoten seine eigentliche Bedeutung wie eine Rankpflanze überwuchern und zu überdecken drohen.

Mich hat zuerst seine große Vielseitigkeit beeindruckt. Ich kam nach Erlangen um seines Orgelspiels willen. Dort erlebte ich aber zunächst den liturgisch-musikalischen Erzieher ganzer Generationen angehender bayrischer Pfarrer. Damals war diese Aufgabe mit dem Amt des Universitätsmusikdirektors noch eng verbunden. Das bedeutete nichts Geringeres, als daß es echt gegenseitiges Verständnis von Pfarrer und Kirchenmusiker durch wechselseitige Bildung gab, was leider inzwischen erhebliche Einbußen erlitten hat.

Während in der kirchenmusikalischen Ausbildung der Anteil an theologischen Fächern erhalten oder sogar ausgebaut worden ist, war er an den theologischen Fakultäten seit den 60er Jahren mehr und mehr rückläufig. Persönlichkeiten wie Georg Kempff in Erlangen, H. M. Poppen in Heidelberg oder Henry Weman in Uppsala sind heute kaum noch zu finden. Kempff hatte entscheidenden Anteil an der musikalischen Gestaltung der bayrischen Agende. Gregorianik und Altargesang, Gottesdienst und Stundengebet waren nicht nur Gegenstand großen Wissens, sondern auch ein Fundament seines geistlich-religiösen Lebens.

In Gesprächen und bei seinen Vorlesungen hatte man Anteil an seinem hohen Bildungsgrad, basierend auf der humanistischen Bildung in Potsdam, dem Theologiestudium und anschließenden Musikstudien in Leipzig.

Er selbst pflegte neben dem Orgelspiel konsequent das Klavierspiel, das ihn in die Lage versetzte, sich in Liederabenden selbst zu begleiten. Seine Begabung als Sänger stand der des Orgelspielers sicherlich nicht nach.

So gehörten zu den musikalischen Höhepunkten eines jeden Semesters seine Liederabende, vor allem mit Schuberts »Winterreise« oder der »Schönen Müllerin« in der Erlanger Orangerie.

Mit großem Einsatz leitete er daneben den Erlanger Universitätschor, mit dem er regelmäßig beachtliche Aufführungen von der Matthäus-Passion bis zum Brahms-Requiem machte.

Dazu kam, wie bei seinem Bruder Wilhelm, ein umfangreiches kompositorisches Schaffen, das ihm selbst ähnlich viel bedeutet haben mag wie manchen anderen großen Musikern, die ich damals in erster Linie als Interpreten kennengelernt hatte. Nicht nur Wilhelm Kempff, sondern auch Wilhelm Furtwängler oder Hans Chemin-Petit gehören dazu.

In allen Fällen gab und gibt es heute unterschiedliche Meinungen über das Gewicht der schöpferischen Seite ihres Musikerseins im Verhältnis zu ihrer überragenden Bedeutung als Interpreten. Ich glaube aber, daß sie gerade wegen dieser Doppelbegabung so große Interpreten geworden sind. Schöpferisches Tun, das »eigene Kratzen am Horizont des nicht Bestimmten, noch nicht Gedachten« sind fraglos eine Vertiefung der Einfühlsamkeit in die Werke und die schöpferische Gefühlswelt anderer Komponisten und Dichter.

Bei Kempff kam die Gabe der Improvisation hinzu, die er regelmäßig im Gottesdienst und Konzert gepflegt hat.

So lernte ich in meinem ersten Studiensemester nach dem Krieg einen in jeder Hinsicht besonderen und außergewöhnlichen Menschen kennen.

Die Schwierigkeiten, mit denen das Leben Kempffs umgeben war, auch die Eigentore, die er geschossen hat, gehören in der Erinnerung an ihn dazu wie ein buntfarbiger Mantel, den er sich selber umgehängt hat. Sein Hauptproblem, und wer vermag das nicht sofort zu begreifen, war sein berühmter Bruder. Wer von uns will sein leben lang so angesprochen werden: »Ach, Sie sind der Bruder von...?«

Die Tragik seines Lebens, und dieser Deutungsversuch möge mir erlaubt sein, begann wohl in der Kindheit. Bei sicherlich gleicher musikalischer Begabung muß schon dem jungen Georg sein emotionsgeladenes Temperament, das bis zum Jähzorn reichte, im Wege gestanden haben. Man erzählte sich jedenfalls schon in meiner Kindheit in Potsdam, er sei gelegentlich mit »Stuhlbeinen« auf seine Mutter losgegangen.

Die Reaktion von Vater Kempff scheint geheißen zu haben: Der Junge ist zu schwierig für den Musikerberuf. Er soll deswegen Theologie studieren (!). Diese Bestimmung scheint absolut gegen den Willen Georgs getroffen worden zu sein. Kaum hatte er nach dem Studium sein erstes Pfarramt in Wittenberg angetreten, finanzierte er sich von hier aus sein Musikstudium in Leipzig, das er wohl auch glänzend zum Abschluß gebracht hat. Nur war er dem Bruder gegenüber 15 bis 20 Jahre im Rückstand. Möglicherweise haben sich dadurch ständig neue innere Konflikte in ihm gebildet, die zu dem Erscheinungsbild eines genialen, aber in sich kontroversen Menschen führen mußten.

Am schönsten war es, wenn sich dies alles in humorvoller Weise zeigte. Allein, ihn im Jahre 1946 mit wehendem weißen Haar in einem weißroten BMW Dixi, einem Miniatursportwagen, durch Erlangen rasen zu sehen, war ein Bild für die Götter. Auch wurde von folgendem Plakat berichtet, das er hatte drucken lassen:

Johann Sebastian Bach
Matthäus-Passion
Dirigent: Universitätsmusikdirektor Georg Kempff
Am Cembalo: Professor Georg Kempff
Jesus-Worte: Georg Kempff

Für lernbegierige Studenten, die alle im Uni-Chor mitsingen mußten, ein unvergeßliches Bild:

Kempff hält die erste Probe zum Brahms-Requiem, zusammen mit dem Orchester, das damals die Bamberger Symphoniker waren. Die Einleitung zum ersten Chor »Selig sind die da Leid tragen« wollte und wollte nicht klappen, weil Kempff sie in Achtelunterteilungen mit schweren, großen Armbewegungen dirigierte, die niemand verstand.

Nach entstandenem Chaos brach er ab und hielt dem Orchester folgende Ansprache:

»Meine Herren, Sie müssen bitte verstehen, wie ich dirigiere. Ich will Ihnen das noch einmal vormachen. Also ich dirigiere so:« Und nun kamen noch größere Bewegungen des behäbigen weißhaarigen Herrn. Er führte beide Arme parallel in unterteiltem Vierertakt mit senkrecht gestellten Handflächen, weit nach vorn gestreckt, durch zwei Takte, zu denen er laut zählte: Eins – äh, zwei – äh, drei – äh, vier – äh mit stimmlich stark betontem »äh«. Orchester und Chor hielten sich den Bauch vor Lachen. Der erste Konzertmeister stand auf und sagte höflich: »Herr Professor, schlagen Sie doch bitte die Eins, das andere machen wir dann schon selbst.«

Der große Enthusiasmus, mit dem wir alle so kurz nach dem Krieg, frierend in ungeheizten Kirchen solche Werke aufführten, wurde durch derartige Szenen in keiner Weise geschmälert. Im Gegenteil – es wurde gelacht und man fror weniger. Werke wie das Brahms-Requiem waren für uns der ganze große neue Halt, der geistige Kräfte spendete und weckte. Genau diese Nahrung brauchten wir. Hungern und Frieren nahmen wir dafür gern in Kauf.

Es kam so. Eines meiner Orgelkonzerte zur Gewinnung künstlerischer Praxis und zur Auffüllung der knappen Studienkasse fand in Bad Kissingen statt. Unter den Zuhörern, zum zweitenmal in meinem Leben, die Kronprinzessin Cäcilie von Preußen. Sie durfte nicht mehr im Cäcilienhof in Potsdam wohnen. Diesmal mußte ich nicht mehr, wie damals wegen unpassender Kleidung, hinter dem Vorhang vor ihr spielen.

Mein Spiel oder auch meine damit verbundenen Berufspläne schienen ihr zu mißfallen. Beim anschließenden Empfang sagte sie zu mir, nachdem ich ihr vorgestellt worden war: »Sagen Sie, Herr von Kameke, Sie wollen doch nicht etwa nur Organist werden?« Dabei betonte sie das Wort Organist so, als wenn sie eigentlich »Straßenkehrer« oder »Gepäckträger« meinte.

»Doch, Kaiserliche Hoheit, ich studiere Kirchenmusik und möchte Organist und Dirigent werden.« Ein entsetzter, mitleidsvoller Blick galt meiner Mutter, die neben mir stand und sich später noch oft über diese Szene amüsiert hat.

Stärkeren Einfluß auf mein Seelenleben aber nahm eine sehr attraktive junge Dame, die meine Potsdamer Schulfreundin Rosi Wegner mitgebracht hatte: Ulli Götz. Sie war groß, schlank, hatte wuscheliges offenes Haar, eine höchst lebhafte Gebärdensprache und ein ständig wechselndes Mienenspiel. Als mich ihre schönen, lebhaften Augen, die viel Temperament vermuten ließen, trafen, entgleisten meine Gesichtszüge. Auch nahm meine Herzunruhe schon im ersten Gespräch erheblich zu, als ich hörte, daß sie selbst Musik studierte, ausgerechnet in München, der für mich unerreichbaren Traumstadt, und bei Rosl Schmid, der auch aus der Ferne angebeteten Superpädagogin der Nachkriegszeit. Bei ihr haben später so berühmte Leute wie Christoph von Dohnányi studiert.

Ulli hatte genau zugehört: »Vor dem Triller nach dem Manualwechsel in Bachs d-moll-Fuge sind der Herr etwas langsamer geworden.« Seitdem denke ich jedes Mal an ihre Worte, wenn ich diese Stelle spiele.

Wie von selbst ergab sich der Plan, daß wir bald einmal an zwei Klavieren spielen sollten. Das fand dann an einem Wochenende in Erlangen statt. Beide Bach-Doppelkonzerte in c-moll und c-dur standen auf unserem Programm. Wir machten das beide zum erstenmal und hatten riesigen Spaß. Aber ungefährlich ist so etwas absolut nicht, wenn man nicht nur für die Musik, sondern auch für den anderen Spieler entflammt ist.

Oh, wie war man damals vorsichtig. Selbstverständlich siezte man sich. Noch bis in die fünfziger Jahre hinein wurde ja darüber diskutiert, ob das »Du« von der Dame oder von dem Herrn vorgeschlagen werden durfte.

Jedenfalls plagten mich nach diesem Besuch viele Sehnsuchtsträume. Auch fand ich es schade, daß Herr Bach viele schöne Musik nicht vierhändig komponiert hatte. Dann wären wir uns ja noch erheblich näher gekommen. Kurz, ich war bis über beide Ohren verliebt.

So schlimm wäre das aber nicht gewesen, wenn nicht ein halbes Jahr später die Verlobungsanzeige von Ulli gekommen wäre mit der Einladung, zur Hochzeit nach Rendsburg zu kommen und am Hochzeitsabend jenes c-dur-Doppelkonzert mit ihr an zwei Klavieren zu spielen.

Nun sagte ich zu mir selbst: »Du Piesepampel – wie konntest du dir nur einreden, bei einem so begabten, verwöhnten und hübschen Mädchen irgendwelche außermusikalischen Erfolge zu haben? Du hättest doch gleich merken müssen, daß sie mindestens zwei Schuhnummern zu groß für dich ist. Gegen die bist du doch ein armseliges Würstchen. Sollte Kronprinzessin Cäcilie vielleicht doch recht gehabt haben... als Jurist wärest du vielleicht schon weiter.«

Genauso einer war Ullis Auserwählter. Er sollte bald in den diplomatischen Dienst eintreten, war älter als ich, sah natürlich besser aus und dazu war er auch noch der Sohn des ersten Ministerpräsidenten von Schleswig-Holstein, Theodor Steltzer.

So fuhr ich in einer langen Nachtreise nach Rendsburg, erlebte eine wunderbare Familie, sprach mit dem Brautvater, der einen weißen, gelehrten Kopf hatte, über Ulrich von Hassel, den Widerstand und auch über meine Eltern, die er beide kannte. Was war das für ein Landesvater!

Das Konzert verlief sehr schön, aber für mich war es eine Qual – Ulli in ihrem Brautkleid am Flügel neben mir, ich selbst zum erstenmal nach dem Kriege in festlicher Kleidung. Es war sozusagen für uns beide eine Abschiedssymphonie von Johann Sebastian Bach.

Ein Semester bei Georg Kempff

Die Monate in Erlangen gingen bald zu Ende, hatte ich doch nicht bedacht, daß ich dort kein richtiges Examen würde machen können. Aber ich hatte meine Immatrikulation und ein Semester Georg Kempff. Das war sehr viel und durchaus keine langweilige Zeit.

Es darf nicht unerwähnt bleiben, daß der Orgelunterricht mir viel Anregung und Spaß gebracht hat. Kempff war ein durchaus strenger Lehrer. Falsche Töne wurden genau so getadelt wie Temposchwankungen oder undurchdachte Artikulation. Lebhafte Tempi und deutliche Artikulation lagen ihm besonders am Herzen. Auch setzte er es als selbstverständlich voraus, daß man bei ihm studierte Stücke auswendig spielte, was in der Organistenpraxis in Deutschland nicht im gleichen Maße gefordert wird wie bei Pianisten oder Dirigenten. Mir hat diese Schulung bei späteren Konzertreisen nach Amerika, Japan und Rußland sehr genützt.

Zwei seiner Lieblingsstücke wurden auch meine bevorzugten Werke: Das d-moll-Bach/Vivaldi-Konzert und Bachs großes c-moll-Präludium und Fuge, für dessen symphonischen Entwurf er mir die Augen geöffnet hat.

Zwei weitere Lieblingsstücke sollten für mich Johann Nepomuk Davids Chaconne in a-moll und Bachs C-Dur-Toccata werden, nachdem ich sie bei der Erlanger Orgelwoche von Michael Schneider gespielt erlebt hatte. Später habe ich mich mit diesen Stücken um Anstellungen beworben und konnte sowohl Düsseldorf als auch Hamburg gewinnen.

Ein anderes Konzert von Hans Klotz weckte mein Interesse für Max Reger und sein ungeheuer vielseitiges und technisch höchst anspruchsvolles Oeuvre.

Prof. Georg Kempff

Trauerspiel Eisenbahn

Zu den mehrfachen Fahrten von Thüngen nach Erlangen gehörten natürlich auch die damit verbundenen Eisenbahneindrücke. Einerseits war es ein großes Trauerspiel, die von mir in der Kindheit so bewunderte Bahn derartig heruntergekommen zu sehen. Andererseits mußte man anerkennen, wie relativ schnell alles nach den furchtbaren Zerstörungen der Bahnhöfe, gesprengter Brücken und tausender ausgebrannter Loks und Waggons wieder einigermaßen in Gang kam. Es hieß, daß in der damaligen sowjetischen Besatzungszone auf allen Hauptstrecken das zweite Gleis demontiert und die Schienen nach Rußland gebracht worden seien.

Der Unterschied in der Auf- und Abwärtsentwicklung in beiden Ländern war gewaltig. Berlin wurde mit einer Neubaustrecke umrundet, Potsdam erhielt draußen vor der Stadt, jenseits des Luftschiffhafens, seinen neuen Hauptbahnhof – einer der überflüssigsten Bahnhöfe, die je gebaut wurden.

Die Thüngener Strecke wurde unverändert vom »Dampfzügle« und von der 78er Tenderlok gezogen bedient. Aber was war aus Schweinfurt geworden? Keine Berlin-Verbindung mehr, ein total zerstörter Bahnhof und ein jammervoller Regionalverkehr nur noch bis Mellrichstadt an die Zonengrenze. Das tat richtig weh.

Positiv aber war, die wieder elektrifizierte Strecke Bamberg-Erlangen zu erleben. Da sah man mit Freuden die alte 44er und manchmal auch die sagenhaft schöne E 18, ein nicht umsonst bis heute viel gekauftes Märklin-Modell, ähnlich beliebt wie die 01 Dampflok.

Zwischen Erlangen und Bamberg wurde damals relativ schnell gefahren. Die Kenntnis dieser Tatsache sollte mir drei Jahre später bei einem Fachgespräch in Darmstadt sehr zugute kommen. Davon wird noch die Rede sein.

Aus mehreren Gründen entschloß ich mich, mein Studium in Heidelberg fortzusetzen. Unter den Gästen der Erlanger Orgelwoche war auch Helmut Tramnitz gewesen. Nicht nur sein Spiel gefiel mir sehr, er war auch eine Generation jünger als Kempff und menschlich sehr sympathisch. Dazu kam Wolfgang Fortner, der schon damals einen guten Ruf als Komponist und Pädagoge besaß.

Ich sehnte mich sehr nach einer Fortsetzung der Theorie- und Kompositionsstudien, die ich in Berlin nur sehr kurz vor meiner Einberufung zu den Luftwaffenhelfern hatte beginnen können.

Auch von Hermann Meinhard Poppen wußte ich, daß man von ihm viel aus seiner Praxis als Dirigent des Bach-Chors und als Universitätsmusikdirektor lernen konnte.

So begann im April 1947 mein Studium am Kirchenmusikalischen Institut in Heidelberg. Natürlich hatte ich vor der Aufnahmeprüfung fürchterliche Angst, doch sie wurde mir genommen, nachdem ich Bachs »Kommst du nun Jesus vom Himmel herunter«-Trio auswendig vorgetragen hatte. Man verzichtete auf weitere theoretische Prüfungen. Nur Klavier durfte ich noch vorspielen. Es blieb bei Schumanns »Aufschwung«, und ich war aufgenommen.

Die Intensität, mit der damals studiert wurde, hing vor allem mit dem ganz anderen Lebensgefühl zusammen, das uns Studenten verband. Noch immer verfolgten einen die Bilder vom Kriegsende. Den Tod so nahe vor Augen gehabt und erlebt zu haben, wie viele Altersgenossen, nahe Verwandte und Freunde gelitten hatten. Alles das spielte im Unterbewußtsein weiter eine große Rolle. Dazu kamen die Geldknappheit, die winterliche Kälte und der Hunger. Das Gefühl, wichtige Zeit durch den Kriegsdienst verloren zu haben, war wichtiger Antrieb, sie nun um so mehr zu nutzen, alle Chancen wahrzunehmen, um sobald wie möglich im Beruf seinen Mann stehen zu können.

Prof. Dr. Viktor von Weizsäcker

Wolfgang Fortner

Von der ersten Harmonielehre-Stunde und Formenlehre-Vorlesung an hatte ich das gleiche Gefühl, das ich sieben Jahre zuvor im Unterricht bei Hans Belt in Berlin gehabt hatte, nämlich einen hervorragenden Lehrer und Musiker zu erleben, der mir neue Welten eröffnen konnte. Bei Fortner war es so in mehrerer Hinsicht: Seine große musikhistorische und theoretische Bildung befähigten ihn, einen sauberen, konservationen Theorieunterricht zu erteilen, bei dem niemand auf die Idee kommen konnte, einem Avantgarde-Komponisten der damaligen Zeit zu begegnen. Dazu kamen sein großes Temperament, sein Humor und eine zweifellos didaktische Begabung. Das theoretische Pensum in Harmonielehre und Kontrapunkt konnte ich bei ihm so rasch bewältigen, daß ich nach drei Semestern sein Lehrassistent für diese Fächer wurde.

Vor allem verdanke ich ihm entscheidende Anregungen für das eigene Komponieren durch die große Bevorzugung, zusammen mit einem Kommilitonen alle 14 Tage sonnabends zu ihm in sein Haus kommen und einen ganzen Vormittag im kleinen Kreis verbringen zu dürfen. Er wohnte höchst romantisch auf dem »Kohlhof«, einem Anwesen hoch im Odenwald, zu dem man nur mit der Heidelberger Bergbahn über den Königstuhl gelangen konnte.

Der Kreis bestand aus seinen Hauptfachstudenten für Komposition, zu dem auch Hans Werner Henze gehörte.

Wir hörten Stücke von Hindemith, Strawinsky, Bartók und Schönberg, die wir alle nicht kannten. Wir lernten Stile kennen, die uns das Dritte Reich größtenteils vorenthalten hatte. Jeder legte kleinere oder größere eigene Kompositionen vor, die im Kollegenkreis manchmal vierhändig aufgeführt und dadurch zum »Erklingen« gebracht wurden.

Oft führte uns der Meister seine gerade aktuellen Arbeiten vor. So wurde ich Zeuge der Entstehung der Shakespeare-Songs, der Symphonie 1947, des Violinkonzertes, von »The Creation«, Isaaks Opferung und später des Bachkonzerts für zwei Klaviere sowie der »Mouvements« für Klavier und Orchester.

An diesen Vormittagen überkam einen jedes Mal von neuem das Gefühl, hier den Finger am Puls der Zeit zu haben. Man erlebte Zeitgefühl und spürte, wie wichtig es ist, Neuland zu erobern, Vorurteile abzubauen, Aufgeschlossenheit zu lernen und das Spannungsfeld von alter und neuer Musik existentiell zu begreifen.

Das Orgelstudium wurde erschwert durch die Knappheit der Übe-Instrumente. Und es mußte erheblicher Zeitverlust in Kauf genommen werden, um diese jeweils zu erreichen.

Große Hilfe bedeutete für mich die Kirche von Eppelheim. Aber zwei Wintersemester konnte man nur mit Handschuhen und auf dem Ofen gewärmten Ziegelsteinen üben. Die Temperatur in den Kirchen war bis zu 3 Grad unter Null.

Dennoch stellten sich dank der vorzüglichen pädagogischen und künstlerischen Betreuung von Helmut Tramnitz bald wesentliche Fortschritte ein, so daß ich nach fünf Semestern die große A(Diplom)-Prüfung ablegen konnte.

Prof. Wolfgang Fortner

Erste Begegnung mit Albert Schweitzer

Er kam zu einem Orgelkonzert in die Heilig-Geist-Kirche nach Heidelberg, und ich war dazu ausersehen, ihm zu registrieren. Sein Bach-Buch kannte ich in seiner großen Bedeutung für die Bach-Forschung unseres Jahrhunderts und für die Orgelbewegung, die in den 20er Jahren eingesetzt und sich mit der Restaurierung des Orgelbaus unter Orientierung an barocken und klassischen Instrumenten beschäftigt hatte. Ich war gespannt, wie ihm die eben fertiggestellte und nach Vorbildern Gottfried Silbermanns intonierte Orgel gefallen würde.

Zu meiner Überraschung registrierte er kaum in ihrem Sinne. Barocke Klangfarben schienen ihn ebenso wenig zu interessieren wie die Ausnutzung der Kontrastfarben der drei Manuale, die deutlich nach dem sogenannten Werkprinzip disponiert waren, d.h. dynamisch gleichwertig und nicht abgeschwächt wie bei den romantischen Orgeln.

Er benutzte kaum Mixturen. Wenn er klangliche Verstärkung wollte, wurde gekoppelt auf 8-4-2-Fuß-Basis und mit Hinzuziehung von Rohrwerken. Erst allmählich begriff ich den Grund: Er war trotz allem, was er für die Barockorgel getan und darüber geschrieben hatte, selbst dem französischen Klangideal, wie er es im Elsaß und in Frankreich selbst kennengelernt hatte, treu geblieben. Die Mixturen und Aliquoten (Obertonregister) der deutschen Neobarock-Orgeln waren ihm wahrscheinlich zu scharf.

So passierte es ihm am Schluß von Bachs D-Dur-Präludium, den er stärker haben wollte und wofür ich ihm leicht eine Mixtur hätte ziehen können, daß er selbst zwei Koppeln zog, dabei aus dem Notentext geriet und diesen Schluß dann sehr gekonnt und interessant zu Ende improvisierte.

Am Schluß des Konzertes sagte er zu mir: »Der alte Schweitzer hat den Vater Bach ein bißchen verändert, leider nicht zu seinem Vorteil.«

Begegnungen mit solchen Menschen sind ein Geschenk für das ganze Leben.

Wie es dazu kam, weiß ich nicht mehr. Auf jeden Fall wurde ich eines Sonntags im kleinen Studentenkreis zum Tee bei dem großen Gelehrten eingeladen. Er schien das Gespräch mit der jungen Generation zu suchen und beschränkte sich dabei keineswegs auf Medizinstudenten. Erster Eindruck: Raumfüllende Persönlichkeit mit sehr sympathischer, faszinierender und Vertrauen erweckender Ausstrahlung. Es war wie bei Kempff, Furtwängler oder Albert Schweitzer – man fühlte sich in seiner Gegenwart furchtbar klein und unbedeutend, war aber zutiefst erregt, ihm persönlich zu begegnen und mit ihm sprechen zu dürfen.

»Ich höre, Sie studieren Musik«, begann er sogleich. »Da interessiert mich besonders, wie das mit der Phantasie ist. Gibt es noch Phantasie bei euch? Braucht ihr sie, lernt ihr sie oder spielt sie keine Rolle mehr?« – »Sie berühren eine ganz zentrale Frage, Herr Professor«, antwortete ich (wahrscheinlich mit zitternder Stimme in diesem mir unbekannten, aber sehr aufregenden Kreis). »Ich darf dazu sagen, daß gerade in der Kirchenmusik dieses Thema eine große Rolle spielt, denn wir Organisten beschäftigen uns neben dem Literaturspiel ja ganz systematisch mit der Improvisation. Auf anderen Instrumenten, zum Beispiel dem Klavier, hat das leider nachgelassen, was deswegen schade ist, weil gerade beispielsweise bei Klavierkonzerten mit Orchester früher die Stelle der Kadenz ganz sicher die große Gelegenheit für den Solisten war, selbst zu improvisieren.« Das wollte Weizsäcker genauer wissen. Ich erklärte ihm die verschiedenen Sachgebiete der liturgischen und konzertanten Improvisation. Er fragte zurück, ob man das lernen könne oder ob das vorwiegend auf Begabung beruhe und ob ich nicht auch der Meinung sei, daß Phantasie in heutiger Zeit rückläufig geworden sei und immer mehr zu verkümmern drohe zugunsten einer sich verbreitenden Konsumhaltung und der Anbetung von Vorgedachtem und Gedrucktem – Atrophie eigenen Phantasierens durch zu viel Beschäftigung mit Vorgegebenem, also dem Gestern und nicht dem Heute. Wir berührten den Begriff Handwerklichkeit und welche große Rolle er gerade bei den großen Komponisten der Vergangenheit gespielt habe.

Das Gespräch mag etwa eine Viertelstunde gedauert haben. Es hat mich aber jahrelang beschäftigt und meine Verehrung für Viktor von Weizsäcker geweckt und erhalten.

Ich glaubte zu verstehen, daß er Phantasie auch für die Mediziner forderte, für den Menschen überhaupt, für Gesprächsführung und auch für therapeutische Gespräche im Sinne von persönlicher Verantwortung für den anderen.

Wenn ich es richtig sehe, war er einer der Väter der psychosomatischen Medizin. Dazu hatte er damals schon seine Stimme erhoben und vor übertriebener Sozialabsicherung gewarnt, weil damit die Grundeinstellung zur Krankheit verändert und aus dem natürlichen Kampf um Gesundheit gegen Krankheit ein soziales Anrecht auf Krankheit gemacht würde. Krankheit müsse als Risiko, das zum Leben eines jeden Menschen gehört, angesehen werden und man dürfe es durch hundertprozentige Versicherung nicht aus dem persönlichen Verantwortungsbereich heraussozialisieren.

Eines Sonntags zum Beispiel im Hause Schmölder an der Ziegelhäuser Landstraße – mein Freund und Kommilitone Erich Hübner war dort Schwiegersohn – beschlossen wir, eine Oper zu »improvisieren«. Als Thema fiel uns ein: »Triumph des Schwarzhandels«.

Im Nu waren die hübschen Mädchen zu Marktfrauen oder Straßendirnen verkleidet, wir Knaben in Knickerbockern und Schiebermütze – dem Vorbild Nick Knattertons entsprechend textilverändert.

Die Ouvertüre, vierhändig von Hübner und mir in einem Mischstil zwischen Johann Sebastian Bach und Duke Ellington improvisiert, führte dann zu wagnerhaften Sopran-Stemm-Arien, Liebesduetten, Eifersuchtsszenen, und der tragische Schlußpunkt war ein gegenseitiges Ermorden von Liebhaber, gleichzeitig Bandenchef, und Nebenbuhler. Beide »stachen« sich die lange Hälfte einer Büroschere in die Brust und sangen, zu Boden sinkend, herzergreifend das Duett »Stirbst Du schon? – Ja, ich sterbe.«

Oder ich begann in einer Mittagspause im Institut eine Viertelstunde, bevor Fortner zum Unterricht erschien, mit meinem Freund, Christian Bauer, der später leider viel zu früh durch einen Unfall ums Leben kommen sollte, Fugen an zwei Klavieren zu improvisieren – von Palestrina über Bach zu Hindemith. Letzteres machte uns am meisten Spaß und ist ja auch am leichtesten, da man klanglich viel freier ist. Fortner kam herein, wir spielten mit ernsten Gesichtern weiter und tobten die Fuge zu einer brillanten Fortissimo-Koda zu Ende. »Was war das? Das ist ja ein tolles Stück, das ich gar nicht kenne!« rief Fortner sichtlich beeindruckt den beiden Spielern zu. »Aber Herr Fortner, kennen Sie die Doppelsonate von Waldemar Schmiede, dem letzten Schüler Hindemiths, nicht?« Wir genossen dieses Theater noch einige Minuten und freuten uns über ein spontanes Lob des Meisters: »Kinder, ihr seid begabt!«

Phantasie – ein Leben lang gebraucht man sie. Herr von Weizsäcker, Ihre bohrenden Fragen haben dieses Thema bis heute ganz oben bei mir in der Skala wichtiger und täglich zu bedenkender Dinge belassen!

Romantik? Nein danke

Ein Problem, mit dem ich nicht gerechnet hatte, tauchte in meiner Heidelberger Studienzeit deutlich auf: die Antiromantik. Bis dahin hatte ich nichts von dieser neuen »Glaubensrichtung« gespürt. Sie begegnete mir zum ersten Mal in der Kritik durch Frau T. in der Klavierstunde, als sie zu viele Crescendi und Decrescendi beanstandete. Den Fuß auch nur in 5 cm Nähe des Pedals bei jedweder Note Bachs zu bringen, wurde als große Todsünde untersagt.

»Moderne Sachlichkeit« war plötzlich das Stichwort. Klarheit und Deutlichkeit in Verbindung mit Kühle und Zurücknahme des Gefühls standen im Vordergrund.

Solange sich das auf Neue Musik, besonders die von Strawinsky, bezog, hatte ich keine Probleme. Wenn aber mit dieser Haltung Polemik gegen viele Werke der Romantik verbunden war, denen Sentimentalität oder Mangel an Substanz vorgehalten wurden, wehrte sich alles in mir und ich geriet in stille Opposition. Das lag wahrscheinlich daran, daß ich so viele wunderbare romantische Werke in Berlin erlebt hatte, daß sie mir zusammen mit den oft erwähnten großen Interpreten durchaus zu einem Maßstab geworden waren, den ich mir erhalten wollte.

Man las damals etwa in dem Buch von Antoine Goléa über Neue Musik, daß Brahms einer der unnötigsten Komponisten der Musikgeschichte gewesen sei.

Einer unserer Dozenten erklärte, Brahms habe nur ein paar bedeutende Takte geschrieben. Das sei die Einleitung zu seiner ersten Symphonie. Ein anderer meinte, das Brahms-Requiem sei eine einzige Musikmassage für die Tränendrüsen.

Eine weitere Kathederbehauptung aus dieser Zeit: Die Romantiker sind der Klassik total unterlegen, da sie den geistigen

Umgang mit Auf- und Abtakt als Kontrastprogramm, wie es die großen Klassiker entwickelt hatten, nicht begriffen haben.

Ein namhafter Pianist erklärte in einem Colloquium, Mendelssohn sei nur durch seine Verfolgung im Dritten Reich en vogue; im Grunde habe er außer dem Violinkonzert nichts Bedeutendes geschrieben.

Helmut Walcha, der große und hochverdiente Bach-Interpret, erklärte in »Musik und Kirche« rundheraus, in Zukunft sei die gesamte Musik Max Regers vom Lehrplan der Frankfurter Musikhochschule gestrichen.

Am schlimmsten aber empfand ich das Mozart-Spiel einiger damals durchaus namhafter Pianisten. Da war jede Note gegen die andere gesetzt. Das Verhältnis von »schwer« zu »leicht« blieb so gut wie unbeachtet. Perfektion in rasenden Tempi, Inkaufnahme von Trockenheit zugunsten maximaler Deutlichkeit – das schienen die Gebote dieser sonst so überaus lebendigen und aufregenden Zeit des Aufbruchs zu sein. Das im Unterricht zu übernehmen und nachzumachen, habe ich mich so gut ich konnte mit Händen und Füßen gewehrt.

Wie anders sollte die junge Generation 25 Jahre später denken. Im Orgelunterricht in meiner Hamburger Hochschulklasse konnte gar nicht genug César Franck, Widor oder Dubois und Boëllman oder Liszt und Reger gespielt werden. Plötzlich waren das die ganz großen Hits.

Dagegen hätte man sich in meiner Heidelberger Studienzeit über die Mehrzahl derartiger Stücke halbtot gelacht.

Ich glaube auch, daß man damals den Wahrheitsbegriff überbewertet und strapaziert hat. Musik mußte nicht »schön«, sie sollte »wahr« sein.

Begreiflich war das, weil wir alle noch »die Nase voll hatten« von Propagandareden, politisch manipulierter Musik und all dem »Nazi-Moll«, was wir erlebt hatten. Aber es kam eben auch zu Übertreibungen. So gab es zum Beispiel im Theorieunterricht ganz fanatische Vertreter dieses Gedankens, aus dem sie absolutes Desinteresse an der tonalen Musik ableiteten. Einer von ihnen behauptete sogar rundheraus, wenn er einen Dreiklang höre, würde ihm physisch übel.

Es war ein Pendelschlag, nicht unähnlich modischen Erscheinungen auf anderen Gebieten, wie zum Beispiel der ständig wechselnden Hosenweite, die alle zwei Jahre durch die Herrenbekleidungsindustrie anders vorgeschrieben wurde.

Solche Strömungen der damaligen Zeit wurden unter anderem aber kompensiert durch eine sorgfältige Bach-Pflege, die Entdeckung der neuen Kirchenmusik von Pepping über Distler zu David, von Dupré über Alain zu Messiaen und der uns so lange vorenthaltenen großen Konzertmusik. Kaum jemand hatte Hindemiths »Marienleben«, Bartóks Orchester- oder Violinkonzert, seine Sonate für zwei Klaviere und Schlagzeug, Strawinskys Psalmensymphonie, geschweige denn sein »Sacre du Printemps« je gehört. Schönberg und Webern schienen Musik von übermorgen geschrieben zu haben.

Aber für mich waren das Schockerlebnisse, aus denen ich die für mein Musikerleben bestimmende Ambivalenz im Sinne gegenseitiger Befruchtung und Stimulation von alter und neuer Musik, von überzeitlichem und gegenwartsbezogenen Zeitgefühl gelernt habe.

Wirtinnen der Heidelberg-Zeit

Was wäre das interessanteste Studium ohne die Würze der alltäglichen Begegnung mit Frau Wirtin, die oft in der Küchentür mit angewinkelten Armen auf breiten Hüften ruhend in Wartehaltung stand, um einen noch vor dem eiligen Verlassen des Hauses zu erwischen. Noch zwei Minuten bis zur Abfahrt der Straßenbahn, aber wehe, man hörte nicht höchst aufmerksam die Verhaltensmaßregeln: Nachts nicht das Klo ziehen, morgens lüften, Vorhänge vorsichtig aufziehen, Bettdecke zurückschlagen. Schon wieder lag ein Papierschnipsel auf dem Fußboden! Und – wenn man nach Hause käme, ob man dann vielleicht noch die Enten füttern könne, weil sie nämlich heute nicht da sei... usw..

Frau Mengele wohnte mit ihrem Mann und dem einzigen Sohn im Pfaffengrund. Der Vater war Sattlermeister und der Sohn 16-jährig und in den besten Flegeljahren.

Mein Zimmer hatte 10 qm und kostete 30 Mark plus 15 Mark für Klavierbenutzung im Wohnzimmer nebenan, natürlich nur nach genauester Zeitabsprache mit der Dame des Hauses.

Erste Eindrücke über das Familienleben der Mengeles: überwiegend harmonisch mit gelegentlichen Unterbrechungen. Für Fälle von Differenzen mit dem Sohn »Friederisch« hatte der Vater hinter der Küchentür ein 50 cm langes zurechtgeschnittenes Stück Gartenschlauch hängen, das etwa zweimal in der Woche auf Rücken oder Hinterteil des ungezogenen Knaben niedersauste. »Du Schlamper, dreckischer« bekam er dann als Begleitmusik aus väterlichem Munde zu hören.

Es gab aber auch gelegentliche Geheimpakte von Vater und Sohn gegen die Mutter. So erlebte ich eines Tages in diesen Zeiten großer Fleischknappheit, daß Frau Mengele drei kleine Rouladen auf die Teller verteilt hatte. Während sie in die Speisekammer ging, um etwas zu trinken zu holen, mopste der vorzügliche »Frederisch« Mutters Fleisch, nahm es auf seinen Teller, schnitt es in zwei Hälften und gab dem Vater fairerweise das zweite Stück davon ab. Beide vertilgten diese Beilage in Windeseile. Als die Hausfrau zurückkam und den leeren Teller sah, gab es einen der Familienkräche, für die ich gern ein Tonband gehabt hätte. So viel geschimpftes Heidelbergisch, in vivace con fuoco vorgetragen, konnte ich mir beim besten Willen nicht merken. Jedenfalls machten beide »Herren« die unschuldigsten Gesichter, jedem Schauspieler ebenbürtig, und erklärten einmütig, kein Stück Fleisch auf Mutters Teller gesehen zu haben.

Im Prinzip schlug mir im allgemeinen Sympathie und sogar Interesse für meine Studien entgegen. Mein Klavierspiel schien besonders Herrn Mengele zu gefallen, so daß er mir eines Tages folgenden Vorschlag machte »Herr Kameke, ma merkt schun, daß Sie werklisch ebbes für Ihren Sache vastehe. Däde Sie net den Frederisch unnerrichde, net bloß uff'n Klafier, isch meen a in die Theerie, oda heeßt des Thererie? – »Das heißt Thererii mit doppel i« warf ich boshafterweise ein.

»Ja, also isch meen, der sollt schun a die Töne setze lerne, so wie ma se richtisch setze tut, wie ma des Cis oda Ces unnerscheide tut oda so. Ma könnte Ihne 6 Mark für die Stund obiete, dann hedde Sie weniger Miete zu bezahle.« Das war ein Wort. Trotz vollen Studien- und Übeplans übernahm ich die Ausbildung des mit Gartenschlauch zu ordentlichem Lebenswandel erzogenen Sohnes und hatte sogar Spaß daran.

Eine Begebenheit, das Angebot eines gemeinschaftlichen Fußbades mit Familie Mengele, muß ich für einen anderen, kulturell bedeutsameren Zusammenhang aufheben.

Nach einem Jahr sollte mein Verbleiben in diesem Hause jedenfalls ein überraschendes, aber unvermeidliches Ende finden. Dieses Mal hielt Frau Mengele mir folgende Ansprache: »Herr Kameke, des mit demm Klavierspiele hawwe mer uns überlescht, so geht des uff ken Fall weida.« – «Ja, aber warum denn? Habe ich Sie denn so gestört? Habe ich mich etwa nicht an die vereinbarten Zeiten gehalten?« – »Nee, aba, des isses net. Gucke se mol, des Klavier hawwe ma vor zwansisch Jahr zu unsera Hochzisch gegrischt. Do war des nagelneu. Jeden Tach to isch des mit dem Staublumpe abputze unn nemm noch Polidur. Sie sehe selbscht, wie des Klavier noch glänzisch is.« – »Na, Frau Mengele, das ist doch alles wunderbar. Wo sehen Sie denn aber das Problem?« – »Unn jetzt kumme Sie unn spiele des Klavier jeden Daach. Da nützt sich plötzlich alles ab, und wenn Sie ausziehe, is des Ding nix mea werd.» – »Aber, liebe Frau Mengele, ein Klavier ist doch zum Spielen da!« – »Ja, des wisse mer auch. Aber net soviel. Des kann net gut sei. Und denn is da ja noch was.» – »Was, um Himmelswillen denn?!» – »Ja, im Winter verroschte die Saide!« – »Was tun die?« – »Die verroschte.« – »Aber, wie kommen Sie denn bloß darauf?« – »Ja, wenn Sie da imma davor sitze, verroschte die fum Adem!«

Dieser fachlichen Argumentation war ich nicht gewachsen.

Ich fand eine neue Bleibe in der Rohrbacher Straße, näher am Institut und der Uni, aber auch etwas teurer.

Die Frau Wirtin hieß Frau Dr. Gölpert und legte größten Wert auf die ständige Anrede mit »Frau Doktor«, nachdem ihr Allerliebster vor 20 Jahren verblichen war.

Als erstes machte sie mich darauf aufmerksam, daß Besuch nur bis 10 Uhr abends erlaubt sei, nach 10 Uhr sei »unsittlich«.

Dann stellte sie mich einer zweiten Untermieterin, noch etwa 10 Jahre älter als sie, auch eine Frau Doktor, vor. Ihr Mann war 22 Jahre zuvor aus diesem Leben geschieden. Frau Dr. Hühnermann suchte Familienanschluß und liebte Gespräch mit jedermann, auch mit meinen Besuchern auf dem dunklen Flur.

Beide Damen redeten sich bei täglichen und sehr häufigen Begegnungen auf dem Flur selbstverständlich gegenseitig mit »Frau Doktor« an. Am liebsten standen sie vor meiner Tür, so daß mir ungewollt nicht das Geringste entgehen konnte.

»Withen Thie, Frau Doktor«, lispelte Frau Gölpert, das Morgengespräch eröffnend, während ich am Schreibtisch saß und Aufgaben für Kontrapunkt und Harmonielehre bei Wolfgang Fortner machte, »wir hängen des Morgens unsere Plumeaus immer eine Stunde an das Fenster, daß sie gut auslüften. Des Nachts passiert einem ja so manches im Bett!« – »Ich weiß, Frau Doktor, aber wir haben das noch ganz anders gemacht. Wir haben die Plumeaus immer in den Garten auf eine Teppichklopfstange gelegt und dann gesaugt und geklopft.« – »Haben Sie das jeden Morgen gemacht, Frau Doktor?« – »Nein, Frau Doktor, so alle zwei Tage, je nachdem, was so vorgekommen war.«

Und so ging es mindestens eine Stunde lang. Muse, küsse mich und verhindere, daß ich zu viele Quintenparallelen schreibe oder unbefugte Dissonanzen einbaue, wo ich nicht darf. Aber bei dieser Geräuschkulisse kann man für nichts garantieren.

Eines Tages klopfte es an meine Tür. Frau Hühnermann: »Darf ich Sie einen Augenblick stören?« – »Aber gern, Frau Doktor, was haben Sie denn auf dem Herzen?« – »Ach, wissen Sie, eigentlich geht es mir ja sehr gut hier, und Frau Dr. Gölpert meint es auch gut mit mir. Aber offengestanden fehlt mir doch manchmal etwas das Kulturelle in unserem Gespräch!« – »Ja, das kann ich gut verstehen, Frau Doktor, aber wie kann ich Ihnen denn da behilflich sein?« – »Ja, wissen Sie, ich dichte nämlich. Unter uns gesagt – ich bin begnadet und habe sehr viele schöne Gedichte geschrieben. Darf ich Ihnen eines oder zwei vorlesen? Ich dachte nämlich, es wäre doch schön, wenn Sie sie vertonen würden!«

Eh' ich mich versah, stellte sich die Dame in Rezitationsposition, entfaltete ein Blatt und trug mir Schauderhaftes vor. Wieder hätte ich ein Tonband nötig gehabt, um diesen bemerkenswerten Augenblick festzuhalten. Natürlich habe ich mir kaum etwas gemerkt. Aber eine Pointe klang etwa so: »Ich konnte Edwin nicht vertragen, zum Fenster raus tät ich ihn jagen. Der Garten stand in Frühjahrsblüte, da dachte ich, oh meine Güte.«

Herr, hilf mir, was mache ich bloß, es ist nicht auszuhalten. Muß ich schon wieder umziehen? Heiliger Geist, erbarme Dich meiner.

»Das sind ja wunderschöne Gedichte, Frau Doktor. Vielen Dank, daß Sie mich daran haben Anteil nehmen lassen. Der Dramatik des ersten Teils fühle ich mich noch nicht ganz gewachsen. Aber die Worte über den Garten würde ich am liebsten sofort vertonen. Nur seien Sie mir nicht böse. In zwei Semestern habe ich mein Examen vor mir. Ich muß bis dahin jede Minute ausnutzen. Aber danach schreibe ich die Musik zu Ihren Gedichten.« – »Ach, wie schön, mit Ihnen zu sprechen. Ich wußte doch, daß Sie ein kulturell interessierter Mensch sind und daß man über so etwas mit Ihnen reden kann. Unter uns gesagt – die Frau Doktor hat dafür nicht viel Sinn. Wir sollten öfter miteinander reden!« – »Machen wir, Frau Doktor, bis bald, und schreiben Sie weiter so schöne Gedichte!«

Gieseking, Rosbaud, Schuricht und Furtwängler zu Gast in Heidelberg

Zu all den vielfältigen Anregungen in Heidelberg durch das Musikstudium, die Universität und das Kompositionsstudium bei Fortner kamen große Konzerterlebnisse hinzu, wie ein Klavierabend mit Walter Gieseking und seiner unvergleichlichen Wiedergabe von Brahms' d-moll-Klavierkonzert.

Beide Konzerte waren mit Randereignissen verbunden. Nach dem Klavierabend nahm mich Fortner mit ins Künstlerzimmer. Gieseking sagte: »Ich muß mich bei Ihnen entschuldigen, ich habe heute schlecht gespielt. Am Nachmittag habe ich drei Stunden in meinem Garten in Wiesbaden umgegraben. Das hätte ich nicht tun sollen.« – Er hatte traumhaft gespielt. Man wußte auch von ihm, daß er neue Stücke im Lehnstuhl mit der Zigarre im Mund wie ein Buch las, sich dann ans Klavier setzte und das Stück »konnte«.

»Wer übt, hat nötig«, soll er gesagt haben. Aber daß auch er vor den Konzerten nicht übte, lieber seinen Garten umgrub und dann noch spielte wie ein junger Gott, das war jenseits meiner Vorstellungskraft. Wäre er nicht ein gedrungener, pyknischer Typ wie Bischof Hanns Lilje gewesen, ich hätte ihn für einen Außerirdischen gehalten.

Das zweite Konzert nun zeigte ihn auch absolut erdverbunden und menschlich, denn er lieferte dem Publikum während des Brahms-Konzertes folgende Unterhaltungsszene: Im Laufe des 2. Satzes überkam eine Dame in der zweiten Reihe genau vor ihm eine Serie von Niesanfällen, die sie mit laut klappernden Öffnungsversuchen ihrer Handtasche und dem endlich gefundenen Taschentuch, in das sie sich ungeniert schnäuzte, begleitete. Von Takt zu Takt wurde Giesekings Kopf röter, etwas bahnte sich an. Den Schluß des langsamen Satzes erreichte er noch soeben. Dann sprang er auf, stellte sich vor das Klavier und brüllte, als wolle er das Jüngste Gericht ankündigen, in den Saal: »Gnädige Frau, wollen Sie bitte so freundlich sein, Ihre Nieserei, Schnauzerei und das Geklappere endlich einzustellen, damit wir ungestört wenigstens den 3. Satz spielen können!« Sprach's, setzte sich an den Flügel und spielte diesen Satz, wie er – adrenalingeschwängert – nicht vitaler und aufregender hätte sein können. Fast mußte man der alten Dame ein wenig dankbar sein.

Man fuhr auch des öfteren nach Mannheim, um dort Fritz Rieger mit dem Nationaltheater-Orchester zu erleben. Eine große Freude, unter den dortigen Solisten auch mehrfach Wilhelm Kempff treffen und ihn sprechen zu können.

Zu den besonderen Eindrücken gehörte aber auch Hans Rosbaud und das Südwestfunk-Symphonieorchester. Was für ein überzeugender, großer Musiker war das – von Konzentration, Energie, perfektem Handwerk und großer Aufgeschlossenheit für die Neue Musik nur so strotzend! Eines Tages spielte er mit Carl Seemann die Sonate für zwei Klaviere und Schlagzeug von Bartók. Wir haben vor Begeisterung auf den Stühlen gestanden!

Eine Orchesterprobe habe ich mit Carl Schuricht in Erinnerung, ebenfalls ein wunderbarer, kultivierter, hochsensibler, wenn auch sicherlich konservativerer Dirigent als Rosbaud, der durch seine unübertroffene Höflichkeit wohl jedes Orchester sofort für sich gewann. Ich erlebte, wie er bei einer Probe in einer Unterbrechungspause dem 1. Flötisten sagte: »Diese Solostelle haben Sie ganz besonders schön gespielt. Ich glaube, ich habe sie nie besser gehört.« Der Mann war natürlich im »Siebenten Himmel«, und das ganze Orchester wurde zu Wachs in Schurichts Händen.

Dann kam Furtwängler, aber nicht als Dirigent, sondern zu einem Vortrag, der sich in erster Linie mit der zeitgenössischen Musik befaßte. Ich war aufs höchste gespannt, ihn zum ersten Mal nach dem Krieg wiederzusehen und seine Ansichten zu hören, war man doch durch das eigene Kompositionsstudium selbst sehr intensiv mit solchen Fragen befaßt.

Der Vortrag ist öffentlich bekannt. Am meisten Diskussion lösten die Passagen aus, in denen Furtwängler der Neuen Musik – ich nehme an, er meinte in erster Linie die Zwölftonmusik – unterstellte, sie sei a-biologisch, und das hänge mit einer zu starken Entfernung von den Grundverhältnissen der Obertonreihe zusammen.

Wir junges Volk in Aufbruchstimmung konnten ihm da nicht folgen. Zum ersten Mal gesellten sich zu der Grundhaltung totaler Bewunderung leise Zweifel. Man empfand als unreifer Student plötzlich einen gewissen Abstand zur älteren Generation. Aber es blieb eher bei diesem Gefühl ohne die sachliche Fähigkeit, in so schwerwiegenden Fragen mitreden zu können.

Bis heute sind Furtwänglers Gedanken aktuell, und seine Argumente sind nach wie vor ein ganz wichtiger Prüfstein für die Qualitätsbeurteilung zeitgenössischer Musik.

Erfüllt von diesem großen Abend kehrte ich mit der Straßenbahn in den Pfaffengrund zurück. Dort empfing mich ein Kontrastbild, wie es extremer kaum sein kann: Familie Mengele saß in friedlicher Eintracht in der Küche um eine Zinkbadewanne und nahm ein Fußbad. »Herr Kameke, wenn se wolle, könne se mit uns bade!« war die freundliche Aufforderung von Frau Mengele, die mich voll wieder auf die Erde brachte und mein Gefühl verstärkte, ein ganz kleiner, unwichtiger Student zu sein.

Nach diesem Abend hätte ich ein Hotelzimmer im ersten Haus am Platze mieten müssen. Aber wer konnte sich das schon leisten?

Philosophie und Theologie als Ergänzungen des Musikstudiums

Während meines Kirchenmusikstudiums besuchte ich zusätzlich auch einige andere Vorlesungen an der Universität, besonders angezogen von den philosophischen Ausführungen von Karl Jaspers und seines Nachfolgers Hans Georg Gadamars.

Ihnen zuzuhören, war nicht nur ein großes Erlebnis, sondern in gewisser Weise auch ein Problem, ertappte man sich doch oft dabei, daß man der Faszination von Persönlichkeit und kristallklar geschliffener Diktion mehr Aufmerksamkeit schenkte als dem Inhalt. Es war nicht nur Philosophie, sondern eine einzigartige Lehrstunde ästhetischen Umgangs mit der deutschen Sprache.

Übrigens ergeht es einem beim Studieren besonders berühmter, schöner Musik ganz ähnlich: Man will diese Stücke so schnell wie möglich spielen können und übt sie voller Ungeduld. Dabei merkt man nicht, daß man ungenau wird und nicht über die auch für diese Werke notwendige eiserne Selbstdisziplin verfügt.

Ein wunderbares Bindeglied stellte die vierstündige Vorlesung von Edmund Schlink über Theologie und Philosophie für diese mich gleichermaßen interessierenden Disziplinen dar.

Beim Besuch weiterer theologischer Vorlesungen spürte man die aufkommende Divergenz zwischen der noch sehr zeitbestimmenden Theologie Karl Barths und der neu dazu gekommenen sogenannten Entmythologisierungstheologie von Friedrich Bultmann. Ein großer bedeutsamer Konfliktstoff, der mir im Grund noch heute nicht völlig überwunden zu sein scheint.

Ähnlich wie bei der Begegnung mit antiromantischen Strömungen wehrte sich in mir unbewußt etwas gegen die Bultmann'sche Theologie. Ich konnte nicht verstehen, wie man die Wunder der Bibel auf ihre zeitgeschichtliche Relevanz zurückschrauben und die großartige Bildersprache durch intellektuelles Wissenschaftsdenken ersetzen wollte.

Im übrigen kann sich, wer sich für Kirchenmusik begeistert, schwer für die Entmythologisierungstheologie erwärmen, sind es doch gerade die Bilder, Symbole und Mythen, die die Komponisten zu ihren großartigsten geistlichen Werken angeregt haben. Ich denke nur an das Sanctus der H-moll-Messe oder an den »Elias« von Mendelssohn.

Als bei Ferienaufenthalten in Thüngen die Rede auf diese Fragen mit meinem Vater kam, zitierte er sogleich den früheren Potsdamer, schweizer-reformierten Pfarrer Chambon, der schon im Kriege gesagt hatte, für ihn sei die Entmythologisierungstheologie eine Theorie der »Entzwiebelung«. Man glaube, an den Kern der Zwiebel zu kommen, indem man eine Schale nach der anderen abträgt, und wundere sich zum Schluß, daß gar nichts übrigblieb, weil die Zwiebel gar keinen Kern hat!

Hier möchte ich einfügen, daß meine Eltern in Thüngen nach wie vor in räumlicher und materieller Bedrängnis lebten. Um so unvergeßlicher bleiben zwei dortige Weihnachten, wo es meinem Vater über amerikanische Freunde gelungen war, mir die neunbändige Gesamtausgabe der Orgelwerke Bachs, das unentbehrliche Handwerkszeug jedes Organisten, zu schenken. Es war eine amerikanische Kopie der Peters-Ausgabe, die mir durch Jahrzehnte gute Dienste geleistet hat.

Das zweite Weihnachten brachte mir eine noch größere Überraschung. Die Eltern hatten für mich die neue vollständige Ausgabe des Brockhaus-Lexikons erstanden. Wie sie das geschafft haben, ist mir bis heute ein Rätsel. Geblieben aber ist tiefer Dank für so viel liebevolle Zuwendung und Opferbereitschaft.

»Der andere Vater«

Wenn es in Thüngen auch keine *Frieda* gab, so sorgte eine Flüchtlingsfrau, Frau Schnautzpieper, für neue Pointen.

Als sie mich das erste Mal in den Ferien kommen sah, fragte sie nach einigen Tagen meine Mutter: »Frau Kameke, wie heißt denn nun Ihnen Ihr'n Sohn, Ernst oder Ulrich?» – »Der heißt Ernst-Ulrich, Frau Schnautzpieper.« – »Ach so, dann hat er wohl einen anderen Vater!«

Als der »Richtige«, nämlich mein Vater, Geburtstag hatte, war ich mit dem Zug aus Heidelberg gekommen. Meine Mutter stand in der Küche, Frau Schnautzpieper stürzte herein und sagte: »Ihr Sohn ist gekommen und hat auch gleich zwei Mädchen mitgebracht!« Voller Neugierde auf bisher nicht vorgestellte Freundinnen kam meine Mutter ins Wohnzimmer, wo sie neben mir zwei Gratulantinnen vorfindet, die Generalsekretärin der Bahnhofsmission aus Hannover (70) und die Leiterin des Frauenmissions-Gebetsbundes aus Schweinfurt (74).

Liebe Frau Schnautzpieper, mehrfach habe ich Ihnen bildhübsche Freundinnen vorgeführt, und es waren auch gar nicht immer dieselben. Leider haben Sie vor lauter Staubsaugen und Salatputzen den Unterschied zu Bahnhofsmission und Gebetsbund eindeutig übersehen!

In Heidelberg gab es neben der Antiromantik und Polarisierung theologischer Richtungen noch ein weiteres Spannungsfeld: Die Verbreitung liturgischer Bewegungen und deren Einflüsse auf Gottesdienstordnung und Gemeindeleben.

Eine davon war die sogenannte Hochkirche, eine der früheren Orthodoxie ähnelnde Bewegung mit Zentrum in Marburg, das ja andererseits auch die Basis des Liberalismus' von der Bultmann-Schule darstellte, dann den Berneuchener Kreis mit der Michaelisbruderschaft und die Alpirsbacher Bewegung.

Über dieses Thema wurde im Institut häufig gesprochen. Es interessierte mich auch durchaus, und so kam es, daß ich meine Diplomarbeit über diese drei Bewegungen schrieb. Zu ihrer Herstellung hatte ich vorher einige Professoren um kurze Fachinterviews gebeten und sie auch ausnahmslos erhalten. Manchmal war es allerdings so, daß Professor A. mir gleich an der Tür sagte: »Ich habe leider nur fünfzehn Minuten Zeit. Dann kommt ein Anruf vom Kultusminister oder dem Ministerpräsidenten oder dem Rektor der Hochschule. Können wir gleich zur Sache kommen?« Professor B. hingegen gab mir schon beim Eintritt das Gefühl, er habe sich auf mich gefreut und begrüße das Gespräch, da er sonst vor Langeweile nichts mit seiner Zeit anzufangen wisse. Ich brauche nichts zu betonen, daß die namhaftesten der Herren dem Typ B zuzurechnen waren.

Mit dem Näherrücken des Examenstermins wuchs auch meine Angst. Man machte damals diese große Prüfung mit 23 Fächern in knapp 10 Tagen, d.h. täglich wurde man im Schnitt zwei- bis dreimal geprüft.

Dazu gehörte z.B. neben dem künstlerischen Orgelspiel ein volles Stundenprogramm des liturgischen Gottesdienstspiels. Hier mußte ein ganzer Gottesdienst improvisiert werden. Dann folgten ein erhebliches Klavierprogramm (meines enthielt u.a. die 3. Sonate von Hindemith und die Waldstein-Sonate), Chor- und Orchesterleitung sowie mehrere Klausuren, in denen man in der Theorie eine Motette, eine strenge Fuge, eine Sonaten-Exposition und eine Invention zu schreiben hatte. Besonders fürchtete ich mich vor dem Partiturspiel. Hier mußte man u.a. Choralsätze von Bach in allen Schlüsseln, d.h. nicht nur Violin- und Baßschlüssel, sondern in jeder Stimme einen anderen Schlüssel, nicht nur abspielen, sondern bis zum Tritonus, d.h. z.B. von C bis Fis-Dur, transponieren.

Außerdem wurde man in Liturgik, Hymnologie, Musikgeschichte, vergleichender und systematischer Musikwissenschaft, Akustik- und Instrumentenkunde und in der Geschichtsliteratur über Orgelbau und Orgelstil geprüft.

Wo sollten wir schlecht ernährten Studenten damals bloß die starken Nerven hernehmen?

Aussprüche guter Lehrer waren in solchen Situationen hilfreich und blieben haften.

»Kameke, erfüllen Sie die Erwartungen, die wir alle an Sie haben! Wir trauen Ihnen zu, ein gutes Examen zu machen, und dann schaffen Sie es auch.« Dies sagte bei einem Spaziergang Wolfgang Fortner zu mir, und er hat mir damit sehr geholfen.

Nach bestandener Prüfung setzte ich sogleich das Studium an der Universität mit dem Ziel der Promotion fort, besuchte Vorlesungen in Theologie, Philosophie und vor allem Musikwissenschaft.

Autor als Student

Thrasybulos Georgiades

Dies sollte der nächste große Name unter meinen Lehrern werden. Er war gerade als Extraordinarius an die Universität berufen worden und füllte dank seines großen Charmes mit herrlichem griechischen Akzent und seiner sofort spürbaren, tiefverwurzelten Sachkenntnis in kurzer Zeit einen der größten Hörsäle der Universität.

Wenn die Definition zutrifft, daß einer dann ein Genie ist, wenn er auf mehreren Gebieten Gleichbedeutendes leistet, dann war Georgiades eines.

Er hatte zunächst als Brückenbau-Ingenieur begonnen. Dann brach die Musik durch: Er wurde Konzertpianist. Beide Berufe praktizierte er in Griechenland mit Erfolg. Einige Jahre später entschied er sich aber für das Studium und den Beruf des Musikwissenschaftlers. Vermutlich hat er alles doppelt so schnell gelernt wie andere.

Ich erlebte ihn zum erstenmal in einer Mozart-Vorlesung. Er sprach äußerst temperamentvoll über die Jupiter-Symphonie, besonders deren 4. Satz. Hier hatte es ihm der fehlende Takt vor der Reprise angetan, den er als die große geistige Leistung des Komponisten im Durchbrechen des Viertakt-Periodenschemas pries.

Er spielte mit seiner fabelhaften Klaviertechnik nach wie vor wunderbar und gab viele praktische Beispiele, was man von Musikwissenschaftlern im allgemeinen weniger gewohnt ist.

Bei besagter Stelle geriet er so außer sich, daß es zu folgendem, für ihn typischen Ausruf kam: »Meine Damen und Herren, an dieser Stelle kann man nicht stillsitzen, da hupft alles!«

Er war ein strenger Lehrer. Für den Eintritt in das Oberseminar verlangte er, daß man Jeppesens Palestrina-Kontrapunkt voll durchgearbeitet hatte und ein paar schriftliche Aufgaben löste.

Als ich zu meiner Freude aufgenommen war, fand ich mich in einem erlauchten Kreis von zwölf (!) Studenten wieder. Heute wohl eine traumhafte, völlig irre Vorstellung.

Ich wurde sofort ins Wasser geworfen und sollte in drei Wochen ein Referat mit dem Thema: Vergleich der italienischen und französischen Fassung von Glucks »Iphigenie in Aulis« halten.

Das übliche Desaster: Man beschafft sich die notwendige Literatur und liest Autor A., der A sagt, und ist vollkommen von seiner Ansicht überzeugt. Dann liest man Autor B., der sagt, daß A. völlig unhaltbare Behauptungen aufgestellt habe, und bezieht dann selbst die Meinung B. Man ist sofort von B. überzeugt und soll nun die eigene Meinung C formulieren. Man ist verzweifelt und möchte sich das Leben nehmen! Man fragt ein 8. oder 10. Semester, und durch ein paar Denkanstöße werden einem plötzlich die Augen geöffnet. »Hättest Du darauf nicht selber kommen können?« war eine Dauerselbstkasteiung in Georgiades Seminaren.

Eine besondere Klippe war auch die Promotion selber. Er ließ in meinen bei ihm studierten vier Semestern nicht einen Kandidaten zu.

Fasziniert hat wohl alle seine Studenten besonders seine Vorlesung über »Musik und Sprache«, die Grundlage für sein so wichtiges Buch gleichen Titels war.

Ein Grieche sagt uns Deutschen wie kaum ein anderer, wie wichtig die deutsche Sprache als »Erklingendes« für die Musikgeschichte geworden ist. Er zieht eine Linie, die von Palestrina über Schütz zu Bach, seinen Söhnen, Pergolesi, Haydn, Mozart und zu Beethoven führt, indem er darstellt, daß durch die Durchdringung von Sprache und Musik, besonders von Heinrich Schütz, ein großer Impuls auf die rhythmische Lebendigkeit im Sinne von Rhetorik und Klangrede ausgegangen sei. Bei Johann Sebastian Bach habe das zur Gleichwertigkeit von Sprache und Musik geführt, bei den Klassikern zur Verselbständigung von Instrumentalmusik und der Beibehaltung aller sprachlichen Ausdruckselemente.

Diese Hypothese ist für mich unverändert aktuell und nachvollziehbar geblieben.

Prof. Dr. Thrasybulos Georgiades

Unerwartetes bei der Anreise zur Hochzeit meines Bruders

1949 war ein ereignisreiches und vielseitiges Jahr. Es begann mit der Hochzeit meines Bruders in Bad Marienberg im Westerwald. Im Mai kam dann das große Examen, Antritt der ersten Stelle in Eberbach im Juni und der Besuch der Darmstädter Woche für Neue Musik dank der Fürsprache Wolfgang Fortners in Form eines Stipendiums. Im Herbst dann die erste Konzertreise nach Schweden.

In diesem Jahr feierten auch beide Eltern ihren 60. Geburtstag. Und leider war es auch das Todesjahr meiner lieben Großmutter, Anna von Hochstetter.

Die Anreise zum Hochzeitsort im Westerwald war trotz der nicht mehr als 250 km Entfernung damals an einem Tag nicht zu schaffen. Ich verließ Heidelberg mittags, kam abends in Westerburg an, wo ich zu übernachten hatte, da der letzte Zug nach Marienberg bereits mittags abgefahren war.

Ein kleines, sauberes Hotel in der Nähe des Bahnhofs nahm mich auf. Hungrig von der Reise begab ich mich in das Restaurant, in dem außer mir am Nebentisch nur eine Gesellschaft speiste, die – so ging es aus den Unterhaltungen schnell hervor – aus den Honoratioren des Ortes bestand: Pastor, Apotheker, Rektor, Arzt, Amtsrichter und ihre Frauen. Kirchturmpolitik, wie sie leibt und lebt, unterhielt mich von der Suppe bis zum Nachtisch.

Müde, mit einem höflichen Guten Abend-Gruß, verzog ich mich in das kleine Hotelzimmer. Um 4.30 Uhr klingelte der Wecker, denn um 5.45 Uhr sollte der Zug nach Marienberg gehen. Zum Frühstück betrat ich wiederum den Speiseraum und fand hier zu meinem Erstaunen nochmals die gleiche Gesellschaft von gestern Abend vor, nur in total veränderter Gemütsverfassung. Es war zu hören, zu sehen und zu riechen, daß in der Zwischenzeit der Alkohol reichlich geflossen war. Man lallte, lag sich nach Belieben in den Armen, indem man »Brüderschaft trinken« spielte. »Na, da s-sind S-sie ja wieder«, begrüßte mich der Apotheker. – »Wie heißt Du denn?« stammelte Frau Amtsrichter. – »Spielt keine Rolle«, meinte ich. – »Was s-sind S-sie von Beruf?« – »Na, ratet mal«, erwiderte ich.

Großes Rätselraten. Alle gängigen Berufe kamen vor, nur der meinige nicht. »Nu sag doch endlich«, drängte Frau Apotheker. – »Ich bin Musikstudent.« – »Glauben wir nicht, der schwindelt,« erscholl es im Sprechchor. – »Komm, dann s-spiel uns w-was v-vor«, drängte der Pastor und schob mich an das Gasthausklavier. – »Ich spiele etwas, aber nicht das, was Ihr hören wollt. Ich spiele was Fröhliches von Mozart.« Ich begann mit Sonata facile. Bombenerfolg. »Das war super. Komm, ich spendier Dir einen. Wirt, einen doppelten Klaren, bitte!« Ehe ich mich versah, kam zum Marmeladenbrötchen ein klarer Schnaps. »Stell' dich nicht an«, sagte ich zu mir, »alle Tage verdienst du mit Mozart nicht solche Naturalien.« Nahm's und trank.

»Komm, spiel weiter!« Es folgten Bach: Gavotte aus der G-Dur-Suite. – Ein weiteres Schnäpschen. – Haydn: C-Dur-Sonate 1. Satz. – Ein Martini. – »Jetzt muß ich gehen, Auf Wiedersehen!« – Da stürzt Frau Doktor auf mich zu, drückt mir beide Hände: »Junger Mann, was müssen Sie von uns denken? Sie sind ja was richtig Kultiviertes, und wir alle hier sind so blau!« – »Macht nichts«, sagte ich. – »Kommen Sie bald wieder und behalten Sie Westerburg in guter Erinnerung!« rief mir der Wirt nach.

Im Zug spürte ich die erhebliche Wirkung des genossenen Alkohols. Ich fragte den Schaffner irgend etwas, und seine

Antwort war: »Sagen Sie mal, bei Ihnen piept's aber ziemlich früh am Morgen!«

Als ich im Hause meiner Schwägerin um 6.50 Uhr klingelte und sogleich auf eine ihrer Säulen auf dem geräumigen Flur zuging, sie anrempelte und mich anschließend bei ihr entschuldigte: »Pardon, altes Aas«, dachten meine Geschwister vermutlich dasselbe wie der Schaffner.

»Wir haben uns über Ihr gutes Examen gefreut, und mir gefällt Ihr lebhaftes Interesse für die Neue Musik. Deswegen habe ich Ihnen ein Stipendium für die Darmstädter Tage für Neue Musik verschafft. Ich selbst unterrichte da, Sie können aber auch René Leibowitz aus Paris erleben, der Zwölfton-Komposition lehren wird.« Diese Mitteilung Wolfgang Fortners nach dem Diplomexamen glich einer Sternstunde für mich. Es bedeutete viel, von einem Meister, der selbst inzwischen hochberühmt geworden war, eine solche Auszeichnung zu erhalten. Angeregt und ermutigt komponierte ich mein erstes Konzert für Kammerorchester.

»Ich finde das toll, wie Sie da Stellen drin haben, wo Melodie und Begleitung eigentlich gar nicht zusammenpassen«, sagte ein Lehrgangskommilitone aus Kassel zu mir. Noch heute weiß ich nicht genau, ob das mehr Lob oder Kritik gewesen ist.

»Ich fühle mich im 3. Satz ein wenig 'überfortnert'«, sagte ein Heidelberger Dozent nach der Uraufführung in der Aula der Universität, die im übrigen zu einem großen Erfolg für das Stück wurde, zu mir.

Die Atmosphäre der Darmstädter Seminare wurde bestimmt durch den internationalen Rang der Dozenten, aber auch der Studenten. Aus aller Herren Länder waren sie gekommen. Ein großer polytonaler Vielklang von Sprachen war zu vernehmen, in welches der Kranichsteiner Gebäude man auch kam.

Ich empfand voll Stolz, daß Wolfgang Fortner in Höchstform war. Faszinierend, mit welchem Wissen er sich in scharfgeschliffener Diktion mit den verschiedenen Strömungen der Neuen Musik der ersten Hälfte des Jahrhunderts befaßte und daraus seinen eigenen kompositorischen Standort bestimmte: Volle Bejahung der freien Atonalität, aus der sich neuartige Melodiestrukturen und Klangverbindungen ergaben. Sah man ihn das an Beispielen an der Tafel vorführen, wirkte es wie das Selbstverständlichste von der Welt. Nur war alles bestimmt von Phantasie, dem Mut zum Umgang mit noch nicht voll Bestimmbarem, und sich einer genauen Analyse noch entziehenden Klangfolgen. Man lernte bei ihm, daß zum Komponieren viel Handwerk einerseits, der Mut zur Befreiung von Traditionell–Dagewesenem andererseits gehörte. Diese polare Spannung war aufregend und für viele von uns jungen Leuten ein Wegweiser.

Wie anders ein Haus weiter der Unterricht bei Leibowitz. Ich kann hier nur meine ganz persönlichen Eindrücke aus der damaligen Sicht eines 23jährigen Musikstudenten schildern. Auch hier großes Können, Erfahrung und dazu französischer Charme! Aber mir kamen seine Ausführungen vor wie die modernste Stufe des Theorieunterrichtes, klar erfaßbar, sehr systematisch und bis ins Detail überzeugend gegliedert. Nur hatte das für mich weniger mit Komposition als mit Konstruktion zu tun.

Im Unterricht bei Fortner hatte ich mehrfach dieses schwer zu beschreibende, auch nicht immer, sondern eher selten auftretende Gefühl der »Entdeckerfreude« erlebt. Wenn man bei der Arbeit spürt »hier betrittst du Neuland, du darfst behutsam einen Vorhang beiseite schieben. Merkst du, wie dein Blick sich ein wenig weitet?« – Horizonterweiterung durch eigenes Vortasten in nicht bekannte Räume, könnte man sagen. Dieses Gefühl aber kam im Leibowitz-Kurs bei mir nicht auf. Der Einfall war im wesentlichen auf die Reihe, die es zu erfinden galt, beschränkt. Aber was daraus folgte, war damit als immanentes Arbeitsmaterial schon festgelegt. Selbst die Reihe der zwölf Töne galt es ja, sofort auf ihre Brauchbarkeit zu untersuchen. Auch sie war ja abhängig von bestimmten Regeln: Keine Tonwiederholung, keine Dreiklangfolgen, keine Oktave, möglichst unterschiedliche Intervalle zwischen den einzelnen Tönen usw.

Das notwendige Handwerkszeug, mit der gefundenen Reihe nun kompositorisch umzugehen, war relativ schnell gelernt. Es begann mit der Schreibarbeit, sie viermal aufzuschreiben: Als Original, Umkehrung, Krebs und Krebs der Umkehrung. Dann ging die Diskussion schon los: Darf man transponieren? Wenn ja, waren 4 x 12 = 48 Reihen aus dieser einen abzuschreiben.

Darf man Quint- und Quart-Varianten benutzen? Dann waren aus dem Original zwei weitere Reihen nach folgendem Schema zu gewinnen:

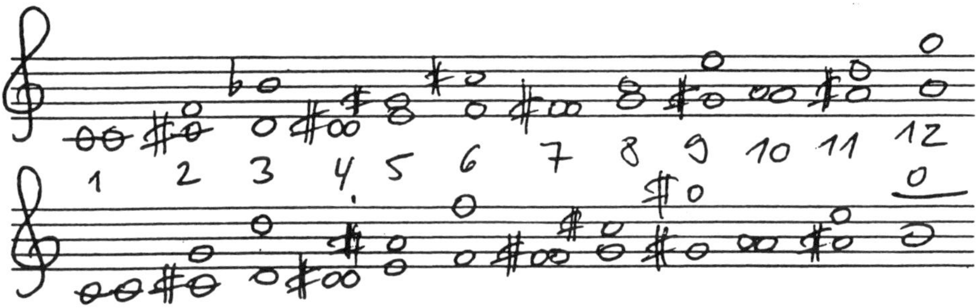

Ehe man sich versah, hatte man aus zwölf Tönen eine fast unendliche Fülle von Tönen entwickelt, aber man begann streng mit den ersten vier Reihen und schrieb entsprechend kurze Stücke en miniature nach dem Vorbild der Stücke von Anton von Webern, die durch ihre Kürze und damit verbundene Konzentration in der Hand eines großen Komponisten zu evangeliumsähnlichen Offenbarungen für uns junge Leute wurden.

Zweifellos ging viel Inspiration von diesem geordneten Neuland auf die meisten der Lehrgangsteilnehmer über. Für mich persönlich blieben viele Fragezeichen. »Kann sich eine ganze Generation ganz verschiedenartiger junger Musiker diesem (damals ja schon über 30 Jahre alten, nur für uns Deutsche neuen) System so ohne weiteres anschließen? Ist es nicht ein zu schnelles Betreten eines kleinen Eilandes im wogenden Meer unbekannter und ungenutzter Möglichkeiten, nur um so schnell wie möglich festen Boden unter den Füßen zu haben?«

Ich hatte sie eigentlich gar nicht, diese Sehnsucht nach festem Boden. Den besaß ich ja zur Genüge bei Schütz, Bach und Brahms, in Palestrina und Fux'schem Kontrapunkt und in der Harmonielehre Hugo Riemanns, last not least im Umgang mit dem Gesamtwerk Johann Sebastian Bachs. Auch empfand ich es als nicht ungefährliche Beruhigung, wenn alle »neuen Klänge«, die ich schrieb, nicht mehr eigentlich meiner persönlichen Entscheidung und Verantwortung zuzurechnen waren, sondern von jedermann analytisch sofort durch die Gesetzmäßigkeit, nach der sie aus der Reihe entstanden waren, nachgewiesen werden konnten.

Übergabe persönlicher Verantwortung an ein Kollektiv logischer Regeln und damit Entlastung meines künstlerischen Gewissens, könnte man sagen.

Ich hatte auch Fortners interessante Hinweise aus Heidelberg im Ohr, daß ein Komponist dann das Richtige tue, wenn er in erster Linie seiner Intuition folge und nicht auf der Stelle danach strebe, alles sofort in ein System zu bringen, was er mache. Als Hauptbeispiel führte er meist Beethoven an, der bestimmt nicht auf die Idee gekommen war, den Anfang seiner Pathétique selber zu analysieren (dasselbe könnte man, so meine ich, auch von Bachs g-moll-Fantasie für Orgel sagen), sondern dessen tonale Logik später von Hugo Riemann nachgewiesen und verdeutlicht wurde. Als fragwürdige Beispiele führte er auch Hindemith mit seinem Tonsatz an, der zu der seiner Meinung nach schwächeren Bearbeitung seines »Marienlebens« geführt habe, und auch Ernst Pepping, der ihm nach seinem Lehrbuch über den polyphonen Satz »zu milde« geworden war.

Was ich in Heidelberg gelernt hatte, wurde in Darmstadt für mich zur persönlichen Gewißheit: Das Schöpferische ist die Begegnung mit dem *Ungewissen*. Es ereignet sich in mir, wenn ich durch eigenes, in diesem Fall musikalisches Denken in den dunklen Raum der Ungewißheit, in dem ich mich befinde, einen oder mehrere Lichtstrahlen hineinlasse oder »hineingeheimnisse«. Was das genau ist, weiß wohl niemand zu sagen: Dieses Durchdringen von Geben und Nehmen, Ertasten und Erfahren. Es hat etwas auch mit Glaube zu tun, der für mich zeitlebens seine eigentliche Qualität in dem gleichen besitzt: Sich aussetzen einem letztlich Unbekannten, Unfaßbaren, aber sich begnügen mit dem Ertasten des in wenigen wichtigen Augenblicken als Wirklichkeit erscheinenden Lichtschimmers (mehr vertragen wir Menschen nicht) aus der Ewigkeit. Daß wir in diesem Sinn das Wort »Gott« aussprechen dürfen, ist Geschenk und Mahnung zugleich, solche Gewißheit nicht zu leichtgewichtig zu nehmen, zu vorschnell aus diesem Gott den für mich alle Zeit und in jeder Hinsicht und Lebenslage verfügbaren zu machen.

So wehrte sich in Darmstadt in mir etwas gegen diese unerwartete Möglichkeit, festes Neuland an die Stelle weiten Horizontes zu setzen, der für mich immer nur die Scheingrenze darstellte, abhängig davon, wie weit ich von meinem Standpunkt aus sehen kann, hinter dem sich aber die viel größere, nur mir begrenztem Wesen unsichtbare Wirklichkeit verbirgt. Natürlich war ich zu jung und unerfahren, um viel weiter gehende Möglichkeiten in der Klanglichkeit zu erkennen. »Schauen Sie«, sagte später einmal Fortner zu uns auf dem Kohlhof, als er uns aus seinem Konzert B-A-C-H für zwei Klaviere vorspielte, »dieser Klang hier wäre mir nicht ohne weiteres eingefallen. Er hat sich aus der Reihentechnik ergeben. Hören Sie, wie reizvoll er ist?« Da schimmerte etwas hindurch, was später eine ganze Stilepoche in der zweiten Hälfte des Jahrhunderts bestimmen sollte – die aleatorische Musik –, verbunden mit der Entdekkung des Zufalls als kreativer Kraft.

Ich selbst wollte jedenfalls nach der Darmstädter Woche nicht plötzlich nur zwölftonig komponieren, nicht nur kurze Stücke schreiben und infolge dessen kompositorisch meinen Kirchenmusikerberuf aufgeben, sondern Musik schreiben, die auch Laien zugänglich ist und von ihnen nachvollzogen und praktiziert werden kann. Eine Zwölfton-Motette, die einem Chor, der die geistliche Chormusik von Heinrich Schütz oder diejenige von Distler singen kann, technisch erreichbar ist, gibt es – soweit ich sehe – bis heute nicht.

Rundfunk- und professionelle Kammerchöre sind seit dieser Zeit vielerorts entstanden und haben große Verdienste um die Pflege avantgardistischer Chormusik – aber leider ist seit damals auch die unglückliche Kluft zwischen Profi- und Laienmusik entstanden, über die Adorno seine umstrittenen Äußerungen in seinem Buch »Dissonanzen« gemacht hat. Für mich hieß der Ausweg, den ich später nicht als solchen, sondern als meine Basis kompositorischer Arbeit erkannt habe, Polystilistik. Mut und Fähigkeit, verschiedene Stile, darunter natürlich auch die Reihenkomposition innerhalb eines Stückes dann einzusetzen, wenn es mir musikalisch, formal oder aus geistig inhaltlichen Gründen erforderlich erscheint. Daß man da sehr bald zur »ungefragten Mitte« gehört oder für Menschen, die glauben, das Ei des Kolumbus gefunden zu haben und gerne von »übermorgen« sprechen, zwischen allen Stühlen sitzt, gehört zu den Begleitumständen, mit denen ich mein Leben dennoch nicht ohne Dankbarkeit und Zuversicht zugebracht habe.

»Kameke, ich habe mit Ihnen angegeben. Bitte blamieren Sie mich nicht«, eröffnete Wolfgang Fortner das Gespräch, nachdem er mich ins Dozentenhaus der Darmstädter Musiktage hatte rufen lassen. »Hier ist Professor Mauritz Frank aus Holland. Er ist ja Solocellist und muß heute noch zum Südwestfunk nach Baden-Baden. Keiner von uns hat ein Kursbuch, und die Auskunft ist dauernd besetzt. Da fiel mir Ihr Eisenbahnfimmel ein, und ich behauptete, Sie wüßten die nächsten Züge aus dem Kopf. Nun dürfen Sie mich nicht blamieren.«

»Kein Problem, Herr Professor, wann möchten Sie denn in Baden-Baden sein?« «Möglichst heute bis 21 Uhr.« »Da nehmen Sie bitte den E 596 von Darmstadt ab 16.41 Uhr, an Baden-Oos 21.29 Uhr, ab Baden-Oos 21.48 Uhr, an Baden-Baden 21.55 Uhr.« »Oh, vielen Dank, Fabelhaft! Sie verstehen Eisenbahn?« »Ein wenig, Herr Professor.« »Ich auch. Wissen Sie, daß ich Cellist im Hindemith-Quartett war?« »Nein, das wußte ich nicht.« »Wissen Sie, daß Hindemith ein Eisenbahnfreak war?« »Nein, auch das ist mir neu.« »Man konnte nur Mitglied seines Quartetts werden, wenn man nicht nur sehr gut spielte, sondern auch bereit war, nach jeder Probe mit ihm mit seiner elektrischen Eisenbahn zu spielen.« »War die von Märklin?« »Aber natürlich, von wem denn sonst?« »Herr Professor, ich freue mich, dieses alles von Ihnen zu hören.« »Wissen Sie denn, daß Dvorák auch ein Eisenbahner war?« Auch das war mir neu. »Dann muß ich Ihnen schnell folgende Geschichte erzählen (nicht nur ich, sondern das versammelte Professorenkollegium hörte gespannt zu): Dvorák hatte eine hübsche Tochter, in die sich ein Wiener Kavalier verliebt hatte. Wie sich's gehört, wollte der junge Mann nach Prag kommen und um die Hand von Tochter Dvorák bei ihrem Vater anhalten. »Schreib Dir um Himmels Willen die Lokomotiv-Nummer deines Zuge auf, Liebling. Das ist das erste, was Dich mein Vater fragen wird, sonst haben wir beide nicht die geringsten Chancen.« Es klingelt, Schwiegersohn in spe steht vor der Tür. »Kommen Sie herein, junger Mann. Wo kommen Sie denn her?« »Aus Wien, Herr Professor.« »Mit was für einer Lokomotive sind Sie denn gefahren?« Flugs und auf diese Frage gefaßt, beugte der Angeredete seinen linken Arm nach vorn und las von der Papiermanschette, auf die er unterwegs die Nummer geschrieben hatte, selbstbewußt und siegesgewiß ab »2896, Herr Professor.« »Oh, was für ein Depp sind Sie denn? Sie haben nicht die Lokomotive, sondern die Nummer vom Tender aufgeschrieben. Können Sie denn überhaupt Mann und Frau unterscheiden?« Fürchterliche Betroffenheit aller Beteiligten. Irgendjemand, wahrscheinlich Mutter Dvorák, muß es zu verdanken gewesen sein, daß die Ehe trotzdem zustande gekommen ist.

Großer Beifall im Musikdozentenzimmer von Darmstadt für den Erzähler aus Holland. Hiervon sichtlich animiert, wandte er sich erneut an mich: »Wenn Sie von Eisenbahn verstehen, darf ich Sie noch ein bißchen examinieren?« »Aber selbstverständlich, mit Vergnügen, Herr Professor.« »Welche Fahrplannummer hat die Strecke Mannheim-Basel?« »Verehrter Herr Professor, eine solche Lappalie fragen Sie mich sicher nur aus internationaler Höflichkeit. Das ist schon seit Jahrzehnten Nr. 301.« »Gut. Und welche Nummer hat die Strecke Frankfurt-Köln?« »Herr Professor, rechtsrheinisch 249 und linksrheinisch 250.« »Ganz gut, mein Herr. Nun noch eine dritte Frage. Welche Nummer hat die Strecke Augsburg-München?« »414, Herr Professor.« »Sie wissen und Sie haben bestanden«, lachte er unter dem Beifall der musikalischen Avantgardeprominenz. Nun wurde ich übermütig: »Herr Professor, erlauben Sie mir ein kleines Gegenexamen?« »Aber gerne.« »Welcher Zug, glauben Sie, hat in Deutschland zur Zeit die höchste Fahrplangeschwindigkeit?« »Der Gambrinus.« »Leider muß ich Sie enttäuschen und zu meinem großen Bedauern sind Sie durchgefallen. Herr Professor, es ist der Eiltriebwagen Et 582 von Bamberg über Forchheim nach Erlangen. Der Grund müßte einem Fachmann wie Ihnen eigentlich sonnenklar sein!« »Oh, ich bin verzweifelt, ich weiß nicht.« »Herr Professor, diese Strecke ist eine der wenigen, die elektrifiziert sind, auf der E-Loks, vor allem die E 18, schneller fahren dürfen als auf der von Ihnen genannten, auf der wir Dampfbetrieb haben. Seine Fahrplangeschwindigkeit ist 87,2 km/h, die der D-Züge sonst 60-65 km/h.«

Wie manches Mal, auch später im Leben, hatte ich mit dem Thema Eisenbahn mehr Erfolg als mit manchem Konzert. Schon damals sagte ich zu mir: »Mensch, du mußt mehr üben!«

Eberbach

Meine wirtschaftlichen Verhältnisse, insbesondere nach der Währungsreform, ließen ein Zweitstudium ohne Aufnahme einer beruflichen Tätigkeit nicht zu. So bewarb ich mich nach meiner Diplomprüfung um die Kantorenstelle in Eberbach, 30 km am Neckar aufwärts von Heidelberg gelegen, und erhielt sie. Monatseinkommen: DM 120,--. Als mir ein halbes Jahr später die Leitung des dortigen Kunstfreunde-Chores, eines freien Vereins, angeboten wurde, erhielt ich DM 60,-- dazu und dachte, nun sei grenzenloser Wohlstand bei mir ausgebrochen.

Erstes Defizit

1950 war das große Bach-Jahr . Auch in Eberbach brachten wir eine richtige kleine Bach-Woche zustande. Und im Dezember dirigierte ich zum erstenmal in meinem Leben das Weihnachtsoratorium. Hans Olaf Hudemann, der Bach-Solist, sagte mir nach dem Konzert, ein so schönes, strahlendes hohes Sopran-A bei der Stelle »Mit Psalmen erhöht« im dritten Teil habe er bisher kaum gehört. Ich war zutiefst beglückt. Solche Worte motivieren und bleiben jahrelang haften.

Wegen des schlechten Wetters war die Kirche allerdings nicht ausverkauft, und wir hatten ein Defizit von DM 400,--, was den Vereinsvorstand an den Rand des nervlichen Ruins und Verlustes aller Lebensfreude brachte.

Zur Karnevalszeit schlug ich einen Bunten Abend vor, der uns mit DM 338,50 das Trostpflaster eines kleinen Überschusses einbrachte. Wir hatten uns aber auch alle große Mühe gegeben, ein buntes und unterhaltsames Programm zusammenzustellen. Herr Grünewald, Cellist und Vorsitzender des Vereins, hatte eine Sperrholzkiste zu einem Cello umgebaut, auf dem er zuerst das Largo von Händel spielte und dann die großen Vorteile der Neukonstruktion pries, indem er eine Tür am Boden des Wunderinstrumentes öffnete und daraus Zahnbürste, Pinsel und Schlafanzug entnahm zwecks Gepäcktransportvereinfachung bei Konzertreisen.

Ich selbst hatte ein »Symphonieorchester« zusammengestellt, das größtenteils aus Honoratioren der Stadt bestand, wie dem Bürgermeister, Pfarrer, Bahnhofsvorsteher, Apotheker, aus Rechtsanwälten etc. Selbstverständlich hatte keiner der Herren auch nur die geringste Ahnung von Musik, geschweige denn, besaß ein Instrument. Zur Verstärkung hatten wir jedoch unser Kammerorchester dazwischen gesetzt, und nun hatte jeder Honorige die Aufgabe, das, was er beim musizierenden Nachbarn sah, so gut wie möglich nachzuahmen und sich von beseelter Gestik und liebevollen Einsätzen des Dirigenten zu phantasievollem Tun inspirieren zu lassen. Als »Instrumente« dienten Kochtöpfe, Staubsauger, Kochlöffel, Küchenmixer etc.

Ohne große Probleme haben wir eine dreisätzige Symphonie improvisiert mit dem Titel »Monophonie von Baldrian Kobold«. Es gab stürmischen Heiterkeitserfolg. Zuvor hatte ich eine begabte Malerin beauftragt, ein großes Bild 2 x 1 m zu malen. Die einzige Bedingung war, daß man auf keinen Fall etwas darauf erkennen sollte. Das gelang ihr vorzüglich, und ich taufte das Bild »Mittelschweres Eisenbahnunglück in f-moll« und unterzog es nach der Orchesterdarbietung einer vergleichenden analytischen Betrachtung. Nachdem geklärt worden war, daß es sowohl von der Musik her als auch vom Malerischen gelungen war, sich vom Materialismus des Melodischen und gegenständlich Gemalten zugunsten einer Freilegung von Einzelton und Klecks in seinem So-Sein zu befreien, es also in Ruhe von hörender Betrachtung in ihrer unnachahmlichen Solchheit zu genießen war, war das Publikum überzeugt... und zahlte.

Leider sind mir später so viele Bunte Abende, wie ich Defizite in meinem Künstlerleben zu verantworten hatte, nicht mehr eingefallen.

Eberbach war für mich die ideale Anfangsstelle, eine wirkliche Schule »von der Pike auf«. Ein Knabenchor war aufzubauen, die Kantorei zu leiten, Oratorien vorzubereiten und zu dirigieren. Dazu kamen Orchester- und Orgelkonzerte und viel Kammermusik.

Überraschende Begleitumstände bei meiner ersten Christmesse in Eberbach

Das erste Halbjahr in dem schönen Neckarstädtchen war angefüllt mit dem Aufbau der Kantorei, des Kinderchores und eines Kammerorchesters. Bei einem Monatsverdienst von DM 180,-- mußten noch ein paar Privatschüler hinzugenommen werden, um den unluxuriösen Lebensunterhalt ein wenig aufzubessern. Der Chor setzte sich zu einem großen Teil aus Flüchtlingen zusammen, die selbst noch in wirtschaftlichen Aufbauschwierigkeiten steckten. Mit viel Sparsamkeit hatte ich es zur Investition einer NSU Quick, 2,5 PS, Höchstgeschwindigkeit 45 km/h mit Handhupe, die jeden Fußgänger fluchtartig von der Straße vertrieb, gebracht. Da ich am Heiligabend alleine war, kam ich auf die Idee, Flüchtlinge und ältere Menschen aus dem Chor mit Hilfe dieses kleinen Motorrades mit Kurzbesuchen zu überraschen. Bei Familie Emig große Freude, »Komme Se, Herr Kameke, nei und trinke Se e Schnäpsle mit uns.« Da die Nacht kalt und sternenklar war, nahm ich das Angebot dankend an. Nach einer kurzen Motorradfahrt durch die frische Luft Einkehr bei Breiderichs: »Ha no, des isch aber a nette Überraschung! Mir freue uns wirklisch sehr. Könne mer e Biersche mit Ihne trinke?« Bei fröhlicher Unterhaltung akzeptierte ich auch dieses nebst einiger Weihnachtsplätzchen und landete dann, wieder frische Luft genießend, bei Familie Groß: »Was für e nette Idee, Herr Kameke! Komme Se nei und trinke Se a Gläschen Sekt mit uns!«

So ging es noch drei- bis viermal, bis die Zeit der Christmesse (22.00 Uhr) nahte und ich mein Motorrad nunmehr zur Kirche lenkte. Dort angekommen, bemerkte ich, daß ich nicht nur in fröhlicher Stimmung über die von meinen Chormitgliedern sehr nett aufgenommenen Besuche war, sondern mich in einem Zustand befand, den man nur mit Volltrunkenheit bezeichnen kann. Wichtige Erfahrungen sollte dieser Abend für mein ganzes Musikerleben nach sich ziehen:

1) Chorleitung ging hervorragend. Ich schien mit einer solchen Intensität dirigiert zu haben, daß mein Chor sang, als ginge es um existentielle Lebensfragen (»Heut habe Se uns aber so rischtisch drangenomme. Weihnachten sind Se wohl hoch in Form!«)

2) Orgelspielen eine Katastrophe. Das mir schon damals auswendig voll vertraute Präludium G-Dur BWV 545 von Bach mißlang auf der 2. Seite, wo ich nach h-moll modulieren mußte und vermutlich in b-moll ankam, total. Es wurde von mir nicht frei von guter Laune zu Ende improvisiert, auch wenn der Schluß etwas unplanmäßig statt in G-Dur in Es-Dur stattfand. Der literarisch begrenzten Sachkundigkeit des Eberbacher Publikums einschließlich der Pfarrer verdanke ich, daß mich dieserhalb weder Reklamationen erreichten noch ich fristlos gekündigt worden bin.

Fazit: Seit Weihnachten 1949 in Eberbach habe ich keinen Tropfen Alkohol am Tage eines Orgelkonzertes mehr zu mir genommen, während in Fällen zu dirigierender Konzerte bei besonders liebevollem gastfreundschaftlichen Angebot eines Drinks zuvor meine seelisch-moralischen Widerstandskräfte nicht immer so stark gewesen sind, was ich den Leser zu entschuldigen bitte.

Erste Auslandsreise: Schweden

Wichtigste Dinge schienen sich oft in meinem Leben auf möglichst ungewöhnliche, unerwartete, manchmal auch kuriose Weise anzubahnen. So war es auch mit Schweden.

Eines Tages traf ich auf dem Universitätsplatz in Heidelberg meine Kommilitonin Erdmute Winterberg. Sie strahlte mich an und erzählte: »Stell dir vor, ich werde im Herbst zu einem Studienseminar nach Schweden reisen. Ich fühle mich wie im siebenten Himmel.« (1949 war das in der Tat mehr als ungewöhnlich, da ja kaum ein Mensch einen Paß der amerikanischen Militärregierung besaß.) »Wie hast du denn das geschafft?« war meine neugierige Gegenfrage. – »Oh, ich war bei Privatdozent Dr. Ernst, und der hat Verbindungen nach Lund.« – »Meinst du, ich kann da auch noch nachfragen? Mich würde Schweden ganz besonders wegen seiner Lutherischen Kirche und ihrem liturgischen Leben sehr interessieren.» – »Versuche es doch. Hier zwei Häuser weiter wohnt er.« – In das Haus eilen und klingeln war eins. »Leider sind wir voll, aber ich will Sie auf die Warteliste nehmen« verkündete mir der rundliche, gutmütige, glatzköpfige Privatdozent.

Auf der Fahrt nach Eberbach fiel mir in der Rhein-Neckar-Zeitung eine Notiz auf: Propst Grüber ist soeben von einer Vortragsreise aus Schweden nach Berlin zurückgekehrt. »Den kennst du doch«, durchfuhr es mich, »hast du den nicht vor sechs Wochen morgens um sieben Uhr in der Bahnhofmission in Hannover getroffen?«

So war es. Ich war von Heidelberg zu einem Orgelkonzert nach Bielefeld unterwegs. Man fuhr eine Nacht bis Hannover, hatte dort zwei Stunden Aufenthalt und dann ging es weiter nach Westen. Ich wollte mich von der Nachtfahrt frisch machen, ging in die Bahnhofmission in den Keller, und hier passierte folgendes: Ich bin gerade beim Rasieren, da spricht mich links neben mir ein älterer Herr in Hosenträgern, selbst das Gesicht voller weißen Schaums, an: »Na, junger Mann, wo geht denn Ihre Reise hin?« »Ich muß nach Bielefeld.« » Was wollen Sie denn da?« »Ich werde dort ein Orgelkonzert geben.« »Ach, sind Sie Kirchenmusiker?« »Ja, ich habe gerade in der Nähe Heidelbergs, wo ich studiert habe, angefangen.« »Oh, das interessiert mich aber sehr. Ich bin Propst Grüber aus Berlin und habe einen sehr guten Organisten an der Ostberliner Marienkirche.«

Dem schreibst du, beschloss ich. Ich fragte ihn, ob er mir für meine Schweden-Reisepläne eine oder mehrere Adressen empfehlen könne. Ich sei derjenige, den er beim Rasieren in der Bahnhofsmission in Hannover so nett angesprochen habe. Postwendend kam die Antwort: »Schreiben Sie an den Vorsitzenden des Gripenberg-Komitees, Pfarrer Birger Forell in Borås.« Noch am selben Tag war mein Brief im Kasten. Nach einer Woche, für damalige Verhältnisse unglaublich schnell, hatte ich seine Antwort: »Wenn Sie in Schweden sind, melden Sie sich. Dann lade ich Sie in das Schloß Gripenberg ein, und Sie können ein paar Orgelkonzerte für mein Hilfskomitee für deutsche Flüchtlinge geben und Kollekten dafür sammeln.«

Vierzehn Tage später erneutes Treffen mit Erdmute W. in Heidelberg. »Hast du schon gehört? Wir sind alle so traurig, denn aus dem Seminar in Lund wird nichts. Die Amerikaner geben uns keine Ausreise.« Ich teilte diese Trauer und schrieb an Pfarrer Forell, wie betrübt ich sei, aber das Studienseminar sei geplatzt. Wieder dauerte es höchstens eine Woche, da hatte ich die Antwort: »Seien Sie nicht traurig. Hier ist eine persönliche Einladung. Damit bekommen Sie Ihren Paß. Fahren Sie bis an die dänische Grenze. Von da an sind Sie Gast des Komitees für sechs Wochen in Schweden.«

Im Oktober sollte es so weit sein. Da ich wußte, daß beide Kempff-Brüder Erzbischof Söderblom gekannt hatten, schrieb ich an seine Witwe und bat um Vermittlung an den Domorganisten von Uppsala, Henry Weman. Von ihm hörte ich zunächst nichts, aber nach Ankunft in Gripenberg sollte mich seine sehr aufregende Einladung erwarten. Doch darüber später.

Birger Forell

Zuerst soll nun in Kürze das Lebensbild dieses großen Schweden skizziert werden, der sicher auch aus seiner einfachen Herkunft heraus so viel Verständnis und Hingabe an Arme, Hilfsbedürftige und Heimatvertriebene aufgebracht und zu seinem Lebenswerk gemacht hat. Birger Forell wird am 27. September 1893 in Söderhamm in Mittelschweden als Sohn eines Kutschers und einer Näherin geboren. Nach dem Abitur 1916 beginnt er sein Theologie-Studium in Uppsala. 1919 setzt er das Studium in Deutschland fort. In Marburg wird er Schüler von Professor Rudolf Otto (gest. 1937), mit dem ihn bald eine herzliche, persönliche Freundschaft verbindet. 1921 wird er Seemannspastor in Rotterdam. 1926 begleitet er Rudolf Otto auf einer Forschungsreise durch Asien, die beiden u.a. auch eine Begegnung mit Mahatma Gandhi beschert. Zugrunde liegen dieser Reise ökumenische Ziele: Verbindungen mit Bekennern fremder Religionen für eine organisierte Zusammenarbeit in den Lebensfragen der Menschheit aufzunehmen. (Ist das nicht bis heute ein brennendes Thema?) 1929 wird Forell Pastor (Kyrkoherde) an der schwedischen Gemeinde in Berlin. Dort erlebt er das dritte Reich und wird bald zum überzeugten Gegner des Naziregimes, aber zu einem großen Freund der Deutschen. 1942 wird er nach Schweden zurückberufen und erhält erneut die Pfarrstelle in Borås (Südschweden). Nach zwei Jahren erreicht ihn die Bitte des anglikanischen Bischofs Bell von Chichester, sich um die Betreuung der deutschen Kriegsgefangenen in England zu kümmern. Neben der persönlichen seelsorgerlichen Fürsorge organisiert er Sprachkurse, beschafft Literatur und gründet 1945 zusammen mit dem Direktor der Weltkriegsgefangenenhilfe der YMCA ein theologisch-pädagogisches Studienseminar in Norton-Camp. Dort können zahlreiche Theologie-Studenten ihr Studium absolvieren, in der Kriegsgefangenenseelsorge unter den 400.000 deutschen Gefangenen helfen und später beim geistlichen Wiederaufbau Nachkriegsdeutschlands wichtige Aufbauhilfe leisten. Die Gedanken an Deutschland lassen ihn auch nach Rückkehr in seine schwedische Heimatgemeinde nicht los.

(Hier beziehe ich mich auf die Schrift »Birger Forell« von Pfarrer Klaus Loscher, Bayreuth, 1994.)

Seiner Initiative ist aber auch zu verdanken, daß sich durch mehrere Jahre in Gripenberg in Schweden in sechswöchigen Begegnungstagungen etwa vierzig Menschen aus den Ländern trafen, die im zweiten Weltkrieg gegeneinander gekämpft hatten.

Die Aufzählung von Fakten alleine wird aber diesem Mann überhaupt nicht gerecht. Man muß ihn persönlich erlebt haben. Sein Charisma, Menschen zu gewinnen, seinen Ideenreichtum und seine Gabe, zu erzählen, wie es zu all dem gekommen ist, was er aufgebaut hatte und welche weiteren Pläne er für die Zukunft hatte. Alles drehte sich um das Nachkriegsdeutschland und dessen riesengroße Tragödie mit den Millionen von Ostflüchtlingen, Tag für Tag hineindrängend in ein fast zerstörtes, hungerndes und frierendes Land. Hatte er schon seinen großen persönlichen Einsatz in England geleistet, so war er nun erfüllt von dem Gedanken der notwendigen Begegnung, möglichst auf neutralem Boden, und dazu suchte er einen geeigneten Ort.

Pastor Birger Forell

»Eines Tages hörte ich von Schloß Gripenberg, seiner schönen Lage mit viel Platz und einer aufgeschlossenen verwitweten Schloßherrin. 'Ich habe einen interessanten Vorschlag', sagte ich bei meinem ersten Besuch, 'wollen Sie Präsidentin eines internationalen Komitees werden, das den Namen Ihres Schlosses trägt' 'Oh, das klingt interessant. Wie stellen Sie sich denn das vor?' 'Ganz einfach. Sie überlassen uns den Hauptteil Ihres Schlosses für einige Jahre mietfrei. Wir bauen einige kleine Zimmer für mehr Gäste ein und laden dann auf unsere Rechnung Menschen aus den ehemals verfeindeten Ländern zu Gespräch, Ruhe, Einkehr und Erholung ein. Ihr Schloß wird bald eine internationale Berühmtheit sein.' Die Baronin war so perplex über meine Unverschämtheit, daß sie einwilligte.« So wurde einem in knappen klaren Worten berichtet, wie ein solches Spektakulum zustande gekommen war.

Es war eine interessante Gesellschaft, die sich da eingefunden hatte. Theologen, Offiziere, Wissenschaftler, Künstler, einige Gäste der DDR waren darunter. Ich lernte u.a. den rheinischen Generalsuperintendenten Dr. Stoltenhoff kennen. Seine Frau stellte mich ihm vor, nachdem ich ihr in der Bügelstube geholfen hatte, die Hemden ihres Mannes zu bügeln und zusammenzulegen. Dergleichen hatte sie offensichtlich noch nie in ihrem Leben tun müssen. Es gab natürlich keine Bedienung, alle praktischen Verrichtungen wurden auf die Gäste verteilt. So fiel mir die Aufgabe zu, für die Holzheizung des Schlosses zu sorgen. Diese Arbeit teilte ich mir mit einem sehr sympathischen Herrn von Bülow, der seinen Namen später in Loriot verändern sollte.

Bald wurde es ernst. Pastor Forell teilte mir mit, daß ich eingeladen sei, in Borås, mehreren Kleinstädten, Stockholm und im Dom von Uppsala zu spielen. Zuerst ging es mit Forell und seiner Frau Calise, einer entfernten Verwandten von August Strindberg, nach Borås, einer Textilstadt zwischen Göteborg und Jönköping. Von der ersten Minute an köstliche Gastfreundschaft im Pfarrhaus. Ich erlebte zum ersten Mal schwedische morgendliche Familienwallfahrt an das Bett des Gastes, um dort gemeinsam eine Tasse Tee einzunehmen. Herzlicher Kontakt von der ersten Minute an, als ob man sich seit Jahren kenne. Calise begann sofort, rücksichtslos schwedisch auf mich einzusprechen. Ich hätte das zu lernen, wenn ich für das Gripenberg-Komitee reisen wollte.

Das Pfarrhaus glich einem Warenlager. Jeden Tag kamen Sachspenden aus der Gemeinde, größere Gegenstände wie Möbel, Zementsäcke, Nähmaschinen, und zahlreiche Kisten voller Bekleidung wurden im bereits total überfüllten Gemeindehaus aufbewahrt. »Wo kommen diese Kostbarkeiten denn alle hin?« war meine neugierig erstaunte Frage. »Hast du noch nicht von Espelkamp gehört?« Ich hatte nicht, und ehe ich mich versah, wurde mir über ein noch viel umfangreicheres und kostspieligeres Projekt als Gripenberg berichtet: Die Aufbauhilfe für Deutschlands erste reine Flüchtlingsstadt in der Nähe von Bielefeld.

»Ich hatte schon in England von dem großen Flüchtlingselend in Deutschland gehört,« erzählte abends Forell, »und zunehmend beschäftigt mich die Frage, wie und wo man hier helfen könnte.« »Aber du bist doch schwedischer Pfarrer, hast hier deine Gemeinde und tust mit Gripenberg doch sowieso schon ungeheuer viel für mein Land.« »Das ist richtig, aber wenn man durch das zerstörte Deutschland fährt und dieses Flüchtlingselend sieht, läßt einen das nicht mehr in Ruhe. Man muß dann auch hier zu Hause davon erzählen und die Menschen motivieren, zu helfen, wo sie können. Und du siehst, wie fabelhaft sie das auch tun. Jede Woche gehen zwei volle Güterwagen von hier mit Sachspenden nach Espelkamp, um dort mit all den Dingen, die wir hier sammeln, entladen zu werden.

Ich erlebte im Gottesdienst in Borås, zu dem ich die Orgel spielte, wie Forell in den Abkündigungen über Espelkamp sprach. Er dankte für alle Hilfe und erklärte dann kurz und bündig: »Wir brauchen bis Donnerstag noch zwei Nähmaschinen, drei Herde, Gardinenstoff und Handwerkszeug. Ich wäre dankbar, wenn das bis Mittwoch alles im Gemeindehaus ist, denn Donnerstag geht der nächste Gütertransport ab.« Ich glaubte, meinen Ohren nicht zu trauen – hier im Ausland wirbt ein Pfarrer in dieser Form für mein Heimatland und zieht mit unwiderstehlichem Einsatz und Charme den Menschen alles aus der Tasche, was nicht niet- und nagelfest ist. Ich hätte seine abendlichen Erzählungen mitstenografieren müssen, so interessant war jedes Wort.

Pastor Forell macht Wahlpropaganda für Kommunisten

Eines Abends erklärte er beim Abendessen: »In Borås sind bald Kirchenvorstandswahlen. Ich habe heute Nachmittag Propaganda in der Gemeinde für den einzigen kommunistischen Kandidaten gemacht.« Die ganze Tischrunde sah ihn verduzt an. Dieses sichtlich genießend, fuhr er an mich gewandt fort: »Du mußt wissen, daß Schweden eine Staatskirche hat und daß die politischen Parteien auch im Kirchenvorstand vertreten sind.« »Aber warum, um Himmels willen, mußt du denn ausgerechnet für einen Kommunisten werben?« »Das ist furchtbar einfach. Wenn er in den Kirchenvorstand kommt, sagt er natürlich nein zu allem, was ich vorschlage. Dann müssen aber die Sozialdemokraten, die die Mehrheit haben, notgedrungen zu allem ja sagen, weil sie sich nicht leisten können, mit Kommunisten gemeinsame Sache zu machen.« »Sind denn alle Sozialdemokraten antikirchlich in Schweden?« »Nein, absolut nicht. Aber einfach hat man es nicht mit ihnen. Kennst du die Geschichte vom König und Erlander?« »Nein, natürlich nicht.« »Also: Als Erlander zum ersten mal als Ministerpräsident gewählt worden ist, geht er zum Antrittsbesuch zu König Gustav V. Der sagt zu ihm: 'Nun, mein lieber Erlander, dann wollen wir dich nächste Woche vor dem Reichstag vereidigen.' Gerade das ist mein Problem, Majestät, ich glaube nämlich nicht an Gott. 'Macht gar nichts, mein lieber Erlander', erwidert der König prompt, 'denn Gott glaubt auch nicht an dich!'«

Forell hatte viele Begabungen. Bei seinen vielen Ideen hatte er zweifelsohne auch als einer der ersten nach dem Krieg die Vision der Entwicklungshilfe. Er wußte ganz genau, daß er in Espelkamp nur Starthilfen geben konnte, und daß er dort nur Leute gebrauchen konnte, die zupackten und mit schwedischen Werkzeugen und Materialien die ersten Häuser bauten. Heute, fast fünfzig Jahre später, ist Espelkamp eine Stadt von über 30.000 Einwohnern.

Wie es zu dem allem kam, hat er mir bzw. auch dem Gripenberger Gästekreis bei abendlichen Besuchen erzählt. Wie er in Schweden nach einem Ort gesucht und Gripenberg gefunden hatte, galten dieselben Bemühungen in Deutschland auch dem einen Ziel, einen günstigen Platz für eine erste Flüchtlingssiedlung mit schwedischer Aufbauhilfe zu finden. Eines Tages hörte er von einem Gelände mit unzerstörten Hallen, das im Kriege ein großes Munitionslager gewesen sein mußte. Viele standen Schlange und bemühten sich um das Gelände, Behörden, Ämter und auch die Bahn. Das Schlußlicht in dieser Reihe war ein kleiner unbekannter schwedischer Pfarrer, keine Behörde, kein Amt. Nichts als ein Einzelner, der Ideen hatte, seinen inneren Auftrag spürte und kämpfen konnte.

»Was führt Sie zu mir?« fragt mit reserviertem Erstaunen der Oberkommandierende der britischen Besatzungszone, General B. »Herr General, ich möchte Sie um Generalvollmacht für Espelkamp bitten. Ich will daraus eine Flüchtlingsstadt machen.« »Aber was hat denn mit diesen Sachen ein schwedischer Pastor zu tun?« »Herr General, ich gehöre der Ökumene an, habe in Ihrem Land deutsche Kriegsgefangene betreut und will mich nun als Ausländer mit den hilfsbereiten Menschen meiner schwedischen Gemeinde um das riesige Flüchtlingsproblem in Deutschland kümmern.«

Nun kamen Einwendungen des Generals. Deutschland habe den Krieg verloren und diese Probleme hätten die Deutschen selbst zu lösen. Das sei weder seine noch Forells Aufgabe. Der Verlauf dieses Gesprächs hätte jedem anderen »normalen« Bittsteller gezeigt, daß keine Aussicht besteht, an ein solches Gelände heranzukommen, und er hätte sich mit höflichem Dank verabschiedet.

Nicht so dieser schwedische Pfarrer. Des Generals Worte schienen ihn weniger entmutigt als empört zu haben. »Herr General, ich habe Ihre Worte über den verlorenen Krieg und Ihre Meinung, daß die Deutschen alle Folgen selbst zu tragen hätten, genau verstanden und muß Ihnen sagen, daß ich diese Meinung überhaupt nicht teile. Im Gegenteil, ich bin empört und werde den Inhalt unseres Gespräches an den Erzbischof von Uppsala weitergeben.« »Herr Pastor, warum engagieren Sie sich als Pastor denn für ein Nazi-Munitionslager, das laut alliiertem Kontrollratsbeschluß demnächst gesprengt werden soll?« »Genau das will ich verhindern, und ich bitte, meine Position nicht zu unterschätzen. Wenn ich binnen einer Woche von Ihnen keine Zusage für Espelkamp erhalte, hört, wie eben schon gesagt, der Erzbischof, der mein Duzfreund ist, alles, was Sie über Deutschland und Ihre Einstellung zu diesem Land gesagt haben. Sie sollen wissen, daß er selbst Duzfreund des Erzbischofs von Canterbury ist. Ich weiß nicht, Herr General, was für Folgen für Ihre Position hier entstehen könnten, wenn der Erzbischof von Canterbury unser Gespräch dem englischen Oberhaus, dessen Mitglied er ist, mitteilt.«

Man will es noch heute nicht glauben: Ein schwedischer Pfarrer kämpft in Deutschland mit einem englischen General und vielen weiteren Behörden um ein Nazi-Munitionsgelände und erreicht, daß es nicht gesprengt wird, sondern erhalten bleibt und der Grundstein für eine ganze Flüchtlingsstadt wird. Schon deswegen sollte den Namen Birger Forell jedes deutsche Schulkind kennen, denn dieser große Mann war und ist ein Leitbild.

Nach etwa vierzehn Tagen Aufenthalt in Gripenberg mit all den neuen Eindrücken und Anregungen, ging die Reise mit einem dort haltenden Personenzug los. »Sie können ein Fahrrad nehmen und es am Bahnhof hinstellen. Wenn Sie nach zehn Tagen zurückkommen, ist das einfacher für Sie. Wir haben hier keine Taxen«, sagte Frau Adloff, die Hausleiterin, zu mir. »Aber das Fahrrad hat leider kein Schloß. Hätten Sie vielleicht eines?« »Das ist nicht nötig. Hier nimmt niemand etwas fort. Sie brauchen sich keine Sorgen zu machen.« – So erlebte man Schweden 1949. Heute will diese Geschichte auch dort niemand mehr für möglich halten.

Der Personenzug, von der schwedischen Allzweck-E-Lok mit ihrem fleißigen Triebgestänge gezogen und sehr schnell auf 100 km/h gebracht – für einen Deutschen damals eine unvorstellbare Traumgeschwindigkeit –, brachte mich in sechs Stunden nach Stockholm. Was war das damals noch für eine wunderschöne Metropole! Dieser gemütliche, saubere Hauptbahnhof (Centralstationen), keine Hektik, nur gut angezogene Leute, völlig ungewohnte Eleganz. Beim Betrachten der Läden auf der Kungsgatan fiel man von einem Erstaunen in das andere. Und diese schöne blauweiße Straßenbahn! Wer zum ersten Mal mit ihr fuhr und die Ansage des Fahrers »Normalmstorg« vernahm, vergißt das nicht. Vor allem begann man unwillkürlich zu üben, dieses schwedische Superwort nachzudeklamieren.

Es gab noch keine S-Bahn, und keines der Hochhäuser stand. Die Stadt rief in mir damals einen Dreiklang von Sauberkeit, Weltoffenheit und einer gewissen, durchaus sympathischen Provinzialität hervor.

Der erste schwedische Kollege, den ich kennenlernte, war Alf Linder, Professor für Orgelspiel an der Königlichen Musikhochschule, Schüler von Fritz Heitmann (Berlin). Ein großer Musiker, Lehrer und Mensch, wie mir erzählt wurde. Aber viele Worte machte er nie, auch nicht mit mir. Nach meinem ersten Orgelkonzert auf seiner wunderbaren Marcussen-Orgel (ein weltberühmter dänischer Orgelbauer), gab er mir die Hand und sagte: »Tack, bra« (danke, gut), das war alles. Aber seine Augen sprachen Wichtiges, Ungesagtes hinzufügend. Vor allem kam nach einer Pause, entstanden durch Gespräche mit Hörern des Konzertes, die auf die Empore gekommen waren, das so bedeutungsvolle, stimulierende und für einen jungen Musiker ganz wichtige Abschiedswort »Välkommen tillbaka« (seien Sie wieder willkommen).

Einen Tag vor meinem Konzert hatte ich noch ein großes Erlebnis. Ich wurde eingeladen, eine Probe mit Bruno Walter mitzuerleben, der zum ersten Mal nach dem Krieg nach Europa gekommen war, nicht nach Deutschland, aber nach Schweden. Er probte das Brahms-Requiem und sprach dabei mit dem schwedischen Chor deutsch. Wenn man wußte, was ihm die Deutschen angetan hatten, war das sehr bewegend und führte einem deutlich vor Augen, was für ein unfaßlich borniertes, kriminelles Regime wir hinter uns hatten, das es zuließ, daß solche höchstrangigen Elitemusiker unser Land hatten verlassen müssen.

Dann kam der erste Besuch in Uppsala. Wie viel hatte ich von diesem geistigen Zentrum des Nordens gehört, besonders auch über Georg Kempff, der eine Weile in Schweden als Pastor gewirkt und viel über Nathan Söderblom gesprochen hatte. In einem Einladungsbrief vom Domorganisten Henry Weman war fast zur Bedingung meines Kommens gemacht worden, daß ich ein vorwiegend modernes Programm spielen möge. Wenn mir dieser Vorschlag persönlich auch zusagte, glaubte ich, vermuten zu sollen, daß Dr. Weman nicht deutschfreundlich sei und nicht wollte, daß viele Menschen in mein Konzert gingen. Ich sollte mich gründlich getäuscht haben. Abends um neun Uhr kam ich auf die Orgelempore und sah das große Schiff des Domes voller Menschen und nur mit Kerzen erleuchtet. Mich umgab eine derartig feierliche und seriöse Atmosphäre, daß es wie von allein mein bisher bestes Konzert wurde. Ich habe damals gespielt: Johann Nepomuk David, Chaconne a-moll und Paul Hindemith, 2. Sonate, Max Reger: Fantasie 'Ein feste Burg'.

Als ich nach dem Konzert Herrn Weman mein großes Erstaunen über den phantastischen Besuch zum Ausdruck brachte, sagte er mir, »Wenn Sie in Uppsala Moderne spielen, kommen 900 Menschen, wenn Sie Bach spielen, kommen 500 Zuhörer.« Schweden hatte damals einen großen Nachholbedarf. Die Menschen glaubten, durch die Neutralität hätten sie sich auch kulturell zu sehr im Abseits befunden. Das sollte sich in wenigen Jahren erheblich ändern, denn es wurden nicht nur in vielen Städten und Dörfern wunderbare neue Orgeln gebaut, so daß es bald zu den vielen Orgelländern der Erde gehören sollte, auch das Interesse für neue Musik und deren lebhafte Pflege, besonders in Stockholm und Göteborg, nahm ständig zu und bedeutete, daß dieses Land zu einem der Vorreiter der Avantgarde wurde, durchaus auch auf dem Gebiet der Kirchenmusik.

Henry Weman war das genaue Gegenteil von Alf Linder, ein temperamentvoller, kontaktfreudiger und sehr gastfreundlicher älterer Kollege. Sofort wurde man in sein Haus eingeladen. Es gab wunderbare Gespräche über die Bedeutung der Kirchenmusik als geistige Kraftquelle im wiederauflebenden Nachkriegseuropa, über seine Arbeit mit den Theologiestudenten an der Universität mit der wichtigen Aufgabe, sie in den Reichtum der schwedischen Liturgie einzuführen, und vieles mehr.

Natürlich kam auch die Rede auf Georg Kempff. »Warum lachen Sie denn so, wenn dieser Name fällt?« war meine verwunderte Frage! »Oh, Sie müssen wissen, daß er, als er hier war, sehr schnell sehr bekannt geworden ist durch zwei Geschichten, die er sich bei einer Predigt und einem Vortrag auf schwedisch geleistet hat. Erzbischof Söderblom hatte ihn nach Schweden eingeladen und bei einer seiner Weihnachtspredigten hatte er wohl seine Bibel vergessen, glaubte aber, er könne das bekannte Wort aus Johannes 1 auswendig 'Das Wort ward Fleisch und wohnte unter uns und wir sahen seine Herrlichkeit.' Leider übersetzte er nicht ganz richtig und auf schwedisch kam heraus 'Das Wort ward Schweinespeck und wohnte unter uns.' Die Weihnachtsgemeinde reagierte auf diese Mitteilung mit so viel aufgeräumter Fröhlichkeit, daß Kempff sich dazu hinreißen ließ, diesen Satz als eine Art Refrain immer wieder zu bringen, was ihm landesweite Berühmtheit eintragen sollte.

Im Jahr 1935 »festigte« er diesen Ruf, als man ihn aus Anlass des Bachfestes (250. Geburtstag) um das Festreferat im Dom von Uppsala bat. Anwesend der König, der Erzbischof und die halbe Universität, der Ministerpräsident, Generäle usw., sicher eine noch viel feierlichere Atmosphäre als bei Ihrem Orgelkonzert. Zuerst ging alles gut. Kempff sprach über Leben und Werk des großen Bach. Dann wollte er über dessen Kammermusik sprechen und deutlich machen, daß ihr großer Wert darin bestünde, daß sie in erster Linie zum eigenen Hausgebrauch geschrieben worden sei. Auf schwedisch kam aber heraus, der Wert der Bach'schen Kammermusik beruhe darauf, daß er sie zum Gebrauch auf der Toilette geschrieben habe. Ein allgemeines Senken des Kopfes, von Seiner Majestät angefangen über den Erzbischof zu den Generälen, verbunden mit deutlichen Schüttelkrämpfen, die es angesichts der Würde von Raum und Anlaß zu unterdrücken galt, die sich aber doch zu einem ganz unschwedischen Gesamt-Lach-Anfall der Domgemeinde entladen haben müssen, war die unvermeidbare Folge. Kempff war berühmt, auch ohne Orgelspiel.

Ärger mit meinen Bemühungen, den Auftrag von Calise, diese Sprache von Anfang an so schnell wie möglich zu lernen, auch auszuführen. Sagte man drei mühsam gelernte schwedische Worte zu irgendjemand, wurde einem entweder sofort in perfektem Deutsch geantwortet oder es ergoss sich ein Wasserfall: 'Oh, ni kan tala Svenska!' – und los ging es im Sinne eines Maschinengewehrfeuers. Es war entsetzlich. In einer Stockholmer Konditorei wollte ich mir zum Verzehr auf der Straße zwei Stück Kuchen besorgen, tat das auf schwedisch, worauf die Verkäuferin mich absolut Unverständliches fragte. Ich höflicher Idiot sagte: »Jaha«, worauf sie mit meinem Kuchen verschwand und ihn nach mehreren Minuten in Geschenkverpackung, Karton und Plastikfolie mit grünlila Band mir aushändigte. Noch frustrierender war der Versuch, meine durchaus vorhandenen Anfangskenntnisse im Zug von Stockholm nach Göteborg anzuwenden. Da dieser Verspätung hatte, fragte ich den Schaffner auf schwedisch, ob ich den Anschluß in Herrljunga nach Borås bekommen würde, worauf dieser Mistkerl mir in fließendem Deutsch antwortete: »Mein Herr, Sie brauchen nicht umzusteigen. Am Schluß des Zuges haben wir einen Kurswagen.« Ich hätte ihn ermorden können!

Die erste Konzertreise hatte einen so guten finanziellen Erfolg für Forells Gripenberg-Komitee, daß ich gleich zu einer nächsten ein Jahr später eingeladen wurde. Diese begann mit einer Erholungswoche auf Forells Landsitz in Onsala, einer landschaftlich zauberhaft schönen Halbinsel südlich von Göteborg. Eine typisch schwedische Stuga, das weit verbreitete Kontrastprogramm vieler Schweden, so einfach oder sogar so primitiv wie möglich, weg mit allem Großstadtluxus, den man auch damals reichlich finden konnte. Aber wie herrlich, einen

Birger Forell in diesem 'einfachen Leben' einige Tage erleben und mit ihm sprechen zu können. Mein Orgelprogramm übte ich in der kleinen Dorfkirche von Onsala. Hauptwerk die eben veröffentlichte Partita 'Es ist ein Schnitter heißt der Tod – dies irae' von Johann Nepomuk David.

Bei den Gesprächen bringt Calise meist das Salz in die Suppe. Immer wieder verlangt sie, daß wir schwedisch sprechen, worüber ich stöhne, aber bis heute ihr dankbar bin. Dann gibt es auch Kontroversen. Sie liebt Niemöller und haßt Adenauer. Mir ist das zu viel. Ich kann vieles von allem bei Niemöller mit seiner prokommunistischen und antiwestlichen Haltung nicht verstehen, vor allem auch Calises Unterstellung, Adenauer hätte nicht das geringste Interesse an einer Wiedervereinigung, mußte ich widersprechen.

Das Wichtigste an diesem Aufenthalt aber waren Forells Erzählungen, die immer wieder um das eine kreisten: Hilfe für deutsche Flüchtlinge, Gewinnung von Herzen potentieller Sponsoren und Leiter wichtiger Institutionen.

Birger Forells Einsatz für deutsche Flüchtlingsbauern

Sehr bald, nachdem er Espelkamp in Gang gebracht hatte – und das ist, wie ich meine, eine vorbildliche Tat eines einzigen Schweden im Sinne der Entwicklungshilfe –, hatte er eine neue Idee: War Espelkamp schon ein Modell, wie Entwicklungshilfe sein soll, wurde er mit dem nächsten Vorhaben noch direkter. Er gründete die Deutsch-Schwedische Flüchtlingshilfe und konzentrierte sich nun auf das Thema Bauern. Flüchtlingsbauern aus dem Osten sollten mit deutsch-schwedischer und auch der Hilfe des Weltkirchenrates sowie des Hilfswerkes in Stuttgart zu neuem Landbesitz kommen und Hilfe erhalten, neue Höfe zu gründen und das Land zu bestellen. Wie machte er das aber? Einzelheiten seiner Erzählungen verdeutlichen dieses am besten.

»Vor drei Wochen war ich in München und habe Herrn Minister L. besucht.« »Was hast du denn von dem gewollt?« »Ja, das hat er mich auch gefragt. Ähnlich wie General B., die stereotype Frage nämlich: 'Herr Pfarrer, was führt Sie zu mir?' 'Ganz einfach, Herr Minister, ich bin schwedischer Pfarrer, habe die Deutsch-Schwedische Flüchtlingshilfe gegründet, habe Espelkamp als Flüchtlingsstadt im Aufbau und möchte in Ergänzung hierzu nun auch in Ihrem Lande Flüchtlingsbauern Starthilfe geben, neu anfangen zu können. Da ich gerade in Bayern von einer recht großen Zahl leerstehender Höfe weiß, möchte ich Sie um Verfügungsvollmacht von 50 % Ihres diesbezüglichen Etats bitten.'

»Sind Sie vollkommen verrückt geworden? Sie haben sich wohl in der Hausnummer geirrt.« »Nein, keineswegs, Herr Minister, ich will Ihnen erklären, warum ich diesen Vorschlag mache: In Bayern gibt es hunderte, wahrscheinlich noch mehr an Bauernhöfen, die leerstehen, weil der Besitzer aus dem

Krieg nicht heimgekehrt ist oder der Sohn in die Stadt gehen will. Auf der anderen Seite stehen ebenso viele Flüchtlingsbauern aus dem Osten Schlange und scheitern sehr oft an dem Bürokratismus Ihres Landes. Vom Zeitpunkt eines Antrages auf Starthilfe an Ihr Haus und dessen Bearbeitung vergehen Monate, in denen zum Beispiel rheinische Industrielle längst den betreffenden Hof erworben haben. Und das kann nicht im Sinne Ihrer Politik sein. Deswegen schlage ich Ihnen vor, daß Sie mir Geld als Treuhänder übergeben. Wir überprüfen die Dinge an Ort und Stelle schnellstens, sorgen dafür, dass wertvolles bayerisches Bauernland nicht an die Industrie geht, sondern in Bauernhand von erfahrenen Zugreifhänden schlesischer, ostpreußischer oder pommerscher Bauern weiter bearbeitet wird, wie es auch hier seit vielen Generationen der Fall war.«

Wir wollten es alle nicht glauben, aber Forell bekam Geld. Wie viel, hat er nicht gesagt. Aber er schien zufrieden zu sein. Weitere, zum Teil größere Erfolge erzielte Forell in Schleswig-Holstein, Rheinland-Pfalz, Niedersachsen und Hessen.

»Mit diesem Ergebnis bin ich zurück nach Schweden gekommen und habe mir die hiesigen Bauernverbände vorgenommen. Den ersten Vortrag hielt ich in Västergötland und erzählte den Bauern, wie viele ihrer Kollegen Land verloren hätten und wie wichtig es sei, Geld zu sammeln, damit man ihnen mit schwedischen Holzhäusern und landwirtschaftlichen Geräten unter die Arme greifen könne.« »Ja, das verstehen wir«, sagte der Vorstand und bewilligte mir hundertausend Kronen. Mit diesem Ergebnis fuhr ich bald zum Nachbarverband nach Östergötland. Dort erzählte ich, wie überaus freundlich ich in Västergötland behandelt worden war und daß man mir hunderttausend Kronen für die deutschen Bauern gestiftet habe. »Na, so furchtbar viel ist das ja eigentlich nicht.

Wir werden hundertzwanzigtausend geben«, erklärten ihm die Östergötländer, um den Västergötländern auch ein bißchen die Schau zu stehlen.

Und so ging es weiter. Forell spielte die Verbände gegeneinander aus, und nachdem er siebenhunderttausend Kronen zusammen hatte – von 26 Provinzverbänden hatten sich 19 mit Spenden beteiligt –, fuhr er wieder nach Deutschland. Dieses Mal zu SKF nach Schweinfurt. Dort ähnliche Situation wie in München. Forell meldet sich beim obersten Chef an, verblüfft ihn mit einer aus charismatischem Selbstbewußtsein geborenen Selbstsicherheit, und – wie er selbst sagt – Unverschämtheit so, daß er nach der ersten Frage »Sind Sie verrückt geworden?« letztlich etwa das erhielt, was er sich erhofft hatte. Innerhalb Deutschlands sammelt er in unermüdlichen Reisen DM 350.000,--.

Vor Hamburger Rotariern ruft er in einem Vortrag aus: »Wir haben von der Deutsch-Schwedischen Flüchtlingshilfe etwa 620 vertriebenen Bauern im Bundesgebiet zu einer neuen Existenzgründung als Landwirte, meistens als Vollbauernstellen, verhelfen können. Wenn wir von deutscher Seite eine entsprechend fortgesetzte Hilfe bekommen können, hoffen wir, durch diese deutsch-schwedische Zusammenarbeit in der Flüchtlingshilfe einen Beitrag zu leisten in dem Wiederaufbau nicht nur eines neuen Deutschlands, sondern eines neuen Europas. Die Flüchtlingsfrage ist nicht nur eine innerdeutsche Angelegenheit, sie ist ein Anliegen für uns alle, die auf den Frieden hoffen und für den wirklichen Frieden arbeiten wollen. Die Eingliederung der heimatvertriebenen Landwirte ist eine sehr schwere, aber vordringliche Aufgabe. Es sind schon viele von diesen wertvollen Menschen zugrunde gegangen. Sie konnten die zehnjährige Wartezeit nicht aushalten. Wir haben keine Zeit zu verlieren. Eile tut not!«

Musik für eine so wichtige Idee eines großen Menschen und Leitbildes zu machen, ist das Schönste, was einem jungen Musiker passieren kann.

So begab ich mich nach dieser Erzähl- und Übewoche in Onsala auf die Reise. Sechs Wochen lang ging es durch das ganze Land, von Malmö über all die schönen Städte am Bottnischen Meerbusen wie Söderhamn, Hudikvall, Sundsvall, Härnösand, Umeå, Skelleftoå, Luleå bis nach Kiruna. Organisiert hatte dieses das Büro Forells. Überall sehr freundliche Aufnahme, nachdem man merkte, daß der junge Solist etwas schwedisch sprach, deutlicher Umschlag in freundschaftliche Herzlichkeit und Offenheit. Calises Rat sollte sich als absolut richtig herausstellen, unbedingt schwedisch zu lernen. Das öffnete wirklich viele Türen.

Auch auf dieser Reise passierte einiges Unvorhergesehene, das in Erinnerung geblieben ist. So teilte mir der Pfarrer der wunderschönen Kirche von Södertälje bei meiner Ankunft mit, die Orgel sei leider wegen Heizungsschäden nicht spielbar. Ich könne nur auf der 13-registrigen Chororgel spielen. Natürlich bedeutete das fast ein neues Konzertprogramm. Gott sei Dank war mein Repertoire groß genug.

Ich teilte dem Pfarrer das neue Programm mit und bat ihn, unter anderem anzusagen, daß ich statt des Anfangsstückes von Buxtehude eine Chaconne in g-moll des bekannten französischen Komponisten Francois Couperin spielen würde. Zu meiner Überraschung kündigte der Pfarrer der Gemeinde am Abend folgendes an: »Unser Solist muß leider sein Programm ändern. So spielt er zu Beginn eine Couperin in g-moll des berühmten Komponisten Francois Chaconne.« Heiteren Sinnes spielte ich das geänderte Programm zu Ende. Kollekte für Forells Arbeit: 800 Kronen.

Nach Stockholm kam ich auf dieser Reise zweimal, und jedes Mal wurden mir Überraschungen zuteil, die mir wohl vom Schicksal eingewoben waren, damit ja kein Gefühl von Routine und Langeweile bei mir entstehen konnte. Zuerst spielte ich in der berühmten Jakobskyrka, an der einer der namhaftesten damaligen Organisten, Waldemar Ahlén tätig war. Der Hauptpastor fragte mich zu Beginn des Konzertes, wann er etwas zur Kollekte für Forells Flüchtlingshilfe sagen könne. Ich schlug ihm vor, dieses nach der Bach-Partita »Sei gegrüßet Jesu gütig«, dem vorletzten Stück des Programms, dem Davids a-moll-Chaconne folgen sollte, zu tun.

Mein Versäumnis bestand darin zu glauben, daß ein Pastor weiß, was eine Partita ist, nämlich ein Variationenwerk. Ich hätte eine andere Stelle für die Kollekte vorschlagen müssen. Das war ein großer Fehler, denn mein Registrant teilte mir beim Spielen des Chorals, der ja als Eingang vor elf Variationen steht, mit, daß der Herr Pastor bereits die Kanzel bestiegen hatte. »Wir müssen uns beeilen, damit er uns nicht in die Variationen mit seinen Ankündigungen fährt«, flüsterte er mir ins Ohr.

Durch einen Spiegel konnte ich beobachten, daß er bereits vor dem Bicinium (Variation 1) Luft holte. Schnell zwei Register ändern und weiter ging es. Nun hatte Herr Hauptpastor wenigstens bemerkt, daß er wohl noch etwas warten mußte. Es wurde ein Wettkampf auf Leben und Tod. Solange wenig Klangwechsel notwendig war, ging die Sache einigermaßen. Aber vor Variation 7 war mehr zu tun. »Nu ska vi«, hob Hochwürden sogleich an. Ich fuhr mit der ersten Forte-Registrierung des Stückes dazwischen. Bach siegte, und nur die drei Worte standen im Raum. Variation 8: Wieder tiefes Luftholen, verbunden mit unruhigem Schaukeln des Oberkörpers. Bach siegte nochmals. Vor Variation 10 aber, der schönsten von allen, war es aus. Kaum war der letzte Ton des Trios von Variation 9 verklungen, brauste es von der Kanzel: »Nu ska vi tala om kollekten«. Hörbares Klingeln von Geld. Fünf Minuten lang.

»Sei gegrüßet« war als Torso verblieben, um so mehr interpretatorische Inbrunst legte ich in das Schlußstück von David. Es gelang »strålande«, sagte mein Registrant. Danach totale Stille. Sollten die Hörer so beeindruckt sein, daß sie sich nicht rührten? Zunehmende Stille – kein Mucks, auch nicht auf der Orgelbank. »Sollten wir das Schlußstück zu Gottes Ehre gespielt haben?« flüsterte ich und schlich auf leisen Sohlen nach vorne an die Brüstung: Leer, leerer, ein absolutes Nichts. »Vielleicht denken auch in Deutschland manchmal die Leute, wenn sie etwas gegeben haben, können sie gleich nach Hause gehen«, bemerkte mein Registrant. »Vielleicht«, meinte ich – und alles das, wo ich das letzte Stück doch so besonders gut geübt hatte, sagte ich zum lieben Gott.

Die englische Missionarin

Schon auf dieser zweiten Konzertreise meines Lebens sollte die Variation unerwarteter Vorkommnisse mein Leben bereichern, aber auch die Nerven erheblichen Belastungsproben aussetzen. Ich war mit dem Nachtzug Östersund – Stockholm aus dem Norden zurückgekehrt, hatte den wunderbar sauber und bequem ausgestatteten schwedischen Schlafwagen genossen, obwohl ich in der Nacht mehrfach durch polterndes Gerucke fast aus dem Bett gefallen wäre: Ein Blick am Morgen auf die Wagenkupplungen zeigte mir, daß wegen der Überlänge des Zuges – er hatte 18 D-Zug-Wagen! – alle Wagen so locker gekoppelt waren wie normalerweise die Güterzüge. Da blieb dieses Geschubse und Getöse beim Anfahren und Bremsen natürlich nicht aus.

Dort empfing mich der Kyrkoherde sehr freundlich, teilte mir aber mit, daß sie leider mein Konzertprogramm hätten kürzen müssen, weil sich überraschend eine englische Missionarin angesagt habe, die man mit einem Vortrag innerhalb meines Konzertes unterbringen müsse.

Zwei Trauungen liegen so ungünstig, daß ich am Tag nicht mehr in mein Hotel komme. Die Orgel ist groß, hat vier Manuale, und auch das reduzierte Programm braucht viel Zeit zum Einregistrieren.

Für nicht orgelbeflissene Leser darf ich an dieser Stelle einfügen, daß Orgelkonzertreisen im Vergleich zu Reisen von Pianisten oder Geigern deswegen erheblich anstrengender und zeitaufwendiger sind, weil jedes Programm an jedem Instrument vollkommen neu eingerichtet werden muß. Kein Spieltisch gleicht dem anderen, selbst wenn man nur ein Programm bei sich hat – was man als Konzertorganist nicht sollte – muß es heute mit 24 Registern, morgen mit 84 und übermorgen mit 17 Registern bewältigt werden. Heute sind es zwei, morgen drei und übermorgen vier Manuale. Heute gibt es gar keine Kombination, morgen drei und übermorgen 240.

War bei einem Manualwechsel in einem Vivaldi-Konzert gestern ständig vom unteren zum oberen Manual zu wechseln, sollte es vom Tutti zum Solo gehen, ist es heute genau umgekehrt. Lagen die Register für das Hauptwerk gestern links, liegen sie heute rechts. Am meisten Umgewöhnung erfordert die Tatsache, ob eine Orgel ein Rückpositiv oder keines hat. Im allgemeinen bedeutet das, daß bei der Orgel mit Rückpositiv das Hauptwerk, auf dem die Hauptteile des Programms zu spielen sind, in der Mitte liegt, darunter liegt das Manual für das Rückpositiv, darüber das für das Oberwerk.

Hat aber eine Orgel kein Rückpositiv, ist das Hauptwerk meistens auch das erste Manual. So gibt es ständige Umstellungsaufgaben, meist täglich und mit allen diesen Beispielen wechselnd. In der Praxis heißt das, daß man je nach stilistischer Vielfalt des Programms für die Einregistrierung pro Konzert fünf bis sieben Stunden rechnen muß. Wenn dann, wie hier in Stockholm, Trauungen dazwischen kommen, von denen man natürlich nichts ahnte, kann man ganz schön in zeitliche Bedrängnis kommen.

Ich bin also vollauf bis sechs Uhr am Spieltisch beschäftigt und es verbleibt mir nur kurze Zeit, in einer Würstchenbude gegenüber der Kirche Bockwurst und Brot mit dem köstlichen süßsauren schwedischen Senf zu verspeisen, und dann geht es in das geräumige, höchst komfortabel ausgestattete Gemeindehaus, um mich umzuziehen. Ich habe alle Schlüssel, bin in dem eindrucksvollen Gebäude alleine, stelle meinen Koffer auf den Garderobentisch, schaue mir die Waschmöglichkeiten an, die nicht so üppig sind, sondern mehr bestimmten, der Natur des Menschen folgenden Notwendigkeiten Rechnung tragen.

Ich mache mir die Sache einfach. Der Koffer verbleibt in der Garderobe, Anzug und weißes Hemd werden dort ausgebreitet, alles, was mich bekleidet, wird danebengelegt und ohne irgend etwas entschwinde ich im Toilettenbereich, um mir die notwendige Körperfrische für das Konzert anzueignen.

Kaum, daß ich mich dort befinde, begleitet mich keine »Bach'sche Kammermusik im Sinne von Georg Kempff«, sondern das deutliche Umdrehgeräusch eines Schlüssels am Eingang. Blankes Entsetzen durchzuckt meinen unbekleideten Körper. Was sehe ich durch den vorsichtig geöffneten Türspalt? Der Herr Pastor und Frau betreten das Haus zusammen mit der englischen Missionarin, um es ihr in aller Ruhe zu zeigen. Irgendwelche verdammten Sehenswürdigkeiten an den

Wänden gegenüber der Garderobe, wo sich meine gesamte Bekleidung befand, ließen sie auch noch in diesem Raum in aller Ruhe verbleiben, um dem englischen Gast alles eingehend zu erklären. Mein Puls steigerte sich von Sekunde zu Sekunde – noch 15 Minuten bis zum Konzertbeginn, und der Gastorganist unbekleidet und von seinem Konzertanzug gewaltsam ferngehalten durch eine englische Missionarin! Sie sollen, so fand ich, andere Leute bekehren, aber nicht junge deutsche Organisten daran hindern, sich die notwendige Oberbekleidung für ein öffentliches Konzert anzulegen.

Das Konzert begann fünf Minuten später: »Förlåt« (Verzeihung), sagte ich und spielte das erste Stück zwei Metronomstriche schneller als sonst.

Neben den großen Konzerten gab es auch solche in schwedischen Landkirchen, oft aus dem Mittelalter stammend, mit wunderschönen alten Deckenfresken, kostbaren Altären und Kanzeln und oft überraschend schön klingenden neugebauten Orgeln. Was ich damals lernte war, daß in den kleinen Ländern Europas, nicht nur Skandinaviens, sondern auch Österreichs, der Schweiz und Hollands die führenden Orgelbauer der Welt zu finden sind. Sie sind auf dem gleichen Niveau wie die Spitzenfirmen Frankreichs, Italiens und Deutschlands. Namen wie Rieger, Metzler, Flentrop, Marcussen, Frobenius und Grönlund belegen das seit vielen Jahren auf das allerbeste.

Ich lernte zum Beispiel in Fritzla unweit von Borås auch den Typ des schwedischen Landkantors kennen, einer Kombination von Lehrer und Kirchenmusiker, wie wir sie in Deutschland auch hatten, bevor diese Einrichtung im Dritten Reich von den damaligen Machthabern zerschlagen wurde. Kantor Andersson war eine Persönlichkeit, die ich nicht vergesse. Rund an Geist und Körper, erfüllt von Liebe zu Kindern und der Musik. Selbst hatte er eine kinderreiche Familie, alle kleinen

Blondschöpfe begrüßten einen mit einem strahlenden »hej« und waren, wenn man ihre Sprache mit ihnen sprach, genau so unkompliziert und heiter wie alle Kinder aus kinderreichen Familien, in denen die Dinge noch stimmen und das Zuhause die Mitte und Richtschnur für jedes einzelne von ihnen bilden. Überall nach dem Konzert dieses inspirierende »Välkommen tillbaka«, das ich dann auch als Gesamtergebnis neben den Kollekteneinnahmen mit nach Borås nehmen konnte. So gab es auch von hier dieses »Välkommen tillbaka«, das allerdings eine unerwartete Verzögerung erfahren sollte, die mit Eberbach und Heidelberg zusammenhing.

Doch zunächst darf nach all den verschiedensten Erlebnissen, die mir mehrere Konzertreisen durch Skandinavien in der Nachkriegszeit beschert haben, zweierlei am Schluß nicht fehlen: Der Gesamteindruck des Landes auf den jungen ausländischen Musiker zwischen 1949 und 1958 und – ehrlicherweise ein bezauberndes Thema – die schwedischen Mädchen.

Die nordische Schweiz

Schwer zu beschreiben, was in einem jungen Menschen vorgeht, der zum ersten Mal in dieses damalige Traumland reisen darf nach allem, was er mit seinen 23 Jahren hinter sich hat:

Unverarbeitet noch immer das ganze tragische Erleben des Kriegsendes und deutschen Zusammenbruches. Verlust der geliebten Potsdamer Heimat. All die Schwierigkeiten des Flüchtlingsdaseins. Damit verbunden: Notwendigkeit, das Studium zu verdienen, materielle Beschwernisse, begleitet von Hunger und Frieren, in knappster Zeit, nämlich in fünf statt acht bis zehn Semestern das Studium zu absolvieren.

Man glaubt zu träumen. Plötzlich, nach Padborg, ein sauberer Zug. Höfliche, tadellos gekleidete Schaffner, und dann der Speisewagen! – Wo gibt es den heute noch in dieser Form? Feinste Tischwäsche, edles Geschirr, an den Wänden Mahagoni mit Spiegeln, Kellner wie aus dem Ei gepellt, sie hätten genauso gut im Berliner Hotel Adlon arbeiten können. Reichliche Speisekarte, serviertes Drei-Gänge-Menü, mein damaliges Lieblingsgetränk Milch problemlos erhältlich. All das erinnerte an die wenigen festlichen Augenblicke in der Vorkriegszeit, wenn man von den Eltern als Belohnung etwa für ein gutes Schulzeugnis in den schon in dieser Zeit als Festsaal empfundenen Speisewagen eingeladen wurde.

Herrlich, nun zum ersten Mal mit der dänischen Zugfähre von Nyborg nach Korsör zu reisen. Ein dänisches Smörgåsbord zu erleben. Es schien von den himmlischen Heerscharen persönlich zubereitet worden zu sein.

Auf der noch eindrucksvolleren schwedischen Fähre »Malmöhus« zwischen Kopenhagen und Malmö zählte ich am Buffet allein 23 verschiedene Fischgerichte. Eine Zahl unwiderstehlicher kleiner Schmützchen, die dazu beitrug, daß man die folgenden, köstlich duftenden Warmgerichte (»warm-rätter«) nur im Zustand vollster Übersättigung zu sich nahm gegen alle Vernunft und gesundheitliche Warnungen des inneren Schweinehundes.

Wie Adam auf Eva zeigte man dabei auf die zahlreichen Skandinavier, deren Alkoholkonsum so beachtlich war, daß man in Bälde aus ihrem Erscheinungsbild schließen konnte, das Schiff durchfahre ein Orkangebiet bei Windstärke 10.

Und dann diese schöne Fremdartigkeit des ersten Landganges in Schweden! Blitzsaubere, braune, zum Teil altmodische, aber perfekt gepflegte Schnellzugwagen erwarten einen im Bahnhof von Malmö. Für einen Dampfzug-gewöhnten Deutschen hochinteressant der durchgehende elektrische Betrieb durch das ganze Land. Erheblich höhere Fahrplangeschwindigkeiten als bei uns, keine Überfüllung der Züge, Pünktlichkeit, bald entstehender Wunsch, dieses sich etwa 2400 km in den Norden erstreckende Land möglichst einmal mindestens bis Kiruna bereisen zu können. Auffallend, daß der gesamte Zugbetrieb im wesentlichen von drei Lokomotiven, einer Güter-, einer Personenzug- und einer Schnellzuglok bewältigt wurde. Das fand ich vorbildlich, weil für meinen Begriff in Deutschland schon immer viel zu viel unterschiedliche Lokomotivtypen gebaut wurden. Die Schweden erschienen mir zweckmäßiger und sparsamer.

Wunderbare Ergänzung der damals von Stockholm nach Göteborg verkehrende Schnelltriebwagen »Göteborgaren«, der formschönste und schnellste Zug, den ich seit dem »Fliegenden Hamburger« getroffen habe.

Dann war es ein eigenartiger Reiz, mit Schweden den damaligen Linksverkehr zu verbinden, Reiz des Ungewohnten in Verbindung mit all dem sichtbaren Luxus in Stadt und Land. Dabei prägt sich der Gedanke ein: Paß auf, du bist in Schweden. Ich fand das schön. Auch heute gehöre ich zu den altmodischen Menschen, die den Abschied vom Linksverkehr aus diesen Gründen ein wenig bedauern, ebenso oder erheblich mehr aber das Aufhören der die Reise so angenehm unterbrechenden Schiffsfahrten zwischen Inseln und Ländern. Der Gedanke, eines Tages mit dem Auto oder EC direkt von Berlin nach Stockholm nur über Brücken und durch Tunnel zu gelangen, kommt mir jedenfalls sehr langweilig vor.

Unvergeßlich die Fahrt durchs Land mit all den rotbraunen Häusern, dem Wechsel großer Weide- oder Ackerflächen, mit Baumgruppen, Wäldern und den vielen leuchtenden Seen und auch der Farbpracht herbstlichen Laubes.

Dann die erste Fahrt in Stockholm mit seinen bewaldeten Felsen, Gewässern, Kanälen, Brücken und dem Blick rechts auf Gamla Stan und links Västerbron und Stadshuset. Einfahrt in diesen gepflegten und übersichtlichen Hauptbahnhof, an dessen Nordseite man schneebedeckte Züge wie den »Norpilen« aus Narvik einfahren sehen kann.

Einen großen Eindruck hinterläßt auch die erste Anreise mit Blick von weitem auf den Dom von Uppsala, dazu die unendlichen Wälder, die, je nördlicher man kommt, immer geringere Baumhöhe haben und wo Birken und Fichten mehr und mehr dominieren.

Aus all den aufzuzählenden Einzelheiten des Schwedens der vierziger und fünfziger Jahre möchte ich noch zwei erstaunliche Bauwerke aus Stockholm herausgreifen, die mich tief beeindruckt haben: Den Verkehrsdrehpunkt »Slussen« mit seinen Brücken und Tunnels als Drehscheibe für den fließenden Großstadtverkehr entwickelt, weit vor anderen

Ländern in Schweden erdacht und bis heute absolut modern wirkend. Dann das große Krankenhaus »Söderjukhus«, eines der ersten, in dem es nicht mehr als drei Betten im Zimmer gab und mit einem Ausblick, wie er in kaum einem städtischen Krankenhaus in der Welt schöner sein dürfte.

Schwedinnen und Schweden

Man möge mir nicht böse sein, aber in keinem anderen der später bereisten Länder habe ich einen so unbegreiflichen Temperamentsunterschied zwischen Damen und Herren angetroffen wie in Schweden.

Nicht, daß ich nur viele hübsche Mädchen gesehen hätte, nein, es gab durchaus auch viele gutaussehende junge, aber auch besonders ältere Herren, aber: wie langweilig konnten sie sein!

Umso größer die Ausnahmen unvergeßlicher Persönlichkeiten, denen ich begegnen durfte.

Sven Danell

Als erstes muß ich einen Landpfarrer in Västra Tunhem, in der Nähe der Domstadt Skara gelegen, erwähnen: Sven Danell, ein enger Freund Birger Forells, ein Mann, der die Gabe hatte, mir von der ersten Minute an zu zeigen, daß er mich mochte, sich für meine Musik und meinen Werdegang interessierte, aber auch von sich erzählte, als ob wir alte Freunde wären. Dabei hätte er mein Vater sein können.

Durch seine Persönlichkeit und mehrere Bücher war er bereits weit über sein Dorf hinaus bekannt. Ich erinnere seine Antwort, als ich ihn fragte, warum er nicht längst Probst oder Bischof sei: »Weißt Du«, er duzte mich von Anfang an, »schau Dir diese Landschaft, diese alten Bäume, diese alte Kirche und unser schönes Haus an. Ich *muß* hier bleiben, um nachdenken und Zeit haben zu können, Bücher zu schreiben.« Mehrere Bischofswahlen hatte er ausgeschlagen, bis man ihn zum Bischof von Skara wählte, seiner Heimatdiözese (»Stift« sagt man in Schweden).

Für mich wurde die Sache in sprachlicher Hinsicht damit kompliziert. Man darf nicht vergessen, daß die Schweden sich damals noch keinesfalls alle duzten, sondern die übliche Anrede geschah in der dritten Person. Wegen dieser Umständlichkeit bot man sich zwar schneller als bei uns das Du an, aber nie hätte einen ein fremder Mensch auf der Straße mit Du angeredet. Man hatte möglichst auch den Titel des Gegenüber zu wissen und zu benutzen. So war es ratsam, wollte man bei einer Abendgesellschaft jemanden ansprechen, sich zuerst nach seinem Titel zu erkundigen.

Brauchte man z.B. auf dem Bahnhof von Stockholm einen Gepäckträger, war es absolut unhöflich, ihn einfach mit

»Sie« anzureden. Es hatte zu heißen: »Kann der Herr Gepäckträger wohl so freundlich sein, mein Gepäck zu tragen?«

Wurde nun, wie in meinem Fall, ein Duzfreund zum Beispiel Bischof, war die schwedische Regel, daß er einen weiter duzt, man selbst aber »Herr Bischof« sagt.

Nun sprach natürlich Sven Danell viel besser deutsch als ich schwedisch – was sollte ich machen? Ich konnte ihn unmöglich plötzlich siezen, konnte aber auch nicht weiter Sven zu ihm sagen. Auch »Guten Morgen, Herr Bischof, wie geht es Dir?« wäre ziemlich blödsinnig gewesen. Besonders schwierig wurde das beim Schreiben. Ich entschloß mich hier zum Kompromiß: »Lieber Bischof Sven, ich danke Dir herzlich für Deinen Brief usw.« Ich fand das nicht schlecht, aber richtig war es bestimmt auch nicht.

Als ich ihn kennenlernte, war er bereits Bischof von Stockholm. Wie ich zu der Ehre kam, für drei Tage während eines meiner Konzertaufenthalte sein Hausgast sein zu dürfen, weiß ich nicht mehr. Sicher über die Vermittlung von Birger Forell.

Helge Ljungberg war selber nicht nur als ein besonders sozial engagierter und entsprechend volksnaher Bischof bekannt, sondern die Medien berichteten auch gerne über sein Familienleben. Seine Frau, Mutter von sechs Kindern, war selbst Volljuristin und Präsidentin der Industrie- und Handelskammer Stockholm.

»Wie in aller Welt bringen Sie das fertig, Frau Bischöfin, Mutter, Pfarrfrau und Präsidentin als Tagesprogramm zu bewältigen?« – »Das ist viel einfacher als Sie denken« kam die Antwort mit großer Selbstverständlichkeit. »Morgens bin ich Juristin, nachmittags für meine Familie da und abends Pfarrfrau.«

Dabei schauten mich kluge, dunkle und schöne Augen einer selbstsicheren, höchst gepflegten Schwedin an, die alle Probleme des Lebens aus ihrer persönlichen Mitte, wahrscheinlich auch aus einem festen, ihr täglich Kraft für den vollen Alltag schenkenden Glauben mit gelassener Heiterkeit zu lösen schien.

Welche Kultur bei den täglichen Mahlzeiten, besonders dem schwedischen Mittagessen gegen sechs Uhr abends. Jeder dieser achtköpfigen Familie schien seinen Tageslauf so einzurichten, daß man um diese Zeit gemeinsam um den Tisch saß. Wieder wurden Kindheitsträume in mir wach. Zwei Hausangestellte (hembiträde) servierten im dunklen Kleid und weißer Schürze, vor der Hausfrau stand eine

Tischglocke, um den nächsten Gang einzuläuten. Tischgespräche auf hohem Niveau, keineswegs nur von den Eltern monologisiert, sondern lebhafte Fragen und Erzählungen im Wechsel. Aus der ganzen Familie galten viele Fragen dem jungen deutschen Gast. Große Anteilnahme am deutschen Nachkriegsschicksal, an der Lage der Kirche, den Studienverhältnissen in Heidelberg, dem Wiedervereinigungsproblem, soziale Fragen und vieles mehr.

Ein großes Glück habe ich bei dieser ersten, aber eigentlich auf allen meinen Konzertreisen gehabt, mit Hilfe der Musik in jedem Land weit überdurchschnittliche Menschen, man darf ruhig sagen, Elite in hohem Grade kennenzulernen.

Mit Bischof Ljungberg zu sprechen, war ein Genuß. Dieses herrliche, absolut deutliche Schwedisch, bei dem auch ich jedes Wort verstand, diese Weitsicht – keine Minute dachte man daran, in einem kleinen Land zu sein, im Gegenteil: Bei jeder Schwedenreise wurden mir durch solche Persönlichkeiten die Augen geöffnet für Fragen, die weit über mein Heimatland hinausgingen und der geistigen Lage in der ganzen Welt galten.

Man spürte auch den Geist Nathan Söderbloms, dieser wichtigen historischen Gestalt für die Idee und die Aufgaben der Ökumene.

Und, bunt wie die Wälder des Herbstes ist bekanntlich auch das Leben, auch meine damaligen Reisen waren es.

So komme ich nun auf das Thema: Schwedische Mädchen. Ich muß wohl nicht betonen, daß dem jungen Ausländer manches Mal die Augen aus dem Kopf fielen und das Herz zu vibrieren begann. Wohin man kam und reiste, dauernd diese meist blonden, bildhübschen Gestalten mit intelligenten Gesichtern und viel farbenfroherer, schickerer Bekleidung als in Deutschland üblich.

Drei Begebenheiten ragen aus dieser damaligen Zeit in der Erinnerung heraus.

Es mag die dritte oder vierte Reise gewesen sein. Jedenfalls kannte ich die Landessprache schon recht gut. Um Zeit zu sparen, fuhr man damals oft mit Nachtzügen. Die Liegeabteile waren sehr preiswert, für 15 Kronen erhältlich. So bestieg ich in Malmö den Nachtzug nach Stockholm und freute mich riesig zu bemerken, daß ich allein im Abteil sei. Wohliges Hinkuscheln in das untere Bett, lesen bei gemütlichem Licht, bis man müde wurde, Licht aus und sanftes Einschlummern mit rhythmischer Begleitung durch das ram-tam-tam ram-tam-tam der Wagenräder. Nächster Halt Lund. Wird jemand dazusteigen, oder kannst du ungestört weiterschlafen? Kein Rütteln an der Tür, Flüstergeräusche auf dem Flur entschwinden in nachbarliche Abteile. Leichtes Einschlummern. Nächster Halt: Hässleholm. Lebhaftere Geräusche vor meiner Tür. Es wird sich doch niemand unterstehen, hier hineinzukommen? Enttäuschung einerseits, reizvolle Überraschung andererseits. Herein treten zwei junge Schwedinnen, geschätztes Alter 17 bis 18 Jahre, von meiner Tieflage bei nur mäßigem Licht nicht voll zu beurteilen, wie hübsch sie sind. Zumindest haben beide lange blonde Haare, kurze Röcke, und vor meiner Nase bewegen sich zwei Paar wohlgeformte lange Mädchenbeine.

»Du, da unten liegt einer – god afton.« – Keine Antwort meinerseits, kein Mucks des durchaus wachgewordenen Scheinschläfers. »Er schläft, was meinst du, können wir uns ausziehen?« Gebückte Mädchengesichter versuchen mich zu ergründen. Vorsichtig blinzelnd kann ich erkennen, daß sie verdammt hübsch sind. »Ich glaube, das ist ein Deutscher. Der versteht uns nicht. – Guten Abend!» Keine Antwort. »Der fährt bestimmt bis Stockholm. Wir steigen ja vorher in

Södertälje aus. Ich ziehe mich aus«, sagt die eine. »Wenn du das machst, mache ich das auch.« Die nächsten zehn Minuten waren optisch sehr unterhaltsam, nur anstrengend, weil ich mich nicht rühren, geschweige denn irgendwelche Gefühlsäußerungen von mir geben durfte. Nicht unbeachtlich auch der Anblick der über Leitern über mir zu Bett gehenden jungen Damen.

»Sprichst du deutsch?« – »Nej, inte alls.« – »Ich ein bißchen, ich hätte mich ja gerne mit dem Kerl da unten unterhalten. Schade, daß es nicht Tag ist.« – Ich fand das auch. Aber dafür habe ich noch eine Viertelstunde Mädchengespräche über Jungens und die Liebe angehört, die mich insofern entschädigt haben, als ich eine Menge neuer schwedischer Worte gehört und gelernt habe. Besonders gut habe ich allerdings nicht geschlafen.

Auf einer der ersten Reisen folgte dem großen Konzert in Uppsala ein weiteres in einer der Nachbarstädte. Am Bahnhof empfängt mich der Kyrkoherde, wieder eine dieser eindrucksvollen Gestalten, die man in Schweden häufiger antrifft: Groß, elegant, phantastisch aussehend, könnte ebenso gut Filmschauspieler oder schwedischer Botschafter in Washington sein. Natürlich spricht er blendend deutsch, hat u.a. in Heidelberg, Tübingen und Basel studiert und kennt mehr von der Welt als der junge deutsche Solist.

Nach einem köstlichen Lunch werde ich gefragt, ob ich in der Kirche proben wolle und ob ich einen Registranten benötige. Beides bejahe ich.

Bei der ersten Stunde, in der man sich zuerst mit Spieltisch und Klang der Orgel vertraut macht, erscheint in der Tür Pfarrerstöchterlein, um das Registrieren für das Konzert zu proben. Bei komplizierten Stücken muß man sich hierfür zusätzlich zu der eigenen technischen Vorbereitung möglichst viel Zeit nehmen, denn der Registrant muß selbst sicher sein, sonst kann er Fürchterliches anrichten. – Passiert solches im Konzert, der falsche Knopf zur falschen Zeit gedrückt – ein Albtraum! Für das Publikum hat man solche Fehler natürlich immer selbst gemacht, und in die Kirche rufen »Das war ich aber nicht« geht schlecht.

Nun können aber gelegentlich auch Probleme ganz anderer Art entstehen, angenehmer, aber keinesfalls weniger gefährlich, manchmal folgenreich. So sollte es an diesem Tag kommen.

Die junge Dame kommt auf mich zu, begrüßt mich und sagt: »Ich bin die Tochter des Pfarrer B., heiße Kerstin und soll Ihnen helfen.« Ich werde kurz ins Visier genommen, dann fährt es spontan aus ihr heraus: »Mein Gott, ich bin ja total überrascht, ich habe Sie mir ganz anders vorgestellt!« – »Ja, aber wie haben Sie sich denn einen deutschen Organisten vorgestellt?« – »Och – alt, würdig und mit Vollbart.« - »Ja, damit kann ich leider nicht dienen, aber ich muß sagen, daß ich auch sehr überrascht bin!« – »Aber warum das denn?« – »Weil ich mit einer dürren, ausschließlich für Bücher interessierten Dame mit Hornbrille gerechnet hatte.« Sie war bildhübsch, dunkle bis schwarze Haare mit Mittelscheitel, wie Mona Lisa frisiert, flott gekleidet, kurz, ein totschickes Mädchen. Weitere Einzelheiten erspare ich mir.

Die folgende Probe zeigte, daß sie auch hochmusikalisch war und selbst mehrere Instrumente spielte. Es kam, wie es kommen mußte, in ganz leisem Pianissimo vorsichtig von beiden Seiten zum Klingen gebracht, begann ein Flirt, an dessen Crescendo sie mehr beteiligt war, wie ich fand. Während sie mir nur zu registrieren hatte, mußte ich fortwährend in die Tasten greifen, Zahlen der Register aufschreiben und dabei so gut wie möglich spielen, denn diese schwedische Circe schien viel von Musik zu verstehen. Was aber macht sie: Kleinste Gelegenheiten ausnutzen, um Sympathie zu zeigen und kleine gewisse Annäherungen stattfinden zu lassen. Meisterhaft spielte sie mir diese Kunst der Reihe nach vor.

Zuerst tat sie, als ob sie meine Zahlen schlecht lesen konnte. Hinter mir stehend, beugte sie sich, meine Schultern streifend, nach vorne, Richtung Notenpult. Dabei streifte – ganz bestimmt nicht ohne Absicht, ihr dunkles offenes Haar mein rechtes Ohr. Gab es dennoch Textunklarheiten, drehte sie sich in dieser Position der Nähe zu mir um und sah mich aus mindestens 20 cm Entfernung mit ihren großen schwarzen Augen an. Das alles durfte man schon mit piano oder mezzopiano bezeichnen.

Der nächste Schachzug war, daß sie mich fragte, ob sie wegen der blendenden Noten neben mir sitzen dürfe. Dabei bot sie mir das Du an. Nebeneinander sitzen kann auf sehr unterschiedliche Weise geschehen. So war der Abstand zunächst, sagen wir 15 cm, der uns trennte. Bei jeder Unterbrechung, auch beim Seitenumdrehen, wurde er von ganz allein, natürlich rein zufällig, geringer. Als sich unsere Beine trafen, war der Zustand des vollen Forte erreicht.

»Ernst-Ulrich, paß auf und laß dich nicht von deiner Musik ablenken!« tönte es in mir. Leider half es nicht, und ich wurde abgelenkt. Wenn sie eine Frage verstanden hatte, wurde mir die linke Hand auf mein rechtes Bein, natürlich nur zur kleinen Verdeutlichung des Gesprächs, gelegt. Bei jeder neuen Frage nach Registern und Zahlen blieb sie – wohl dosiert – etwas länger dort liegen. Kurzum, ich hatte es mit einem Biest zu tun, gegen dessen Aktionen ich nur leider nicht das Geringste einzuwenden hatte.

»Jetzt kommt die Generalprobe, und es wird kein Wort geredet. Würdest Du Dich bitte dafür wieder hinstellen?« Sie tat es, und ich fühlte mich auf der Orgelbank sicherer, aber sehr einsam. Irgend etwas war vorgefallen, was mich auch bei konzentriertem Durchspielen des Programms ständig als Kontrapunkt an die Nähe dieses Mädchen denken ließ.

Am nächsten Vormittag zeigte sie mir die kleine Stadt, was die Sache noch verschlimmerte. Abends beim Konzert nichts dergleichen von ihrer Seite angedeutet. Konzentriertes Musizieren, bei dem sie plötzlich keine Verwirrung, sondern eine Herausforderung, dieses so gut wie möglich zu tun, bedeutete. Einfarbig schwarzes Kleid, Minirock mit der beabsichtigten Wirkung und toppelegante Schuhe.

Hinterher Empfang im Pfarrhaus. Sie wich nicht von meiner Seite und wiederholte ihre Anfangsüberraschung vor ihren Eltern, sonst aber wunderbare Unterhaltung, schwedische Gastfreundschaft und Herzlichkeit, wie sie schöner nicht sein kann.

Kurz vor Mitternacht ging der Nachtzug nach Umeå in Nordschweden. Kerstin bringt mich zum Zug, 15 Minuten Fußweg, auf dem wir eingehakt wie Bruder und Schwester mit lebhaften Unterhaltungen zum Bahnhof schritten. Das, was ich allzu gern getan hätte, traute ich mich nicht zu tun. Erst am Bahnhof kam er wie von selbst, von beiden Seiten als unbedingt notwendig empfunden, der Abschiedskuß. Er wäre bedeutend länger geraten, wenn der blöde Zug nicht pünktlich eingefahren wäre.

Wir versprachen, uns zu schreiben und bald wiederzusehen. Einige wunderschöne Briefe erhielt der Eberbacher Stadtkantor, aber zu einem Wiedersehen ist es nie mehr gekommen. Die junge Dame hat bald geheiratet und hoffentlich ihr Lebensglück gefunden.

Liebeskummer, wie man ihn mindestens einmal im Leben erlebt haben muß. Aber bitte nicht zu oft. So etwas kann sehr schmerzen, auch wenn man Musik studiert hat und 23 Jahre alt geworden ist.

Sie wohnte in einer der vornehmsten Gegenden Stockholms, Innenstadtvilla, Aufzug 1. Stock, mindestens 200 qm Wohnung, Hausmädchen, energische deutschblütige Mutter, sehr begabter Cello spielender Bruder, sie selbst 17 Jahre alt, zierlich und von jenem Liebreiz, bei dem es ganz gleichgültig ist, ob man sie hübsch findet oder nicht. Leider kein Vater, so weit ich erinnere, früh verstorben.

Sie spielte hinreißend schön Klavier, studierte schon lange an Stockholms Musikhögskolan, hatte auch ihre ersten Konzerte hinter sich, und es war klar, daß sie Pianistin werden wollte.

Die finanziellen Verhältnisse, vor allem der Weitblick der Mutter, gepaart mit unbestechlichem Qualitätsurteil, ermöglichten es Ingrid, schon in frühen Jahren Europa, besonders Deutschland und Frankreich, zu bereisen und kennenzulernen.

Ich beneidete sie nicht nur um dieses konzertreife Klavierspiel, sondern auch um ihre Sprachbegabung. Sie sprach deutsch ebenso gut wie französisch, und fließend englisch war eine Selbstverständlichkeit.

Persönlich hatte ich sie bei einem Musikseminar in Deutschland kennengelernt und war leichtsinnig genug, ihr zu erzählen, daß ich demnächst nach Schweden kommen würde. Da sie mich nicht unsympathisch zu finden schien, kam prompt eine Einladung: »Wenn Du nach Stockholm kommst, melde Dich bitte.« Das tat ich, und nachdem ich all das erlebt habe, was ich eben beschrieben habe, sollte es sich zutragen, daß ich mich unsterblich in das Mädchen verliebte.

Jugendliebe, deren Niveau aber bestimmt war durch die beiderseitige tiefe Zuneigung zur Musik, dabei jedoch wachsendes Interesse für das Musizieren des anderen, Orgel und Klavier als Gesprächsthema über die jeweilige Literatur, Interpretationsfragen und Austausch der für jeden wichtig gewordenen Lehrer und Leitbilder.

Brücken junger Liebe wurden geschlagen über den Fluß Musik, und genau so, wie der Fluß alles sein kann, mitreißend, ruhig, klippenreich und sich sanft windend, so ergeht es einer solchen Liebe. Einerseits bist du gehalten und auch bewahrt vor der Gefahr zu frühen Besitzenwollens, andererseits reißt dich die Entdeckung, daß Kunst nicht nur an sich als klingende Bewegung existiert, in einen Strudel aufwühlender Gefühle, weil plötzlich die Musik in einem Menschen vor dir steht. Ich fühle sie nicht mehr nur in mir selbst, sondern genau so oder noch stärker in einem Gegenüber. Ist es dann noch ein so bezaubernd anmutiges Geschöpf, wie es Ingrid war, tauchst du unter in beides, den Fluß der Musik und den Strom der Liebe.

Beim zweiten Besuch saß sie am Flügel und feilte an den letzten Feinheiten für Beethovens C-Dur Klavierkonzert, das sie vier Tage später zum ersten Mal öffentlich spielen sollte. Die strenge Mutter dabei, mit vielen, auch lauten Zwischenrufen, wie ich merkte für ihr eigenes Kind eine Nervenbelastung. Glücklicherweise hatte ich Zeit, das Konzert mitzuerleben, ein Riesenerfolg, und mit einem Schlag war wohl allen Anwesenden klar, daß Schweden hier ein exzeptionelles Talent beschert worden war. Natürlich wuchs meine Liebe mit der Trennung bei der Weiterreise zu Konzerten in den hohen Norden täglich. Man leidet und findet alle Menschen, denen man begegnet, plötzlich furchtbar langweilig.

Ein Jahr später lud ich sie zum Bachjahr nach Eberbach ein. Wir spielten an zwei Klavieren. Dann wurden wir auf das Schloß eines Verwandten zu einem zweiten Konzert eingeladen. Dabei lernten meine Eltern sie kennen und waren sofort hingerissen von ihr. Das verstärkte natürlich meine Zuneigung noch, da ich mich nun auch in meinem Urteil bestätigt wußte.

Eine schöne Zeit wertvoller Briefe und gelegentlicher Wiederbegegnungen in Schweden folgte. Der Plan, unseren Lebensweg in absehbarer Zeit zu vereinen, beglückte uns zwei Jahre. Er mußte schließlich scheitern, weil Ingrid inzwischen gemerkt hatte, daß sie ihrer deutlich erkennbaren internationalen Karriere ausschließlich leben und das Opfer des Verzichts auf eine eigene Familie bringen sollte. Aber auch bei mir waren mehr und mehr Zweifel entstanden, ob ich einer so verwöhnten, in viel größerem Wohlstand aufgewachsenen Schwedin die ihr adäquate neue Heimat würde bieten können.

Besonders jungen Lesern mag das alles sehr altmodisch klingen. Für mich aber bedeutete diese Liebe eine beglükkende Ergänzung zu allem, was ich beruflich in Schweden erlebt hatte. Ein (damaliger) Heidelberger hatte sein Herz in Stockholm verloren.

Das Folgende trug sich ein paar Jahre später zu. Ich bereiste Skandinavien auch mehrfach von Düsseldorf und Hamburg aus, nicht nur als Gastorganist, sondern als Dirigent meines Chores und Gastdirigent der schwedischen Heinrich-Schütz-Gesellschaft.

Zu ihr hatte ich ein sehr persönliches Arbeitsverhältnis durch die Freundschaft zu Eva Juliane Meschke bekommen, das zu mehreren Einladungen geführt hatte. Frau Meschke war mit einem pommerschen Pastor verheiratet, der wegen ihrer nichtarischen Abstammung mit ihr Deutschland vor dem Kriege hatte verlassen müssen. Mit großer Tüchtigkeit haben beide sich volle schwedische Positionen verschafft, er als Pastor, später Religionslehrer, und sie als Sprachpädagogin an einem wunderschön gelegenen Internat, Vigbyholm, außerhalb von Stockholm. Eva Juliane war nicht nur eine hochgebildete Frau und Mutter von vier Kindern, sondern hatte auch eine große Liebe zur Musik, besonders der Kirchenmusik.

Ich weiß es nicht ganz genau, aber ich vermute, daß es ihrer Initiative zu verdanken war, daß bald nach dem Krieg die schwedische Sektion der Heinrich-Schütz-Gesellschaft ins Leben gerufen wurde.

Ihrer Freundschaft zum Domorganisten in Uppsala, Dr. Henry Weman, war es auch zu verdanken, daß er der jahrelange, künstlerische Leiter der Schütz-Gesellschaft gewesen ist.

Eine der interessantesten und reizvollsten Schütz-Wochen erlebte ich in Dalarna, dieser zu Musik, Poesie und Liebe verführerischen, wunderschönen Landschaft nordöstlich von Stockholm.

70 Teilnehmer hatten sich angemeldet, 50 aus Skandinavien und 20 aus Deutschland. Es gab eine Mischung von Chorsängern und Instrumentalisten, so daß wir die sogenannte Kantorei-Praxis, das Miteinander von Sängern und Instrumentalisten bei Chorwerken, besonders den herrlichen Doppelchören oder Sinfoniae sacrae von Heinrich Schütz, verwirklichen konnten.

Nach zwei Tagen intensiver Probenarbeit kamen zwei Bassisten in der Pause zu mir und sagten: »Wir haben einen 'Brummer' unter uns. Er singt bei jeder Melodie nur den gleichen Ton und merkt das nicht. Wir halten das nicht aus und müssen nach einer Lösung suchen.« Für mich eine schwierige Situation, denn der Mann war Schwede, ich mußte als deutscher Gastdirigent ganz furchtbar vorsichtig sein. »Glaubt ihr, daß er ein Instrument spielt?« fragte ich zurück. »Ja, er spielt Blockflöte.« – »Dann schlagt ihm doch vor, ob er nicht lieber in die Flötengruppe gehen und dort mit uns musizieren kann.«

Zwei Tage später kamen drei bildhübsche schwedische Blockflötenspielerinnen zu mir und sagten: »Mit unserem neuen Mitspieler ist es nicht auszuhalten. Er will dauernd nur mit uns proben, vor allem auch in der Mittagspause, dazu ganz leichte Stücke, die wir alle längst können. Wir wollen ja schließlich einmal spazieren gehen und haben solche Proben wirklich nicht nötig.«

Was tun? Meine Phantasie war am Ende. Ich konnte ihn schwerlich noch einmal an einen Platz versetzen. Den Wind nahm er mir selber aus den Segeln. Am nächsten Morgen vor der Probe erschien er, baute sich vor mir auf und hielt mir folgende Ansprache: »Keiner akzeptiert mich, niemand will mit mir musizieren. Dabei liebe ich Musik und besonders Heinrich Schütz. Ich reise unter Protest ab.«

Alle Besänftigungsversuche schlugen fehl. Im Gegenteil, ich bekam auch weiter mein persönliches Fett ab. »Sie akzeptieren mich ja auch nicht, sonst hätten Sie ja nicht auf die infame Denunziation meiner Baßmitsänger gehört.«

Es war nichts zu machen. Ich machte mir durchaus Vorwürfe, dachte dann aber, daß es vielleicht nicht das Schlimmste ist, wenn ein Sänger von 70 abreist. Dem Chorfrieden konnte außerdem solches nur zuträglich sein.

Was hörte ich am Nachmittag von der Kursleitung? Es handelte sich um einen sehr bekannten Arzt aus Stockholm, einen der führenden Psychotherapeuten der Stadt! Hier muß ich mich jeden Kommentares enthalten. Aber nachdenklich muß eine solche Geschichte wohl jeden Menschen stimmen, der sie erlebt hat.

»Der Teufel soll Sie holen«
Nachtgespräch mit Albert Schweitzer

Erfüllt von all den menschlichen Begegnungen der so überraschend schnell entstandenen Freundschaft zu Birger Forell und seiner Familie und all den Erlebnissen auf Schwedens schönen Orgeln fuhr ich zurück. Zum ersten Mal in meinem Leben hatte ich einen Schlafwagen bestellt – von Kopenhagen nach Hamburg, denn zwei Tage später hatte ich ein Orgelkonzert in Essen, für das ich ausgeschlafen von der langen Reise ankommen mußte.

Meine große Spannung, die dänische Eisenbahnfähre Korsör-Nyborg zu erleben, vertrieb zuerst alle Müdigkeit. Das Bett sollte erst nach Erreichen des Hafens von Nyborg seinen ruhespendenden Dienst für mich antreten.

Auf der Fähre wartete ein mitternächtlich märchenhaftes Buffet auf die Gäste, für jeden Deutschen ein absolutes Schlaraffenland. Mit meinem Teller ging ich in das große Restaurant, kam an einem Tisch vorbei, an dem jemand saß, der mir sofort auffiel: Weißer Gelehrtenkopf, Schnurrbart, buschige Augenbrauen, versunken über einem Blatt Papier. Sollte. das etwa Albert Schweitzer sein?? Vielleicht war es ein Doppelgänger. Ich stellte zwei Tische weiter meinen Teller ab und patrouillierte vorsichtig in größerem Bogen um diesen Herrn und seinen Tisch herum. Als ich sah, wie er aus einer unbeschreiblich altmodischen Reisetasche eine große weiße Serviette holte, sie aufwickelte und daraus sein Schreibzeug entnahm, wußte ich, das kann nur er sein!

Wie sich ihm nähern, ohne ihn zu erschrecken oder zu sehr bei der Arbeit zu stören? Die Gelegenheit kommt nie wieder, du darfst sie nicht verpassen, du »mußt« ihn ansprechen! – »Herr Professor, ich bitte vielmals um Entschuldigung, daß ich

Sie so einfach anspreche. Aber vielleicht erinnern Sie sich an den Registranten Ihres Konzertes in Heidelberg vor drei Jahren. Ich heiße Ernst-Ulrich von Kameke und komme gerade von einer Konzertreise aus Schweden zurück. Ich muß Sie einfach herzlich begrüßen!«

»Das ist nett von Ihnen, junger Mann. Wo fahren Sie denn hin?« – »Nach Hamburg und weiter nach Essen.« – »Kommen Sie doch nach der Landung in Nyborg in mein Abteil. Ich muß jetzt schreiben, aber dann habe ich Zeit für Sie.« – »Herr Professor, haben Sie denn keinen Schlafwagen?« – »Wo denken Sie hin, junger Freund. Der alte Schweitzer fährt nie Schlafwagen und immer nur 3. Klasse. Ich bin in Wagen 7.« – »Aber das, das ist doch ganz unmöglich«, begann ich zu stottern. Ausgerechnet heute habe ich junger Mensch zum ersten Mal in meinem Leben einen Schlafwagen, weil ich übermorgen in Essen ein Konzert zu spielen habe. Und der Herr Professor Schweitzer reist durch die Nacht 3. Klasse. Das halte ich nicht aus. »Darf ich Sie herzlich bitten, mit mir zu tauschen. Sie nehmen mein Bett, und ich gehe in Ihr Abteil.« – »Ach, so ist das. Nein nein, junger Freund, gehen Sie bloß in Ihren Schlafwagen und ruhen sich aus.« – »Das kann ich auf keinen Fall, wenn ich weiß, daß Sie im selben Zug in der 3. Klasse reisen, Herr Professor«. So betrat ich eine Stunde später sein Abteil in Wagen Nr. 7 und wurde durch ein zweistündiges Vier-Augen-Gespräch belohnt. Nur verlief das ganze sehr anders, als ich mir das vorgestellt hatte.

»Sie haben in Schweden auch César Franck gespielt, wie ich in Malmö gehört habe«, begann Albert Schweitzer unser Gespräch. »Was haben Sie denn gespielt?« – »Die E-Dur-Pastorale und den a-moll-Choral.» – »Wie haben Sie denn das Pedal-Decrescendo vor dem letzten Teil in dem a-moll-Choral registriert?« wollte er wissen. Ich beschrieb ihm, wie ich das mit

Hilfe von Registranten auf einer Marcussen-Orgel mechanisch ohne Kombination gemacht hatte. »Der Teufel soll Sie holen!« fuhr es aus dem temperamentvollen alten Herrn auf mich hernieder. »Daß Ihr Deutschen alle keine Ahnung habt, wie man César Franck spielt.« Natürlich wollte ich gerne wissen, was ich falsch gemacht hatte und wie es richtig sei. Nun beschrieb er mir ausführlich das stufenlose Decrescendo-Prinzip auf der französischen Orgel, wo man durch Koppeln und sehr wirkungsvolle Schweller natürlich eine ganz andere Palette dynamischer Schattierungen hat. »Hochinteressant, Herr Professor, und vielen Dank. Nur muß ich leider erwähnen, daß an schwedischen Orgeln, die ich gespielt habe, nicht eine einzige der Möglichkeiten besteht, die Sie mir beschrieben haben. Soll mich trotzdem noch immer der Teufel holen?« Er mußte lachen. »Sie müssen das nicht so ernst nehmen, junger Freund. Der alte Schweitzer ist anders, als ihr ihn euch vorstellt. Ich diskutiere gerne und mag keine Duckmäuser.« Das war es. Ich sollte und durfte ihm widersprechen. Das wollte er, dazu ermunterte er mich, weil ihn das Gespräch sonst gelangweilt hätte. Und nun ging es los. Zwei Stunden ohne Punkt und Komma. Er wollte alles wissen, wo ich was studiert hätte, und jedes Mal, wenn ich davon berichtete, hakte er gleich ein und fing an, mich zu examinieren.

Ein Glück, daß mein Diplomexamen und Uni-Studium noch nicht weit zurücklag. Ich hätte mich sonst, fürchte ich, unsterblich blamiert. Er wollte zum Beispiel wissen, welche Fächer zu meinem Examen gehört hatten. Zu jedem breitete er vor mir sein schier grenzenloses Wissen aus. Es begann mit Liturgiegeschichte. Ob ich etwas von Cyprian und Tertullian gehört hätte. Während ich glücklich war, erwähnen zu können, daß bei Tertullian meines Wissens das »Vater unser« erstmalig erwähnt wird und daß mich persönlich alles, was mit der sogenannten Arkan-Disziplin zusammenhängt, sehr interessiert, das heißt mit der Zeit aufkommender Mystik und des Verbergens zentraler Glaubensinhalte vor der Öffentlichkeit, begann er, mich gleich auf die große Bedeutung der apostolischen Konstitutionen aus dem 3. Jahrhundert hinzuweisen und mir längere Texte darauf auswendig zu zitieren. Es handelt sich hier um eines der frühesten Zeugnisse der verschiedenen Gottesdienstordungen. Ich erfuhr nachts im 3. Klasse-Abteil von Albert Schweitzer, daß in diesen Ordnungen schon festgelegt war, wie sich zum Beispiel die Gemeinde zu setzen habe, vorne die Männer, dahinter die Frauen, die Jünglinge standen, ebenso die Jungfrauen. Der Diakon hatte aufzupassen, daß niemand schläft, plaudert oder lacht. Er hatte den Armen Sitzplätze zu verschaffen etc.

Auch erwähnte er, daß Tertullian sich mit dem Unterschied des Glaubenden und des Suchenden beschäftigt habe und für den Glaubenden die Aufgabe sah, dem Suchenden ein Ziel zu setzen. Dann erwähnte er noch die Ordnung des Gedächtnismahls für die Verstorbenen am Jahrestag ihres Todes und des Witwenmahls.

Hierbei kam mir erstmals der Gedanke, ob aus so alten Überlieferungen und dem Vertrautsein mit solchen Quellen sein Plan genährt worden sein könnte, selbst zu einem derartig praktischen Christenleben zu finden, wie es mit seinem Entschluß, als Arzt nach Afrika und Lambarene zu gehen, verbunden war. Im Verlaufe des Gesprächs kam er natürlich auch auf seine »Leben-Jesu-Forschung«.

Dann sollte ich ihm von der vergleichenden Musikwissenschaft erzählen. Natürlich interessierte ihn am meisten, was ich hier über Afrika wußte. Schließlich landeten wir bei der Orgel. Der Zug war inzwischen in Fredericia angekommen, und es war drei Uhr nachts.

»In welchem Tempo spielen Sie die D-Dur-Fuge von Bach?« Ich summte ihm ein Tempo vor, etwa bei = 96. Zum zweiten Mal sollte mich der Teufel holen. »Viel zu schnell.« Auch fünf bis sechs andere Beispiele hatten das Ergebnis, mich in die Hölle zu entsenden – ein Zustand, an den ich mich allmählich gewöhnt hatte. Mir war schließlich auch bekannt, daß er Orgelbauern, die noch immer elektrische statt mechanische Trakturen bauten, wünschte, »sie mögen auf dem elektrischen Stuhl hingerichtet werden.«

Im weiteren Gespräch kam zu meinem Erstaunen deutlich zutage, daß er nach dem Motto »Die Geister, die ich rief, die werd' ich nicht mehr los« mit der Entwicklung der sogenannten Orgel-Bewegung, die er ja selbst mit ins Leben gerufen hatte, in vielen Punkten gar nicht einverstanden war. Er bevorzugte das System der stufenlosen Übergangsdynamik zwischen den Manualen und lehnte das deutsche des sogenannten Werkprinzips mit gleichstarken, klanglich aber stark kontrastierenden Manualen mehr oder weniger ab. »Sie sind enttäuscht, nicht wahr? Das merke ich. Der alte Schweitzer ist ein Romantiker.« Ich widersprach ihm auf das Heftigste, merkte aber, daß es ihm ernst war und er wollte, daß ich dieses Bild letztlich mitnähme. »Nun wird es höchste Zeit, daß Sie in Ihren Schlafwagen gehen, sonst verfällt er Ihnen ja vollkommen. Es war nett, mit Ihnen zu sprechen. Gute Nacht!«

Voller Dankbarkeit, diesen großen Menschen für so wertvolle Augenblicke alleine für mich gehabt zu haben, aber auch sehr aufgewühlt verließ ich dieses 3. Klasse-Abteil in der Mitte von Dänemark. Es brauchte Wochen und Monate, bis ich diese Eindrücke verarbeitet und auch die ganz verschiedenen Gesprächsergebnisse sortiert hatte. Kein Zweifel, ich war einem der ganz Großen dieser Erde persönlich begegnet. Nur fiel es mir nach all den berührten Themen und seinen sehr dezidiert geäußerten Meinungen lange schwer zu begreifen, daß dieser, von auch so vielen Jugendlichen bewunderte Mann sein geistiges Zentrum letzten Endes im 19. Jahrhundert oder der Jahrhundertwende behalten hatte.

Ich lernte, daß bei einer solchen Leitfigur mit so viel Ausstrahlung auf ungezählte Menschen und diesem konsequent zum Wohl der Armen und Ärmsten gelebten Leben nebensächlich bleibt, woher und aus welcher Zeit er die inneren Antriebskräfte zu dieser großen Dynamik bezieht.

Ernüchterndes nach zwei Jahren: Mein Freund Erich Hübner aus Heidelberg trifft ihn im Elsaß, spricht ihn an und beruft sich auf mich. Einzige Antwort Albert Schweitzers: »Ach, war das der junge Mann, der mir seinen Schlafwagen angeboten hatte?« – War das alles? »Für solche Gespräche bist du noch zu jung und mußt noch vieles lernen«, sagte ich zu mir selber.

Ein Langholz-Fuhrwerk durchkreuzt meinen Lebensweg

In Eberbach war die Aufbauarbeit in vollem Gange. Chor, Orchester und Kinderchor florierten. Die monatlichen Abendmusiken wurden immer besser besucht, ebenso das jährliche Oratorium mit dem Kunstfreunde-Chor. Daneben hatte ich ein Vollstudium in Heidelberg mit dem Ziel der Promotion belegt. Nebenfächer Theologie und Philosophie, Hauptfach Musikwissenschaft. 1952 war auch die Kantorei soweit, daß ich mit ihr ein Chor-Orchester-Konzert planen konnte. Das Programm: Mozarts Krönungsmesse und Bachs Magnificat.

Zwischen meiner Heidelberger Studentenbehausung und einer winzigen Kantorenwohnung in Eberbach pendelte ich mit einer inzwischen mühsam ersparten BMW 250 hin und her. Hatte ich mit der vorher benutzten NSU-Quick zum Beispiel von Eberbach nach Thüngen drei Stunden gebraucht, um meine Eltern zu besuchen – in die fahrplanmäßig die Reinigung der Zündkerzen nach der Hälfte der Fahrt einzuplanen war –, so bewältigte ich diese Strecke nun in anderthalb Stunden. Ebenso brauchte ich von Heidelberg nach Eberbach nur noch die Hälfte der Zeit.

Die schöne Aufwärtsentwicklung der Eberbacher Arbeit erfuhr am Abend des 6. Juni 1952 ein jähes Ende. Auf der Rückfahrt von einer Magnificat-Probe nach Heidelberg kam mir in der Nähe von Hirschhorn etwas entgegen. Ein harter Aufprall, ich verliere das Bewußtsein und wache erst am nächsten Tag im Eberbacher Krankenhaus auf. Was war passiert? Ein Langholz-Fuhrwerk hatte, etwa 80 Meter bevor es mich passierte, einen Ladebaum verloren, der in meine Fahrbahn rollte und meinen Sturz verursachte. Viel Glück im Unglück. Schädelbruch, Rippenbrüche, komplizierter Oberschenkelbruch, aber – nichts an den Händen, keine inneren Verletzungen.

Ein langes Krankenlager riß mich aus allem heraus. Es mußte auch die dritte Konzertreise nach Schweden abgesagt werden. Ein viele Kilo schwerer Streckverband fesselte mich monatelang ans Bett. Erst nach neun Monaten war die Infektion verschwunden. Ich konnte mit einem Küntscher-Nagel genagelt werden, und nach weiteren drei Monaten verließ ich auf den Tag nach einem Jahr das Krankenhaus. Seit dieser Zeit weiß ich, was es bedeuten mag, wenn ein Mensch zu einem Jahr Gefängnis verurteilt wird. In manchen Fällen war mir das vorher zu milde vorgekommen. Ein Jahr herausgerissen aus allem, kein Studium, kein Beruf, kein Orgelspiel, kein Konzertieren. Das war nicht einfach zu verkraften.

Mein Einzelzimmer lag sinnigerweise mit Blick auf den Eberbacher Bahnhof. Mit einem Spiegel konnte ich den gesamten Zugverkehr, soweit er interessant war, »überwachen«. Spannend war zum Beispiel, ob der Mittags-D-Zug, den es damals noch gab, von Würzburg mit der üblichen 39er gezogen wurde oder mit der großen 01. Vor dem Eilzug nach Heilbronn konnte ich die württembergische 18 Lok beobachten, eine Schwester der berühmten bayrischen 18er-Schnellzug-Lok, an der mich nur störte, daß sie keine Windleitbleche rechts und links vom Schornstein hatte. Normalerweise sind das die Schmuckstücke jeder Schnellzuglokomotive.

Abwechslung kam in mein Leben auch durch Dinge, die man nur im Krankenhaus erleben kann. So brachte mir eines Tages Frau Dr. Bernhard als Gastgeschenk etwas mit, was ich »auf den Tod nicht leiden konnte«: Ingwerstäbchen. In übler Zwickmühle zwischen Höflichkeit und Ehrlichkeit bedankte ich mich scheinheilig für diese Kostbarkeit. In einer Kleinstadt wie Eberbach hatte das zur Folge, daß Frau Dr. B. eiligst verbreitete, wer mir eine besondere Freude machen wolle, solle mir Ingwer-Stäbchen mitbringen. Eine Walze der Barmherzigkeit rollte auf mich zu. Mädchen aus dem Kinderchor, ihre Eltern, Chormitglieder, alles brachte strahlend Ingwer an mein Bett. Die Päckchen stapelten sich, so daß ich bald eine Spende an das gesamte Krankenhauspersonal abliefern konnte. In meiner Not kam ein rettender Gedanke: Ich hatte schon vorher allmählich damit begonnen, mir wieder eine Märklin-Eisenbahn anzuschaffen. Ich ließ durchblicken, daß mir neben Ingwer auch die Zuwendung einer graden oder gebogenen Schiene oder als Gruppengeschenk die eines Personenwagens für meine Eisenbahn eine ebenso große Freude sein würde.

Dieses fanden zu meinem Glück viele Eberbacher sehr viel überzeugender, und das Sortiment meiner Eisenbahn ist in diesem Krankenhaus nicht unwesentlich bereichert worden.

Schwester Anita und das Weintrinken

Eines Tages entdeckte die von mir hochgeschätzte Stationsschwester Anita eine Flasche Wein auf meinem Nachttisch. »Herr von Kameke, das hat aber der Herr Jesu gar nicht gerne, daß Sie Wein trinken!«

Oh, dachte ich, Schwesterchen, das sollst du mir büßen. So einfach liegen hier die Dinge nicht. Am nächsten Tag bat ich den Gemeindepfarrer, mir freundlichst eine Konkordanz für ein paar Tage zu leihen. Aus dieser entnahm ich zu meinem eigenen Erstaunen, daß in der Heiligen Schrift nicht weniger als 72mal vom Wein die Rede ist, davon in 30 Fällen eindeutig sehr positiv. Diese Bibelstellen schrieb ich für Schwester Anita auf, übergab ihr einen Zettel und sagte: »Liebe Schwester Anita, darf ich Sie informieren, daß in der von Ihnen täglich gelesenen Heiligen Schrift eine ganze Reihe von Stellen Ihre Kritik an meiner Weinflasche widerlegen. Was lesen wir schon im 1. Mose 9, Vers 20: Noah aber, der Ackermann, pflanzte als erster einen Weinberg. (Das tat er nach der Sintflut.) Oder bei 1. Mose 27, Vers 28: Gott gebe dir vom Tau des Himmels und von der Fettigkeit der Erde und Korn und Wein die Fülle. Darf ich Sie dann auf Psalm 78, Vers 65 aufmerksam machen: Da erwachte der Herr wie ein Schlafender, wie ein Starker, der beim Wein fröhlich war. Lesen Sie auch bitte Sprüche 31, Vers 6: Gibt starkes Getränk denen, die am Umkommen sind, und Wein den betrübten Seelen, daß sie trinken und ihres Elends vergessen. Wie wäre es mit Prediger 2, Vers 3: Da dachte ich in meinem Herzen, meinen Leib mit Wein zu laben. Und was halten Sie schließlich von Prediger 9, Vers 7: So geh hin und iß dein Brot mit Freuden, trinke deinen Wein mit gutem Mut, denn dies dein Tun hat Gott schon längst gefallen.

Liebe Schwester Anita, ich möchte nicht noch tiefsinniger in das Neue Testament eindringen. Die Hochzeit von Kana ist Ihnen ja sowieso deutlich. Ich möchte mir nun aber die Gegenfrage erlauben, wo in der Heiligen Schrift wohl die Begründung zu finden ist, daß Sie täglich mindestens vier Tassen starken Bohnenkaffee trinken?«

Sie lachte. Ich hatte meine Ruhe und durfte für den Rest der Krankenhauszeit, wenn natürlich auch in Maßen, mal ein Gläschen zu mir nehmen.

Glaubensstärkende Wirkung meines kranken Beines

Eine weitere kurze Szene sollte sich in meinem Krankenzimmer zutragen. Eines Tages kam Schwester Anita zu mir und teilte mir hinter vorgehaltener Hand schmunzelnd folgendes mit: Am Vorabend war Schwesternzusammenkunft mit der Oberin gewesen. Jede Schwester berichtete besondere Vorkommnisse des Tages. So meldete sich auch die kleine Schwester Gerda mit folgendem Bericht: »Heute nachmittag wurde ich an das Bett von Herrn von Kameke gerufen. Er hatte Schmerzen im Bein und bat mich, deswegen an diesem Bein kräftig zu ziehen. Ich hatte Angst davor, aber da wurde mir das Bibelwort deutlich: Meine Kraft ist in den Schwachen mächtig. Da erhörte der Herr mein Gebet und ich konnte mit großer Kraft an Herrn von Kamekes Bein ziehen und ihm Erleichterung verschaffen.«

Schmunzelnde Zustimmung und lebhafte Anteilnahme an diesem Mysterium am Krankenbett.

Operationstag und Losung

Den Lesern, denen die Herrenhuter Losungen ein Begriff sind, muß ich berichten, daß genau an meinem Operationstag, auf den ich so lange hatte warten müssen, in den Losungen stand: »Ich will dich wieder gesund machen und deine Wunden heilen.«

Einige Ärzte und Schwestern fanden das so bemerkenswert, daß sie diesen Spruch an der Wand des Zimmers haben anbringen lassen, in dem ich gelegen hatte. Er hat sicherlich manchen Patienten Zuspruch und Trost gegeben, die nach mir dort gelegen haben.

»Zufall« werden viele sagen. Natürlich ist das Zufall, aber was ist Zufall? Ich habe ihn an wichtigen Schnittpunkten meines Lebens oft so deutlich erlebt, daß für mich das Wort »alles, was wir Zufall nennen, ist von Gott« volle Gültigkeit hat. Sicherlich gibt es eine ganze Zufallsskala von belanglosen Nebensächlichkeiten bis zu Ereignissen, die man genauso gut als »Schicksal« oder »Fügung« bezeichnen kann.

Es sollten in meinem Leben noch mehr solcher »kreativer Zufälle« geben. Vielleicht habe ich deswegen später auch durchaus Interesse für die Phase der sogenannten »aleatorischen Musik« gezeigt. Hier sollte der Begriff des musikalischen Zufalls mit dem der Phantasie zusammenkommen. Aber davon später.

Letztes Jahr in Eberbach

Nach dem großen Einschnitt des einjährigen Krankenhausaufenthaltes standen wichtige Entscheidungen bevor. Konnte ich überhaupt hoffen, meinen Beruf als praktischer Musiker wieder aufzunehmen? War es vielleicht richtiger, in die Wissenschaft zu wechseln? Ich nahm nach und nach den vollen Kantorendienst in Eberbach wieder auf, dazu auch das Heidelberger Studium. Aber die großen körperlichen Anstrengungen, vor allem des Orgelübens, kosteten sehr viel Zeit. Man merkte jetzt erst, was man sich in vielen Jahren für Muskeln an Bauch und Bein antrainiert hatte, die natürlich alle atrophiert waren. Mir wurde klar, ich mußte eine Entscheidung treffen. So zog ich eines Tages Professor Georgiades zu Rat: »Herr Professor, soll ich nach diesem schlimmen Jahr promovieren? Dann verliere ich wahrscheinlich den Anschluß als praktischer Musiker. Oder soll ich mich in die Praxis stürzen, dann wird vorläufig bestimmt nichts mehr aus einer Promotion.« – »Wann Sie haben Ihr nächstes Konzert?« – »In drei Wochen dirigiere ich Mozarts Krönungsmesse und Bachs Magnificat in Eberbach.« – »Ich werde kommen.« Bei diesem ersten Konzert seit meinem Unfall saß er unter den Zuhörern. Hinterher wollte er mich unter vier Augen sprechen. »Lassen Sie die Finger von Promotion. Sie gehören in die Praxis«, kam es bestimmt mit seinem charmanten griechischen Akzent aus ihm heraus.

Ich nahm ihn beim Wort und besuchte weiter Vorlesungen in Heidelberg, aber ohne den Examensdruck und ohne Oberseminare. Das Schwergewicht lag auf Orgelüben, Partiturenlernen und Komponieren. Bald kam eine Einladung aus Amorbach, dort mit dem berühmten Cellisten Ludwig Hoelscher zu konzertieren. Es wurde ein schönes Konzert vor tausend Menschen, und es war ein großes Erlebnis, zusammen mit diesem wunderbaren Musiker spielen zu dürfen.

Doch auch dieses Konzert hatte ein bemerkenswertes Vor- und ebensolches Nachspiel.

Elly Neys Kollekte

Um Hoelscher persönlich kennenzulernen und Einzelheiten des Amorbacher Konzertes mit ihm zu besprechen, war ich in ein Konzert gegangen, das er mit Elly Ney zusammen in Heidelberg gab: Beethoven-Abend natürlich. Es begann mit Elly Ney solistisch, aber nicht an, sondern vor dem Klavier. »Ich spreche Beethoven«. Sie rezitierte mit geschlossenen Augen voller Inbrunst und Haltung das Heiligenstädter Testament. Sodann spielte sie teils alleine, teils mit Hoelscher ein herrliches Werk nach dem anderen. Vor der Pause schloß sie mit Beethovens »Wut über den verlorenen Groschen«. Dann stellte sie sich wieder vor das Klavier: »In der Pause möchte ich Sie alle ganz herzlich um *Ihren* Groschen bitten. Es werden Sammler herumgehen und Sie werden um eine Gabe gebeten.« – »Nun ist die alte Dame wohl wirklich nicht mehr ganz bei Trost«, hörte ich im Foyer sagen. »Wir haben alle bezahlt, wofür braucht sie denn noch weiter Geld?« Man gab leicht verdrossenen Mutes. Ende der Pause. Alles sitzt still auf den Plätzen. Elly Ney erscheint wieder solo vor dem Klavier, die Hände ringend: »Entschuldigen Sie, ich habe ja vergessen zu sagen, wofür ich sammle. Natürlich ist das nicht für mich, sondern für den Wiederaufbau der Beethoven-Halle in Bonn!« Allgemeiner Erleichterungsseufzer. Der zweite Teil läuft wie der erste, wunderbarer Beethoven, wunderbar gespielt von zwei der Großen der Vorkriegs- und auch der Nachkriegszeit. Großer Beifall. Elly Ney spielt eine Zugabe, geht danach, sich Tränen der Rührung aus den Augen wischend, durch den Mittelgang zum Ausgang, nach rechts und links nickend, als nähme sie tausend Kondolenzen für drei verblichene Angehörige entgegen.

Schön, wenn ein betagter Musiker so ergriffen ist von der Musik, die er selbst gespielt hat. Mich erinnerte das an die letzten Bachvereinskonzerte unter Poppen, bei denen er sowohl in der Matthäus-Passion als auch im Brahms-Requiem beim Dirigieren zu weinen anfing, daß wir fast alle mitweinten. Um das zu vermeiden, hatten wir beschlossen, in solchen Momenten ganz laut und falsch zu singen oder zu spielen, bis er es merkte, sich ärgerte, uns böse ansah und seine Tränen vergaß.

Bei Elly Ney sollte es anders sein. Wir standen Schlange vor dem Künstlerzimmer. Als ich hineinkam, sitzt Elly Ney in kurzen Ärmeln, Jacke neben sich, am Tisch, zählt wie eine Wilde Geld und ruft ständig: »Mir bitte die Fünfziger!«

Das Konzert in Amorbach an der wunderbaren Barockorgel der Gebrüder Stumm mit Hoelscher zusammen war eine Freude und Ehre für mich. Leider endete es anders als ich es mir gedacht hatte: Mit einem großen Heiterkeitserfolg. Ich schloß das Programm mit Händels F-Dur-Konzert und zog am Schluß die Tutti-Koppel, um mit vollem Werk zu enden. Das hätte ich nicht tun sollen. Denn mit Abheben des Schlußakkordes tönte die Orgel weiter, aber nicht in F-Dur, sondern laut quietschend, keine Barockmusik, sondern eher als Vision avantgardistischer Einfälle einiger Orgelkomponisten dreißig Jahre später zu empfinden. Meine Besänftigungsversuche des wilden »Raubtiers«, 50 Register so schnell wie möglich hineinzuschieben, müssen so ulkig ausgesehen haben, daß sowohl Ludwig Hoelscher als auch Wolfgang Fortner, der ebenfalls auf der Empore saß, sich die Bäuche hielten vor Lachen. Ohne das alles wäre es mir lieber gewesen.

Besuch von Stadtrat Durstig

Eines Tages meldet sich bei mir in meiner 22 qm-Wohnung der Eberbacher Stadtrat Durstig an. »Herr Kameke, mer ham über Ihne g'sproche.« – »Ja, um Himmels Willen, warum denn? Habe ich etwas gestohlen? Habe ich jemanden beleidigt? Welches Delikt habe ich begangen?« – »Nei, nix da, mer wolle Ihne seßhaft mache!« – »Wie rührend von Ihnen, aber wissen Sie, wovon ich lebe? Haben Sie auch an Gehaltserhöhungen gedacht?« – »Indirekt scho, mer wolle halt, daß Sie Ihr Häusle bekomme und Ihr Sach.« – »Darf ich fragen, Herr Durstig, wie Sie sich das vorstellen?« – »Ja, schaue Se, in zwei Monaten wird der Poschte vom Dirigente vom Eberbacher Liederkranz frei und nekschtes Jahr braucht die Feuerwehr oane neue Dirigente! Da hätte Sie doch Ihr Auskomme!« Ich bedankte mich für so viel fürsorgliches Mitdenken seitens des Stadtrates und beschloß »aus Spaß und Tollerei«, den Vorsitzenden des Liederkranzes zu besuchen.

»Ja, das ist richtig, wir suchen einen Dirigenten. Wir haben auch über Sie gesprochen, aber wir wissen nicht so genau, ob Sie gut genug Skat spielen und ob Sie so den richtigen Sinn, wie soll ich sagen, na fürs Vaterländische haben?« Ersteres bejahte, letzteres verneinte ich. Über Musik wurde gar nicht gesprochen, und so schien mir die Aussicht, Chefdirigent des Eberbacher Liederkranzes zu werden, nicht die zu erstrebende Ergänzung meiner dortigen Tätigkeit zu sein.

Eine Bewerbung um eine Stelle in Bonn mißlang, dafür aber ein halbes Jahr später Erfolg und einstimmige Wahl zum Kantor an der Friedenskirche in Düsseldorf.

Tier-Besuch im Brahms-Requiem

Mein Abschiedskonzert war ausverkauft. Mit Kunstfreunden und dem Heidelberger Symphonieorchester spielte ich das Brahms-Requiem. Verhaltene Stimmung beim 1. Satz »Selig sind, die da Leid tragen«. Das halbe Orchester hat Pause, nur die tiefen Streicher und Bläser bereiten den Pianissimo-Choreinsatz vor. Ich gebe dem Chor gerade mild und ernst diesen Einsatz, was aber sehe ich rechts neben mir sich gemütlich in das Orchester hineinbewegen? Einen ausgewachsenen Schäferhund, sogleich von den zweiten Geigern, die Pause hatten, mit verhaltener Heiterkeit begrüßt. Alles, was Pause hatte, bemühte sich, mit diesem lieben Tier zu spielen, wozu auch dezentes Fingerschnipseln zur Anwendung kam.

Natürlich interessierte das unerwartete Geschehen auch Teile des Chores, die ich versuchte, mit turbulenten und flehenden Blicken zum nächsten Einsatz »Selig sind, die da Leid tragen« zu führen, der zu dem wichtigen Nachsatz weiterleitet »denn sie sollen getröstet werden«.

Das Problem wurde dadurch gelöst, daß sich – nie sei es ihm vergessen – der erste Posaunist des Orchesters, der ebenfalls Pause hatte, des lieben Tieres annahm und es geistesgegenwärtig und mit würdevoller Ruhe am Halsband durch das Orchester zur Sakristei führte und dort einsperrte. Natürlich erklang von dort Bellen, aber inzwischen waren wir zu dem Chor »Denn alles Fleisch, es ist wie Gras« gekommen, und unter dieser machtvollen Brahmsmusik konnte der Störenfried vermutlich unauffällig ins Freie gelassen werden.

So entsetzlich derartige Zwischenfälle im jeweiligen Moment erscheinen mögen, tragen sie letztlich dazu bei, daß das Konzert im folgenden zu einer nicht erwarteten Konzentration und

Intensität des Musizierens gerät, wie man es sonst möglicherweise nicht erreicht haben würde.

Die Friedenskirche im Süden der Stadt gehört zu den besonders gelungenen Wiederaufbauten zerstörter Kirchen nach dem Krieg. Ein heller, hoher, einfach gestalteter Raum in Basilika-Form, schöne aber umstrittene Glasfenster im Altarraum. Meine erste Chorprobe: Etwa 70 Damen und Herren im Durchschnittsalter von 65 bis 70 Jahren umgeben mich. Die Freundlichkeit, mit der ich empfangen werde, übertrifft bei weitem den Klang, der an mein Ohr dringt. Tremolo allenthalben, große Vorliebe für Fortissimo, das bei jeder Andeutung von Crescendo in den *Noten so schnell wie möglich zu erreichen ist.*

Ich sehe mich als einziger Kirchenmusiker vier sehr unterschiedlich veranlagten Pastoren gegenüber. Bald bin ich mit jedem einzelnen von ihnen befreundet; je mehr ich das bin, um so mehr muß ich aber feststellen, daß sie untereinander alles andere als Freunde sind.

»Sie Halbstarker!«

Mit dem Chor ging es weiter persönlich aufwärts und musikalisch abwärts. Man verübelte mir, daß ich es wagte, einen Bach-Choral am Donnerstag einzustudieren und schon am kommenden Sonntag im Gottesdienst singen lassen zu wollen. »Ihr Vorgänger hat auf der Geige jede Stimme so lange vorgespielt, bis wir sie konnten!« – »Wie lange hat denn das gedauert?« – »Na, so vier Wochen Zeit hat er sich genommen.«

Solange der Chorklang akzeptabel blieb, gewöhnte ich mich allmählich an seine Reifemerkmale. Aber eine Dame im ersten Sopran wollte auf ihre langjährige Erfolgspraxis als Solotrompete nicht verzichten. Ich faßte mir in einer Probenpause ein Herz und fragte in höflichem Ton: »Gnädige Frau, darf ich fragen, ob Sie sich bitte einmal überlegen wollen, aufgrund Ihres Alters in den Alt zu wechseln?« – Der Teufel war los. Aus rot angelaufenem Gesicht der vitalen Vierundsiebzigerin wurde mir entgegengezischt: «Sie junger Mann, was bilden Sie sich eigentlich ein. Wissen Sie, wie lange ich hier singe? Seit dem Jahr 1910, also 44 Jahre. Und nun kommen Sie hier angelaufen und wollen, daß ich Alt singe. Das ist ja unerhört. Sie sind wohl auch so ein Halbstarker!«

Das war für mich das Signal zu neuen Überlegungen.

»Fangen Sie mit der Jugend nicht gemischt an, die wollen dann bloß flirten, das wird nichts!« sagte Pastor F. zu mir. Ich tat es dennoch. In die erste Probe kamen vier Mädchen. Da sie hübsch waren, kamen in die zweite Probe vier Knaben, und nach einem halben Jahr hatte ich einen Singkreis zwischen 16 und 20 Jahren zusammen. Lieber Pastor F.: Natürlich wurde geflirtet, aber es wurde auch gesungen und mehr und mehr musikalisch gearbeitet. Was glauben Sie, welch frischer Ton als Chorklang entsteht, wenn die jungen Leute auch ein wenig ineinander verknallt sind.

Bald konnte ich in einer Feierstunde den Kirchenchor »Salem« pensionieren. Es lief einigermaßen glimpflich ab. Die wenigen Jüngeren konnten in den Singkreis übernommen werden, und so kam es bald zur Kantorei der Friedenskirche.

Die anfänglichen Disziplinschwierigkeiten waren erheblich. Als ich mich einmal vertreten lassen mußte, sagte der Kollege hinterher zu mir, er würde mir gerne noch etwas draufzahlen, wenn er diesen Chor nie mehr dirigieren müßte. Nach den ersten Singfreizeiten häuften sich die Rechnungen für kaputte Fensterscheiben und Beschwerdebriefe wegen nächtlicher Ruhestörung.

Bei einer Singwoche in St. Moritz in der Schweiz wurden den Herren vor der ersten Nacht alle Schlafanzüge säuberlich zugenäht. Die nicht vermeidbare Rache der jungen Herren bestand einige Tage später in einer Beschlagnahme sämtlicher Damennachthemden. Sie müßten gewaschen werden und seien auf der Rückreise vor dem Hauptbahnhof Zürich wieder in Empfang zu nehmen! So geschah es auch. Zum Erstaunen der Passanten bildete sich an besagtem verkehrsreichen Platz ein Kreis, in dessen Mitte Damennachthemden angeboten wurden und jeweils ein errötendes Mädchen diesen Gegenstand zur Belustigung aller Umstehenden in seinen Besitz zurückholte.

Die Aufgabe, diese wilde Schar zu bändigen, konnte nur in musikalischer Überforderung bestehen. So setzte ich für den nächsten Sonntag Kantate die beiden Osterkantaten Bachs »Christ ist erstanden« und »Der Himmel lacht, die Erde jubiliert« auf das Programm. Die Herausforderung »saß«. Mit Einzelproben und Singwochenenden wurden die enormen Schwierigkeiten, besonders der zweiten Kantate, gemeistert, und das Konzert wurde ein voller Erfolg.

Hinterher Besuch einer Delegation des Singkreises in meiner Wohnung. »Wir wollen, daß aus unserem wilden Haufen wirklich ein guter Chor wird, und dabei wollen wir Dir helfen!« Das waren neue Töne, die ich nur zu gerne aufgriff. Das nächste Ziel war Bachs Weihnachtsoratorium. Der Haupthelfer beim Choraufbau hieß wieder einmal Johann Sebastian Bach. Zahllose Kantoreien der Nachkriegszeit verdanken ihm in erster Linie, daß ihnen so viel Jugend zugeströmt ist. Das gilt noch heute und hat seine Erklärung in der polyphonen Strenge einerseits, vitalster Vollblutmusik andererseits und schließlich dem deutlich spür- und ablesbaren theologischen Hintergrund seiner Klangrede. Natürlich wurden daneben die Motetten von Heinrich Schütz, seinem großen Vorläufer aus dem 17. Jahrhundert, und viele andere Komponisten der Hochblüte der Kirchenmusik zwischen 1600 und 1750 musiziert. Es kam aber mehr und mehr hinzu, und dies stieß bei der Jugend auch auf dankenswert wenig Vorurteile: Die neue Kirchenmusik, die ihre Wurzeln in den 30er Jahren (also während des Dritten Reiches!) in Komponisten wie Ernst Pepping, Hugo Distler, Johann Nepomuk David oder Helmut Bornefeld hat und nun im Rheinland besonders durch den Mülheimer Komponisten Siegfried Reda und den schon genannten Helmut Bornefeld, den Hamburger Hans Friedrich Michelsen oder auch wiederum Johann Nepomuk David geprägt wurde.

Musik kennenzulernen in der Polarität der alten Musik, dem überzeitlichen Lebensgefühl Raum gebend, und der zeitgenössischen Musik das Gegenwartsgefühl wiedergebend, war Aufgabe und Rückgrat der damaligen Arbeit.

Für mich kamen bald zwei bedeutsame Ergänzungsaufgaben hinzu: Die Gründung und Leitung eines übergemeindlichen Instrumentalkreises und die Übernahme einer Orgeldozentur an der Rheinischen Kirchenmusikschule. Noch immer vollgepumpt mit Wissensstoff aus der Heidelberger Unizeit, bewarb ich mich auch um Vorlesungen über Kirchenmusik und Kirchenmusikgeschichte. Zu meiner Freude wurde mir nach zwei Probevorlesungen mitgeteilt, ich sei gewählt worden und hätte nebenbei zwei promovierte Mitbewerber geschlagen. Eine Bestätigung, daß Georgiades mit seinem Rat in Eberbach Recht gehabt hatte, und mir der Verlust der Promotion durch meinen Unfall bisher keinen besonderen Schaden zugefügt hatte.

Jugendsingkreis der Friedenskirche Düsseldorf

In das folgende Jahr fiel als großes überregionales Ereignis das Internationale Heinrich Schütz-Fest in Düsseldorf. Dank der kreativen, kontaktfreudigen und sehr kooperativen Persönlichkeit des 1. Kirchenmusikers von Düsseldorf, Gerhard Schwarz, war es gelungen, alle Kantoreien zu beteiligen. Dazu gab es zahlreiche Aufführungen großer Werke des hochbedeutenden Dresdner Hofkapellmeisters. Die Programme reichten in erheblichem Anteil bis zur zeitgenössischen Musik, die zur Aufführung zu bringen das besondere Interesse von Gerhard Schwarz war.

Um den Staat repräsentativ und finanziell zu beteiligen, gab es ein Vorgespräch im Kultusministerium, zu dem mich Gerhard Schwarz mitnahm. »Ich freue mich, daß unser Land und unsere Stadt Gastgeber für ein so bedeutendes Musikfest sein wird«, sagte der Herr Kultusminister. Wir trugen ihm Einzelheiten des Programms vor und landeten dann bei der Frage des Empfanges zur Eröffnung des Festes. »Da sollte es schöne Umrahmung der Reden durch Musik von Heinrich Schütz geben«, meinte der Herr Minister. »Ja, das dachten wir auch«, erwiderte Gerhard Schwarz. »Wie wäre es denn mit einem Streichquartett von Schütz zu Beginn?« – »Herr Minister, leider hat Schütz keine Streichquartette geschrieben. Die gab es damals noch gar nicht.« – »Ach, natürlich, das ist ja völlig klar. Aber wie wäre es denn mit einer Klaviersonate von Schütz« – »Herr Minister, die hat er auch nicht geschrieben, die gab es erst 100 Jahre später!« – »Ja, zum Donnerwetter, was hat denn dieser Mensch überhaupt geschrieben?« kam es ministeriell erbost, aber nicht eben allzu fachkundig auf uns herab. Zu meinem persönlichen Glück wurde beschlossen, daß ich eine Orchestersuite von Johann Hermann Schein, dem großen Schütz-

Zeitgenossen, und die Symphonischen Variationen über ein Thema von Schütz und Johann Nepomuk David dirigieren durfte.

Rundfunk-Gottesdienst mit bösen Zuschriften – Polytonale Himmelfahrt –

Unser kirchenmusikalischer Ruf an der Friedenskirche hatte sich nach zwei Jahren so gefestigt, daß wir den ehrenvollen Auftrag bekamen, zum Himmelfahrtstag den Gottesdienst zusammen mit einem namhaften Oberkirchenrat als Festprediger für den Rundfunk zu gestalten. Damals war es noch der NWDR. Das Sendegebiet reichte also von Aachen bis Hamburg. Neben festlicher Barockmusik sollte auch Musik unserer Zeit zu Wort kommen, und dafür hatte ich Siegfried Redas sehr schönen Satz zu dem Himmelfahrtslied »Auf diesen Tag bedenken wir« gewählt. Ein Stück mit Sopransolo, anschließendem vierstimmigem Chorsatz, den wir mit Instrumenten unterlegt hatten, um ihn noch farbiger, dem repräsentativen Anlaß Rechnung tragend, erscheinen zu lassen. Eine ausgezeichnete junge Sopranistin war engagiert worden, die Generalprobe war tadellos verlaufen, aber – nie darf man sich nach guten Generalproben in Sicherheit wiegen!

Der Gottesdienst beginnt, um uns herum eine Fülle von Mikrophonen. Jeder Muckser wird in den Äther übertragen. Alles verläuft gut und planmäßig. Dann kommt nach der Epistellesung der Reda-Satz. Ich mache eine kleine Orgelintonation, schleiche dann wie auf Strümpfen zum Dirigentenpult, hinter mir das Hauptmikrophon des NWDR. Die Sopranistin beginnt schön, wie erwartet, ihr unbegleitetes Solo »Auf diesen Tag bedenken wir«. Vom zweiten Takt an merke ich zu meinem Entsetzen, daß sie – sicher durch die Mikrophone irritiert – von Note zu Note steigt. Ich sehe Fürchterliches kommen – und es kommt so. Der Chor nimmt die neu erklommene Tonart von der Sopranistin ab, nämlich As-Dur, singt, da er seinen Text gründlich kennt, diesen Satz mit unbeirrter Sicherheit in

As-Dur, während Orgel und etwa 20 Instrumente, ein Streichorchester, Flöten und Oboen auf ihren zu keiner Toleranz fähigen Instrumenten in G-Dur musizieren.

Nur wer Live-Sendungen kennt, weiß, was ich gelitten habe. Das Lied hat drei Strophen. Jedes Mal das Nervendesaster der Sopranistin. Ich versuche, das Orchester abzuwinken, die Hälfte schaut nicht her, daher setzt bei Strophe zwei die Hälfte ein, die andere schweigt. Während in Strophe eins G- und As-Dur in dissonantem Gleichgewicht erklangen, dominiert in Strophe zwei As-Dur leicht, um in Strophe drei als A-cappella-Satz zu obsiegen, da bis dahin der letzte Streicher verstanden hatte, daß es besser sei, zu schweigen.

Monate habe ich diese Momente nachgeträumt und gelitten. Das Gefühl, ein NWDR-Mikrophon im Rücken zu haben und derartig Schreckliches kommen zu sehen, ohne etwas ändern zu können, durchschauert mich noch heute. So wurde dieser relativ harmlose und klangschöne Reda-Satz zu einem provokanten, avantgardistischen Stück, eher dazu geeignet, Dantes Höllenfahrt zu beschreiben als die Himmelfahrt des Herrn. Warum ich von bösen Hörerbriefen verschont blieb, weiß ich bis heute nicht. Der Hauptsegen ergoß sich auf den armen Oberkirchenrat, warum er zugelassen habe, daß sich derartig supermoderne Musik zu seinen schönen Worten eingeschlichen habe. – Ich weiß es auch nicht.

Pastor verteidigt Pastor

Bei meinen wöchentlichen Dienstbesprechungen bei den jeweiligen Presbyterii kam es besonders in der Zeit, da der nette ostpreußische Pastor F. den Vorsitz hatte, zu manchen persönlichen Aussprüchen, die ich ungern nur für mich behalte. Zuerst hatte er es auf seinen rheinischen Amtsbruder abgesehen, dessen Theologie ihm nicht zusagte. »Wessen Se, man kann näch einfach jeden Sonntach Jesus Christus von de Kanzel brüllen. Das jeht näch.« Natürlich belegte er das an Beispielen, die er bühnenreif und viel witziger, als ich sie im Original erlebt hatte, vortrug. Ein begabter Spötter war dieser Herr Pastor für meinen Begriff, aber gleichzeitig war er der beste Prediger unter meinen Freunden in dem Herrn.

Eines Tages erregte er sich noch mehr. »Wessen Se, Herr von Kameke, was jästern im Presbyterium passiert is?« – »Näin« antwortete ich, von dieser schönen Sprache infiziert. »Da hat doch äiner vom Presbyterium meinen Amtsbruder J. beläidigt und in äiner Diskussion zu ihm 'Idiot' jesacht. Da bin ich aber aufjesprungen und habe jesacht: Ich verbitte mir eine solche Beläidigung mäines Amtsbruders. Das ist ja unerhört! Wenn Sie jesacht hätten 'sturer Holzbock' hätte ich nichts dajejen jehabt, aber 'Idiot' verbitte ich mir äin für alle mal.« Ich beneide Menschen, die, wenn sie böse sind, noch ihren vollen Charme behalten. Wer kann das schon? Mir ist jedenfalls solches nicht gegeben.

Der Autor an der Orgel der Friedenskirche Düsseldorf

»Lassen Sie sich das nicht gefallen«
Holzhändler ermutigt Pastor

Nun sollte es eines Tages Pastor F. selber widerfahren, daß er »beläidigt« wurde, aber weder von seinem Amtsbruder, noch von einem Presbyter, sondern von einem Düsseldorfer Hafenarbeiter.

Wie kam es dazu? Zu seinem Amtsbezirk gehörte auch das Gebiet des Düsseldorfer Rheinhafens. Mutig und ohne Furcht beschloß er eines Tages, dort Hausbesuche zu machen, den Menschen seinen Glauben zu bezeugen und sie in die Friedenskirchengemeinde einzuladen.

An den meisten Türen wurde er freundlich empfangen und es kam zu guten Gesprächen mit einfachen, aber aufgeschlossenen Menschen.

Nur in einem Fall sollte es anders kommen. »Guten Tag, ich bin Pastor F. von Ihrer Gemeinde. Ich wollte Sie fragen, ob ich Ihnen einen kleinen Besuch abstatten darf?« hatte er zu einem griesgrämig aussehenden Mann mit ungepflegten Haaren, einem faltenreichen Gesicht, Morgenmantel und Filzpantoffeln gesagt.

»Was, Sie kommen von der Kirche? Sie sind wohl verrückt geworden. Mit solchen Heinis wie Ihnen will ich nichts zu tun haben. Sie können mich mal...«, dann kam »Götz von Berlichingen« – in voller Lautstärke vorgetragen, und ...zu flog die Tür mit entsprechendem Getöse.

Dergleichen hatte Pastor F. wohl noch nicht erlebt und kehrte entsprechend irritiert und bedrückt in sein Pfarrhaus zurück. Als bei der nächsten Presbyteriumssitzung unter anderem über das Gemeindeleben gesprochen wurde, erzählte er dieses Erlebnis im Kreis der Amtsbrüder und Gemeindevorsteher. Allgemeine Betroffenheit und Ratlosigkeit. Außer teilnahmevollem Schütteln des Kopfes wußte aber kaum jemand etwas Substantielles zu diesem Fall zu sagen.

Dann aber erhob voll echter Empörung Herr P., ein bekannter Düsseldorfer Holzgroßhändler, der bei vielen Gelegenheiten mutig in der Öffentlichkeit aus seinem christlichen Glauben keinen Hehl machte, seine Stimme und rief in die Versammlung: »Ich finde das unerhört, das kann auf keinen Fall so stehen bleiben. Gegen eine solche Beleidigung eines unserer Pastoren müssen wir etwas unternehmen.«

Zweifelnde Gesichter und wenig Zustimmung im ganzen Kreis. »Was wollen Sie denn gegen so etwas machen? Das muß man aushalten und darüber zur Tagesordnung übergehen.«

»Das finde ich auch«, kam es von fast allen Seiten, einige aber schwiegen und schauten zu Boden, weil ihnen diese sogleich in einem Kirchenvorstand bekundete Hilflosigkeit innere Schmerzen bereitete, sie aber wohl selbst auch keinen Ausweg wußten.

»Ich habe einen Vorschlag«, rief Herr P. keinesfalls entmutigt aus. »Wir sollten den Mann offiziell in ein Kirchenzuchtverfahren nehmen und ihm das schriftlich mitteilen.«

»Was soll das denn? Und was ist überhaupt ein Kirchenzuchtverfahren?« kam es aus aller Munde. »Das bedeutet, daß wir diesem Herrn mitteilen: Wegen Beleidigung Ihres Gemeindepastors ersuchen wir Sie, sich innerhalb von drei Tagen persönlich zu entschuldigen. Geschieht dieses nicht, wird ein Kirchenzuchtverfahren gegen Sie eingeleitet. Das bedeutet, sie haben keinen Zutritt mehr zu allen Räumen unserer Gemeinde, sind vom Abendmahl ausgeschlossen, es werden keine Amtshandlungen mehr für Sie vorgenommen und Sie werden auch nicht kirchlich bestattet.«

Gleiche Skepsis wie zuvor. »Das ist doch das Papier nicht wert, auf das wir solches schreiben. Der Mann lacht sich doch halbtot über uns, wirft das Schreiben in den Papierkorb, und wir haben uns lächerlich gemacht», sagte einer der Kritiker dieses Vorschlages.

»Warum sind Sie denn so sicher?« sagte Herr P., »warten Sie doch erst einmal ab, bis der Mann den Brief erhalten hat.«

Drei Tage später klingelt es an der Tür von Pastor F. Vor ihm stehen zwei Menschen. Eine Walküre von Frau, etwa 1,80 m groß und gut zwei Zentner auf die Waage bringend, strotzend von Energie und Leibeskräften, daneben ein Männlein, zusammengefaltet wie ein Regenschirm, und dann kommt es:

»Guten Tag, Herr Pastor. Wir haben den Brief erhalten. Ich bin ja ganz empört, was mein Mann sich da geleistet hat und daß wir ins Kirchenzuchtverfahren genommen werden sollen. Ich weiß natürlich, was das bedeutet. Ich bin Katholikin. So etwas kommt überhaupt nicht in Frage. Los, Erwin, entschuldige dich sofort bei Herrn Pastor und sage, daß es dir leid tut. Sonst kannst du was erleben.« Kein Zweifel, mit der Dame war nicht zu scherzen, auch nicht, wenn man, so hatte es den Anschein, von ihr geheiratet worden war.

Es folgte eine geflüsterte Entschuldigung aus zerknirschtem Gesicht und eine Buße von DM 50,-- wurde zur Besänftigung nachgereicht.

Was blieb Pastor F. übrig? Er mußte vergeben, wenn er auch ein heftiges Schmunzeln, aus der Zwerchfellgegend unwiderstehlich aufsteigend, nicht unterdrücken konnte: Zweierlei hatte er gelernt:

Erstens: Laien können manchmal die besseren und auch mutigeren Theologen und Streiter für das Evangelium sein.

Zweitens: Man verachte Mischehen und die katholische Konfession nicht zu voreilig. Da kann manchmal mehr geistliches Leben drinstecken als man denkt.

Genau das hatte er erlebt, und schließlich hatte er eine demonstrative Geschichte mehr zum Weitererzählen.

Der Pünktlichste von allen Chören

Der sonntäglich von etwa 200 Kindern besuchte Kindergottesdienst gab mir die Möglichkeit, sehr schnell und ohne Schwierigkeiten einen Kinderchor aufzubauen. Mit der Kantorei war das nicht so einfach. Zu ihrem Aufbau habe ich nach der Pensionierung des Kirchengesangsvereines »Salem« doch auch viele Hausbesuche machen müssen. Ich ließ mir von den vier Pastoren die Anschrift aller jungvermählten Paare geben, meldete mich zu abendlichen Besuchen an und hatte in der Mehrzahl der Fälle Glück. Man hatte Lust mitzumachen und bald war der neue Chor an die 50 Mitglieder stark.

Der Kinderchor hingegen war bald überfüllt. Ich mußte ihn in zwei Altersklassen teilen und kam auf die Idee, als Vorchor einen Kleinkinderchor von ausschließlich Fünfjährigen aufzubauen. Bis dahin wußte ich nicht, daß in mir das Zeug zum »Rattenfänger von Hameln« steckte. Es strömte von allen Seiten. »Wia wolln sum Kindachoa!« Eh' ich mich versah, waren es fünfzig von diesen süßen Kleinen.

Weder im Studium noch in den bisherigen sieben Dienstjahren hatte ich das Geringste gelernt, wie mit solcher Gesellschaft umzugehen sei. In Windeseile lernte ich durch die ersten Proben folgende Grundsätze: Proben mit dem ganzen Chor mehr als fünf Minuten war ausgeschlossen. Das Interesse schlug um in Müdigkeit oder Flegelei. Der Schlüssel hieß: Ausnutzen des bei jedem dieser kleinen Menschlein voll ausgebildeten maßlosen Ehrgeizes. »I am the first one, I am the best«. Das war absolut deutlich zu merken. Zuerst wurden vier einfache, möglichst lustige Kanons gesungen. »Wer will das alleine aus den vier Ecken des Saales singen?« – »Ich – ich – ich...« Die Hände wirbelten nur so in die Höhe. Auch wenn man es nicht konnte, dabeigewesen zu sein schien das Wichtigste.

Noten wurden mit bunter Kreide an der Tafel gelernt. Kanons wie Bewegungsspiele getanzt. Dauernd mußte »etwas los sein«. Immerhin wuchs der Enthusiasmus in diesem Chor sehr schnell: Zu den Proben sonnabends um 15 Uhr erschien mindestens die Hälfte eine Stunde zu früh. Um halbdrei waren sie alle da.

Zwei weitere Erkenntnisse wurden mir bald zuteil: Zuerst mußte den Kindern ihre »Quetschsprache« ausgetrieben werden. In ersten Versuchen hatte ich bemerkt, daß jedes Kind bereits längst eine ganz normale und natürliche Sprache beherrschte, die es nur nicht anwendete, weil so ein kleines Biest genau zu wissen schien, daß die Erwachsenen es mit besagter Babysprache viel niedlicher finden und es mehr Schokolade einheimsen konnte. Für den Chorgesang konnte ich derlei nicht gebrauchen. Es kam zum Ritus des

Entquengelns.

Er bedeutete, daß mit jedem Kind ein Eingangsgespräch geführt wurde mit etwa folgendem Verlauf: »Na, Clemens, was möchtest du denn gerne?« – »Iss will inm Kindachoa singn«. – »Lieber Clemens, so kann ich dich nicht gebrauchen. Sprich mir dasselbe bitte einmal nach, wie ich es dir vorsage«. In den meisten Fällen kam prompt ein wunderschönes, perfektes Kleinkind-Hochdeutsch heraus. »So und nicht anders sprechen und singen wir hier zusammen. Sonst kann ich dich nicht gebrauchen.« Das Entquengeln fand mit jedem neu eintretenden Kind zu Beginn jeder Probe statt. »Ist sie schon entquengelt?« scholl es mir aus dem Plenum fordernd entgegen, falls ich solches vergessen haben sollte.

Das zweite war, daß ich mit diesen Kindern sehr viel höher singen konnte und mußte und das wagen durfte. Viele von ihnen kamen ziemlich schnell und ohne besondere Mühe bis zum hohen G-A-H oder sogar zum dreigestrichenen C, wenn man sie richtig eingesungen hatte. Das bedeutete, daß die ersten mehrstimmigen Sätze bis zu einer Quarte höher zu transponieren waren als ihre originale Tonart. Heraus kam ein glokkenreiner heller Kinderton, an Porzellanglockenspiele oder Blockflöten erinnernd.

Vor Zuhörern wurde nur gesungen, wenn der Chor alles auswendig konnte. In diesem Alter ist »können« identisch mit »auswendig können« bzw. die Voraussetzung zur Zuverlässigkeit. Dann aber konnte ein solcher Chor Erwachsenen Freude machen. Er hat manche Tränen der Rührung hervorgerufen. »Wenn ihr nicht werdet wie die Kinder...« Wie oft wurde ich an dieses Bibelwort erinnert, durch so viel Zutrauen, Natürlichkeit, Fröhlichkeit und ungehemmte Bereitschaft, an der eigenen Elite im Bereich solcher Gemeinschaft zu arbeiten. Das Chorsingen ist für das Kind eine der schönsten und reizvollsten Aufgaben, etwas den Erwachsenen vollkommen Ebenbürtiges zu tun. Manchmal oder sehr oft ist dieses sogar noch schöner.

Vorsingen und Schönheitsfehler

Mein Arbeitspensum war vielseitig und sehr umfangreich. Zu der Arbeit mit den Chören kamen die Vorlesungen, die wöchentlichen neuen Orgelstunden und das eigene Orgelüben. Zum Komponieren blieb damals wenig Zeit. Der Orgelunterricht fand an meiner schönen Beckerath-Orgel in der Friedenskirche statt.

Eines Tages – eine Studentin spielt mir gerade die Dorische Fuge von Bach vor – tut sich die Türe auf und eine Walküre von Dame betritt schnaufend, aber zielstrebig die Empore. »Thind Thie Herr von Kameke?« lispelt es mir gotterbärmlich entgegen. »Ja, der bin ich. Was darf ich denn für Sie tun?« »Entschuldigen Thie, dath ich Thie störe, aber ich wollte Thie fragen, ob ich Ihnen wath vorthingen darf.« »Wath thingen Thie denn?« adaptierte ich mich rückfragend augenblicklich. »Thopran und Alt«, kam es spontan und selbstbewußt zurück.

Dergleichen hatte ich in meiner bisherigen Praxis noch nie gehört. Sopran und Alt und lispelnd, das konnte ich mir nicht entgehen lassen, bei aller Zeitknappheit. »Wath wollen Thie denn hören?« Nie zuvor hatte ich die Arienliteratur auf Lispelwirkung erforscht. Daher mußte es jetzt in Sekundenschnelle gehen. Mir fiel die »Erbarme dich«-Arie aus Bachs Matthäus-Passion ein, weil ich begierig war, von diesem singenden Lispelphänomen die Stelle »Um deiner Zähren willen« (Thären) dargestellt zu bekommen. Nun tönte es erwartungsgemäß »Erbarme dich um deiner Thären willen«. Ich wäre vor Lachen beim Begleiten fast herausgekommen, da diese sonderbare Aussprache auch mit erheblichem Tremolo und mit opernhafter Armgestik verbunden war, als ob Isolde darzustellen sei, die im Begriff war, sich in Tristans Arme zu stürzen. »Was sagst du bloß der Dame?«, beunruhigten mich zunehmend sorgenvolle Fragen. Mir schien das Richtige eingefallen zu sein. »Vielen Dank«, sagte ich, »darf ich mir aber doch die Frage erlauben: Wie lange haben Sie bisher Gesang studiert?« »Knapp zwei Jahre«, kam die leicht zögerliche Antwort. »Ich fürchte, das ist noch ein wenig zu kurz. Sie müssen bitte erst weiterstudieren, in zwei Jahren können wir uns dann gerne wieder treffen.« »Thehen Thie, dath habe ich thu meiner Freundin auch gesagt, aber thie meinte, versuch es doch mal bei Herrn von Kameke, der ist noch jung und nimmt dich vielleicht schon jetzt.« »Leider ist das wirklich noch zu früh.« Sie kam nicht wieder, denn nach zwei Jahren hatte ich die schöne Düsseldorfer Stelle verlassen.

Selbstbewußte Lispel-Sängerin beim Vorsingen

Ohnmachts-Anfall des Begleiters (Autor)

Die Freundin meiner Tante

In einer Großstadt lernt man im Laufe der Zeit als Kantor auch viele Menschen außerhalb des eigenen Arbeitsbereiches kennen. Schnell entwickelte sich auch in Düsseldorf ein Freundeskreis, der eine große Bereicherung darstellte und einen vor Einseitigkeit und Versinken im Arbeitsgewühle bewahrte. Besonders dankbar der Noch-Junggseselle, wenn er sonntags nach getaner Arbeit in die Umgebung fahren und den Nachmittag bei Freunden verbringen konnte.

Mein Fahrzeug war nach dem Eberbacher Unfall kein Motorrad mehr, sondern ich hatte mir für Vermögensverluste von 380 Mark einen gebrauchten Messerschmitt-Kabinenroller, dreirädrig, mit aufklappbarem Plastikdach, ohne Rückwärtsgang und noch mit mechanischem Scheibenwischer – am Lenker kunstvoll vom gekrümmten Zeigefinger der rechten Hand bei Regen zu bedienen – angeschafft. Mit diesem Fahrzeug machte ich alle Besuche und Ferienreisen und war eigentlich ganz zufrieden. Mitleidsvolle Blicke vor Ampeln aus den schon damals als »rheinischem Volkswagen« bezeichneten Mercedes 300 oder dem Cockpit eines Lkws trafen mich. Auch wurde mir aus Berlin berichtet, daß in einer solchen Situation bei einer Ampel, in der sich in meinem Gefährt eine junge Dame befand, ein Fernfahrer die Scheibe herunterkurbelte und sie fragte: Fräulein, geben Sie ihm schon die Flasche oder nimmt er noch die Brust?«

Die Arbeit nahm von Woche zu Woche zu. Proben mit Kinderchören, Blockflötenkreisen, dem Kammerorchester, Orgelunterricht, Vorlesungen, Trauungen – um die eigenen Orgelprobezeiten mußte ich mehr und mehr kämpfen wie ein Löwe, wollte ich mir das notwendige Spielniveau für Konzerte erhalten. Dazwischen viele Anrufe, zu denen regelmäßig auch die von Schwester Adelgunde von Oberkirch aus dem Diakonissenhaus Kaiserswerth gehörten, einer Freundin meiner Oberin-Tante aus der Malche. Sie hatte die Begabung, mich regelmäßig in den eiligsten Situationen vor Proben, Konzerten, wo ich in Unterhosen aus dem Badezimmer ans Telephon gestürzt kam, anzurufen. »Guten Tag, lieber Herr von Kameke«, kam es mit ganz ruhiger, liebevoll gelassener Stimme und im Sprechtempo »largo con espressione« und mit einer Sprachmelodie, als wollte sie mit einem schwerkranken 85jährigen Rollstuhlfahrer sprechen, aus dem Hörer. »Wie geht es Ihnen? Was macht denn Ihre liebe Mutter? Wie geht es Tante Ruth? Erzählen Sie doch mal ein bißchen.« »Schwester Adelgunde, herzlichen Dank, aber ich kann im Augenblick wirklich nicht. In einer Viertelstunde beginnt mein Konzert in der Friedenskirche.« »Ach, das tut mir aber leid, daß Sie so nervös sind. Ist 'was nicht in Ordnung? Stimmt vielleicht etwas in Ihrer Ehe nicht?« Leider mußte ich zu der liebenswerten alten Schwester unwirsch werden und einhängen. Ich war noch gar nicht verheiratet!

Mehrfach kamen in solchen Situationen aber auch Anrufe von Wolfgang Fortner, der zu meiner großen Freude Verbindung zu mir hielt und meistens anrief, wenn er durch Düsseldorf kam. Es wurde dann ganz schnell zwischen allen Diensten ein Zusammentreffen vereinbart. »Kameke, ich habe etwas Interessantes für Sie«, hob er bei einem solchen Überraschungsbesuch eines Tages an. »Hätten Sie Lust, als Dirigierdozent und Chorleiter nach Teresopolis in Brasilien im kommenden Jahr zu reisen? Sie könnten auch in Rio und São Paulo Orgelkonzerte geben.« Natürlich hatte ich, fiel ihm vor Freude wirklich fast um den Hals und sagte zu.

Vier Wochen später Anruf aus Düsseldorfs vornehmstem Hotel, dem Breidenbacher Hof. »Hier Theodor Heuberger aus

Brasilien, Leiter der pro arte- und der Ferienkurse in Teresopolis. Können wir uns heute nachmittag treffen? Könnten Sie vielleicht in mein Hotel kommen? Ich habe leider wenig Zeit, aber wir sollten Ihr Kommen nach Brasilien durchsprechen.«

Ich steige in meinen Roller, fahre los, da bricht schon auf dem Fürstenwall um die nächste Ecke im dritten Gang das Schaltgestänge ab, und ich kann nicht mehr schalten, sondern muß mit viel Wechselspiel von Gas und Kupplung vorsichtig anfahren, ohne daß dieses Superfahrzeug mit seinem 3-PS-Motor absäuft. An jeder Ampel dasselbe Theater. Es ist grün, ich habe hinter mir die nervöse Düsseldorfer Geschäftswelt in Schlangen und kann nur ganz sachte anfahren; das waren dann keine freundlich mitleidsvollen Blicke mehr, sondern mir wurde schlicht der Vogel gezeigt.

Am Hotel angekommen, erwartete mich der Kulturgewaltige aus Brasilien. Als er mich in dieser »Fortbewegungswarze« ankommen sah, mußte er so lachen, daß er spontan ausrief: »Das ist ja ein köstliches Fahrzeug. Da würde ich zu gerne einmal mitfahren. Können Sie mich nicht einmal um den Block fahren?« Oh du liebe Güte, das sind mindestens vier Ampeln und dann noch diesen 90-Kilo-Herrn aus Brasilien dabei! Was soll ich machen? Da ich ihn eben erst kennengelernt hatte, getraute ich mich nicht, die Wahrheit zu sagen. ich ließ ihn einsteigen und habe es unter Aufbietung aller Geisteskräfte und Fahrkünste geschafft, ihn im 3. Gang einmal um Düsseldorfs Luxuscarré einschließlich Kö zu fahren. »Wenn ich genau überlege, Herr von Kameke, habe ich mich nur einmal in meinem Leben in größerer Lebensgefahr befunden, als mich 1924 jemand einlud, mit ihm in einer einmotorigen Junkers-Maschine einen Rundflug über München zu machen.« Nun ist alles aus, dachte ich, ade große Welt, ade Brasilien. Schuster bleib bei deinen Leisten. Der heilige Geist erleuchtete Herrn

Heuberger. Die Einladung kam dennoch und die Rundfahrt mit ihm durch Düsseldorf wurde der Auftakt zu einer ganz neuen Komponente in meinem Leben: Der Entdeckung Amerikas.

Späte »Fahrkünste« meiner Mutter

Im Jahr 1940 hatte meine Mutter ihren Führerschein auf einem »Wanderer« gemacht. Fräulein Sauerbrei, ihre Fahrlehrerin, hatte sie vor allem darauf hingewiesen, daß 70 km in der Stunde für den Menschen die absolute Obergrenze sei, und diesen kategorischen Imperativ hat meine Mutter ihr ganzes Leben lang behalten. Da wir in meiner Kindheit gar kein Auto besaßen, bekam meine Mutter auch nicht allzu viel Gelegenheit zu fahren. Um so bewunderungswerter war es, daß sie im Jahre 1955, als mein Vater wegen seiner Schwerbeschädigung ein Auto vergünstigt angeboten bekam, um seinetwillen das Fahren mit 65 wieder begann.

Als der große, gebrauchte Opel vor dem Wohnhaus in Thüngen stand, erklärte ihr der zu Schalk und Bosheiten neigende Bruder: »Wenn du dich in *den* Wagen setzt, mußt du erst tief durchatmen. Wenn du das Gaspedal auch nur ansiehst, landest du schon am nächsten Baum.« Schwärmend für den eigenen Bruder, nahm sie das alles ungeheuer ernst, und bald wurde ich Zeuge dieser »Fahrpraxis«, als meine Eltern mich von einem Musikseminar auf Schloß Fürsteneck in Hessen nach Thüngen abholten. Ich nahm artig hinten Platz, da ich noch keinen Führerschein besaß. Großer Abschiedsbahnhof von all meinen netten Studenten. »Gute Fahrt, Auf Wiedersehen!« tönte es von allen Seiten. Der Opel steht und rührt sich nicht. Meine Mutter in angespannter Fahrerhaltung sieht aus, als führen wir bereits mindestens 120. Nichts dergleichen. »Mutter, du mußt, glaube ich, abfahren!« »Laß mich, ich fahre doch schon!« »Nein, du stehst.« »Ja, aber das muß ganz vorsichtig gehen, der Wagen ist furchtbar stark und gefährlich.« Innerhalb von drei Minuten waren wir vielleicht 50 Meter weiter zur Einbiegung in die Landstraße gekommen. Nach etwa einstündiger Fahrt erreichten wir 55 km weiter eine Tankstelle. Sehr höfliche Bedienung – und, nachdem alles geprüft und erledigt war, dasselbe Theater. Dauer des Anfahrens zwischen zwei und drei Minuten. Heiterkeitserfolg bei dem Tankstellen-Personal, das uns inzwischen zu dritt in fröhlicher Stimmung abwinkte. Mein Vater, sonst ein Vorbild liebenswerter Höflichkeit und Rücksichtnahme, spähte mit Argusaugen die vor uns liegende, wenig befahrene Landstraße von Brückenau nach Jossa auf mögliche Gefahrenquellen ab. »Da vorne ist eine Kurve, du mußt zurückschalten!« »Aber wir fahren doch nur 55!« »Ja, aber wenn du nicht in den zweiten Gang zurückschaltest, schleudern wir.« Wir passierten die lebensgefährliche Kurve mit 28 und kamen auf einer Geraden auf volle 70. »Da vorne ist ein Radfahrer, du mußt hupen!« »Aber er fährt doch rechts.« »Wenn du nicht hupst, könnte er in die Mitte kommen.« Mutter hupte. Der Radfahrer fuhr weiter und tat nicht, was mein Vater offensichtlich erwartet hatte, nämlich abzusteigen, um uns vorbei zu lassen. Beim Überholen kurbelte er das Fenster herunter und rief erregt dem ahnungslosen Zeitgenossen zu: »Sie spielen mit Ihrem Leben!«

Auf der Weiterfahrt sollte noch ein Teebesuch bei Verwandten eingeschoben werden. Da wir zehn Minuten Verspätung hatten, wartete meine dortige Tante schon im Schloßhof, in den man durch ein schönes altes Steintor einzufahren hatte. Trotz Rückschalten und guter Ratschläge meines Vaters landete meine Mutter voll mit dem rechten Kotflügel an des Tores Vorderkante. Die Begrüßung war trotz des Knalles als Begleitmusik unserer Ankunft herzlich und der Tee schmeckte vorzüglich. Ich aber beschloß, so schnell wie möglich in Düsseldorf meinen Führerschein zu machen.

Seit Eberbach hatte sich meine Märklin-Bahn langsam aber stetig zu einer relativen Großanlage entwickelt. Acht Lokomotiven, der entsprechende Wagenpark und fünf getrennte Stromkreise waren verfügbar, aber wo aufbauen? Das Problem löste sich am leichtesten zu Weihnachten nach den Weihnachtsgottesdiensten. Da gab es vierzehn Tage Ferien für den Chor. Der Saal stand also zur Verfügung. Aber woher die Tische nehmen? Das Problem sprach sich bei den vier Pastoren herum, und zu meiner großen Überraschung und Dankbarkeit bot mir einer nach dem anderen etwa acht Tische aus seinem Gemeindebezirksraum an. Auf 32 Tischen konnte eine Großanlage installiert werden. Mindestens die Hälfte der Jugendlichen aus dem Männerchor der Kantorei halfen beim Aufbauen mit, so daß ich ab zweitem Weihnachtsfeiertag für die Öffentlichkeit nicht mehr zu sprechen war. Nach zwei Tagen war die Anlage einschließlich der Landschaft, Brücken, Bergen und Tunnels fertig und die Zeit der »Gastspiele« begann.

Kinderchöre waren die ersten, aber der Andrang interessierter Erwachsener war erstaunlich. Von den Pastoren und ihren Bibelkreisen angefangen bis zum Presbyterium und zu Honoratioren aus der Gemeinde kamen sie alle. Von älteren Gemeindegliedern war zu hören, sie hätten vom Pastor auf ihre Frage, ob nächste Woche Bibelstunde sei, zur Antwort bekommen, nein, das ginge nicht, sie müsse ausfallen, da alle Tische von Herrn von Kameke für das Eisenbahnspielen gebraucht werden.

Mit besonderer Freude schilderte meine Mutter – zu Weihnachten mit meinem Vater mein ständiger Gast –, daß sie eines Tages die Tür nach dem Klingeln aufmachte, vor ihr stand ein würdiger, älterer Herr mit wenig Haaren und sagte: »Ich bin Professor Hans Klotz« (Straube-Schüler, einer der namhaftesten Organisten der damaligen Zeit, aus Köln angereist), »ich bin von Ihrem Sohn zum Eisenbahnspielen bestellt.« Märklin-Bahn als Kommunikation zwischen Jung und Alt. Wer wußte das nicht! Mir half sie durchaus, meinen Chor zu vergrößern, Kontakte zu schwierigen Leuten herzustellen oder auch deprimierte, alte Leute fröhlich zu machen.

Es gibt alles mögliche, Psychotherapie, Physiotherapie, Bewegungstherapie, Musiktherapie etc., aber es gibt auch »Eisenbahntherapie«. Das sollte viel mehr Leuten klar werden, zum Beispiel in Wartezimmern bei Zahnärzten oder Kinderärzten. Da könnte »spielend« manche Angst genommen werden. Meine großzügigen Pastoren jedenfalls schienen gar nicht unglücklich zu sein, daß sie vierzehn Tage wegen meiner Eisenbahn keine Gemeindekreise versammeln mußten. Ich dankte es ihnen, indem jeder nach Herzenslust mitspielen durfte. »Wenn ihr nicht werdet wie die Kinder«, auch hier paßt dieses wichtige Bibelwort.

Erste Reise nach Brasilien

Aus der lebhafter werdenden Korrespondenz mit Theodor Heuberger ergab sich, daß ich zuerst nach São Paulo kommen, dort auf dem »Sitio das Figueiras« einen Kurs mitmachen, Dirigierkurse und den Chor leiten sollte. Nach meinen Erkundigungen sollte Englisch Unterrichtssprache sein. Ich nahm sofort Stunden hierfür in Düsseldorf und erforschte mit meinem Lehrer alle nur denkbaren musikalischen Fachausdrücke, um auf die neue Aufgabe gut vorbereitet zu sein. Was heißt »Zäsur« oder »Schreck-Atem«? Was »Agogik« oder »Abtakt« auf Englisch?

Die sommerliche Jahreszeit erlaubte es mir, die erste Schiffsreise in meinem Leben zu planen: Es sollte mit dem italienischen »Federico C« von Genua nach Santos gehen. Vorfreudenvolle Anreise von Düsseldorf nach Genua. Da lag es, das herrliche weiße Schiff mit dem gelben Schornstein. Eine schöne Außenkabine wurde bezogen und das erste Abendessen noch im Hafen eingenommen. Am kommenden Morgen sollte es losgehen. Mit vielen Passagieren stehe ich erwartungsvoll an der Reling, um alle Zeremonien der Abreise mitzuerleben. Auffallend eine immer größere Nervosität unter der Besatzung und auch den Passagieren, alles in rasend schnellem Italienisch. Ich verstehe keine Silbe. Da kommt von Land ein Zug vieler nicht sehr vornehm aussehender Leute und ruft in Sprechchören: »Federico, non partire, non partire!« Das verstehe leider auch ich: Aufruf zum Streik! So war es auch. Der schöne weiße Riese blieb liegen und man hatte die Wahl, vierzehn Tage später mit einem französischen Dampfer zu reisen oder zwei Tage später mit einer DC 6 von der Alitalia 26 Stunden nach São Paulo zu fliegen.

Meine Güte, was für eine Enttäuschung, was für ein Schock! Da freut man sich auf eine vierzehntägige Seereise, habe auch die Erholung dringend nötig, und dann sorgen die italienischen Lohnforderungen dafür, daß man unfreiwillig »in die Lüfte« geht. Konnte denn eine Unternehmung oder größere Reise einmal ohne Zwischenfälle und Überraschungen verlaufen? Es sollte so bleiben, aber ohne dergleichen wäre es wahrscheinlich zu diesem Buch nicht gekommen.

Ich flog also von Mailand über Lissabon (5 Stunden), Kapverdische Inseln (9 Stunden), Rio (11 Stunden) nach São Paulo. Glücklicherweise konnte ich bei meinem Bruder, der dort um diese Zeit deutscher Konsul war, wohnen.

1959 war São Paulo noch eine faszinierende, aufstrebende Metropole mit einer Hochhaus-City, aber auch vielen wunderschönen Wohnvierteln, vermutlich nicht einmal halb so groß wie heute. Mit großem Getöse durchquerten die Innenstadt die alten Straßenbahnen (bonds), die so überfüllt waren, daß man nur aufspringen und auf dem Trittbrett außen mitfahren konnte. Menschentrauben hingen an einem solchen Wagen, nicht unähnlich ausschwärmenden Bienenvölkern. Buntes Treiben, farbenfroh gekleidete, meist junge und vergnügt aussehende Menschen, darunter zahlreiche dunkelfarbige, bildhübsche Mädchen, die berühmten »Morenas«. Das alles bestimmt das Stadtbild und fesselte den Neuling aus Mitteleuropa von Tag zu Tag mehr.

Im Straßenbild fielen mir sogleich die sogenannten Lotacões, die Linientaxis, auf, die auf bestimmten Hauptstraßen hin- und herfahren. Man kann sie beliebig anhalten und zu- oder aussteigen, wo man will. Der Preis ist ein Fixum, für unsere Begriffe absolut lächerlich gering. Noch heute frage ich mich, warum wir nicht lange schon ein solches Alternativsystem als

Hilfe zur Bewältigung unseres öffentlichen Nahverkehrs in deutschen Großstädten eingeführt haben.

Die erste Begegnung mit einer brasilianischen Orgel in der Igreja Summaré hätte mich mehr interessiert oder kühler gelassen, wenn ich auf diesem Gerät nicht ein Orgelkonzert hätte spielen sollen. Nur an Registerzahl größer, sonst absolut auf dem Niveau der Thüngener Dorforgel, allerdings mit elektrischem Gebläse. Das war die erste Herausforderung. »Ihr Konzert ist schon jetzt ausverkauft«, wurde mir freudig mitgeteilt. Und in dem Unterton lag Stolz und Erwartung eines großen Konzertes eines deutschen Orgelvirtuosen.

Wie gerne hätte ich diese Erwartungen erfüllt. Wie gerne hätte ich eine Marcussen- oder Frobenius-Orgel aus Dänemark oder eine solche von Rudolf von Beckerath aus Hamburg mitgebracht. Beginn einer jahrelang zu ertragenden Diskrepanz: Zu Hause fast nur erstklassige Instrumente, oft aber leider auch magerer Besuch, hier meist zwischen 800 und 4.000 Menschen, und in den meisten Fällen ein künstlerisch völlig unzureichendes Instrument. Trotzdem mußte das Programm anspruchsvoll sein. Das Präludium und Tripelfuge in Es-Dur sowie die Trio-Sonate G-Dur von Bach waren dabei, ebenso Regers Fantasie und Fuge d-moll op. 135 B sowie Alains Litanies und Messiaens »Dieu parmi nous«.

Einer der führenden Pianisten Brasiliens, Fritz Jank, kam nach dem Konzert auf die Orgel und machte mir unter anderem Komplimente für die Detailarbeiten, Artikulation und Verzierungen. Nun, das hatte ich in Heidelberg gelernt und konnte es »vorzeigen«. Ansonsten ein Vergnügen, nach einem Orgelkonzert so viele Menschen begrüßen zu können. Sie strömten auf die Orgelempore. Jeder fand etwas anderes am Schönsten. Begeisterungsfähigkeit, Spontaneität und das Bedürfnis, Eindrücke auszusprechen, das waren für mich völlig neue Erfahrungen. Schade nur, daß die hübschesten Mädchen alle offensichtlich Reizendes zu sagen schienen, leider aber in rasendem Portugiesisch mit viel Hand-Gebärdensprache; ich verstand kein einziges Wort, konnte dafür aber manches Küßchen durchaus einheimsen.

Ferienkurs in São Paulo 1959

Am Anfang gab es eine Lehrer-Konferenz. Mindestens 20 Dozenten, die meisten Brasilianer, der Leiter: Roberto Schnorrenberg, Dirigent und mit Brasilien in allen Lebenslagen vertraut. Bei einer Tasse Kaffee begannen die Dozentinnen, sich über die Frisöre von São Paulo zu unterhalten, wo man die besten Dauerwellen bekäme, wer am besten färbe usw. Plötzlich sprang Herr Schnorrenberg dazwischen und rief empört: »Ich verbitte mir, daß in Gegenwart von Maestro von Kameke über Haare geredet wird!« Ich hatte leider schon damals nur wenige davon, hatte aber durch diese Bemerkung den Vorteil, allen Kolleginnen und Kollegen von der ersten Zusammenkunft an mit Namen persönlich bekannt zu sein.

Im ersten Klassenunterricht stellte sich sogleich heraus, daß unter den Studentinnen und Studenten kaum einer Englisch sprach. »Fala portuguez, Professor!« war die allgemeine Auffassung. Durch die harte Schule Calise Forells in Schweden gegangen, nahm ich diese Herausforderung an und lernte beim Unterrichten so gut ich konnte Portugiesisch. Daß langsam devagar und schnell depressa heißt, war schnell zu begreifen. Aber vieles ging nur mit Händen und Füßen, und genau das konnte man sich ja gut von den jungen Brasilianern absehen. Auf solche Weise lernt es sich charmant und relativ mühelos. Es macht ohne Frage Spaß. Ich versuchte also selbst, so viel zu lernen, wie ich mich bemühte, den Studenten Musikalisches beizubringen.

Mein prominentester Kollege war Pierre Barbizet, der wunderbare französische Pianist, der in Europa vor allem durch seine herrlichen Duo-Konzerte mit dem Geiger Christian Ferras bekannt geworden war. Wir verstanden uns sofort bestens. Er schimpfte nur auf die Vorliebe der Brasilianer für Vivaldi.

»He is empty«, war seine wiederholt geäußerte Kritik. Ich widersprach ihm teilweise unter Hinweis auf Johann Sebastian Bach, dessen Bearbeitungen Vivaldi'scher Violinkonzerte für Cembalo oder Orgel doch eindeutig auf seine Bewunderung für den berühmten Italiener hinwiesen. »Bien sur, mais j'adore beaucoup plus Jean Sabastian Bach lui-même que son contemporain d'Italie.«

Ich nahm ihn beim Wort. »Wollen wir beim Abschlußkonzert zusammen eines der Doppelkonzerte von Bach spielen?« »Avec grand plaisir, que pensez-vous sur le do majeur?« Da war es wieder, mein geliebtes, mit Emotionen, schönen und wehmütigen Erinnerungen verbundenes Konzert. Wir spielten es im Teatro Municipal, waren aber zuvor schon als Duo beim deutschen Generalkonsul aufgetreten. Er hatte einen Empfang für uns gegeben. Dort erklangen zum Vergnügen zahlreicher Brasilianer Militärmärsche von Schubert, gespielt von einem Franzosen und einem Deutschen. Im Jahr 1959 wurde das noch als etwas Besonderes empfunden.

Pierre Barbizet, der Autor und Roberto Schnorrenberg am Klavier

Senhor Chopin

Ein anderer Pianist, den ich kennen lernen sollte, war Oriano de Almeida. An Begabung, Gedächtnis, Bildung – er sprach mindestens fünf Sprachen fließend – und pädagogischer Meisterschaft stellte er so ziemlich alles in den Schatten, was ich bisher erlebt hatte. Er hatte im brasilianischen Fernsehen in der Sendung »Alles oder nichts« in sechs Auftritten den großen Preis gewonnen. Geradezu Unglaubliches war von ihm verlangt worden. So sollte er zum Beispiel Auskunft geben, wann Chopin in Berlin auf der Durchreise nach Paris wo gewohnt habe, wen er getroffen und was es zum Essen gegeben habe. Dabei wurde ihm eine falsche Jahreszahl angegeben. Almeida konnte nachweisen, daß diese Zahl nicht stimme, daß über die Person und das Essen nichts, wohl aber das Datum bekannt sei. Er hatte gewonnen. Der durchtriebene Moderator hatte ihn aufs Glatteis führen wollen.

In der Schlußsendung wurde eine Dame aus dem Publikum auf die Bühne gebeten. Ihr wurden die Augen verbunden, sodann eine Schere in die Hand gegeben und dann wurde sie an einen Tisch geführt, auf dem sich ein großer Notenstapel befand. »Gehen Sie mit Ihrer einen Hand dazwischen, ziehen Sie eine Seite hervor und schneiden Sie mit der Schere ein Stück ab.« Dieses Stück wurde Almeida übergeben. »Sagen Sie uns, was das ist, wann Chopin das Stück komponiert hat und spielen Sie es uns vor.« Er tat es und wurde in ganz Südamerika über Nacht berühmt als Senhor Chopin. Ich hätte ihm eine Weltkarriere wie Arrau prophezeit, aber dazu scheinen immer wieder Imponderabilien zu gehören, die wohl zu Begabung und Fleiß hinzukommen müssen und etwas mit Fortune oder der »Gnade der Geburtsstunde« zu tun haben und nicht jedem Menschen beschieden sind.

Letzte Wochen in Düsseldorf

Das Jahr 1959 war ähnlich ereignisreich für mich wie 1949: Erste Südamerika-Reise, dazu sollte es auch den Abschied von Düsseldorf bringen. Im Frühjahr war ich einstimmig an die Hamburger Hauptkirche St. Petri gewählt worden. Außerdem war es das Jahr meiner Eheschließung mit Karin Krueder, einer Deutsch-Brasilianerin, die ich in Düsseldorf kennengelernt hatte und mit der ich am Schluß der eben erwähnten Konzertreise in São Paulo Hochzeit feiern konnte.

Leider war 1959 auch das Todesjahr meines sehr geliebten und verehrten Vaters, der einen schweren Schlaganfall nicht überlebt hatte und in seiner zweiten Heimat, in Thüngen, unter großer Anteilnahme vieler Menschen seine letzte Ruhestatt fand.

Zwei Eindrücke, welche die Düsseldorfer Jahre abschlossen und abrundeten, sollen noch erwähnt werden:

Professor Derra, ein früher Pionier der Herzoperation. In einem öffentlichen Vortrag hatte ich diesen großen Chirurgen persönlich erlebt, und meine zweite Seele ach in meiner Brust, der latente Mediziner, wurde noch einmal voll zum Klingen gebracht. Er sprach über große Anfangserfolge neuer Methoden, am offenen Herzen zu operieren und insbesondere Kindern mit angeborenen Herzklappenfehlern erstmalig entscheidend helfen zu können. Durch Freunde erhielt ich buchstäblich zwei Tage vor meinem Umzug nach Hamburg noch die seltene Gelegenheit, zwei Herzoperationen in der Düsseldorfer Universitätsklinik von einem Besucherbalkon direkt über den Op-Tischen beiwohnen zu können und den Fortgang der Operation erklärt zu bekommen.

In erster Linie wurden noch die Unterkühlungsoperationen gemacht. Der Patient wurde in eine Eisbadewanne gelegt und auf, so viel ich weiß, ca. 25 Grad heruntergekühlt. Das ermöglichte, am eröffneten Herzen bis zu acht Minuten zu operieren. Dann allerdings mußte der Eingriff beendet sein. Es war also ein Wettlauf mit der Zeit. Als erstes konnte ich eine solche Operation beobachten und erleben, mit welchem Höchstmaß an Konzentration in dieser kurzen Zeit von einem ziemlich zahlreichen Ärzteteam der Eingriff durchgeführt und zum Erfolg gebracht wurde. Hier war der Defekt des nicht richtig funktionierenden Verschlusses zwischen rechter und linker Herzkammer beseitigt und dem Kind eine völlig neue Lebensqualität geschenkt worden.

Einen solchen Fall hatte Professor Derra in seinem Einleitungsreferat beschrieben, und ich erinnere noch sein spontanes, sehr persönliches Schlußwort: »Können Sie sich vorstellen, was es auch für den Operateur bedeutet, wenn ein Kind eingeliefert wird, das bisher kaum einen Schritt aus dem Bett hat tun können, und das einige Tage nach der Operation im Gang unseres Krankenhauses herumspringt und ruft 'seht doch, wie ich laufen kann!'«?

Noch aufregender war dann zu erleben, wie als damals große Novität für eine noch größere Operation der Einsatz einer neuen Herzklappe mit Hilfe der Herz-Lungen-Maschine durchgeführt wurde. Den Moment des Anschlusses des Kreislaufs des Patienten an dieses Wunderwerk der Technik zu erleben, ist für einen Nicht-Mediziner absolut unvergeßlich. Sofort kommen tiefgreifende Fragen auf: Kann es wahr sein, daß Technik für eine Weile unser Leben übernehmen kann? Läßt sich das Zentrum unseres Lebens genau im Körper lokalisieren oder nicht ? Diese Operation dauerte viel länger. Die Teams wechselten. Aber wieder faszinierte mich die Übereinstimmung von Ruhe, Konzentration und einer spürbaren Begabung, die die heilenden Hände des Chirurgen zu führen schien.

Bisher hatte ich gedacht, daß Musik und Medizin sich vor allem in der Zuwendung und Liebe zum Menschen begegnen, in der Ähnlichkeit von Diagnose und Interpretation. Hier aber, wie schon in Eberbach, erhielt ich große und wichtige Anregungen von der Kunst des Operierens für die Kunst professionellen Übens. Dabei kam ich mir sehr klein und bescheiden vor, denn es bedarf kaum einer Erwähnung, daß Verantwortung eines Operateurs so unglaublich viel höher liegt, geht es doch um das Leben von Menschen, daß man den Vergleich als Musiker nur von der viel bescheideneren Warte des mit Tönen Beschäftigten in der Haltung des dankbaren und lernbegierigen Schülers wagen darf.

Auf einem anderen Blatt steht ja, warum so viele Mediziner mit Leidenschaft, oft auch mit großem Können musizieren. In den meisten Chören, die ich geleitet habe, war eine der stärksten Berufsgruppen immer die der Ärzte. Warum? Weil sie selbst dieses Gegengewicht für ihren schweren Beruf brauchten und weil Musik nicht nur heilende Kräfte hat, die für viele Menschen eine therapeutische Wirkung ausübt, sondern weil sie auch eine Stärkung für den von seinem Beruf und der Tiefe der Verantwortung strapazierten Menschen bedeuten kann.

Hermann Stephani

Dank der Initiative von Gerhard Schwarz gab es in Düsseldorf von Zeit zu Zeit Fortbildungsseminare für Kirchenmusiker. Eines der einprägsamsten war ein Seminar über Orchesterdirigieren für Kirchenmusiker durch den Direktor der Nordwestdeutschen Musikakademie Detmold, Professor Hermann Stephani.

Er war einer der ersten, der sich systematisch mit dem schwierigen Thema von Chor- und Orchesterleitung in einer Hand beschäftigt hatte. Alles, was er sagte, betraf genau mein eigenes Hauptinteresse. Ich fühlte mich in vielem, was ich bis dahin praktiziert hatte, voll bestätigt und habe darüber hinaus sehr viel bei ihm gelernt. Er konnte wunderbar begründen, warum es ratsam ist, für das Orchester den Taktstock zu nehmen. Kurt Thomas war damals einer der prominenten Verfechter taktstocklosen Dirigierens. Daß beides etwas für sich hat, beweisen bis heute verschiedene große Dirigenten. Das soll hier nicht diskutiert werden. Stephani wies nur darauf hin, daß der Taktstock zu sparsamer Bewegung erziehe, ein Moment der Objektivierung in der Gebärdensprache des Dirigenten darstelle und zur Unabhängigkeit beider Hände beitrage. Die Taktstockhand hat sich um Rhythmus und Genauigkeit des Zusammenmusizierens zu kümmern, die linke gestaltet die Linien, führt melodische Abschnitte, bereitet Akzente vor und kümmert sich vor allem auch um die Dynamik.

Stephani verfügte selbst über eine exzellente Schlagtechnik und brachte uns vor allem den für jedes Orchester sehr deutlichen und auf Anhieb verständlichen Unterteilungsschlag bei, wenn in langsamen Stücken Achtel zu schlagen sind. Natürlich kam er auch etwa auf die berühmte Frage, wie man den Einleitungschor von Bachs Matthäus-Passion dirigiert und übte sehr eingehend das Rezitativ-Dirigieren, aber auch die Beherrschung des nicht einfachen Gebietes der Fermate, das heißt einer Note, die plötzlich lange auszuhalten ist. Die Frage ist für den Anfänger immer: Wie geht es weiter, wie versteht das Orchester, was ich will?

Stephani verstand aber auch eine Menge von Chor- und Orchesterpsychologie und konnte wunderbar verdeutlichen, wie notwendig bestimmte Grunderkenntnisse gerade für den im Orchesterdirigieren nicht so geübten Kirchenmusiker sind. »Machen Sie nie den Fehler, dem Orchester in der ersten Probe mitzuteilen, wie schön das Stück sei, was Sie zu spielen beabsichtigen. Das kann sehr schief gehen. Nehmen wir als Beispiel die Einleitung zu Bachs Johannes-Passion. Je mehr Sie ins Schwärmen kommen, wie herrlich die durchlaufenden Sechzehntelbewegungen in den Violinen und Bratschen seien mit allen ihren Modulationen und dem klaren Bewegungscharakter, den sie verbreiteten, stoßen Sie bei Celli und Bässen auf totales Unverständnis. Besonders die Kontrabässe haben nämlich in den ersten 32 Takten nichts anderes zu tun als alle zwei Schläge »blum« zu spielen. Jedem Chor muß Inhalt und auch Schönheit verdeutlicht werden. Das sind meist Laien, die solche Anschauungshilfe brauchen. Aber das Orchester will wissen, welches Tempo, welche Dynamik, welche Stricharten, Zäsuren, Akzente Sie haben wollen, wo retardiert wird oder wo mit dem Chor zu atmen ist.

Der Zusammenhang von Atmung und Dirigieren wurde ebenfalls eingehend von ihm behandelt und jeder, der bei einem Stephani-Seminar dabei war, weiß für sein ganzes Leben, daß bei jedem Auftakt unbedingt mit Orchester und Chor eingeatmet werden muß. Gar kein Freund war Stephani vom gleichzeitigen Schlagen verschiedener Werte, wie es gerne im Unterricht geübt wird, also zum Beispiel rechts Vierviertel und links Dreiviertel gemeinsam schlagen. Er stellte sich vor uns im Profil und rief: »Schauen Sie sich bitte an, was ein Orchesterspieler von solchen Bewegungen hat.« Er sah, da er sehr übertrieb, rasend komisch aus, und wir alle hatten wohl nie in unserem Leben Dreiviertel und Vierviertel, auch nicht Duolen und Triolen gemeinsam geschlagen.

Stephanis Musikerpersönlichkeit hat mich so beeindruckt und begeistert, daß ich später von Hamburg aus durch mehrere Jahre privat zu ihm nach Detmold gefahren bin und große, zu dirigierende Werke mit ihm vorgearbeitet habe. Seitdem weiß ich, was Erwachsenenbildung bedeuten kann.

Wie von selbst meldet sich nun das Thema Eisenbahn wieder zu Wort. Die Übergangsphase Düsseldorf – Hamburg machte mehrere Fahrten notwendig, bei denen ich, da es sich zum ersten Mal in meinem Leben um bezahlte Dienstfahrten handelte, den Intercity Gambrinus 1. Klasse benutzen durfte. Für einen Kirchenmusiker, der zu Hause einen Messerschmidt-Dreirad-Kabinenroller fuhr, ein besonderes Erlebnis. Die Fahrplangeschwindigkeit hatte sich inzwischen dank der technischen Aufbauleistung der Bahn gesteigert. Neue Wagen boten wesentlich besseren Reisekomfort. Die ersten Züge überschritten die 100 km-Marke an Fahrplangeschwindigkeit. Die V 200 kam auf, jene Diesellok, die eine ganze Bahnepoche im deutschen Schnellzugverkehr geprägt hat. Es fuhr aber auf der Hamburger Strecke auch die 01^{10} mit Ölfeuerung, die eine längere Reichweite besaß als ihre kohlegeheizten Schwestern und im Fahrbetrieb durchaus ihre 120 bis 140 Stundenkilometer erbrachte.

Bei einer dieser Fahrten ereignete sich am Hauptbahnhof Bremen folgende Szene: Ich stehe im 1. Klasse-Wagen auf dem Gang. Mein Abteil habe ich für mich alleine und beobachte die Ausfahrt und den Lokomotivpark in der Nähe des Bahnhofs. Wir sind eben abgefahren, da drängen sich sechs Personen hinter mir genau in mein Abteil, machen es sich gemütlich, einer findet keinen Platz, da ich dort zu stören scheine und redet mich in jenem Deutsch an, das manche Landsleute lieben, wenn sie glauben, jemand auf irgendetwas Fehlerhaftes in seinem Verhalten oder Sosein hinweisen und ihn belehren zu sollen. »Entschuldigen Sie, aber Sie sitzen auf meinem Platz. Würden Sie den bitte freimachen. Wir haben nämlich alle reserviert. Gehen Sie doch bitte ein Abteil weiter.« Ich traute meinen Augen nicht, der Wagen halbleer, und ausgerechnet zwischen Bremen und Hamburg sollte mein Abteil reserviert sein? Das kam mir höchst unwahrscheinlich vor. »Verzeihen Sie, ich habe das Gefühl, daß Sie im Irrtum sind. Dürfte ich einen Blick in Ihre Fahrkarten werfen?« Was las ich: Reservierte Plätze 2. Klasse für den Eilzug Bremen – Wilhelmshaven! In Windeseile rechnete ich mir aus: 6 Personen 1. Klasse IC Bremen – Hamburg und zurück, das sind ungefähr DM 720,--. Das schien mir zu viel. Nichts wie Notbremse ziehen! Das will aber ich machen. Jetzt oder nie, die Chance kommt nie wieder. »Sind Sie sich im klaren, daß Sie in den falschen Zug gestiegen sind? Sie sind im IC Gambrinus 1. Klasse nach Hamburg. Das wird sehr teuer für Sie, bevollmächtigen Sie mich, die Notbremse zu ziehen?« – »Ja, bitte, um Himmelswillen tun Sie das!« – »So hoch kann die Strafe nie im Leben sein«, sprach ich den Gästen und mir Mut zu, packte den verplombten Griff und zog. Ich brauchte dazu viel mehr Kraft, als ich gedacht hatte, vermutlich entsprechend der Extraktion eines mittelgroßen Backenzahnes, und mit Gequietsche, Gefauche und Gerucke kam unser Luxuszug zum Stehen.

Durch die Wagen eilende Schaffner. »Was ist passiert? Wer hat die Notbremse gezogen?« – Mit stoischer Ruhe meldete sich der Kantor aus Düsseldorf. »Ich!« – Dann schilderte ich dem inzwischen bedrohlich vor mir aufgepflanzten Zugführer die Lage, und siehe da, der Herr hatte viel mehr Einsehen, als ich zu hoffen gewagt hatte. »Wenn Sie nicht zu viel Gepäck haben, ist es das Beste, Sie steigen aus und laufen neben den Gleisen zurück nach Bremen« (ca. 2 Kilometer). So geschah es. Erleichtert stiegen die sechs Okkupanten meines Soloabteils aus. Ich glaube, sie haben mir dabei gedankt. Das Nachspiel im Zug war beachtlich. Zunächst fauchte es in unserem Gang erbärmlich. Ein Luftdruckventil wollte nicht zugehen.

»Das müssen Sie wohl noch ein bißchen üben, Herr Zugführer«, meinten spöttelnde Mitreisende. »Wir sollten die Notbremse öfter ziehen aus Übungsgründen.«

Im Speisewagen nahm ich noch ein bescheidenes Abendessen zu mir. Das Tischgespräch von drei Mitreisenden kreiste auch um das Thema »Notbremse«. »Wer mag die bloß gezogen haben? Der wird doch bestimmt eine hohe Strafe bekommen.« – »Ich war das!« warf ich lächelnd ein. Das schien ein Zauberwort gewesen zu sein. Drei Augenpaare trafen mich mit jener Mischung aus Neugierde und Bewunderung, wie sie sonst nur den Großen dieser Erde zuteil wird. Ich hatte über alle Einzelheiten zu berichten und verließ den Speisewagen mit dem Gefühl »Großes geleistet zu haben«.

Hauptkirche St. Petri in Hamburg

Rudolf von Beckerath (Orgelbauer)

Herausforderung St. Petri

Der Wechsel von der Düsseldorfer Friedenskirche an die Hamburger Hauptkirche St. Petri bedeutete für mich eine Herausforderung in vieler Hinsicht.

Zum ersten Mal in meinem Leben saß ich nun an einer großen, erstklassigen viermanualigen Orgel, gebaut von Rudolf von Beckerath, dem Hamburger Orgelbauer, der es in kurzer Zeit dank der großen Qualität seiner ersten Instrumente zu Weltgeltung gebracht hatte.

Hatte ich schon in Düsseldorf an der »kleinen Schwester«, einer dreimanualigen Beckerath-Orgel mit 34 Registern viel Freude gehabt, so bedeutete dieses Instrument mit seinen 60 klingenden Stimmen in jeder Hinsicht eine Bereicherung und eine Herausforderung für jeden Spieler, so auch für mich. Leider mußte ich eine sehr viel ungünstigere Akustik mit etwa 8 Sekunden Nachhall in St. Petri in Kauf nehmen, während es in der Düsseldorfer Kirche ideale 4 Sekunden gewesen waren. Das bedeutete vollkommene Umstellung auf neue, langsamere Tempi und eine ganz andere Spiel- und Artikulationstechnik als zuvor.

Die nächste Herausforderung war die zentrale Lage in der Mönckebergstraße, mitten im pulsierenden Großstadtleben Hamburgs, mit täglich Hunderten von Besuchern, darunter viele Ausländer. Aber bei der schon in den 50er Jahren einsetzenden Entvölkerung der Innenstädte fand ich eine in erster Linie durch Personalgemeinden von den drei Predigern, Hauptpastor und später Bischof D. Witte, D. Echternach und Pastor Lüders geprägte Gemeindestruktur vor, die ihre großen Reize, aber auch viele Probleme beinhaltete.

Will die Kirche ohne Wohngemeinde sich in der Vielfalt großstädtischer, auch kirchlicher Angebote halten, muß sie überdurchschnittlich sein und besonderes Profil zeigen. Dieses Profil war, wie ich meine, damals durch die Predigtqualität, die weit über Hamburg hinaus bekannte liturgische Tradition an St. Petri und ein entsprechend reichhaltig liturgisch gottesdienstliches Leben bestimmt. Dieses wurde entscheidend geprägt an St. Petri durch die von meinem Vorgänger und Lehrer, Professor Helmut Tramnitz entwickelte und systematisch aufgebaute Kirchenmusik, die sehr früh zu überregionaler Bedeutung gekommen war.

Profil entsteht durch Betonung bestimmter Aussageformen und die Kunst des Weglassens. Die Inkaufnahme einer gewissen Einseitigkeit ist dabei der unbequeme Lehrmeister. Jeder Mensch lernt hier, daß er niemals, was er auch tut, »every body's darling« sein kann.

Zum ersten Mal mußte ich auch keinen neuen Chor aufbauen, sondern fand in der Kantorei St. Petri einen erstklassigen Chor mit hohem Bildungsniveau und einer durch Jahre anerzogenen Affinität zu Gottesdienst und Liturgie vor.

Durch die vorausgegangene Konstellation Bischof Knolle – Helmut Tramnitz war an St. Petri etwas Besonderes entstanden: Pastor und Kirchenmusiker hatten gleiche Ziele, arbeiteten ständig zusammen und schufen so das ideale – leider zu selten anzutreffende – Verhältnis der Ebenbürtigkeit von Kanzel, Orgel, Wort und Ton, verklammert in der gemeinsamen Grundüberzeugung, daß beides Verkündigung des Evangelium in gleichem Maße ist.

Verkündigung in dieser lebendigen Polarität, basierend auf Luther und liturgischer Tradition, das war damals das klare Image von St. Petri.

Der Chor war vom ersten Tag an ein wunderbarer, aber auch alle geistigen und musikalischen, theologischen, psycho-

Der Autor an der Beckerath-Orgel Hamburg

logischen und physischen Kräfte des Dirigenten fordernder Partner.

Die damals etwa 80 Mitglieder umfassende Kantorei setzte sich im wesentlichen zusammen aus jungen Akademikern, Ärzten, Theologen, Lehrern, freien Berufen und vor allem Studenten. Dieser jungen und wichtigen Gruppe gehörte fast die Hälfte des Chores an.

Wunderbar, wird der Leser denken, und so dachte auch ich. Aber bald, nämlich zweimal im Jahr stellte sich mir ein neues und bisher unbekanntes Problem: Der erhebliche Wechsel der Mitglieder. Es war ein ständiges Kommen und Gehen in jedem April und Oktober und bedeutete intensive Werbung an den verschiedenen Universitäts- und Hochschulzentren und sorgfältige, oft zeitraubende Aufnahmeprüfung der neu aufzunehmenden Sänger. Ohne vom-Blatt-Singen und gute stimmliche Veranlagung war eine Aufnahme nicht möglich, wollte man nicht in kürzester Zeit einen rapiden Niveauverlust des Chores in Kauf nehmen. Das war sachlich vor allem gegenüber der anderen Hälfte des Chores, dem »harten Kern«, bestehend aus den Menschen, die durch lange Jahre kontinuierlich dazugehörten, absolut erforderlich. Statistisch bedeutete dieses, daß in meinen über 32 Amtsjahren an St. Petri durch ein ständiges Kommen und Gehen der Hälfte des Chores insgesamt fast 2000 Mitglieder diesem Chor angehört haben.

Die Schwierigkeiten waren dann besonders groß, wenn Werke wie Bachs Johannes-Passion oder sein Weihnachtsoratorium alljährlich aufgeführt wurden. Die eine Hälfte des Chores kannte praktisch alles auswendig, die andere keine einzige Note.

Wie von allein ergab sich, daß die jährliche Planung möglichst viele Stücke umfaßte, die dem ganzen Chor neu waren.

Die wöchentliche Probe reichte sachlich »hinten und vorne« nicht für den großen Aufgabenkreis. Eine zweite Probe scheiterte aber an dem Zeitmangel der meisten Mitglieder, auch an den zum Teil erheblichen Anfahrtswegen. Auch der Chor war »Personalgemeinde«. Bis zu 60 km Entfernung reichte das Umfeld, aus dem die Chormitglieder in großer Treue jede Woche anreisten. Oft kamen sie zwei- oder dreimal, denn es gab Generalproben und Singwochenenden vor großen Konzerten, und vor allen Dingen der sonntägliche Gottesdienst verlangte eine zweite wöchentliche Fahrt.

Seit ihrem Bestehen (1950) hat die St. Petri-Kantorei den Gottesdienst mit liturgischer und Figuralmusik mitgestaltet. Hier entstand ein geistlich-geistiges Band, das den Chor durch die Jahre zu einer ganz ungewöhnlichen, freundschaftlich verbundenen »Großfamilie« gemacht hat.

Eine nicht unumstrittene Klammer für die Gemeinschaft, aber von den meisten sogleich akzeptiert, war die liturgische Chorkleidung.

In den 50er Jahren war es wohl in ganz Norddeutschland, mit wenigen Ausnahmen, völlig unüblich und auch für die Chorsänger von St. Petri ungewohnt.

Als Symbol der Einbeziehung des Chores in das »Amt der Verkündigung« leicht zu begründen, wurde dennoch die Chorkleidung damals von vielen abgelehnt. »Zu katholisch« war ein immer wiederkehrendes Klischee. Die Mitglieder selbst hingegen spürten schnell, wenn sie den Chormantel am Sonntagmorgen anzogen, daß sie hier ein kleines Stück ihrer individuellen Persönlichkeit ablegten zugunsten der dem Gottesdienst zugewandten, menschlich-musikalischen und von der Liturgie her geformten Gemeinschaft. Dieses wurde von den meisten als etwas Besonderes empfunden und immer wieder Neuen gegenüber angeführt, die ihre Zweifel an dieser Einrichtung äußerten.

Auch Professor Helmut Thielicke, der große Theologe und begnadete Prediger, jedes Mal den großen Hamburger Michel bis auf den letzten Platz füllend, war kein großer Freund dieser Gewänder. So erklärte er in einer seiner Predigten: »Ich habe leider das Gefühl, daß man in St. Petri von Text zum Textil abgeglitten ist.«

Von der liturgischen Ausprägung der St. Petri-Gottesdienste schien er insgesamt nicht sehr begeistert gewesen zu sein, denn an anderer Stelle hat er seine Skepsis zur Aufteilung des Altarraumes in Epistel- und Evangelienseite mit folgenden Worten zum Ausdruck gebracht: »Es gibt in Hamburg Amtsbrüder, für die ist ein Gottesdienst erst dann ein Gottesdienst, wenn sie vor der Predigt mindestens viermal vor dem Altar von Steuerbord nach Backbord gesaust sind.«

Heute wird in fast allen Kirchen »gesaust«, und Chorgewänder haben zahlreiche Chöre. Die Frage ist nur, ob St. Petri noch das liturgische Zentrum Hamburgs geblieben ist. Doch davon später.

Neben der Betreuung der Gottesdienste fiel dem Chor – und das ist bis heute so — die Aufgabe zu, zwei bis drei große Oratorien-Aufführungen pro Jahr vorzunehmen.

Mein Bestreben war es, möglichst bald die Literatur sowohl der Oratorien, als auch der Motetten, vor allem in stilistischer Hinsicht zu erweitern. Darin lag die große Herausforderung der ersten Hamburger Aufbaujahre.

Hamburger Bach-Chor St. Petri
in der Hauptkirche St. Petri

»Sie sind einstimmig gewählt, ich gratuliere Ihnen, möchte aber auch sagen, einen einfachen Hauptpastor werden Sie nicht bekommen!«

Noch fast 38 Jahre später klingen diese Worte in meinen Ohren, als seien sie gestern gesprochen. Ich wußte, daß ich um das Wohlwollen dieses Mannes als erstes zu ringen haben würde, denn er galt als bedeutend und schwierig zugleich. Mit meinem Vorgänger hat er sich offensichtlich nicht gut verstanden, und an meiner Stelle hätte er, das wurde mir von mehreren Seiten berichtet, lieber einen anderen Organisten aus seiner früheren Gemeinde gesehen.

Hinzu kam, daß er meinen Vater viele Jahre zuvor bei verschiedenen Sitzungen als Präsident der Deutschen Evangelischen Bahnhofsmission kennengelernt und offensichtlich nicht geschätzt hatte. Er hielt ihn für einen überzeugten Pietisten und glaubte, daß auch ich ein solcher sei.

Beim Vorstellungsgespräch hatte er mich direkt gefragt, wie ich es mit der Liturgie hielte. Ich vermutete hinter dieser Frage die Absicht, herauszubekommen, ob ich ein »liturgischer Fanatiker« wäre und nahm Zuflucht zu einer – wie ich meinte – diplomatischen Antwort.

In ihrer großen inhaltlichen und musikalischen Vielfalt würde sie mir als der große Leitfaden durch das Kirchenjahr viel bedeuten, erwiderte ich, aber man müsse sich auch vor Einseitigkeit und zu starker Überbetonung hüten. In diesem Sinne habe mich das kürzlich veröffentlichte Hirtenwort des schwedischen Bischofs von Göteborg, Bo Giertz, sehr beeindruckt, in dem er auf die Notwendigkeit hinwies, beides für die Gemeinde im Auge zu behalten: Die liturgische Tradition, aber auch die persönliche Frömmigkeit, die bis zu Gebetsgemeinschaften reichen dürfte.

Wie ich einen Tag später hörte, hatte Hauptpastor Witte diese Antwort nicht gefallen. Er sah im Gegenteil seinen Verdacht bestätigt, hat aber angesichts der allgemeinen Zustimmung zu meiner Kandidatur nach bestandenen Orgel- und Chorproben diese Bedenken zurückgestellt und mir seine Stimme nicht versagt.

Einige Wochen später betrat ich mit meiner Frau etwas beklommen das Hauptpastorat in der Alten Raben-Straße zum Antrittsbesuch.

Da seine Frau schon damals sehr krank war, bestand das gastfreundliche Angebot an Labung aus einer Keksdose und einem Glas Wein.

Viel Freundlichkeit und Aufgeschlossenheit wurde uns zuteil. Das Gespräch wurde von Minute zu Minute lebhafter. Mein neuer Chef zündete sich genußvoll eine dicke Zigarre an, ich steckte mir als bescheidenen Kontrapunkt dazu eine Zigarette an.

Nach einer lebhaften Unterhaltung über die musikalischen Pläne der nächsten Zeit kam es, das erste und so unsäglich vernichtende Wort von Frau Hauptpastor, hineinfahrend wie der Blitz aus unbewölktem Himmel, wenn auch mit sanfter Stimme, beherrscht und ohne vorwurfsvollen Unterton gesprochen: »Ach, Herr von Kameke, würden Sie so lieb sein, die Keksdose nicht mit dem Aschenbecher zu verwechseln!«

Es war unsagbar. Hatte ich wirklich? – Ich hatte...! »Hölle, tue dich auf, Abgrund, verschlinge mich. Ernst-Ulrich, dein Dasein an St. Petri wird nun bald ein frühes Ende haben«, durchfuhren mich zitternd und drohend folgenschwere Gedanken.

Ich muß kreidebleich gewesen sein und eine sehr unbeholfene Entschuldigung gestammelt haben.

Hochwürden machten einen Witz, das Gespräch ging weiter, und von nun an wurden wir unerwarteterweise, von Woche zu Woche, Monat um Monat und die wenigen Jahre, die ich diesen schwierigen und großartigen Mann an St. Petri erleben durfte, immer bessere Freunde.

Einer der Augenblicke jener Zeit, die man nicht so leicht vergißt: Bei einer kleinen Rede zur Chor-Weihnachtsfeier sagte er zu uns: »Ihr sollt wissen, daß ich euch liebhabe!«

Witte war ein Meister der Kurzpredigt. Ein Gedanke aus einer biblischen Geschichte, ein Bild oder ein Choral-Vers zur Weihnachtsgeschichte, das genügte ihm, und daraus entwarf er ein theologisches Kunstwerk, das damals von vielen bewundert wurde und zahlreiche Menschen nach St. Petri gezogen hatte.

Hamburger Bach-Chor St. Petri
beim Einzug in die Christmesse

Eisenbahnspiel als Schmerztherapie

Längst hatte ich begriffen, daß es in besonders anspannenden Zeiten des Berufs hilfreich sein kann, die Märklin-HO-Anlage, wenn sie auch auf zwei Tischplatten viel Platz im Wohnzimmer wegnahm, aufzubauen und sich abends nach anstrengenden Proben oder Konzerten noch einige Minuten bei ihr zu erholen.

In Verbindung mit der ersten Aufführung der h-moll-Messe kam eine neue Erfahrung hinzu.

Wohl jeder, der dieses gewaltige Werk zum ersten Mal dirigiert, lernt neben all den musikalischen, theologischen und symbolischen Einzelheiten auch Disziplin und Psychologie im Umgang mit den eigenen körperlichen Kräften. Man ist als junger Dirigent ständig in Gefhar, bei dieser herrlichen Musik und der großen Zahl lebhafter und strahlender Chöre »zu viel des Guten« zu tun und sich mitreißen zu lassen, viel zu große Bewegungen zu machen, um das Letzte aus dem Chor und Orchester herauszuholen.

Bei mir ging das bis zum Ende des Sanctus gut, aber beim Hosianna, das in seiner achtstimmigen Doppelchörigkeit dem Chor noch einmal sehr viel abverlangt, hatte ich plötzlich das Gefühl, eigentlich nicht mehr zu können.

Der Autor beim Eisenbahnspiel
mit einem russischen Gast

Ein zweites Mal ist mir das nicht passiert. Von da an wußte ich, daß zu der großen Disziplin, die jeder Takt seiner Musik ausstrahlt, auch die eigene Disziplin – Verwirklicher aller geistig-musikalischen Impulse, aber keine unkontrollierte, ausufernde Körpersprache – gehört. Dennoch war es für mich eine wichtige und große Erfahrung, mit dieser ersten h-moll-Messe in meinem Leben herausgefordert zu sein und sich über die vermeintlichen eigenen körperlichen Kräfte hinaus und sich von der Musik durchflossen zu fühlen, Hilfe zu spüren, wie sie keine Morphiumspritze besser geben könnte.

Die nächste Aufführung brachte eine neue unerwartete Erfahrung mit sich. Durch das viele Stehen bei mehreren, fast dreistündigen Proben hatte sich eine »schwache Stelle« an meinem linken Bein entzündet, dort, wo sich neun Monate lang die Extension infolge eines komplizierten Oberschenkelbruches befunden hatte. Eine »Bohrloch Osteomyelitis«, teilte mir mein Hausarzt mit. Die Schmerzen wurden mit jeder Probe schlimmer und waren fast unerträglich nach der zweistündigen Aufführung in St. Petri.

Zu Hause angekommen, überlegte ich mir eins: Wie kannst du dich ablenken, um die Nacht einigermaßen zu überstehen? Du solltest Eisenbahn spielen, Kontrapunkt von Schnell-, Personen- und Güterzug am Tisch nach anstrengendem Dirigat der h-moll-Messe.

Dann passierte das Unvermeidliche. Der Personenzug entgleiste, natürlich genau am anderen Ende des Tisches und der Schnellzug raste hinein, weil ich versehentlich den Güterzug abgestellt hatte. Großes Tohuwabohu – voll von Selbstvorwürfen erhob ich mich langsam, bedächtig und mit größter Vorsicht von meinem Platz – doch, was war das...? Wo waren die erwarteten Schmerzen? Weg! Verschwunden, als seien sie nie dagewesen. »Du scheinst an schwerer Hysterie zu leiden oder bist ein übler Hypochonder«, beschimpfte ich mich, kam aber, da die Schmerzen nicht wiederkamen, in eine große Euphorie und machte mir klar, daß hypnotische Kräfte nicht nur bei begabten Heilern zu finden sind, sondern auch von einer ganz harmlosen Märklin-Eisenbahn ausgehen können. Man muß es nur richtig anfangen!

Erste Chorreise bei knapper Kasse

Nachdem sich seit den Eberbacher Jahren neben der Hauptttätigkeit am Ort Orgelkonzertreisen in verschiedene Länder entwickelt hatten, blieb es nicht aus, daß mein Chor an St. Petri in diese Aktivitäten einbezogen wurden.

Zur Erhaltung und Weiterentwicklung seines Niveaus brauchte er vielfältige Aufgaben und reizvolle Ziele. Neben dem Spannungsfeld Gottesdienst – Konzerte zu Hause ist das in erster Linie eine Konzertreise.

Wenn auch die Vorbereitungen unvergleichlich zeitraubender und komplizierter sind als eine Solistenreise, lohnt sich die Mühe auf jeden Fall.

Probenbesuch und Pünktlichkeit bessern sich schlagartig. Sonderproben oder Singwochenenden werden selbstverständlicher akzeptiert.

Die Herausforderung ist für alle spürbar. Das Programm wird sorgfältig bis in die letzten Einzelheiten geprobt. Alle Stücke sitzen nach einer solchen Reise »bombensicher« und bleiben Repertoire auch im heimatlichen Aufgabenbereich.

Die Vorbereitungen werden dadurch erleichtert, daß diese, wie die meisten späteren Chorreisen, auf vorausgegangene Orgelkonzertreisen von mir folgten. So lag es nahe, daß die ersten Reisen nach Skandinavien führten. Dort hatte ich inzwischen in allen vier Ländern gespielt und gute persönliche Kontakte zu zahlreichen Kollegen bekommen.

Schwierig war die Unterbringungsfrage, die Honorarfrage, denn viele der Gemeinden, in denen ich als Solist gewesen war, konnten nicht alle Unkosten unseres Chorbesuches übernehmen. Im allgemeinen wurde uns private Unterbringung des Chores in den jeweiligen Gemeinden und ein ziemlich bescheidenes Konzerthonorar zugesagt.

Reise- und Verpflegungskosten mußten von uns selbst aufgebracht werden. Bei dem damaligen hohen Anteil von Studenten und Schülern waren die Eigenbeträge aus dem Chor sehr gering. Man hatte um Zuschüsse von der Landeskirche, Banken und Firmen sowie beim Deutschen Musikrat zu bitten, und das war schon damals nicht einfach.

Die ersten Reisen wurden bei knappster Kasse angetreten, dennoch sind wir nie mit einem größeren Defizit heimgekehrt.

Zur Sparsamkeit auf Reisen, aber eigentlich auch während der gesamten Amtstätigkeit als Kirchemusiker, bedarf es genau so vieler Phantasie wie für das Musizieren.

So rechneten wir uns aus, daß bei einer vierzehntägigen Reise zum Beispiel 14 Mittagessen in teuren Restaurants für 60 Teilnehmer zu viel von der Reisekasse verschlingen würden und eine andere Lösung gefunden werden mußte.

Die ganze Reiseroute wurde nun mit Hilfe von Autokarten auf Orte überprüft, die wir auf dem Wege von einem Konzertplatz zum nächsten etwa um die Mittagszeit passieren würden. Da ich wußte, daß alle skandinavischen Kirchengemeinden über wunderbar ausgestattete Gemeindehäuser verfügten, schrieben wir die entsprechenden Gemeinden alle an und baten um Überlassung ihres Gemeindesaales und der Küche für eineinhalb Stunden an dem jeweiligen Durchreisetag. Als Dank boten wir ein Chorständchen für die dortigen Mitarbeiter der Gemeinde an.

Die Sache klappte wunderbar. Wir erhielten ausnahmslos sehr freundliche Zusagen. So konnte auch der Sektor »Mittagessen« vor Reiseantritt zu Hause durchgeplant werden.

Ein Kochteam aus dem Chor war schnell gebildet, die wichtigsten Nahrungsmittel wurden im Bus untergebracht, ein Speiseplan für 16 Mahlzeiten wurde vor Reiseantritt entworfen. Alle hatten ihren Spaß an dieser Lösung, und wir haben damals viel Geld auf diese Weise sparen können.

Eine andere Besonderheit konnten wir auf einer Fahrt einer zweiten Skandinavienreise in Finnland kennenlernen: den Exkursionswagen. Es handelt sich um eine hervorragende Einrichtung der finnischen Staatsbahn, die einer Reisegruppe ermöglicht, einen solchen Wagen für die Zeit der Reise durch dieses schöne Land zu mieten. Man findet diesen Wagen bei Ankunft in Turku vor, es ist ein Mittelding zwischen Schlaf- und Liegewagen, und dieser Wagen wird entsprechend zum Fahrplan der Konzertreise an alle planmäßigen Züge angehängt. Man hat somit kein Übernachtungsproblem und spart durch Nachtfahrten oft auch viel Zeit.

Das Problem lag an unerwarteter Stelle; bei Ankunft in Vaasa oder Gamla-Karleby fanden wir uns morgens etwa auf Gleis 14 des Bahnhofs wenigstens noch in Sichtweite zu den Bahnsteigen abgestellt und konnten den Bahnhof leicht finden. Schlimm wurde es, wenn wir aber abends nach den Konzerten bei Dunkelheit zielstrebig diesem Wagen auf Gleis 14 entgegeneilten, ihn dort aber nicht fanden, da er in der Zwischenzeit umrangiert worden war. Auskünfte des freundlichen Bahnpersonals waren nur in fließendem Finnisch zu erhalten, wo der Wagen sich befände. Und das wurde auf Finnlands größtem Verschiebebahnhof Tampere mit ca. 200 Gleisen ein echtes Problem. Wir suchten und suchten, bildeten schließlich Spähtrupps für je zehn Gleise, bis wir endlich zu wohlverdienter Ruhe kamen. Die Sache wäre einfacher gewesen, wenn einer von uns auf finnisch bis 200 hätte zählen können.

Das Programm enthielt meist zu Beginn mehrere Motetten alter Meister, wie z.B. »Die Himmel erzählen die Ehre Gottes« aus der »Christlichen Chormusik 1648« von Heinrich Schütz oder Motetten von Andreas Hammerschmidt, Carlo Gesualdo,

Hans Leo Haßler und anderen. Dann kam eine der herrlichen Bach-Motetten, danach Zeitgenössisches: Distler, Hessenberg, Reda, Kodaly, H. W. Zimmermann und E.-U. von Kameke waren darunter. Zum Schluß Romantik, wie zum Beispiel »Fest- und Gedenksprüche« von Brahms.

Interessanterweise bekamen wir von Anfang an meistens auf die modernen Stücke die lebhaftesten, oft begeisterte Reaktionen. Für mich war das eine große psychologische Hilfe, denn wohl jeder Chor ist schwer »bei der Stange« zu halten, wenn es um das Einstudieren neuer Musik geht, die schwer ins Ohr geht, rhythmische und Hörprobleme mit sich bringt und mehr Probenarbeit benötigt.

»Saß« ein solches Werk, besonders nach einer Konzertreise, war es für lange Zeit fester Chorbesitz und oft leichter abrufbar als die immer schwer bleibenden und viel Detailwiederholungen erfordernden Bach-Motetten.

Orgelkonzert in Kopenhagen bewirkt Dampflokomotivfahrt

Solo- und Chorreisen wechselten in den 32 Jahren meiner Hamburger Tätigkeit regelmäßig ab. Orgelkonzertreisen bedeuteten für mich selbst die größere Herausforderung: Sich künstlerisch bewähren auf internationalem Boden und dazu beitragen, daß dieses wunderbare Instrument herauskommt aus der Ecke des »reinen Kircheninstruments«, das es nie gewesen ist, Aufzeigen der unermeßlichen Vielfalt der Literatur. Was man dabei selbst lernt: Programmgestaltung.

Nach meiner Erfahrung kann das bestgespielte Orgelkonzert langweilig und ermüdend sein, wenn das Programm nicht die notwendigen Kontraste enthält. Stilistische Vielfalt gerade von Stücken unterschiedlichen Inhalts, verschiedener Formen, unterschiedlicher Tempi und dynamischer Abstufungen sind einige der wichtigsten Voraussetzungen für ein gutes Orgelprogramm. Dazu kommt immer die Aufgabe, das jeweilige Instrument mit all seinen Farben durch möglichst unterschiedliche Registrierungen vorzuführen.

Nicht ungefährlich sind für das Auge sich schön lesende »Zyklus-Programme« oder stilistisch wunderbar zusammengestellte logische inhaltliche Folgen.

Als ich einmal erlebte, daß ein prominenter französischer Gastorganist in Düsseldorf sein Programm mit zwei französischen barocken Orgelsuiten begann, war dieses für mich ein sehr lehrreiches Negativbeispiel. Die Ähnlichkeit der einzelnen Sätze bedeutete für den Hörer Ermüdung und Nachlassen der musikalischen Aufnahmefähigkeit.

Ähnlich erging es mir bei einem Bach-Abend eines prominenten deutschen Organisten, der alle fünf Orgeltoccaten

Bachs in einem Programm gespielt hat. Dieses würde ich nie nachvollziehen können.

Bei Orgelkonzertreisen lernt man auch schnelles Erfassen jeden neuen Instrumentes. Sie sind ja alle so unterschiedlich, wie sich der Laie das kaum vorstellen kann. Diese Umstellungsprobleme haben die früheren Generationen in der Form nicht gekannt und deswegen sind Registrierangaben aus Noten früherer Jahrhunderte sehr relativ zu nehmen, weil sie eigentlich immer nur für das Instrument gelten, was der jeweilige Komponist selbst gespielt hat.

Äußerste Anpassungsfähigkeit wird auch auf solchen Reisen verlangt durch die unterschiedlichen akustischen Bedingungen von Kirchen und Sälen.

Eine Legato-Passage muß ich heute bei trockener Akustik legatissimo spielen, morgen in einem Dom von 8 bis 12 Sekunden Nachhall aber nonlegato bis portato – ich muß also als Organist ständig meine Technik wechseln, um an verschiedenen Orten das gleiche musikalische Ergebnis zu erzielen. Das brauchen die beneidenswerten Pianisten, Geiger oder gar Sänger in weitaus geringerem Maße. Man muß wissen, worauf man sich einläßt, wenn man Orgelreisen antritt.

Fast jede meiner Skandinavienreisen begann in Kopenhagen in der dortigen St. Petri-Kirche. Dort hatte ich 1949 nach Rückkehr von meiner ersten Schwedenreise noch Propst Görnandt besucht, dessen vom Dritten Reich diktierten Abschied von Potsdam ich aus meiner Kindheit noch so gut in Erinnerung hatte. Deswegen und wegen des gleichen Namens meiner Hamburger St. Petri-Kirche hing ich an diesem ehrwürdigen Gotteshaus.

Aber auch hier traten gleich beim ersten Konzert unerwartete Begleitumstände auf: Am Flughafen holte mich ein sehr sympathischer Herr, Mitglied des Kirchenvorstandes, ab. Die

Unterhaltung im Auto geriet zu Anfang etwas mühsam, denn er fragte mich lauter Sachen nach Bachs Leben, wo er denn gelebt habe, wie alt er geworden sei und wie viele Kinder er gehabt habe. Ich hatte den Verdacht, er hielt derartige Themen für die einzigen, die man mit einem mitreisenden Musiker besprechen könne.

»Darf ich fragen, was Sie von Beruf sind?« durchbrach ich das nur bedingt interessante »Fachgespräch« – »Ich bin der Referent der Deutschen Bundesbahn bei der Dänischen Staatsbahn.« Das schlug nun wie eine Bombe bei mir ein. Ich richtete mich auf, verflogen war alles Gezwungene der bisherigen Unterhaltung, und mit ein paar Gegenfragen war meinem Gesprächspartner klar, daß wir weit Aktuelleres zu besprechen hatten. Die Zeit verging wie im Fluge. Wir sprachen über Fahrpläne. Dieseldampf- und E-Lokomotiven, wobei ich mir so viele Details wie möglich von den Plänen für die Zukunft der Dänischen Staatsbahn erzählen ließ.

An der Kirche angekommen, lachte mein freundlicher »Chauffeur« schallend und sagte wie befreit: »Sie glauben gar nicht, wie mir diese Abholung bevorgestanden hatte. Ich bin nämlich total unmusikalisch und hatte große Bedenken, worüber wir denn reden sollten. Nun bringen Sie mich auf mein Fachgebiet und wir sind ja fast Kollegen.«

»Kennen Sie in Hamburg den Präsidenten der Bundesbahndirektion Altona, Herrn Hellberg?« – »Nein, leider nicht.« – » Ich werde ihm sofort schreiben, von unserer Begegnung und von Ihren Eisenbahnkenntnissen berichten und ihn bitten, daß er Sie zu einem Besuch empfängt.«

Der Autor im Führerstand eines ICE

»Der Herr Präsident läßt bitten«

Ein wenig beklommenen Herzens betrat ich den großen Raum im Verwaltungsgebäude der Deutschen Bundesbahn in Altona. Mein Kopenhagener Freund schien als Thema »Fragen kultureller Betreuung im Bereich der Bundesbahndirektion Altona« vorgeschlagen zu haben, ein Thema, mit dem ich herzlich wenig anzufangen wußte. Ich wollte sehr viel lieber über Lokomotiven, Fahrpläne und Sozialfragen sprechen, das neue Stellwerk Altona kennenlernen und vor allem auf einer Dampflokomotive fahren.

»Ich begrüße Sie und freue mich, einen bahninteressierten Kirchenmusiker aus Hamburg kennenzulernen.

An St. Petri bin ich vor 35 Jahren konfirmiert worden, später aber aus der Kirche ausgetreten, was mich jedoch nicht hindert, Vorträge in der Evangelischen Akademie Loccum über Christentum und Technik zu halten und mit Bischof Lilje befreundet zu sein. Im Übrigen habe ich, bevor ich Techniker wurde, Philosophie bei Heidegger und Jaspers studiert und interessiere mich sehr für die Existenzphilosophie.«

Ich hatte kaum Platz genommen, kamen Präsident Hellberg und ich in ein äußerst lebhaftes Gespräch über die eben erwähnten Themen. Ich war vom ersten Augenblick an beeindruckt und begeistert von diesem ungewöhnlichen Menschen, den ich mir gänzlich anders vorgestellt hatte. Nach lebhafter Diskussion des Themas »Christentum und Technik«, bei dem wir uns schnell einig waren, daß Naturwissenschaft und Technik überhaupt keine Gegensätze zu christlichem Glauben darstellen müssen, kam der Präsident dann auf seine Tätigkeit und erzählte, daß er großen Wert auf gute persönliche Kontakte zu allen Mitarbeitern lege, insbesonders auch zum Nachwuchs.

»Schauen Sie, mein Arbeitszimmer hat einige moderne schmiedeeiserne Plastiken. Die haben mir junge Lokführeranwärter gemacht. Eines Tages habe ich sie in dieses Zimmer geholt und ihnen die leeren Wände gezeigt und gesagt: »Da stelle ich mir von Euch entworfene Metallplastiken vor. Laßt Eure Phantasie spielen. Ihr habt freie Hand. Ich freue mich sehr über alles, was Euch einfällt und was Ihr mir bringen werdet.« Ich war total verblüfft: Geschmackvolle, sehr unterschiedliche, durchaus als Kunstwerk zu bezeichnende, schmiedeeiserne Plastiken hingen an den Wänden und gaben dem Präsidentenzimmer eine interessante und ungewöhnliche Note.

Die Zeit verging wie im Fluge, und als ich nach 45 Minuten besorgt auf die Uhr schaute, sagte der Präsident sogleich: »Ach ja, Sie wollten aber doch mit mir über Kulturelles reden.« – »Aber das tun wir doch die ganze Zeit, Herr Präsident.« – »Nein, über die Bahn und Kultur natürlich!« –

Wir waren uns sehr schnell einig, daß das ziemlicher Unsinn war und daß ich nicht vorhatte, mich als Dirigent etwa eines Eisenbahner-Gesangvereins zu bewerben.

»Ich habe mich sehr gefreut, Sie kennenzulernen und ein so interessantes Gespräch zu führen«, verabschiedete er mich außerordentlich freundlich.

Nach dem Höhenflug dieses Gespräches wagte ich nicht zu stammeln »Herr Präsident, ich würde aber doch so furchtbar gerne einmal Dampflokomotive fahren.« Beeindruckt, dankbar und eine Spur enttäuscht verließ ich das Zimmer des Gewaltigen.

»Sie haben ja wohl auch ein paar konkrete Wünsche auf dem Herzen«, empfing mich draußen die Empfangsdame. »Wenn es Ihnen recht ist, lasse ich jetzt den persönlichen Referenten des Präsidenten kommen.«

»Was darf ich für Sie tun? Der Präsident hat mich beauftragt, Ihnen jeden Wunsch im Bereich unserer Möglichkeiten zu erfüllen.«

Beschämung, Überraschung und kindliche Weihnachtsfreude durchwirkten mich. Mit nichts dergleichen hatte ich gerechnet, und nun durfte ich einfach wünschen, was ich wollte!

»Am besten«, fuhr der Referent fort, »Sie sagen uns einen Tag, an dem Sie sich von frühmorgens bis spätabends Zeit nehmen. Dann machen wir Ihnen ein Programm.«

Um 6.30 Uhr war ich Zeuge des Lokverteilerplanes und von Gesprächen mit den Lokführern der schweren 01 in alle Himmelsrichtungen.

- 8.30 Uhr Besichtigung des neuen Gleisstellenwerkes.
- 9.30 Uhr Gespräch mit dem Lokomotivführer-Dezerenten

Von ihm wollte ich wissen, ob die jungen Lokführer angesichts der entstandenen Rohölbefeuerung der großen Dampflok und der Zunahme an Dieselloks noch die Heizerausbildung machen mußten. Zu meinem Erstaunen konnte er das nicht beantworten und holte mir sofort einen Fachdezernenten hinein. Solche Erlebnisse sollte ich an diesem Tag noch öfter haben.

- 10.30 Uhr Gespräch mit dem Leiter der Fahrplanabteilung.
- 11.30 Uhr ging es auf den Führerstand des Dieselschnelltriebwagens »Helvetia«.

Der Referent fuhr persönlich mit. Wir fuhren mit dem wunderbar entworfenen und damals sehr berühmten Luxuszug von

Hamburg nach Hannover. Dort Mittagessen in der Eisenbahnerkantine, nachmittags Rückfahrt auf der Dampflok 01 mit Kohlenfeuerung nach Altona vor einem Schnellzug Frankfurt – Hamburg.

Abschlußgespräch in der Altonaer Direktion mit sechs verschiedenen Abteilungsleitern. Das war für mich wirklich ein einmaliger Tag.

Man muß auch einmal gesehen haben, was ein Heizer auf einer Schnellzulok zu tun hatte. Mehr als 100 Zentner Steinkohle, fast den ganzen Wintervorrat meiner Hamburger Wohnung, hatte er zwischen Hannover und Hamburg zu verheizen.

Auf dem Führerstand wurde mir auch deutlich, welchen gesundheitlichen Strapazen damals das Lok-Personal ausgesetzt war. Von vorne ständiger Zug, Hitze aus dem Kessel, im Winter Kälte und im Sommer Hitze von außen dazu.

Mit großer Dankbarkeit verabschiedete ich mich vom Referenten nach einem hochinteressanten, einem wirklichen Traumtag für jeden, der Eisenbahn als Hobby hat. Ich hätte ihn nie erlebt, wäre nicht das Orgelkonzert in Kopenhagen zu einem so unerwarteten Ausgangspunkt hierfür geworden.

Vorbereitung eines Vortrags über „Musik und Eisenbahn"

Der Autor mit Justus Frantz,
nachdem er mit dessen Konzertpublikum bei einer Sendung von
„Achtung, Klassik!“ Kanons über Lokomotiv-Geräusche „erarbeitet“ hatte.

Zusammentreffen des Hamburger Bach-Chores mit dem Dresdener Kreuzchor in Stockholm

Die Vorgeschichte reicht in meine Eberbacher Zeit zurück. Dort erreichte mich 1951 ein Angebot des Dresdener Kreuzchores, im Herbst 1952 ein Chorkonzert in Eberbach zu geben. Da ich in meinen ersten Aufbaujahren dort einen Knabenchor gegründet hatte, kam mir dieses Angebot zur Stimulierung meiner eigenen Arbeit sehr zur Hilfe. Ich sagte zu und freute mich schon sehr auf den hohen Besuch im kommenden Jahr.

Leider sollte es anders kommen als geplant. Etwa acht Wochen vor dem Konzert des Kreuzchores verunglückte ich, wie im Abschnitt »Eberbach« beschrieben, mit einem nagelneuen, mühsam zusammengesparten Motorrad, einer BMW 250, auf der Neckartalstraße zwischen Eberbach und Heidelberg auf der Nachhausefahrt nach einer Probe mit Bachs Magnificat schwer. Ein entgegenkommendes Langholz-Fuhrwerk verlor, kurz bevor ich es passierte, einen seiner Ladebäume, der sich auf meine Fahrbahn legte. Wie durch ein Wunder kam ich mit dem Leben davon, wurde aber ins Eberbacher Krankenhaus mit Schädelbruch, mehreren Rippenbrüchen und einem komplizierten Oberschenkelbruch eingeliefert. Ich habe ein Jahr auf den Tag im Krankenhaus zubringen müssen, und dieser Unfall hat mich u.a. letztlich auch meine Promotion gekostet, an der ich damals in Heidelberg arbeitete.

Als der Kreuzchor Eberbach besuchte und Professor Mauersberger von meinem Mißgeschick erfuhr, beschloß er sogleich, mich mit dem ganzen Chor im Krankenhaus zu besuchen.

Der Flur vor meinem Zimmer war geräumig und hatte durch das Treppenhaus dazu eine vorzügliche Akustik. So kam ich –

und mit mir auch alle Patienten der Station – in den Genuß eines wunderschönen Knabenchor-Konzertes, das ich nie vergessen werde.

Ebenso unvergeßlich bleibt mir das anschließende Défilé des gesamten Chores an meinem Krankenbett. Groteskerweise war es damals noch damit verbunden, daß mindestens zwei bis drei offensichtlich politische Begleiter des Chores danebenstanden und – so schien es – kontrollieren wollten, daß keine politischen Themen in dem Krankenzimmer aufkommen würden. Heutzutage findet man solches geradezu lächerlich, und ich würde es selbst nicht glauben, wenn Herr Mauersberger bei der persönlichen Verabschiedung unter vier Augen mir das nicht vertraulich mitgeteilt hätte.

Alle Schmerzen in dem gebrochenen Bein waren durch die Musik und das Hineinschauen in so viel reizende Kindergesichter wie verflogen – Musiktherapie am Musiker! Später traf ich Mitglieder des Chores, die sich an diesen Besuch nicht wegen meiner schönen Augen, sondern der vielen Gewichte am Streckverband meines Bettes wegen, das wie ein halbes Industrieunternehmen ausgesehen haben muß, erinnerten.

Die paar Sätze, die ich damals mit Mauersberger gewechselt habe, waren so, daß man das Gefühl hatte, einen alten Freund wiederzusehen, den man seit Jahren kennt. Eine unbeschreibliche Güte, Herzlichkeit, Natürlichkeit, mit der sofort erkennbaren Ausstrahlung eines großen Dirigenten, aber auch einer Vaterfigur für einen solchen Chor in schwerer und sehr komplizierter Zeit, gingen von ihm aus.

Mir war sofort klar, daß Gott mit solchen Menschen einen Riegel vorgeschoben hat, der letztlich verhindern konnte, daß dieses atheistisch-kommunistische System der damaligen DDR auch solche jahrhundertealten und kulturpolitisch gleichbedeutenden Institutionen wie den Dresdener Kreuzchor und den Thomaner-Chor am liebsten beseitigt hätte. Das Gegenteil war wohl der Fall. Sie wurden als Aushängeschild der phantastischen Kulturfreundschaft des Staates benutzt und sicher auch manches Mal mißbraucht.

Zwanzig Jahre später kam es zu einer unerwarteten Wiederbegegnung während der zweiten Konzertreise meines Hamburger Bach-Chores nach Schweden.

Auch in Hamburg hatte ich in den Anfangsjahren einen Knabenchor gegründet und auf immerhin 40 Mitglieder gebracht. Meine Affinität zu diesem wunderschönen Aufgabenbereich eines Kirchenmusikers, stammend aus meiner eigenen Knabenchorzeit Potsdam, war so geblieben.

Schweren Herzens mußte ich diesen Chor nach meiner Berufung an die Hochschule aus Zeitgründen abgeben, aber ich habe für ihn in der damaligen Zeit mein inzwischen mehrfach aufgeführtes Kinderweihnachtsoratorium komponiert, dazu zahlreiche Kantaten, zum Teil mit Orff-Instrumenten, daß in dieser Zeit Kirchenmusik unter Hinzuziehung dieses Instrumentariums entstanden ist, die es so nicht häufig gibt.

Wie eine neue Unterstreichung der Wichtigkeit jeder Kinderchorarbeit gab es nun zu Eberbach eine gewisse Parallele, wenn auch unter völlig anderen Umständen.

Nach einem sehr erfolgreichen Konzert im Dom von Oslo und einer wunderschönen Eisenbahnfahrt durch die herrlich gefärbten skandinavischen Herbstwälder kamen wir eines Mittags in Stockholm an. Vor uns lag der einzige freie Abend dieser Konzertreise. Er sollte der Geselligkeit dienen, und wir hatten vor, in so etwas ähnliches wie eine Disco zu gehen, vergnügt zu sein und zu tanzen. In der Vorhalle von Centralstationen stürzte eines unserer Chormitglieder auf mich zu und sagte: »Eben habe ich ein Plakat gelesen, auf dem steht, daß heute Abend der Dresdener Kreuzchor in Stockholm singt.«

Noch in der Bahnhofshalle gab es sofort eine Generalversammlung unseres Chores – wir waren immerhin 60 – und ohne, daß ich etwas dazu sagen mußte, kam wie aus einem Munde der Entschluß: »In dieses Konzert wollen wir gehen!«

Ich finde es noch heute nicht selbstverständlich, daß so viele junge Leute zwischen 17 und 35 Jahren eine derartige Priorität gemeinschaftlich setzten. Zu unserer Verwunderung fand das Konzert nicht in einer der großen Stockholmer Kirchen statt – wir selbst hatten am nächsten Abend unser Konzert in der Stor-Kyrka, sondern im Konzerthaus. Was zu vermuten war, zeigte sich auf den ersten Blick auf das Programm: Offensichtlich war dem Chor von staatlicher Seite untersagt worden, in Kirchen zu singen. Er hatte auch mit Ausnahme einer Bach-Motette ausschließlich Volkslieder in seinem Programm. Etwas Dümmeres, Herr Ulbricht, konnten Sie sich für diesen wunderbaren Chor nicht ausdenken! Sie haben ein neutrales aber traditionsbewußtes Volk wie die Schweden vollkommen falsch eingeschätzt. Die Menschen haben den Zusammenhang verstanden und »mit den Füßen« abgestimmt. In der zweitausend Menschen fassenden Konzerthalle saßen, wenn es hochkommt, 150 Schweden, so daß unser Besuch das äußerst peinliche Bild noch etwas relativieren half. In der Pause sprach ich einige Schweden an, die meine Vermutung bestätigten. Sie fanden es dumm und empörend zugleich, einen weltberühmten Chor, mit dessen Namen jeder vernünftige Mensch sogleich »große Kirchenmusik« assoziiert, in einer Stadt wie Stockholm, mit diesen herrlichen traditionsreichen Kirchen, ausgerechnet in dem Konzerthaus auftreten zu lassen, das eine reine Instrumentalakustik hat, und dann noch einen Volksliedsatz nach dem anderen singen zu lassen.

Bei der Begrüßung danach zeigte Mauersberger wiederum die gleiche Herzlichkeit, wie ich sie in Eberbach erlebt hatte. Er erinnerte sich auch sofort an alle Einzelheiten und freute sich, mich gesund zu erleben. Als ich ihm die Geschichte vom spontanen Entschluß meines Chores erzählte, zeigte er sich sehr beeindruckt und bewegt. Auf der anderen Seite wirkte er bedrückt, weil am gleichen Tag zwei Jungen des Chores geflohen waren und in der deutschen Botschaft um Asyl gebeten hatten. Das hatte sich sofort herumgesprochen, kam in die Zeitungen und hatte zur Folge, daß der Chor ab sofort auf Schritt und Tritt von den ca. 10 Stasibegleitern beobachtet und bewacht wurde.

Ein weiterer Spontanentschluß kam aus meinem Chor: »Wir haben gehört, daß der Kreuzchor morgen Nachmittag mit »Bore III« (dem gleichen Schiff, mit dem wir einige Jahre zuvor gefahren sind) nach Finnland weiterreist. Wollen wir ihnen nicht an Bord ein Abschiedsständchen singen?« Natürlich war ich begeistert, und so kam es. Nur hatten wir unsere Rechnung ohne die damalige Stasi gemacht. Als wir an das Schiff kamen, wurde uns von einem Steward mitgeteilt, der Chor sei aufgrund der gestrigen Vorkommnisse unter Quarantäne und dürfte seine Kabinen nicht verlassen. Darauf erbat ich mir Zutritt zum Kapitän, besuchte ihn auf seiner Kommandobrücke und sagte zu ihm folgendes in seiner Sprache: »Lieber Herr Kapitän, Sie stehen, bevor Sie Stockholm verlassen, vor einer politisch wie menschlich gleichbedeutenden Aufgabe, die zu erfüllen ich Sie von ganzem Herzen bitte. Folgende Sachlage muß ich Ihnen schildern: Auf Ihrem Schiff befindet sich ein berühmter Chor aus dem Teil Deutschlands, der durch eine völlig widersinnige Mauer abgetrennt ist von dem anderen Teil des gleichen Landes, aus dem ich komme. Vor Ihrem Schiff befindet sich ein weiterer berühmter Chor, der heute Abend in Stockholm konzertieren wird unter meiner Leitung, der eben aus diesem anderen Teil unseren gemeinsamen Vaterlandes kommt.

Wie es in Berlin eine unsinnige Mauer gibt, so gibt es hier in Stockholm einen unsinnigen Graben zwischen diesen beiden Chören. Ohne Ihre Hilfe können sie nicht zueinander kommen. Mein Chor ist aber extra hierher gekommen, um diesen musikalischen Verwandten noch ein Abschiedsständchen zu bringen. Würden Sie uns bitte unter diesen Umständen erlauben, auf Ihr Schiff zu kommen und über Lautsprecher den Dresdener Kreuzchor aus irgendeinem fadenscheinigen Grund, ohne uns zu erwähnen, auf das Deck bestellen, wo wir aufgestellt sein werden. Dann überraschen wir die Herren von der Stasi und sie können dagegen nichts unternehmen.«

Ich hatte Glück, und der Kapitän hatte nicht nur Verständnis, sondern griff die Sache selbst sofort persönlich auf. Er kam sogleich mit zur Reling und veranlaßte, daß unser ganzer Chor ohne Tickets auf das Schiff gelassen wurde. Nachdem wir uns an Deck A versammelt und aufgestellt hatten, wurde über Bordfunk ausgerufen: »Der Dresdener Kreuzcor wird vom Kapitän gebeten, sich kurz zu einer Begegnung auf Deck A zu versammeln.« So geschah es. Ahnungslos kam der ganze Chor und mit ihm eine größere Zahl neugieriger und verblüffter skandinavischer Passagiere auf dieses Deck. Beide Chöre standen sich mehr oder weniger gegenüber, und ich hielt eine kleine Begrüßungsrede, wobei ich mir Mühe gab, die rechts und links vom Chor stehenden »Freunde« der Stasi besonders liebenswürdig anzulächeln. Ich sagte ungefähr folgendes:

»Lieber Herr Mauersberger, liebe Freunde des Dresdener Kreuzchores! Der Hamburger Bach-Chor St. Petri, der gestern von Oslo kommend spontan beschlossen hatte, als er Euer Plakat sah, in Euer Konzert zu kommen, hat heute ein zweites Mal spontan beschlossen, Euch vor Eurer Abreise nach Finnland noch einmal zu grüßen und zu verabschieden. Wenn uns auch zu Hause eine Mauer trennt, die wir uns alle nicht ausgedacht haben, wollen wir Euch bezeugen, daß wir zusammengehören und nicht nur einer Sprache sind, sondern Deutsche heißen und denselben Herrn im Himmel haben, dem wir durch unseren Gesang dienen und den wir loben wollen.« (Hierbei lächelte ich besonders direkt in die verduzten Gesichter der Stasi-Begleiter).

Dann sangen wir die Schütz-Motette »Die Himmel erzählen die Ehre Gottes«. Obwohl sie nicht auf dem Programm des Kreuzchores war, konnte er sie auswendig und fiel sofort mit ein. Ein schöneres Happening hat vermutlich die »Bore III« ganz bestimmt vor und nach dieser Begegnung zweier großer deutscher Chöre nicht erlebt.

Fast überflüssig zu sagen, daß unsere Chormitglieder für jeden Kruzianer eine Kleinigkeit mitgebracht hatten, die ihm nun übergeben wurde. In einer ganz reizenden kleinen Rede bedankte Rudolf Mauersberger für diese Überraschung, und aus unser beider Rede wurde für Chöre und Gäste, aber auch für die »Herren Stasi« ganz deutlich, daß Musik verbindet, wir eines Geistes sind und uns nicht von irgendwelchen wildgewordenen Politikern trennen lassen wollen. In diesem Gefühl haben wir uns umarmt und verabschiedet.

Ich glaube, daß unser Abendkonzert in Stockholms Stor-Kyrka noch eine unbewußte Qualitätskomponente durch dieses tiefgehende Erlebnis hinzubekommen hat. Als der deutsche Botschafter sich persönlich bei mir bedankte, erzählte ich ihm die Geschichte. Seine Reaktion war: »Das sollten wir aber sofort veröffentlichen. Das ist doch ein wichtiger positiver, kulturpolitischer Vorgang.« Ich bat ihn sogleich, lieber hierauf zu verzichten: »Ich halte es für besser, wir verzichten auf dieses an sich naheliegendes Vorhaben, damit wir der östlichen Seite nicht etwa den Vorwand geben, unser Chor hätte irgendetwas damit zu tun, daß zwei Dresdener Jungen den Chor verlassen hätten.« So ist aus diesem betrüblichen Grund eine Veröffentlichung unterblieben.

Umso erfreuter waren wir, als wir in Hamburg etwa vierzehn Tage später aus Dresden einen Zeitungsausschnitt erhielten, aus dem hervorging, daß die damalige Presse bei der Berichterstattung über die Konzertreise des Kreuzchores unsere Begegnung in Stockholm durchaus positiv erwähnt wurde. Wer dabei war, weiß um verbindende Kräfte durch Musik über alle noch so böswillig festgezurrten Grenzen. Deo gratias!

H-moll-Messe in Würzburg

Eine unserer ersten Chorreisen hatte die schöne Mainmetropole Würzburg zum Ziel. Dekan S. hatte uns eingeladen, dieses große Werk zusammen mit dem Orchester des Bayerischen Staatskonservatoriums Würzburg aufzuführen.

Von Anfang an gehobene heitere Stimmung bei allen Mitwirkenden. Die Mozart-Atmosphäre dieser mit viel Geschick wiederaufgebauten fränkischen Metropole und sehr schönes Wetter trugen als erstes dazu bei. Aber bei der persönlichen Begrüßung aller Orchestermusiker zur Generalprobe vormittags um 11.00 Uhr merkte ich deutlich, daß die meisten von ihnen fraglos ihr Frühschöpple guten Bocksbeutels hinter sich hatten. Besonders dem Orchesterpart des »Gloria« merkte man die heitere Grundstimmung aller Spieler an. Mühelos wurde das beschwingt flüssige Dreiachteltempo musiziert. Es klang alles sehr nach Mozart, aber das ist mir tausendmal lieber als zu deutsche Erdenschwere. Lediglich der Herr Pauker hatte seinen Part unterschätzt oder die Promillegrenze deutlich überschritten.

Im »Sanctus«, wo er die herrlichen Chorakkorde mit begleiten soll, unterblieb solches, während er einen halben Takt später in die kammermusikalischen Triolen der Chorterzette mit vollem Fortissimo hineinwirbelte. Man lachte, blinzelte sich zu und keinerlei tragikdurchwirkte Vorhaltungen von Seiten des Dirigenten wären am Platz gewesen.

Die Tonart, in der Fehler im Orchester zu korrigieren sind, ist eine große Kunst für sich. So habe ich zum Beispiel Carl Schuricht in größter Liebenswürdigkeit in Person und Sache bei Orchesterproben, auf der anderen Seite Hermann Scherchen mit verbalen Schwertern aus apokalyptischen Gefilden niedersausend erlebt.

Man kann ganz gut in den Gesichtern der nächstsitzenden Spieler ablesen, was das Orchester in solchen Fällen selber denkt: a) humorvoll übergehen, b) der Kerl hat eine deutliche Rüge verdient.

Letztere war bei dieser Probe fällig, als der Herr Pauker, da er offensichtlich die Bild-Zeitung für die Pausen auf seinen beiden Paukenfellen ausgebreitet hatte, vergaß, daß das »Osanna in excelsis« wiederholt wird. Am Abend habe ich sehr viel mehr Paukeneinsätze dirigiert als bei der komplexen Partitur der H-moll-Messe üblich ist.

Volle Kirche, wunderschön gelungene Aufführung. Ich war stolz auf meinen Chor, der das große, schwierige Werk nun wirklich in allen Details beherrschte.

In der Nachfeier erklärte Herr Dekan S. in einer reizenden launigen Rede, unser Konzert sei gleichzeitig das Abschiedsfest, das er als Dekan gebe, da er in einigen Tagen in Pension gehen würde. Alle Ersparnisse seines Verfügungsfonds wolle er aber seinem Nachfolger nicht so ohne weiteres überlassen. Deswegen hätte er beschlossen, meinen Chor zu jeder Menge Würzburger Stein, beste Lage, Silvaner Kabinett trocken, Gutsabfüllung mit Goldmedaille einzuladen.

Um 0.23 Uhr ging der Nachtzug nach Hamburg. Der Chor muß in volltrunkenem, aber von Fröhlichkeit und Sangesfreude geprägten Zustand ein absolutes Chaos in zwei Liege- und zwei Schlafwagen, in denen viele andere Reisende von München kommend friedlich ruhten, angerichtet haben.

Die Liederrepertoire, auf den Fluren dieser Wagen vorgetragen, reichte von Brahms' »Waldeslust« über »Fahren wir froh im Nachen» zu »Lilly Marlen«, aber auch zu dem herrlichen »Et resurrexit« aus Bachs H-moll-Messe. Nur, daß dieses Stück Bach bestimmt nicht für den Schlafwagen München – Hamburg komponiert hatte.

Es hagelte Beschwerdebriefe bei der armen Bundesbahn, nur: Für diesen Auftritt meines Chores konnte ich leider nichts. Ich war gar nicht dabei, sondern habe in Thüngen übernachtet.

St. Petri bedeutete nicht nur von Anbeginn, sondern im Laufe der Zeit eine in steigendem Maße große Herausforderung für mich. Sie beruhte nicht nur auf der Tatsache der entvölkerten Innenstadt und der sich hieraus ableitenden Notwendigkeit, besonderes Profil zu zeigen, sondern es kam dazu, daß andere Hauptkirchen in nächster Nähe lagen, so in 300 m Entfernung St. Jakobi mit seiner berühmten Arp-Schnitger-Orgel und St. Katharinen auf der anderen Seite, etwa 600 m entfernt, seit langem Hamburgs Universitätskirche. Es galt also, sich auch gegen diese gewichtigen Nachbarkirchen zu behaupten.

Mein Konzept bestand in der intensiven Weiterführung der Petri-Tradition: Pflege des gregorianischen Gesanges und der gottesdienstlichen Verankerung der Kirchenmusik einerseits, andererseits als Kontrastprogramm Einführung zeitgenössischer Kirchenmusik und Erweiterung der großen Konzertprogramme einschließlich regelmäßiger Konzertreisen.

Zur Schulung in der Praxis des gregorianischen Gesanges fuhr der Chor mit mir mehrfach nach Maria Laach und erlebte dort den wunderbaren Chorgesang der Benediktiner-Mönche. Anfänglich gerieten wir jedoch in freundschaftliche Diskussionen, weil den Mönchen unsere deutsche Meßpsalmodie nicht gefiel. Als das II. Vatikanum stattgefunden hatte, in dem die Landessprachen zur Einbeziehung in die Messe empfohlen wurden, änderte sich das allmählich zu unseren Gunsten, weil wir nun plötzlich diejenigen waren, die mit diesem Thema die schon größere Erfahrung hatten.

Um eine regulierte Kirchenmusik an jedem Sonntag zu erreichen, teilte ich den Chor in drei Gottesdienstchöre ein. Jeder hatte einmal im Monat Dienst, der vierte Sonntag wurde vom Kinderchor oder einem Soloquartett aus dem Chor bestritten. So hat St. Petri als eine der wenigen Kirchen Deutschlands durch Jahrzehnte bis in die Gegenwart sonntäglich Chormusik erlebt.

Musikalisch hatte das den großen Vorteil, daß die Sonntagssänger in einem wesentlich kleineren Chor viel mehr gefordert wurden als im Gesamtchor in den Konzerten. Außerdem wuchs durch diesen großen wöchentlichen Bedarf das Repertoire an A-cappella-Musik, also unbegleiteten Motetten, sehr schnell.

Hier führte ich nun langsam, aber beständig zeitgenössische Chormusik ein. Zu den Klassikern Distler und Pepping nahm ich vor allem einige Motetten Siegfried Redas, den ich oft in Düsseldorf erlebt und persönlich kennengelernt hatte, hinzu. »Reda müssen rollen für den Sieg«, frotzelte es im Chor. Doch das störte mich nicht, weil ich von der Qualität dieser Stücke fest überzeugt war.

Die Pflege zeitgenössischer Kirchenmusik wurde zu einem zweiten Aushängeschild an St. Petri und fand in einer Konzertreihe »Nova Musica Sacra« regelmäßig Gelegenheit zur Verwirklichung und öffentlichen Darstellung.

Um den großen Chor mit so vielen Aufgaben nicht zu überlasten, gründete ich einen übergemeindlichen Kammerchor, den »Ars Nova-Chor«, der eine ganze Reihe von Chor- und Erstaufführungen gesungen hat.

Unser erstes zeitgenössisches Oratorium wurde die Passion für Chor, Sprechchor, Solisten und Orchester des Berliner Komponisten Max Baumann, ein besonders im Wechselspiel von Chor und Sprechchor sehr eindringliches Werk, mit dem wir auf Anhieb großen Erfolg hatten.

Auch auf der großen Beckerath-Orgel gab es neben Buxtehude, Bach und Reger sehr bald die Hauptwerke von Alain, Messiaen, David, Hindemith oder skandinavischen Komponisten wie Erika Bergman und Sulo Salonen oder Thorsten Nilsson.

Ich selbst habe die kirchenmusikalische Praxis an St. Petri durch viele Jahre kompositorischer Arbeit begleitet. Viele Introiten entstanden als Alternativen zur Gregorianik, dazu Kantaten, eine liturgische Johannes-Passion für den Karfreitag, ein Kinderweihnachtsoratorium und Orgelwerke. Der entscheidende Unterschied zu früheren Jahrhunderten war nur, daß ich hierzu von niemandem beauftragt war, sondern im Gegenteil dieser Teil meiner musikalischen Aktivität von vielen als mein persönliches Hobby empfunden wurde.

Für mich war das Komponieren ein wichtiger Bestandteil der Herausforderung von St. Petri innerhalb des Hamburger Hauptkirchenkonzertes, und aus den drei Strömen Orgelspiel, Dirigieren und Komponieren habe ich meine künstlerischen Kräfte bezogen. Wie die Töne eines Dreiklanges bedingten sie sich gegenseitig und waren für mich Grundlage und Antrieb zugleich.

Im Zeitalter der Spezialisierung war mir klar, daß ich auf die Spitzenkarriere in einem dieser Gebiete verzichten mußte, aber welcher Erlebnisreichtum wurde mir auf der anderen Seite beschert!

Die Kirchenmusik an St. Petri zeigte also in den 60er Jahren diesen Dualismus: Gregorianik mit regelmäßiger Gottesdienstmusik – neue Musik und Konzerte bis zum zeitgenössischen Oratorium.

Daß dieses Konzept angenommen wurde, bewies der durch jahrzehnte stabile Mitgliederstand des Chores. Eine erste größere Veranstaltung in diesem Sinne war die Woche »Liturgie – geistliche Musik heute«, die vom 10. bis 20. Oktober 1963 stattfand, in der u.a. das Hilversumer Vokalensemble Kreneks »Lamentatio Jeremiae« sang oder der Norddeutsche Singkreis unter Gottfried Wolters die Schöpfungsgeschichte »Im Anfang» von Günter Bialas. Den Abschluß bildete eine ökumenische Abendmusik, zu der ich den orthodoxen Johannes Damascenus-Chor aus Essen und die katholische Gregorius-Gemeinschaft aus Hamburg eingeladen hatte. Hier wurde der Grundstein zu der später eingeführten St. Ansgar-Vesper gelegt, in der des ersten Hamburger Bischofs Ansgar gedacht wird. Sie findet seit 1965 jährlich am 3. Februar statt und zieht weit über tausend Gläubige der verschiedenen Konfessionen an.

Einer der musikalischen Höhepunkte bei dieser Vesper ist das deutsch-lateinische Magnificat, das vom katholischen und evangelischen Chor im Wechsel gesungen und zu einem schönen Symbol dafür wird, daß Musik keine konfessionellen Grenzen hat. Im Gegenteil. Von der Reformation an war sie ein stabiles und wichtiges Bindeglied zwischen Lutheranern und Katholiken.

Der zweite Höhepunkt lag oft in den Gastpredigten. Aus den vielen Gedanken, die hier alljährlich in St. Petri vorgetragen worden sind, möchte ich als eines der Beispiele den Abt der Benediktiner-Abtei Gerleve Clemens Schmeingosb zitieren: »Der Lobgesang in den himmlischen Wohnungen erklingt... nicht nur in konzentrischen Kreisen um den Thron des Allerhöchsten und des Lammes. Nein, vom Thron Gottes selbst kommt dieser Lobgesang.« – ein vielleicht ungewohnter Gedanke.

Der dreifaltige Gott selbst ist ein einziger, urgewaltiger Lobgesang, nicht monologischer, sondern dialogischer Lobgesang des Vaters und des Sohnes im Jubilus des heiligen Geistes. Wieso und warum ist der dreifaltige Gott ein einziger Lobgesang? Weil Gott, der dreifaltige Gott die Liebe ist. Und der Liebe ist es nun einmal eigen zu singen. Die Liebe singt. Schaut

Euch die Liebenden an. Sie fangen manchmal, obwohl unmusikalisch, auf einmal zu singen und zu dichten an. Der trinitarische Gott als Vater und Sohn im Heiligen Geist ist ewig Neues, ewig junges Lied der Liebe. Die Liebe singt. Der Sohn Gottes ist nicht nur das Wort, er ist im Herzen der Trinität ewiger Lobgesang auf den Vater im Jubilus des Heiligen Geistes. Melos Gloriae, Melodie der Herrlichkeit.« (Aus der Predigt am 5. Februar 1987 in der 23. St. Ansgar-Vesper zu St. Petri)

Regelmäßige Reisen nach Ost-Berlin

Der Wunsch, als Potsdamer meine alte Heimat und Berlin möglichst oft zu besuchen, war schon von Düsseldorf aus durch zwei Reisen erfüllt worden. Zuerst spielte ich in Potsdam 1956 in der Friedenskirche am Eingang des Parks von Sanssouci. Kurz danach besuchte ich das Heinrich-Schütz-Fest in Dresden.

Wieder waren es begleitende Umstände, die am stärksten in der Erinnerung haftengeblieben sind und ein bezeichnendes Licht auf die damalige Situation werfen.

Man konnte zu dieser Zeit noch mit der S-Bahn Berliner Zoologischen Garten nach Potsdam fahren. In Babelsberg wurde ich herausgeholt und gefragt, was ich in Potsdam wollte. Das Gepäck wurde eingehend untersucht, am meisten irritierte der Inhalt meiner Aktentasche mit französischen Orgelnoten. Sie wurden alle auf einen Tisch ausgebreitet und ein Vopo begann, dem anderen zu diktieren: »*Messiaen*«. – »Wat soll ick schreiben? Verstehst du det?« – »Ne, ick buchstabiere.« – So hatte ich das »Vergnügen«, – die Umstehenden übrigens auch – mindestens eine Stunde zu warten, bis mein Programm einschließlich der »Suite médiévale en forme de messe basse« von Jean Langlais mit Berliner Volkspolizeidialekt durchdiktiert war. »Wo ham'se denn Ihr Musikinstrument?» war die anschließende Frage. Ich fragte lächelnd zurück: »Herr Wachtmeister, haben Sie schon einmal eine Orgel im Koffer gesehen?« Viel Gelächter im Umkreis, und ich konnte in meine Heimatstadt weiterfahren.

Ebenso wurden die wunderschönen musikalischen Eindrükke beim Dresdener Schütz-Fest überschattet und beiseitegedrückt, als mich bei der Rückfahrt im Schnellzug Dresden – Berlin (Reisedauer damals fast vier Stunden) im Speisewagen drei junge DDR-Mädchen ansprachen: »Sie sind doch sicher aus dem Westen?« – »Ja, das habt ihr richtig erraten.« – »Dürfen wir gleich mal eine Frage an Sie richten? Warum will uns die BRD denn demnächst überfallen und Krieg gegen uns führen?« Ich glaubte meinen Ohren nicht zu trauen. »Wer hat euch um Himmelswillen denn diesen Unsinn erzählt?« – »Das lernten wir jeden Tag in der Schule. Nur deswegen machen Sie doch Ihre ganze Wiederbewaffnung!« Ich habe über dieses Thema bestimmt eine halbe Stunde mit den durchaus sympathischen Damen gesprochen. Ich kam aber gegen diese Schuldiabolik, der sie ausgesetzt zu sein schienen, sicherlich nicht an.

Die nächsten Besuche geschahen dann regelmäßig mit meinem Hamburger Chor in Ost-Berlin. Wir begannen in der Johannes-Evangelist-Kirche in der Nähe vom Übergang Friedrichstraße mit zwei Abendmusiken.

Gerammelt volle Kirche. Durch schikanöse Kontrollen am Bahnhof Friedrichstraße kamen wir in letzter Minute an. Herzliche Begrüßung vom Gemeindepfarrer. »Darf ich im Lauf Ihres Programms etwas zu Ihrer Begrüßung und zur Kollekte sagen?« – »Aber selbstverständlich, Herr Pfarrer, am besten nach der Bach-Motette »Der Geist hilft unserer Schwachheit auf.«

Was nun kam, wurde für uns alle zu einer unvergeßlichen Szene: Selbstsicher und mit zügigen Schritten betrat der Pfarrer die Kanzel. Nachdem er seiner Freude über das volle Haus Ausdruck gegeben hatte, sagte er zum Schluß, mehr und mehr vom Hochdeutsch in seinen Berliner Dialekt übergehend folgendes: »Liebe Gemeinde, nun muß ick noch wat Privates anfügen, Ich bin nämlich persönlich am Bahnhof Friedrichstraße gewesen, um unsere Gäste aus dem Westen abzuholen. Aber det dauerte und dauerte... Na, is ja klar, warum: Natürlich mußte unsere heißgeliebte Volkspolizei alle einzeln auf Kriegshetze und Revanchismus untersuchen! Und nun kann es sein, daß ich von der Sache ziemlich nervös jeworden bin und hier am Kircheneingang den einen oder anderen nicht janz freundlich bejrüßt habe, wie ick det sonst zu tun pfleje. Da habe ick nur eine jroße Bitte: Laßt mir det nich an de Kollekte büßen!«

Schallendes Gelächter in der Kirche im düsteren Ost-Berlin des Jahres 1965. – Volle Klingelbeutel und ein höchst beeindruckter Hamburger Gastchor von so viel Zivilcourage und Humor von einer DDR-Kanzel.

»Da war noch wat«, sagte der Pfarrer zu mir nach dem Konzert. »Vorige Woche war so'n Fatzke von dem Kirchenministerium bei mir und wollte wissen, was Sie hier wollen. Det is doch klar, habe ich jeantwortet, die wollen den Aufbau von unserem Sozialismus studieren! Det hat der Mann och jejlobt!«

Hunderte solcher Pfarrer hätte man der Kirche in diesen Zeiten der Anfechtung gewünscht. Er erzählte mir auch noch ein Überlebenskonzept: Er hatte sich mit einigen Amtsbrüdern systematisch mit Marxismus und Leninismus befaßt und machte daraus fast ein Spiel. Bei Besuchen von Funktionären, die ihn verhören wollten, führte er sie aufs Glatteis und schlug sie oft mit ihren eigenen Waffen durch viel bessere Kenntnisse und die Möglichkeit, sie mit auswendig gewußten Zitaten in ihren Klischees zu widerlegen. Nennenswerte Schwierigkeiten hat er mit dieser Methode, so viel ich weiß, kaum bekommen.

In den folgenden Jahren fuhren wir regelmäßig nach Köpenick, weil dort unter der Leitung meines Kollegen Manfred Heinig ein hervorragender, intakter Chor besteht. Es entstand bald ein freundschaftlicher Kontakt, der jede Begegnung für uns durchaus exzeptionell im Vergleich zu den sonst üblichen Ostbesuchen werden ließ.

Wo gab es das, daß man sich sonntagsmorgens um 9.00 Uhr, ohne sich zu kennen, auf der Orgelempore trifft? Das Programm ist vereinbart, achtstimmige Doppelchöre von Scheidt, Schütz und Bach.

»Wollt Ihr den ersten Chor singen? Dann singen wir den zweiten oder wollen wir uns mischen?« Motette Nr. 1 dirigiert Heinig, Nr. 2 Kameke usw. Keinerlei Schwierigkeiten! Es konnte einem schon unter die Haut gehen, wenn hundert Sänger alle Grenzen hinter sich lassend zu einer Einheit wurden und »Jauchzet dem Herren alle Welt«, »Singet dem Herrn ein neues Lied« oder »Ich lasse dich nicht, du segnest mich denn« sangen.

Natürlich spürten wir, was Musik diesen Menschen aus Köpenick bedeutete, welche Kraft von ihr ausging und wie viele Opfer in ihrem Berufsleben einzelne für dieses Musizieren im Kirchenchor gebracht haben.

Das kam deutlich heraus, wenn unsere Chormitglieder nach dem Gottesdienst alle auf die Häuser des Köpenicker Chores verteilt und zum Mittagessen eingeladen wurden. Daß wir selbst Gastgeschenke im Bereich des Möglichen mitgebracht hatten, versteht sich von selbst. Aber diese Tischgespräche waren genauso wichtig wie das gemeinsame Singen. Das gegenseitige Verständnis wuchs und mancher meiner »linksintellektuellen Studenten« der damaligen Zeit ist sicher nach solchen Besuchen sehr nachdenklich nach Hamburg zurückgekehrt.

Ich selbst konnte bei Tisch viel von meinen Erinnerungen an den Widerstand im Dritten Reich erzählen, auch vom Hinauswurf meines Vaters aus seinem Amt als Senatspräsident, weil er gleichzeitig Präsident der Berliner Mission war.

Aber auch hier ereignete sich bisweilen Humorvolles. Die Berliner haben die große Begabung, nicht Witze zu erzählen, sondern sie selbst zu machen. So saß eines Tages die Pastorin aus Köpenick am Tisch. Um eine Brücke zu schlagen, erzählte ich von meiner Kindheit in der Malche und meiner Großmutter. »Ja, und die Malche kenne ich. Fabelhaft wichtige Sache ist das, aber wissen Sie, mir persönlich sind die jungen Mädchen dort alle viel zu sehr uff Demut jetrimmt.« Da hatte ich es. Besser kann man einen Nagel nicht auf den Kopf treffen. Möge Frau Pastorin auch sonst auf der Kanzel und in der Seelsorge solche köstlichen, spontanen Einfälle haben.

Köpenick bedeutete meinem Chor so viel, daß sie alle durch viele Jahre hindurch wirklich erhebliche Opfer für diese Wochenenden gebracht haben. Man stelle sich das bitte plastisch vor: Fünfzig junge Hamburger, mitten im Studium und Beruf stehend besteigen sonnabendsfrüh nach einer für jeden anstrengenden Woche, in der es für Berlin auch noch Extraproben gegeben hatte, den Bus oder den eigenen PKW. Fünf Stunden mindestens mußte man bis Berlin rechnen, denn die Kontrollen in Horst und Staaken waren völlig unberechenbar und unter jeder menschlichen Würde, mit keinem Grenzübergang in der ganzen Welt zu vergleichen. In jedem PKW wurde der Hintersitz herausgerissen, mit einem Stab wurde im Tank herumgestochert, manchmal der Wagen aufgebockt, und der Ton, in dem wir von den Grenzsoldaten angesprochen wurden, spottete jeder Beschreibung. Noch heute hat man jenes beklemmende Gefühl in der Magengegend, wenn sie zu zweit in einen Zug kamen mit diesem mißtrauisch lauernden Gesichtsausdruck, bereit, uns bei einem einzigen unvorsichtigen Wort die Durchfahrt zu verweigern oder uns mehrere Stunden aufzuhalten. Natürlich entdeckten die »Herren«, daß wir alle Noten bei uns hatten. Zu gerne wollten sie wissen, wohin wir fahren. Immer hieß es einstimmig »West-Berlin«, denn wir hätten sonst riskiert, am nächsten Tag nicht in den Ostsektor Berlins hineingelassen zu werden.

Am Sonnabendabend sangen wir jedes Mal ein Konzert in West-Berlin, entweder in der Kaiser-Wilhelm- oder Kaiser-Friedrich-Gedächniskirche (beide leider mit sehr schlechter Chorakustik) oder in Spandau. Künstlerisch war dieses die eigentliche Herausforderung, denn hier hatten wir uns vor einem verwöhnten Publikum mit vielen Vergleichsmaßstäben zu bewähren.

Die Nacht war kurz. Nach jedem Konzert »muß« jeder Chor feiern – ohne den anstrengenden Sonntag zu bedenken. Spätestens um sieben Uhr hatten wir an dem damals wohl bestgehaßten Bahnhof Deutschlands zu sein: Bahnhof Friedrichstraße. Was für ein gräßlicher Anblick, diese den ganzen Bahnhof zerschneidende Milchglaswand, Symbol der Mauer und des Einsperrens eines ganzen Volksteils. Und dann diese Schlangen, die schmalen Treppen hinunter in das Gewirr unter den Bahnsteigen, ohne jede Aussicht, hier unter einer Stunde Wartezeit in miserabler Luft wieder herauszukommen.

Auch hier am Schluß der ruppige, selten höfliche, aggressive Ton, als ob wir alle potentielle Kriminelle seien, denen man alles Schlechte zutraut und sie das auch spüren läßt.

Mein Prinzip war, diese Leute anzustrahlen und möglichst zum Lachen zu bekommen, und so gut ich konnte für Entspannung zu sorgen. Heute denke ich manches Mal, wenn ich damals mit diesem freundlichen Gesicht photographiert worden wäre, wie schnell hätte man mich in den Verdacht heimlicher Zusammenarbeit mit der Stasi bringen können. Je unangenehmer die Vopos waren, umso freundlicher mußte man mit ihnen sein. Die gleiche Schizophrenie von Westbesuchern der DDR genau so gefordert, wie von DDR-Bewohnern, die zum Beispiel zu Hause von der Schandmauer sprachen, in der Öffentlichkeit aber von dem antifaschistischen Schutzwall zu reden hatten.

Einer der festzuhaltenden Zwischenfälle bei diesen Berlinbesuchen ereignete sich ebenfalls am Bahnhof Friedrichstraße. In der Schlange stand vor dem Kontrollschalter einer meiner besten Tenöre, J. L. aus dem Bach-Chor. Wie bei allen, wurde sein Personalausweis an der Rückwand durch einen Schlitz geschoben und kam nicht zurück. Es dauerte bestimmt zehn Minuten, nichts passierte. Kein Wort der Erklärung, eisiges düsteres Schweigen des Kontroll-Vopos. Der Ausweis kam mit einem weißen Zettel zurück: »Bitte kehren Sie um, Sie sind in der DDR nicht willkommen.« Alles Fragen nach dem Grund nützte nichts. Wir mußten unser Chormitglied, den Oberstudiendirektor einer Oberschule, verabschieden. Später hat er aber den Grund erfahren: Er war vor zwei Jahren in seiner thüringischen Heimat, um seine Mutter zu besuchen. Ein PKW der Volkspolizei versperrte die Einfahrt zum Grundstück. Zufällig traf er den Fahrer und bat ihn höflich, ob er drei Meter weiterfahren könne, um ihn auf dieses Grundstück zu lassen. »Für Leute aus dem Westen tun wir gar nichts, merken Sie sich das«, war die Antwort. Es folgte ein kurzer Wortwechsel. Aber das dicke Ende kam am folgenden Morgen. Anruf bei der Mutter von J. L. »Hier ist die Volkspolizei. Ihr Sohn hat die Gastfreundschaft unserer Republik mißachtet. Er hat innerhalb von zwölf Stunden die DDR zu verlassen.«

Diese absolute Lächerlichkeit wurde in das DDR-Informationssystem eingegeben und war zwei Jahre später am Bahnhof Friedrichstraße der Anlaß, daß unser Freund nicht nach Köpenick mitreisen konnte. Ich vermute, daß nach Erfindung des Computers einer der ersten Großkunden die Stasi gewesen sei.

Nach jeder Reise wartete zu Hause solide Alltagsarbeit, besonders das Unterrichten an der Hochschule und das eigene Proben forderten unbarmherzig ihren Tribut. Aber auch diese strenge Wirklichkeit wurde durch manche Überraschungen unterbrochen. So erlebte ich nach mehrstündigem Orgelüben an der St. Petri-Orgel beim Herunterkommen von der Empore zwei sehr unterschiedliche Begegnungen. Die erste Überraschung: Ein alter Herr mit noch weniger Haaren als ich, nämlich gar keinen, klein, energiegeladen, kommt auf mich zu und spricht mich an: »Entschuldigen Sie, sind Sie Herr von Kameke?« – »Ja, das bin ich.« – »Sind Sie nicht auch alter Potsdamer gewesen?« – Das kam mit jener schneidenden Kasernenhofstimme heraus, bei der ich sofort merkte, welch Geistes Kind mir gegenüberstand. »Nun, das kann man so nicht sagen. Ich habe dort meine Kindheit und Schulzeit verbracht. Vermutlich sind Sie ein wenig älter.« – »Na, wie alt schätzen Sie mich denn?« – Mensch, sei vorsichtig, rief mir meine innere Stimme zu. So erwiderte ich: »Ich denke, Anfang siebzig.« – »Das denken Sie? 84 bin ich, Donnerwetter nicht noch eins!« – Damit stapfte er zornig selbstbewußt auf den steinernen Fußboden. »Wissen Sie, was ich hier mache?« – »Nein, natürlich nicht.« – »Jeden Tag Punkt 12.00 Uhr gibt's hier eine kurze Bilanz vom Allerhöchsten und (mit noch schärferer Stimme) hinterher: Nischt wie rein ins volle Leben!« – »Großartig«, sagte ich – beinahe hätte ich dabei die Hacken zusammengeklappt.

Einige Tage später wurde ich am Ende der Treppe von einer abenteuerlichen Gestalt erwartet, ein völlig zerlumptes Etwas, sozusagen die Endstufe der Abwärtstreppe, die ein Mensch erreichen kann. Graue zottelige Haare über den Kragen fallend, zerschlissener, viel zu langer Mantel, zerfurchtes, krankes Gesicht, gebückte Haltung, traurige Augen, deren flehender Ausdruck aber etwas Anrührendes hatten, dem ich mich nicht entziehen konnte.

»Ich weiß, Sie bekommen einen Schrecken, mich hier so zu sehen. Entschuldigen Sie, daß ich Sie trotzdem anspreche. Ich bin nicht das, was Sie vermuten, sondern ich bin Geiger und kann Ihnen, wenn Sie es wünschen, Bachs Chaconne, aber auch Mendelssohns oder Beethovens Violinkonzert vorspielen.« – »Ja, aber wie um Himmelswillen sind Sie in diesen Zustand geraten?« – Wie eine Lebensbeichte kam nun die abenteuerliche Geschichte heraus, daß er nach der Entlassung aus französischer Gefangenschaft nach dem Kriege in Paris geblieben war, da er Jude sei. Seine ganze Familie habe er in deutschen KZs verloren und nach langem Suchen eine Stelle als Geiger in Paris gefunden. Das Orchester habe sich aber nach ein paar Jahren aufgelöst, er habe entschädigungslos auf der Straße gesessen und ein Leben unter Clochards begonnen. Dort sei er sehr krank geworden, eines Nachts habe man ihm seine Geige, das letzte, was er besaß, gestohlen und nun wolle er den letzten Versuch machen, wieder auf die Beine zu kommen und habe sich deswegen per Anhalter nach Deutschland und nach Hamburg durchgeschlagen.

Ich hatte das Bedürfnis, ihm zu helfen und ihn mit seinem Namen anzureden. Nachdem ich diesen erfahren hatte, sagte ich: »Herr Lichtenberg, ich glaube Ihnen Ihre Geschichte und will versuchen, Ihnen, soweit ich kann, zu helfen. Dazu muß ich aber Ihr Geigenspiel hören. Ein Instrument werde ich bis morgen beschaffen, aber als erstes müssen wir Ihr Erscheinungsbild ändern. Wir haben in unserem Kirchenbüro gesammelte Kleider. Ich werde dort anrufen, ob zu dieser Zeit jemand drüben ist. Warten Sie einen Moment, ich bin gleich zurück.«

– »Nein, ich will in kein Büro, ich will nie wieder mit Behörden zu tun haben. Ich habe so viel Schreckliches erlebt. Lassen Sie das bitte!« – »Herr Lichtenberg, das ist keine Behörde. Hier sind nur liebe Menschen, die Ihnen helfen werden. Glauben und vertrauen Sie mir.«

Es war nur ein kurzer Weg in die Martinskapelle ans Telefon. Dort stellte ich fest, daß Elfriede Buchholz, unsere treue Seele der Gemeindeverwaltung, da war und uns erwarten würde. Als ich an den Ausgang zurückkam, war Herr Lichtenberg verschwunden. Ich lief im Laufschritt um die ganze Kirche, Richtung Jungfernstieg und Rathausmarkt – nichts. Enttäuschung und das Gefühl, einen großen psychologischen Fehler begangen zu haben, befiel mich.

Der Tag nahm seinen Fortgang und endete mit einer Chorprobe am Abend. Beim anschließenden Gläschen Bier erzählte ich meine Geschichte von Herrn Lichtenberg. Zu meiner Überraschung reagierten zwei meiner Bässe so beeindruckt und erregt, daß sie ausriefen: »Das kann doch so nicht bleiben. Wir müssen den Mann suchen und wir werden ihn auch finden, wenn wir an die richtigen Stellen gehen.« – »Ich finde das ganz toll, daß Ihr jetzt um 11.00 Uhr abends mir noch helfen wollt. Was schlagt Ihr denn vor?« – »Wir beginnen bei Pik-As (der Hauptübernachtungsstelle für damalige Obdachlose) und gehen dann auf die Reeperbahn.«

Zum ersten Mal in meinem Leben lernte ich die Hamburger Nachtszene und das Milieu der sogenannten Unterwelt kennen. Wir erzählten unser Anliegen der Leitung des Pik-As und erhielten die Erlaubnis, durch alle Schlafsäle zu gehen. Den Eindruck dieses Rundganges möchte ich nicht näher beschreiben, jedenfalls bleibt er ohne Erfolg.

»Also weiter zur Reeperbahn«, rief F. A. energisch aus, und trotz erheblicher Müdigkeit nach vollem Tagesprogramm und zweieinhalbstündiger Chorprobe stimmte ich zu. In einigen Minuten hatten wir unsere VWs am Beginn der Reeperbahn geparkt und wollten sie regelrecht durchkämmen, indem wir die wichtigsten Lokale besuchten und auf jeden Straßenpassanten achteten. Es dauerte keine zehn Minuten, da kommt mir mit schlürfenden Schritten der jüdische Geigenclochard Lichtenberg entgegen. »Herr Lichtenberg, wie schön, daß ich Sie wiedersehe! Warum aber sind Sie mir denn heute Mittag weggelaufen? Haben Sie nicht gemerkt, daß ich es ernst und gut mit Ihnen meine und Ihnen helfen will?« – »Ich hatte Angst vor Ihrer Behörde. Ich will mir von Menschen, aber von keiner Behörde helfen lassen.«

Wir luden ihn als erstes zu einem Bierchen in das nächste Lokal ein. Dieses lehnte er sofort ab, aber einen Saft wolle er trinken.

Wenigstens hatten wir ihn nun am Tisch, und ich konnte mit ihm in Ruhe sprechen und Pläne machen. Ich schlug ihm vor, ihm eine Übernachtung in einem einfachen Hotel in der Umgebung zu bezahlen und bat ihn, am nächsten Tag um 12.00 Uhr hier an unserem Lokal auf uns zu warten. Nachdem er mir das versprochen hatte, sagte ich am nächsten Morgen alle Verpflichtungen ab, rief zahlreiche Freunde mit der Bitte um Hilfe für Herrn Lichtenberg an und machte mich mit Kleidern und einer geliehenen Geige auf den Weg. Voller Spannung fuhr ich mit meinen beiden Bässen, die sich ebenfalls freigenommen hatten, zu dritt auf die Reeperbahn und siehe da, Herr Lichtenberg wartete auf uns, leider in dem gleichen verwahrlosten Aufzug des Vortages. Ich nahm ihn mit in das Gemeindehaus St. Petri, übergab ihm frische Wäsche, Seife, Bürste und Handtuch und schickte ihn als erstes in den Waschraum. Nach einer Weile erschien er sehr viel ansehnlicher, das Waschen hatte ihm offensichtlich gut getan. Und nun kam der große Moment. Ich übergab ihm die Geige, und siehe da, mit gewohnten Griffen und vollintaktem Gehör stimmte er das Instrument, spielte er uns auswendig Bachs Chaconne vor, sauber in der Intonation und erstaunlich in bezug auf Tondynamik, Artikulation und Tempowahl. Kein Zweifel, er hatte bessere Zeiten gesehen und war ein wirklicher Musiker. Welch eine jammervolles Schicksal breitete sich da vor uns aus!

Nun kam der schwierigste Teil. »Herr Lichtenberg, als nächstes müssen Sie zum Friseur. So bekommt jeder, der Sie sieht, nach wie vor einen Schrecken.« Es war nichts zu machen. Er habe sich schon an seine langen Haare gewöhnt und wolle uns für alles herzlich danken. Wenn wir ihm einen großen Gefallen tun wollten, dann mögen wir ihm etwas Geld für die Fahrt nach Köln geben, wo er Freunde zu treffen hoffe, die ihm weiterhelfen könnten. Als wir merkten, daß mit ihm in Ruhe nicht weiterzureden war, legten wir zu dritt zusammen und gaben ihm das Geld für die Fahrt.

Tage und Wochen habe ich über diesen begabten, völlig heruntergekommenden Menschen nachgedacht und gehofft, unsere Begegnung möge vielleicht zu einer Wende und zu einem Neuanfang bei ihm beigetragen haben.

Nach vier Wochen sah ich ihn zufällig in der Nähe von St. Petri wieder – leider genauso zerlumpt wie vorher. Ich war erschüttert und entsetzt. Wie schwer ist es offensichtlich, einem Menschen, der so tief gefallen ist, aus diesem Elend herauszuhelfen. Selbst die fast grenzenlosen, heilenden Kräfte der Musik scheinen hier zu versagen.

Ich habe ihn nicht mehr angesprochen.

»Sind Sie lebensmüde?«

Neben den Berlin- und Auslandsreisen erhielt ich zu meiner Freude auch nicht wenige Einladungen zu Orgelkonzerten in Deutschland.

Wiederum ragte in jener Zeit eines dieser Konzerte durch unerwartete Vorkommnisse heraus. Es handelte sich um Detmold, wohin mich mein Studienkollege Eberhard Popp zu einem Konzert in der Christuskirche eingeladen hatte. Ich wohnte in einer netten Pension in der Nähe der Kirche.

Üblicher Tagesverlauf: Morgens Einregistrieren, kurze Mittagspause, nachmittags Generalprobe, Umziehen, Abendimbiß und Konzert. Wie meistens in solchen Fällen war die Zeit knapp. So begab sich meine Frau von der Kirche direkt in das verabredete Restaurant, wohin ich nach Anlegen des Konzertanzuges nachzukommen beabsichtigte.

Das Folgende muß ich zweimal schildern, a) aus meiner Sicht, b) aus den Eindrücken meiner Frau. Ich klingelte artig an der Haustür und wurde von Frau Wirtin mit liebenswürdigen Willkommensworten in den ersten Stock geleitet, wo sich mein bescheidenes, aber sauber hergerichtetes Zimmer befand. Als ich die Verrichtungen am Waschtisch in relativer Schnelle hinter mich gebracht und den Anzug gewechselt hatte, begab ich mich abwärts zum Ausgang, um meine Frau beim Abendessen zu treffen.

Hungrig und in Vorfreude auf ein wohlschmeckendes Mahl, drückte ich die Türklinke der Außentür: Ohne Erfolg – abgeschlossen. Kein Schlüssel steckte. Doch dachte ich in diesem Moment nichts anderes, als daß Frau Wirtin persönlich Gäste ein- und ausläßt nach guter Concièrge-Manier. Ich klopfte an einer nach der anderen der zahlreichen Türen des Parterre. Nichts. Nun begann ich zu rufen: »Frau Wirtin, würden Sie mich bitte hinauslassen, ich habe, wie Sie wissen, ein Konzert!« – Wieder nichts.

Nun enthemmte sich in mir alles. Ich versuchte jede Tür zu öffnen. Hoffnungslos. Alles verschlossen wie beim Einwohnermelde- oder Finanzamt nach Feierabend. Auch energisches Klopfen und ein Ruf crescendo zum fortissimo halfen nichts. Hatte man mich vergessen? Wollte Eberhard Popp vielleicht an meiner Stelle spielen? Ein Blick auf die Uhr ließ mich folgendes vermuten: Die Dame des Hauses dachte vielleicht, ein Organist muß nichts essen. Er wird fünf Minuten vor dem Konzert das Haus verlassen, und zu diesem Zeitpunkt würde sie von einem Schwatzbesuch bei einer Freundin in der Nachbarschaft zurücksein. Wie aber, wenn sie nicht zurückkäme und ich noch um fünf Minuten vor acht hier klingeln und verzweifelte Hilferufe von mir geben würde? Blitzartig wurde mir klar, daß keine Minute zu verlieren war. *Jetzt* mußte etwas passieren, nicht erst in einer Stunde vor Konzertbeginn.

So begann ich Flur, Treppenhaus und erste Etage nach möglichen Schlüsselverstecken abzusuchen. Da solche Verstecke auf Orgelemporen üblich sind, hat man einen gewissen Blick für derartige Plätze. Hinter jeden Schrank wurde gefühlt, jedes Kissen von den Stühlen gelüftet, die Teppichkanten angehoben, Bilderrahmen befühlt – abermals nichts! Schweißperlen traten auf und durchfeuchteten das frischgewechselte, weiße Konzerthemd.

Verzweiflungsvoll betrat ich mein Zimmer – auch dort nichts zu finden, auch kein Telefon. Nun würde ich aus dem Fenster zu rufen und um Hilfe zu bitten haben. Keine Chance, das Zimmer zeigte auf einen Hinterhof, menschenleer, alle Nachbarhäuser weit entfernt, aber ein Garten, einfach und sauber wie mein Zimmer, bot sich meinen Blicken. Gab es irgendeine Klettermöglichkeit? Bei näherem Absuchen fiel mein Blick auf eine Teppichklopfstange, die ich, wenn ich mich geschickt am Fensterrahmen heraushangeln würde, mit meinen langen Beinen wohl erreichen könnte. Aber würde ich dann nicht im Hinterhof eingeschlossen sein? Nein, siehe da, rechts könnte man über einen Zaun klettern und über Nachbars Grundstück vermutlich die Straße erreichen.

Da zum Abendessen keine Zeit mehr und der bisherige Appetit auch verschwunden war, überlegte ich in Ruhe: Sollst du es wagen? Riskierst du nicht nach Eberbach den zweiten Unfall mit unschöner Pointe: Organist kann Orgelkonzert in Detmold nicht spielen, da er von der Teppichklopfstange gefallen ist!

Nun nimm dich zusammen, sei mannhaft und vorsichtig, nur ganz langsame Bewegungen! Mit diesem Entschluß machte ich mich auf den Weg und bestieg als erstes die Fensterbank. Als ich mich anschickte, mich nunmehr rückwärts auf die Teppichklopfstange zuzubewegen, tut sich die Tür auf: »Ja, um Himmelswillen, was machen Sie denn da, Herr Professor?« – Die anschließende Unterhaltung kann sich der Leser unschwer ausmalen.

b) Unterdessen hatte meine Frau in einem sehr gemütlichen Restaurant die Speisekarte studiert, ein köstliches Gericht für uns beide bestellt, und, da ich mich zu verspäten schien, das ihrige kommen lassen.

»Sind Sie lebensmüde?«

Als es nach einigem Warten serviert wurde, mundete es ihr nur bedingt, weil Unruhe sie überkam. Die Uhr lief unbarmherzig auf acht Uhr zu. Es war klar, ihrem Mann war etwas dazwischengekommen. Sie bestellte mein Essen ab und erbat die Rechnung. Dabei stellte sich heraus, daß sie ihre Börse im Auto gelassen hatte, daß sie normalerweise darauf vertrauen kann, wie sich's gehört, von ihrem Mann eingeladen zu werden. Nun verstand der Oberkellner keinen Spaß. »Solche Sprüche kennen wir. Der Mann ist plötzlich spurlos verschwunden und wollte zahlen. Haben Sie überhaupt einen Mann?« Da sie ins Konzert wollte, gab sie einen Ring als Pfand und nahm mich vor Konzertbeginn erleichtert, nicht ohne Schmunzeln, in die Arme. »So was kann auch nur Dir passieren.«

Nach dem Konzert hatten wir noch einen kleinen Umweg zu machen. Wir mußten den Ring einlösen.

Wenn der Vergleich nicht zu weit hergeholt erscheint, ist mein Berufsleben jahrelang wirklich auf zwei Gleisen verlaufen, dem geordneten auf Hamburg, St. Petri und Musikhochschule bezogenen bodenständigen Leben einerseits und den zahlreichen Reisen mit all ihren bunten und unerwarteten Eindrücken andererseits, ähnlich etwa dem Kontrast von Ordinarium und Proprium der Messe mit den feststehenden Stücken Kyrie, Gloria, Credo usw. und den sonntäglichen wechselnden Teilen, in denen auch zeitgebundenes Persönliches oder sogar Spontaneität Platz findet.

Aber das Thema »Unvorhergesehenes« machte auch vor diesen heimatlich geordneten Verhältnissen nicht halt, auch nicht vor der Hochschule.

Zum Dozentendasein gehört nicht nur der Unterricht, sondern es kommen Prüfungen hinzu. Eine dieser Prüfungen – eine Studentin hatte die B-Prüfung auf der Orgel abzulegen – fand insofern unter ungünstigen Umständen statt, als die Hauptorgel von St. Petri sich in der Generalreinigung befand, also nicht spielbar war, und die Prüfung auf der Chororgel, einem sehr qualitätsreichen Instrument, ebenfalls von Rudolf von Beckerath, im Altarraum stattfinden mußte.

Wie immer fand sich eine Kommission würdiger Kollegen ein. Man nahm gegenüber der Chororgel an der anderen Seite des Altarraumes Platz, und es gab jenen ernst prüfenden, interessierten und mehr oder weniger wohlwollend konzentriert zuhörenden Gesichtsausdruck bei allen Kollegen.

Beim ersten Stück, einer Toccata von Buxtehude, ging alles gut. Aber beim nächsten Werk, der Suite médiévale von Jean Langlais, einem Stück mit zwei lauten und drei sehr leisen und delikat zu registrierenden Abschnitten geschah es: Ein Preßluftbohrer an der Außenwand des Chores von St. Petri setzte unbarmherzig und mit jener nervenkitzelnden Intensität ein, die jedermann sogleich an den Zahnarzt denken ließ, so vermutlich auch unsere Prüfungskommission. Ich eilte entsetzt zum Küster der Kirche und bekniete ihn, augenblicklich dafür zu sorgen, daß wir wenigstens 25 Minuten Ruhe vor diesen Außenarbeiten hätten, da in der Kirche ein Staatsexamen abgenommen würde.

Zurückgekehrt an meinen Platz, teilte ich den Kollegen hoffnungsvoll mit, daß der Bohrterror bald ein Ende haben würde. Zwei, drei, vier, fünf Minuten – es bohrt und bohrt, keine akustische Entspannung in Sicht. Meine Studentin hat sich tapfer durch alle Pianostellen durchgekämpft und nicht die Nerven verloren.

Beim nächsten Stück, einer Toccata und Fuge von Max Reger, kam der Küster und übergab mir einen Zettel. Auf diesem stand zu lesen: Die Bauarbeiter lassen ausrichten, daß sie weiterbohren werden. Sie lassen sich nämlich nicht von jedem »Furz« was sagen!

Diesen Zettel gab ich nun meinem linken Prüfungskollegen zu lesen. Und nun hätte ich wirklich gerne eine Filmkamera gehabt. Der Reihe nach las jeder Kollege den Brief, geriet in krampfartige, der Würde der Prüfungssituation nicht entsprechende Lachanfälle und beeilte sich, das Schreiben dem Nachbarn schleunigst weiterzugeben. Es war wie das Gesellschaftsspiel »Die stille Post«.

Ich weiß nicht, ob ein Orgelexamen mit Regers Toccata und Fuge a-moll po.80 je einen größeren Heiterkeitserfolg gehabt hat. Die Dame bestand mit »eins«.

Wieder kehrte der normale Arbeitsablauf an St. Petri im Sinn des Ordinarium missae ein. Aber auch da wechselte die

Stimmung durchaus zwischen Kyrie, Credo und vor allem Agnus Dei.

Was die Arbeit im Lauf der Zeit schwer werden ließ, war die ständig zunehmende Gründung weiterer Kantoreien, die – so erfreulich eine solche Entwicklung natürlich ist – allmählich zu einem »Wettlauf um Bach« führte. Zu Weihnachten nahmen die Aufführungen des Weihnachtsoratoriums genauso zu wie zur Passionszeit die der Johannes-Passion, bald auch der Matthäus-Passion, denn jeder wollte diese wunderbaren Werke musizieren.

Ich suchte nach Alternativen, ohne unsere eigene Tradition aufzugeben und musizierte Distlers Choralpassion, Frank Martins Golgota, schrieb eine eigene Johannes-Passion für den Karfreitagsgottesdienst und ein Kinderweihnachtsoratorium zur Ergänzung der Adventsmusiken.

Natürlich blieben wir bei unseren jährlichen Aufführungen, aber diese gerieten in ein anderes Licht. Am Horizont erschien die Gefahr vom Verschleiß dieser herrlichen Musik durch zu viele Aufführungen, auch von einem gewissen Zwang, aus diesem Wettstreit nicht auszusteigen. Damit war aber die Gefahr der Routine verbunden, und hier entwickelte sich eine neue Herausforderung an St. Petri, für die ich dankbar bin: Jede Bach-Aufführung unter mindestens einem neuen Gesichtspunkt zu gestalten. Wie von alleine kamen die grenzenlosen Tiefendimensionen der Texte zu Hilfe. Je mehr ich diese Werke dirigierte, umso mehr ging ich vom Text aus. Das gab für Chor und Solisten auch neue Impulse und mag uns davor bewahrt haben, in Routine zu verfallen.

Ein neues Schlüsselerlebnis stellte sich nun auf der nächsten Schweden-Konzertreise ein.

Gespräche im Schnellzug Stockholm – Malmö mit Folgen

Auch wenn man ein großer Freund Schwedens ist, kann man nicht behaupten, daß in schwedischen Eisenbahnabteilen viel gesprochen wird. Es kann durchaus passieren, daß sechs Stunden lang sechs Menschen im gleichen Abteil sitzen, ohne ein Wort miteinander zu reden.

Allerdings darf man nicht vergessen, daß sich noch nicht jedermann duzte wie heute, sondern eigentlich konnte man jemanden nur ansprechen, wenn man seinen Titel wußte.

»Entschuldigen Sie, sprechen Sie deutsch?« begann eine gutaussehende ältere Dame mir gegenüber eine Unterhaltung. Wie meist in solchen Fällen, hatten wir bald gemeinsame Bekannte gefunden, außerdem stammte sie aus Ostpreußen, was ihr sogleich meine Sympathie eintrug.

Frau Grabenschatz reiste nach Ansbach. Wir sprachen über die dortige Bach-Woche, über Franken, den Bocksbeutel und über Karl Richter. Es war ein lebhaftes Gespräch, kein Mangel an Themen zwischen Stockholm und Malmö.

Der Verlauf, der sich aus dieser Begegnung entwickelnden Geschichte macht nun ein paar Sprünge über je einige Jahre notwendig. Es waren ungefähr zwei Jahre vergangen, da stand der 80. Geburtstag meiner Mutter in Thüngen bevor. Als ich nach Ankunft die Gästeliste studierte, fiel mir der Name Renate Grabenschatz auf. »Woher kennst Du diese Dame?« fragte ich nicht ohne Neugier meine Mutter. »Sie ist eine sehr nette jüngere Lehrerin aus Würzburg, die sich in den letzten Monaten sehr liebevoll des öfteren um mich gekümmert hat.«

Am Festtag begrüßte ich die Dame mit der Frage: »Kann es sein, daß ich vor zwei Jahren mit Ihrer Mutter im Schnellzug von Stockholm nach Malmö gefahren bin?« – »Aber ja, was für ein Zufall. Das muß ich ihr sogleich erzählen.« – Nun, derartiges erlebt jeder von uns, nur geht diese Geschichte weiter.

Etwa drei Jahre später war auf meinem Reiseprogramm bei einer der großen Südamerika-Reisen erstmals auch Caracas in Venezuela. Dort gibt es eine kleine, sehr schön gebaute Iglesia luterana, in der eine ebenfalls kleine, aber sehr klangschöne, mechanische Orgel von Detlev Kleuker aus Brackwede steht.

Dort erlebte ich als erste Überraschung eine unerwartete, akustische Konkurrenz von außen. Da die Kirche bei den dortigen Klimaverhältnissen keine Fenster hat, drangen mit Einbruch der Dunkelheit schrille Forteklänge als Massenduett von Fröschen und Zikaden gebildet in den Raum. Aus war es mit all den liebevoll einregistrierten Pianofarben. Bachs Triosonate in C-Dur mußte ebenso mit vollem Werk gespielt werden wie der zarte Orgelchoral »Meine Seele erhebt den Herren«. Dennoch viel Beifall in überfüllter Kirche und regelrechter Andrang nach dem Konzert an der Orgel. Das südamerikanische Publikum gehört zu den liebenswertesten der ganzen Welt. Jeder erzählt, was ihm am besten gefallen hat oder stellt persönliche Fragen. Etwa Nummer 47 in der Reihe war ein sympathischer blonder, jüngerer Mann. »ich habe Ihr Konzert sehr genossen«, kam es in reinstem Hochdeutsch, »ich spiele selbst Geige, arbeite hier für eine große deutsche Firma. Darf ich mich vorstellen: Grabenschatz ist mein Name.« – »Moment mal. Haben Sie eine Schwester, die Lehrerin in Würzburg ist? Und kann es sein, daß ich vor fünf Jahren mit Ihrer Mutter im Schnellzug von Stockholm nach Malmö gefahren bin?« Seine Gesichtszüge entgleisten sichtbar. »Das kann doch wohl nicht wahr sein. Sind Sie vielleicht Prophet?« – »Nicht ganz«, erwiderte ich, selbst in heitere Überraschung geraten, aber der König Zufall scheint Spaß daran zu haben, mich auf meinen Reisen zu begleiten.«

Bevor ich Caracas verlasse, muß ich noch ein Gespräch einfügen, das ich mit Herrn Pfarrer einen Tag vor meinem Konzert hatte. »Sie sind auch Dozent in Deutschland?« fragte er bald nach Beginn der Unterhaltung. –»Ja, ich unterrichte an der Hamburger Musikhochschule.« – »Oh, hätten Sie nicht einen jungen Mann, der hier zu uns als Organist kommen könnte?« – »Nun, das muß man sehen. Aber darf ich nach Ihren Bedingungen fragen?« – »Also, der junge Mann müßte unverheiratet sein und gut aussehen.« – »Ach«, warf ich ein, »er soll doch wohl aber auch ein guter Kirchenmusiker sein?« – »Aber natürlich.« – »Und warum muß er gut aussehen?« – »Schauen Sie, ich sehe auch gut aus. So etwas ist wichtig in einer Ausländergemeinde.« –»Und warum soll er unverheiratet sein?« – »Weil ich auch unverheiratet bin und ein gedeihliches Arbeiten in einer solchen Gemeinde nur so stattfinden kann.«

Nun stach mich der Hafer: »Herr Pfarrer, wenn ich Sie richtig verstanden habe, soll ich in »Musik und Kirche« zu Hause etwa folgende Annonce aufgeben: Gut aussehender, unverheirateter Pfarrer im Auslandspfarramt sucht jungen Organisten, der ebenfalls gut aussieht und unverheiratet ist, da sonst keine fruchtbare Gemeinde möglich ist.« – »Ja, genau das ist es, Sie haben es wunderbar erfaßt. Ich wäre Ihnen sehr dankbar.«

Die Annonce hat es nie gegeben, ich hätte sie lieber dem »Hohlspiegel« anvertrauen sollen.

1959 war São Paulo sicher bereits die größte und bedeutsamste Handelsmetropole Südamerikas. Der erste Eindruck auf mich persönlich war damals im Vergleich zu späteren Besuchen weitaus der beste. Es war noch nicht der verkehrs- und luftkranke Superriese ohne eine erkennbare Spur von Stadtplanung, in dem die Menschen zu Ameisen verkommen und der Sinn oder Unsinn der Autos darin zu bestehen scheint, eine endlose, sich mühsam vorwärtsquälende Schlange mit schlimmsten Abgasen zu bilden. Dazu das ständige Hupgetöse, woran viele Südländer offensichtlich Freude haben, ohne zu merken, wie eine ganze Stadt zu einer akustischen Nervenbelastung werden kann.

Es gab nur einen Flughafen: Congonhas, auf dem man mit der DC 6 als dem damaligen klassischen Überseeflugzeug landete. Für eine D-Mark bekam man noch 30 Cruzeiros, und es fuhren noch die wunderbaren, altmodischen Straßenbahnen, die »Bonds«, auf die man aufsprang oder umgekehrt, wann und wo es einem beliebte. Fahrpreis höchstens 2 Pfennig. Es gab auch noch die wunderschöne Ripresa, eine künstlich aufgestaute Seenkette hinter Santo Amaro, auf der man stundenlang segeln oder Motorboot fahren konnte.

Als Taxen fuhren ausschließlich VW-Käfer mit ausgebautem zweiten Vordersitz und es fuhren die Lotacoês, jene höchst praktischen Linientaxis auf jeder Hauptstraße. Jeder konnte sie an beliebiger Stelle anhalten und für einen lächerlichen Preis, so weit er wollte, auf der vorgegebenen Linie mitfahren.

Für mich sollte São Paulo der Ausgangspunkt für über zwanzig Konzertreisen werden, die mich alljährlich in alle Länder dieses farbenfrohen, vorurteilsfreien und auch der Musik so besonders zugetanen Kontinents geführt haben.

Nach mehreren Reisen, die zu Beginn alle nach Brasilien führten – es kamen Städte wie Belo Horizonte, Rio, Bahia, Curitiba und Porto Alegre hinzu – besuchte ich zunächst Argentinien, dann Chile, Uruguay, Venezuela, Mexiko und Kolumbien.

In die meisten Städte kam ich als erster ausländischer Organist nach dem Krieg, oft auch als erster Konzertorganist überhaupt. Daneben gab es Einladungen als Gastdozent für Dirigieren, Chorleitung und Musiktherapie.

Alle diese Aufgaben bedeuteten für mich eine große, wunderbare Herausforderung und ihre nähere Beschreibung ist ohne weiteres in ein paar Sätzen möglich.

Von Mexiko bis Südchile an fast allen Orten mehr oder weniger das gleiche Bild: Großes Musikinteresse, besonders für alles, was aus Deutschland kommt. Dazu Aufgeschlossenheit und Neugier auf Orgelmusik, die mit wenigen Ausnahmen überall musikalisches Neuland darstellt. Volle Kirchen und Säle, obwohl weder die Literatur noch der Solist bisher bekannt sind. Überall wunderbares, junges, bunt und fröhlich gekleidetes Publikum, das nach jedem Präludium und nach jeder Fuge oder Orgelchoral begeistert Beifall klatscht.

In den meisten Orten freute mich besonders, daß nicht etwa nur deutsche Emigranten in die Konzerte kamen, sondern der größere Teil sich aus Einheimischen oder dem internationalen Völkergemisch zusammensetzte, das besonders für Brasilien typisch ist.

Vor jeder Südamerikareise war mir klar, daß es nicht in erster Linie um die deutschen Kolonien gehen konnte, deren Mitglieder Auswanderer mit Pioniergeist waren und sich über einen Heimatabend mit deutscher Volksmusik sicher mehr freuten als über ein Orgelkonzert. Vielmehr zeigte sich überall, daß Orgelmusik die Mexikaner genauso interessiert wie die Venezuelaner, Kolumbianer, Brasilianer oder Argentinier.

Wenn die Menschen auch keine Ahnung von Orgel und deren Literatur haben, gibt es doch ein Stück, das sie alle zu kennen scheinen, als sei es ihnen in die Wiege gesungen oder als LP in alle Haushalte per Postwurfsendung verteilt worden: Bachs Toccata und Fuge d-moll, »die Unvermeidliche«, wie sie schon Kempff zu meiner Kinderzeit genannt hatte.

Es bleibt ein wunderbares Rätsel, wie der Thomaskantor mit einem einzigen Stück den Nerv eines ganzen Kontinents, vielleicht aber auch der ganzen Welt hat treffen können.

Auf die Zusammenstellung der Programme mußte ich jedes Mal besonders sorgfältig achten. Zuerst dachte ich, es sei das Einfachste, vor allem Bach-Abende zu spielen. Sehr interessant dabei, am Beifall abzulesen, was von den großen »Schlagern« mehr Erfolg hat, das Präludium und Fuge ES-Dur oder die g-moll Phantasie und Fuge, die C-Dur Toccata oder die Vivaldi-Konzerte, die G-Dur Triosonate oder die F-Dur Toccata. Den Vogel schossen fast überall eindeutig die Vivaldi-Konzerte ab. Italienische Musik liegt den Südländern so nahe wie den Spaniern und Portugiesen das Italienische. Dennoch wagte ich es nach anfänglichen Zögern bald, andere Stile einzufügen, Romantik von César Franck bis Widor und vor allem Reger, dann Moderne von Alain über Dupré zu Messiaen mit eigenen Werken.

Hier hat mich das südamerikanische Publikum selbst ganz schnell umerzogen und eines besseren belehrt: Die Vorurteilsfreiheit, die man an vielen Menschen so oft erfährt, erstreckt sich auch auf das Verhältnis zur Musik. Sie wollen eigentlich alles hören und sagen dann auch sogleich spontan und direkt, ob sie ein Stück schöner als ein anderes finden. Ein wunderbares Barometer und ein inspirierender Lehrmeister für die Gestaltung weiterer Programme. Ich konnte alles spielen, nur langweilig durfte es nicht sein. Was heißt auf der Orgel? Natürlich gibt es für dieses Instrument wie für alle andern gute und weniger gute, spannende oder auch ermüdende, sich in die Länge ziehende oder in ihrer Kürze faszinierende Musik. Man kann aber auch Langeweile erzeugen, indem man schlecht registriert oder falsche Tempi wählt und nicht sorgfältig artikuliert oder falsche Programme macht. Alles, was ich schon früher beschrieben habe, wurde hier noch wichtiger. Kontrastreiche Programme, auf das lateinische Temperament abgestimmt und so zusammengestellt, daß sie die Menschen wirklich erreichen. Nicht Effekthascherei im vordergründigen Sinne, sondern Beachtung von Wirkung als geistig emotionelle Tonsprache, in der Funken überspringen müssen und Musik zu dem wird, was sie sein kann: Die schönste Weltsprache, die es gibt.

Nun kam aber die große Kehrseite, und der hohe Preis, der für diese Reisen durch Traumlandschaften und Begegnungen mit vielen tausenden von Musikfreunden zu entrichten war: Die vielen schlechten bis miserablen Instrumente, oft Jahrzehnte nicht gepflegt oder für meine anspruchsvollen Programme völlig unzureichend disponiert.

Positive Ausnahmen waren gutgepflegte, größtenteils deutsche Instrumente, so zum Beispiel in Mexiko (deutsche Gemeinde), Venezuela (Kleuker-Orgel), São Paulo (Teatro Municipal und São Bento). Bogotá (Bibliothek Luis Angel Aranjo), Buenes Aires, (Iglesia Santa Domingo) oder Südchile, wo weitere kleine, aber sehr gut gebaute Orgeln von Detlev Kleuker standen.

In mehr als doppelt so vielen Städten war es aber jedes Mal ein »Tanz auf dem Vulkan«, nur hatte mich von Anfang an das dortige Publikum und die Fülle der Besucher so beeindruckt, daß ich es nicht lassen konnte, gegen die musikalische

Vernunft wiederzukommen. Zu solchen Städten gehörten Belo Horizonte, Bahia, Porto Alegre, Concepcion (Chile), Lima, Mérida (Venezuela) oder La Serena (Chile).

Erzieherisch waren diese Reisen also auch für das Nervenkostüm des Solisten in dieser Form bestimmt nicht jedermanns Sache. In der Erinnerung bleibt aber ein Erlebnisreichtum haften, ohne den mein Leben ärmer und sehr viel weniger bunt verlaufen wäre.

Einige dieser Belastungsproben sollen in Folgendem festgehalten werden.

Ganztägige Orgelsuche mit der Taxe in Belo Horizonte

Der erste Flug von Rio nach Belo Horizonte, etwa einstündig und über wunderschön bewaldete, zum Teil äußerst bizarre Berge und zahlreiche tiefe Schluchten mit sich in wilden Windungen dahinschlängelnden Flüssen, gehört für mich zu den schönsten Reiseeindrücken Brasiliens. Beim Anflug auf Belo Horizonte merkt man die enorme Ausdehnung dieser Metropole des Staates Minas Gerais. Zahlreiche Hochhäuser bilden den City-Kern, aber dazu kommen ausgedehnte Vorstädte, eingebettet in eine liebliche, fast süddeutsch anmutende Landschaft.

Ehrenvolle Abholung am Flughafen durch den Leiter der Cultura Artistica, Herrn von Smigay, vermutlich deutscher Emigrant nach dem Zweiten Weltkrieg. Wie in den meisten Städten Brasiliens liegt die Organisation von Konzerten in erster Linie in deutschen Händen, entweder seßhaft gewordenen Emigranten wie in Rio und São Paulo, vor allem von Theodor Heuberger und auch meistens von den Leitern der Goethe-Institute, die sich überall neben den vielen Sprachkursen und Vortragsveranstaltungen große Verdienste um das Musikleben vieler Länder, so auch Brasilien, erworben haben. In Rio war durch viele Jahre die herausragende Persönlichkeit Joachim Koellreuther. »Ihr Konzert ist total ausverkauft«, begrüßte mich Herr von Smigay voller Stolz und zeigte mir nicht minder selbstzufrieden das Programm, das in der Tat zu den besten und aufwendigsten gehörte, die mir bis dahin begegnet waren: Büttenpapier mit höchst eleganter Schrift, zweisprachig, alles wirklich erstklassig.

Voller Spannung begab ich mich am Nachmittag in die Kirche im Zentrum der Stadt. Bevor ich die Orgel selbst in Augenschein nehmen konnte, spielte sich vor mir folgende Szene ab. Eine kleine, rundlich-mittelalterliche Dame, bunt gekleidet mit Palmen- und Kanarienvogelmustern auf ihrem Minikleid, dazu ein weit ausladender schwarzweißer Strohhut, viel lebhafter in Sprache und Gebärde, als ihre Leibesfülle ahnen ließ, kam auf mich zu, begrüßte mich, sie sei die Organistin, ich möge mich aber noch eine Viertelstunde gedulden, sie hätte noch ein wichtiges Gespräch mit einem Brautpaar zu führen.

»Möchten Sie die Trauungsmusik nur mit Orgel oder lieber mit Orgel und Orchester? Letzteres würde 50 Dollar mehr kosten.« – »Können Sie den Unterschied erklären?« kam begreiflicherweise die Frage des attraktiven jungen Paares zurück. Und nun spielte Frau Kollegin auf der Orgel Menselssohns Hochzeitsmarsch, den in Südamerika wohl bei jeder Trauung unverzichtbaren, den unvermeidlichen, in zwei gleichermaßen schauerlich eindrucksvollen Versionen. Zuerst auf der Orgel in einem milde aber erheblich verstimmten Mezzoforte, negativ angereichert durch ein ihr offensichtlich sehr zusagendes Klarinettenregister. Dieses stand mindestens einen Viertelton zu tief und gab Mendelssohns Musik ein politonal schmerzhaftes Klangbild, eher zur kummervollen Untermalung von Trauerfeiern als zu diesem bevorstehenden, fröhlichen Anlaß geeignet. Aber vielleicht sollte diese erste Version auch eine abschreckende Wirkung auf die Besucher ausüben, um der zweiten Version »mit Orchester« wegen der 50 Dollar die umso größere Wirkung zu verschaffen. Wie erreichte die Dame mit ihrem 80 cm breiten Hut das gewünschte Ergebnis? Sie schaltete den Strom für ein auf dem Spieltisch stehendes Yamaha-Keybord an, stellte dieses auf fortissimo, und nun erklang der gleiche Hochzeitsmarsch in einem Gemisch von verstimmter Pfeifenorgel und elektronischen Yamaha-Klängen, an Scheußlichkeit das Klangbild der ersten Version erheblich überbietend. Derartiges hatte ich vermutlich noch nie zuvor gehört.

Das Bild, das die Dame dabei bot, war zum Malen. Zunächst mußte die Orgelbank höhergeschraubt werden, damit sie mit ihrem rechten Arm nun an Yamahas Traumtasten herankam. Links begleitete sie 40 cm tiefer auf dem ersten Orgelmanual, und in erstaunlich gestreckter Beinarbeit erreichte sie dann mit den Füßen die notwendigen Pedaltöne. Das junge Paar aber war begeistert und wählte für den großen Festtag »Orgel und Orchester«, bereitwillig den für Brasilianer nicht unerheblichen Aufpreis zu bezahlen.

Schlimmes ahnend begab ich mich an die Orgel und mußte in kurzer Zeit feststellen, daß sie in Mixturen und Trompeten noch viel verstimmter war, als bei Frau Kollegin im Mezzoforte zu hören gewesen war. Dazu kam jede zweite Obertaste nicht. »Ach, das ist nicht so schlimm, ich helfe mir immer mit dem Transpositionsknopf, eine Möglichkeit, die Orgel bis zu anderthalb Töne höher oder tiefer spielen zu lassen. Das meiste kann man dann in anderen Tonarten spielen.«

Eine Traumvorstellung: Bachs C-Dur Toccata in Des-Dur, Francks a-moll Choral in as-moll und Regers Feste-Burg-Fantasie in H-Dur oder Des-Dur! Kein Zweifel, niemand von der Cultura Artistica, auch Herr von Smigay nicht, hatten sich je darum gekümmert, ob dieses Instrument für so ein hervorragend mit Büttenprogramm annonciertes Konzert überhaupt spielbar sei. Oder man hatte sich von der Dame mit Hut überzeugen lassen, daß Bach auch mit der rechten Hand gespielter Hammondorgel sehr vorteilhaft klänge. Ich nahm das nächste Taxi und fuhr zu Herrn von Smigay.

»So leid es mit tut, aber auf dieser Orgel kann ich das Konzert nicht spielen, wenn Sie nicht einstimmige Variationen über »Alle meine Entchen« und zum Abschluß Mendelssohns Hochzeitsmarsch hören wollen.« Nun wurde er böse und ausfallend. Er fände es ganz unglaublich von mir, daß ich solche

Einwendungen machte, wo er alles so schön vorbereitet und mich persönlich vom Flughafen abgeholt hätte. »Immer die Deutschen machen uns solche Schwierigkeiten. Sie scheinen nicht zu begreifen, daß wir in Brasilien sind!«

Das nun alles wurde mir zu viel. Ich wurde meinerseits sehr deutlich und stellte energisch klar, daß eine nicht funktionierende Orgel nichts mit Deutschland zu tun habe und es hier ausschließlich um die künstlerische Verantwortung den vielen Musikfreunden Brasiliens gegenüber gehe.

Die Gewitterluft war bald beseitigt, nur hatte sich nach Blitz und Donner noch keine Entspannung ergeben, sondern es lastete schwüle Ratlosigkeit und Kümmernis auf dem betrübten Antlitz meines Gegenübers. »Was sollen wir machen, wir können doch das Konzert nicht ausfallen lassen. Wer könnte uns um Himmelswillen helfen?«

Ich schlug vor, einige der führenden Musiker der Stadt und ein paar Kirchen anzurufen. Eine Stunde telefonische Schwerarbeit brachte keinerlei Ergebnis. Es schien in Belo Horizonte, einer Stadt von der Größe Münchens, nicht einen Menschen zu geben, der etwas von einer spielbaren Orgel wußte. Das Naheliegendste wäre gewesen, das Konzert abzusagen und abzureisen. Da ich aber nicht zum ersten Mal in Brasilien war und dieses Land mit seiner fröhlich farbigen Bevölkerung längst sehr lieb gewonnen hatte, beschloß ich nach dem Motto »never give up« zu kämpfen und selbst nach einer Orgel zu suchen. Wie aber solches anfangen? Wer konnte helfen?

Als erstes rief ich die Mendelssohn-Spezialistin für Orgel und Orchester an, erklärte ihr meine, unsere Not und fragte, ob sie nicht irgendeine Idee hätte, wo man in den zahlreichen Klöstern der Stadt einen musikbeflissenen Pater finden könnte, der einem weiterhelfen würde. Da er telefonisch nicht erreichbar war, machte ich dem verzweifelten Herrn von Smigay folgenden Vorschlag. »Da das Konzert ausverkauft ist, muß ein Taxifahrer beauftragt werden, mich so lange durch die Stadt zu fahren, bis ich mich von Konvent zu Konvent durchgefragt und eine Orgel für unser Konzert gefunden habe. Wieder hatte sich bewährt, daß ich auf einer solchen Reise genügend Spielraum gelassen hatte, um dem Punkt »Unvorhergesehenes« mehr als in unserem langweilig geordneten, europäischen Verhältnissen Rechnung tragen zu können. Unterhaltsam, wenn auch nervenaufreibend, phantasieanregend, wenn auch mit Gratwanderungen am Rande der Verzweiflung verbunden, war es in jedem Fall.

So begab ich mich in eine Taxe und fuhr mich geduldig durchfragend durch die ganze Stadt, von Kloster zu Kloster, von Kirche zu Kirche, jedes Mal dasselbe Gespräch. »Entschuldigen Sie, ich komme aus Deutschland und soll in zwei Tagen in Belo Horizonte ein Orgelkonzert geben. Vielleicht haben Sie davon in der Zeitng gelesen. Es ist total ausverkauft, aber ich finde keine Kirche mit einer funktionierenden Orgel. Können Sie mir helfen? Haben Sie eine Orgel? Darf ich sie sehen? Oder wissen Sie eine Kirche, zu der ich hinfahren könnte? In vielen Fällen wurde mir sehr freundlich mitgeteilt, sie hätten ein Instrument, ich könnte gerne das Konzert bei ihnen spielen und mir gleich die Orgel ansehen. Immer dasselbe. Entweder ein völlig verstaubter Jammerkasten mit 50 bis 60 Prozent funktionierenden Tasten oder eine Hammondorgel mit kurzer Pedaloktave, zwölf Registern, die alle gleichklangen, bescheidener Klang, wenn auch durch zahlreiche Lautsprecher auf jede gewünschte Lautstärke zu bringen. Aber alles dieses mit großer Freundlichkeit – »amabilidade« – und angebotener Gastfreundschaft offeriert. Um nicht zu viel Zeit zu verlieren, mußte ich bald auf Besichtigungen dieser Art verzichten und nach der nächsten Kirche fragen. Zwischen Kirche 7 und 8 platzte dem Taxi der Vorderreifen. »Eu sinto muito, mais naó posso accompagnar o senhor para as proximas igrejas.« – »Es tut mir sehr leid, aber ich kann Sie nicht weiter in die nächste Kirche fahren.« Mein verzweifeltes Gesicht und eine großzügige Abrechnung der Halbtagestour schienen wenigstens zu bewirken, daß der Fahrer selbst für mich auf die Suche nach einem Ersatztaxi ging. Jedesmal wurden zuerst dessen Reifen kontrolliert. Dann ging mit neuem Mut die Fahrt weiter. Wir kamen zur Kirche Nummer 9. dort empfing mich ein sehr netter italienischer Priester und riet sogleich, wir möchten hinaus nach Pampulia, 10 km außerhalb der Stadt ins Collegio Santa Marcellina fahren, dort sei eben eine Orgel eingeweiht worden.

Am liebsten hätte ich Blaulicht und „Tatütata" eingestellt, um so schnell wie möglich nach Pampulia zu kommen. Ein großes weißes Gebäude mit grünem Dach lag vor uns. Empfang hier ausschließlich durch Nonnen. Es dauerte lange, bis ich zur Oberin vorgelassen wurde. Frau Oberin empfing mich freundlichst, sprach mit mir englisch und führte mich alsbald in die recht geräumige, relativ neu gebaute Kirche des Collegios und – siehe da, dort stand eine neue italienische Orgel, zweimanualig, die Disposition war mir zunächst ganz gleichgültig. Hauptsache: Alle Tasten würden funktionieren und das Instrument gestimmt sein.

Ein nächster Blick galt den Registern. Keine große aber brauchbare Anzahl, auf zwei Manuale verteilt. Es war wie Weihnachten. Ich wäre der Oberin fast um den Hals gefallen. Auch der übernächste Abend paßte für das Konzert, aber sie stellte sogleich die Bedingung, daß ich am Nachmittag ein Gratiskonzert für alle Schülerinnen spielen möge. Freudig willigte ich ein, rief aber als erstes Herrn von Smigay an: »Herr von Smigay, es ist geschafft, wir haben eine Orgel und eine Kirche.« Nun erlebte ich einen völlig umgewandelten Partner, die Tonlage seiner Stimme stieg sogleich um eine kleine Terz, das heißt von Moll nach Dur, das Sprachtempo wandelte sich vom Adagio zum Allegro, und man konnte merken, daß er durchaus auch Brasilianer war. Eine der liebenswertesten Eigenschaften in diesem Land ist ja die Spontaneität und damit verbundener Enthusiasmus. »Das ist ja eine wunderbare Nachricht. Sie glauben nicht, wie erleichtert ich bin. Ich werde sofort die Presse und alle Rundfunkanstalten benachrichtigen. Das Hauptproblem wird der Transport so vieler Menschen in diese Vorstadt sein. Aber wir werden sofort Omnibusse chartern, daran darf die Sache nicht scheitern.«

Ich blieb, um Zeit zu sparen, gleich an der Orgel, um mein Programm einzuregistrieren und mich an das Instrument zu gewöhnen. Eine kleine unerwartete Störung gab es insofern, als zu meiner Überraschung Frau Oberin persönlich die ganze Zeit neben dem Spieltisch stehend verharrte und ihrer Liebe zur Musik dadurch Ausdruck verlieh, daß sie den Takt ständig mit lebhaftem Auf- und Abwedeln ihrer Schürze mit beiden Händen begleitete. Wer so etwas in konzentrierter Vorbereitung eines Konzertes länger als fünfzehn Minuten aushält, muß Drahtseilnerven haben oder eine besondere Antenne zu Oberinnen oder aber es als schicksalsgewollten Preis für den Lohn einer tatsächlich voll funktionsfähigen Orgel in Brasilien in Kauf nehmen.

Rhythmische Übertragung
der Musikbegeisterung von Frau Oberin auf die Schürze

Am nächsten Morgen war als Überschrift in allen Zeitungen von Belo Horizonte zu lesen: Deutscher Organist entdeckt in unserer Hauptstadt die einzig bespielbare Orgel.

Dann wurden gleich die Kirche und die schleunigst eingerichteten Sonderverbindungen per Bus am nächsten Tag angegeben.

Erfolg oder Nervenattacke Nummer 2 – ein paar Stunden später löste ein Fernseh- oder Presseteam das andere ab. Interviews und Fotos waren nicht abzuwehren. Dabei wollte ich angesichts des durchs ganztägige Taxenfahren verlorenen Vortages ungestört üben, und außerdem hatte ich das Sonderkonzert für die Jugend des Collegios vor mir. Das wache Interesse, die Begeisterung für die entdeckte Orgel und der Charme der Reporter brachten auch mich in euphorische Stimmung. Das Üben brauchte weniger Zeit und das Konzert vor 400 quicklebendig fröhlichen, brasilianischen Schülern machte einen Riesenspaß. Abends überfüllte Kirche. Das übliche Bild buntgekleideter Brasilianer, darunter viel Jugend, aber auch viel sachverständiges Publikum.

Längst hatte ich begriffen, daß Brasilien zu den führenden »Klavierländern« der Welt gehört. Jedes zweite Kind scheint unmittelbar nach Verlassen des Embrionalzustandes und Eintritt in die schöne, bunte Welt dieses Landes an das nächstgelegene Klavier zu eilen, um dort die ersten Gehversuche mit solchen der kleinen Fingern an den Tasten zu begleiten. Es gibt eine riesige Zahl von Pianisten. Naturgemäß erreichen die wenigsten von ihnen eine Konzertkarriere. Es wird aber sehr viel unterrichtet, und es scheint einen Kreislauf zu geben, der viele Brasilianer erfaßt: Klavierstunden nehmen, fleißig ein großes Repertoire erarbeiten und dieses alles nach einigen Jahren durch Unterrichten an die nächste Generation weitergeben.

So muß ein internationaler Konzertpianist damit rechnen, wenn er das Podium etwa des Teatro Municipal von Rio oder São Paulo betritt, daß das halbe Publikum sein Programm selbst spielt und auswendig kann. Eine Vorstellung, die nicht nur angenehm, sondern auch eine Mischung von Herausforderung und zusätzlicher Nervenbelastung sein kann.

Als Organist hatte ich es da »besser«, aber man konnte davon ausgehen, daß viele Zuhörer mit »Klavierohren« sehr genau zuhörten und in ein solches Orgelkonzert mit der gleichen Erwartung kamen wie zu einem Klavierabend.

Mindestens die Hälfte stand auch nach diesem Konzert in langer Reihe an, um mich zu begrüßen, den Spieltisch zu sehen, Fragen zu stellen und in höchst interessanter Unterschiedlichkeit zu bekunden, was jedem am besten gefallen habe. Es kamen dann aber auch erstaunliche Kommentare dazu. »Interessant, daß Sie alle Triller in der Zeit spielen.« – »Beginnen Sie die Triller immer von oben?« – »Machen Sie auch bei Bach Ritardandi vor formalen Einschnitten?« – »Ich habe besonders gut die Mittelstimmen verfolgen können.« – »Machen Sie bei Bach auch Verzierungen, wenn er sie nicht vorgeschrieben hat?« usw.

Unter den zahlreichen Gratulanten steht dann plötzlich Professor Carlos Alberto Pinto de Fonseca vor mir, Leiter des international berühmten Ars Nova-Chores, Schüler von Schmidt-Isserstedt und Celebidache und anderen höchstkarätigen, europäischen Musikern, ein ausgezeichneter Dirigent und sehr interessanter Komponist. Große Sympathie beiderseits vom ersten Moment an. Einladung, als Gastdirigent des Chores in einem Jahr wiederzukommen. Man verläßt ein solches Konzert in einem Rauschzustand, als ob man Champagner getrunken hätte oder sich soeben heftig verliebt habe. So abwegig ist dieser Gedanke gar nicht. Man wird in ein solches

Publikum verliebt, und dafür nimmt man viel Taxifahrten in Kauf.

Eine wunderbare Belohnung gab es am nächsten Tag: Der Leiter des Goethe-Institutes hatte mich zu einer Fahrt zu dem berühmten Wallfahrtsort Congonhas eingeladen. Damals ging die etwa 100 km lange Fahrt noch durch eine voll bewaldete Berglandschaft, deren übppiges Grün und noch von Menschen unangetasteter Wildwuchs und bizarrer, mächtiger Bäume ein Zeugnis vom Urzustand des Landes abgaben. Einige Jahre später sollte sich das Bild traurig geändert haben: Riesige Kahlschlagflächen hatten die Landschaft total verändert. Kahle Berge und ausgedorrtes Land machten auf den Reisenden einen ärmlich kargen, ihn langweilenden, aber auch sehr nachdenklich machenden Eindruck. Ich verstand erst jetzt, warum ich in der Zwischenzeit in mehreren Orten ein Wahlplakat einer der politischen Parteien gesehen hatte: Wir kämpfen für ein grünes Brasilien! – Beim ersten Mal dachte ich wirklich, ich lese nicht richtig. Hier sah ich die traurige Wirklichkeit.

Congonhas ist einer der eindrucksvollsten Wallfahrtsorte, die ich kennengelernt habe, zu einer auf der Höhe eines Berges gelegenen Kirche führen zwei Treppen hinauf, an denen zwölf kleine Kapellen liegen, ein Kreuzweg also. Das Besondere ist, daß man mit dem berühmten brasilianischen Bildhauer Ale Jardinho (18. Jahrhundert) vertraut gemacht wird, der alle diese Kapellen ausgestaltet hat. Dabei erfährt man von der großen Lebenstragik dieses begnadeten Künstlers. Im Verlauf gerade der Arbeiten für Congonhas wurde er vom dem schleichenden Gift der Lepra befallen, was ihn immer mehr zum Krüppel machte, so daß er zum Schluß mit den Füßen und schließlich mit dem Mund seinen Pinsel geführt hat.

Ein doppeltes Leiden fällt einem in Congonhas also ins Auge: Der gemalte und geformte Kreuzweg Jesu und das Leiden ebenfalls zum Tode dessen, der ihn geschaffen hat. Dazu kam eine Einzelheit, die auf mich einen unvergeßlichen Eindruck gemacht hat. Bei einzelnen Stationen, in denen gottferne Menschen agieren, waren sie dadurch kenntlich gemacht, daß der Künstler ihnen die Schuhe vertauscht hat. Ein hochinteressantes Symbol der Falschheit und Widergöttlichkeit aus dem 18. Jahrhundert, das einen Musiker sofort an Bachs »falsche Töne« in der Matthäus-Passion denken läßt, die er etwa dem Judas unterlegt hat.

Der dritte Eindruck waren die betenden Menschen, oft von Armut gezeichnet, aber auch fröhlich wirkende, junge Menschen waren darunter. Das typische Bild südländischer Frömmigkeit, das so ganz anders ist als alles, was wir im Norden kennen und gewöhnt sind.

Mir wurde hier und an vielen anderen Orten Südamerikas deutlich, wie unsinnig es ist, annehmen zu wollen, das Christentum müsse auf der ganzen Welt die gleiche Gestalt haben. In mancher Predigt habe ich derartig intolerante Gedanken vernommen, die ich nie habe nachvollziehen können.

Man könnte ein eigenes Essay über die Tage »zwischen den Konzerten« schreiben, nicht nur in Südamerika, sondern in allen Ländern, die ich bereist habe. Wie oft durfte ich erleben, daß mein Konzert mir neue Freunde gewonnen hatte, daß Menschen länger mit mir sprechen, mir manchmal auch ihr Herz ausschütten wollten. Hier denke ich an einige Priester in Columbien, Venezuela, Mexiko und Brasilien zurück, die mich nach der Bogota-Rede von Papst Paul VI. darauf ansprachen, nachdem ich in ihrer Kirche konzertiert hatte. Im Grunde jedes Mal der gleiche Tenor: »Wenn wir doch den Heiligen Vater mit in unseren Beichtstuhl nehmen und ihm das persönliche Elend zeigen könnten, das verzweifelte Mütter zu uns treibt, die uns erklären: 'Herr Pfarrer, was soll ich machen, wir haben neun Kinder und nun erwarte ich das Zehnte. Wir bekommen nur den „salario minimo" und wissen nicht, wie wir davon leben sollen'.« Es gab bewegende, brüderliche, interkonfessionelle Gespräche, bei denen vielleicht das Wichtigste war, daß ein unvoreingenommener Ausländer einem solchen Pfarrer in Ruhe zugehört hat. Die Tür dazu hatte wieder einmal die Musik aufgeschlossen.

Aber es gab auch Fälle, in denen mir Menschen nach Konzerten einfach eine Freude machen wollten. Mehrfach wurde ich zu Rundflügen in Privatflugzeugen eingeladen. Im vorliegenden Fall aber in São Paulo zu einem herrlichen Segelausflug mit einer 5-Meter-Yacht auf der großen, früher schon erwähnten Ripresa, dem großen Stausee in der Nähe der Stadt.

Alles ging planmäßig und wunderbar vonstatten. Ich durfte ordentlich mithelfen, erst die Vorschot festziehen, dann auch Großsegel und Ruder ergreifen. Ein Genuß, nach vielen Stunden in Flugzeugen und an nicht immer künstlerisch ausreichenden Orgeln nun auf dem Wasser zu sein. Insel, Wälder und geheimnisvolle Buchten mit hervorschimmernden Dächern an sich vorüberziehen zu lassen, südliche Sonne zu genießen, zu schwimmen, und Gedankenaustausch mit dem überaus liebenswürdigen Gastgeber zu haben.

Nach Wendung am Ende des Sees in Richtung Heimathafen verließ uns der Wind völlig. Totale Ruhe auf dem Wasser, weit und breit auch nicht die geringste Brise zu sehen. Vor uns sechs Kilometer Rückfahrt, kein Problem, wenn der Motor angesprungen wäre. Aber genau diesen Gefallen tat er uns nicht. Alles Bemühen der verschiedensten Fachleute an Bord blieb erfolglos. Wie von Geisterhand geleitet tauchte vor uns in der Dämmerung ein großes Motorboot auf. »Brauchen Sie Hilfe?« – »Ja sehr, wir müssen zurück zu unserem Segelhafen und der Motor springt nicht an.« – »Ich kann Sie mitnehmen, ich muß auch dorthin.« Seligkeit und Erleichterung. »Der liebe Gott ist Brasilianer«, sagt man oft in solchen Fällen.

Vielleicht brachte die übergroße Freude über die unerwartete, schnelle Abhilfe manchen Leichtsinn mit sich, auf jeden Fall schrie plötzlich Frederico, unser Kapitän, auf genau in dem Moment, als unser Motorboot mit uns losfahren wollte: Das Abschleppseil hatte um sein linkes Bein eine Schlinge gebildet und zog sich nun mit Anzug des Abschleppbootes fest zu. Wir schrieen alle aus Leibeskräften »Stop, stop, por favor.« Eine scheußliche, aber Gott sei Dank bald überwundene Situation. Schlimmer sollte es dem deutschen Gast am Ende der Fahrt ergehen. Etwa 100 Meter vor Erreichen der Boje, an der unsere Yacht festgemacht werden sollte, löste unser Rettungsboot das Abschleppseil, und wir näherten uns mit langsamer werdender Fahrt dieser Boje. Am Bug kopfüber, die Arme zum Festhalten bereit, lag Captain Frederico. Ich sah, daß er sie wegen noch zu großer Geschwindigkeit verpaßte, und nun überkam mich der

Ehrgeiz, Deutschland solle Brasilien aus der Not helfen. Ich legte mich seitswärts auf die Bordkante, um das Bojenbiest zu erhaschen. Und siehe da, Triumpfgefühle durchwirkten mich, ich hatte es fest in der Hand. Aber: langsam aber sicher zog es mich, während ich fester und fester hielt, nach achtern bis die Trommel zum Festzurren der Vorschot meinen Brustkorb einen festen Widerhalt bot. Es machte knacks und der leichtsinnige, deutsche Gast hatte sich zwei Rippen gebrochen. Dieses alles bei Flaute!

Das Orgelkonzert zwei Tage später in Rio mußte optisch den Eindruck einer Schaufensterpuppe, die man an den Spieltisch gesetzt hate, gemacht haben. Ich konnte nur die Finger und Füße bewegen, nichts an Musik begleitender Körpersprache. Kirche voll, Beifall groß. Wie gut, daß die Orgel nicht vorne stand, sondern auf der Hinterempore. »Die Orgel hat gespielt.« Dieses Mal war ich für den mir sonst so verhaßten, unsinnigen Satz nicht undankbar.

Nachtgespräch über Heidegger am Swimmingpool in Bahia

Der erste Konzertbesuch in São Salvador, der Hauptstadt von Bahia, verlief im Vergleich zu Belo Horizonte geradezu reibungslos. Die Stadt selbst bietet mit ihrer herrlichen Lage am Meer, der großen Altstadt und zahllosen Barockkirchen dem Besucher ein ganz anderes Bild als die Hochhausmetropole Belo Horizonte. Natürlich wird man von tropischer Hitze empfangen, und daß ich zwei Stunden vor dem Konzert bei 30 Grad Hitze in der Kirche in die Orgel klettern und dort drei Trompetenregister stimmen mußte, ist fast nicht erwähnenswert. Nur wußte ich bisher noch nicht, daß musikalische Tätigkeiten so viel mit dem Gefühl, das man sonst in der Sauna hat, zu tun haben könne. Wer aber solches nicht liebt, sollte Orgelkonzertreisen nach Brasilien unterlassen.

Sieht man da nun vor dem Konzert diese vielen dunkelfarbigen und vorwiegend jungen Menschen in die Kirche strömen, sich in die Gänge setzend und an Säulen lehnend, spielt man einfach anders als zu Hause. »Die Orgel muß so jung klingen wie die Menschen aussehen, die sie hören wollen«, das etwa war mein persönliches Motto vor solchen Konzerten.

Nach dem Konzert fragte mich ein deutschsprachiger Ingenieur, der dort lebt und sich sehr nett von Anfang an um mich gekümmert hat: »Hätten Sie Lust, mit mir auf eine große Party bei einem der reichsten Leute dieser Stadt zu kommen? Ich bin dort eingeladen und habe Sie vorsorglich angemeldet.« Ich sagte gern zu und nach kurzer Autofahrt bogen wir in ein riesiges festungsartig eingezäuntes Grundstück, terrassenförmig am Berghang gelegen, mit traumhaftem Blick auf den Südatlantik und das Lichtermeer dieser trotz Armut von Vitalität und Lebensfreude überquellender Stadt ein.

Sicher waren es zweihundert Gäste, denen man begegnete, ständig das unverbindliche »muito prazer, como vai?« bei jeder Vorstellung stammelnd.

Als der Hausherr hörte, wer ich sei, bot er sehr liebenswürdig eine Haus- und Gartenführung an. Ich folgte gerne und fand zunächst alles höchst interessant, bis ich bemerkte, daß aus dieser Führung ein einziges Protzen mit seinem Reichtum werden sollte. Danach war mir nach meinem Konzert nun gar nicht zumute, und ich beschloß, als Gegengewicht selbst ganz fürchterlich anzugeben. Als er mir seinen Swimmingpool mit wahlweise weiß, grün, blau, rot oder lila Beleuchtung zeigte, sagte ich, mich interessiere dieser Pool besonders, denn ich sei Spezialarchitekt für Marmor-, Kachel- und Kristallswimmingpools.

Da der Herr schon mächtig einen hinter die Binde genommen hatte, glaubte er mir aufs Wort und in lallender Begeisterung bat er mich, mein Fachurteil über seinen Pool abzugeben. Nun legte ich los: »Insgesamt gefällt mir Ihre Anlage natürlich sehr gut, aber Sie sollten doch bedenken, ob Sie nicht die von mir entwickelte Unterwasser-Beobachtungsanlage einbauen sollten. Es gibt sie in drei Formen. Als Beobachtungskabine mit Glasscheibe in 1 Meter Tiefe an der Stirnseite, als gläsernen Gang an der Längsseite und schließlich als Rundgang um das ganze Bassin.

Nummer 1 hat den Vorteil, daß der Zugang unauffällig von außen so gestaltet werden kann, daß sich die Schwimmer absolut unbeobachtet fühlen. Nummer 2 und 3 bieten die Möglichkeit, von beiden Seiten, also von den Umkleideräumen und auch von der Gästeterrasse her betreten zu werden. Ihre nichtschwimmenden Gäste haben so die Möglichkeit, die Beinarbeit all der hübschen Morenas, die bei Ihnen ein- und ausgehen, zu beobachten. Die Anlage kann aber auch zu Unterrichtszwekken oder im Fall von einer entstehenden näheren Beziehung zur Begutachtung des bekleidungsfreien Gesamterscheinungsbildes und des anatomischen Bewegungsablaufes unter Wasser unschätzbare Dienste leisten.«

»Das ist ja fabelhaft, was Sie mir da erzählen. Bitte schicken Sie mir bald Material. Ich bin sehr an dem Einbau von Anlage 3 interessiert. Kommen Sie. Jetzt will ich Ihnen den interessantesten Gast unseres Abends vorstellen. Er ist Philosoph.« Ehe ich mich versah, stand ich Joachim de Carvalho gegenüber, der mich sogleich fragte, ob ich mich neben Musik und Schwimmbädern auch für Philosophie interessiere. »Aber ja, ich habe in Heidelberg ein Semester bei Karl Jaspers und vier Semester bei Hans Georg Gadamer gehört.« Nun begann ein etwa einstündiges Gespräch inmitten dieser Riesengesellschaft über Philosophie. Er war Schüler von Heidegger und hatte in Deutschland und Frankreich studiert. Die abenteuerlichste Geschichte seiner Erzählungen war, daß er ein Buch geschrieben habe »Philosophie gegen den Marxismus«. Mit dem Manuskript sei er vor einem Jahr durch halb Europa gereist und habe eine große Zahl bedeutender Verlage aufgesucht. Wohin er auch kam, ohne Ausnahme wurde ihm erwidert, wenn er eine »Philosophie für den Marxismus« geschrieben hätte, würde man das sofort drucken. Aber sein Thema würde zu wenig Menschen interessieren! Ich war darüber sehr betroffen, wußte auch kaum etwas dazu zu sagen und versuchte, so gut mein Portugiesich es erlaubte, in ein inhaltliches Gespräch mit ihm einzutreten, um zu erfahren, worin denn seine antikommunistische Philosophie bestehe. Dabei kam heraus, daß er ein frommer Katholik war und offensichtlich die Unvereinbarkeit von Christentum und Materialismus zum Hauptthema seines Buches gemacht hatte.

Jahre später erhielt ich eine französische Ausgabe seines Buches und bin mit diesem hochinteressanten Menschen auch lange in Verbindung geblieben. Er hatte sich auch intensiv mit Sartre und Jaspers beschäftigt und kannte den ganzen Existenzialismus, so schien es mir, genauestens. Ich habe viel von Joachim den Carvalho gelernt, an einem Swimmingpool in Bahia.

„Entwurf" des Autors für ein Schwimmbad mit Unterwassersicht für einen brasilianischen Millionär

Orgelkonzert mit Telefoneinlage

Ich suche verzweifelt nach einem anderen Wort für »unerwartet«, weil es besonders in Südamerika bei allen meinen Berichten so häufig, ich würde sagen »zu häufig« vorkommt. Sprechen wir also von »Überraschungen«. Aber sie sind es, die im Gedächnis haftengeblieben sind und letzten Endes große Lehrmeister für mich wurden, so unangenehm auch die jeweilige Situation gewesen ist.

Der zweite Besuch von Venezuela war verbunden mit einer Einladung des Erzbischofs von Mérida, im dortigen Dom ein Konzert mit Werken seines Lieblingskomponisten Johann Sebastian Bach zu geben. Auf meine Zusage kam postwendend ein begeisterter Brief, welche Ehre das für diese Stadt sei. Er würde alle Honorationen einladen und dafür sorgen, daß der gesamte Straßenverkehr um die Kathedrale umgeleitet würde. (Dieses stelle man sich bitte in Hamburg an St. Petri in der Mönckebergstraße vor!)

Schon die Ankunft war aufregend. Man landet mit einer kleinen Propellermaschine zwischen bis zu 6000 m hohen Bergen auf einer Piste, die damals bestimmt nicht länger als 800 m war.

Eine Delegation würdiger Herren holte mich ab. Ein Empfang, der jeden Außenminister gut zu Gesichte gestanden hätte. Fabelhafte Hotelunterbringung mit Suite und allem erdenklichen Komfort. Hochstimmung beim so herzlich empfangenen deutschen Gast.

Bei der ersten Orgelprobe ein erhebender Eindruck: Wunderschöner, halbdunkler Innenraum der großen Kathedrale, der Orgelspieltisch vorn, halblinks vor dem Altar, von allen Seiten gut einzusehen. In solchen Fällen freut man sich, das

Orgelspiel auch zeigen zu können und ein Auswendigprogramm, das keines Registranten bedarf, bei sich zu haben.

Das Instrument, wenig farbig im Klang, aber wenigstens auf zwei Manualen und Pedal spielbar. Man bricht in Südamerika in Seelenjubel aus, wenn alle Töne funktionieren und die Orgel einigermaßen gestimmt ist.

Der Konzertbeginn war auf das Feierlichste programmiert: Ich wurde gebeten, mich am Hauptportal der Kathedrale einzufinden. Dort wartete der Herr Prälat mit einigen Priestern auf mich. Beim Empfang erhob sich eine tausendköpfige Hörergemeinde und klatschte Beifall, als hätte ich soeben Widors f-Dur-Toccata gespielt. Vorne stand der Erzbischof, umgeben von Persönlichkeiten der Universität, des Staates und von einigen Generälen.

Als ich vor ihm stand und meine tiefe Verbeugung gemacht hatte, überreichte er mir ein traumhaftes Gastgeschenk: Ein großes Silbertablett mit eingraviertem Datum dieses Abends. Gemessenen Schrittes mit vermutlich dankbar ergriffenem Gesichtsausdruck, näherte ich mich dem Orgelspieltisch. Unbeschreibliche Stille, für Südamerika äußerst ungewöhnlich, umgab mich. Ich fühlte tausend Augenpaare auf mir ruhen und begann mit dem d-moll-Konzert nach Vivaldi von Bach.

Eine delikate Trio-Registrierung sollte den Anfang fröhlich und konzertant erscheinen lassen. Doch, was merkte ich nach den ersten Takten? Eine erhebliche Anzahl von Tönen kommt überhaupt nicht. Es spielt sozusagen nur jeder zweite Ton. Liebe Leserin und lieber Leser, stellt Euch bitte vor, was das für ein Gefühl ist, in dieser Situation die Augen von Erzbischof, Präsidenten und Generälen auf dich gerichtet, im konzertanten Spiel dauernd, wenn auch nur teilweise »ins Leere« zu greifen.

Was kann passiert sein, dachte ich noch weiterspielend. Es gab tausend Möglichkeiten, irgendein Abstellknopf für bestimmte Register zum Beispiel, den ich nicht gesehen hatte, eine falsch eingestellte Kombination? Dieses Biest von Knopf, das ein Pianopedal in Erscheinung treten läßt, das immer dann wimmert, wenn man auf dem leisesten Manual spielt und für forte fortissimo brüllt, wenn man auf dem Hauptwerk spielt. Nichts war zu sehen. Schließlich jedoch blieb mein Blick – ich spielte noch immer weiter – auf dem Voltmeter stehen, und sogleich bemerkte ich, daß dieser nur die Hälfte des notwendigen Stroms anzeigte. Inzwischen hatte ich auch gehört, daß jeder zweite Ton in der Ganztonreihe von cis bis h nicht spielte. »Du mußt abbrechen, sonst blamierst du dich bis auf die Knochen!« war der Befehl, den mir mein musikalisches Gewissen erteilte. Mit einer resignierenden Handbewegung hörte ich auf, gerade bevor die schönen Akkorde vor der Fuge kommen sollten. Ein k.o.-Schlag in der ersten Runde einer Schwergewichtsboxermeisterschaft mag eine vergleichbare Wirkung auf das Publikum haben.

Geraune, ratlose Kopfbewegungen der Prominenz am Altar und herbeieilende Menschen bestimmten die Szene. »Señor, was ist passiert? Ist Ihnen schlecht? Sollen wir einen Arzt holen?« Natürlich scheint in Merida kein Aas deutsch zu sprechen, alle Sorgen werden mit in nervös-besorgt fließendem Spanisch vorgetragen.

Es gelingt mir, wenn auch sicher mit vielen Fehlern zu erwidern: »Nein, danke, es geht mir gut, aber die Orgel braucht Strom. Die Hälfte der Tasten kommt nicht. Sie müssen das Elektrizitätswerk anrufen!« – »Oh, das geht nicht, wir haben keine Telefonnummer und wissen außerdem gar nicht, was wir dort erklären sollen.« In diesem Augenblick fällt mein Blick oben rechts auf einen Telefonapparat. »Beschaffen Sie mir die Nummer sofort, ich rufe selber an!« Inzwischen umgibt uns eine Traube von Menschen, als wären hier mindestens zehn

Menschen zu Tode gekommen. Ein Kaplan stürzt herbei: »Aqui tenemus el numero.« Ich spreche vor lauter Aufregung wahrscheinlich sogar einigermaßen richtig und erkläre der anderen Seite: »Hier ist die Kathedrale, versammelt sind der Erzbischof, die Universität, Regierung, Generalität und tausend Menschen. Sie wollen ein Orgelkonzert hören. Das geht aber nicht, weil Sie zu wenig Strom liefern. Bitte ändern Sie das so schnell wie möglich!« – »Vamos a ver.« Die übliche Antwort. Fünf Minuten ängstliches Warten. Dann aber der erlösende Moment. Das Voltmeter steigt auf die doppelte Höhe, alle Töne funktionieren. Ich beginne von vorne. Das Konzert verläuft ohne weitere Zwischenfälle. Großer Erfolg am Schluß. Die Frage erübrigt sich, wo ich eigentlich meine Nerven gelassen hatte. Aber um eine Erfahrung war ich reicher, die vermutlich kein Organistenkollege bisher gemacht hat: Im Orgelkonzert mit dem Elektrizitätswerk des Ortes zu telefonieren.

Nur sind mir nach wie vor Orgelkonzerte ohne Telefon zwischen Einleitung und Fuge von Bachs d-moll-Konzert lieber.

Eine weitere Reise führt mich erstmalig nach Kolumbien. Zu meiner Überraschung und Freude finde ich in Bogotá in der Bibliothek Louis Angel Aranje eine richtig gut gebaute Walcker-Orgel vor, gepflegt von einem in Bogotá lebenden deutschen Orgelbauer. Ich spielte Buxtehude, Bach, Reger, Messiaen und ein eigenes Stück. Nach dem Konzert kommt mindestens die Hälfte des Publikums und bedankt sich. Die meisten finden die zeitgenössischen Stücke am interessantesten. Ich bekomme so immer mehr Mut, auch in Südamerika kein Konzert mehr ohne Musik der Gegenwart zu spielen, es sei denn, es wird ein Bach-Abend gewünscht.

Mit Spannung fliege ich zum ersten Mal nach Medellín. Noch hat sich diese große, landschaftlich wunderschön gelegene Stadt nicht zu dem berüchtigten Drogenzentrum entwikkelt, vielmehr erfahre ich, daß sie eine der größten Kathedralen Lateinamerikas besitzt.

Ähnlicher Auftakt wie in Venezuela, nur bin ich beim Einzug von noch mehr Geistlichkeit umgeben. Wieder volle Kirche und minutenlanger Beifall. Der Weg zum Hochaltar ist länger. Man sagt mir, die Kathedrale von Medellín habe die Ausmaße des Kölner Domes. Vor dem Hochaltar Begrüßung durch den Bischof. Anschließend wird mein Lebenslauf vorgelesen. Zum Glück steht da nichts von meiner lutherischen Konfession drin, vielleicht hätte man mich sonst nur durch eine Hintertür zur Orgel hineingehen lassen.

Nach Durchschreiten des langen Mittelganges in umgekehrter Richtung fahre ich mit einem Aufzug sicher 20 m hinauf zur Orgelempore. Dort empfängt mich mit großer Höflichkeit und spanischem Charme mein Kollege, der Herr Domorganist.

Endlich kann ich mich auf meine Musik konzentrieren. Beginnend mit der großartigen E-Dur-Toccata des Bach-Schülers Johann Ludwig Krebs, spiele ich einige Orgelchoräle und komme zum schwersten und sensibelsten Stück des Programms, der Triosonate C-Dur von Bach. Herrliche Kammermusik, leise registriert und alle Konzentration des Spielers fordernd. Mitten im ersten Satz der nächste Angriff auf meine Nerven: Etwa 30 cm neben meinem Ohr klingelt laut ein Telefon. Mein liebenswerter Kollege fängt sogleich zu schimpfen an, statt den Hörer sofort abzunehmen und wieder aufzulegen. »A quién se le ocurre molestar durante el concierto?« Es klingelt und klingelt, ich bin im Mittelteil des ersten Satzes und schleudere beim Spiel vor weit über tausend Menschen aus mir heraus: »Coja el teléfono!« Der Kollege nimmt solches ernst, und nun entspinnt sich 30 cm neben mir ein lebhaftes Gespräch: »Si señor, – wir sind in der Mitte der Nummer mit den drei Sätzen, der Triosonate C-Dur.« – »Schluß jetzt, bitte sofort aufhören!« – wüte ich in deutsch aus mir heraus, da ich Bachs Triosonaten zwar viel geübt hatte, aber nicht, dabei spanisch zu sprechen. »Wer war das?« erkundige ich mich vor dem langsamen, noch leiseren Satz. »Das war der Herr Bischof aus der Sakristei. Er wollte sich erkundigen, welches Stück Sie im Augenblick spielen. Er verstünde nicht sehr viel von Musik.«

Ich glaube ihm aufs Wort, bin böse, was den dramatischen Teilen des heutigen Programmes vermutlich gutgetan hat.

Porto Alegre – Besenstiel als Lampenschalter Bachs C-Dur-Toccata mit verlängertem Pedalsolo

Die meisten Konzerte auf meinen Reisen, die öfter von Mexiko bis Chile reichten, fanden in Brasilien statt. Jedes Mal kam ein neuer Ort hinzu, diesmal war es die südbrasilianische Metropole Porto Alegre, eine Hafenstadt etwa von der Größe Hamburgs. Am Flughafen holt mich Donna Eva Sopher, aus Frankfurt stammend, ab. Ich erfahre von dem hohen Maß ihrer Vorbereitungen für meine beiden Konzerte, auch von vielen Schwierigkeiten, vor allem aber von dem großen Interesse, das der wohl auch in Porto Alegre so gut wie unbekannten Orgelmusik entgegengebracht wird.

Donna Eva ist die Präsidentin von Pro Arte und gehört zu den zahlreichen, meist aus Europa stammenden Damen, die das Musikleben vieler Städte Lateinamerikas aufgebaut und zu beachtlicher Blüte gebracht haben.

»Sie spielen in der größten Kirche der Stadt, und wir haben die Orgel überholen lassen.«

Es ist keine gute Orgel, aber sie funktioniert, und ich kann das von mir erbetene Bach-Programm einrichten. Wieder heißt es, so gut wie möglich »an der Orgel vorbei« zu musizieren, um dem vermutlich hochmusikalischen Publikum Bach'sche Orgelmusik so nahe wie möglich zu bringen.

Am Abend ist die Kirche bis auf den letzten Platz gefüllt. Wiederum atemlose Stille beim Beginn des Programmes. »Gib dein Bestes, dieses wunderbare Publikum kann ja nichts dafür, daß es keine bessere Orgel hier gibt und kennt auch vermutlich keinen anderen Klang«, tönt es in mir. Ich selbst gerate mehr und mehr in diese Art Versunkenheit und Trance, die Spieler wie Hörer ergreift, wenn sie sich vom großen Bach in seine

Wunderwelt von Tönen, Klängen und tiefsinnigen Gedanken entführen lassen.

Das vierte Stück des Programms ist die Toccata Adagio Fuge C-Dur, eines der großartigsten und virtuosesten Werke, die Bach geschrieben hat.

Trotz der trägen, pneumatischen Traktur gelingt die Einleitung mit Staccatotechnik locker und durchsichtig. Der heitere Grundton des Stückes scheint getroffen zu sein. Nun folgt das große Pedalsolo mit neunzehn Takten, die ausschließlich mit den Füßen zu spielen sind. Ich spiele die ersten vier Töne und möchte fortsetzen, aber was höre ich: Der letzte Ton bleibt hängen und gibt mit einem Mal einen Dauerton in die Kirche und die andächtig lauschende Hörerschaft. Es war, als sei ein Überseedampfer in den Hafen gekommen und betätige ausführlich sein tiefes Fernsignal.

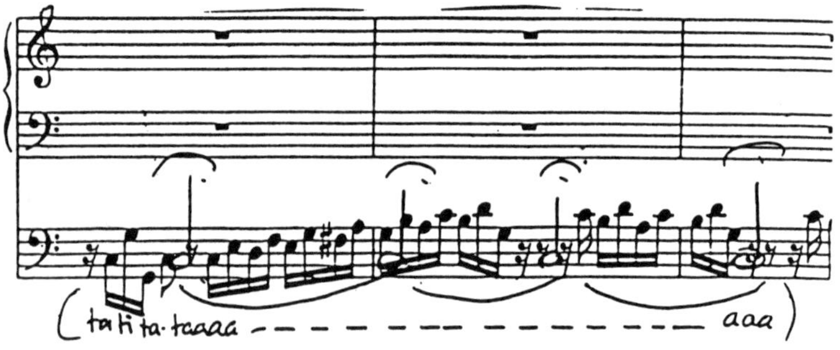

Ich bin dankbar, einen so schrecklichen Moment nur dieses eine Mal in meinem Leben erlebt zu haben.

Mitten im Konzert heißt es, abbrechen, den Ton abstellen und überlegen, was zu tun sei. »Veni creator spiritus – komm heiliger Geist« tönt es in mir. »Hilf, daß wir den Schaden beheben können und dieses andächtige Publikum nicht nach Hause schicken müssen.«

Schon eilt der Pastor herbei, dieses Mal nicht mit einem Besenstiel, sondern mit mehreren Schraubenziehern.

»Wir müssen das Pedal abschrauben, herausziehen und sehen, ob an der C-Taste die Feder gebrochen oder nur abgefallen ist. Machen Sie das bitte, Sie verstehen von Orgel viel mehr als ich.« Was bleibt mir da anderes übrig als vor tausend besorgten Zuschauern die Jacke auszuziehen und in Hemdsärmeln mit den Schraubenarbeiten zu beginnen. Dann die große Spannung beim Herausziehen: Ist die Feder gebrochen oder nur abgefallen? Das Schicksal meinte es gut, sie war nur abgefallen, alles konnte wieder verschraubt werden und nach zehn Minuten konnte ich das Konzert fortsetzen. Wieder einmal mit dem Seelenkommando: Spiel so, als wenn nichts in diesem Konzert vorgefallen wäre!

Ich begann die C-Dur-Toccata nochmals von neuem. Je mehr der berüchtigte C-Ton im Pedal kam, umso ängstlicher wurde ich. Aber nichts passierte, auch die Lampe ging nicht mehr aus.

Nach dem Konzert schütteln mir wieder viele Menschen die Hand, aber kaum einer erwähnt den Zwischenfall. Das brasilianische Publikum scheint so etwas gewöhnt zu sein. Ich hingegen denke jedes Mal beim Spielen der C-Dur-Toccata an jenen Moment, einen Schraubenzieher jedoch habe ich mir deswegen nicht an die Orgel mitgebracht.

Der Schock mit dem Pedal C hatte auch Frau Sopher so getroffen, daß sie das zweite Orgelkonzert in eine andere Kirche verlegte. Dort hatte ein paar Jahre zuvor der Jesuiten-Pater Odilon Jaeger eine Orgel gebaut, bei der die meisten Pfeifen aus Bambus bestanden.

Der riesige Preisunterschied zum teuren Zinn hatte ihn auf die Idee gebracht. Wie andere Leute Briefmarken sammeln, hatte er sich mit der einschlägigen Literatur vertraut gemacht und wurde neben seinem Priesteramt zu einem richtigen Orgelbauer. Am meisten bewunderte ich, wie er durch eigene Laborversuche eine Imprägnierflüssigkeit gegen Ungeziefer entwickelt hatte und auf die Idee gekommen war, die späteren Bambuspfeifen zu kochen. Damit erreichte er einen viel größeren Härtegrad. Die Pfeifen sollten so eine größere Lebensdauer haben und, soweit mir bekannt, hat er das auch erreicht.

Eine weitere gute und sehr interessante Idee hatte Pater Odilon, indem er die beiden Manualwerke auf die Stirnseiten der Kirche rechts und links vom Altar verteilte. So kam eine regelrechte Stereowirkung heraus, und die Zuhörer konnten jeden Manualwechsel deutlicher wahrnehmen als bei vielen anderen Orgeln.

Der Klang der Bambuspfeifen ist sehr weich, flötenähnlich. Bei einzelnen Tönen glaubt man, eine alte Orgel vor sich zu haben. Nach diesem Eindruck habe ich versucht, mehrere Orgelbauer in Deutschland für Bambus zu interessieren. Leider mit keinem Erfolg. Dabei dürfte der Preisunterschied von einem Bambusprinzipal zu einem solchen aus Zinn zwischen 1:50 und 1:100 liegen.

Pater Odilon war aber in Südamerika mit seiner Bambusidee durchaus bekannt geworden. So erzählte er mir bei meinen

Proben auf der Orgel, daß er kürzlich ein Angebot vom Erzbischof von Asunción in Paraguay erhalten habe, ihm eine Bambusorgel in seinen Dom zu bauen. Er bot ihm als Honorar für jeden Arbeitstag eine Kuh an. Pater Odilon fuhr fort: »Ich habe den Auftrag des Erzbischofs abgelehnt, weil ich nicht weiß, wo ich so viele Kühe unterbringen soll.«

Das Konzert gelang. Es machte Freude, auf der Orgel zu spielen. Sie machte keine technischen Schwierigkeiten und gehörte so zu den durchaus in der Überzahl befindlichen südamerikanischen Konzerten, in denen ich nicht am Telefon gestört wurde und auch keinen Schraubenzieher brauchte.

Ein paar Jahre später hatte ich die Aufgabe, Heinz Werner Zimmermanns Missa profana für Soli, Chor, Orchester und Jazzband in Manila (Philippinen) zu dirigieren. Da ich wegen zahlreicher Proben eine Zeit am Ort war, kam es zu einem kurzfristig angesetzten Orgelkonzert auf der dortigen, viel berühmteren Bambusorgel, die vor kurzer Zeit von der Generalüberholung durch die Firma Klais aus Bonn zurückgekehrt war. Der Vergleich zu Porto Alegre war für mich hochinteressant.

Zunächst stand ich vor der Tatsache, daß ein belgischer Jesuitenpater 100 Jahre vor Pater Odilon offensichtlich die gleichen Ideen hatte. Zwei Priester aus Europa hatten also an ganz verschiedenen Punkten dieser Erde und zu unterschiedlichen Zeiten das gleiche »Hobby«, den Orgelbau, und beschäftigten sich, soweit ich feststellen konnte, mit ganz ähnlichen Konservierungsmethoden an der Bambuspfeife.

Dennoch sind beide Orgeln grundverschieden. Während die brasilianische Orgel keinem historischen Vorbild nachgebaut ist, sondern eher im Hinblick auf ihre liturgischen Funktionen im Gottesdienst disponiert ist, hat die philippinische Bambusorgel eindeutig frühbarocke spanische Orgeln zum Vorbild.

Sie ist einmanualig, hat geteilte Register für die rechte und linke Hand, spanische waagerecht in die Kirche ragende Trompeten und – leider – ein kaum oder schwer spielbares Pedal, nicht über eine Oktave gehend, aber in den Tastenabständen auf die ganze Spieltischbreite verteilt!

Man findet sich ohne mehrfaches Üben mit dieser Anordnung nicht zurecht. Außerdem erschwert das Registrieren die für heute lebende Organisten ungewohnte Aufteilung der sogenannten Aliquoten. Das sind eingebaute Obertonregister wie Quinte und Terz, die normalerweise durchgebaut sind. Hier repetiert in der Mitte eine Quinte 1 1/3 zur Quinte 2 2/3, also eine Oktave tiefer im Verhältnis zum Diskant.

Als ich mich über derartige Fragen mit den Patres unterhalten will, wird ihre Zurückhaltung immer größer. Erstens wollen sie davon nichts wissen, daß es woanders in der Welt auch noch Bambusorgeln gibt. Die Einzigartigkeit des Instruments von Manila gehört zweifellos auch zu ihren Werbemethoden für jährliche Festivals an dieser Orgel.

Zweitens ist die Frage einer unter künstlerisch notwendigen Gesichtspunkten Veränderung von Einzelheiten der Registerdisposition für sie ebenso tabu wie die Frage einer Änderung der Anordnung des Pedals.

Manila war für mich ein herausragendes Beispiel, bei dem ich mich bis heute frage, ob es richtig ist, ein historisches Instrument mit allen seinen von der Entwicklung seit Jahrhunderten überholten Mängeln unverändert für viel Geld zu restaurieren oder sich zu bemühen, den originalen Klang so gut wie möglich zu erhalten, die Spielbarkeit aber für uns heute lebende Musiker zu verbessern.

An diesem Punkt scheiden sich auch in der Gegenwart die Geister. Ich bekenne, daß für mich Aussehen und Klang alter Instrumente im Vordergrund stehen, die technische Seite aber, die keiner unserer heutigen Hörer bemerkt, im Sinne besserer Spielbarkeit, wenn auch mit Vorsicht und Verantwortungsbewußtsein, heutigen Bauprinzipien angenähert werden sollte.

Den großen Gewinn hierbei haben die Hörer, denen eine reichere und vielseitigere Literatur angeboten werden kann, als es auf dem unveränderten Original möglich ist.

Erdbeben in Lima

Ich muß beginnen mit einem Gespräch, das ich einige Tage zuvor mit dem aus dem Baltikum stammenden Küster der evangelisch-lutherischen Kirche in Caracas geführt hatte. »Wie geht es Ihnen, und wie fühlen Sie sich in Caracas?« hatte ich gefragt. – »Oh, jarnich jut.« – »Aber warum nicht?« – »Ich habe Angst.« – »Wovor denn?« – »Wird sich jeben Erdbeben bald.« – »Woher wissen Sie denn das?« – »Hat jesagt beriehmter Wahrsager.« – »Na, Sie sind mir aber kein sehr überzeugender Christenmensch, wenn Sie an so etwas glauben.«

Zwei Tage später spielte ich in der Iglesia del Resurrectione auf der mich immer wieder begeisternden mechanischen Orgel, in Caracas gebaut von Detlev Kleuker aus Westfalen und dachte nicht weiter an das Gespräch mit dem alten Küster. Am nächsten Morgen flog ich über die Anden mit herrlichem Blick auf schneebedeckte Gipfel nach Lima.

Dort stand die erste der zahlreichen Orgeln, die Detlev Kleuker, ein großgewachsener blonder, blauäugiger, ein glänzend aussehender Mensch, zu dessen Freunden ich mich habe zählen dürfen, gebaut hatte.

Am Nachmittag hatte ich meine erste Probe in der Kirche, ein geräumiger Bau, die Orgel hinten wie üblich auf der Empore, Spieltisch mit Blickrichtung zum Altar aufgestellt. Ich bin allein in der Kirche und bin nach einer Stunde mit dem Einregistrieren meines Programmes fertig. Beim Durchspielen einer Toccata merke ich, daß es in der Kirche langsam, aber sich steigernd, zu knistern beginnt. Kinder, denke ich, die dich vermutlich in der nächsten Zeit erheblich stören werden. Aber es klang nicht nach Kinderlärm, sondern die Bänke schienen zu knistern, und nun sehe ich etwas, was ich nie in meinem Leben vergessen werde: Alle Fenster der Kirche, zur Linken und zur Rechten, fangen an sich zu bewegen, als seien sie aus Gummi und werden von unsichtbaren Händen an ihren Seiten in Gegenbewegung jeweils nach unten oder oben geschoben.

»Leider bist du dabei, deinen Verstand zu verlieren. Das was du siehst, gibt es nicht. man wird dich noch heute in die Klapsmühle stecken. Schade!« – In der nächsten Sekunde durchfährt es mich wie der Blitz. »Du wirst nicht verrückt, sondern das ist ein Erdbeben.«

Schneller bin ich niemals vorher von der Orgelempore die Treppen heruntergelaufen und aus der Kirche gestürzt wie in dieser Minute.

Draußen befanden sich viele Menschen, die dasselbe taten. Unheimliches Rumoren aus der Erde unter uns. Niemand ahnte, wie es weitergeht. Von einer Sekunde zur anderen fühlte man sich vollkommen machtlos, ohnmächtig und in Gottes Hand.

Nun fiel mir der Küster aus Venezuela ein. Und am Abend hörte ich in meinem Hotel, daß das viel schwerere Erdbeben am Morgen, vielleicht zwei Stunden nach meinem Abflug, in Caracas stattgefunden hatte. Dieses war eine der nicht seltenen Momente in meinem Leben, in denen ich deutlich spürte, daß man solche vermeintlichen Wahrsagungen nicht vorschnell als Aberglauben abtun darf. Ich denke, sie haben etwas mit Vorahnungen zu tun, und die gibt es, sofern wir einsehen, daß die Dimension von Raum und Zeit uns nicht nur umgibt, sondern weit über unser begrenztes menschliches Denken und Begreifen existent ist.

Skatspiel in Mexiko

Nach Mexiko als Organist zu kommen, gehörte vom ersten Moment an zum Spannendsten, Eindruckvollsten und Lehrreichsten, was ich auf allen Konzertreisen erlebt habe.

Schon die Hinreise versetzt einen in einen Rauschzustand, die Neugierde von Flugstunde zu Flugstunde steigernd. Nie in meinem Leben hatte ich im Verlauf einer Reise zweimal Mittag gegessen, zweimal Kaffee getrunken und drei volle Abendessen zu mir genommen.

Es ging in Hamburg um 12.00 Uhr los, Richtung Frankfurt: Erstes Mittagessen. Frankfurt – New York: Zweites Mittagessen, Nachmittagskaffee, erstes Abendessen.

Nach deutscher Zeit Ankunft in New York gegen 22.00 Uhr, dort aber ist es 16.00 Uhr. Fröhliches Zusammentreffen mit Freunden: Zweites Kaffeetrinken. Abflug nach Mexiko nach deutscher Zeit 0.00 Uhr nachts: Zweites Abendessen, serviert von bildhübschen mexikanischen Stewardessen mit pechschwarzem Haar und dunklen, feurigen Augen. Ob es Todmüdigkeit oder Irritation durch diese exotischen Schönheiten war, weiß ich nicht. Auf jeden Fall schwappt eine herrliche Krabbensuppe vom Teller direkt auf meine frischgereinigte helle Sommerhose und verteilt sich dort regelmäßig.

Verzweifelt suche ich das Mini-WC auf und versuche, mit Wasser die Flecken so gut ich kann zu beseitigen. Ankunft in Mexiko nach deutscher Zeit 05.00 Uhr morgens. Dort erwartet mich ein reizendes Pfarrerehepaar und lädt mich sogleich am Flughafen zum Abendessen, dem dritten ein. Als Begrüßung gibt es Whisky-Soda, beim Anstoßen aber verliert Frau Pfarrer in bezug auf ihr Glas das Gleichgewicht und schüttet es mir voll auf meine Hose. »Oh, wie schrecklich unangenehm, bitte entschuldigen Sie vielmals, wir bringen selbstverstädnlich morgen Ihre Hose zur Reinigung!« – Mensch, halt die Schnauze, dachte ich, murmelte etwas Verlegenes: »Ich bitte Sie, das macht doch überhaupt nichts« und jubele über die reizende Hilfe, das von mir selbst verunreinigte Beinkleid wieder in Ordnung zu bringen.

Die nun folgende Woche gehört zu den stärksten Eindrükken meines Musikerlebens. Drei Konzerte sind geplant. Erstes Programm: Zeit vor Bach bis Bach. Zweites Programm: Bach. Drittes Programm: Romantik und 20. Jahrhundert.

Um es vorwegzunehmen: Der dritte Abend war am besten besucht, der Beifall bei zeitgenössischen Werken am größten.

Zwischen den Konzertabenden sind jeweils zwei bis drei Tage Pause, die es ermöglichen, neben den Vorbereitungen des nächsten Abends noch einige Zeit den verlockenden und von den Gastgebern sehr liebevoll ausgedachten Exkursionen zu widmen. Das Ehepaar Stierle (aus Stuttgart stammend und in Mexikos Metropole ein wunderbar unbeirrtes Schwäbisch zu genußvollen Klängen bringend) gehört zu den Menschen, die, kaum daß man sie kennengelernt hat, in kürzester Zeit zu Freunden werden – keine Barrieren, kein vorsichtiges Abtasten, sondern wunderbarer Kontakt von der ersten Minute an.

Meine Ausflüge führen mich zu den Pyramiden von Thehutihuacan und Tepozotlan, in die Silberstadt Taxco, vor allem aber auch in das prähistorische Museum von Mexiko, dann in die in vieler Hinsicht zutiefst beeindruckende Kathedrale.

Zweierlei möchte ich hier festhalten: Den faszinierenden Eindruck der beiden großen spanischen Barockorgeln und die Aztekentänze vor der Kathedrale nach dem sonntäglichen Hochamt.

Als ich die Orgeln sehe, jubelt mein Herz: *Hier* mußt du das nächste Mal spielen. Das ist der schönste Ort in deinem musikalischen Leben.

Auf Befragen, ob man die Instrumente anschauen dürfe, wird mir geantwortet, beide Orgeln seien unbespielbar. Die Gottesdienstmusik werde durch eine Hammond-Orgel (!) bestritten. Ich hätte schreien können. Da sieht man eine wunderbare Fassade an den beiden gegenüberstehenden Orgeln, man nennt das Epistel- und Evangelien-Orgel, beide mit mehreren übereinanderliegenden Reihen von spanischen Trompeten waagerecht in den Raum weisend ausgestattet, und dann spielt hier irgendjemand Hammond-Orgel! Es ist zum Weinen. Gleich nach Rückkehr von dieser Reise schreibe ich an das Auswärtige Amt und schlage vor, hier als Entwicklungshilfe die Reparatur dieser Traumorgeln zu übernehmen. Leider keine Antwort. Wahrscheinlich fühlte der Adressat sich »nicht zuständig«. Später sind diese Orgeln, wie ich weiß, von der holländischen Weltfirma Flentrop restauriert worden.

Die Tänze, mit bunten Federn an den Gewändern und Glöckchen an den Fesseln der Tänzer, beeindrucken mich nach Besuch des Hochamtes sehr, bleiben doch die meisten Besucher des Gottesdienstes stehen und scheinen keine Schwierigkeiten damit zu haben, eben die Wandlung und Eucharistie gefeiert zu haben und nun den Kult der Vorfahren in diesen strenggenommen heidnischen, aber wunderschön anzuschauenden Tänzen zu verbinden.

Wie klein kommt man sich mit den Streitereien um das Abendsmahlverständnis zwischen evangelischen und katholischen Christen zu Hause vor.

Ein weiteres unvergeßliches Erlebnis ist der Besuch des Mercado de Sabado. Frau Pfarrer vergattert mich, auf keinen Fall irgendetwas, was ich kaufen möchte, zu mehr als 50 Prozent des angegebenen Preises mitzunehmen. Der Markt ist farbenprächtig wie die Natur mit all ihrer explodierenden Blütenpracht und den vielen, den Betrachter in Drogeneuphorie bringenden knallbunten Vögeln.

Als ich beim ersten Stand eine wunderschöne Stola für meine Frau mitnehmen möchte, beginnt die Zeremonie damit, daß der Verkäufer sich bekreuzigt. Dann aber geht das Handeln mit Hilfe von Frau Pfarrer los. »400 Pesos.« – »Nein, wir geben 150.« – »Oh, Sie machen mich arm, ich habe Frau und Kind und verhungere bei diesem Preis.« – »Na gut, 200.« – »Nein, das geht nicht, ich habe ja mehr dafür bezahlt.« – »Gut, dann gehen wir!« Frau Pfarrer nimmt mich, was mir keinesfalls unangenehm ist, energievoll beim Arm und macht Anstalten fortzugehen. Flugs kommt der dem Hungertode nahe Verkäufer uns nachgelaufen. »Hier haben Sie die Stola für 200.«

Bei aller Großartigkeit der geschilderten Eindrücke bleibt doch am meisten in mir das Kennenlernen des Sozialzentrums der evangelisch-lutherischen Gemeinde für die mexikanische Bevölkerung haften.

Der Vorgänger von Pfarrer Stierle, Pfarrer Dr. Müller, hat es gegründet und mit unglaublichem Charisma in kurzer Zeit zu einem Vorbild medizinischer Entwicklungshilfe gemacht. Ein Rundbau mit geräumiger Innenhalle und vielen Behandlungsräumen ist schon von der Gestaltung her einladend und beeindruckend.

Die Geschichte scheint so begonnen zu haben, daß Dr. Müller führende Ärzte aus Mexiko aufgesucht hatte. »Herr Doktor, ich komme nicht als Patient, sondern ich bin der deutsche Pfarrer und habe eine große Bitte an Sie.« – »Was kann ich für Sie tun?« – »Ich möchte, daß Sie eine Stunde pro Woche opfern und in unserem Sozialzentrum kostenlos arme Mexikaner, die sich keinen Arzt leisten können, betreuen.« Diese fröhlich vorgetragenen Unverschämtheiten erinnern mich sofort an den früher beschriebenen Birger Forell aus Schweden.

Auch hier scheint kein Arzt dem Charme und der Überzeugungskraft dieses begnadeten Kreativchristen widerstehen zu können. In kurzer Zeit hat Dr. Müller die wichtigsten und hervorragendsten Ärzte aller notwendigen Fakultäten zusammen, und es wird ein Modell christlicher Nächstenliebe in Mexiko geschaffen, das auf der ganzen Welt seinesgleichen suchen dürfte.

Auffallend viele Spiegel gibt es. Auf meine Frage hierzu erklärt mir Frau Pfarrer: »Diese Spiegel sind die notwendige erste Behandlungsschleuse. Die meisten Hilfesuchenden kommen in erbärmlichem Zustand, vor allem aber ungewaschen hier an. Sie werden dann vor den Spiegel gestellt. Ihnen wird klargemacht, daß ihnen so von niemandem geholfen werden kann. Sie werden anschließend gebadet und in saubere Kleider gesteckt. »Nur so kommst du morgen wieder, sonst wirst du hier nicht behandelt!« – In den meisten Fällen scheint das zu funktionieren, denn das Klinikum ist voll.

Was können Menschen, erfüllt von einer Idee und von Menschenliebe, alles erreichen! Das Sozialzentrum in Mexiko vergesse ich mein Leben nicht. Es ist ein Leitbild, bereichernd und herausfordernd für den, der es gesehen hat.

Nun sollte es sich zutragen, daß ich etwa nach drei Tagen kurz vor dem Mittagessen ein paar Minuten Zeit hatte, durch die Wohnung Stierle zu gehen und ein paar wertvolle Gegenstände, wie sie ein Auslandspastor im Lauf der Zeit zu sammeln pflegt, bewunderte. Auch beeindruckte mich die große Bibliothek, und so blieb ich vor einem Regal stehen, um das eine oder andere Buch in die Hand zu nehmen. Aber, was war dort an der Seite, was sich in einer Buchlücke meinen Augen bot? Ein Stapel von Spielkarten, gut erhalten und offensichtlich wenig benutzt. Eine neue Gelegenheit, Frau Pfarrer ein wenig anzuflachsen: »Liebe Hausfrau, was sehe ich denn hier in theologisch würdiger Umgebung? Ich kann mir doch nicht denken, daß in diesem Hause Karten gespielt werden?« – »Spielen Sie Skaaat?« kam sogleich die Gegenfrage. Ein Blitz traf mich aus schönen Pfarrfrauenaugen, mich freundlich und erwartungsvoll musternd. »Aber ja, liebe Frau Pfarrer, wenn Sie das nicht zu trivial finden – ich spiele.«

Nun erscholl es mit lauter Stimme durch die ganze Wohnung: »Harold, stell Dir vor, Herr von Kameke spielt Skat!« Im Eilschritt kam Herr Pfarrer gelaufen, und nun musterten beide mich, als wenn ich ein Zauberwort gesprochen hätte. »Das ist ja wunderbar. Wir spielen beide so gerne, haben hier aber keinen dritten Spieler und müssen natürlich hier auch sehr vorsichtig sein, damit kein Gerede in der Gemeinde aufkommt.

Die erste Bockrunde fand sofort nach dem Mittagessen statt. Eine Freude, zu sehen, wie diese lieben Menschen das genossen und wie die Kinder Überlegungen anstellten, wo in den nächsten Tagen noch Platz für weitere Spiele sei. »Morgen Abend sind wir bei Herrn und Frau XY eingeladen. Muß das sein? Können Sie nicht einfach absagen, wie sehr Sie überanstrengt sind und sich schonen müssen?«

Einzelheiten sind mir entfallen. Ich weiß nur, daß wir jede freie Minute vor und nach den Mahlzeiten Skat gespielt haben, heiter, erholsam und entspannend, wie es jedem Menschen guttut, bestimmt auch diesem höchst sympathischen Pastorenpaar in Mexiko. Wir haben mit ausgelegter Sieben und Grand mit 24 gespielt.

Der Abschied von Mexiko ist mir sehr schwer gefallen, aber zweimal durfte ich in den folgenden Jahren wiederkommen.

Mit dem Hamburger Bach-Chor in Südamerika

Wie von selbst hatten sich in den ersten Hamburger Jahren aus den Orgelkonzertreisen anschließende Reisen mit dem Chor in die gleichen Länder ergeben. So war es in Süd- und später Nordamerika.

Die Einladungen zur ersten Südamerikareise kamen aus Rio, São Paulo, Porto Alegre (Brasilien), Montevideo (Uruguay), Córdoba und Buenos Aires (Argentinien).

Gewünscht wurde in erster Linie Bachs H-moll-Messe, aber auch ein großes a cappella-Programm mit Werken alter Meister über Bach bis zur Moderne.

Ein Riesenvorbereitungsprogramm hielt mich ein gutes Jahr neben allen Aufgaben für die Hamburger Praxis in Atem.

Erster Antrag auf Unterstützung an das Auswärtige Amt. Die Antwort lautet: »Ja, aber... Nur wenn die Hamburger Industrie hilft, helfen auch wir.« Erste Antworten aus der Hamburger Geschäftswelt: »Nur wenn die Kirche hilft, werden wir auch vielleicht helfen.«

Wie diese Verknotungen lösen? Zwei Glücksfälle seien aus der Fülle der Besuche festgehalten. Zuerst meldete ich mich beim Präsidenten des Hamburgischen Kirchenamtes, Herrn Dr. Dietrich Katzenstein. Kaum hatte ich das Projekt vorgetragen, kam ohne Zögern die Antwort: »Ich meine, es ist äußerst wichtig, daß eine führende Hamburger Kantorei in die Welt kommt und sich für deutsche Kirchenmusik einsetzt. Ich werde dafür sorgen, daß Ihnen geholfen wird.« Ein namhafter Betrag wurde uns in Aussicht gestellt.

Höchst ermutigt wanderte ich mit dieser Zusage zu dem damaligen Chef der Dresdner Bank, Jürgen Ponto, den später ein so unsäglich tragisches Schicksal treffen sollte.

Als Herr Ponto von meinen Plänen erfuhr, sagte er nicht nur etwa dasselbe wie Dr. Katzenstein, sondern fügte nach der Nennung eines gleichhohen Betrages durch sein Haus hinzu: »Da müssen aber auch andere Banken mitmachen. Ich will Ihnen dabei helfen.« Ehe ich mich versah, setzte er sich vor mir auf seinen Schreibtisch, griff zum Telefonhörer und rief drei weitere Banken an. Jedes Mal sprach er aber nicht mit seinen Chefkollegen, sondern besprach alles bis in die Details mit deren Sekretärinnen, deren Vornamen er auch alle kannte und benutzte. »Annemarie, hier ist Herr von Kameke von der Hauptkirche St. Petri. Er hat mir eben von dem Plan erzählt, mit seiner Kantorei eine Konzertreise nach Südamerika mit Bachs h-moll-Messe zu machen. Ich finde das sehr wichtig. Mein Haus spendet dieses, bitte veranlassen Sie bei Ihrem Chef, daß Ihr Haus möglichst jenes, mindestens dasselbe bereitstellt.« In fünfzehn Minuten hatte Herr Ponto mir über DM 30.000,-- herbeitelefoniert. Ein unvergeßliches Erlebnis und ein Zeichen dafür, was passieren kann, wenn man mit einem guten Thema zur richtigen Zeit dem richtigen Menschen begegnet. Jürgen Ponto war eine große, außergewöhnliche Persönlichkeit. Das merkte man, sobald man ihm gegenüberstand.

Zu all den Vorbereitungsaufgaben künstlerischer und finanzieller Art kamen zwei weitere, kaum lösbar scheinende Probleme hinzu. Zum einen gelang es trotz lebhafter Korrespondenz nicht, Montevideo und Córdoba davon abzuhalten, auf genau demselben Tag als einzige Möglichkeit für die Aufführung der h-moll-Messe zu bestehen.

Auch Buenos Aires machte Terminschwierigkeiten, indem uns das Teatro Colón exakt und ausschließlich zwei Tage nach unserem mühsam ergatterten Charterflug zurück angeboten wurde.

Trotz knapper Finanzdecke entschloß ich mich, sechs Wochen vor Reiseantritt, die Tour alleine abzufliegen und zu versuchen, dieses Problem im persönlichen Gespräch zu lösen.

Erste Station: Montevideo. »Was kann ich für Sie tun?« empfing mich ein 1,50 m großer Generalintendant des Teatro Ossodre. »Verehrter Herr Intendant, es gibt da ein kleines Problem, daß wir beim besten Willen nicht die H-moll-Messe gleichzeitig bei Ihnen und in Córdoba singen können.« — »Wann würde es Ihnen denn besser passen?« – »Zwei Tage vorher.«

Illustrissimo Senor setzen die Brille auf, schlagen im Terminkalender nach und erklären in freundlichster Selbstverständlichkeit: »Kein Problem, das Datum paßt uns sogar besser!»

Die Wut, die mein Innerstes zum Kochen brachte, hätte mich bald dazu verleitet, diesem – man verzeihe es mir – Vorgartenzwerg an die Kehle zu springen.

»Berherrsche dich, lächle, sei froh und laß Dir nichts anmerken.« – Ich zwitscherte, von Frohsinn erfüllt, ihn wegen zahlreicher Sprachfehler offensichtlich erheiternde Dankesworte. »Wir müssen noch über das Honorar sprechen.« Frech, wie ich gestimmt war, behauptete ich, der doppelte Betrag dessen, was wir schriftlich ausgemacht hatten, sei angemessen. Ohne jede Gegenrede erklärte er, das sei in Ordnung. Es gab einen Handschlag wie unter Viehhändlern, nichts Schriftliches, einen abraço, der bei Körpermaßen von 1,50 m zu 1,86 m nur durch Verrenkungen des teutonischen Gegenübers möglich war, und beendet war die ganze Angelegenheit.

Zwei Tage später lange Unterredung mit Madame Erize, der Präsidentin des Mozartmuseums in Argentinien. Dort wurde uns das schönste aller Konzerte und das beste Honorar der ganzen Reise angeboten, aber nur zwei Tage später als für uns möglich war.

Großes Hin und Herr bei schmackhaftem Abendessen und köstlichem chilenischem Rotwein. Die Ratlosigkeit erreichte ihren Höhepunkt gegen Mitternacht. »Mir fällt etwas ein. Wir könnten meinen Freund P. B. anrufen, vielleicht kann er helfen.«

Am nächsten Morgen um 9.00 Uhr stand P. B. vor mir in meinem Hotel. »Was ist Ihr Problem?« wurde ich äußerst freundlich gefragt. Nachdem ich es geschildert habe, kam die Gegenfrage: »Können Sie vielleicht mit einer anderen Linie fliegen?« – »Lieber Her P. B. Wir haben seit Monaten *alle* Fluglinien gefragt. Keine außer dieser kann uns zu einem so günstigen Preis befördern.« – »Wie lange geben Sie mir Zeit?« – »Mein Flugzeug geht in vier Stunden, zwei Stunden Anfahrt nach Ezeiza, also zwei Stunden!« – Nach einer Stunde und 50 Minuten klingelte das Telefon. »Hier ist P. B. Ich habe gute Nachrichten für Sie. Sie können in Buenos Aires singen und am nächsten Tag nach Hause fliegen.« – »Aber zu welchem Preis, um Himmelswillen?« – »Zu Ihren mir genannten Sonderbedingungen.«

Wieder war ich überglücklich und äußerst wütend zugleich. Ohne diesen Alleingang im voraus wäre diese Konzertreise um einige Höhepunkte ärmer gewesen.

Zu Hause angekommen, schien die Reise perfekt zu stehen. Beim Nachhauseflug aber rechnete ich das ganze noch einmal durch und stellte fest, daß, wenn alles gutging, kein Defizit entstehen könne. Wie aber, so durchfuhr es mich plötzlich, wenn mein Chor unterwegs erkrankt und zum Beispiel »Montezumas Rache« unsere Reihen lichtet. Es brauchten ja nur acht der zwölf zweiten Soprane, einer besonders sensiblen Chorstimme, zu erkranken – aus wäre es mit der Darstellung der fünfstimmigen h-moll-Messe.

In den zahlreichen Sonderproben zu Hause schärfte ich dem Chor mit besorgter Miene ein: »Bitte kein Leitungswasser trinken, keinen Salat und kein Eis essen, sonst passiert Fürchterliches!« – Das Problem ließ mir keine Ruhe. Ich besuchte meinen Freund, Herrn Heinemann, Versicherungsmakler in Hamburg. »Das Problem ist mir noch nie vorgetragen worden. Lassen Sie mich ein paar Leute anrufen.« – Lauter Negativbescheide. Keine Versicherung wollte Derartiges in einem Vertrag mit uns absichern.

Das letzte Telefonat brachte uns die Rettung: Lloyds London hatte ein Verständnis für unsere Sorgen und schlug einen Sondervertrag vor, der auch noch preiswert ausfiel. Wieder fiel ein Stein von meinem Herzen. Zu früh leider, wie sich herausstellen sollte.

Neben den 65 Chormitgliedern und vier Solisten hatte ich drei Bachtrompeter aus Hamburg mitgebracht, die in dieser Qualität damals in südamerikanischen Orchestern nicht vorhanden waren. Es mag sein, daß ich versäumt hatte, auch diese Kollegen auf die oben beschriebenen Gefahren hinzuweisen. Auf jeden Fall kamen nach den ersten drei Tagen, die wir in Rio der Akklimatisierung und den ersten Orchesterproben gewidmet hatten, drei jammervoll aussehende, bleichgesichtige Gestalten auf mich zu – die drei Bachtrompeter! – und teilten mir mit, sie seien erkrankt: Montezumas Rache.

Glück im Unglück. Unser erstes Konzert fand nicht in einer Kirche, sondern im Teatro Municipal in Rio statt. Große Bühne mit Vorhang und der Möglichkeit, bei dringenden Bedürfnissen hinter demselben zu verschwinden.

In unseren gemeinsamen Beratungen an der Partitur konnte ich die Herren damit beruhigen, daß sie zwischen »Gloria« und »Gratias agimus« danach bis zum »Cum sancto Spiritu«, zwischen »Credo« und »Et resurrexit«, danach bis zum »et expecto«, danach Pause, viermal Gelegenheit hätten, den Opfergang hinter die Gardine zu erledigen. Lediglich »Sanctus« und »Osanna« verlangten zwölfminüten Aufenthalt auf der Bühne, während das »Benedictus« und »Agnus Dei« aber im Bedarfsfall noch eine Gelegenheit boten, sich vor dem »Dona nobis pacem« neue Kräfte zu verschaffen.

Wie von prophetischer Hand geleitet, hatte Bach in dem großartigsten seiner Werke alle diese Pausen offensichtlich für die hohen Trompeten eingeplant. Das Konzert fand statt, und keiner hat etwas bemerkt. Ist das nicht genügend Grund zur Verleihung des Dr. med.h. c. an den großen Bach?

Schwieriger zu lösen war das Problem mit dem Ersatz für den erkrankten brasilianischen Pauker durch einen dunkelhäutigen Herrn, Solopauker der Feuerwehrkapelle von Rio. Er hatte vermutlich den Namen Bach noch nie in seinem Leben gehört und schien der Meinung zu sein, in freier Improvisation unabhängig von jedem Notentext, die ganze h-moll-Messe mit schlagzeugartiger Daueruntermalung versorgen zu sollen. Mindestens drei Stunden Sonderproben waren notwendig, und im Konzert kam mir meine Würzburger Erfahrung mit dem dortigen, durch Alkoholgenuß nur bedingt konzentrationsfähigen Pauker zugute: Ich kannte die Paukenstimme und alle notwendigen Einsätze auswendig.

Schöne Aufführungen, wie ich sie aus den Orgelkonzertreisen kannte, folgten und inspirierten meinen Chor, der solches noch nie erlebt hatte, zu Höchstleistungen. Wo wir auch hinkamen, wurden wir mit den Worten empfangen: »Ihr Konzert ist total ausverkauft« – ein schönes Gefühl!

Damals gehörte diese schöne Metropole Uruguays zu den unsichersten Orten unserer Reise. Die Tupamaros trieben ihr Unwesen, und an jedem Abend wurde in den Straßen geschossen.

Dennoch war unsere Aufführung auch hier ausverkauft und wurde von einem der besten Orchester der ganzen Route begleitet. Bewegend am nächsten Tag in den Zeitungen zu lesen: »Dieser deutsche Chor mit diesem wunderbaren Werk ist uns wirklich vom Himmel gesandt, um Licht in die große Dunkelheit, die über unserem Land liegt, zu bringen.«

Zwei Begebenheiten am Rande, die eine erschütternd und bewegend, die andere erheiternd.

Dr. Erik Simon hieß unser Veranstalter, eine Persönlichkeit mit großer Ausstrahlung und mit jener Großzügigkeit in Rede und Gebärde, die internationale Erfahrung verrät. Man merkte sofort, daß man es mit einer ungewöhnlichen, besonders interessanten Persönlichkeit zu tun hat.

In der ersten Unterhaltung kam heraus, daß er vor dem Kriege aus Deutschland auswandern mußte, da er Jude ist. Das Schlimmste an seinem Bericht: Er hatte Medizin studiert und sein Studium einschließlich Promotion abgeschlossen. Alle diesbezüglichen Dokumente wurden von ihm vor der Ausweisung abgenommen, und er kam als fertiger Dr. med. ohne jeglichen Beweis seines Studiums in Montevideo an. Dort mußte alles auf Spanisch nachgeholt werden. Neben dem Aufbau einer großen Arztpraxis widmete er sich als hochbegabter Musiker und Dirigent, der er gleichzeitig war, dem Aufbau des gesamten Musiklebens in Montevideo. Diese Stadt hat, wie viele andere in der Welt, von dem tragischen Schicksal eines aus Deutschland vertriebenen Arztes und Musikers sehr viel Gewinn gezogen.

Solche Eindrücke waren auch für die vielen jungen Menschen in meinem Chor sehr wichtig und machten eine solche Konzertreise zu weit mehr als nur zu reisen und zu musizieren.

Der kleine Joke an dem Konzertabend kam ebenfalls über Dr. Simon: Er hatte in Reihe 12 gesessen, unser Konzert hatte um 10.00 Uhr abends begonnen, weitere hatten vorher im gleichen Saal stattgefunden. So gab es um 18.00 Uhr ein Konzert mit den Swingle Singers.

Beim Schlußbeifall nach unserer h-moll-Messe wendet sich seine Nachbarin an ihn und sagt: »Senhor, wußten Sie, daß die Swingle Singers auch geistliche Musik singen können?«

Flug in Argentinien mit 30 Piloten

Bevor das große Abschlußkonzert im Teatro Colón in Buenos Aires kam, waren noch zwei Aufführungen in Rosario und Córdoba geplant.

Aus Gründen der Sparsamkeit hatten wir mit Senhor P. B. Omnibustransport für diese Strecken vereinbart.

»Wie denken Sie darüber«, empfing er mich am Flughafen von Ezeiza, »wenn Sie nach Rosario statt mit dem Omnibus zu fahren fliegen?« – »Natürlich furchtbar gerne, aber das ist vermutlich viel teurer, und das läßt unser Reisebudget nicht zu.« – »Nein, Sie können beruhigt sein, das kostet Sie keinen Peso mehr.» – Wer greift da nicht frohen Herzens zu? Wir akzeptierten dankbar dieses tolle Angebot.

Als Transportmittel wartete auf uns die schon damals weitgehend ausrangierte DC 6. Der Düsenverkehr hatte längst begonnen.

Der Startverlauf war entsprechend. Buchstäblich dreimal versuchte dieses Ungetüm, sich von der Piste zu erheben. Jedes Mal Vollbremsung nach einem Kilometer, Rückkehr zum Ausgangspunkt. Neuer Versuch. Nervenschonend war dieses alles nicht. Beim vierten Mal klappte es. Nach einer Viertelstunde kam ein vorzüglich aussehender argentinischer Pilot aus dem Cockpit, sah unsere Mädchen, und sogleich kommt das Angebot, wer Lust hätte, könne in das Cockpit kommen. Das ließen sich die meisten Chorsängerinnen nicht zweimal sagen, und der Andrang steigerte sich, nachdem es sich herumgesprochen hatte, daß man auf dem Pilotensitz Platz nehmen und den Steuerknüppel in die Hand nehmen durfte. (Ein Autopilot sorgte natürlich dafür, daß nichts Schlimmes angerichtet werden konnte). Nun kamen die Herren an die Reihe. Einer von meinen Bässen fiel dem Piloten auf und er fragte ihn: »Können

Sie fliegen?« – »Ja, ich habe den Segelführerschein!« – »Oh, dann fliegen Sie mal dieses Flugzeug, ich stelle den Autopiloten ab!« Ehe sich unser Sangesbruder besinnen konnte, fühlte er, daß er die Maschine voll in seinen Händen am Steuer hatte. »Sie können ruhig eine Rechtskurve und dann eine Linkskurve fliegen« kam es vom kontaktfreudigen Piloten. Wer läßt sich das nicht zweimal sagen?

In der Kabine dachte der Chor, es sei ein großes Unwetter ausgebrochen, und daher nahm er das starke Schwanken in Kauf.

Der spanische Pilot, dem wir unser Leben verdankten, war unser Ehrengast in unserem Konzert in Rosario. Er liebte offensichtlich Fliegen, hübsche Mädchen und Musik.

Hamburger Bach-Chor
»Ehrenbürger von Passo Fundo«

Auf einer zweiten Konzertreise mit dem Bach-Chor sangen wir vorwiegend a-cappella-Programme, beginnend mit geistlicher Musik von Schütz bis Brahms, Distler und Kameke. Dann den zweiten Teil mit Madrigalen von Gesualdo bis zu Möricke-Liedern von Distler und den Zigeunerliedern von Brahms fortsetzend.

Da unser Reiseplan überall veröffentlicht war, wurden wir in allen großen Orten, Rio, Belo Horizonte, São Paulo und Coritiba neugierig und mitleidig gefragt: »Was wollt ihr um Himmelswillen in Passo Fundo? Das kennt ja selbst in Brasilien kein Mensch!«

Zu den guten Ratschlägen deutscher Botschafter oder Goethe-Instituts-Direktoren gehörte oft und völlig zu Recht, daß man auf derartigen Reisen eben nicht nur die Metropolen, wo sich sowieso die internationalen Ensembles die Hand geben, konzertieren, sondern auch weniger bedeutende Orte besuchen soll. Damals war das etwas Ungewöhnliches, heute ist in Europa, und ich vermute auch in Südamerika, solches etwas Selbstverständliches.

Mit Passo Fundo war für uns insofern ein erhebliches Opfer verbunden, als wir von Curitiba aus 750 km an einem Tag in den Südosten Brasiliens zu fahren hatten. Entsprechend »gerädert« und todmüde kamen wir gegen 23.00 Uhr abends dort an und »nun ging es los«. Ein halber Volksauflauf gastfreundlicher Menschen erwartete uns. Sie hatten bis zu drei Stunden auf uns warten müssen. Alles war bestens vorbereitet. In kurzer Zeit waren alle Chormitglieder auf Privatquartiere verteilt.

In Passo Fundo wird wie in ganz Südbrasilien viel deutsch gesprochen, nur, mir wurde mit Komplimenten mitgeteilt, man habe gehört, daß ich portugiesisch spreche und mich deswegen in einer rein brasilianischen Familie untergebracht.

Gütiges Schicksal, wie gnädig du es auch immer meinen magst, wie furchtbar kannst du zuschlagen, ohne daß dabei einer der Beteiligten auch nur im geringsten etwas dafür kann. Im Gegenteil: Ich durfte erfahren, daß sich eine dreiköpfige brasilianische Familie, Vater, Mutter und Tochter (17 Jahre) offensichtlich wochenlang die erdenklichste Mühe gegeben hatte, den deutschen Dirigentengast an diesem Abend, komme was da wolle, zu verwöhnen.

Kaum zu Hause angekommen, es mag 23.00 Uhr geworden sein, wurde mir mit einer wunderbaren Calpiringha, dem köstlichen, aber keineswegs harmlosen brasilianischen Zuckerrohrschnaps zugeprostet. Dann vom Vater mitgeteilt, seine Frau habe ein Abendessen vorbereitet, sie werde es gleich anrichten (es dauerte 30 Minuten). In der Zwischenzeit wollten seine Tochter und er mir – wenn es mich interessiere – das Haus zeigen.

Es handelte sich um ein, nach deutschen Begriffen, liebevoll eingerichtetes Reiheneckhaus mit zwei Wohnräumen, Küche und Besucherklo im Parterre und den üblichen weiteren Räumen in Stockwerk 1 und 2, die ich mir gut ohne nähere Inaugenscheinnahme vorstellen konnte. Aufkommende Gefühle »du mußt auf der Stelle schlafengehen und vor allem den kleinsten Ort des Hauses aufsuchen!« wurden mannhaft im Keim erstickt. Ohne Punkt und Komma, ich hatte überhaupt keine Gelegenheit, mein, wenn auch mangelhaftes, aber zu normalen Konversationen taugliches Portugiesich anzubringen, wurde mir liebevoll jedes Detail erklärt, natürlich auch der Umfang der Familie bis ins 3. und 4. Glied beschrieben.

Nach jedem »muito interessante« oder nach dem nächsten Redeschwall »que bonito« eingeworfenen Beteiligungsversuchen, erboten beide sich, mir mitzuteilen, das sei der Geschirr- und dieses der Gläserschrank, dort stehe der Sekretär des Vaters, auf dem mir sogleich im Wetteifer von Vater und Tochter etwa 20 Familienfotos auf das Genaueste erkärt werden mußten.

Dann verschwand die Tochter, um ihrer Mutter zehn Minuten lang zu helfen, ein Diner voller unglaublicher Köstlichkeiten aufzutragen. Der Tisch bog sich unter mindestens sechs verschiedenen Gängen, die es galt, in den nächsten anderthalb Stunden in Ruhe und froher Gemütlichkeit zu verspeisen, unter Beifügung einer ganzen Variationskette von Getränken, vom deutschen Bier, das sie bestimmt extra haben kommen lassen, über schönste Fruchtsäfte bis zum südbrasilianischen Rotwein.

Ein deutsches Abendessen, zu dem man acht Wochen vorher eine gedruckte Einladung erhält, kann nicht reichlicher und liebevoller zusammengestellt sein.

Wenn man so etwas vorher ahnt, pflegt man ja das Frühstück zu beschränken und außer einem Apfel auf das Mittagessen zu verzichten, um dem üppigen Mahl mit entsprechenden Hungergefühlen begegnen zu können. Hier war es gänzlich anders. Wir alle waren von unseren lieben Gastgebern in Curitiba auf das Beste mit Reiseproviant versorgt worden. Außerdem war man zweimal in jenen hervorragenden Straßenrand-Retaurants Brasiliens eingekehrt, wo jede Portion, die man bestellt, ohne weiteres eine vierköpfige Familie sättigen kann. Natürlich durfte ich nichts »auslassen«, es wäre unverantwortlich und äußerst unhöflich gewesen.

Gegen 01.00 Uhr merkte ich, daß, wollte ich nicht in die Hosen machen, es allerhöchste Zeit sei, eine kleine Entlastungspause zu erbitten. Selbstverständlich begleitete mich die Hausfrau an die Tür, öffnete sie mir wie ein Lakai und verharrte dahinter, bis ich fertig war. Wie gerne hätte ich mehr Zeit genommen, aber mit diesem Türposten funktionierte gar nichts, wie es sollte, nur das Nötigste.

An den Tisch zurückgekehrt, näherten wir uns dem wunderbaren Sobre-mesa, also unserem Nachtisch. Ich konnte den Augenblick kaum erwarten, bis ich mit herzlichsten Dankesbezeugungen »Gute Nacht« sagen durfte. Ein derartiger Versuch wurde sofort im Keim erstickt. »Maestro, das dürfen Sie uns nicht antun. Wir haben eine Stadtrundfahrt vorbereitet. Passo Fundo ist wunderschön, und da Sie ja morgen gleich proben und Konzert haben, wollen wir Ihnen jetzt das nächtliche Passo Fundo zeigen.«

»Lieber Gott, habe Erbarmen!« betete ich, fand aber keine Erhörung.

Das Auto wartete vor der Tür, in kurzer Zeit hatten wir zu viert Platz genommen und los ging die Fahrt. »Das hier ist der Rathausplatz.« – Nichts zu sehen als ein paar dunkle Häuser. Dann sehe ich einen Turm. »Ist das das Rathaus?« – »Nein, die Feuerwehr. Wollen Sie aussteigen? Dann kann ich Ihnen unsere neuesten Löschfahrzeuge zeigen. Ich gehöre nämlich zur Feuerwehr.« – »Vielen, vielen Dank, sehr freundlich, aber ich denke, um diese Zeit belassen wir es mit einem Überblick.« – Nächster Haltepunkt: »Hier sehen Sie unseren Omnibusbahnhof.« Sofort werden sämtliche Busverbindungen in die ländliche Umgebung aufgezählt, Vater und Tochter kommen sich ins Gehege, weil jeder den anderen in der Beschreibung der Omnibus-Fahrtrouten korrigiert. »Das nächste ist der Schlachthof.« Wir fahren fünf Minuten, da taucht in der Dunkelheit ein Gebäudekomplex auf, der es sein könnte. »Muito interessante« lallt es aus mir alle zwei Minuten auf dem Vordersitz, dem in Tiefschlaf versinkenden Objekt von soviel Freundlichkeit. Kaum habe ich das aber gesagt, kommt die erwartungsvolle Frage vom Vater: »Interessieren Sie Schlachthöfe? Wir haben noch einen zweiten. Wollen Sie den auch sehen?« Das was das Signal zum Generalstreik. Meine verdammte preußische Erziehung wurde aus dem Fenster geworfen. »Ich danke Ihnen für alles, aber seien Sie mir nicht böse, ich finde Passo Fundo wunderschön, doch ich muß morgen drei Stunden Proben halten und abends das Konzert dirigieren.« – »Wie schade, wir wollten Ihnen noch so gerne zwei Schulen zeigen, eine Grundschule und eine Gewerbeschule.«

So schnell bin ich nach diesem erlebnis- und überraschungsreichen Tag schon lange nicht ins Bett und in Tiefschlaf versunken.

Eine ganz andere Überraschung bot Passo Fundo am kommenden Tag: Unser Konzertsaal war das große Kino der Stadt. Ich bekam zuerst einen Schreck. Aber nach den ersten Takten der Bach-Motette »Singet dem Herrn ein neues Lied«, ein wunderbares achtstimmiges aber hochkompliziertes polyphones Stück mit großer akustischer Empfindlichkeit, denke ich, ich höre nicht richtig: Wunderbarer ausgeglichener und durchsichtiger Klang, genügend Nachhall, beim Zurückgehen von der Bühne bis zur letzten Reihe dynamisch fast gleichbleibend, geradezu phänomenal.

Da hatten wir in den erwähnten Großstädten gerade mit diesem Stück große Probleme, entweder wegen zu trockener Akustik oder weil sich die Chorsänger untereinander nicht richtig hörten.

Meist handelte es sich um wunderbare Konzerthäuser, oft brandneu, von berühmten Architekten entworfen, aber sie hatten leider meistens diesen akustischen Pferdefuß.

Nichts von alledem in Passo Fundo. Ein einfacher Kinosaal, von einem provinziellen, nicht namhaften Architekten oder

Baumeister gebaut und dabei absolut perfekt in Proportion und musikalischer Akustik.

Nächste Überraschung bei Beginn des Konzertes. Der II. Bürgermeister meldet sich und bittet um das Wort. In feierlicher Kleidung und entsprechendem Ton liest er folgendes Dokument nach einem allgemeinen Willkommensgruß: Der Stadtrat von Passo Fundo hat in seiner Sitzung vom 21. Juli unter Punkt 4 folgendes beschlossen:

§ 1) Die Mitglieder und der Dirigent des Hamburger Bach-Chores werden mit sorfortiger Wirkung für die Dauer des Aufenthaltes in unserer Stadt (zwei Tage) zu Ehrenbürgern (!) ernannt.
§ 2) Alle zuwiderlaufenden Beschlüsse dieses oder anderer Gremien sind gegenstandslos.

»Donnerwetter«, dachten wir alle, »wir sind doch wirklich 'wer'!« Es folgte einer der Momente, wo ich stolz auf meinen Chor war, sich von so viel, noch so gut gemeintem Unsinn sofort umzustellen und mit großer Konzentration eins der besten Konzerte der ganzen Reise zu geben. Das Pulbikum hatte es verdient!

Herzlichkeit, Gastfreundschaft, unverwöhnte Menschen, die noch zeigen können, wie sehr sie sich über ausländischen Besuch, deutsche Gäste und deren Musik freuen können.

Señora Valdez

Blickt man mit dem Abstand einiger Jahre auf die zahlreichen Reisen in den südamerikanischen Kontinent zurück, stellt sich die Frage, ob es einen Zusammenhang geben könnte zwischen der Buntheit der Natur, ihrer Vielfalt in Farbe, Bergen, Tälern, Wasserläufen und –fällen, Urwäldern, Pampas, der Tierwelt oder der fast grenzenlosen Schattierung von Hautfarben der Menschen und ihrer Freude, sich in fröhlich grellen Farben zu kleiden – und andererseits dem Erlebnisreichtum mit all seinen Kontrasten und Überraschungen durch Menschen, Technik und einem erheblich größeren Anteil von Zufälligkeiten, als normalerweise in unseren, meist durchgeplanten, organisationsbestimmten europäischen Verhältnissen zu erwarten ist.

Man reist nicht einfach mal eben so nach Rio, Teresopolis, Montevideo oder Santiago. Hat man Glück, ist das Hotel erstklassig, das Flugzeug pünktlich, das Trinkwasser sauber und der erste Taxifahrer versucht nicht gleich, einen übers Ohr zu hauen.

Nun muß man nicht in all diesen Punkten, die ja beliebig erweitert werden können, gleichzeitig Pech haben, aber tröpfchenweise, nicht regelmäßig, dennoch sicher vorhersehbar, stellen sie sich ein, die kleinen Quälgeister, so etwa einmal am Tag, wie die Mosquitos, die einen ja auch nicht pausenlos stechen, sondern sich die Zeit zwischen sechs und sieben Uhr abends aussuchen.

Dem deutschen Musiker erging es nicht anders. Davon ist ja bisher zur Genüge die Rede gewesen. Argentinien soll, nach einem kleinen Ausflug nach Chile, die Reihe solcher Reiseeindrücke beenden.

Santiago wäre für mich mit drei Besuchen vor Allende, während Allende und nach Allende nicht so voll von schönen

Eindrücken gewesen, hätte ich nicht u.a. Domingo Santa Cruz und Alfonso Letelier getroffen.

Domingo Santa Cruz lernte ich nach meinem ersten Orgelkonzert kennen. Er war Präsident der Bachgesellschaft von Chile und hatte soeben eine bedeutende Karriere als chilenischer Diplomat beendet. Ein Grandseigneur vom Scheitel bis zur Sohle, elegant gekleidet, jedes Wort, das er sprach, verriet einen Mann von hoher Bildung und Kultur. Er hatte ohne Zweifel die Welt gesehen und in vielen Ländern sicherlich viele Freunde gesammelt. Er sprach in aller Ruhe mit mir in glänzendem Deutsch über mein Programm. Ich merkte sofort, daß er viel von Orgel und natürlich von Bach verstand. Die Doppelgleisigkeit des Diplomaten und Musikers erinnerte mich sehr an das, was wir von Heinrich Schütz oder Händel wissen und alle den Musikern des 17. und 18. Jahrhunderts, die ein Jurastudium oder andere akademische Studien hinter sich hatten, bevor sie Musiker wurden.

Ähnlich erging es mir mit Alfonso Letelier, einem der führenden Komponisten Chiles und gleichzeitig Diplomlandwirt, Besitzer eines wunderbaren Gutes in Aculeo, 80 km südlich von Santiago, in der Cordillere gelegen, das ich auch habe besuchen dürfen. Wieder faszinierte mich ein Mann, der – so mag es gewesen sein – von Montag bis Donnerstag Universitätsprofessor in Santiago und von Freitag bis Sonntagabend Landwirt in Aculeo war. Seine bildschöne Tochter Carmen hätte ich, da sie auch eine wunderbare Altstimme besaß, am liebsten sofort nach Hamburg verpflichtet, um die Matthäuspassion oder Solokantaten von Bach in St. Petri zu singen.

Höchst prominente enge Verwandtschaft durfte ich in den nächsten Tagen kennenlernen: Den Bruder Letelier, der Bischof von Osorno war, und die Schwester, verheiratet mit dem damaligen Außenminister Valdez. »Lieben Sie Buxtehude?«

Mit dieser Frage überraschte sie mich gleich bei unserem ersten Gespräch. »Aber natürlich, nur, wie kommt es, daß eine Chilenin sich ausgerechnet mit diesem norddeutschen Barockkomponisten, der den wenigsten Südamerikanern bekannt sein dürfte, befaßt?« – »Oh, ich bin selbst Musikerin, dirigiere das Universitätsorchester, und wir werden Buxtehudes Magnificat in vierzehn Tagen in der Universität aufführen. Sie würden mir eine große Freude machen, wenn Sie morgen Vormittag zu einer Probe kommen könnten. Ich hätte natürlich gern in manchen Punkten Ihren Rat.« – »Das wird mir eine große Ehre sein, ich komme gerne, aber verraten Sie mir doch bitte, woher Sie Buxtehude kennen?« – »Sehr einfach, ich habe auch Musikwissenschaft studiert und liebe nicht nur Deutschland, sondern besonders auch die großen Komponisten des 17. Jahrhunderts, Heinrich Schütz, Samuel Scheidt, Johann Hermann Schein und Dietrich Buxtehude.«

Ich war platt. Derartiges war mir in Südamerika noch nicht begegnet. »Wenn man in diesem Land lebt, muß man sich mit der alten Musik des Auslandes befassen. Allerdings gibt es eine Ausnahme: Die Barockopern Perus. Deren Erforschung ist mein eigentliches Gebiet.« Mein Erstaunen war grenzenlos. Die Frau des Außenministers dirigiert und forscht über die peruanische Barockoper, von deren Existenz ich bisher noch nichts gehört hatte.

Die Probe am nächsten Morgen zu erleben, war ein einziges Vergnügen, musikalische Kleinarbeit an jeder Note des Buxtehude-Textes, wie sie präziser von kaum einem Barockensemble unserer Tage geleistet werden dürfte. Jedes Wort saß, dazu beeindruckend, wie jede Kritik mit Charme und lächelnd, die Liebe der Dirigentin zur Sache verratend, zum Ausdruck gebracht wurde. Für mich eines der Schulbeispiele, wie aufbauend und stimulierend solche Kritik sein kann, wenn sie mit diesen Worten gesagt wird, wie von Señora Valdez in der Universität von Santiago praktiziert.

Ich schlug ihr mit meinen bewunderten Dankesworten vor, ob ihr Mann nicht einen UNO-Beschluß bewirken könne, daß vor allen großen internationalen Konferenzen zuerst einmal Kammermusik gespielt wird. Der Umgangston würde sich mit großer Wahrscheinlichkeit erheblich ändern, besonders wenn Frau Valdez aus Chile dirigiert.

Alfonso Letelier

Letzte Ölung vor Concepción

Einige Tage später reiste ich in den Süden Chiles. Die erste Station war Concepción. Mit der Bahn fuhr man in einem hochmodernen Triebwagen aus Japan. Was sich aber während der Fahrt bei höchstens 80 km/h zutrug, glich einem Hochseeschiff, das in einen Sturm mit Windsrärke 11 gerät oder einem Flugzeug bei Tornadoturbulenzen. In meinem Leben hat noch keine Eisenbahn so geschaukelt, auch nicht die später erlebte russische. Eine der ersten Fragen zu diesem Thema stellte ich einer sehr freundlichen Deutsch-Chilenin, die mich am Bahnhof abholte.

»Wir finden das auch alle ganz schlimm, aber es liegt an den Schienen, die nicht festgeschraubt werden können wegen der Gefahr der eventueller Erdbeben.«

Schon bei diesem Satz fiel mir bei der mittelalterlichen, nicht unattraktiven Dame, sie von der Seite betrachend, auf, daß sie den Satzanfang bis »schlimm« mit todernster Miene begonnen hatte, im Mittelteil in heitere Stimmung verfiel und sich bis zum Wort »Erdbeben« halbtot lachte.

Hast du beim Kennenlernen eines Menschen so etwas entdeckt, ist es unvermeidlich, daß du fast nur noch auf dieses Begleitphänomen bei jedweder Aussage achtest, egal was kommt. Man beginne traurig und moduliere quasi von c-moll aus über Es- und As-Dur und ende in einem strahlenden C-Dur. Die abschließende Freude irritiert und amüsiert zugleich erheblich, wenn am Satzende steht, daß jemand krank geworden ist, einen Unfall erlitten hat oder gar dahingeschieden ist.

An der Orgel angekommen, in diesem Falle ausnahmsweise nur vier Stunden vor Konzertbeginn, stelle ich fest, daß wiederum etwa 20 Tasten auf drei Manuale verteilt nicht funktionieren. »Haben Sie die Orgel überholen lassen?» frage ich unnötigerweise, aber höflich. In schallendem Gelächter wird mir mitgeteilt, daß es in Südchile keinen Orgelbauer gäbe, das Konzert sei aber ausverkauft und... ha ha ha... eine andere Kirche mit Orgel gäbe es auch nicht. Mir ist klar, daß hier nun gar nichts mehr zu machen ist. Entweder das Konzert abblasen oder wieder einmal als Orgelbauer, der ich überhaupt nicht bin, laienhaft die technischen Probleme angehen.

Ich meditiere. Was kann der Grund sein, daß 90 Prozent der Tasten funktionieren und 10 Prozent streiken. Im südamerikanischen Klima kann das nur Rost wegen der hohen Luftfeuchtigkeit sein. »Señora, haben Sie wohl zu Hause eine Nähmaschine?« – »Ja, die habe ich, und sie näht auch noch wunderschön. Die ganze Wäsche meiner Familie – ich habe nämlich fünf Kinder, drei Söhne und zwei Töchter, und einen Mann, der sehr auf mich angewiesen ist – kann ich damit mit allen notwendigen Näharbeiten versorgen.« – »Hochinteressant, aber haben Sie vielleicht auch Nähmaschinenöl?« – »Das weiß ich nicht genau, aber ich könnte schnell nach Hause fahren und nachschauen.« Dieses Mal paßt Inhaltscrescendo vom Zweifel bis Hoffnung und Zuversicht mit dem dreiteiligen Stimmungswandel meiner Gesprächspartnerin auch stimmlich von Bariton über Alt zum Sopran sich steigernd zusammen.

Fünfzehn Minuten Hoffnung und Bangen. Dann kommt sie, strahlt von Anfang an und übergibt mir eine Dose unserem Fahrradöl entsprechend, Blechwanne mit Rüssel, durch Bodendruck zu betätigen.

Voller Tatendrang öle ich nun Taste für Taste mit der einen, mit der andern Hand so intensiv im Sechzehnteltempo rüttelnd, daß den armen Tasten gar nichts anderes übrig bleibt, als wieder der Reihe nach zu funktionieren. Bis auf zwei taten das auch alle beim ausverkauften Konzert. Ahnungsloser Beifall des Publikums, stolz auf seine schöne Orgel nach einem von mir im Sinne der Schlußphasen meiner Begleiterin vorwiegend fröhlich und mit seelischer Erleichterung vorgetragenen Programm. Wie der Spieltisch nach diesem Konzert aussah, habe ich lieber nicht untersucht. Hingegen beschloß ich: »Das soll die letzte Ölung in deinem Leben sein!«

Der Abschluß dieser Reise waren vier Konzerte in Argentinien. Besonders reizvoll und herausfordernd für mich war die Aufgabe in Córdoba, wo ich neben einem Orchesterkonzert auch die Einladung des Orchesters erhalten hatte, ein Symphoniekonzert zu dirigieren.

Die guten Kontakte zum Orchester hatte ich einige Jahre zuvor bei der Aufführung der h-moll-Messe zusammen mit meinem Chor bekommen.

Neben der 2. Symphonie von Brahms hatte ich u.a. mitgebracht die Symphonischen Variationen über ein Thema von Heinrich Schütz von Johann Nepomuk David, die ich viele Jahre zuvor beim Internationalen Heinrich-Schütz-Fest erstaufgeführt und liebengelernt hatte.

Johann Nepomuk David war für mich ein besonders wichtiger Komponist, hatte ich doch u.a. seine Chaconne a-moll nicht nur im Heidelberger A-Examen, sondern auch bei allen Bewerbungen um Eberbach, Düsseldorf und Hamburg mit Erfolg vorgetragen. Inspiriert hierzu hatte mich der unvergessene Michael Schneider, einer der großen Orgelvirtuosen und Pädagogen, besonders der Nachkriegszeit, den ich dieses Stück in dem Erlanger Anfangssemester eine Stunde lang auswendig üben habe erleben dürfen, ein Erlebnis, das mindestens zehn Unterrichtsstunden an pädagogischem Wert entsprach. Einfügen möchte ich an dieser Stelle, daß ich später in Düsseldorf die Freude hatte, ihn als Solist bei der Introduktion, Fuge und Variationen über ein Thema von Bruckner für Orgel und neun Blechbläser von David begleiten zu dürfen. Es gibt in diesem Stück mehrere gemeine Stellen, wo man als Solist durchgehende Sechzehntel-Noten zu spielen hat, während die Blechbläser einen mit Triolen in halben begleiten.

Blech
Orgel
ff

Blech
Orgel
ff

Blech
Orgel
ff

Als Spieler hat man den Eindruck, es seien neun laut spielende Blechbläser zu dem einen Zweck verpflichtet worden, einen mit ihrem »Getute« nach Leibeskräften herauszubringen. »Könntet ihr nicht mal ruhig sein, ohne Euch kann ich nämlich diese Stelle gut und sicher«, denkt man.

Ich fand es interessant und lehrreich, daß Michael Schneider diese Stellen sowohl in den Proben als auch im Konzert laut zählend spielte. Ich habe das übernommen und bei den Fällen, wo ich der Solist war, es genau so gemacht.

Zurück zu Córdoba. Natürlich macht es Spaß, als Kirchenmusiker im Ausland mit einem Doppelplakat in einer solchen Stadt an allen Säulen zu erscheinen:

Dienstag *Orgelkonzert*
Freitag *Symphoniekonzert*

Nach weiteren Konzerten in Rosario und Buenos Aires sollte der Abschluß dieser Reise das Dirigat der Missa Solemnis von Beethoven in der südargentinischen Universitätsstadt Bahia Blanca sein. Monate zuvor hatte ich von dort von der Leiterin des Universitätschores unter Vermittlung der deutschen Botschaft die Anfrage bekommen, ob ich bereit sei, das große Werk als Gastdirigent aufzuführen. Bei allen organisatorischen Einzelheiten hatte mir der deutsche Kulturattaché in Buenos Aires, Dr. Werner von Beyme, sehr geholfen.

Ich ahnte nichts Böses und freute mich auf der ganzen Reise auf diesen wunderbaren, herausfordernden Abschluß.

Die Freude sollte gedämpft werden... Beim Zusammensitzen in großer Runde nach dem Symphoniekonzert in Córdoba fragte mich der dortige Chefdirigent: »Sind Sie der Deutsche, der in Bahia Blanca Beethovens Missa Solemnis dirigieren will?« Im Tonfall mitleidig und im Mienenausdruck an Gesichtsfalten deutlich zunehmend, merkte ich, daß dort irgendetwas nicht ganz »koscher« sein konnte. »Ja, das bin ich.« – »Na, da können Sie sich ja auf etwas gefaßt machen.« – »Um Himmelswillen, warum denn?« – »Ach, wissen Sie, ich habe dort vor drei Wochen dirigiert, Vivaldi, Corelli und Marcello. In der Generalprobe brach der 1. Cellist zusammen und am Tage nach meinem Konzert verstarb der 1. Konzertmeister. Beide waren die einzigen Berufsmusiker in diesem Orchester.«

Zwei Tage später Orgelkonzert in Rosario. Wieder gemütliches Beisammensein in kleinem Kreise nach dem Konzert. »Entschuldigen Sie, sind Sie der deutsche Dirigent, der glaubt, in Bahia Blanca Beethovens Missa Solemnis dirigieren zu sollen?« – »Um Himmelswillen, was meinen Sie mit dieser Frage? Ich 'soll' nicht, sondern ich bin dort offiziell unter Vermittlung der deutschen Botschaft eingeladen.« – »Naja, vor 14 Tagen habe ich dort ein Konzert dirigiert,Vivaldi, Corelli und Geminiani. Der 1. Konzertmeister war eine Woche vorher gestorben und sein Vertreter zwei Tage vorher ins Krankenhaus gekommen. Der 1. Bratscher war zwei Tage vorher pensioniert worden. Wie Sie mit 22 Leuten dieses große Werk aufführen wollen, ist mir offengestanden ein Rätsel.«

Kaum war ich mit dem Flugzeug in Bahia Blanca angekommen, stürzte ich ans Telefon und rief die Chorleiterin des Universitätschores an. »Bien venido estamos muy contente de performar Beethoven junto con Usted.« – »Ich freue mich auch, aber ich hatte große Sorge mit dem Orchester, denn zwei Kollegen haben mir unterwegs von den bedauerlichen Verlusten berichtet, die das Orchester erlitten hat, und außerdem soll es nicht mehr als 22 Mitglieder haben.« – »No, se preoculpe Señor. – Machen Sie sich keine Sorgen, das Orchester kommt aus Buenos Aires, es ist das Nationale Symphonieorchester vom Teatro Colon, und nur jeweils 12 unserer besten

Streicher, d.h. in jeder Stimme 3, die alle gut vorbereitet sind, werden mitspielen. Ruhen Sie sich in Ihrem Hotel aus, dort liegt der Probenplan für Sie.«

Was las ich, müde und in bezug auf meine Nerven mehr als erholungsbedürftig, auf diesem Plan: Chorprobe heute Abend von 22.00 – 24.00 Uhr, anschließend 0.00 – 2.00 Uhr Chor-Orchester-Probe. Und so ging es zwei Tage weiter, dann Gesamtproben mit dem Buenos-Aires-Orchester, den Solisten, dann zwei Aufführungen.

»Leider geht das nicht anders. Unsere Studenten haben alle vorher Seminare und die Orchestermusiker haben Konzerte, unterrichten oder spielen in Bars und Restaurants.«

Wunderbare Aussichten. Auch ich überlegte, ob ich je in meinem Leben um diese Zeit Proben gehalten hatte. Mir fiel nicht ein Beispiel ein. Aber unter dem Motte »Auf Konzertreisen sei dir nichts zuwider, sonst solltest du sie nicht machen« ging ich abends froh ans Werk. 60 junge, temperamentvolle argentinische Sänger erwarteten mich, und schon nach der ersten Probe merkte ich, daß sie glänzend vorbereitet waren, ihren Part, auch die schweren Fugen (»et vitam venturi«) z.B. sicher und in erstaunlichem Tempo beherrschten und dabei ein Volumen hervorbrachten, das durchaus meinem Hamburger Bach-Chor mit 100 Sängern entsprach.

Weniger begeisternd die Begegnung mit den 12 »auserwählten« Streichern des Orchesters. Das Kyrie ging einigermaßen glatt über die Bühne, aber beim Gloria unterbrach mich die Dame am ersten Geigenpult schon nach dem ersten Takt. »Maestro, das geht nicht, das haben wir alles halb so schnell gespielt.» Sofort machte ich weitere Tests bei allen schnellen Passagen und stellte mit Entsetzten fest, daß nichts im richtigen Tempo, sondern wirklich alles, worüber »allegro« stand in »andante con espressione« geprobt war.

Wieder hörte ich das in Argentinien und in ganz Lateinamerika so beliebte Wort »patiencia, no se preoculpe!« Auf meine Frage, ob sie grundsätzlich nicht schneller spielen könnten als »andante«, erwiderte mir die freundliche Dame »Aber nein, Maestro, wir bringen das unter uns selbst in Ordnung.«

»Wunderbar«, sagten die Chorsänger, »dann können wir noch eine Stunde alleine mit Ihnen weiterproben.«

Es wurde 01.30 Uhr. Ich schloß die Probe mit Komplimenten und »muchas gracias«, da riefen mir einige Chorsänger zu: »Dürfen wir Sie jetzt zum Abendessen einladen?« – »Seid Ihr verrückt geworden?« hätte ich am liebsten ausgerufen. Stattdessen bedankte ich mich mit artigen Worten und bat um Entschuldigung unter Hinweis auf den langen Tag mit Flugreise etc. »Typico, un meastro alleman nessecita dormir.«

Nach der Probe am nächsten Abend, bei der die Streicher mit viel Fleiß schon zum »Allegretto« vorgeschritten waren, sagte ich gegen 01.45 Uhr zum Chor: »Wollen wir jetzt zusammen zum Abendessen gehen?« – Genau das mußte es sein, begeisterte Zustimmung, völlig veränderte Atmosphäre, entspannte Gesichter. Der Bann schien gebrochen, der Durchbruch vom Maestro zum Menschen schien gelungen.

Am nächsten Tag kam aus Buenos Aires eine Anfrage, ob ich akzeptieren würde, daß das Orcherster einen Gastoboisten aus Israel mitbrächte. Er hätte sich gemeldet und Interesse bekundet, mitzuspielen. Natürlich sagte ich begeistert zu. Es handelte sich um den 1. Oboisten des Philharmonischen Orchesters Tel Aviv. Wie ein Lauffeuer sprach sich in Stadt und Region Bahia Blanca herum, wurde von Presse, Rundfunk und Fernsehen nach einigen Interviews verbreitet: Israelischer Solist spielt mit argentinischem Ensemble Beethovens Missa solmnis unter einem deutschen Gastdirigenten.

Der Andrang überstieg im Nu alle Erwartungen: Total ausverkauft, hieß es schon am nächsten Tag.

Wunderbare Atmosphäre und Hochspannung bei der Aufführung, zu der auch ein erstklassiges Solistenquartett aus Buenos Aires gekommen war. Etwas ganz Wichtiges für meine dirigentische Erfahrung lernte ich bei dieser Aufführung: Vor lauter innerer Anspannung sang der Chor von Anfang an, also bereits beim Kyrie viel zu laut. Ich mußte anstatt zu animieren, bremsen, damit die großen Höhepunkte beim Gloria und Credo erhalten blieben. Ich kam mir vor wie ein Turnierreiter, der sein Pferd vor lauter Ehrgeiz, den es ja wohl auch bei Tieren geben soll, bei den ersten Hindernissen davor bewahren muß, viel zu hoch zu springen und dadurch unnötig Kraft vor den eigentlichen, höchsten Hürden zu vergeuden.

Das Schöne in Amerika ist, daß ein ganzes Ensemble auf die kleinste Kleinigkeit sofort reagiert. Man kann »mit dem kleinen Finger« gestalten, und es entsteht trotz aller technischen Schwierigkeiten Freude vom Dirigenten bis zum letzten Sänger und Spieler, ein so herrliches Werk – wieder einmal war es so in einer argentinischen Stadt – erstaufführen zu können.

Bahia Blanca! Mit welchen großen Sorgen von Córdoba über Rosario schwerbeladen bin ich zu dir angereist! Welch ein »Wetterumschwung« in wenigen Tagen!

Ein ausgezeichneter Chor, ausnahmslos wunderbar singende Solisten, ein hochrangiges Profiorchester waren die guten Voraussetzungen, aber die große innere Spannung war dem isrealischen Kollegen zu verdanken, der auf eigenen Wunsch im Orchester saß und wunderbar mit uns allen musiziert hat.

Diese Aufführung werde ich selbst nie vergessen. Ich bin sicher, daß ausgerechnet hier eins der schönsten Konzerte in meinem Leben stattgefunden hat.

Der ganze Chor brachte mich am nächsten Tag zum Flughafen. Mir wurde als Abschiedsgeschenk ein Charango, eine Laute aus Schildkrötenpanzer gemacht, überreicht.

Ich hatte das Gefühl, sechzig neue Freunde gewonnen zu haben und flog mit wehmütigen Gedanken ab.

USA – Durch die Brille der Musik gesehen

Nach zahlreichen Südamerikareisen und Kurzbesuchen in New York, Princeton, Philadelphia und Boston war ich besonders gespannt auf den ersten Besuch in Kalifornien, das ich, von Mexiko kommend, als Abschluß einer großen Reise, die in Santiago de Chile begonnen hatte, erleben durfte.

»Wee natt Ihnen in Kalifornien zu traffen. Wir haben ja schon so viel von Ihnen über unsere Tochter jehört!«

Da rekapituliert man im Flugzeug jede Menge englischer Begrüßungsfloskeln und wird dann völlig unerwartet in bräitem Ostpreußisch in pazifischen Gefilden begrüßt. Wer mich so nett ansprach, waren die Eltern einer meiner amerikanischen Studentinnen aus Hamburg, Deana, die mir etwas von ihrer deutschen Abstammung erzählt hatte.

Sehr bald ging es nach zwei Orten, in denen es Orgeln von Rudolf von Beckerath gab, Pomona College und Redlands.

Es ist ein wunderbares Gefühl, in zehntausend Kilometer Entfernung von der Heimat ein Instrument zu treffen, das einem von der ersten Minute an vertraut ist. Man weiß, daß jedes Register schön klingt, auch die Oktaven 4' und 2', und daß die Manuale mit dem Pedal optimal ausbalanciert sind. Das große menschliche und künstlerische Format dieses bedeutenden Hamburger Orgelbauers spiegelt sich unverwechselbar wieder in allen seinen Instrumenten. Dabei begeistert mich immer wieder die Klangdifferenz seiner Orgeln, abhängig von den jeweiligen Räumen, für die er sie gebaut hat.

Das letzte Konzert dieser Reise fand in Berkely auf einer großen Ott-Orgel statt. Hier beeindruckte mich besonders die Gesamtanlage in der großen Kirche: Die Orgel stand hinter dem Altar zu ebener Erde, also im Blick der zuhörenden Gemeinde. Das Ungewöhnliche dabei war, daß bei Orgelkonzerten der Altar mit einem Knopfdruck zum Verschwinden gebracht werden konnte, wobei unvermeidlich unpassende Gedanken an ein Krematorium aufkamen. Aber – welch ein bedeutendes Zeichen des Stellenwertes von Musik in amerikanischen Kirchen. Man möchte nicht nur die Orgel, sondern auch den Organisten sehen. In zahllosen Kirchen wird er ja hinter dem Rückpositiv versteckt, und daher kommt es weit und breit vermutlich zu dem unsinnigen Wort: »die Orgel spielt«. Wurde ich in meiner Praxis von einem Pastor gefragt: »Wann spielt die Orgel?« pflegte ich zu erwidern: »Wenn es aufgehört hat zu predigen.«

Einen Erinnerungspunkt zu diesem Konzert setzte die Bemerkung eines kleinen Jungen nach dem Konzert: »Sie haben wunderschön gespielt, aber sicher klingt das alles in Ihren gotischen Kirchen zu Hause noch viel schöner.« – Wie recht er hatte.

Gastdirigent und »Eisenbahnfachmann«

Im Vergleich zu Orgelkonzerten besitzen Gastdirigate den zusätzlichen Reiz und Gewinn, daß es zu sehr viel mehr persönlich-menschlichen Kontakten und damit Eindrücken über »Land und Leute« kommt.

So freute ich mich, als es nach einem Besuch von Professor Theodor Hoelty-Nickel aus Valparaiso in Hamburg zu einer Einladung kam, ich möge eine Woche nach Minneapolis kommen und dort mit einem Chor besonderer Art musizieren.

Veranstalter sei die »Lutheran Brotherhood«, und die besondere Idee bestehe darin, ausschließlich einzelne ausgewählte Chorsänger aus 48 Chören von verschiedenen Collegs und Universitäten zusammenzubringen. Kein Sänger würde den anderen kennen und ein ausländischer Gastdirigent würde die Aufgabe haben, in einer Woche mit diesem Chor ein Programm zu erarbeiten und am Schluß eine Plattenaufnahme zu machen, verbunden mit einem öffentlichen Konzert.

Mich reizte die Aufgabe ungeheuer, als Deutscher 48 Amerikaner untereinander bekannt zu machen und zu einem möglichst guten Chor zu firmieren.

Die erste Überraschung bestand darin, daß die Lutheran Brotherhood keineswegs eine kirchliche Bruderschaft war, wie ich vermutete, sondern eine Versicherungsgesellschaft, die lediglich als Sponsor fungierte. Das Haus, das uns beherbergte, war eine Mischung von erstklassigem Hotel und Sportklub, mit vielen Trainingsräumen durch drei Etagen. Offensichtlicher Schwerpunkt war Boxen. Ich erlebte also einen Sponsor, wie es ihn in den USA besonders damals weitaus häufiger gab als in unserem Lande.

Die Idee war nicht nur glänzend, sondern auch die Höhe der für diesen kulturellen Zweck aufgewendeten Mittel bewunderswert.

Die nächste Überraschung bestand in dem hohem Niveau, das alle Sänger sowohl stimmlich als auch in bezug auf ihre Vorbereitung des Programms mitbrachten. Der Notentext war klar, man konnte sofort mit der musikalischen Feinarbeit beginnen. Ein beglückender Zustand, den man als Chorleiter nicht so häufig erlebt, da wir es alle normalerweise mit Laien zu tun haben, denen der Notentext mit viel liebevoller Geduld beigebracht werden mußte.

Die dritte Überraschung bestand für mich in einem absolut herzlich persönlichen Kontakt mit allen Sängern von der ersten Minute an. Dazu ein schier grenzenloses Arbeitsbedürfnis. Keine Spur von Müdigkeit und dann fast ein Andrang bei jedem Probenende, wo die einzelnen mit den verschiedensten Fragen zu mir kamen. Bei allen war zu merken, daß jede und jeder es so gut wie möglich machen und alles verstehen wollte, was ich geprobt und erklärt hatte.

Wieder ein wunderbares Beispiel der Brückenbögen durch die Weltsprache Musik. Problemlos geht es zur Sache, ob man in Ostberlin ist oder in Süd- oder Nordamerika.

Ein Problem sollte sich jedoch bald zeigen, daß etwa die Hälfte der Sänger, besonders die Soprane einen für den deutschen Gastdirigenten schwer zu verkrafteten Grad an Tremolo mitbrachte. Was sollte ich machen? Mit meinen bisherigen Methoden der Stimmbildung war diesem Problem nicht beizukommen. Bei unseren eher jugendlichen Chören tritt es seltener auf, eher bei Solisten, und da zeigt sich oft die große psychologische Schwierigkeit, dieses Thema überhaupt zu berühren. Schon in meiner Düsseldorfer Zeit war ich manches Mal, wenn ich es auch nur wagte, ein Wörtlein in dieser Richtung zu sagen, angeblitzt und mir den freundlichen Worten »Sie Flegel« oder »Sie Halbstarker, was erlauben Sie sich eigentlich?« bezeichnet worden.

Es gibt Menschen, bei denen ist mit ihrem Tremolieren ein Höchstmaß an ästhetischer Selbstverwirklichung verbunden. Sie meinen, die ganze Reife ihres Selbst und auch ihres künstlerischen Ausdruckswillens nur so über andere Menschen segnend ausbreiten zu können. Das Selbstbewußtsein ist entsprechend und das Thema für andere bis hin zum Ehepartner ein absolutes Tabu.

Äußerste Vorsicht war am Platze.

Nach einer nächtlichen Meditation wagte ich es am Morgen des zweiten Arbeitstages und sagte dem Chor etwa folgendes: »Ich bin von Herzen dankbar für Ihre wunderbare Mitarbeit und das bisherige Ergebnis unserer Zusammenarbeit. Erlauben Sie dennoch, daß ich ein Problem offen anspreche, das ich ganz persönlich habe und das mit einem anderen Klangideal in meinem Heimatland zusammenhängt?« Natürlich wollten alle wissen, was ich meine. So fuhr ich, so sachlich ich sein konnte, fort: »Schauen Sie, es geht um die verschiedenen Einstellungen zur Ästhetik. Ich weiß, daß in Ihrem Land in vielen Chören mit Tremolo gesungen und das auch von den Hörern schön gefunden wird. Ohne jede Wertung darf ich sagen, daß das in meinem Lande anders ist. Wir vermeiden das Tremolo und streben gerade in unseren Chören einen möglichst klaren, tremolofreien Klang an, etwa nach dem Vorbild der großen deutschen Knabenchöre. Jetzt gibt es für diese Woche zwei Möglichkeiten: Entweder ich adaptiere mich als Gast Ihrer Praxis, was ich hiermit gerne anbiete und korrigiere nichts an dem Klang des Chores, oder Sie adaptieren für eine Woche meine Klangvorstellungen als eine vielleicht anregende Alternative zu

Ihren heimatlichen Gewohnheiten.« Sofort stimmten alle lebhaft zu, ich möge unbedingt meine Vorstellungen übertragen.

Das war liebenswürdig und leicht gesagt, aber schwer getan. Bisher hatte ich viel in chorischer Stimmbildung gelernt und praktiziert, aber ein Anti-Tremolorezept war nicht dabei. Das Konzept hierfür mußte ich mir sofort selbst ausdenken und konzentrierte mich dabei auf zwei Hauptgefahren: Erstens das Singen langer Töne, zweitens das Fortesingen.

In konsequenter Arbeit bei jedem neuen Stück unseres Programms gelang es tatsächlich, den Gesamtklang ruhiger zu bekommen, für mich eine ganz lehrreiche und wichtige Erfahrung, die mir bei späteren Reisen, besonders nach Asien, sehr zugutekommen sollte.

Das schönste Lob schien mir nach dem Abschlußkonzert in St. Pauls die Bemerkung meines dortigen Kollegen, Professor Leland Sateren, der mir sagte: »Erstaunlich, nach so kurzer Zeit einen amerikanischen Chor mit deutschem Chorklang zu hören (»amazing to listen to an american choir with german choir sound – I liked it!»)

Musik und Eisenbahn in Kalifornien

In einem späteren jahr folgte ich zwei Einladungen als Gastdirigent und Organist nach New York, Los Angeles und San Francisco. Ich hatte dafür einen Psalm für Chor, Trompeten, Schlagzeug und Orgel. »Be with us, Lord, I am in trouble« komponiert, der von zwei Chören sehr schön musiziert wurde.

Neben der immer wieder hervorzuhebenen großen Gastfreundschaft an allen Orten möchte ich drei Eindrücke festhalten. Der erste war ein Besuch bei einem Orgelbauer in Kalifornien, der sich offensichtlich darauf spezialisiert hatte, ausschließlich Orgeln nach Vorbildern des 16. und 17. Jahrhunderts nachzubauen, ganz der damals schon einsetzenden Historismusbewegung in der Musik folgend, deren Ideal bis heute in möglichst stilgetreu nachgebauten Instrumenten und einem der damaligen Aufführungspraxis möglichst angenäherten Musizierstil besteht.

Ein merkwürdiger, überraschender und höchst erstaunlicher Anblick: Inmitten der Weltmetropole Los Angeles in eine kleine Werkstatt zu kommen, deren Ausstattung und Atmosphäre aus dem Jahre 1519 stammen könnten, in dem der Orgelmeister der Renaissance, Arnold Schlick, in Heidelberg seinen berühmten »Spiegel der Orgelmacher und Organisten« veröffentlicht hatte.

Kaum eine Maschine, fast alles Geräte zur Handarbeit. Wo der Blick hinfiel, schönste Einzelteile »in der Fertigung von dem Schnitzornament am späteren Orgelgehäuse, über kurze Tasten, antike Pedalformen zu Windladen und sorgfältig zum Einbau bereitstehenden Pfeifen. Ein Besuch in die Vergangenheit, wie man ihn in dieser Form in der ganzen Welt kaum noch erleben kann. Bewunderung einerseits, einen noch recht jungen, höchst sympathischen Orgelbaumeister mit einem oder zwei Gesellen an so viel handwerklicher Kleinarbeit zu sehen. In mir aufkommende Fragen andererseits, ob es angesichts eines so hohen internationalen Niveaus gegenwärtigen Orgelbaus wirklich der Lebenssinn sein kann, ausschließlich historisch orientierte Imitationen alter Instrumente zu bauen.

Es sind die gleichen Fragen, die man hat, wenn man die Kathedrale von Washington betritt, in unserer Zeit mit großem Aufwand in rein gotischem Stil gebaut und vor der Fertigstellung stehend. Nur daß mir gerade dort die Bemerkung des kleinen Jungen aus Berkeley wieder einfiel.

»Don't you think, it would be interesting and nessessary for you, to built beside these types of imitation own instruments with your own ideas and taste?« – »A very interesting idea«, war die spontane, freundliche Antwort. Ob sie seiner wirklichen Meinung entsprach, weiß ich bis heute nicht. Ich dachte nur erneut an Rudolf von Beckerath, der in St. Jacobi in Hamburg seine Liebe zu Arp-Schnitger entdeckt, aber von hier aus seinen Stil als Heute-Mensch und Künstler entwickelt hatte und damit zu einem der wichtigsten Orgelbauer des 20. Jahrhunderts geworden ist.

Nach jeder Probe, die man in Amerika hält, kommen Mitglieder des Ensembles, das man dirigiert hat, und sagen einem Freundlichkeiten. Sie sagen, was ihnen gefallen hat, wollen wissen, ob man zufrieden war, aber auch sehr schnell kommt die Frage hinzu, welche anderen Interessen und Hobbies man hätte.

Sagte mein Vater vor 70 Jahren in solchen Fällen »die Wünschelrute«, war meine Antwort meisten »die Eisenbahn«. Oft großes Erstaunen. Manchmal greift der Fragesteller selbst das Thema auf, oft wird aber jemand anderes aus dem Kreis herangeholt. »Er ist Fachmann, und mit ihm können Sie besser über Ihr Hobby sprechen.«

So geschah es auch in diesem Fall. Zwei Herren wurden herbeizitiert, strahlten mich an, und der erste fragte sofort zur Sache kommend und direkt: »Mein Vater ist in einem Modelleisenbahnklub und hat zwei Lokomotiven, auf denen man mitfahren und sie selbst steuern kann. Hätten Sie Interesse, die Anlage einmal zu sehen?« In solchen Fällen erweist es sich immer wieder von großem Vorteil, wenn der Zeitplan solcher Konzertreisen nicht zu dicht gefüllt ist. Es entgehen einem sonst wichtige, kaum wiederholbare Eindrücke neben der Musik.

Am nächsten Vormittag hatte ich Zeit, und auf der Stelle wurde mit dem Vater telefoniert und vereinbart, daß er mich um 10.00 Uhr aus meinem Hotel abholen und mir zwei Stunden die Eisenbahnanlage zeigen würde. Ein Kreis sicher nicht ganz ärmlicher Eisenbahnfreunde hatte in Los Angeles ein Gelände von etwa 10 Hektar gekauft und hier hinein eine Schienenanlage mit vermutlich 30 cm Spurweite, mehreren Bahnhöfen, Lokomotivschuppen, Rangiergleisen, Tunnels,

Brücken, Bergen, Tälern, künstlichen Seen, kurz, allem, wovon das Kind auf einer großen Tischplatte für die HO-Bahn träumt, eingefügt.

Derartiges habe ich in meinenm Leben vorher nicht gesehen. Die Inhaber besaßen Dampf- und Dieselloks verschiedenster Größen, mein Gastgeber wies auf eine 2D2-Schnellzug-Dampflok hin. Also, mit der Achsfolge zwei kleine Laufräder, vier große Treibräder, zwei Laufräder. Vermutliche Länge 8,50 m. Auf meine diesbezüglich indiskrete Frage nach dem Preis wurde mir geantwortet, er habe sie günstig zum Sonderpreis von 100.000 Dollar bekommen. »Laß dir nichts anmerken, cool bleiben. Gespräch fortsetzen, als wenn solches die selbstverständlichsten Dinge auf dieser Erde wären.« Gerne nahm ich das Angebot an, das Traumungetüm selbst eine Runde zu steuern. Die Handhabung war einfach, denn natürlich funktionierte die gesamte Bedienung der ansonst höchst naturgetreu fauchenden Dampfmaschine elektromechanisch.

Der zweite Verkehrsexperte des Chores, der mich ansprach, stellte folgende Frage: »Interessiert Sie nur Eisenbahn oder auch Verkehrstechnik im allgemeinen, zum Beispiel die Raumfahrt?« – »Aber natürlich, nur, was meinen Sie speziell damit? Haben Sie selbst mit Raumfahrt zu tun?« – »Ich selbst nicht, aber mein Vater ist Vorstand in einer großen Spezialfirma, die Triebwerke für den Space-Shuttle fertigt. Ich könnte versuchen, Ihnen einen Besuch zu vermitteln. Hätten Sie zum Beispiel übermorgen Zeit?« Ich hatte und sagte voller Spannung und Vorfreude zu.

So einfach, wie der junge Herr sich das vorgestellt hatte, war die Sache allerdings nicht. Als sein Vater meinen Beruf hörte, winkte er zunächst energisch ab. »Unsere Firma hat die höchste Geheimhaltungsstufe, da können wir unmöglich einen deutschen Musikprofessor durchführen.« – Blendende und rettende Idee des Sohnes: »Können wir ihn nicht aufgrund seiner großen eisenbahntechnischen Kenntnisse als Chiefengineer of the German Railways einschleusen?« So geschah es, wenn auch mit einer kleinen Modifikation. Am nächsten Morgen rief mich der um mein technisches Bildungsniveau besorgte Tenor aus dem Chor an. »Wären Sie bereit, die Firma meines Vaters als pensionierter Chefingenieur der Deutsche Bahn zu besuchen?« Ich war begeistert, wagte aber doch die schüchterne Frage, warum ich denn schon »pensioniert« angeben sollte. »Oh, das ist für Sie besser im Falle zu komplizierten Fragen an Sie. Sie können dann getrost antworten: »So sorry, but this is beyond of my activities.«

Ich bekam eine der eindrucksvollsten Führungen meines Lebens, reizende kollegiale Behandlung von »Chef zu Chef«. Meine Gesprächspartner nahmen alle an, eine bedeutende Führungspersönlichkeit der DB vor sich zu haben. Das Frage- und Antwortspiel verlief glücklicherweise lebhaft und für mich außerordentlich aufschlußreich. Da aber die Gegenfragen über PS-Stärken unserer E-Loks, deren Höchstgeschwindigkeiten und ihre verschiedenen Typen, die Intercity-Pläne und des Kuppelungsproblems, (das mich persönlich seit Jahren besonders interessiert) nicht hinausgingen, fiel niemand etwas auf. Von Abteilung zu Abteilung wurde ich etwa drei Stunden lang als »Mr. von Kameke, retired chiefengineer of the German Railways« weitergereicht. Kein »Aas« hat etwas gemerkt! Ich hingegen fand die Informationen zum Beispiel über die konstruktive Beherrschung in den Lamellen der Düsenaggregate, die extreme Temperaturunterschiede, besonders beim Eintritt von der Stratosphäre in die Erdatmosphäre auszuhalten hatten, höchst interessant, sowie von Raum zu Raum sich steigernd die Präzision, mit der die verschiedensten Bauteile auf Tausendstel von Millimetern gefertigt wurden.

Daneben aber beeindruckte mich der lockere, äußerst freundliche Umgangston in der ganzen Fabrik. Der Abstand von Vorgesetzten und Untergebenen schien mir kaum erkennbar. Außerdem erlebte ich, wie in der Mittagpause in größter Geschwindigkeit in die Gänge zwischen den Hallen Tischtennistische aufgebaut wurden und zur Erholung der Belegschaft sportliche Wettkämpfe begannen, deren Niveau ich trotz mangelhafter Kompetenz nur als international und professionell bezeichnen kann.

Was für ein Spaß, einmal am Tag die Musik zu Hause zu lassen und dafür den hochkarätigen Techniker mit Fachgebiet Eisenbahn und Raumfahrt zu spielen. Schade, daß so etwas nicht ein zweites Mal passiert ist.

Ein unvergeßliches Verkehrserlebnis sollte diese schöne vielseitige Reise abschließen. Wie manches Mal zuvor schickte ich vor dem Start von Los Angeles nach New York meine Visitenkarte durch eine freundliche Stewardess ins Cockpit mit der Frage, ob ich den Flug von dort aus miterleben dürfte. Ich hatte nicht viel Hoffnung, denn es war die Zeit besonderer Gefahr von Flugzeugentführungen. Erstaunlich schnell aber war die Stewardess zurück. »Sie können sofort nach vorne kommen.« Sehr freundlicher Empfang im Cockpit. »Als ich Ihre Visitenkarte las, habe ich sofort zu meiner Crew gesagt: 'Den können wir reinlassen, der hat einen sehr schönen Beruf – ich selber singe nämlich im Kirchenchor in Friedberg in Hessen!'« Ehe ich mich versah, wurden mir lauter Fragen zu Bachs Johannes-Passion gestellt. »Wie proben Sie denn den schwierigen Wohin-Chor? Wie schnell nehmen Sie den Chor 'Lasset uns den nicht zerteilen?'« Wie fangen Sie den Schlußchoral an, laut oder leise?« So ging es weiter, bis das Signal zum Starten kam. Dann durfte ich fragen. Beeindruckend das perfekte Zusammenspiel von Pilot und Copilot mit sicher mehr als 50 Handgriffen vor dem Start.

»Bei einem amerikanischen Orgelspieltest mit fünf Manualen und 280 Registern ist es ähnlich kompliziert, bevor das Konzert beginnen kann.« Damit hatte ich wichtige Punkte gesammelt, die Herren wollten das genauer wissen, so daß es bis New York ein lebhaftes Frage- und Antwortspiel »Cockpit und Orgelspieltisch« gab.

In New York sollte man nicht landen, wenn man nicht den Anflug auf das Lichtermeer Manhattans und des Kennedy-Airports von der Atlantikseite im Cockpit miterleben kann.

Ratsam ist es, einen Beruf anzugeben, der des Piloten und seiner Crew Interesse findet.

Herausforderung in Hamburg
Siebzehn Tage Besetzung von St. Petri

Wenn ich an dieser Stelle etwas von der Besetzung St. Petris in der Zeit vom 02.04. bis zum 19.04.1979 berichte, dann kann das keine Aufzählung aller historischen Fakten sein und auch keine Auseinandersetzung mit dem gewogenen Hin und Her der damaligen Meinungen zu dem schwierigen und bis heute umstrittenen Thema der Verwendung von Atomkraft. Vielmehr möchte ich die direkten Auswirkungen dieser Besetzung auf die damalige Aufführung der Johannes-Passion von Bach, der eine Diskussion mit den Besetzern und eine Abstimmung im Bach-Chor vorangegangen war, festhalten.

Ausgelöst wurde das ganze durch den Zwischenfall im AKW von Harrisburg, USA, der weltweites Entsetzen und schlimmste Befürchtungen ausgelöst hatte.

Eines Tages waren ein paar Dutzend AK-Gegner in die St.-Petri-Kirche gekommen und baten Pastor Dr. Gunnar von Schlippe nach einer Nachmittagsandacht in der Kirche bleiben zu können. Sie wollten den AK-Gegner Helmut Oldefest, der nach gewaltsamen Widerstand bei einer Demonstration in Grohnde zu 15 Monaten Haft verurteilt worden war, vor dem Zugriff der Polizei schützen und dafür vorübergehend die Kirche besetzen. Nachdem St.-Petri-Pastor von Schlippe sich in Hannover vergeblich für eine Begnadigung eingesetzt hatte, brachen die AKW-Gegner ihr Versprechen, die Kirche nach drei Stunden zu räumen, und blieben insgesamt 17 Tage.

Da ich als Kirchenmusiker von St-Petri am meisten in der Kirche weilte – ich hatte dort zu üben, wöchentlich zehn Orgelstunden an meine Hochschulklasse zu geben und zwölf Stunden Vorbereitungszeit für die seit Jahrzehnten in St-Petri beheimatete »Stunde der Kirchenmusik« für Gäste bereitzustellen – war ich am stärksten von allen Mitarbeitern der Gemeinde betroffen. Neben der seelischen Belastung, eine täglich zunehmende Zahl von Besetzern zu erleben, die zum Teil ihre Hunde mitgebracht hatten (ich erspare es mir, die Folgen hiervon zu beschreiben), und zum größten Teil diese schlimme Mischung von Aggressivität und Heruntergekommensein in Kleidung und Körperpflege mitbrachten. Dazu kamen die vielen Transparente an den Wänden und Säulen mit Hetzparolen gegen die Atombefürworter und vor allem die Hamburgischen Elektrizitätswerke (HEW). Alle paar Minuten trat jemand vor das Mikrophon und verbreitete entweder Nachrichten über die öffentliche Reaktion oder machte Vorschläge zum weiteren Vorgehen. Es war eine ständige Hochpsannung in dem Gotteshaus, verschlimmert durch die Tatsache, daß einige Hamburger Pastoren sich den Demonstranten angeschlossen hatten und so unauffällig wie möglich gekleidet an der Besetzung der Kirche teilnahmen. Sie hatten Schreibmaschinen mitgebracht, um Fluglätter an Besucher der Kirche oder die Presse zu verteilen.

Auf der Nordempore hatte man Helmut Oldefest untergebracht und berief sich der Kirche gegenüber auf ihre historische Pflicht, sich schützend vor einen so Verfolgten zu stellen(!).

Das Schlimmste für mich aber kam nach etwa 10 Tagen, als sich herausstellte, daß an eine Räumung der Kirche vor Ostern nicht zu denken war, wir aber am Karfreitag, wie jedes Jahr, Bachs Johannes-Passion aufführen wollten.

Sollte man in die Nachbarkirche St. Jacobi ausweichen? Sollte man in St. Petri bleiben und in dieses Chaos hineinmusizieren oder sollte man die Aufführung ganz absagen? Alle Meinungen hierzu waren auch unter den 100 Mitgliedern meines Bach-Chores vertreten. Ich selbst neigte dazu, die Aufführung auf jeden Fall für St. Petri anzukündigen und damit mit Hilfe Bachs großer Kunst die Besetzer zum Räumen zu bewegen.

So entschloß ich mich, nicht ohne innere Ängste, den Besetzern eine Diskussion anzubieten und verteilte unter ihnen folgenden Brief:

»An die Besetzer der St.-Petri-Kirche:

Sie wollen mit der Besetzung unserer Kirche Sorgen artikulieren, die viele von uns mit Ihnen teilen. Sie wollen einen oder mehrere Menschen vor gerichtlicher Verfolgung schützen und haben dazu unsere St-Petri-Kirche, als deren Kirchenmusiker ich mich vorstellen möchte, seit Montag besetzt.

Bitte werfen Sie diesen Zettel nicht gleich weg, sondern überdenken Sie *in Ruhe*, was an Sorgen ich Ihnen vorzutragen habe. Wenn Sie verlangen, daß Ihre Sorgen ernstgenommen werden, nehmen Sie bitte auch die Sorgen anderer, nicht geringerer Gruppen unserer Gesellschaft ernst.

In dieser Kirche wird regelmäßig und viel Kirchenmusik gemacht. Jede Woche kommen 90 bis 100 größtenteils junge Menschen, zum Teil von weither zusammen, um musikalisch zu arbeiten und große Werke großer Komponisten, an denen sie und ihre Hörer geistigen Halt zu finden meinen, zu erarbeiten und aufzuführen.

In der Karwoche (kommende Woche) ist Bachs Johannes-Passion unsere Aufgabe. Wir können diese aber nicht erfüllen, wenn Sie weiterhin unsere Kirche besetzt halten und mit all den Transparenten den Besuchern die Möglichkeit nehmen, konzentriert auf Bachs Musik zu hören.

In dieser Kirche wird Orgel von jungen Menschen studiert, die meine Schüler an der Hamburger Musikhochschule sind. Bitte überlegen Sie, ob Sie selbst unter solchen Umständen üben oder Unterricht empfangen bzw. geben können.

Um Ihnen unsere Wirklichkeit zu zeigen, weiche ich heute mit Absicht nicht auf eine andere Orgel aus, sondern unterrichte eine zwölfjährige Schülerin, die schon zweimal den 1. Preis in »Jugend musiziert« gewonnen hat. Eine andere Studentin hat von 16.00 bis 17.00 Uhr Unterricht. Bitte entfernen Sie in dieser Zeit die Hunde aus der Kirche.

Ich bitte alle unter Ihnen, die noch Verständnis für die Sorgen anderer Menschen und anderer Meinungen aufbringen, zu bedenken, daß Sie mit der, wie ich persönlich meine, sinnlosen Fortsetzung Ihrer Aktionen in unserer Kirche großes Unrecht vor anderen, ebenfalls friedliebenden und sich zur Gewaltlosigkeit bekennenden Menschen, all denen, die sich zur St.-Petri-Kirche zugehörig fühlen, begehen und im Falle der Verhinderung der Aufführung der Johannes-Passion am Karfreitag große öffentliche Verantwortung auf sich laden.

Im Anschluß an meinen Unterricht stehe ich Ihnen gern zur Diskussion zur Verfügung.«

gez. Ernst-Ulrich von Kameke

Nach einigen Stunden wurde mir mitgeteilt, man sei zu dieser Diskussion bereit.

Etwa 150 Teilnehmer veranstalteten ein »sit-in« im Altarraum, die anderen hörten aus dem Kirchenschiff zu. Mit einem Mal hatte der Kirchenmusiker die Aufgabe, als Einzelner mit diesen 300 Menschen zu diskutieren.

Das »Gespräch« dauerte eineinhalb Stunden, und ich habe daraus vieles für mein ganzes Leben gelernt. Die erste Überraschung war, daß einige Jugendliche mich baten, doch ein paar Kanons mit allen zu singen! Darauf war ich nun überhaupt nicht eingestellt, merkte aber sofort, daß dieses eine ganz wichtige Hilfe für die Gesprächsatmosphäre und vielleicht die Tür sein könnte, Verständnis für mein Anliegen zu gewinnen.

So sangen wir u.a.:

1) »Lobet und preiset ihr Völker den Herrn«
2) »Sende dein Licht und deine Wahrheit, daß sie mich leiten zu deiner Wohnung...« oder
3) »Dona nobis pacem«

Alles sang mit, der Kirchenraum mit seinen sieben Sekunden Nachhall rundete den Klang, und ehe die Besetzer sich besinnen konnten, hatten sie einen großen Lobpreis Gottes angestimmt.

Dann aber kam entgegen meiner Hoffnung ein totaler Szenenwechsel. Nach ein paar einleitenden Sätzen von mir ging der Bühnenvorhang nicht auf, sondern fiel hinunter. Feindliche Gesichter, aggressive Stimmung, Angriffe von allen Seiten.

»Ich kann Ihr Anliegen und Ihre Sorgen verstehen, was ich aber nicht verstehen kann, daß Sie unsere schöne Kirche deswegen besetzen und auch mich ganz erheblich in meiner musikalischen Arbeit behindern. Was das heißt, möchte ich Ihnen an ein paar Beispielen erläutern.«

So etwa hatte ich begonnen. Erste Unterbrechungen. »Tun Sie doch nicht so scheinheilig, Sie wollen uns ja nur auf ganz üble Tour durch die Hintertür Ihrer Musik aus der Kirche rausdrängeln!« schrie mir mit verzerrtem Gesicht ein vor mir auf dem Boden sitzender Typ zu. »Was wollen Sie denn eigentlich? Machen Sie doch Ihre Johannes-Passion, seien Sie doch froh, endlich mal junge Leute als Zuhörer zu haben und nicht diese abgewrackten Typen von vorgestern, die keine Ahnung von der Gegenwart und von uns haben.« Bei näherem Hinsehen merkte ich, daß solches mit Händen in den Hosentaschen, in kaltem spöttisch-ironischem Ton von Wolf Biermann vorgetragen wurde, der eben von der Hansestadt Hamburg sehr gastfreundlich aufgenommen worden war und von den Besetzern offensichtlich für diese Diskussion als mein »Gesprächspartner« geholt worden war.

»Ich weiß nicht, wer von Ihnen schon einmal ein großes Werk von J. S. Bach gehört hat. Es ist nicht nur wunderschöne Musik, sondern Kunst auf höchstem Niveau, die Ruhe und Konzentration erfordert. Dazu paßt die Atmosphäre der von Ihnen besetzten Kirche mit all den Plakaten, Hunden und diskutierenden Gruppen überhaupt nicht.«

Nach langem Hin und Herr wurde mir zugesagt, für den Karfreitag Hunde und Plakate zu entfernen und die Aufführung nicht zu stören. Zwischen bissiger Kritik gab es aber auch Zuspruch. Einige Teilnehmer zeigten offenbar Verständnis für mein Anliegen. Manchmal traf mich der Blick aus einem jungen, sympathischen und hübschen Gesicht, die Herkunft aus einem vermutlich intakten Elternhaus verratend, der mich daran denken ließ, daß hier genauso gut meine Tochter oder mein Sohn stehen könnte.

Wenn ich in diesen turbulenten eineinhalb Stunden auch nicht erreichen konnte, was ich gehofft hatte, die Räumung der St-Petri-Kirche zum Karfreitag, so war doch die Aufführung der Johannes-Passion durch die Zusagen der Besetzer gerettet. Auch sie schienen erleichtert. Die Stimmung schlug wieder um, und viele baten mich am Schluß, noch Orgel für sie zu spielen.

Wie sollte es anders sein, ich spielte das schon in früheren Situationen für mich sehr bedeutungsvolle Werk Johann Sebastian Bachs, seine D-Dur-Fuge mit ihrem fröhlichen Thema und dem großen Pedalsolo am Schluß. Riesiger Applaus, wie ich ihn selten in St. Petri bekommen habe. Danach kam einer dieser auffallend nett aussehenden jugendlichen Besetzer auf mich zu und übergab mir eine Rose. »Das habe ich eben auf der Straße gekauft als Dank für Ihre Musik und dafür, daß Sie sich hier allein von so vielen AKW-Gegnern anderthalb Stunden haben ankeifen lassen.«

Zwei Tage später rief ich die Generalversammlung des Bach-Chores zusammen und bat um Abstimmung über die Frage, ob wir unter diesen Umständen nach Jacobi ausweichen oder in St. Petri bleiben sollten. Ich selbst machte nochmals den Vorschlag, in St. Petri zu bleiben und sich der Wirklichkeit zu stellen. Zu meiner Freude stimmte eine große Mehrheit des Chores diesem Vorschlag zu. Die andere Meinung kam voll zur Geltung und wurde auch gewürdigt. So gab es keine Sieger und keine Besiegten, sondern der Bach-Chor hat, wie ich persönlich glaube, ein wichtiges Beispiel echten demokratischen Verhaltens in schwieriger Situation gegeben.

Keiner der Gegner der Aufführung in St. Petri hat deswegen nicht mitgesungen, obwohl viele das angekündigt hatten. Sie waren beim Karfreitag alle dabei.

Der Tiefpunkt der Karwoche war für mich persönlich am Mittwoch erreicht, als ich Zeuge sein mußte, wie der in unserer Kirche aus Protest gegen die Besetzung fastende Pastor Lindemann aus Ohlsdorf von zwei Leuten, darunter einem älteren Mann, in unerträglicher Weise beschimpft und beleidigt wurde. Ich war so betroffen, daß so viel verbalisierter Haß in unserer eigenen Kirche zum Ausdruck kommen konnte und niemand dagegen etwas unternahm, daß ich selbst nochmals vor die Frage gestellt wurde, ob ich unter solchen Umständen überhaupt eine Bach-Passion würde aufführen können. Mich stärkte letztlich der Gedanke, daß alles, was Pastor Lindemann durchzumachen schien, weit schlimmer war als meine Probleme und daß ich mich der Verantwortung nicht entziehen durfte.

Am Karfreitag war die Kirche restlos überfüllt, und zu unser aller Erleichterung hat es keinerlei Störungen gegeben. Dennoch lag eine große Spannung über Ausführenden und Hörenden. Jeder von uns mag das Außergewöhnliche empfunden haben, das über dieser Aufführung nachmittags um 15.00 Uhr zur Todesstunde Jesu gelegen hat.

Allerdings entlud sich mit Verklingen des letzten Tones des Schlußchors »Dich will ich preisen ewiglich« leider der ofensichtlich aufgestaute Aggressionsdrang der Besetzer. Zwei Stunden intensivster geistlicher Bach-Musik hatte vermutlich ihre Nerven zum Bersten gebracht. In größter Eile wurden zum Entsetzen der hinausströmenden Hörer wieder alle Transparente aufgehängt und laute Diskussionen begonnen. Der anschließende Abendgottesdienst mußte von Pastor Kopfermann abgebrochen werden. – Die Osternachfeier wurde nach St. Jacobi verlegt und die Ostergottesdienste in den Gemeindesaal St. Petri.

Da in St. Petri jährlich zum Ostersonntag Bachs herrliche Solo-Kantate »Jauchzet Gott in allen Landen« musiziert wurde, entschloß ich mich, mit dem Ensemble aus Dank in die Ohlsdorfer Nikodemus-Kirche zu gehen und sie dort für die dortige Gemeinde und den tapferen, von seinen Fastentagen sehr geschwächten Pastor Lindemann zu musizieren.

Von dieser Karwoche 1979 in der Hamburger St.-Petri-Kirche habe ich vieles gelernt, u.a. keine Diskussionen mit jungen Menschen zu scheuen und ihnen klar meine Meinung zu sagen, ihnen dabei nach Möglichkeit zu zeigen, daß man sich trotzdem gernhaben und gegenseitig achten kann, wenn man noch so verschiedener Meinung ist, auch wenn der eine Jeans und der andere einen Schlips trägt.

Wiederbegegnung mit dem Pietismus
Die Charismatiker ziehen in St. Petri ein

Als ich in St. Petri 1959 begann, waren die Strukturen der Gemeinde und Landeskirche einfacher und übersichtlicher als einige Jahrzehnte später. Bestimmend war das Hauptpastorat, in das theologische Persönlichkeiten, die sich durch Veröffentlichungen oder als Professoren hervorgehoben hatten, berufen wurden.

Daneben gab es den sogenannten Archidiakonus, der sich um die (immer kleiner werdende) Lokalgemeinde zu kümmern hatte, und einen dritten Pastor, der hauptsächlich ein akademisches Lehramt bekleidete, wie zu meiner Zeit Dr. Dr. Helmut Echternach.

Es gab noch keine Nordelbische Kirche, sondern die Hamburgische Landeskirche und auch noch keine Pröpste.

Zum Bischof wurde einer der fünf Hauptpastoren gewählt, wobei er sein Hauptpastorenamt behielt und als Primus inter pares agierte, alles in allem wurde aus meiner persönlichen Sicht zweckmäßig und viel sparsamer im Stellenplan disponiert als heute.

Der Kirchenmusiker an den Hauptkirchen bekam etwas von dem Glanz des Hauptpastorenamtes insofern ab, daß er einen Assistenten bzw. zweiten Organisten zur Entlastung zur Verfügung hatte und in den meisten Fällen eine Dozentur an der Kirchenmusikabteilung der Musikhochschule erhielt. In der Regel brauchte er keine Nebengottesdienste und keine Amtshandlungen zu spielen und hatte auch Assistenz bei den Chorproben.

Das Profil von St. Petri war damals nach außen geprägt durch das Predigtniveau, in meinen ersten Dienstjahren maßstäblich bestimmt durch Hauptpastor D. Karl Witte, der 1960

Bischof und Nachfolger des früh verstorbenen Bischofs Dr. Herntrich wurde.

Entscheidend kam hinzu das besondere durch die Persönlichkeit von Bischof Dr. Theodor Knolle (seit 1924 Hauptpastor an St. Petri) geprägte Bild des liturgischen Schwerpunktes von St. Petri. Der dritte Schwerpunkt war die Kirchenmusik unter meinem Vorgänger Helmut Tramnitz. Wer sonntags nach St. Petri zum Gottesdienst kam, konnte sicher sein, die volle lutherische Liturgie mit sonntäglichem Abendmahl und »geregelter Kirchenmusik«, mit gesungenem greorgianischem Introitus, Motette und Musik zum Abendmahl zu erleben.

So hatte sich eine recht ansehnliche Personalgemeinde gebildet, und viele Besucher scheuten nicht den weiten Weg aus dem Hamburger Umland, um in die St.-Petri-Gottesdienste, die Christnachtsmesse oder die Osternacht zu kommen.

Die erste Erweiterung dieses Dreiklanges Predigt – Liturgie – Kirchenmusik kam mit Dr. Gunnar von Schlippe, dem Nachfolger des Gemeindepastors Lüders, der als neuen Schwerpunkt das Beratungs- und Seelsorgezentrum (BSZ) aufbaute. Dadurch erweiterte sich das geistliche Angebot von St. Petri um tägliche Seelsorge an jedermann durch eine sich schnell vergrößernde Zahl ehrenamtlicher Helfer und Berater, das auch sehr lebhaft und dankbar von vielen Menschen und Hilfesuchenden aufgenommen wurde.

So hatten sich vier Säulen gebildet, die St. Petri Stabilität und ein klar überschaubares Profil gaben.

Der nächste neue Akzent kam nun hinzu, als Hauptpastor Karl Malsch Nachfolger von Bischof Witte wurde. Er entwikkelte die Idee der Alltagskirche und führte die täglichen Nachmittagsandachten ein. So wurde, um ein anderes Bild zu benutzen, aus dem bisherigen Vierklang der St.-Petri-Aktivitäten ein Fünfklang.

Dann aber kam der Einschnitt, den ich für St. Petri als kritisch bezeichnen muß: Mit der Berufung von Pastor Wolfram Kopfermann der Einzug der charismatischen Bewegung bzw. geistlichen Gemeindeerneuerung.

In den ersten Jahren bedeutete das ohne Zweifel eine merkbare Zunahme an Attraktivität für St. Petri, obwohl das Profil nun durch einen sechsten Bereich immer mehr von seiner ursprünglichen Charakteristik zu einem Angebot an jedermann umgestaltet wurde.

Die Abendgottesdienste, bisher als Nebengottesdienste von wenigen besucht, wurden zum charismatischen Gottesdienst umgestaltet, dessen Besucherzahl von Jahr zu Jahr bis etwa 800 anstieg.

Ganz offensichtlich hatte Pastor Kopfermann eine Marktlücke im gottesdienstlichen Leben der etablierten Kirche entdeckt. Viele Menschen schienen sich angezogen zu fühlen von einer ganz anderen Art des Gottesdienstes, viel stärkere Einbeziehung der Laien, in dessen Verlauf persönliches Zugehen auf den Einzelnen durch den Pastor und seine Mitarbeiter.

Neue (alte?) einfache Lieder pietistischer Herkunft, in erster Linie auf Emotion, Glaubensgewißheit und Zugriff auf den Einzelnen abzielend, von der Jugend deutlich akzeptiert. Ersatz der Orgel durch Gitarre und sich ständig vergrößernde Band, Solisten oder kleine Singgruppen vor dem Mikrophon, Anleihen (musikalisch leider meist sehr dünn) bei Pop und Beat.

Durchhörbar: Elemente der Heilsarmee und früherer Erwekkungsbewegungen.

Diese Musik erklang grundsätzlich, durch Mikrophone auf große Lautstärke gebracht, eine halbe Stunde vor Gottesdienstbeginn zur Einstimmung der Gottesdienstbesucher.

Der Gottesdienst fand äußerlich gesehen in der Form der lutherischen Messe statt. Durch eine erhebliche Anzahl vor allem psychologisch sehr geschickter Einfügungen wuchs seine Ausdehnung bis zu drei Stunden an.

Nach Vorbildern aus der Praxis einiger Demoninationen aus den USA wurde zuerst und mit viel Zeitaufwand gefragt: »Wer kommt denn weiter her als 50 Kilometer? Bitte nach vorne an den Altar kommen!« Dort wurden Grüße aus der Heimatgemeinde gebracht und Gespräche mit dem Pfarrer geführt, oft von Beifall aus der Gemeinde begleitet. Nach einigen Gebeten kam der nächste Punkt, den ich nur aus einem meiner persönlichen Besuche wiedergeben kann. Frage des Pastors: »Wer hat denn in der vergangen Woche etwas Hübsches mit dem Herrn Jesus erlebt?« Unter einigen Meldungen trat eine junge Dame vor den Altar und führte folgendes aus: »Mich hat der Herr Jesus vor einem schweren Unfall bewahrt. Ich bin nämlich am Gänsemarkt bei Rot über die Ampel gefahren und mir ist dabei niemand in die Seite gefahren.« – »Wie wunderbar!« – Reaktion des Pfarrers und allgemeiner Beifall.

In der – meist außerordentlich auf den Predigttext konzentrierten – Predigt kam dann aber unter anderem das zu Herzen gehende Wort von der Petri-Kanzel herab: »Gott ist nicht nur dein Vater, er liebt dich so, daß du zu ihm Papi sagen kannst!«

Zwei neuerliche Höhepunkte für die Beteiligten gab es vor dem Abendmahl, das konsequent an jedem Sonntag wie bei den anderen Predigtgottesdiensten gehalten wurde.

Zuerst wurde aufgefordert, den (liturgisch althergebrachten) Friedensgruß einander zu verabreichen. »Ein jeder wie er kann und mag.« Von meinem Platz auf der Orgelempore bot sich mir ein buntes Bild, an Völkerwanderungen erinnernd. Nicht, daß man – wie üblich – seinen Nachbarn zur Rechten und Linken die Hand gab, nein, man küßte sich, stand auf, spähte umher, wo ein hiermit zu beglückender Glaubensgenosse saß, lief eiligen, zielbewußten Schrittes auf ihn zu und umhalste ihn.

Einzug von Erotik (warum nicht?) in den Gottesdienst von St. Petri.

Danach Aufforderung vom Pastor: »Wer möchte uns an dieser Stelle ein prophetisches Wort sagen?«

Ich erlebte folgendes: Ein mittelalterlicher Herr trat ans Mikrophon und erklärte der zum Abendmahl strebenden Gemeinde: »Ich sehe unter uns eine Frau, die sich seit Jahren ihrem Mann verweigert. Laßt uns zu Gott beten, daß er ihr den Rückweg schenke.« Spürbar allgemeine Betroffenheit. Nach einigen Minuten schriller Aufschrei im hinteren Drittel des Kirchenschiffs. In kurzer Zeit stürzten sich von mehreren Seiten Menschen auf dieses arme Wesen und bearbeiteten es mit Zuspruch und Handauflegung.

Leider stiegen bei mir – bei aller Anerkennung vieler positiver Ansätze und eines bewundernswerten Engagements vom Pfarrer bis zu vielen freiwilligen Mitarbeitern – die Bedenken mehr und mehr.

Um mit der musikalischen Seite zu beginnen: Die Grundhaltung der Charismatiker ist von Desinteresse an der Kunstmusik in der Kirche bestimmt.

Fairerweise wurde aber von mir auch nie verlangt, die charismatischen Gottesdienste musikalisch zu begleiten. Auch kam es während der vierzehn Jahre des Zusammenwirkens an St. Petri nie zu persönlichen Spannungen.

Dennoch entstand bald eine für jedermann merkbare Kluft zwischen der Kirchenmusik am Sonntagmorgen und der am Sonntagabend. Nach einem bis heute ungeschriebenen Gesetz wurde morgens und in Konzerten ohne Mikrophon musiziert. Am Abend aber wurde es ständig benutzt und damit eine psychologische direktere Wirkung erzielt. Dieses kam also zu den großen stilistischen Unterschieden hinzu.

Bedenklich wurde es für mich, aber auch für zahlreiche Gemeindemitglieder des alten St.-Petri-Stammes, daß Pastor Kopfermann in einigen seiner Predigten am Vormittag, leider aber auch ausgerechnet zu Weihnachten die anwesende Gemeinde in Christen und Nichtchristen teilte. Für ihn und die charismatische Gemeindeerneuerung galt offensichtlich nur derjenige als wahrer Christ, der die sogenannte Lebensübergabe vollzogen hatte. Es handelte sich um ein – meist öffentlich abgelegtes – Bekenntnis, daß man sein Leben durch die Begegnung mit Christus total umstellen und ein völlig neues Leben beginnen wolle.

Neu war mir dieser Gedanke nicht. Ich hatte ähnliches in meiner Kindheit, also etwa 40 Jahre zuvor im Pietismus der Malche erlebt. Nur hieß es damals »Bekehrung«.

Sicher ist gegen dieses Bekenntnis nicht das geringste einzuwenden, besonders wenn es denjenigen, der sich so bekannt hat, befreit und zuversichtlich macht. Dennoch hat diese Glaubenshaltung in St. Petri zu Unfrieden und Auseinanderfall der Gemeinde in zwei Teile geführt.

Der lutherische Christ glaubt erstens an die Kraft der Taufe, in der Gott selbst das Wunder der Lebensübernahme verheißen hat. Dazu kommt zweitens als Bestätigung und Bewußtwerdung des denk- und urteilsfähig gewordenen jungen Christen die Konfirmation. Oft erhobene Vorwürfe, das alles sei in unserer Zeit verwässert, sind nicht stichhaltig, weil sie nicht die Sache treffen, sondern die Menschen, denen das alles nicht mehr wichtig ist. Meistens haben ihnen das weder die Eltern noch der Pfarrer noch die Paten genügend erklärt.

Taufe und Konfirmation, so schien es mir, traten für die Charismatiker hinter der »Lebensübergabe« zurück.

Auch merkte man vielen von ihnen deutlich an, daß sie leider die Intoleranz Kopfermanns übernommen hatten. Die

Tonart untereinander war ganz anders als mit den bisherigen Gemeindegliedern.

Ein anderer unbestreitbarer Erfolg der Charismatiker war die Gründung von Hauskreisen, über ganz Hamburg verteilt. Leider stellten sich auch hier nach einigen Jahren Schwierigkeiten ein, die mit der Sache nichts zu tun hatten. 1984 fanden Neuwahlen zum Kirchenvorstand statt. Einige Monate davor begann eine riesige Welle von Umgemeindungsanträgen St. Petri zu überschwemmen. Das bedeutete, daß gegenüber der alten St.-Petri-Gemeinde das Zahlenverhältnis der Wahlberechtigten sich zugunsten der Charismatiker änderte, was zu einer Abwahl aller bisherigen Kirchenvorsteher führte. An ihre Stellen traten nun 14 Kandidaten der Charismatischen Bewegung, die größtenteils nicht die geringste Ahnung von Struktur, theologischen Schwerpunkten und Tradition der St.-Petri-Gemeinde hatten. So waren weder BSZ noch die Kirchenmusik im neuen Kirchenvorstand vertreten. Viele von uns empfanden das als einen Mißbrauch der Gastfreundschaft unserer Kirche, auch kein gutes Beispiel, derartige Personalpolitik mit einem solchen »Marsch durch die Institutionen« zu betreiben.

Ich beschloß bald nach diesem für uns frustrierenden Wahlergebnis, alle neuen Kirchenvorsteher privat zu mir nach Hause einzuladen und ihnen ein Referat über Geschichte und Auftrag der Kirchenmusik sowie die Tradition der Liturgie an St. Petri zu halten. Die meisten waren gekommen und es fand ein sehr offenes und verständnisvolles Gespräch statt, von dem ich mir erhoffen konnte, daß die Atmosphäre gut bleiben würde, wenngleich nach wie vor die theologischen Standpunkte weit auseinander lagen.

Zwei andere Problemfelder gab es für mich, die ich zum Abschluß dieses Kapitels aufzählen möchte. Mehrfach erlebte ich während des Gottesdienstes persönliche Berichte von Gemeindemitgliedern, die sehr detailliert eine ernste Krankheit beschrieben – und erklärten, kein Arzt hätte ihnen helfen können, dann aber sei ihre Krankheit nach einigen Gebeten von Pastor Kopfermann restlos verschwunden.

Hier drehte sich in mir wirklich alles um. Was ist das für eine Theologie, und wie gefährlich ist dieses! Es bedarf keiner großen Phantasie sich vorzustellen, wie viele unter den Hunderten von Zuhörern von solchen Reden beeinflußt wurden und den dringend notwendigen Arztbesuch möglicherweise aufgaben.

Für mich ist die Medizin wie alle Wissenschaft ein Teil der göttlichen Schöpfungsordnung, gehört in den ersten Glaubensartikel, und es ist meine Pflicht, wenn ich krank bin, zum Arzt zu gehen und ihm zu vertrauen, denn er steht mit seinem Beruf in göttlichem Auftrag, so denke ich.

Den zweiten Punkt habe ich schon angedeutet, möchte ich ihn aber noch einmal in der Zusammenfassung erwähnen: Die auf andere naiv wirkende, stets auf ein happy end bedachte Glaubensgewißheit in jedem Gottesdienst, die bis zur Überzeugung des Pastors reichte, selbst ein Prophet unserer Zeit zu sein. Damit hing auch die Intoleranz andersdenkender Mitchristen gegenüber zusammen.

Zweimal habe ich im Kirchenvorstand versucht, über Zweifel zu sprechen, die es im Leben jedes Christen geben kann, und über die Aufgabe, Andersdenkenden gegenüber tolerant zu bleiben. In dieser Frage scheiterte ich total und hatte das Gefühl, gegen eine Betonmauer anzulaufen.

Dabei hatte ich gehofft, in bezug auf Ungewißheit und Zweifel als Musiker etwas Positives zur Diskussion beitragen zu können. Ich beschrieb, wie man in der Musik auch beides kennt: Die durch fertige Kompositionen gefestigte Welt, meisterlich in stilistisch verschiedenste Formen gebracht und Sicherheit und Verläßlichkeit im gedruckten Notenbild verbreitend.

Andererseits die ungeformte Welt des Unbekannten, die es zu erforschen gilt für jeden, der komponieren will. Ich versuchte zu erläutern, wie diese ungesicherte, unbekannte Welt für denjenigen, der beides tut, interpretieren und komponieren, sehr oft zu der eigentlichen, viel interessanteren und viel aufregenderen Erfahrung und Inspiration werden und damit die eigentliche Wirklichkeit darstellen kann. Auch die These, daß in der Unbegreiflichkeit und für uns Menschen nicht erfaßbaren Größe Gottes das Erlebnis der größtmöglich zu denkenden Realität liegen könnte, wurde mir nicht abgenommen.

Sehr schade, daß solche Gespräche an St. Petri nicht öfter und öffentlich in den vierzehn Jahren mit Pastor Kopfermann geführt worden sind. Für meinen Begriff sind große Chancen verpaßt worden, die ja dann auch zu dem Auszug aus der St.-Petri-Gemeinde und Austritt aus der Kirche geführt haben.

Die Charismatiker-Zeit an St. Petri war oft schwierig für mich, aber sie gehört zu den – auch im Negativen – anregenden Seiten meines Berufslebens.

An den Schluß gehört das Zeugnis, daß durch die Kraft der geistlichen Musik in ihrer großen Vielfalt, von der Gregorianik über Bach zu Penderecki, im Bach-Chor ein so großer Zusammenhalt entstanden war, daß es praktisch zu keinem einzigen Übertritt in diese Glaubensrichtung gekommen ist.

Die Musik gilt seit Luther als die Tochter der Theologie. Ich glaube, sie ist mehr, nämlich deren gleichberechtigte Partnerin.

Eines Tages rief mich Hidenori Komatsu, ein ausgezeichneter, in Hamburg lebender Bariton an. »Wären Sie bereit, einmal als Gastdirigent nach Tokyo zu kommen und die Tokyo-Oratorio-Society zu dirigieren?« – »Aber mit dem größten Vergnügen. Es würde mir eine Freude und Ehre sein.« Das Wunschprogramm der Japaner war Händels Messias in der Mozartfassung, Mozart Requiem und ein a-capella-Programm. Zusätzlich wurde damit die Frage verbunden, ob ich bereit sei, einen Deutschlandbesuch dieses japanischen Chores zu vermitteln und den Chor dabei zu dirigieren.

Kaum hatte ich dieses zugesagt, ereignete sich kurze Zeit danach folgendes:

Von einer Konzertreise aus Skandinavien spätabends zurückgekehrt, es war im April, an einem Mittwoch, finde ich unter viel Post ein Telegramm aus Tokyo vor: Am nächsten Tag (Donnerstag) sei ein vierköpfiges Vorbereitungsteam in Hamburg. Ob sie mich am nächsten Morgen zwecks Vorbereitung der Konzertreise ihres Chores Ende Oktober nach Deutschland sprechen könnten.

Muß das denn ausgerechnet am Donnerstag, meinem schlimmsten Arbeitstag der Woche sein? Sechs Stunden Orgelunterricht, mittags Rotary, nachmittags Chorvorbereitung und abends Probe mit dem Bach-Chor. Nichts zu machen! Ich verlege meine erste Orgelstunde und empfange morgens um neun Uhr vier reizende Japaner, begleitet von Hidenori Komatsu als Dolmetscher. Äußerst freundliche Begrüßung mit tiefen Verbeugungen allerseits.

Der Sprecher sagt etwas zum Dolmetscher. Ich verstehe etwa: »Wip-tschi-wap-tschi kataoko tsutsu kumba mutschi.« – »Die Herren sagen, Sie sehen sehr gut aus.« – »Ich vergesse meine Reisemüdigkeit und den Termindruck, verbeuge mich lang und tief und erwidere: »Herzlich willkommen, vielen Dank. Ich finde aber, daß die japanischen Besucher auch sehr gut aussehen.« – »Wup-tschi-wip-tschi-kataoka-kumbatsutsu« klingt die Übersetzung in meinen Ohren.

Anhaltendes Lächeln und weitere Verbeugungen der Japaner. Auf meine Frage, womit ich den Herren denn nun dienen könne, wird ein Zettel hervorgeholt und mir eine Viertelstunde lang vorgetragen, was ich hier nur im Ausschnitt wiedergeben kann:

1) Wie viele Toiletten hat die Kirche? Wo in der Umgebung gibt es weitere?
2) Wie wird die Raumtemperatur am 26. Oktober in St. Petri sein?
3) Wie lange dauert das Konzert? Wie lange ist die Pause? Wo kann der Bus stehen, in dem das japanische Abendessen eingenommen werden kann? Wo und wann kann fotografiert werden? Wird ein Arzt zugegen sein usw. usw.

Ich tue so, als ob ich das alles genau wüßte, versuche, einen überzeugend sicheren Eindruck zu machen und frage mich, ob ich je im Ausland, zum Beispiel Italien, Brasilien, Argentinien oder Chile derartige Fragen im voraus gestellt habe.

Bleibt die Verbeugung eines Preußen vor so viel japanischer Ordnung. Außerdem beichte ich, daß ich bis Oktober fast alles vergessen hatte, was die liebenswerten, gutaussehenden Vorausdelegierten gewünscht hatten.

Die weiteren Verhandlungen waren schnell geführt. Drei Konzerte sollten es werden, eines in St. Petri, zwei andere mit dem Messias und Mozarts Requiem in Kiel und – ausgerechnet! – Salzburg. Eine sehr ungewöhnliche aber äußerst reizvolle Aufgabe für mich.

Hinflug Hamburg – Tokyo

Das Gefühl der Vorfreude auf diesem ersten Flug in den Fernen Osten sollte mich bereits nach sechs Stunden verlassen, als der Pilot uns über Karachi in freundlichstem Tone mitteilte, wir könnten leider wegen Nebels nicht landen und er habe sich entschlossen, nach Dubai am Persischen Golf zurückzufliegen. Dort Landung in der Nacht um 03.00 Uhr mit der Aussicht, in ein Hotel gebracht zu werden. Nach einer Stunde Wartezeit am Airport kam die uns irritierende Mitteilung, wir könnten doch weiterfliegen, da Karachi frei sei, nur müßten wir eine erneute, gut einstündige Zoll- und Kontrollprozedur auf uns nehmen. Inzwischen war es 04.25 Uhr, als dieses beendet war. Dann erneute Mitteilung der Lufthansa, es sei inzwischen in Frankfurt beschlossen worden, daß wir doch ins Hotel mußten, da das Flugpersonal 16 Stunden Ausruhezeit brauche (auf die Idee, für 300 Fluggäste nach Japan eine andere Crew von Frankfurt herbeizufliegen, war offensichtlich niemand gekommen). Also kamen wir am frühen Morgen in ein großes Hotel, in dem uns als erstes mitgeteilt wurde, Singles gäbe es nicht und man möge sich zu Zweit organisieren. Ich hatte Glück, der erstbeste in meiner Nähe stehende Herr entpuppte sich als Chefarzt für Gynäkologie aus Mainz, der zu einem Vortrag nach Tokyo reiste. Mit ihm verbrachte ich auch den folgenden Tag am sommerlich warmen Strand von Dubai in unmittelbarer Nähe des Kriegsgebietes Iran-Irak. Am Nachmittag um 16.30 Uhr Weiterflug und am nächsten Morgen mit 18 Stunden Verspätung Ankunft in Tokyo. Dort holten mich mit fröhlichem japanischen Lächeln Herr Gunyi, der Dirigent der Chöre, die ich zu besuchen hatte, und seine hübsche Begleitung ab. Auf meine Frage, ob es sich um Frau Gunyi handele, verschmitztes Kopfschütteln beiderseits. Auf der sich nun anschließenden, fast vierstündigen Autobusfahrt ins Zentrum von Tokyo erfuhr ich meine erste Enttäuschung, nämlich daß weder Herr Gunyi noch seine Begleitung mehr als 25 Worte englisch über die Lippen brachten und daß immer wieder der Versuch gemacht wurde, sich mit mir in fließendem Japanisch zu unterhalten.

Eins der ersten Gesprächsthemen war die Strumpfbekleidung von Herrn Gunyi, indem er mir seinen Fuß auf das Knie legte und bedeutungsvoll auf die Spezialeinwicklung seines großen Zehs in dem betreffenden weißen Strumpf hinwies. Alles andere wurde mir auf japanisch erklärt. Ich schloß tiefsinnig daraus, daß es sich um die Erklärung handele, der große Zeh sei auf diese Weise frei, um bei einer Sandale durch eine Lederbrücke schmerzfrei von den anderen Zehen getrennt werden zu können. Bei der weiteren Unterhaltung kam heraus, daß man sehr stolz war, mich in einem Privathaus unterzubringen, das wohl ganz ohne Zweifel in der überfüllten City von Tokyo etwas ganz Besonderes ist.

Der japanische „Superstrumpf"

Als wir nach längerer Fahrt in diesem »privat home« bei Herrn und Frau Kataoka ankamen, stellte sich heraus, daß auch sie keiner Fremdsprache mächtig waren. Hingegen wurde mir eindeutig klargemacht, daß ich in einer japanischen Wohnung sofort meine Schuhe auszuziehen hätte. Es wurde ein selbst für anspruchslose deutsche Touristengaumen völlig ungenießbares japanisches Essen serviert, das so schmeckte, als hätte man aus einer Dose Coop-Sonderangebot Heringe in Tomatensoße einen Extrakt gemacht, dem verschärfende Ingredienzien aus dem vielseitigen Bereich aller denkbaren Kräuter beigemengt waren.

Immerhin verstand ich, daß Frau Kataoka Sänger ausbildet und Herr Kataoka über erhebliches Kleingeld verfügt, denn man bedeutete mir mit entsprechend wichtiger Miene, daß es etwas äußerst Ungewöhnliches sei, einem Gast im Zentrum von Tokyo eine Vier-Zimmer-Wohnung anbieten zu können. Diese Tatsache erfüllte auch mich mit großer Dankbarkeit und Freude. Als sich aber herausstelle, daß die Adresse dieses Hauses auch nicht dem geübtesten Taxifahrer beizubringen war und meine Frau aus Hamburg vergeblich angerufen hatte, weil Frau Kataoka gar nicht verstand, daß sie mich sprechen wolle, war mir das Unvermeidliche klar. Ich mußte bei jemandem, der mehr als fließend japanisch spricht, die Forderung loswerden, mich sobald wie möglich in ein Hotel umzusiedeln. Nach zwei Tagen gelang es, und im Shinjuku Hotel erfüllte mich ein vollkommen neues Lebensgefühl mit Telefon, mit Adresse und englisch sprechendem Hotelpersonal, riesigem S- und U-Bahnhof mit zwölf Bahnsteigen in unmittelbarer Nähe, Blick auf ein unbeschreibliches, durch Lichterreklame in vertikale nervöse Farbenpracht getauchtes Stadtbild. Mich durchwirkte das Gefühl großer Hochstimmung und voller Dankbarkeit, ein neues Leben in großstädtischer Freiheit wieder geschenkt bekommen zu haben.

Meine erste Probe mit dem großen Chor gehört zu den Eindrücken, von denen man sich einige Jahre zuvor nicht das geringste hätte träumen lassen. Knapp zwölf Stunden nach meiner Ankunft in diesem total fremden Kontinent blickten mich alsgleich 250 japanische Augenpaare an, gespannt, freundlich, ängstlich, und doch gelang es, über die gemeinsame Sprache der Musik sehr schnell einen persönlichen Kontakt zu gewinnen. Die erste Probe dauerte »nur« vier Stunden. Zwei Tage später sollte eine achtstündige Probe von Sonntagmittag bis abends für meine Unterhaltung sorgen. Der Notentext des Programms war in allen Stimmen phantastisch sicher. Das große Problem war aber die deutsche Aussprache. Ein Wort wie »schwer« ist für den Durchschnittsjapaner auch bei 20minütiger Sprachübung nicht zu lernen. Es klingt wie »sjveer und wird einem mit ernstem Gesicht entgegengesprochen, auch wenn man unter Einbeziehung sämtlicher körperlicher Gebärden das Wort »schwer« darzustellen versucht hat.

Eine weitere Schwierigkeit stellte sich in den folgenden Proben heraus: Das Thema Dynamik. Der Chor sang erstklassig in technischer Hinsicht, aber die Dynamik-Abstufungen waren sehr viel schwächer als wir das von unseren deutschen Chören erwarten können. Alles klingt zwischen mezzopiano und mezzoforte, weitere Extreme sind sozusagen nicht zu erreichen. Wenn ich dem Chor an bestimmten Stellen sagte, hier bitte forte, wurde ich angelächelt und es blieb bei dem milden Mezzoforte. Brach ich ab und sagte, wollen wir bitte das richtig Forte singen, kommen Sie doch mal mit Ihrer Stimme heraus, wurde ich wieder angelächelt und der nächste Einsatz kam in genau dem gleichen milden Klang. Die Erklärung ist wohl relativ einfach. Man hat es auch im musikalischen Bereich mit der psychologischen Einstellung der Japanerin zu tun, die in den seltensten Fällen aus einer bescheidenen Haltung, die unauffällig sein soll, heraustritt. Die Fähigkeit, aus künstlerischen Gründen sich zu extrovertieren und wirklich aus sich herauszutreten, um Inhalte einem Publikum mitzuteilen und zuzurufen, bringen die wenigsten Sängerinnen mit, das mag ein Grund dafür sein, daß die Chöre, die ich angetroffen habe, zahlenmäßig so groß sind. Etwa 250 Japaner pflegen, soweit ich es bemerkt habe, das Klangvolumen eines 50 bis 60 Sänger starken mitteleuropäischen oder amerikanischen Chores zu erreichen.

Eine interessante Zusatzaufgabe bestand darin, mit Hilfe von Dolmetschern dem Chor inhaltliche Angaben etwa zum Requiem und Messias zu machen, wobei die Information über Grundwahrheiten christlicher Lehre mit einfließen konnte. Ich bin mir darüber im klaren, daß es hier nicht darum gehen konnte, Mission zu treiben. Das japanische Interesse für »Kyrie, Gloria«, den Messias oder Christi Kreuzestod gilt dem Inhalt, den man verstehen möchte, wie den eines Theaterstückes oder einer Oper, entspringt aber nicht dem Wunsch, sich einer neuen Religion anzuschließen.

Dennoch war es für mich wichtig, machte mir Freude und bedeutete eine große Herausforderung, als Einzelner diesen 200 bis 250 Japanern zu erklären, wer Christus war, warum er den Opfertod gestorben ist und was vielen Menschen der Glaube an den Dreieinigen Gott bedeutet. Eine große Schule, seinen Glauben so zu erklären, daß er andere Menschen auch aus völlig anderen Kultur- und Religionsbereichen wenigstens überzeugend klingt und sie nicht zu Unverständnis und fassungslosem Kopfschütteln bringt. Nach der Probe greift einer der Sänger den Punkt »Dreieinigkeit« auf, stellt sich als Christ vor und fragt mich, ob ich von dem Wachstum des Christentums in Asien, vor allem in Korea, Indonesien und den Philippinen gehört hätte. Ich bejahe das, vor allem habe ich es persönlich auf den Philippinen erlebt, wo ich zwei Jahre zuvor die Missa profana von Heinz Werner Zimmermann dirigiert habe und erzähle von Gesprächen mit dortigen Chormitgliedern. Unvergeßlich ist mir, wie ein Professor der Universität Manila mir den Hintergrund des von vielen Phlippinos erfahrenen und geglaubten, sonst in der Welt bezweifelten Wunders der Geistheilung erklärt: »Für uns ist die Welt im Sinne der Dreieinigkeit so aufgeteilt: Gottvater regiert das alte Europa, Jesus, der Sohn, den vorderen Orient, aber wir Asiaten« – und da erhob sich seine Stimme – »den Heiligen Geist!« Ein japanischer Gesprächspartner bejahte dieses, und es entwickelte sich während der Pause ein interessantes Gespräch über die Realität des Heiligen Geistes in Asien.

Über das Christentum in Japan erfuhr ich, daß nur knapp ein Prozent der Bevölkerung christlich ist. Kirchen sind wirklich nur mit ortskundigen Führern zu finden, sichtbar im Stadtbild habe ich keine getroffen.

Nun ist das in den meisten Metropolen, die ich besucht haben, inzwischen nicht anders. Kirchen sind von Waren- und Hochhäusern überflügelt. Dankbar denke ich an Hamburg, eine der ganz wenigen Städte, wo die Silhouetten der Kirchen nach allen Seiten sichtbar geblieben und Hochhäuser erst am Stadtrand erbaut worden sind.

Meine beiden Konzerte, sowohl das Mozart-Requiem mit der Kreuzstab-Kantate von Bach und der Motette »Komm Jesu komm« als auch das Orgelkonzert im Ueno Gakuen Music-College waren hervorragend besucht. Sie fanden in sehr gut gebauten und komfortablen Sälen statt. Tokyo besitzt zehn solcher Säle und neun Symphonie-Orchester! Auch wenn man eben in New York war oder Paris zum Vergleich heranzieht, ist Tokyo eine schier grenzenlose City in dieser Hinsicht.

Das Musikinteresse ist offensichtlich sehr groß. Besonders gefreut hat mich die lebhafte Reaktion auf meine etwas andere als die übliche Interpretation des Mozart-Requiems. Dieses wurde von zahlreichen Hörern bemerkt und ich wurde später darauf angesprochen.

Dem Eisenbahner in mir fielen schnell auch Besonderheiten des Verkehrswesens in Tokyo auf. Alles wird perfekt organisiert. Die Stadt ist durchzogen von zwei großen Verkehrsnetzen, U- und S-Bahn-Mobilität der sich täglich bewegenden Menschen ist nur zu schätzen. Ein Zug hat zehn Wagen, und jeder Wagen transportiert 250 Menschen. Da alle Züge grundsätzlich voll sind, kann man also pro Zug von 2500 Mitfahrern sprechen. In einem S-Bahnhof steigen aus einem Ausgang mir gegenüber 59 Menschen aus. Die andern stehen diszipliniert links und rechts in ordentlichen Reihen, von Schlangen kann man nicht reden, so daß das Ein- und Aussteigen fabelhaft funktioniert. Was mich auch als Musiker besonders begeistert, ist, daß an jedem Bahnhof über Lautsprecher eine eigene Melodie, eine Bahnhofsmelodie verbreitet wird, die leicht wiederzuerkennen ist, um die schlafenden Mengen aufzuwecken; denn man fährt bis zu anderthalb Stunden mit diesen Zügen, die lange Distanzen und viele Haltestellen haben. Die Fahrgäste wachen auf von der Musik und wissen, wann sie auszusteigen haben. Die Melodien sind aus der Folklore, lustig und zum Teil virtuos begleitet.

Auffallend und interessant ist weiter, daß es an all diesen zahllosen Bahnhöfen Sperren gibt, Arbeitsplätze also für Tausende von Japanern, die in Kauf nehmen, ca. fünfzehntausendmal am Tag »knips« zu machen, wenn sie davon eine Familie ernähren können. Weiter fällt mir die persönliche und öffentliche Sauberkeit auf. Ich habe nicht ein Stückchen Papier auf den Bahnhöfen herumliegen sehen. Man sieht fast nur dunkle Anzüge, weiße Hemden mit Krawatten, sehr elegante Damen, manchmal in Abendkleidern in der U-Bahn am Tage, so daß man sich nach dem Reiseziel dieser Damen fragt.

Der Heimflug von dieser Reise nach Japan wurde in bezug auf die mitternächtliche Überquerung des Nordpols für mich zu einem unvergeßlichen Erlebnis. Glücklicherweise wachte ich auf, zog die kleine Fensterjalousie nach oben und blickte fasziniert auf eine absolute Märchenwelt: Große Eisfelsen, vom Mond in bizarres Licht getaucht, gaben eine Naturszenerie, wie ich sie noch nie gesehen habe. Eis, Licht und Schatten als Kontrastprogramm zu dem Blüten- und Farbenreichtum der südlichen Hälfte unserer Erde.

Japanischer Chor in Hamburg, Kiel und Salzburg

Einige Tage später kam der japanische Chor zu seinen drei Konzerten in Hamburg an. Drei Begleiter kümmerten sich, wie nach dem Vorbesuch im Frühjahr erwartet, um jedes kleinste Detail des Aufenthaltes in Hamburg, Kiel und Salzburg. Die Konzerte gerieten hervorragend und waren sehr erfolgreich. Jeder bewunderte die absolute technische und stilistisch-musikalische Sicherheit dieser 200 Sänger.

Ein Problem gab es allerdings – es waren kaum Männerstimmen dabei. Der Grund war wohl, daß ein Japaner so wenig Urlaub hat, daß er sich solche Konzertreisen einfach nicht leisten kann.

20 Männerstimmen meines Hamburger Bach-Chores sprangen ein und hatten ihre Freude, als nach dem Kieler Konzert mit dem »Messias« am nächsten Tag sinngemäß u.a. folgendes in der Zeitung stand: Das Erstaunliche an diesem wunderbar ausgewogenen Chorklang ist, daß etwa 25 japanische (!) Herren 200 Damen gegenüberstehen, aber das notwendige Klangvolumen mühelos erbringen.

In Salzburg wurde das Problem fehlender Männerstimmen durch Mitglieder des dortigen Domchores gelöst. Wunderbar bei Mozart, schwieriger bei Bach und Brahms. Beides hatten sie bisher offensichtlich noch nie gesungen. Viel Lob für den japanischen Chor in der Mozart-Stadt Salzburg. Für die Sängerinnen und Sänger vermutlich auch der Höhepunkt ihrer Reise. Die Atmosphäre in der wunderschönen Franziskaner-Kirche neben dem Dom trug das ihre dazu bei. Vergleichbares gibt es in Japan nicht. Und weil sie das ahnen, reisen Japaner und Amerikaner mit so viel Aufwand nach Europa.

Natürlich darf man dabei auch nicht außer Acht lassen, daß es für so einen Chor ein doppeltes Erlebnis sein muß, Brahms in Hamburg, seiner zeitweiligen Wirkungsstätte, und Mozart in seiner Geburtsstadt Salzburg zu singen.

Nie und nimmer ist das Umgekehrte vorstellbar: Ein deutscher Chor reist nach Japan, singt dort buddhistische Gesänge aus der Kamakura-Zeit oder die Lieder des Tokiwazu Boshi aus dem 18. Jahrhundert, von denen es so gut wie keine Transaktionen gibt?

Welch ein Abstand! Wir reisen in Scharen »wie die Weltmeister« nach Japan und haben keine Ahnung von der Schrift, der Sprache, der Kultur und den Religionen.

Dagegen besuchen uns sicher doppelt so viele Japaner, die meisten können unsere Schrift lesen, sie alle bewundern unsere Kultur und wollen so viel wie möglich davon lernen, auf dem Gebiet der Musik seit einem Jahrhundert, alles in perfekte Eigenleistung umsetzend. Sie bilden hervorragende Orchester, Chöre, bauen wunderbare Instrumente und entwickeln ein in der ganzen Welt nachgeahmtes System der musikalischen Früherziehung.

Wer kann hier mehr von wem lernen? Anregende und zur Nachdenklichkeit auffordernde Fragen.

In Hamburg gab es ein Gemeinschaftskonzert mit meinem Bach-Chor, äußerst spannungsgeladen und intensiv musiziert, weil sich zwei Kulturkreise durch die Musik zusammenschlossen, als wenn Tokyo von Hamburg nicht weiter entfernt wäre als Hannover.

In Kürze entstanden zahlreiche persönliche Freundschaften, und der höchst agile und Spontaneität ausstrahlende Dirigent Hiroshi Gunyi beschloß sofort, den Hamburger Bach-Chor nach Tokyo drei Jahre später einzuladen.

Ich könnte diesen Dirigenten oberflächlich als den japanischen »Gotthilf Fischer» charakterisieren, einen »Rattenfänger« von Chorsängern und –sängerinnen. Nur ist sein wesentlicher Unterschied zu Gotthilf Fischer, daß er nicht »Am Brunnen vor dem Tore« oder »Heideröslein« mit seinen Chören singt, sondern mit vielen japanischen Chören Bachs H-moll-Messe, Mozarts Requiem oder Beethovens Missa solemnis einstudiert und aufführt. Er ist ein äußerst bemerkenswerter, temperamentvoller Mann, der inzwischen vom Chorleiterdasein lebt. Die Chorsänger dürften mittlerweile die Zahl von eintausend erreicht haben. Kein Chor, den er leitet, hat weniger als 200 Sänger. Sie zahlen relativ viel Geld, so daß er über ein ansehnliches Budget einer großen Vereinigung verfügt und auch braucht, denn für diese japanischen Chöre ist alles unglaublich teuer. Die Miete eines kleinen Saales für einen Abend kostet in Tokyo mindestens DM 500,-- für einen Chor, der dort proben will. Die katholische Kathedrale, in der wir die h-moll-Messe gesungen haben, kostet für den Chor DM 6.000,--. Solche Preise muß man dort für Raumbedarf ansetzen. Es hängt mit den unglaublich hohen Grundstücks- und Quadratmeterpreisen Tokyos zusammen. Der Quadratmeterpreis für Bauland in Tokyo betrug 1990 ungefähr DM 100.000,--. Die Grundstückspreise für 1.000 qm Grundstück, wie es zu meiner Zeit gerade von der deutschen Schule in Tokyo benötigt wurde, betragen 10 Millionen DM!

Als nach fünf Tagen mein Hamburger Chor in Tokyo eintrifft, wird er auf das Herzlichste empfangen und größtenteils auf Privatquartiere verteilt. Das ist, wie man später erfahren konnte, absolut ungewöhnlich und zeigt, wie herzlich das persönliche Verhältnis zwischen den beiden Chören sich in der kurzen Zeit in Hamburg entwickelt hat.

Unser Chor wird deswegen sehr stark herausgefordert, weil er in der Zeit seines Aufenthaltes mit schätzungsweise 600 japanischen Sängern gemeinsam singt. Es sind verschiedene Chöre und Programme. Wir haben bisher auf keiner anderen Reise ein so umfangreiches Programm gehabt; zuerst die H-moll-Messe, die allein schon eine Reise ausfüllen könnte, dann das Mozart-Requiem, ein volles A-cappella-Programm mit u.a. der Bach-Motette »Der Geist hilft unserer Schwachheit auf« und den Fest- und Gedenksprüchen von Brahms, Distlers »Wachet auf«, meinen »Seligpreisungen« und anderen Stücken. Aber wir singen auf den Wunsch der Japaner auch von Brahms zwölf Romanzen für Frauenchor und seine Zigeunerlieder, also eine riesige Literaturpalette. Man stelle sich den Probenaufwand in Hamburg zur Vorbereitung dieser Reise vor. Mehrere Wochenenden waren dafür notwendig.

Die Programmzusammenstellung ist für deutsche Begriffe abenteuerlich. Unser zweites Konzert, nach der H-moll-Messe in der katholischen Kathedrale, findet in einem wunderbaren philharmonischen Saal im Shinjuku-Center statt, mit dem folgenden Programm: Zwölf Volkslieder von Brahms (wunderschöne, fröhliche Liebeslieder), dann nach einer kurzen geistlichen Überleitung unseres Chores das Mozart-Requiem. Für die Japaner ist das alles schöne Musik, die sie genießen und mit viel Beifall bedenken. »Noch besser« wird es bei unserem Abstieg in die Provinz in Koshigaya, wo wir das Vergnügen haben, von dem dortigen Chor interessante japanische Folklore zu hören, dann unsere Zigeunerlieder zu singen und anschließend »Komm, Jesu, komm« von Bach zu zelebrieren. Es ist ein recht fröhliches, aber für uns ziemlich ungewöhnliches Konzert.

Das Mozart-Requiem wird zweimal aufgeführt, einmal unter Hiroshi Gunyis und einmal unter meiner Leitung. Wie nicht anders zu erwarten, sind die musikalischen Konzeptionen sehr unterschiedlich. Meine große Bewunderung gilt dem hervorragenden Orchester, das in einer 45minütigen Pause total auf meine völlig andere Konzeption des Mozart-Requiems einging, so daß nichts zu bemerken war.

Ein besonderes Erlebnis ist unser Abschlußkonzert in einer katholischen Benediktiner-Kirche. Man ist sehr überrascht, japanisch aussehende Benediktinermönche zu treffen. Die Architektur dieser Kirche beschäftigt mich sehr. Ich habe selten einen so gut gestalteten, modernen Altar gesehen: Das Kreuz vor einem goldenen symbolisierten Baum mit Krone. Es ist deutlich ausgedrückt, daß vom Kreuz Wachstum ausgeht und in Gold der Sieg über den Tod. Dahinter ein Kreisgestänge aus Messing, das den Weltkreis symbolisiert – eine theologisch fabelhafte Aussage, finde ich.

All unsere Konzerte sind ausverkauft. Ein schöner Akzent sind die Nachfeiern, von denen eine besonders herausragt, nämlich die, welche die Tokyo-Oratorio-Society gestiftet hat, mit phantastischem Essen und Trinken, Tischreden und Trinksprüchen, einem Sängerwettstreit, bei dem es um Überlebensfragen geht. Man hat Angst, daß einem nichts mehr zu singen einfällt, denn die Japaner haben unseren Besuch auch in dieser Hinsicht monatelang vorbereitet. Also improvisieren wir »Der Mond ist aufgegangen«, was wir vierstimmig nie im Bach-Chor gesungen haben, über »Sah' ein Knab ein Röslein stehn«, gehen über zu Kanons und dann zum Höhepunkt, was der Chor auch nie gesungen hat: »Freude schöner Götterfunken«, das mit 600 Japanern und zwei Dirigenten geschmettert wird, nämlich mit Herrn Gunyi und mir und mit bis zu einem Meter hohen Bernstein'schen Luftsprüngen untermalt wird. Es ist eine tolle Stimmung und nicht zu vergessen. »Alle Menschen werden Brüder«. Dieses ist das Thema für die Japaner, und ich habe viele Gratulationen zur Wiedervereinigung bekommen. Man fragt sich manchmal, wie es möglich ist, daß Ausländer sich darüber mehr zu freuen scheinen als unsere deutschen Mitbrüder. Dieses habe ich zuvor auch in Rußland so empfunden.

Man kann von den Japanern unglaublich viel lernen. Ich persönlich würde sagen, auch wenn man mit ihnen auf geistige Themen kommt, z.B. auf die ins tägliche Leben greifende religiöse Einstellung. Der Shintoismus sagt seinen Gläubigen unter anderem sehr deutlich, sie hätten sich sauber zu halten und gründlich zu waschen. Die ganz praktische Sauberkeit der Japaner wird offensichtlich von der Religion her bestimmt. Das ist wohl die Erklärung dafür, daß es in der Öffentlichkeit und in den Häusern so sauber ist. Andernfalls würde ein Chaos entstehen. Erstaunlich ist auch die Aufgeschlossenheit, die deswegen so bemerkenswert ist, weil es ganz katastrophale Zeiten der Christenverfolgung gegenüber dem christlichen Missionsdrang in Japan gegeben hat, der zu einer 250jährigen absoluten wirtschaftlichen und geistigen Isolation dieses Landes geführt hat. 250 Jahre lang wollte Japan nichts von der Welt um sich herum wissen. Erst im vorigen Jahrhundert gab es eine Auflockerung, und der entscheidende Durchbruch ist doch wohl der Zweite Weltkrieg, die einzige Niederlage, die dieses Volk in seiner Geschichte erlebt hat und die so stark in seine Psyche eingedrungen ist, daß sie sich heute noch fragen:

»Was haben wir falsch gemacht, was können wir ändern? Wir müssen doch von anderen etwas lernen. So geht es mit unserer Isolation nicht weiter«. Das führt zu neuen Perspektiven, und daher diese Aufgeschlossenheit, die devote Bewunderung all dessen, was andere machen, die Liebe zur europäischen ernsten Musik, die eine große Rolle spielt. Tokyo verkraftet in der Zeit, in der wir da sind, sechs große Bruckner-Symphonien mit Celibidache und den Münchner Philharmonikern, einen vierwöchigen Besuch der Ostberliner Staatsoper, den Besuch des Philharmonischen Orchesters Stuttgart mit Ferdinand Leitner. Sie erwarten das Gewandhaus-Orchester und haben sechs verschiedene Streichquartette zur gleichen Zeit aus Deutschland. Dieses kulturelle Interesse fasziniert sehr.

Man kann durch das große Erlebnis eines solchen Besuches auch als Christ sehr viel lernen. Man erlebt eine hochtechnisierte, in jeder Hinsicht durchorganisierte Welt mit zahllosen Menschen, die klaren inneren Gesetzen und Geboten zu folgen scheinen. Aber es ist eine Welt ohne Gott. Gott findet nicht statt. Er wird nicht gesucht, nicht vermißt, keiner redet von ihm. Wahrscheinlich wissen auch die wenigsten Japaner, was beten überhaupt bedeutet.

Mit der vermutlich bei uns unter Pietisten und der Intoleranz der Charismatiker verbreiteten Ansicht kommt man nicht weiter. Diese Hunderte von Millionen Menschen sollen alle »verlorene Schäfchen« sein, weil sie nicht an Christus glauben? Auch der Gedanke, sie alle missionieren zu wollen, ist völlig abwegig und bringt einen wie automatisch zu dem Wunschdenken, es möge in unserer Zeit mit ihren großen internationalen Entwicklungen endlich auch zu einer über das Christentum hinausreichenden Ökumene kommen: Gegenseitige Achtung der großen Weltreligionen und Erarbeitung der ethisch gemeinsamen Normen, statt nur die Unterschiede hinauszuposaunen und sich weiter blutig zu bekriegen. Das hat sich schon vor vielen Jahrhunderten angebahnt, als man zur Zeit der Scholastik versuchte, ein allgemein anerkanntes und für viele Religionen gültiges Naturrecht zu bezeugen. Bis heute ungeklärte und für die ganze Welt brennende Fragen.

Abschließende Gedanken nach drei Asien-Reisen:

Große abendländische Musik, welche nicht versiegenden, sondern zunehmenden Kräfte verbreitest Du über die ganze Welt! In Deiner Heimat wollen immer mehr Menschen Dich hören und pflegen. Hier wirkst Du in die *Zeit* – in Asien hast Du seit dem 20. Jahrhundert einen Sturm der Begeisterung entfacht, dort wirkst Du in den *Raum*.

Ein wunderbarer Baustein zu dem Gefühl, wie schön es ist, in dieser Zeit zu leben.

Rußland

Zwei Konzertreisen nach Rußland in einem Jahr (1990)

Wie ist es zu diesen Reisen gekommen? Der Ursprung liegt in einer Begegnung eines russischen und eines amerikanischen Solisten in einer Aufführung der Johannes-Passion von Bach in St. Petri, Hamburg. Der Russe war Solocellist des Orchesters, der Amerikaner sang den Evangelisten. Als beide in der Probe voneinander hörten, gingen sie aufeinander zu und umarmten sich unter großem Beifall von Chor und Orchester. Dieser bewegende Augenblick brachte mich auf die Idee, auch für eine musikalische Begegnung zweier führender Organisten aus den USA und der damaligen UdSSR zu sorgen. Schon lange wußte ich, daß in den Jahrzehnten nach dem Zweiten Weltkrieg ein riesiger Orgelboom in Rußland entstanden war. Möglicherweise ist es die einzige positive Konsequenz dieses letzten schrecklichen Krieges, daß viele russische Soldaten musikalisch waren und in der Besatzungszeit von Osteuropa u.a. auch die Orgel kennengelernt haben. Da auch den Christen unter ihnen dieses Instrument fremd war – die Orthodoxe Kirche ist eine reine Singekirche und hat nie Orgeln gehabt – galt das Interesse ausschließlich dem Konzertinstrument Orgel, nicht ihrer liturgisch-gottesdienstlichen Funktion. So kam es bei dem von mir gegründeten Internationalen Orgel-Festival in Hamburg 1989 zu einem Gemeinschaftskonzert des New Yorker Organisten Leonhard Raver mit dem Moskauer Organisten Oleg Jantschenkow. Das Konzert war eine einzige Freude und hätte eigentlich in allen großen deutschen Städten stattfinden müssen, um mit der Musik, besonders der Orgel, Brücken über den Eisernen Vorhang zu schlagen.

Es ist zu wenig bekannt, daß die damalige Sowjetunion mit diesen Orgelimporten zwei kulturelle Großtaten vollbracht hat.

Zum ersten hat sie entscheidend dazu beigetragen, daß einige traditionsreiche Orgelfirmen der damaligen DDR, wie z.B. Sauer (Frankfurt/Oder), Schuke (Potsdam), Eule (Bautzen) oder Jehmlich (Dresden), trotz der antikirchlichen politischen Grundhaltung der Regierung zu internationalen Aufträgen kamen, Devisenbringer wurden und, soweit mir bekannt, unangefochten haben arbeiten können.

Zum anderen sind Orgeln in dieser Zeit bis tief nach Sibirien, also dem asiatischen Raum, exportiert worden, nicht in Kirchen, sondern in die Konzertsäle aller großen Städte hineingebaut worden, vom Ural bis nach Alma Ata und Wladiwostok. Das Interesse, besonders unter der russischen Jugend, wuchs lawinenartig, und wieder einmal hieß der große Missionar der völkerverbindenden Kunst: Johann Sebastian Bach.

Man halte sich vor Augen: Dieses totalitäre Reich mit all den Schrecken, die es in den siebzig Jahren über seine eigene Bevölkerung, aber auch die halbe Welt gebracht hat, einschließlich der jahrzehntelangen Christenverfolgungen, wird gleichzeitig der Exporteur der Orgel und verbreitet sie über größte Teile Asiens, wo zuvor wohl kaum ein Mensch je etwas von ihr gehört hat.

Nächtliches Telefon aus Moskau

Einige Wochen nach dem Hamburg-Festival klingelt morgens um sechs bei mir das Telefon. Am anderen Ende Oleg Jantschenkow aus Moskau. Er fragt mich, ob ich bereit sei, im kommenden Januar vier Konzerte in der Sowjetunion zu spielen. Was bleibt mir anderes übrig, als ohne nachzudenken, sogleich zuzusagen. Dann folgt ein wochenlanges Hin und Her auf Telefonbasis, da mit Moskau zu telefonieren ein völlig utopisches Unterfangen zu sein scheint. In der Vorahnung, daß eine Reise in ein solches für uns doch weitgehend unbekanntes Land, und für mich zum ersten Mal ohne Kenntnis der dortigen Sprache, eine besondere Unternehmung werden würde, bitte ich Rosemarie, meine Frau, mich zu begleiten. Zu meiner großen Freude sagt sie sofort zu.

Am Morgen des 10. Januar 1990 starten wir vom Flughafen Berlin-Schönefeld. Wir fliegen in einer blitzsauberen und offensichtlich fast neuen Iljuschin 86, die etwa dem Airbus entspricht, 1. Klasse in zwei Stunden und zehn Minuten nach Moskau. Die 1. Klasse kostet nur 20 % mehr und ist, was die Bedienung anbelangt, nicht als allzu luxuriös zu bezeichnen, bietet aber großen Sitzkomfort. Ordentliches, wenn auch sehr einfaches Essen mit erstaunlich gutem, trockenem russischen Weißwein. In Moskau, nach einem wirklich gut verlaufenen Flug mit einem Service, der an Höflichkeit und Sauberkeit der Bedienung in nichts den westlichen Fluggesellschaften nachsteht, empfangen durch zwei sehr nett aussehende russische Damen, die sich als Tatjana und Swetlana vorstellen. Tatjana ist die Frau meines Kollegen Oleg, der selbst auf Konzertreise im Ural ist und sich bei uns entschuldigen läßt. Swetlana ist eine hochgebildete Russin, fast fließend deutschsprechend, die sich als unsere Dolmetscherin für die nächsten Tage bekannt macht.

Die Einfahrt in die russische Metropole bietet einen ähnlichen Eindruck wie Fahrten durch die DDR-Städte: Vor allem sehr verwahrloste Straßen, erstaunlich viel Autoverkehr, teilweise großartige, palastähnliche Gebäude aus früheren Zeiten, dazwischen riesige Ministerien mit hohen Türmen im bekannten Zuckerbäckerstil. Wir steigen 400 Meter von der Philharmonie entfernt aus, betreten das 21 Stockwerke umfassende Hochhaus, das fast nur von Musikern bewohnt wird, und werden in der 16. Etage von Tanja Jantschenkow liebevoll in einer sehr engen, aber gemütlichen Dreizimmerwohnung empfangen.

In dem vorderen Zimmer der Wohnung, schätzungsweise 12 qm groß, nimmt ein Bechsteinflügel fast ein Drittel des Raumes ein. Alle Wände sind voller Notenbücher und ausgiebigen Tonbandanlagen; ein kleiner Eßtisch, eine Couch und Stühle füllen den Raum restlos aus. Wir lassen uns nieder und bekommen ein fulminantes russisches Abenddiner einschließlich Kaviar, herrliche Salate, verschiedene Fleischsorten und reichlich Wodka und Champansky (gold – hervorragende Qualität!).

Ein Kollege von Oleg – Arkady – dickleibig, zehn Worte deutschsprechend, begrüßt uns mit einem Toast nach dem anderen, die ich fleißg zu erwidern versuche, d.h. es fließt schon in den ersten Stunden reichlich viel Alkohol, den wir aber zu unserer Verwunderung bestens vertragen.

Abends um 22.00 Uhr erste Orgelprobe in der Philharmonie an einer viermanualigen Rieger-Kloss-Orgel (recht guter tschechischer Orgelbauer) mit siebzig Registern und sechs Kombinationen.

Schon hier in Moskau gehen die Probenzeitprobleme los. In der Philharmonie proben natürlich über Tag die Symphonieorchester, die Orgelsolisten werden auf die Abendzeit nach den Konzerten und auf den frühen Morgen von 07.00 bis 09.30 Uhr geschoben. Eine große Unbequemlichkeit, besonders wenn keine Taxen zu bekommen sind, wie es später in Leningrad geschehen sollte. Es ist für mich eine große Herausforderung, nach mehreren Jahren wieder reine Saalkonzerte in Frack und ohne Noten mit Spieldauer von fast anderthalb Stunden (so von den Russen ausdrücklich gewünscht) zu bewältigen. Aber wochenlanges, intensives Orgel- und Gedächtnistraining, vorher in Hamburg, haben mich glücklicherweise mit dem notwendigen Sicherheitsgefühl für diese künstlerische Problematik ausgestattet.

Unsere Übernachtung in dem kleinen Musik-Speise-Schlafzimmer im Hause Jantschenkow ist abenteuerlich, aber wir vermuten wohl richtig, daß es in dieser persönlichen und herzlichen Atmosphäre ein weitaus besserer Beginn der Konzertreise ist, als wenn wir in eines der großen Hotels mit ihren noch zu schildernden Problemen hätten ziehen müssen. Tanja ist eine hinreißende Russin mit viel Charme, bildschön, Dozentin für Volkstanz, spricht aber leider nur sehr limitiert englisch. Aber hier, wie an den meisten anderen Orten, gewöhnen wir uns ein Primitivenglisch, unterstützt mit Händen und Füßen, an, um einigermaßen von unseren russischen Freunden und Partnern verstanden zu werden. Wenn so viel Charme wie bei Tanja dabei ist, wird auch viel gelacht, so z.B. wenn sie nach meinem englischen Satz »Tanja, I have got the impression we have to go now« verzweifelt zu Rosemarie sagt: »Rosemarie, please translate«, die diesen, meinen gewichtigen harmlosen, Satz mit reicher Gebärdensprache und Zeigen auf die Uhr wiederholt.

In den folgenden Konzerten ist ein erstaunlich großer Anteil an Jugend, der lebhaft auch mit Beifall alle Stücke begleitet, zu beobachten. Am Schluß bekomme ich viele Blumensträuße oder einzelne Nelken, besonders auch von Kindern, die nicht älter als zehn bis zwölf Jahre sein dürften und perfekt angezogen sind. Überall wird eine Zugabe erklatscht, trotz des langen Programmes, das so aussieht: Erster Teil= Johann Sebastian Bach: Präludium und Fuge e-moll (BWV 548), zwei Choralvorspiele »Ertödt uns durch dein' Güte« – »Jesus Christus, unser Heiland« (BWV 688) – Konzert d-moll nach Vivaldi (BWV 596). Zweiter Teil= E.-U. v. Kameke: Toccata variata – Max Reger: Scherzo d-moll (op. 65) – Fantasie »Ein feste

Burg ist unser Gott« – Caesar Franck: Pastorale E-Dur – Louis Vierne: Finale aus der 1. Symphonie.

Vor und nach den Konzerten wird mir von zahlreichen Besuchern, die auch in das Künstlerzimmer kommen, versichert, wie populär die Orgel in der UdSSR in den letzten dreißig Jahren geworden ist, was ich im Prinzip weiß, aber ich wußte nicht, daß in Sälen wie der Moskauer und Leningrader Philharmonie, d.h. den zentralen Konzertgebäuden, bis zu zehn oder zwölf Orgelkonzerte monatlich stattfinden, bedeutend mehr als Klavierabende und ebensoviele Symphoniekonzerte. Orgel sei populärer als Klavier in Rußland, wird mir gesagt. Eine nicht unwichtige Erklärung scheint mir die Tatsache zu sein, daß durch den mitten auf der Bühne stehenden Spieltisch das Publikum wirklich alles sieht, was zum Orgelspiel gehört, und daß es hier neben der reinen Finger- und Beinarbeit auch viel Technisches wie: Registrieren, Manualwechsel, Bedienung von Kombinationsknöpfen, Schwelltritten etc. zu sehen gibt. Dadurch ist mit dem Kennenlernen der Orgel für den Russen von vornherein die optische Seite des Orgelspiels viel stärker verbunden als für die meisten Mitteleuropäer. Sie benutzen leider häufig das Wort »die Orgel spielt«, das die völlig andere Tradition der großen Kirchenorgeln zeigt, die meistens mit Rückpositiv ausgestattet sind und eine Sicht auf den Spieler nicht zulassen.

Die meisten Stücke des Programmes kann ich ohne Hilfe spielen, lediglich bei meiner eigenen Toccata variata und der Reger-Fantasie geht es nicht ohne Assistenz. In Moskau hilft mir Marina, eine junge russische Organistin und Komponistin, höchst intelligent und sachkundig und mit erstaunlich guten Englischkenntnissen. Wie die meisten Russen, die wir kennenlernen, äußerst höflich, bestens erzogen, gepflegt, bescheiden. Ein elitärer Kontrast zum allgemeinen Straßenbild, wo es von primitiven Gesichtern, vielen dicken Menschen mit groben Gesichtsausdrücken nur so wimmelt. Dazwischen aber fallen feingliedrige, sehr hübsche und elegante Russinnen mit westlichen Frisuren wie aus einer anderen Welt durchaus auf.

Schon bei den Moskauer Tischgesprächen kommt natürlich das Thema »Perestroika« und »Gorbatschow« sehr schnell auf. Zu unserer Betroffenheit äußern sich diese elitären und intellektuellen Menschen sehr kritisch und zum Teil pessimistisch über die Erfolgsaussicht der Gorbatschow-Politik in Rußland. Ich kann nicht alle Meinungen wiedergeben, aber aus dem Mosaik ergibt sich, daß offensichtlich die Lebensmittel- und Verbrauchsgüterknappheit, die besonders in Moskau und Umgebung herrscht, aufgrund von Obstruktion in den unteren Etagen der Verwaltung künstlich hervorgerufen wird. Es sollen ganze Güterzüge mit Lebensmitteln einfach nachts irgendwo auf Abstellgleise geschoben und die kostbaren Güter dort zur Verderbnis gebracht werden, um die Mißstimmung in der Bevölkerung zu schüren. Oft und von verschiedenen Menschen hören wir, daß es ihnen vor zehn Jahren wesentlich besser gegangen sei. Besonders leiden muß die russische Hausfrau, die häufig selbst berufstätig ist und für die einfachsten Dinge des täglichen Lebens in Schlangen anstehen und Zeit verlieren muß. Das ist für den deutschen Besucher besonders erschütternd. Diese Dinge stehen so im Vordergrund, daß die Tatsache der von allen im Grunde gewünschten und auch begrüßten größeren Freiheit der Rede, der Bewegung und vor allem der Religion ihnen als ganz große historisch geistige Wende innerhalb der östlichen Welt nicht in dem Maße bewußt zu sein scheint wie wir vermuten.

Der Durchschnittsrusse ist so einfach – ich möchte das Wort »primitiv« vermeiden – daß es ihm kaum bewußt zu sein scheint, wie unfrei er gelebt hat mit Polizei, mit Paßbeschränkung, mit dem Verbot, Christ zu sein etc. Die hierarchische Ordnung des autoritären Vorgesetzten und ängstlich kuschender Untergebener ist so im ganzen Volk drin, daß viele mit der neuen Freiheit offensichtlich nichts anzufangen wissen. Sie scheinen zufrieden zu sein, wenn sie eine Zwei- bis Dreizimmerwohnung mit Fernseher, Eisschrank und genug zu essen haben. Als wir die Werbung für »Perestroika« und »Glasnost« in den Schlafwagenzügen in den nächsten Tagen auf englisch, schwedisch und deutsch durchlesen, wird uns klar, daß die Werbung für diese neue Politik offensichtlich viel zu stark ins Ausland und viel zu wenig, bzw. psychologisch nicht nachdrücklich genug unter das eigene Volk gebracht wird. Dort kann all das nur funktionieren, wenn die Menschen aufhören, den gefährlich falschen Trugschluß zu ziehen, »weil Gorbatschow Perestroika macht, haben wir nicht genug zu essen«. Wo wir nur können, versuchen wir die Dinge zurechtzurücken, aber »mit einem vollen Magen hat man gut Reden«.

Ein unglaublicher Abschlußeindruck der drei Moskautage ist der Besuch des großen Klosters zur Heiligen Jungfrau am Stadtrand, viel unbekannter als Sagorsk, aber genauso schön und eindrucksvoll. Herrliche orthodoxe, blauweiße Türme, dazwischen ein Palais, das mich stark an das Marmorpalais meiner Heimatstadt Potsdam erinnert. Überhaupt wird mir auf dieser Reise klar, wie viel Architektur Rußland und das friederizianische Potsdam des 18. und 19. Jahrhunderts gemeinsam haben. Das Erlebnis eines orthodoxen Gottesdienstes mit einem Vollbartpopen, die Bilderwand mit herrlichem Wolgabaß ansingend und Antwort durch einen recht guten orthodoxen Kirchenchor ist unvergeßlich.

Am Abend, nach dem Konzert in Moskau, bringen Tanja und Arkady uns an den Leningrader Bahnhof. Wir besteigen einen hervorragend ausgestatteten russischen Schlafwagen mit einem Abteil für uns, fast doppelt so groß wie ein Doubleabteil in deutschen Schlafwagen. Es ist blitzsauber, und die nette

Schlafwagenschaffnerin versorgt uns mit köstlichem russischen Tee. Wir fühlen uns äußerst wohl, haben eine neunstündige Zugreise vor uns, die ich ganz anders preisen würde, wenn uns nicht ein schreckliches Geschaukel und Gepoltere, den Jüngsten Tag quasi ankündigend, von einem offensichtlich miserablen Schienenunterbau den größten Teil des Schlafes geraubt hätte.

In Leningrad empfängt uns ein junger Kollege, namens Gregori, der uns in miserablem Englisch bekennt, er sei Organist und verstehe nichts von Organisation. Das beruhigt unsere Nerven nicht im Übermaß, und als wir in dem Riesengedränge des Bahnsteiges unseren Gepäckträger mit dem gesamten Gepäck aus den Augen verlieren und keine Ahnung haben, wohin er gegangen ist, wird die Sache spannend. Nach einer Viertelstunde finden wir ihn vor dem Bahnhof auf einem Taxenhalteplatz. Sodann wird mir mitgeteilt, daß ich die Freude habe, am ersten Abend von 20.00 bis 22.00 Uhr »Nabucco« von Verdi zu besuchen in einer konzertanten Aufführung mit einem armenischen Chor und dann von 22.00 bis 0.30 Uhr (!) üben kann. Am nächsten Morgen ab 06.45 Uhr wiederum Probenzeit bis 10.00 Uhr! – Abends Konzert.

In Leningrad fehlt uns Tanjas guter Geist. Wir wohnen im Hotel Moskva, gut gebaut, mit Blick auf die Newa, Frühstück und reichhaltiger Lunch, den wir für vier Rubel bekommen. Keine Probleme. Aber abends verwandelt sich die Schar der Kellner des Restaurants in eine Mafia. Wer die Ehre hat, dort speisen zu dürfen, ist undurchsichtig. Rosemarie hilft mit vielen energischen Hinweisen auf meinen Titel und meine Konzerte in der UdSSR ohne zu wissen, ob ein Wort verstanden wird. Am ersten Abend werden wir mit einem Käsebrot und einem Glas Bier für 28 Rubel (damals noch ein erheblicher Wert) reichlich übers Ohr gehauen. Aber ein zweites Mal passiert uns das nicht. Wenn man Glück hat, kann man Forelle oder Karpfen, sehr gutes Rindfleisch oder Geflügel zu essen bekommen. Am ersten Nachmittag wird uns, dank der hervorragenden Organisation durch Oleg Jantschenkow, der täglich bei uns anruft, um sich nach unserem Befinden zu erkundigen, von einer glänzend englisch sprechenden Kunsthistorikerin das Wesentliche der Eremitage gezeigt. Wir sehen die traumhaftesten Bilder von Tizian, Michelangelo, Raffael, Rubens usw. und sind begeistert von der Architektur der Säle, der hervorragenden Aufhängung dieser herrlichen Bilder, von den wunderschönen chinesischen Vasen und einer Fülle herrlicher Kronleuchter, wie ich sie in meinem Leben noch nicht gesehen habe. Die russische Führerin sagt uns, daß etwa das Doppelte der sichtbaren Gemälde mit gleichem Wert noch im Keller der Museumsgebäude steht, da man noch keinen Platz für deren Aufstellung hat. Anschließend versetzt uns das vom Hotel bestellte Taxi. Wir müssen bei 28 Grad Kälte zu einem Omnibus laufen, dort eine halbe Stunde warten, weil alle 10 Minuten ein völlig überfüllter Bus uns nicht mitnimmt. Kein schönes Gefühl, vor allem, wenn man nicht weiß, wann man von der Stelle kommt. In Leningrad ist es ein großer Glücksfall, wenn man durch hochrangige Beziehungen eine Taxe bekommt. Grundsätzlich läßt sie sich sogar vorbestellen wie am nächsten Morgen zum Abtransport vom Hotel in die Philharmonie. Nur klingelt da, als ich mich gerade am Waschtisch um 06.00 Uhr morgens rasiere, das Telefon und eine russische Stimme ruft: »Taxi, Taxi, Taxi!« Ich antworte: »To early, please at 06.45!« Völlig sinnloses Unternehmen. Der Telefonist versteht Bahnhof und ruft erneut: »Taxi, Taxi, Taxi!« Ich rufe auf deutsch zurück, wiederhole den englischen Text, lege auf, habe kaum die Zähne geputzt, klingelt das Telefon wieder: »Taxi, Taxi, Taxi!« Ich beeile mich, so schnell wie möglich nach unten zu kommen, um das kostbare Gefährt nicht zu verlieren; werde auch ordnungsgemäß zur Philharmonie gebracht und stehe dort mutterseelenallein eine halbe Stunde zu früh vor dunklen Fenstern und acht verschlossenen Türen. Eine Klingel ist nicht zu finden. Nebenbei ist es der Tag meines Konzerts. Mein Wohlbefinden hält sich in Grenzen. Ich klopfe eine Viertelstunde lang abwechselnd an alle Portale. Schließlich öffnet sich eines, eine Mamuschka läßt mich hinein, hat offensichtlich verschlafen, kann mich aber zur Orgel führen, und die knappe Zeit zur Vorbereitung des großen Programms muß nun in aller Konzentriertheit ausgenutzt werden.

Das Konzert ist in der Leningrader Philharmonie, die wiederum durch herrliche Kronleuchter geschmückt ist. Es ist ausverkauft, wieder vorwiegend ein junges Publikum. Zu meiner Freude lebhafter Beifall, wie in jedem Konzert, besonders auch bei meiner Toccata variata, von der sich einige Kollegen Kopien erbitten. Der Entschluß am Schluß noch einmal Bach, und hier dessen virtuose D-Dur Fuge anstelle weiterer Romantiker als Zugabe zu spielen, erweist sich als goldrichtig, denn Bachs Orgelmusik genießt in Rußland mit Abstand die größte Popularität. Die russischen Kollegen, die ich kennengelernt habe, spielen alle sämtliche Orgelwerke und lieben besonders die Choralbearbeitungen.

Leider ist ausgerechnet in Leningrad die Zeit am knappsten. Wir bekommen nur durch einige Autofahrten einen Eindruck von dieser grandiosen, mit vielen herrlichen Gebäuden geschmückten, alten Metropole. Am Abend, nach dem Konzert, wiederum Besteigen eines Schlafwagens, ein altes Modell, aber ebenfalls wunderbar eingerichtet. Die Schaffnerin muß am Eingang einen kleinen Ofen heizen, der als Zentralheizung auf die Abteile wirkt, aber leider scheußlich überheizt. Wiederum Mißverständnis zwischen der Bequemlichkeit im Abteil und dem Gerüttele durch die schlechten Schienen. Dabei erreichen Rußlands Züge mit nur wenigen Ausnahmen kaum mehr als 50 bis 60 km Fahrgeschwindigkeit. Man wird in vieler Hinsicht an die Nachkriegszeit in Deutschland erinnert, man will es nicht fassen, daß man sich andererseits in der zweiten Großmacht dieser Erde mit der größten Militärmacht und riesenhaften Weltraumerfahrungen befindet. Die alte Frage kommt täglich auf wie es möglich ist, daß so Politik gemacht und das Ganze auch noch Sozialismus genannt wird. Der russische Bürger gilt in seinem eigenen Staat ganz wenig, das stellten wir oft und mit Kummer fest.

Zum Beispiel hat man wirklich ein schlechtes Gefühl, wenn man mit dem Administrator am Eingang eines Restaurants englisch spricht und sofort hineingelassen wird, während die vor und nach einem kommenden Russen mit einem barschen »njet« abgewiesen werden. Das passiert keinesfalls etwa nur in den sogenannten Valutarestaurants, sondern in ganz gewöhnlichen Speiselokalen.

Die lettischen Eisenbahnen pflegen offensichtlich ihren Unterbau besser, d.h. drei Stunden vor Riga wird es ruhiger. Wir schlafen beide fest ein. Da wir fünf Minuten vor Ankunft in Riga erwachen, ist eine entsprechende Hektik unvermeidbar. Dort stehen genau vor unserem Wagen – höchst erstaunlich bei einer Zuglänge von 20 Schnellzugwagen! – zwei Lettinnen: Tatjana und Lydia von der Philharmonie Riga. Sehr knappe Begrüßung, Transport in das Hotel Riga, das früher offensichtlich das höchst feudale Hotel Roma gewesen ist, gegenüber vom großen Opernhaus. Zu unserem Jubel wird uns eine regelrechte Suite angewiesen, in der wir uns ausbreiten und erholen können.

Wiederum hat man eine Kunsthistorikerin extra für uns organisiert, die uns den Dom zeigt. Wir sind sehr beeindruckt von der offensichtlich durch polnische Restauratoren vorgenommenen Renovierung dieses ehrwürdigen, ehemals so bedeutenden Gebäudes. Jahrzehnte war es nur Konzertsaal, seit zwei Jahren finden auch wieder Gottesdienste statt. Alle Letten, denen wir begegnen, versichern uns, Christen zu sein und sprechen lebhaft über ihre Kirche und Gottesdienst. Im Dom steht eine riesenhafte, historisch höchst bedeutende romantische Orgel mit 127 Registern, einem Spieltisch aus dem vorigen Jahrhundert, wie ich ihn als Typ nur aus den Nachkriegsjahren, etwa von der Domorgel Uppsala kenne.

Zu meinem Glück findet sich Arwe Kaleis, einer der hochbegabten mehreren Domorganisten, zur Probe ein, scheint mein ganzes Programm selbst zu kennen und zu spielen und hilft mir dadurch, viel Zeit zu sparen beim Einregistrieren und bei der Interpretation der großen und komplizierten Teile des Programms.

An dieser Stelle wird mir erneut klar, welch großer Fehler in Deutschland, besonders nach dem II. Weltkrieg, an vielen Orten begangen worden ist, wo man viel zu voreilig große romantische Orgeln einfach entfernt und durch zum Teil fragwürdige neubarocke Schleifladeninstrumente ersetzt hat. Die Rigaer Domorgel gehört zu den interessantesten Instrumenten, die ich in meinem, an Konzerten reichen, Musikerleben kennengelernt habe. Nicht nur der romantische Teil des Programms, sondern auch insbesondere die Bach-Trios klingen hervorragend. Nur ist es ziemlich schwierig für den Gast mit wenig Zeit, sich an den sehr unbequemen Spieltisch mit weit zurückliegendem Pedal und an die im Verhältnis zur heutigen Baupraxis weiten Höhenabstände zwischen den vier Manualen zu gewöhnen.

Letztenendes wird uns deutlich: Der kommunistisch-atheistische Staat hat das Bauwerk des Rigaer Doms und seine Orgel dadurch gerettet, daß er ihn zu seiner Philharmonie gemacht hatte und damit, um der Musik willen, erhalten und renoviert. Die Musik, auch die Orgelmusik, hat also geholfen, dieses Gotteshaus vor dem Verfall zu bewahren. Nun fällt es der lutherischen Kirche Lettlands in perfektem Zustand wieder in die Hände. Gottesdienste werden gehalten, die sich zunehmenden Zuspruchs erfreuen. Ich erblicke darin Gottes geschichtliche Handschrift in unserer Zeit.

Das Konzert ist ausverkauft, es sind 1500 Menschen in diesem herrlichen, altehrwürdigen Bau versammelt. Besonders bemerkenswert ist, daß auch im Winter zweimal wöchentlich solche Orgelkonzerte stattfinden und meistens, trotz des geringen Tourismus, im Verhältnis zum Sommer, so gut besucht sind.

Nach dem Konzert laden wir die Gastgeber der Philharmonie zu Champansky und Forelle in unser Hotelrestaurant ein und merken, wie sehr sie sich darüber freuen. Die Spannungen zur UdSSR sind deutlich in den Gesprächen herauszuhören. Man leidet unter der Primitivität der vielen russischen Mitbewohner Rigas, die sämtlichst Arbeiter zu sein scheinen. Das gesamte Wirtschaftssystem wird den Letten aufgezwungen und hat nach ihrer Schilderung zu einem deutlichen Rückgang ihrer Produktivität und ihres Lebensstandards geführt. Sie sind davon überzeugt, sobald die Selbständigkeit erreicht ist, in kurzer Zeit ihren viel höheren, fast europäischen Maßstäben entsprechenden Lebensstandard wieder herstellen zu können.

Am Hotelportal fallen mir zwei besonders nette, baltisch aussehende Türwärter auf, die mir auf meine Ansprache auch sogleich in köstlichem Baltisch antworten. Es gibt kaum noch Deutsche in Lettland, aber immerhin noch so viel, daß sich vor kurzem wieder ein deutscher Verein gebildet hat. Die meisten sind während des Krieges oder danach nach Deutschland ausgewandert, viele sind in der Gefangenschaft umgekommen. Die beiden Brüder erzählen schreckliche Dinge über ihre eigene russische Gefangenschaft, aber sie gehören zu den Menschen, bei denen die Liebe zu ihrer Heimat, den Wunsch in größerem Wohlstand durch Umsiedlung zu leben, übertrifft. Das kann man nur mit großer Hochachtung, aber im Hinblick auf die noch heute deutlich spürbare Ausstrahlung des baltischen Landschaftsraumes, zur Kenntnis nehmen und verstehen.

Die einzige Tagesreise über Wilna nach Minsk gehört zu den wirklichen Unerfreulichkeiten. Ein schmutziger Zug mit sehr schlecht ausgestattetem Speisewagen, in dem wir dennoch eine Borschtsch und einen Kaffee zu uns nehmen, bringt uns in zehnstündiger, ratternder Fahrt mit ca. 80 km Höchstgeschwindigkeit 500 km weiter. Erledigt kommen wir abends um 23.45 Uhr in Minsk an, werden aber dort von einem hervorragend englischsprechenden Angestellten der Philharmonie empfangen und haben wiederum den Eindruck einer sehr guten Organisation, ohne die unsere Reise allerdings auch völlig undenkbar gewesen wäre.

Unsere kleinen Vorräte an Trockenobst und Schokolade helfen uns, denn natürlich gibt es in dem großen Hotel Bella Russia abends nichts mehr zu essen. In unserem Zimmer weht der Vorhang, als handele es sich um ein Segelboot bei Windstärke 7 auf der Ostsee. Eine nicht ganz angenehme Nacht wird im Pelzmantel und Kapuze im Bett verbracht, um die eben abgeklungene Erkältung, mit der wir beide auf die Reise gegangen sind, nicht wieder aufleben zu lassen. Sehr erfreut sind wir, als die Hotelleitung uns am nächsten Tag sofort ein anderes Zimmer bewilligt, das sich dadurch auszeichnet, daß alle Fenster mit Klebepapier so abgedichtet sind, daß es kaum noch zieht, sie dafür aber auch nicht zu öffnen sind.

Eine bezaubernde alte Baltin ist unser Etagenmädchen. Ihre Augen strahlen, als wir erzählen, daß wir aus Riga kommen. Ihr Deutsch hat sie völlig vergessen, aber bei großer Sympathie kann man mit Gebärdensprache vieles ausdrücken, und es kommt bei dem Partner manchmal intensiver als das perfekt gesprochene Wort an.

Wieder treffe ich in der Philharmonie auf eine Rieger-Kloss-Orgel. All diese Instrumente werden von »Orgelmeistern« recht gut gepflegt, d.h. es sind Orgelbauer angestellt, die sich um die Orgel beruflich zu kümmern haben. Ein für deutsche Begriffe nicht zu realisierender Brauch. Im Dom von Riga sind z.B. bis zu fünf (!) Orgelbauer tätig. Sie betreuen allerdings, wie es mir einer von ihnen sagte, 250 Kirchenorgeln im ganzen Land, und dafür sind sie viel zu wenig. Der Materialmangel ist empfindlich, und es muß viel Flickarbeit geleistet werden.

Das vierte und abschließende Orgelkonzert, wiederum ausverkauft, ergibt so ein Gesamtergebnis dieser Reise von ca. 5.000 Menschen, die ich habe erreichen können.

Wieder sind Komponisten, Pianisten, Oboisten und Organisten unter den Gästen, die nachher mit Schallplatten, eigenen Kompositionen, Fragen und auch sehr vielen lieben Komplimenten in das Künstlerzimmer kommen, darunter eine stattliche Dame, die sich mir als Vizedirektorin der Musikhochschule von Minsk vorstellen läßt. Sie kommt mit der Frage, ob ich am nächsten Tag dorthin zu kommen bereit sei, man wolle Zukunftspläne mit mir besprechen, und ich willige gerne und neugierig ein.

Am nächsten Mittag fährt uns das Taxi zu einem sehr repräsentativen Gebäude, das der schrecklichen Zerstörung dieser heute 2-Millionen-Stadt nicht anheim gefallen ist. Eine Serie vor uns aufgebauter Persönlichkeiten, vom Eingang bis zum Direktorenzimmer, zeigt ein Übermaß an Höflichkeit und Ehrerbietung dem deutschen Gast gegenüber. Im Direktorenzimmer werden uns zehn Professoren vorgestellt. Es gibt einen köstlichen Imbiß und nach allgemeinen höflichen Fragen kommt man zur Sache. Ich werde gefragt, ob ich bereit sei, im September dieses Jahres noch einmal nach Minsk zu kommen, um einen einwöchigen Kurs für Organisten zu leiten. Die Einladung soll in die ganze Sowjetunion gehen, und man wünscht sich eine pädagogische Schwerpunktbildung für die Orgel an dieser Musikhochschule, deren Studentenzahl etwa der der Hamburger Musikhochschule entspricht. Unter dem Vorbehalt einer offiziellen Abwicklung über das Auswärtige Amt, willige ich ein. Zu meiner großen Freude und Überraschung kommt dann die Frage, ob ich auch Vorlesungen halten würde. Es würde sie besonders interessieren, etwas über Christentum und Musik zu hören, ob ich wüßte, in welchem Maße in Rußland ein Wiederaufleben des christlichen Glaubens stattfindet und wie sehr sie sich dafür interessieren, was wir Deutsche in dieser Hinsicht insbesonders durch das Werk Bachs zu sagen hätten.

Ich stimme auch diesem Vorschlag mit Freuden zu, verberge aber nicht ganz meine Überraschung, da ich mit nichts weniger gerechnet habe, als ausgerechnet in Rußland über Bachs theologische Klangrede zu unterrichten.

Unvergeßlich die Geste des Direktors. »Schauen Sie, nicht nur sehr viele junge Leute kehren zum Christentum zurück, wir alle hier«, – und damit zeigt er in die Professorenrunde – »wir sind Christen«. Blitzartig dachte ich an Hamburg, Berlin oder Frankfurt, und mir stellte sich im stillen die Frage, ob ein dortiger Hochschulpräsident von seinen Dozenten wohl dasselbe mit dieser Überzeugung würde sagen können.

Das Wichtigste sind die Menschen
Zweite Konzertreise in die Sowjetunion

Die nächste Reise findet mit dem Zug statt. Der erste Eindruck der 36-stündigen Fahrt bietet sich im Grenzbahnhof zu Weißrußland: Brest. Langsam fährt unser Zug nachts um 23.00 Uhr – Rosemarie, von der langen Fahrt übermüdet, ist längst eingeschlafen, wird barsch aufgefordert, aufzustehen. Grund: Der Beamte leuchtet unter ihre Matratze, ob etwas Verdächtiges dort zu finden sei. Ein anderer Beamter zählt die Ringe an meinem Finger, während ihr Schmuck nur pauschaliter in Augenschein genommen wird. Weitere Einzelheiten der etwa einstündigen Kontrolle unseres Wagens möge sich der Leser selbst ausmalen. Dann Einfahrt in den Bahnhof Brest. Langsames Umrangieren des Zuges in die Montagehalle, was bei mir persönlich, meinem Eisenbahnhobby entsprechend, großes Interesse hervorruft. In einer weiteren Stunde wird jeder Wagen einzeln mit speziellen Wagenhebern etwa einen Meter hochgehoben, dann schiebt eine Rangierlokomotive einen Zug mit ebenso vielen Fahrgestellen russischer Spurbreite langsam unter unseren aufgehängten Wagen, schiebt gleichzeitig das Untergestell der mitteleuropäischen Spurbreite weg. Dann werden die Wagen langsam gesenkt, die Fahrgestelle wiederum von mindestens zwölf Monteuren pro Wagen festmontiert, so daß im Laufe von zwei Stunden etwa 240 Russen an diesem Zug tätig sind. Mir wird deutlich, daß auch diese Menschen Arbeitsplätze haben und sie bei Verringerung des Kontrollsystems verlieren würden.

Ankunft Minsk Sonntag, den 16. September 1990, um 04.35 Uhr morgens. Viktor Gawrilow, ein hervorragender Dolmetscher, holt uns ab. Er erzählt, daß die einzige Taxe, die er zur Anfahrt zum Bahnhof bekommen konnte, ihn anderthalb

Stunden vorher um 3.00 Uhr abgeholt hat. Vor dem Bahnhof sehen wir eine Schlange von mindestens 150 Menschen, die auf ein Taxi warten. Viktors erfahrenem Organisationstalent verdanken wir, daß wir abseits in ein undefinierbares Auto steigen und zu unserem Hotel Bella Russia gebracht werden. Dort werden wir von Natali und Vladimir empfangen. Sie ist die Vizepräsidentin der Musikgesellschaft Minsk, die mich eingeladen hat. Er ist ein hochrangiger TASS-Reporter und Fotograf für ganz Weißrußland. Auf den ersten Blick merken wir, daß wir ganz bezaubernde, reizende junge Menschen vor uns haben, mit offenen Augen, die versuchen, uns mit wenigen englischen Worten und mehr über den Dolmetscher ihre Freude über unsere Ankunft mitzuteilen. Sie haben, wissend um die Restaurationsprobleme auch dieses an sich großen und gut geführten Hotels, einen Eisschrank in unsere beiden Zimmer gestellt, die im 15. Stock mit Balkon zweifellos zu den besten Zimmern des Hauses gehören. Wir erleben ein geradezu beschämendes Maß an Einfühlungsvermögen und fabelhafter Organisation, immer in dem Wunsch, uns Gastfreundschaft im besten russischen Sinne zu erweisen und so wenig wie möglich spüren zu lassen, welchen Mangel sie selbst leiden, und wie schwierig die Beschaffung eines Stückchens Butter, Käse und Brot ist. Unser Eisschrank ist gefüllt mit diesen Dingen.

Nach einer höchst notwendigen Schlafpause Abholung zur ersten Begegnung mit den dreißig Studenten, die sich zu meinem Kurs gemeldet haben. Viktor, das merke ich sofort, gehört zu den wirklich begabten Dolmetschern, die nicht nur Worte übersetzen, sondern die Fähigkeit haben, auch Gedanken und Inhalte weiterzugeben. Er übersetzt eine über die offizielle Rede weit hinausgehende Begrüßung, in der Gefühle und Erwartungen gleichermaßen mitschwingen. Auch meine Frau wird begrüßt, wie es herzlicher nicht vorstellbar ist. Ich erhalte die

Liste der Studenten und gebe auf einer Skizze die Hauptorte an, aus denen sie kommen. Es ist unvorstellbar, welch weite Reise die meisten auf sich genommen haben, um mit dem deutschen Gast eine Woche zu musizieren und Anregungen für das Orgelspiel zu bekommen. Swetlana kommt aus Lwof (Ukraine), Anna aus Erivan, Renata aus Wilna, Vladislaw aus Ufa (Baschkirien), Tanja aus Taschkent, Olga aus Odessa, Lydia aus Irkutsk (6.000 km entfernt!). In meiner Antwort spreche ich von meiner Freude, so viele junge Kollegen aus einem so großen Land kennenzulernen. Ich schildere ein wenig meine Herkunft, verbinde damit erste Informationen über den Typus des deutschen Kirchenmusikers, der natürlich dort völlig unbekannt ist. Man wird in Rußland reiner Konzertorganist, sonst nichts.

Ich kündige mein Vorhaben an, über die geistig-theologischen Hintergründe der Bach'schen Klangrede zu sprechen. Lebhafte Zustimmung kommt mir entgegen. Das Niveau ist natürlicherweise entsprechend Alter und Ausbildung unterschiedlich, aber das Einfühlungsvermögen jedes Teilnehmers in die Bach'sche Welt übersteigt für meine Begriffe alles, was ich in früheren Kursen in Polen oder besonders auch in Südamerika erlebt habe.

Montag, 17. September. Dieser Tag ist ganz dem Kursus gewidmet. Mit Swetlana arbeite ich an Bachs »Wir glauben alle an einen Gott«, was neben der musikalischen Arbeit auch Gelegenheit gibt, über den Inhalt des Credo einige Bemerkungen zu machen. Die Hauptbegabung scheint Renata aus Wilna zu sein, hervorragend englisch sprechend und mit dem großen »Allein Gott in der Höh«-Trio in G-Dur sogleich hohes Niveau beweisend.

Bachs III. Teil der Klavierübung mit den großen Bearbeitungen zum Meßordinarium und den lutherischen Katechismus-

Liedern interessiert die Stundenten besonders. Aber ein erster großer Höhepunkt ist das Vorspiel des großen e-moll Präludium und Fuge durch Vladislav aus Ufa.

Am Abend eine kleine Privateinladung auf unser Hotelzimmer an Natali, Vladimir, Viktor und dazu Vladislav, der im gleichen Hotel wohnt. Vladislav macht an diesem Abend einen verschlossenen und depressiven Eindruck. Er ist ein dunkler, bärtiger, sehr russischer Typ, 27 Jahre alt, verheiratet und hat zwei Kinder. Ursprünglich ist er Pianist, der in Moskau Tschaikowskys 1. Klavierkonzert gespielt und auch Preise gewonnen hat. Er hat vor vielen Jahren seine Liebe zur Orgel entdeckt, nachdem in der Philharmonie von Ufa eine DDR-Konzertorgel errichtet worden ist. Seine höchst interessante Intention: Konzertantes Klavier- und Orgelspiel gleichzeitig. Vor einem halben Jahr hat er in einem Konzert Liszts »Weinen, klagen«-Fantasie und *Bach* für Orgel verbunden mit seiner großen h-moll Sonate für Klavier. Das wagt so schnell kein anderer Berufsorganist der westlichen Welt. Er ist an der Philharmonie angestellt und unterrichtet am Konservatorium und verdient dafür 300 Rubel im Jahr (damals etwa DM 900,--). Für ein Orgelkonzert erhält er 23 Rubel. Auf allgemeine Lebens- und politische Fragen reagiert er sehr pessimistisch. Es gibt für ihn kaum Hoffnung, weder für die wirtschaftliche Entwicklung noch für erfolgreiche Vermittlung kultureller Werte an den größten Teil der Bevölkerung in Ufa, die er indolent und inaktiv schildert. Am liebsten möchte er auswandern.

Allgemeines Gespräch zu sechst über die politische Lage. Wie schon im Januar, müssen wir auch hier in diesem kleinen und sehr sympathischen Kreis begabter junger russischer Musiker im wahrsten Sinne des Wortes Propaganda für Gorbatschow machen. Sie sehen nur seine Mißerfolge im Land und sehen auch für die Zukunft keine Aussicht, daß sich seine Reformen durchsetzen. Erst mein Hinweis, daß sie noch gar nicht ermessen können, was es bedeutet, daß es diesem großen Präsidenten und Menschen gelungen ist, den Kalten Krieg zu beenden und alle bedeutenden Wirtschaftsnationen des Westens zu Freunden der Sowjetunion zu gewinnen, verbunden mit deren Bereitschaft, wirtschaftlich zu helfen, überzeugt sie. Der entscheidende Punkt kommt schnell heraus. Sie zweifeln nämlich, daß die Mehrheit der arbeitenden Bevölkerung aus ihrem lustlosen Verhältnis zu jeder Arbeit zu lösen ist. Ob ein Russe viel oder wenig arbeitet, ist für seinen monatlichen Lohn völlig belanglos. Deswegen entscheidet er sich für letzteres. Wir sehen es an dem nicht zu beschreibenden »Arbeitstempo« der Angestellten einer der Imbißstuben des Hotels. Man möchte wirklich mehrere Stecknadeln bei sich haben, um damit therapeutische Maßnahmen an bestimmten Körperteilen zu ergreifen.

Natali fällt es schwer, bei unserem Gespräch, trotz aller Kritik, die sie über die sich offenbarenden Mißstände in ihrem Land zur Kenntnis nehmen muß, ihre Gefühle zu verbergen. Sie war früher Gewerkschaftssekretärin und spricht von einer Gratwanderung zwischen divergierenden Empfindungen. Es ist ein Genuß, ihr kultiviertes Russisch, auch wenn wir es leider nicht verstehen können, zu vernehmen. Es stellt sich heraus, daß sie Diplomatentochter ist, offensichtlich auch für Russen ein kultureller Elitemaßstab.

Viktor sagt das richtige Wort, das ich gerne als Motto über diese zweite Reise setze: »Das Wichtigste, was es hier gibt, sind die Menschen.« Auch meine Frau und ich befinden uns in solchen Gesprächen auf einer Gratwanderung. Einerseits ist es weder zu verheimlichen noch notwendig, den völlig anderen Lebensstandard, aus dem wir kommen, darzustellen. Andererseits versuchen wir, so weit wie möglich, Verständnis für die

Not unserer Gastgeber aufzubringen und von Problemen, die es bei uns gibt, zu sprechen. Erst dadurch entsteht ein Gespräch im Sinne von geben und nehmen, wobei ich so oft und gut ich kann, erkläre, wie sehr mich die russische Liebe zur Musik und die großartige Aufbauleistung, Orgeln bis tief nach Sibirien hinein zu etablieren, beeindrucken.

Der Sonntag endet beweglich und zu vielem Nachdenken anregend, da wir von Victor zu der russischen Gedenkstätte Chatyn gefahren werden, jenem tragischen Platz, der vor Beginn des Krieges ein landschaftlich wunderschön gelegenes kleines Dorf mit 26 Häusern war. Bekanntlich ist Weißrußland im letzten Kriege ganz besonders mitgenommen und verwüstet worden. Jeder vierte Bewohner ist umgekommen. Über 600 Dörfer sind durch die Waffen-SS verbrannt worden. Chatyn gilt als Wahrzeichen dieses schrecklichen Zeitabschnittes. An der Stelle der 26 Häuser stehen heute konstruierte Grundrisse und Schornsteine, an denen eine Glocke hängt. Etwa alle halbe Minute tönt ein Glockenschlag durch das Tal von diesen 26 Schornsteinen. Es geht einem durch und durch. Auf Gedenktafeln sind alle verbrannten Dörfer aufgeschrieben und die hunderttausende von Menschen aufgezählt. Es ist eine nicht einfache Situation für den Gast, denn es wird erwartet, daß man sich äußert. Zu meiner Beruhigung ist ein sachliches Gespräch mit Vladimir und Victor möglich, aus dem hervorgeht, daß wir gegenseitig Schuld haben und daß die Zeit zur gegenseitigen Vergebung und Versöhnung nun gekommen ist. Symbolisch nimmt Rosemarie beide an den Arm und geht mit ihnen einige Schritte mit den Worten: »So müssen Deutschland und Rußland jetzt miteinander umgehen.«

Vor unserer Abreise gibt es noch ein Interview mit dem Rundfunk von Weißrußland. Nach einem Befragen über den Verlauf des Kurses kommen wir wiederum auf politische Themen. Das Interview sollte eine Viertelstunde dauern, wächst sich aber zu einem einstündigen Gespräch aus. Wieder steht im Vordergrund die Frage, was geschehen kann, daß Deutschland und Rußland die Wunden des Krieges, die beide nicht vergessen können, umwandeln, indem der Blick auf die Zukunft und eine neue Phase einer möglichen Freundschaft gerichtet wird. Der Reporter ist an meinen Ansichten trotz des musikalischen Schwerpunktes meines Besuches sehr interessiert, fragt mich über unsere Wiedervereinigung, über meine Ansicht über Rußland, meine Eindrücke und vieles mehr aus. Ich habe den Mut ihm zu sagen, daß ich in mehreren Gesprächen Gelegenheit hatte, die russischen Freunde auf die große Bedeutung ihres Präsidenten im internationalen Sinne hinzuweisen. Man ist betroffen, wie viel Kritik an ihm geübt wird und wie sehr die russische Wirtschaftskrise für meinen Begriff unberechtigterweise ihm persönlich angelastet wird. So versuche ich ihm klarzumachen, daß auf lange Sicht nach meiner Überzeugung deutlich für jeden Russen spürbar sein wird, welcher Wandel der Einstellung diesem Lande gegenüber in der ganzen westlichen Welt sich vollzogen hat durch die großartige Außenpolitik von Gorbatschow, und daß unsere deutsche Wiedervereinigung ganz ohne Frage auch neue wirtschaftliche und kulturelle Beziehungen in einem verstärktem Sinne mit der Sowjetunion ermöglichen wird. Zu meiner großen Freude wird mir am Schluß mitgeteilt, daß durch den unerwarteten Verlauf dieses Interviews der Rundfunk sich entschlossen habe, es nicht sofort, sondern am 3. Oktober 1990, dem Festtag unserer Wiedervereinigung, im weißrussischen Rundfunk zu übertragen. Ich bin von großer Dankbarkeit erfüllt, denn auf eine solche Möglichkeit der Äußerung im öffentlichen Sinne war ich bei Antritt dieser Reise wirklich nicht gefaßt.

Wenn ich abschließend auf diese Woche zurückblicke, kann ich mir kaum etwas vorstellen, das mich in den letzten Jahren mehr gefesselt, herausgefordert, zum Nachdenken angeregt, bereichert und auch mit Fröhlichkeit erfüllt hat. Das ganze steht auf dem Hintergrund vieler ernster Probleme dieses großen Nachbarlandes, um dessen Zukunft wir so lange besorgt sein müssen, wie es nicht gelingt, den Menschen das Allernotwendigste zum Leben zu geben und damit überhaupt erst den Boden zu schaffen, die Tragweite von Perestroika und Glasnost zu erfassen. Der religiöse Aufbruch in der Sowjetunion ist das andere Thema, das mich stark bewegt. Schließlich ist es aber ein merkwürdiges und beglückendes Gefühl, innerhalb eines halben Jahres eine nicht geringe Zahl ganz besonders netter, sympathischer russischer Freunde bis hin nach Irkutsk in Sibirien zu haben. Für einen solchen menschlichen Zugewinn bin ich gern bereit, auch weitere Reisestrapazen in dem kommenden Jahr auf mich zu nehmen, wenn diese Aufgabe mir gestellt werden sollte.

Dank für die Zukunft

Wie wohl bei jedem Menschen, der den Tag seiner Pensionierung vor Augen hat, sich dabei gesund und im Vollbesitz seiner Kräfte fühlt, überkamen auch mich etwa nach dem 60. Geburtstag zunehmend sorgenvolle Gedanken, wie es eigentlich nach jenem Tage weitergehen sollte. Ich glaube, wenn jemand praktisch sein ganzes Leben Musik gemacht hat, ist das Wort »Ruhestand« so ziemlich das Schlimmste, das man ihm als nächsten Lebensabschnitt bieten kann.

Beides, »Ruhe« und »Stand« im Sinne von Aufhören von Bewegung, sind Begriffe, gegen die sich alles auflehnt.

Ruhe meint ja wohl den notwendigen Kontrast zur Mobilität. In der Musik können Pausen selbst große Spannungsträger sein, zum Beispiel große Generalpausen. Sie schaffen Ruhe innerhalb von Bewegung, niemals aber sind sie selbst Stillstand. Die Zeit geht durch sie hindurch und mit ihnen weiter, Brükken schlagend von einer Bewegung zur anderen. Oft geht in ihnen der Pulsschlag des Stückes, zu dem sie gehören, weiter. Der Takt hört nicht auf, auch wenn nichts zu hören ist, und meist müssen Pausen genau durchgezählt werden.

Keine Sonate, keine Symphonie ohne Adagio – langsame Sätze. Ruhe als Nachklang, Erholung, Atemholen, Selbstbesinnung, in sich hineinhören, zur Ruhe kommen, um neue Kräfte für nächste Aktivitäten zu sammeln.

Natürlich gehört Ruhe nicht nur zur Musik, sondern auch in das Leben jedes Menschen. Je mehr Anspannungen, Aufregungen, Aufgaben, Sorgen und Verantwortung das Leben mit sich bringt, umso dringlicher ist für jeden von uns Ruhe und Entspannung.

Wenn das infam mißverständliche Nachwort »-Stand« nicht dazukäme, wäre mit dem Begriff halb so viel Anfechtung verbunden wie der impliziten Aussage, Ruhe sei Stillstand, statisch offensichtlich im Sinne von Dauererholung, die ich gar nicht will und ohne Erwartung auf das nächste Allegro oder Scherzo in meiner Lebenssymphonie.

Immer häufiger kam in mir die Frage auf: »Was hat eigentlich die staatliche Gesetzgebung und die von der BfA, von einem bestimmten Tage an habe ich aufzuhören zu arbeiten, mit mir selbst und meinem Lebensgefühl zu tun? Ich meine, nicht das Geringste.

Natürlich bejahe ich wie jeder vernünftige Mensch die Notwendigkeit, Jüngeren Platz zu machen, meine bisherigen Aufgaben weiterzugeben, aber an die Stelle von Konzertieren, Dirigieren, Unterrichten, Komponieren und Reisen das Wort »Ruhestand« zu setzen, ist für mich ein Ding der Unmöglichkeit, ein Antimedikament für Leib und Seele, vergleichbar mit der Vorstellung, von einem Tag zum anderen plötzlich auf unabsehbare Zeit ins Gefängnis geworfen zu werden. Hilflosigkeit, Amputation meines Willens, Ausgeliefertsein an Unbekannt und an die unbekannte Zeit.

Wieder einmal scheint mir ein Beispiel aus dem Eisenbahnwesen, auch wenn es kein erfreuliches ist, hierher zu passen.

Ich selbst habe leider schon mehrfach folgendes erlebt: Man sitzt auf einer beruflichen Reise gemütlich im ICE, arbeitet ungestört und stellt sich auf das in eineinhalb Stunden erreichte Ziel ein, freut sich auf Menschen, legt sich Entwürfe für den Ablauf von Gesprächen zurecht oder studiert Noten des zu spielenden oder zu dirigierenden Progamms.

Die vielen Tunnel stören zwar, aber das Gefühl, mit 250 km/h dem Ziel entgegenzueilen, schafft ein wohlig dankbares Empfinden, in einer modernen, sehr mobilen Welt zu leben.

Und dann kommt es: unvermutet scharfes Bremsen des Zuges, baldiger Halt auf freier Strecke – nichts. Keine Einfahrt?

Baustelle? Verspäteter Gegenzug? Technischer Schaden an der Lok? Fast alltägliche, nicht wirklich beunruhigende Nebengedanken. Man liest weiter. Die Ruhe, weil nichts passiert und nichts angesagt wird, verwandelt sich allmählich aber in Unruhe und Besorgnis. Dann, nach 15 Minuten die Stimme des Zugführers aus dem Lautsprecher: »Vor uns steht eine Firmenhalle in Brand, die Strecke muß aus Sicherheitsgründen gesperrt werden, der Zug hat Aufenthalt auf unbestimmte Zeit. Wir bitten um Ihr Verständnis.«

Ich hasse solches Ausgeliefertsein an Unabsehbarkeit. Stillstand eines ICE, verbunden mit dem Stillstand all meiner Terminpläne und all der Beweggründe, weswegen ich mich auf diese Reise begeben habe.

Genau dieses Gefühl wollte ich mit 65 unter der Überschrift Ruhestand nicht erleben.

Was aber nun? Bloßes Rebellieren würde nichts nützen. In Ruhe nachdenken und nach neuen Möglichkeiten der Betätigung Ausschau halten, konnte nur die Devise sein. Fest stand für mich, daß ich so viel wie möglich meine geliebte Musik weitermachen wollte, wenn auch unter veränderten Bedingungen. Worin würden sie bestehen? In Abkehr und Neubeginn zugleich. Abkehr vom Status des etablierten Musikers, der von Orgelempore und Konzertpodest auf die Menschen »hinabmusiziert« und wie alle konzertierenden Künstler eine gewisse Sonderstellung und Exklusivität einnimmt.

Herunter also von der Orgelempore und dem Konzertpodest, hin zu den Menschen, nicht auf sie warten, sondern auf sie zugehen.

Ein Ausgangspunkt für viele Erwägungen. Die erste betraf den Plan, in das Kulturmanagement des Tourismus einzusteigen und am Aufbau anspruchsvoller Musikprogramme in Hotels und Ferienzentren mitzuwirken. Trotz vieler diesbezüglicher Bemühungen gelang es nicht, zu greifbaren Ansätzen und Erfolgen zu kommen.

Plötzlich erinnerte ich mich aber an ein Gespräch mit meinem Freund, dem Architekten Gerd Pempelfort, der mich eines Tages folgendes fragte: »Meinst Du, daß es in meinem Alter noch Zweck hätte, mit dem Klavierspiel anzufangen? Bisher bin ich durch meinen Beruf (er hatte gerade u.a. das CCH in Hamburg gebaut) nicht dazu gekommen. Ich habe aber Lust, bald aufzuhören und etwas zu beginnen, was mir Freude macht. Da steht die Musik und das Klavier an erster Stelle.« – »Wenn das Dein Wunsch ist, lieber Gerd, bin ich Dein erster Klavierlehrer, obwohl ich überhaupt keine Zeit habe!« erwiderte ich spontan. Schlagartig war mir klar, welch ein besonderer Wert in der Aufgabe liegen mußte, einen Menschen nach großen beruflichen Erfolgen, dem entsprechend gewachsenen geistigen Format und langjähriger Lebenserfahrung auf den Weg in den dritten Lebensabschnitt und die Begegnung mit Musik als neuer Kraftquelle zu begleiten.

Leider kam es nicht zu diesem schönen Plan. Zwei Jahre später starb er, für uns alle völlig unerwartet und viel zu früh, an Herzversagen während eines Squashspieles. Geblieben ist der Gedanke, den ich wegen voller beruflicher Auslastung zunächst zurückstellte, aber im Lauf des letzten Berufsjahres an St. Petri und der Musikhochschule wurde mir immer klarer, daß meine Aufgabe darin bestehen müßte, die vielen praktischen und pädagogischen Erfahrungen weiterzugeben. Aber an wen?

Eine Analyse der pädagogischen Wirklichkeit brachte bald und wie von selbst das Ergebnis: Für alle wird in Deutschland gesorgt, die Kleinen in der Früherziehung, die Kinder im Konservatorium und Jugendmusikschule einschließlich »Jugend musiziert«. Erwachsene nehmen entweder Privatunterricht, spielen in Kammermusikvereinigungen, singen im Chören oder besuchen Singwochen und Volkshochschulseminare.

Am wenigsten wird für die Gruppe der älteren Menschen getan, und das begann mich zu interessieren.

Die meisten von ihnen haben ein erfülltes Leben im Beruf, der Familie oder beidem hinter sich. Nun sind die Kinder groß, haben eigene Familien, und oft ist das Haus zu groß und verbreitet Gefühle der Einsamkeit, besonders wenn der Lebenspartner nicht mehr lebt oder es zur Trennung gekommen ist.

Oft fällt den Menschen in dieser Lage ein, wie viel Freude sie in ihrer Kindheit an der Musik gehabt haben. Aber es ist oft eine jahrzehntelange Pause eingetreten, und sie wissen nicht, ob es für einen Neuanfang nicht zu spät ist.

So begann ich im Jahr 1993 mit dem Aufbau der Musikakademie für Senioren (MAS).

Das erste Seminar hieß »Was ist Musik?« und fand im Maritim-Hotel in Travemünde u.a. unter Mitwirkung von Hermann Rauhe und einer jungen Theoriedozentin aus Lübeck statt. Drei volle Tage wurde das Thema nach allen nur denkbaren Seiten entfaltet.

Schon damals fiel auf, wie hoch der Bildungs- und Wissensstand der Teilnehmer war, so daß es wie von selbst zu der partnerschaftlichen Betrachtung jedes gegebenen Themas kam, die bis heute für unsere Akademie typisch geblieben ist.

Der zweite wichtige Eindruck war die geradezu hinreißende Reaktion dieser älteren Menschen auf die junge Dozentin. Sie wurde nach ihrem Vortrag nicht nur mit Beifall, sondern vielen persönlichen Dankesworten bedacht. Auch diese hat sich als typisch für die ältere Generation aus unserem Blickfeld erwiesen: Diskussionsfreudigkeit und lebhaftes Feedback auf jeden Vortrag, so daß insbesondere junge Dozenten, die mit völlig anderen Vorstellungen als Referent gekommen waren, praktisch ausnahmslos gefragt haben, wann sie wiederkommen könnten, das sei ja für sie durchaus ein großes und lehrreiches Erlebnis.

Die Konzeption der MAS stand von Anfang an unter dem Thema »Jung bleiben durch aktives Musizieren«. Als wir bald erkannten, welch therapeutische Kräfte sich von Anfang an schon bei den ersten Seminaren zeigten, konnten wir im Laufe der Jahre dieses Motto durch das Wort »gesund« ergänzen, um damit ganz entschieden auf die Bedeutung der Prävention gegen manche verbreiteten Alterserkrankungen in unserem musikalischen Seminarangebot hinzuweisen.

Sehr schnell wird mir klar, daß wir auf zwei Hauptgleisen würden fahren müssen: Erstes Gleis: Begegnung mit Musik.

Hier werden die verschiedensten Themen der Musikgeschichte, der Instrumentenkunde, Einführung in die Musiktheorie, Komponistenportraits und die Hauptgebiete Oper, Oratorium, Sinfonik, Klaviermusik, Kammermusik, Kunstlied und Solokonzert behandelt.

Zweites Gleis: Praktisches Musizierangebot, beginnend bei Klavier-Seminaren, Kammermusik für Streicher und Bläser bis zum Orchester und Chorsingen. In jüngster Zeit ist Improvisation und Komposition hinzugekommen.

Selbständig hat sich dazuentwickelt, daß wir in jedem Jahr drei bis vier Reisen mit musikalischen Themen durch ganz Europa machen, die sich zunehmender Beliebtheit erfreuen.

So hat sich im Laufe der Jahre ergeben, daß wir schon zu einer Art festen Lehrangebotes, das sich jedes Jahr wiederholt, gekommen sind. Sieben Sparten tragen dem vielseitigen Interesse unserer Teilnehmer Rechnung, was dazu geführt hat, daß wir im Jahr 2000 29 Seminare mit 33 Gastdozenten anbieten können.

Am Anfang einer solchen Arbeit stand die Versuchung, zu viel Wirbel und Tamtam mit Hilfe der Medien daraus zu machen. Mein persönliches Motto hieß: Ich will keinen Luftballon aufblasen, der irgendwann platzt, sondern ich pflanze einen Baum, der langsam seine Wurzeln schlägt und im Laufe der Zeit eine Baumkrone mit verschiedenen Zweigen, Blättern und Blüten entwickelt. Eine statistische Nebenbemerkung mag verdeutlichen, daß es sich in der Tat so zu verhalten scheint. Wir haben mit ca. 100 Teilnehmern begonnen und mehr oder weniger in jedem der vergangenen Jahre eine Steigerung von etwa 100 Besuchern erzielt. Waren es im Jahr 1999 800, so dürfen wir im Jahr 2000 mit 900 Teilnehmern rechnen. Wenn man aus dem persönlichen Bereich mit vielen Versuchen, Freunde und Bekannte für die MAS zu interessieren, weiß, wie schwierig und oft entmutigend das ist, stehen wir beinahe vor einem Wunder mit diesen Zahlen. Es ist fast die Stecknadel, die es aus dem Heuhaufen herauszufinden gilt. Wenn einem dann auf der anderen Seite inzwischen von vielen Menschen gesagt wird: »Wenn etwas für mich in meinem jetzigen Lebensalter erfunden werden mußte, dann ist das die MAS«, dann ist dieses sehr ermutigend. Wir erleben also nicht nur ein Wachstum an Teilnehmerzahlen, sondern sehr oft deutlich artikulierte Begeisterung.

So ist es auch keinesfalls so, daß diese 900 Menschen etwa alle verschiedene Personen sind, sondern ein Teil von ihnen kommt mehrfach, manche zwei- bis dreimal, einige acht- bis neunmal zu unseren Seminaren, so ist ein ebenso wichtiger, vorher nicht geplanter Effekt entstanden, die Bildung von Freundschaften zwischen unseren Teilnehmern und damit letzten Endes einer musikalischen Großfamilie.

Wo finden die Seminare statt? Bisher in erster Linie im norddeutschen Raum, aber ausnahmslos in besonders schöner Umgebung: Maritim-Hotel Travemünde, Rendsburg, Hamburg, Lüneburg, Celle, Klöster von Loccum und Wennigsen und Maritim-Hotel Bad Salzuflen.

Wir haben also vermieden, irgendwelche Klassenräume in Schulen oder Konservatorien zu mieten, sondern wollten einem gehobenen Lebensgefühl in angenehmer Hotelatmosphäre Raum geben.

Von Anfang an bestand die Antwort der Teilnehmer nicht nur in lebhaftem Interesse bei sieben bis acht Stunden konzentrierter täglicher Arbeit, sondern in immer stärker werdenden Motivationen, die viele von ihnen absolut sichtbare Fortschritte, besonders auf dem Klavier, vorweisen ließ.

Hauptbeispiel: Ein pensionierter Gerichtspräsident kommt mit der Frage zu uns, ob es noch Zweck hätte, wieder mit dem

Klavierspiel zu beginnen. Ich schätze ihn auf 69 Jahre, höre Klavierspiel, das deutlich seine Affinität zu diesem Instrument zeigt und rate ihm zur Wiederaufnahme von Klavierstunden.

Nach vier Jahren nimmt er an einem Bach-Seminar teil und spielt u.a. die B-Dur-Parita. Dabei kommt heraus, daß er 83 Jahre alt ist, also mit 79 so viel Motivation in den Unterricht mitgebracht hat, daß seine Fortschritte zwischen 79 und 83 Jahren absolut denen eines normal begabten Kindes zwischen 10 und 14 Jahren entsprechen.

Zwei Witwen, die erst kürzlich ihren Mann verloren haben, versichern uns, daß das Klavierspiel im Kreise der MAS ihnen Trost und neue Lebenskraft schenkt und sie neuen Mut für ihr zukünftiges Leben bekommen hätten.

Nun möchte ich ein paar weitere Grundsätze unserer Arbeit zur Darstellung bringen. Erstens: Größtes Gewicht wird darauf gelegt, daß jedes Seminar absolut professionell und auf möglichst hohem Niveau geleitet wird. Zweitens: Es wird systematisch versucht, die Teilnehmer in jeder Form zu aktivieren. Auf den mehr theoretischen Seminaren wird ihnen die Kunst des Weitergebens und Weitersagens nahegelegt. Ist es nicht von großem kulturpolitischem Wert, wenn wir Großeltern dazu erziehen, in ihrer Familie für mehr Hausmusik zu sorgen und ihre Enkel beim Üben oder den Schularbeiten für den Musikunterricht zu unterstützen? Drittens: Eine der großen weiteren Überschriften heißt: »Mut machen und wegführen von persönlicher Unsicherheit und Selbstzweifeln«. Dieses zeigt sich besonders bei allen Chorseminaren, wo viele Teilnehmer, die man aus ihren Chören aus Altersgründen entfernt hat, mit diesen Selbstzweifeln zu uns kommen. Sie erfahren innerhalb von drei Tagen in größtmöglicher Konzentration folgendes:

1) Erhältst du sofort ein bis anderthalb Stunden Stimmbildung, wie sie mit Konzertchören auch nicht anders gehalten wird. Fühle dich ernstgenommen.
2) Dein Alter spielt keine Rolle, es wird hier chorisch genau so gearbeitet als wenn wir alle 25 wären und eine Konzertreise vor uns hätten.
3) Erfahre an dir selbst, daß Singen auch in höherem Alter noch möglich ist und Freude bringen kann, so daß du gestärkt nach Hause fahren kannst.

Nun möchte ich Ihnen einige Programmbeispiele aus den letzten Jahren geben, aus denen die Thematik der MAS-Arbeit deutlich wird, z.B. fand zweimal ein Seminar über die Geschichte der Orgelmusik statt. Die Arp-Schnitger-Orgel an St. Jacobi ist einem großen Teilnehmerkreis vorgeführt worden. An speziellen Themen hatten wir mehrere Mozart-Opern, Werke von Verdi bis zu »Lulu« von Alban Berg. Wir besuchten die Bartòk-Oper »Herzog Blaubarts Burg«, hatten dreitägige Seminare mit jeweils sechs Bach-Kantaten in Ruhe mit Interpretationsvergleich gehört und analysiert.

Es gab Vorbereitungsseminare zu entsprechenden Reisen unter dem Thema: »Blick über die Grenzen«, bisher Italien, Schweden, England Frankreich und Polen. Aus dem Teilnehmerkreis entwickelte sich ein verstärktes besonderes Interesse von Themen für Christentum und Musik. So gab es u.a. mehrere Seminare über Gregorianik und eines über Geschichte und Praxis der russischen Kirchenmusik.

In jedem Jahr gibt es eine besondere Jahrestagung mit vielseitigen und disziplinübergreifenden Themen. So wurde 1994 behandelt: »Musik, Medizin und Theologie«. – 1999: »Bruckner, Wagner, Nietzsche und der Blick auf das Ende zweier Jahrhunderte, 1899 und 1999«. Das Thema des Jahres 2000 heißt: »Bachs H-moll-Messe«. An jedem der fünf Tage wird eines ihrer Stücke in großer Ruhe und Sorgfalt betrachtet. Dazu gibt es Vorträge zur Malerei und Architektur zur Bach-Zeit. Es werden an zwei Abenden die Schemelli-Lieder gesungen und es gibt einen Vortrag über den theologischen Konflikt zwischen Pietismus und Orthodoxie, der in Bachs Leben eine so große Rolle gespielt hat.

Zur Freude an der Begegnung mit Musik kommt bei einzelnen oft das Erstaunen hinzu, was sie noch zu leisten vermögen, daß man auch im Alter noch Fortschritte machen kann. Oft ist ergreifend zu erleben, welche Freude es vielen Teilnehmern beim aktiven Musizieren bedeutet, das erste Mal in ihrem Leben etwa an zwei Klavieren oder gar mit Orchester zu spielen. Viele Streicher hätten sich nicht träumen lassen, im Alter zum ersten Mal in einem Symphoniekonzert zu spielen.

Hier kam mehrfach die Idee »Jugend musiziert mit Alter« hinzu und bei einigen Orchesterseminaren gab es bis zu 29 junge Gäste aus Polen, die ihrerseits Spaß daran fanden, mit so viel aufgeschlossenen Menschen der älteren Generation zusammen an einem Notenpult zu musizieren.

Einen großen Erfolg bedeutete auch die Idee »Jugend unterrichtet Alter«. Die Überzahl der Klavier- und Streicherdozenten gehört der jungen Generation an und könnte Kind oder sogar Enkel der betreffenden »Studenten« sein.

Gegenseitiges Erstaunen: »Toll, was diese jungen Leute schon können«, denkt der ältere MAS-Teilnehmer.

»Alle Achtung, mit so viel Wissen, Aufmerksamkeit und Fleiß hätte ich nicht gerechnet«, denken die jungen Dozenten.

Eins der letzten Beispiele: Zum Bachjahr 2000 gab es ein Orchester-Klavierkonzert, in dem die beiden Doppelkonzerte C-Dur und c-moll sowie das Tripelkonzert C-Dur auf dem Programm standen.

Jeder Satz wurde von einem anderen Solistenpaar gespielt, so daß niemand quantitativ überfordert wurde.

Wirklich bewegend, zwei 80jährige Damen, die eine Witwe eines führenden Lübecker Architekten, die andere eines Autogroßhändlers, den 2. Satz des C-Dur-Doppelkonzertes spielend zu erleben, und dabei sahen diese alten Damen auch durchaus noch schön aus.

Das Besondere an der Aufbauarbeit der MAS ist, daß man auch als Dozent noch viel dazulernen kann. Zum Beispiel: Erstens, es lohnt sich, auf Menschen zuzugehen, und nicht auf sie zu warten. Zweitens: Das Motto »Jungbleiben durch Musizieren« darf auch der Leiter an sich selbst erfahren. Drittens: Es ist eine Riesenfreude, wenn man als Pensionär selbst Neuland betreten und so viel hinzulernen kann. Viertens: Dazu gehört die sogenannte Alterspädagogik, nicht vom Katheter herunterzudozieren, sondern partnerschaftlich in so viel Dialog wie möglich kommen. Fünftens: Einige Fachgebiete wie Harmonielehre und Kontrapunkt für Laien verständlich und in positiver Umgebung durchzunehmen. Nebenbei hat das dazu geführt, daß Musiktheorie zweimal im Jahr an Sonnabenden bei Kaffee und Kuchen im Hamburger Hotel Baseler Hof abgehalten wird. Sechstens: Schließlich ist es eine große Freude, endlich nach all den Jahrzehnten der Praxis Zeit zu haben, die Werke, die man mit seinen Chören gesungen und auch besprochen hat, nun in aller Ruhe in bezug auf den geistig-theoretischen Hintergrund durchzuarbeiten. Hierfür fehlte in der Praxis immer die Zeit. Denn in erster Linie ging es um das Musizieren und dann erst um das Verständnis des Inhaltes. Schließlich: Ich lerne die Chance, auszunutzen, über große Werke nicht wie ein Musikwissenschaftler, – das bin ich auch – aber auch als praktischer Musiker, der sie mehr oder weniger alle selbst dirigiert hat, zu sprechen und damit einen neuen Typus musikalischer Aktivität, vor allem auch dank der CD zu kreieren.

Oft frage ich mich, was ich nun eigentlich mehr bin, praktischer oder theoretischer Musiker? Das Postulat heißt beides, und so erleben Sie mit mir ein aufgebautes, für viele Menschen wichtig gewordenes Lehrangebot, bei dem ich selbst, so scheint es mir, bis zum Verlassen dieser Erde Schüler bleibe und davon dankbar und beglückt bin.

Der Baum der MAS wächst, es kommen neue Äste und Zweige und manche Blüten hinzu. Das Hinzukommen neuer Teilnehmer bei jedem Seminar durch acht Jahre beweist, daß die Jung-Alt-Akademie eine richtige Idee war und sich auf einem guten Weg befindet.

Jung musiziert mit Alt –
polnische Jugend bei gemeinsamer Orchesterprobe mit MAS-Mitgliedern

MAS: *Die junge Geigendozentin Barbara Kralle hilft einer behinderten, alten Dame beim Stimmen der Gambe*

Eine gänzlich andere neue Aufgabe und Herausforderung stellte sich mir mit dem Besuch einer kleinen Delegation der »Stiftung 20. Juli« in Hamburg.

Dort hatten Überlegungen stattgefunden, zum Gedächtnis an den 20. Juli 1944 auch einmal Musik mit direktem Bezug zum Thema des Widerstandes erklingen zu lassen.

Ich wurde gefragt, ob ich bereit sei, einige Gedichte aus der Moabiter Sonett von Albrecht Haushofer zu diesem Anlaß zu vertonen.

Auf der einen Seite fühlte ich mich durch diese Anfrage sehr geehrt, auf der anderen zeigte mir die Beschäftigung mit den wunderbaren Gedichten Haushofers, daß man mit einer noch so sorgfältigen Auswahl das Gesamtthema des 20. Juli mit seinen vielfältigen Aspekten nicht würde erfassen können.

Wie von selbst kam in mir der Gedanke auf, daß man zuerst ein Textbuch erarbeiten müßte, in dem Hitlers Tyrannei in Zitaten dargestellt und mit Literatur aus dem Widerstand der damaligen Zeit umgeben werden sollte.

Eine hochrangige Textkommission half mir drei Monate bei der Riesenarbeit der Quellenforschung und gedanklicher Durcharbeit des Gesamtthemas.

Sechs Teile bildeten das formale Gerüst:

I. Umsonst? – Hier wird die Frage gestellt: War der Widerstand wegen des Scheiterns am 20. Juli 1944 umsonst oder nicht?

II. Klage – Klage und Verzweiflung über das damalige Geschehen kommen mit dem Choraufschrei: »Warum Gott, hast du dieses zugelassen?« zum Ausdruck. Auch ein Kyrie-Aufruf hilft zunächst nicht, vielmehr werden die Psalmworte zitiert: »Warum verbirgst du dein Antlitz? Warum schläfst du?« (Ps. 44,25) – Keine Bitte um Erbarmen, sondern Klage gegen Gott. Im nächsten Abschnitt wird die Möglichkeit eigener Schuld aller die Tyrannei miterlebender Menschen als Frage aufgeworfen: »Viele von uns haben geschwiegen, sich angepaßt, den Glauben verleugnet, nichts gelesen. Hosianna gerufen«. Nach dieser Selbstanklage bekommt das erneut gesungene Kyrie einen anderen Aspekt und enthält erstmals Zuversicht durch das Psalmwort: »Die Gott suchen, denen wird das Herz leben«. (Ps. 69,33)

III. Der Tyrann – Die Texte dieses Teiles entstammen fast ausschließlich Quellen aus der Zeit des Dritten Reiches und führen dem Hörer mit den Worten Hitlers, Görings, Goebbels' u.a. die ganze Diabolik vor Augen, die schon in den ersten Jahren das Gesicht des Tyrannen aufgezeigt haben. Deswegen der schauerliche Text des Eingangschores: »Im Anfang war der Mord». Titel eines Buches von Hans von Hammerstein-Equord), der uns in Abwandlung des bekannten Bibelwortes aus Johannes 1 »Im Anfang war das Wort«, das in Teil V) zentrale Bedeutung gewinnen wird, den grauenhaften Hintergrund der Tyrannei Hitlers und damit aller Tyrannei vor Augen führt. Es werden auch Zeugnisse anfänglicher Zustimmung eingefügt, dazu Stellen aus der Bibel, die das ganze in einen überzeitlichen Zusammenhang bringen, wie das »Hosianna« und »Kreuzige ihn« aus der Leidensgeschichte Jesu, das hier unter Zitierung von Bachs Johannes-Passion ineinandergeschoben und gleichzeitig vertont wird. Abschließend werden frühe Warnungen als Zeugnisse des beginnenden Widerstandes zitiert. Teil III) schließt mit dem Gedicht Reinhold Schneiders: »Allein den Betern kann es doch gelingen, das Schwert auf unseren Häuptern aufzuhalten.«

IV. Progrom – Dieser Teil beginnt mit der Gegenüberstellung zweier so kontrastreicher Sätze wie: »Kommen Sie mit, Sie sind verhaftet!« (Gestapo) und »In meinem Staat kann jeder nach seiner Façon selig werden« aus dem Munde des Preußenkönigs Friedrich des Großen. Zwischen antijüdischen Texten sind zwei Gedichte aus jüdischer Feder eingefügt: Von Ilse Weber »Unser Volk darf nicht vergehen« und vor allem das bedeutende Gedicht der 15jährigen Selma Meerbaum-Eisinger, die das gleiche Schicksal wie Anne Frank gehabt hat. Sie starb mit 18 Jahren in einem deutschen Arbeitslager jenseits des Bug. »Ich möchte leben... und möchte kämpfen und lieben und hassen... und möchte frei sein und atmen und schreien. Ich will nicht sterben. Nein.« In weiteren Zitaten Hitlers deklariert der Chor die wichtigsten Namen von Konzentrationslagern, Worte aus Römer 3 »Da ist keiner, der gerecht ist, ...sie sind alle abgewichen..., und den Weg des Friedens kennen sie nicht« stellen auch das dunkelste deutscher Geschichte, die Judenverfolgung in historischem und aktuell bleibendem Zusammenhang. Mit dem Bußruf: »Misere nobis« (Erbarme dich unser) endet dieser Teil.

V. Widerstand – Zu Beginn wird der Satz Annedore Lebers: »Das Gewissen steht auf« mehrfach gedeutet: Als Aufschrei, als leise Stimme und als »Kreislaufstörung«. Worte des Widerstandes u.a. von Henning von Tresckow, Julius Weber, Martin Niemöller. Kurze Szenen aus dem Volksgerichtshof malen das Bild des verzweifelten Widerstandes im Verborgenen, der dann am 20. Juli 1944 zum Ausdruck kommt, aber scheitert. Der

Satz »Es war eine Zeit des verborgenen Wortes, aber das Wort wurde groß und fordernd und voll Verheißung« aus dem Buch »Die Gewaltlosen« von Harald von Koenigswald lenkt den Blick auf das Bibelwort (Joh.1, 1) »Im Anfang war das Wort«. Bevor es zur Entfaltung dieser neuen Dimension kommt, wird der Konflikt, in dem sich Christen im Widerstand befanden und wohl zu allen Zeiten befinden werden, in einer großen Doppelfuge, der das Thema einer der kühnsten Fugen J. S. Bachs (e-moll BWV 548) zugrunde liegt und aufgezeigt: »Seid untertan der Obrigkeit« (Röm.13, 1 und »Ihr sollt Gott mehr gehorchen denn den Menschen« (Apostelgesch.5, 29). Dieser Konflikt ist nicht lösbar. Der Kinderchor als Hoffnungsträger schließt mit dem Gebet, das der Psalmist vielleicht in ähnlicher Notlage gebetet hat: »Weise mir Herr deinen Weg, daß ich wandle in deiner Wahrheit.«

VI. Nicht umsonst – Zuerst kommt Albrecht Haushofer zu Wort: »Ich trage leicht an dem, was Gericht mir Schuld benennen wird.« Dann wechseln Worte von Julius Leber, Golo Mann, Theodor Hausbach u.a. mit Gedichten von Jochen Klepper (»Ich weiß nicht, hat es Sinn und lohnt es, daß ich lebe… «), Dietrich Bonhoeffer (»Von guten Mächten wunderbar geborgen«) und Werner Bergengruen (»Völker der Erde… Der Ruf des Gerichts gilt uns allen«). Sie führen uns zu dem Bibelwort: »Lerne die Weisheit für deine Seele, und deines Hoffens wird nicht umsonst sein.« Noch einmal kommt das Wort, die große Hoffnung und der geistige Überwinder von Gewalt in den Vordergrund. Martin Luthers Satz: »Ein Wörtlein kann ihn (den Tyrannen) fällen«, erfährt ein großes Crescendo vom einstimmigen unbegleiteten Knabensolo bis zum sich aufbäumenden Chorschluß über das Wort »fällen«. Dahinter steht das Bild des Baumfällens und der Axt als Zeichen, daß hier kein naives happy end mit dem »Wörtlein« gemeint ist, sondern in die Tiefen menschlicher Existenz reichender Kampf mit dem Wort statt mit Waffen. Nach vier Aufführungen in zwei Jahren Berlin, Hamburg, Hannover und auf der Expo darf ich dankbar und zuversichtlich in die Zukunft für dieses Requiem blicken.

IN TYRANNOS

Ernst-Ulrich von Kameke

Moabiter Requiem

zum Gedenken der Opfer des Deutschen Widerstandes

für drei Chöre, Kinderchor, Solisten,
Sinfonieorchester, Orgel

Britta Stallmeister Sopran
Markus Brutscher Tenor
Egbert Junghanns Bariton

Hildegard Schmahl Sprecherin
Edgar Bessen Sprecher
Peter Bieringer Sprecher

Thomas Dahl Orgel

Die Hamburger Alsterspatzen

Vokalensemble und
Kantorei St. Jacobi Hamburg
Concertone Hamburg
(Orchester St.Jacobi)

Leitung: Rudolf Kelber

Hamburg:
Mittwoch, 22. 9. 99 19 Uhr
Hauptkirche St. Michaelis

Hannover:
Sonnabend, 25. 9. 99
18 Uhr Marktkirche

Ernst Barlach "Der Geistkämpfer" Bronze, 1928

Notenlesen bei Bach

In über vierzigjähriger Beschäftigung mit dem größten Juwel, das die evangelische Kirchenmusik besitzt, dem Werk des Leipziger Thomaskantors, nahm mit jedem Jahr das Lernen und Erstaunen zu. Gewiß geht es Musikern, die sich Jahrzehnte mit Mozart, Beethoven oder Bruckner beschäftigen, genauso. Frage: Könnte es bei Bach etwas geben, das ihn dennoch über all die großen Komponisten vor und nach ihnen heraushebt?

Ich möchte das in Behutsamkeit und mit der gebotenen Vorsicht, nichts Voreiliges zu sagen, bejahen.

Es geht um das, was hinter den Noten steht. Natürlich gab es Jahrhunderte vorher die Phänomene des Verborgenen, sich beim Hören nicht Erschließenden. Denken wir an die isorhythmische Motette von Philip de Vitry (1291 – 1361) oder den Cantus firmus, der aus früheren gregorianischen Melodien hineingenommen wurde in Messe und Motette, aber als solcher kaum in Erscheinung trat, den Kanon, der in seiner Entwicklung zum Rätselkanon wurde und den Einbruch von Rhetorik und Symbolik in die Affektmusik des 16. und 17. Jahrhunderts.

Daneben gab es und gibt es bis heute Musik, die genau das sagen will, was in den Noten steht und was ich höre.

Die herrliche Sonata facile von Montag mag eine Beispiel hierfür sein.

Solche Musik, denke ich, gibt es bei Bach auch. Zum Beispiel teilt sich ein Stück wie das A-Dur-Klavierkonzert beim ersten Hören genau so unmittelbar und direkt mit.

Bei vielen anderen Werken aber kommt nicht nur eine, sondern genaugenommen kommen zwei Tiefebenen hinzu.

Die erste ist die musikalische, vor allem durch die Geheimnisse des Kontrapunktes umschließende Tiefendimension, zu der vor allem alle Fugen, aber keinesfalls nur ausschließlich diese gehören.

Die zweite bezieht sich auf die theologische Klangrede, in die eigentlich alles, was zur Musik gehört, einzubeziehen ist: Von der Instrumentation über die Anzahl der Stimmen zum Aufbau der Melodien, Wahl des Rhythmus, der Tonart, der Harmonik bis zur Zahlensymbolik und vieles mehr.

Schaffen die ersten beiden Ebenen in erster Linie die Musik als solche, tritt nun bei der dritten Ebene eine theologische, von Bachs festem und unbeirrbarem Glauben geprägte schöpferische Komponente hinzu, bei der das Unbegreifliche und Wunderbare geschieht, daß die Auswirkungen auf die Musik genau so behutsam werden wie die hinter den Noten formulierten geistlichen Zusammenhänge.

Eines der besten Beispiele hierfür ist das große Kyrie-Thema der H-moll-Messe, das zu den großartigsten Fugenthemen der Weltliteratur gehört, bei dem aber von Note zu Note geistliche Aussagen mit dem melodischen Verlauf verbunden sind, ja ihn absolut entscheidend geprägt haben.

Um den Rahmen dieses Kapitels in den notwendigen Grenzen zu halten, wähle ich nun zur Demonstration einen Abschnitt aus einem seiner bekanntesten und populärsten Werke, den ersten Teil des Weihnachtsoratoriums. Wer das Folgende im einzelnen nachvollziehen möchte, sollte sich, wenn möglich einen Klavierauszug dazulegen.

Meditation zum ersten Teil des Weihnachtsoratoriums

»Alle Jahre wieder…« beschäftigt mich aufs Neue Bachs Weihnachtsoratorium (im folgenden »WO«).

Es mag eine Rolle gespielt haben, daß bei den vielen Aufführungen, die ich dirigiert habe, sich zunächst am Rande die Gefahr zeigte, in Routine zu verfallen und das Altvertraute nicht mit der gleichen Spontaneität und Intensität zu gestalten, wie beim ersten Mal. Natürlich bewahrt einen hiervor die unvergleichliche Intensität der Musik. Außerdem scheint bei kaum einem Werk diese Gefahr so gering zu sein, weil sich mit jeder neuen Aufführung, und sei es die zwanzigste, neue Bilder auftun und das Staunen kein Ende hat.

Da die Fülle verborgener Symbole und Bilder aber schon im ersten Teil so groß ist, daß sie den Rahmen dieser Meditation sprengen würde, wähle ich, Ihr Verständnis erbittend, eher die Stichwort- als die literarische Form in der Hoffnung, dennoch Ihren Blick auf Bilder lenken zu können, die sich dem Hörer nicht ohne weiteres erschließen. Ich beschränke mich auf vier Gesichtspunkte, die unsere Beobachtungen stimmen werden:

1) Inhaltliche, determinierte Verwendung des Dominant-Septakkordes (D^7)
2) Als Kontrast hierzu diejenige des verminderten Septimenakkordes (D^7_5)

3) Synkopen als Symbol bestimmter Glaubensaussagen
4) Versuch einer Antwort auf die Parodiefrage

Eingangschor Nr. 1 – Jauchzet, frohlocket

Text und Musik sind uns seit Kindheit so vertraut, daß wir fast schockiert sind und es fast nicht glauben wollen, daß es sich um die Parodie einer Glückwunschkantate zum Geburtstag der sächsischen Kurfürstin und polnischen Königin Maria-Josepha handelt.

Die erste Frage lautet: Auf welchen Text paßt die Musik besser? Mir scheint der allgemeine Hinweis auf den Anfang »Tönet, ihr Pauken« nicht ausreichend beantwortet.

Zweite Frage: Was sollen die zweistimmigen Flöten- und Oboensoli als Antwort auf die Pauke und was die folgenden 32tel der Violinen in Takt 5 in bezug auf den Text aussagen? Einen inhaltlichen Bezug vermag ich hier nicht zu erkennen.

Deutungsversuch für das WO:

Der tiefliegende Paukeneinsatz kann als Weck-Symbol in die Finsternis, die das Weltreich bedeckt, und für die vielen schlafenden Menschen verstanden werden, die es auch heute gibt. Achtung; die Nachricht aller Nachrichten steht bevor, sie bringt Licht in diese dunkle Welt!

Nr. 1 Chor

Die paarweisen Holzbläsereinsätze (Takt 2 und 4) lassen an Engel und Hirten in der Hirtenmusik denken, aber auch an die Paare Maria und Maria von Magdala oder die beiden Jünger von Emmaus, die später ale einzelne die Auferstehungsnachricht weitersagen werden.

Auch an Maria und Joseph können wir denken, denn Joseph ist immerhin mindestens bis zum Abschluß der Lehre Jesu ein sicher fürsorglicher und liebevoller Stiefvater. Warum denken wir immer nur an Maria? Jesus ist in einem intakten Elternhaus aufgewachsen.

In Takt 5 nun der Einbruch der Offenbarung Gottes in den 32tel Noten: Drei Tonleiteroktaven durchlaufend, fast wie ein Blitz, dazu die Trompeten in dieser Bedeutung ist allgemein bekannt, großer Jubel, den Chor vorwegnehmend und animierend. Ab Takt 19 Einbeziehung des großen Jubelrhythmus, seit Monteverdi Symbol für Freude im weitesten Sinne, von der Siegesfreude bis zur Weihnachtsfreude.

33
Sopran
Jauch zet, froh - lo - cket auf, prei - set die Ta - ge!
Alt
Jauch zet, froh - lo - cket auf, prei - set die Ta - ge!
Tenor
Jauch zet, froh - lo - cket auf, prei - set die Ta - ge
Baß
Jauch zet, froh - lo - cket auf, prei - set die Ta - ge
Viol
Ob.
Fl
39
jauch - zet froh - lo - cket! jauch zet, froh
jauch - zet froh - lo - cket! jauch zet, froh
jauch - zet froh - lo - cket! jauch-zet, froh
jauch - zet froh - lo - cket! jauch-zet, froh

Der tiefe Choreinsatz Takt 33 ist keine Paukenimitation mehr, sondern Aufforderung zum Jauchzen in (unsere!) dunkle Welt. Die tiefliegenden Bläsereinsätze Takt 34/35 bekommen so ebenfalls einen wichtigen Sinn. Die nächsten Einsätze steigern die Aufforderung »Jauchzet« um zwei Oktaven nach oben, mehr als je ein Komponist einer Chorstimme (dem Sopran) zugemutet hat.

Hinzu kommt die Synkope (=Einsatz auf 2) des Taktes 39: »Raus, ihr Durchschnittsmenschen aus eurer Lethargie, schwimmt gegen den Strom und stimmt in die überirdische Freude ein, laßt euch mitreißen!«

Wie vielen Menschen dürfen und müssen wir Christen heute zurufen: »Lasset das Zagen!« Dieses ewige, große Gejammere! Wem von uns geht das nicht dauernd auf die Nerven?«

Takt 65 zeigt das zweite Klangsymbol deutlich, den verminderten Septakkord: cis, e, ais, cis (e) auf das Wort »verbannet«. Die in Takt 18/19 eingeführte Stelle bekommt hier einen viel tieferen Sinn als im Original der Paukenkantate.

Ganz viel von der Dialektik Bach'scher Klangrede können wir von den Takten 64/65, 68, 74 und 76 lernen.

68
Kla - ge, las - set das Za - gen, ver - ban - net die Kla - ge,
Kla - ge, set das Za - gen, ver - ban - net die Kla - ge,
Kla - ge, las - set das Za - gen, ver - ban - net die Kla - ge,
Kla - ge, las - set das Za - gen, ver - ban - net die Kla - ge,
D 6 5
73
las - set das Za - gen, ver - ban - net die Kla - ge,
las - set das Za - gen, ver - ban - net die Kla - ge,
las - set das Za - gen, ver - ban - net die Kla - ge,
las - set das Za - gen, ver - ban - net die Kla - ge,
D 6 5

Nicht nur hier, sondern sehr oft deutet Bach denselben Wortgehalt in seiner doppelten Bedeutung, einmal vom Menschen aus gesehen, d.h. meist negative Wortausdeutung, zum anderen von Gott aus gesehen, d.h. positive Wortausdeutung und Zuversicht. Jedes Mal wird das deutlich an der Wahl der unter 1) und 2) erwähnten Akkorde.

Takt 64: »Verbannet« verm. Septakkord = Hinweis auf die verderbliche Wirkung des Klagens.

Takt 69: »Lasset« Dominant-Septakkord = Hinweis auf die befreiende Wirkung, wenn ich das Klagen lasse.

Takt 74: »Zagen«, derselbe Akkord wie 69, ebenso Takt 76 »Klage«. In beiden Fällen wieder die positive Sicht: Klage und Zagen sollen wir sein lassen. Die Begriffe sind verwandelt und geben uns den Weg zur Freude frei.

Choral Nr. 5 – Wie soll ich dich empfangen

Hier erwähne ich nur die schon längst bekannte Tatsache, daß Bach mit voller Absicht die Melodie »Offensichtlich Haupt voll Blut und Wunden« wählt, um schon im WO auf das spätere Leiden und Sterben des Kindes von Bethlehem hinzuweisen.

Choral Nr. 7 – Er ist auf Erden kommen arm

Bach hätte hier die 3. Strophe des Lutherliedes »Gelobet seist du Jesu Christ« genau so gut als vierstimmigen Choralsatz vertonen können. Er läßt aber den Sopran einstimmig singen. Warum? Jesus kommt in *Armut* auf diese Welt und verbringt seinen Leidensweg bis zum Kreuz in *Einsamkeit*.

Im Baß-Rezitativ kommt dreimal der sogenannte Chiasmus vor = Kreuzessymbol in den Tonschritten, erkennbar bei Drehung des Notenblattes um 90 Grad Takt 18, 30 und 43.

Arie Nr. 8 – Großer Herr und starker König

(Synkope)

Arie Nr. 8

Großer Herr und starker König

Parodie aus der gleichen Kantate, Text: »Kron- und preisgekrönter Damen«. Wieder scheint mir der Text »Großer Herr und starker König« viel besser zu passen. Die Trompete beginnt das Baßthema wörtlich, aber in Synkopen: Gott als König kommt unerwartet in die Welt und bleibt umstritten. In Takt 41 bis 43 kommt das auch im Baß zum Ausdruck.

Zweimal also konnten wir feststellen, daß die scheinbare Parodie fast einer inhaltlichen Richtigstellung gleichzusetzen ist. Die Frage muß offenbleiben, ob Bach bei der weltlichen Komposition schon an die WO-Texte gedacht hat, oder ob sie vom Dichter dieser Musik unterlegt worden sind. Festzuhalten bleibt, daß der rhetorische Zusammenhang in bezug auf ähnliche Begriffe erkennbar ist, nur daß die geistliche Deutung die sehr viel stärkere Substanz bedeutet.

Choral Nr. 9 – Ach, mein herzliebes Jesulein

Hier gerate ich seit Jahren in Konflikt mit der Interpretation der meisten, noch so prominenten Kollegen. Die Frage muß doch heißen: Was bedeutet dieser lyrisch gehaltene Choral mit dem innigen Text mit den strahlenden Trompetenzwischenspielen? Meistens wird er von Anfang bis Ende entweder forte oder mezzoforte musiziert.

Kaum jemand kommt auf die Idee, den von Bach voll beabsichtigten Kontrast auszuarbeiten: Chor pianissimo bis piano, Orchester forte bis fortissimo. Ich persönlich bin überzeugt, daß

Bachs Klangrede meint: Das zarte Kindlein in der Krippe ist ein König!

Dieser tiefe Sinn kommt sofort heraus, wenn, wie vorgeschlagen, der Chor zart und leise singt und die Trompeten ein festliches forte blasen. Weihnachtsfreude, aus der Tiefe Bach'scher Musik verkündet!

Indem ich die fröhlichste Weihnachtsmusik, die es gibt, beschreibe, möchte ich daran erinnern, daß keine Religion außer dem Christentum in der ganzen Welt ihre Botschaft mit solcher Freude und auf diesem unerreichten künstlerischen Niveau verbreitet.

Wir sollten daran denken und darüber sprechen, wenn wir nach Saudi-Arabien, Indien oder Japan reisen. Überall erklingt diese Musik, aber wer erläutert ihren Inhalt? Bachs Aussage geschah 150 Jahre vor Nietzsches bedrückendem Ausspruch: »Erlöster müßten mir die Christen aussehen... « (aus dem Gedächtnis zitiert).

Mit dem Weihnachtsoratorium haben wir es leicht, das Gegenteil auszusagen und vorzuleben.

Ist man jung, liebt man beim Musizieren vor allem das Laute, also fortissimo, und meistens auch das Schnelle, also vivace. So erinnere ich deutlich, daß es mir als Kind bei Furtwängler-Konzerten am besten gefallen hat, wenn die Berliner Philharmoniker besonders laut spielten, z.B. den Übergang zum letzten Satz der 5., den ersten Akkord der 7. Beethoven-Sinfonie oder auch die Akkordschläge in den Ecksätzen der 4. Sinfonie von Schumann.

Später dirigierte ich als junger Mensch auch am liebsten »so laut wie möglich« Bachs »Jauchzet, frohlocket«, das »Sanctus« aus der H-moll-Messe, die Baals-Chöre aus dem Elias von Mendelssohn oder Verdis »Dies irae«.

Es hat vieler Jahre des Lernens an all den großen Meisterwerken, das bis heute nicht aufgehört hat, bedurft, bis ich die anderen Höhepunkte entdeckte – Höhepunkte nach innen, Höhepunkte der Stille, weniger vordergründig als die anderen, die strahlend und fordernd auf einen zukommen, sondern im Verborgenen ruhen, wie ein Veilchen unter dem üppigen Grün eines sich entfaltenden Frühlingsbusches, das man nur auf den zweiten Blick bei genauem Hinsehen entdeckt.

Viel später erst wurde mir klar, daß ich als Achtjähriger alljährlich einen solchen Höhepunkt der Stille bereits erlebt hatte, nämlich am Schluß der Weihnachtskonzerte des Knabenchores in der Potsdamer Nikolaikirche unter der Leitung des Vaters von Wilhelm Kempff. Da wurde das Echo des Weihnachtsliedes »Licht vom Herrn, ein Himmelsschein« von einem Teilchor aus der Kuppel in 75m Höhe in den atemlos lauschenden Zuhörerraum hinabgesungen – ein Höhepunkt im pp, nur daß ihn das damalige Kind als solchen nicht festgehalten hat. Erst in der Erinnerung wuchs die Beziehung zu dieser Stelle und das Nachklingen zu jenem pp-Klang, den man lebenslänglich als feinsten Dauerton in sich tragen kann. Ein klingendes Juwel, das man besonders zur Weihnachtszeit gleichsam aus einem Schmuckkästchen herausnehmen und hörend betrachten kann.

Höhepunkte der Stille gibt es in allen Meisterwerken, auch in den oben erwähnten gibt es sie mehrfach. Dazu gehört für mich im Weihnachtsoratorium neben den pp-Stellen in der Hirtensinfonie der Schlußchoral des ersten Teiles: »Ach, mein herzliebes Jesulein, mach dir ein rein sanft Bettelein, zu ruhn in meines Herzens Schrein«, der von Bach mit größter musikalischer und theologischer Meisterschaft zu einem Lehrstück der Dialektik gestaltet ist, wie ich auf Seite 807 beschrieben habe.

In der H-moll-Messe ist zu einem solchen Höhepunkt der Stille die Einleitung zum »Et expecto resurrectionem« – pp, a cappella gesungen, und wie eine Ahnung der Beziehung aller 12 Töne zum Kosmos (Symbol der Gottesherrschaft über das Weltall) von Bach durch alle Tonarten modulierend gestaltet, zu rechnen. Im Elias ist es für mich »das leise Säuseln«, in dem Gott dem Menschen begegnet in dem Chor: »Der Herr ging vorüber«.

Gedanken zur Stille und dem pianissimo in der Weihnachtszeit – wie unpassend! Lärmt es nicht laut, hell und sehr geschäftstüchtig um uns herum von jeder Straße, die wir betreten? Lassen sich nicht »O Tannenbaum«, »Es ist ein Ros entsprungen«, »Stille Nacht« oder »Leise rieselt der Schnee« bei jedem Weihnachtskarussell auf jede gewünschte Lautstärke bringen? Die Technik macht es möglich, der Kommerz notwendig.

Eigenartig, grade die beiden zuletzt genannten Lieder haben mein Berufsleben als Kirchenmusiker in ständigem Wechsel begleitet. Immer dem allgemeinen Zeitgefühl entsprechend, wurden sie z.B. in Kriegsbunkern oder Gefangenenlagern von vielen leidenden oder ängstlichen Menschen mit tiefer Bewegung und Andacht gesungen. Dann einige Jahre später dieses allgemein überheblich-verächtliche Belächeln. So etwas singt man doch nicht, Kitsch, 19. Jahrhundert, Rührseligkeit der Großeltern!

Nun sind einige von uns selbst Großeltern. Vielleicht fragen Sie sich mit mir, ob das alles so stimmt. Ist »leise und still«, »einsam und dunkel« gleichbedeutend mit Sentimentalität und Kitsch? Warum wird »Stille Nacht« in der ganzen Welt gesungen, nur von vielen Menschen in unserem Land nicht? Wer viel in der Welt herumgekommen ist, weiß, daß wir Deutschen sehr vorsichtig sein müssen, nicht überheblich zu erscheinen und andere belehren zu wollen.

»Leise rieselt der Schnee«, dieses harmlose, kleine Weihnachtslied ist heute ebenfalls auf jedem Weihnachtsmarkt zu hören. Haben nicht einige von uns hohnlächelnd gedichtet: »Leise schnieselt das Reh«?

Ein paar Sätze mit der Bitte, darüber nachzudenken : –

»Stille Nacht« – wie sehnen wir uns in den grellen Farben der Lichtreklame, den pausenlos wechselnden Bildern und den lautgestellten Weihnachtshits nach solch nächtlicher Stille! Wer all den Weihnachtsrummel mit seinem Auto verläßt und eine Stunde später auf dem Lande, wo man noch den abendlichen Sternenhimmel sehen kann, einkehren darf, weiß, wovon ich spreche. Aus dem vermeintlichen Weihnachtskitsch dieser Texte ist bei uns Sehnsucht geworden – Sehnsucht nach Dunkelheit, in der die Sterne leuchten und die Stille wohltut. In dieser nächtlichen Stille passiert ganz viel: Die Sterne bewegen sich, und das innere Zur-Ruhe-Kommen ist mit Bewegung verbunden, Bewegung aus der Hektik auf mich selbst zu.

Decrescendo vom ff zum pp in meiner Seele. Decrescendo ist deswegen so schwer zu spielen und zu singen, weil man oft nicht bemerkt, daß man sich leiser werdend auf einen musikalischen Edelstein zu bewegt.

»Einsam wacht« – wie aktuell ist das! Schlaflosigkeit allenthalben, Millionen Menschen leiden unter ihr. Auf die Idee, daß Wachsein Auftrag und nicht nur Krankheit bedeuten kann, kommen die wenigsten.

»Wachet und betet, daß ihr nicht in Anfechtung fallet«, sagt der angefochtene Jesus zu seinen Jüngern. Wer von uns weiß, warum er aufwacht? Ist es nur der kranke Körper, sind es nur die vielen Sorgen und ungelösten Probleme, die uns nicht loslassen? Könnte es nicht die Geburtsstunde guter, neuer Gedanken und Ideen sein für das Schreiben wichtiger Briefe, Gedichte oder Musik? Auftrag zum Aufwachen und Handeln aus nächtlicher Stille heraus.

»Leise rieselt der Schnee« – was ist denn daran so kitschig? Genießen wir nicht alle dieses selten gewordene Schauspiel? Leise und nicht mit Blitz und Donner kommt er und verwandelt unsere Landschaft vor allem die Städte in eine Zauberwelt. Schnee – Bild der Verwandlung; Weihnachten – Ereignis der Verwandlung.

»Das Christkind kommt bald« – ist das falsch, ist das Kitsch? Weihnachten meint auch Zukunft, nicht nur Vergangenheit.

Durch Jahrtausende ist Weihnachten je nach Zeitgeist stilistisch sehr unterschiedlich besungen worden. Wo ist unsere eigene Weihnachtsmelodie?

Unter dem vielen Lärmen wollen wir erneut lernen, auf die leisen Töne zu hören.

Kunst und Wissenschaft Anregungen und Probleme für den praktischen Musiker heute

Zur Jahrhundert- bzw. Jahrtausendwende haben sich viele namhafte Persönlichkeiten des geistigen, geistlichen, kulturellen und politischen Lebens zu Wort gemeldet.

Unüberschaubar daher die Fülle der Gedanken, Prophezeihungen, Warnungen und Thesen zu diesem großen Thema.

Wenn ich nun selbst an dieser Stelle und zum Schluß des Buches noch ein paar Gedanken äußere, so beziehen diese sich ausschnitthaft auf ein Thema, das mir in den letzten Jahren allerdings immer wichtiger geworden ist: Der Ausbalancierung von künstlerischem Empfinden und wissenschaftlicher Schulung in meinem Musikerdasein.

Ich möchte abschließend auf diesen Punkt in Form einer persönlichen Meditation, Folge jahrzehntelanger Erfahrungen mit beiden geistigen Lebensbereichen kommen, ohne die Möglichkeit wissenschaftlicher Untermauerung oder gar Auseinandersetzung mit anderen gegensätzlichen, oder auch ähnlichen Positionen aufzunehmen.

Wie beim Weihnachtsoratorium möge der Leser einige Gedanken als Anregung und Diskussionsgrundlage verstehen. Der Profimusiker ist, wie zu Beginn dieses Teiles erwähnt, vom Konzertpodest oder Orgelempore herabgestiegen, um den Menschen, die Musik lieben, sich aber für Laien halten, näher zu kommen und mit ihnen zu sprechen. Dabei soll kein Bombardement mit Fachausdrücken unter möglichster Vermeidung deutscher Worte auf sie niederprasseln, sondern es sollen Gedanken, jedermann verständlich, geeignet für abendliche Gespräche am Kamin, zum Ausdruck kommen.

Es geht um das Verhältnis von Kunst, d.h. Musik zur Wissenschaft, d.h. Musikwissenschaft.

In den beiden Themen gibt es, wie jedes Lexikon zeigt, zahlreiche Definitionen, höchst unterschiedlich aus über zwei Jahrtausenden stammend, jeweils den der jeweiligen Epoche entsprechenden Aspekt des Autors wiedergebend.

Allein mit dem Thema »Was ist Musik?« hat sich meine MAS vor Jahren drei volle Tage befaßt. Es zeigte sich eindeutig, daß es keine allumfassende Definition geben kann, sondern daß der Standpunkt, von Plato bis Strawinsky gespannt, immer nur neue Varianten erfährt, den jeweiligen Zeitgeist spiegelnd.

Hier möchte ich mich nur auf einige Zitate beschränken, die sich mit beiden Kraftfeldern zugleich befassen.

Angelus Silesius: »Der nächste Weg zu Gott ist durch der Liebe Tür, der Weg der Wissenschaft bringt dich gar langsam für.«

Goethe: »Wer Wissenschaft und Kunst besitzt, hat auch Religion. Wer jene beiden nicht besitzt, der habe (braucht) Religion.«

»Wissenschaft und Kunst gehören der Welt an und vor ihnen verschwinden die Schranken der Nationalität.«

Maxim Gorki: »Die Wissenschaft ist der Verstand der Welt, die Kunst ist ihre Seele.«

Karl Jaspers: »Heutige Kunst ist: Ihr Wesensausdruck ist Chaos bei äußerem Können.«

G. E. Lessing: »Der Endzweck der Wissenschaft ist Wahrheit, der Endzweck der Künste hingegen ist Vergnügen.«

Justus Liebig: »Die Wissenschaft fängt eigentlich erst da an interessant zu werden, wo sie aufhört.«

Emil Nolde: »Die Gottheit läßt sich nicht fotografieren, die Wissenschaft bedauert dieses sehr.«

Hier möchte ich sogleich die Frage anschließen: Kann man Kunst fotografieren?

In Abwandlung eines Ausspruches von K. F. von Weizäcker möchte ich meine These zur Musikwissenschaft aussprechen: Die Musikwissenschaft erklärt die Geheimnisse der Musik nicht, sie kann aber zu solch tiefer liegenden Geheimnissen hinführen.

Ich möchte nun einen Weg beschreiben, den ich selbst in den letzten Jahren, d.h. mit zunehmendem Alter als Musiker gegangen bin. Es ist der Weg des sich Befreiens von der ausschließlichen Verbeugung vor der Wissenschaft als Maßstab aller Dinge. Ich brauche Unruhe, mehr Fragen als Antworten: Ich brauche, um mit Jaspers zu reden, das »mich Umgreifende« – nicht als gedachtes Betonmauerwerk, sondern eher als Wald, Buschwerk und Feld, das mich einerseits eingrenzt, andererseits die Ungewißheit des mir nicht sichtbar werdenden Dikkichtes hinter der Waldfassade oder des nur bis zum Horizont des weiten Feldes reichenden Blickes ins Bewußtsein bringt.

Hier paßt ein ergänzendes Zitat von Braque: »In der Kunst zählt nur eines, das, was man nicht erklären kann.«

Mich interessiert das Vorgegebene, Festgefügte in der Musik sehr, sonst würde ich nicht mit Begeisterung und als Lebensaufgabe interpretiert, gespielt und dirigiert haben.

Es gibt aber das noch Größere. Die Begegnung mit der vermeintlichen Unwirklichkeit, mit dem Nichterklärbaren, Unerforschten, noch nicht Formulierten. Das bringt die Entdekkung der eigentlichen Wirklichkeit, die mich spüren läßt, was geistige Freiheit bedeutet: Bejahung nicht nur des Ausrufungs-, sondern auch gerade des Fragezeichens.

Nicht leiden am Zweifel, sondern begreifen als Tor zu neuer Erkenntnis und gleichsam Medizin, aus meiner Krankheit von Zufriedenheit mit mir selbst, mit meinem erreichten Lebensstandard, mit meinem Vorurteilen als Maßstäbe für meine persönliche Ästhetik und meiner religiösen Festgefahrenheit loszukommen.

Deswegen waren nahezu alle Musiker bis zum Ende des 18. Jahrhunderts Interpreten und Komponisten zugleich. Ich habe als Kirchenmusiker versucht, diesem Leitbild mit all seinen Herausforderungen nachzustreben. Tut man solches, geht man bis an das Lebensende in die Schule, weil man wach bleibt für die existentiellen Kräfte des Unbegreiflichen. Camus sagt: »Wenn die Welt klar wäre, gäbe es keine Kunst.« Sehr hilfreich ist auch für mich Cocteau: »Kunst ist Fleiß gewordene Wissenschaft.« Und schließlich Paul Klee: »Die Kunst gibt nicht das Sichtbare wieder, sondern macht sichtbar.«

Werfen wir nun einen Blick auf die Musikwissenschaft. Sie ist nicht etwa die jüngste, sondern die älteste der Kunstwissenschaften. Zwar hat sie sich als Musikgeschichte erst seit dem 18. Jahrhundert entwickelt. Als Lehre von Grundlagen von Musik ist sie aber in der Antike von Griechenland bis Kleinasien und China ein wichtiges Fach gewesen. Zum Beispiel erforscht Pythagoras den Zusammenhang naturgegebener, aber in den Tönen hörbarer und auf dem Monocord meßbarer Zahlen, die als das wahrhaft Seiende und in der Welt als Prinzipien des Kosmos galten.

Unter den Künsten steht also die Musik am frühesten einer sich systematisch entwickelten Wissenschaft gegenüber. Die Reihe reicht von Aristoxenos über Platon, Ptolemäus zu den mittelalterlichen Wissenschaftlern Cassiodorus, Augustin, Boetius und zahlreichen Arabern.

Im Laufe der Jahrhunderte wird die Musikwissenschaft dem Musiker gegenüber ein immer wichtiger, aber auch gefährlicherer Partner.

Ihre wichtigsten Disziplinen:

Musikgeschichte
Musiktheorie
Systematische und vergleichende Musikwissenschaft
Musikästhetik
Musiksammlungen
Musiklexika
Musikerziehung
Musikpsychologie
Musikverlagswesen
Musikkritik
Tonband und Schallplatte

Auf den ersten Blick heißt das, ich erlebe eine Umrundung der Wissenschaft für all (?) die Fragen, welche ich habe, Geborgenheit bei Lexika, Platte und Tonband.

Sofort bemerkt wohl jeder, daß hiermit auch Angriffe verbunden sind: Angriffe auf mein eigenes Urteil und damit meine Persönlichkeit. Ich greife nur das Thema Musiktheorie heraus: Weder Harmonielehre noch Kontrapunkt noch Formenlehre sind ausreichende Grundlagen der Komposition. Sie beschreiben bestenfalls das Mittelmaß, weit unter allen Meisterwerken liegend, die es umgreifen.

Fast alle Meisterwerke durchbrechen theoretische Systematik und werden erst dadurch hochinteressant und bedeutsam, daß sie geltende Regeln durchbrechen.

Werfen wir einen genaueren Blick auf Wissenschaft und Kunst bei der Kirchenmusik als Beispiel, sicher nicht nur für Musik im allgemeinen, sondern auch stellvertretend für ähnliche Fragen, die jeder in seinem eigenen Beruf hat.

Die Musikwissenschaft hat uns zahlreiche Quellen aus den vergangenen Jahrhunderten beschert. Da gibt z.B. genaue Kenntnis über die verschiedenen Stimmungen früherer Zeiten, über die sogenannte Takthierarchie. Jeder, der etwas auf sich

hält, muß heute seine Kenntnis des Terminus »quantitas intrinseca notarum« kundtun. In zunehmendem Maße werden sämtliche alten Instrumente nachgebaut und deren Nachfahren zurückentwickelt (s. Kurzhalsgeige). Seit vielen Jahren steht, sehr stark von den Medien gefördert, der historische Aspekt im Vordergrund. Wie hat man früher musiziert und wie kann ich mich mit meiner heutigen Interpretation, durch die Kenntnisse der Wissenschaft bereichert, dem Original wo weit wie möglich nähern? Hier spitze ich das Problem sogleich deutlich zu. Für mich als Interpreten heißt die Frage: Bin ich zufrieden, wenn ich in diesem Sinne Motetten von Schütz und Bach dirigiere oder Werke von Scarlatti, Couperin und Bach spiele? Ich habe dann sicher die Befriedigung des Beamten, der seinen Beruf korrekt im Sinne von »Dienst nach Vorschrift« erfüllt. Oder bleibt all dieses für mich eine Durchgangsstation zu meiner eigentlichen Aufgabe, alle vergangene Musik nach bestem Vermögen in die Gegenwart als lebendige Wirklichkeit zu
übertragen und transparent zu machen?

Wie ein Lauffeuer hat sich in den letzten Jahren in ganz Europa herumgesprochen, es gäbe Quellen, die besagen, daß Johann Sebastian Bach seine Fugen einmanualig gespielt habe. Sofort spielt ganz Europa die großen herrlichen Bach-Fugen, die oft der Form des Concerto grosso mit tutti und solo entsprechen und nach Verteilung auf mehrere Manuale geradezu schreien, einmanualig. Meistens wird das auch auf die Präludien übertragen und nichts an der Registrierung geändert. So kommt es zu dem für meinen Begriff kaum zu ertragenden Unsinn, daß ein noch so schönes Bach-Werk auf einer noch so schönen Orgel eine Viertelstunde lang fortissimo gespielt wird und damit an die Schmerzgrenze des Erträglichen gerät. In der gesamten Weltliteratur kenne ich kein Orchesterstück, das fünfzehn Minuten lang fotissimo enthält.

Hier möchte ich nun meinerseits keinesfalls einer gegenteiligen Vereinseitigung das Wort reden. Natürlich gibt es herrliche Präludien und Fugen von Bach, die gar nicht anders als einmanualig und mit bleibender Registrierung gespielt werden können, aber eben nicht alle.

Die Historiker scheinen auch der Auffassung zu sein, daß jeder Komponist nur exakt die Interpretation seiner eigenen Zeit gelten läßt und so für alle Zeiten festgeschrieben wissen will. Der Komponist wird also selbst zur Quelle, noch über dem Theoretiker und Wissenschaftler stehend, herangezogen.

Ich halte das für einen fundamentalen Irrtum. Mir hilft hierbei ein unvergessenes Interview, das Herbert von Karajan zu seinem 75. Geburtstag gegeben hat. Er hat dabei auf einige große Komponisten verwiesen, deren Werke er aufgeführt und mit denen er vor solchen Aufführungen diskutiert hat. Nicht einer, so sagt er, war dabei, der nicht äußerst dankbar und flexibel auf Karajans Vorschläge zu Detailänderungen, Kürzungen, Instrumentationskorrekturen, dynamischen Retuschen oder anderen Tempovorschlägen positiv reagiert hätte.

Je bedeutender der Interpret, desto interessantere eigene Gedanken läßt er in seine Interpretation einfließen.

An nichts zeigt sich die Offenheit des großen Komponisten besser, als an zahllosen Bearbeitungen, die später an Originalwerken vorgenommen worden sind. Mit welcher Begeisterung haben sich Liszt und Busoni den großen Orgelwerken Bachs zugewandt und sie auf das Klavier übertragen. Schönbergs Bearbeitung des Bach-Ricercar wird heute fast mehr gespielt als das Original.

Ist Bearbeitung nicht das beste Beispiel, wie auch große Komponisten schöpferisch bekannt haben, wo in einem früheren Werk ihr Herz besonders berührt ist und wie sie dem ausschnitthaft Ausdruck geben.

Wichtige Fragen entstehen bei der Editionspraxis. Ein Beispiel möge Ihnen den direkten Konflikt des Musikers mit der gespielten Literatur und ihrer Überlieferung zeigen. Von dem Lübecker Orgelmeister Dietrich Buxtehude gibt es keinerlei Autographe seiner genialen zahlreichen Orgelwerke, sondern nur Abschriften. Da diese auf zahlreiche Bibliotheken verteilt sind und in Details erhebliche Abweichungen aufweisen, kommt es zu strittigen Fragen, ob an dieser oder jener Stelle cis oder c, fis oder f zu spielen sei. Als Beispiel gebe ich Ihnen zwei Stellen aus dem Präludium und Fuge e-moll wieder:

Ausg. Spitta-Seiffert-Kraft
Ed. Breitkopf - 1952,
S. 28
desgl. Jos. Hedar,
Ed. Hanse - 1950, S. 24
desgl. Ed. Beckmann
Breitkopf - 1971 - S. 31

Ausg. Karl Straube
Alte Meister des
Orgelspiels - S. 51
Ed. Peters - 1929

Buxtehude: Präl. und Fuge e-moll, vor der 2. Fuge

Ausg.: Spitta-Seiffert-Kraft
Edit.: Breitkopf - 1952
S. 30

Ausg.: Karl Straube
Alte Meister
des Orgelspiels
Seite 54

Ausg.; Hedar
Beckmann
(siehe oben)

Während man über das zweite Beispiel sicher geteilter Meinung sein kann, zeigt m.E. das erste Beispiel das Problem sehr deutlich. Als Einziger der vier Herausgeber entscheidet sich der große Karl Straube für die unter 2) zu lesende Version des Anfanges des Präludiums in der Oberstimme. Alle anderen übernehmen gegenseitig den Abbruch der Melodie im drittletzten Sechzehntel des ersten Taktes. Diese Version wird heute (leider) von jedermann gespielt. War wirklich Straube, der große Orgelvirtuose, Reger- und Bachinterpret der ersten Jahrhunderthälfte der einzige, der diese Stelle m.E. von musikalischer Einsicht her die einzig überzeugende Form gab? Jeder, der Zweifel hat, spiele beide Versionen zweimal im Vergleich in der rechten Hand. Ich denke, er kann nur zu Straubes Version kommen. Wie leicht sind Kopiefehler in der Oktavsetzung einzelner Töne bei der damaligen Orgeltabulator einer Buchstabenschrift denkbar? – Quellen, Wissenschaft oder Musik?

Das dritte Beispiel führt uns die bemerkenswerte Tatsache vor Augen, daß die beiden großen Musikwissenschaftler des 19. und 20. Jahrhunderts, Philipp Spitta (1841 – 1894) und sein Schüler Max Seiffert (1868 – 1948) es waren, die den kühnen, chromatischen Stufengang im Sopran von a bis e über das hochinteressante F stehengelassen haben. Die drei späteren Ausgaben, mit Ausnahme der Neuausgabe von Walter Kraft, haben fis, Hedar und Beckman im Tenor im ersten Takt ebenfalls fis (s. Bsp. 3) festgelegt. Ich möchte daran zeigen, warum ich mich entschlossen habe, nicht die heute überall gültigen Versionen neuester Buxtehude-Ausgaben zu befolgen, sondern die viel älteren, mich aber musikalisch weit mehr überzeugenden Erstausgaben von Spitta, Seiffert und Kraft zu befolgen.

Es ist ein Problem, wenn Wissenschaftler als Schreibtischgelehrte noch so wohlmeinend an Musiktexte herangehen, und ihnen dabei das in Fleisch und Blut sitzende musikalische

Gefühl oder schlicht die Musizierpraxis fehlen. Interessanterweise kommt dabei meistens das Korrekte, Gewohnte, nicht Überraschende als Ergebnis heraus (s. meine Bemerkungen zuvor). Ich spiele daher die gewagten Harmonien bei Buxtehude mit freudiger Absichtlichkeit und weide mich gelegentlich an den hochgezogenen Augenbrauen und dem erhobenen Finger jüngerer Kollegen, die solches noch nie vernommen haben.

Ich befinde mich dabei, wie ich bemerken darf, mit dieser Ansicht in guter Gesellschaft, denn der letzte Herausgeber der Seiffert-Edition, Walter Kraft selbst, namhafter Lübecker Komponist und Orgelspieler, hat sich 60 Jahre später ebenfalls zu dieser unvergleichlich kühneren und interessanteren Version bekannt. Lassen wir ihn selbst zu Wort kommen:

»Als eklatantes Beispiel sei eine Stelle im Präludium und Fuge e-moll, Band 1 Seite 30, Takt 9 erwähnt. Hier läßt der konsequent chromatische Gang über f zu e hin, um seiner Kühnheit willen – ähnlich wie in Bachs Fantasie g-moll Takt 15, drittes Viertel e statt d und Takt 44, drittes Viertel h statt b in älteren Ausgaben die Auffassung entstehen, daß in Zweifelsfällen stets das Ungewöhnliche dem Landläufigen vorzuziehen ist, sofern die Möglichkeit eines Schreibfehlers kaum bestehen dürfte. In gleichem Sinne wie Martin Luther von Josquin de Prés sagt: »Er war der Noten Meister – darf man besagte kühnere und ungewöhnlichere Lösungen gewiß der Meisterhand zuschreiben.« (Einleitung Seite III zur Buxtehuder Ausgabe s. unter Nr. 1).

Ich kann nur jedes dieser Worte unterstreichen.

Auf der einen Seite bedeutet es eine nie dagewesene Bereicherung für uns, Aufnahmen des gleichen Werkes von verschiedenen Interpreten und aus verschieden Zeiten vergleichen zu können. Wer aber hat Recht? Kann ich diese Frage nur wissenschaftlich beantworten? Muß ich mich überhaupt immer nur zu *einer* Version als der einzig richtigen bekennen oder kann ich nicht lernend begreifen, daß es – wie beim Definitionsbeispiel Musik – auch verschiedene Interpretationen aus verschiedenen Zeiten gibt, die gleichwertig nebeneinander stehen, ihren eigenen Zeitgeist entsprechen, aber sich dafür auch die Relativierung auf eben diese Zeitbezogenheit gefallen lassen müssen.

Ich halte den Anspruch von Editoren wie Interpreten mit ihrer Version zur Aufführung eines Werkes der Vergangenheit, *die* musikalische Wahrheit getroffen zu haben, die sozusagen ab sofort für alle Zukunft gilt, für unrichtig. Sicher ist genau so unrichtig, wenn ich mich bei interpretatorischen Fragen nur auf meine persönlichen Intentionen verlasse. Jeder Mensch braucht das Korrektiv durch Wissen und Vergleichen, was andere zu einer bestimmten Frage gesagt haben, sich anschließend seine persönliche Meinung zu bilden. Um noch einmal auf das Buxtehude-Beispiel zu kommen: Nur durch mein Wissen über die verschiedenen Editionen des e-moll Präludiums komme ich zu der anregenden Aufgabe, meine eigene Entscheidung zu treffen, und die muß ich letzenendes als Musiker, der auch in sich selbst hineinhören muß, fällen. So behaupte ich nie, daß die von mir gewählte (ältere) Fassung die richtigere sei, sondern ausschließlich für mich selbst Priorität besitzt.

Ein weiteres Beispiel ist die Frage nach dem richtigen Tempo. Wenn ich recht sehe, besteht auf keinem Gebiet in der

Darstellung alter Musik so viel Uneinigkeit und letztenendes auch Unsicherheit wie auf dem des Tempos. Man vergleiche, sofern das möglich ist, nur einmal die Tempounterschiede bei allen bekannten Einspielungen von Bachs H-moll-Messe in Bezug auf das erste Kyrie.

Bachs Magnificat ist m.E. noch nie so schnell musiziert worden wie in unserer Zeit von J. E. Gardiner mit seinem vorzüglichen Londoner Monteverdi-Chor. Hat er Recht? Wer will das beurteilen? Wir waren alle bei der Uraufführung nicht dabei. Entsprach diese den inneren Absichten des Komponisten? Hat er für die äußerst knappe Besetzung von Chor und Instrumenten an der Leipziger Thomaskirche als von ihm akzeptierte Wirklichkeit komponiert, die auch dem entsprach, was er musikalisch wollte, oder dachte er in größeren Klangdimensionen und nahm die zeitbedingten Leipziger Verhältnisse in Kauf? Die Intensität, ich möchte ruhig sagen, der symphonische Entwurf von Magnificat und H-moll-Messe (als zwei herausragende Beispiele) deuten auf letzteres hin. Aber warum sage ich das? Weil ich es als Musiker fühle, und ich könnte das aus vielen Einzelheiten heraus begründen. Aber eine wissenschaftliche These ist dieses keinesfalls.

Ich würde Ihnen nun auch gerne zwei Aufnahmen des herrlichen A-Dur Klavierkonzertes von Bach, einmal von Edwin Fischer aus den 30er Jahren und – jüngst erschienen – von Trevor Pinnock zum Anhören als Interpretationsvergleich anraten. Wir erleben hier, wie an vielen weiteren Beispielen, die Problematik der Interpretation in unserem Jahrhundert. Inzwischen sind Originalinstrumente vorhanden. Soll ich deswegen etwa Bachs Tastenwerk dem Klavier vorenthalten? Die Spielweise, gerade von der Akzenthierarchie herkommend, die zeigt, daß sie Takt eins oft betont und bei den Streichern auch noch mit einem gewissen Expressivo versehen wurde, stellt die wichtigen Fragen, wie oft innerhalb eines solchen Stückes solches geschehen kann.

Wir leiden, so meine ich, unter der epigonalen Übertreibung. Ehe man sich's versieht, werden diese aus der Barockliteratur überlieferten Spielmethoden langweilig und gehen einem bisweilen auf die Nerven.

Wie es in der zwischenmenschlichen Beziehung gleiche oder verschiedene Wellenlängen gibt, die ich ja auch nicht wissenschaftlich erklären kann, gibt es das im Verhältnis zwischen Musik und ihrer Interpretation, so meine ich, auch.

Das letzte Beispiel, in Hamburg äußerst aktuell, ist die Frage der Übernahme der mitteltönigen Stimmungen, die der Vorläufer der gleichschwebenden, wohltemperierten Stimmung bis zum Jahr 1700 war. Soll ich eine so herrliche Orgel, wie die Schnitger-Orgel in St. Jacobi, in die damalige alte Stimmung zurückversetzen oder nicht? Beide Auffassungen haben Gewichtiges für sich. Wieder heißt die Frage: Adaption an die Zeit der Erbauung oder an die Erfordernisse um der seit damals entstandenen großen Orgelmusik willen, Angleichung an die heutige Stimmung?

Eine frühere Kommission mit weiß Gott keinen Dummköpfen, ihr gehörten u.a. Hans Henny Jahnn, der Thomaskantor Karl Straube und zuvor Albert Schweitzer an, hatte sich in den 20er Jahren bereits entschlossen, der Orgel die moderne Stimmung aus den eben erwähnten Gründen zu geben. Die Kommission des kürzlich vollzogenen Umbaus hingegen beschloß die Rückstufung auf die alte Stimmung.

Die Historiker gehen aber noch weiter. Sie bauen aus in früheren Zeiten ergänzten tiefen Tönen der Baßlage, die damals in der kurzen Oktave fehlenden Töne cis, es und fis wieder aus und bauen mit Absicht die für uns sehr schwer zu spielenden, viel zu kurzen Tasten und bauen diese verkürzte Oktave neu.

Ebenfalls verlangen namhafte Kollegen, daß man die alten Fingersätze der Musik des 16. und 17. Jahrhunderts zu übernehmen und so praktisch alles neu zu studieren habe. Dazu gehört auch das daumenlose Spiel.

Wer dieses alles schön findet und gerne tut, möge ohne jeden Einwand diesen Weg gehen. Ich hindere ja auch andere Menschen nicht, in das Kloster einzutreten. Ich finde dieses Gesamtproblem nur dann sehr fragwürdig, wenn, wie im Falle von St. Jacobi, eins der bedeutendsten Meisterwerke der Barockzeit, aus derartig historischen Erwägungen so eingegrenzt wird, daß eigentlich nur die Musik von Sweelinck, Froberger und Scheidemann darauf wunderschön klingt, nicht aber etwa die Hälfte des gesamten Orgelwerkes Johann Sebastian Bachs, das in seiner harmonischen Kühnheit den Rahmen der mitteltönigen Stimmung sprengt, aber eine unvergleichlich größere Weltgeltung hat und dieser Orgel ebenbürtig ist. Ist das nicht genug der Herausforderung?

Ich wollte nur begründen, warum ich selbst einen anderen Standpunkt einnehme: Für mich hat die Musik eine Fülle verschiedener, meine gesamte menschliche Existenz berührende Anforderung. Auf jeden Fall gehört dazu auch ihr missionarischer Charakter, denn ich möchte mit und durch Musik Menschen gewinnen und Herzen erreichen, um zu zeigen, warum ich ihr mein Leben gewidmet habe, und daß sie die schönste und allgemein verständlichste Weltsprache ist, die es gibt.

Ich glaube, wir leben heute – oder irre ich mich?

Inhaltsverzeichnis